Hans Christian Andersen
»Ja, ich bin ein seltsames Wesen ...«
Tagebücher 1825-1875
Erster Band

Hans Christian Andersen
»Ja, ich bin ein seltsames Wesen ...«

Tagebücher 1825-1875
Erster Band

Ausgewählt, herausgegeben
und übersetzt von Gisela Perlet

WALLSTEIN VERLAG

Für die freundliche Erlaubnis, die Text- und Registerbände der Ausgabe »H. C. Andersens Dagbøger 1825-1875« nutzen zu dürfen, sind Verlag und Herausgeberin *Det danske Sprog- og Litteraturselskab* zu großem Dank verpflichtet.

Die Deutsche Bibliothek – CIP-Einheitsaufnahme

Ein Titeldatensatz für diese Publikation ist bei Der Deutschen Bibliothek erhältlich

www.wallstein-verlag.de
Vom Verlag gesetzt aus der Stempel Garamond
Umschlaggestaltung: Basta Werbeagentur, Tuna Çiner
Druck und Verarbeitung: Hubert & Co, Göttingen

ISBN 3-89244-401-3

Inhalt

1825 und 1826 7

1830 [Tagebuchfragment von einer Reise nach Jütland und Fünen] 24

1831 *H.C. Andersens Tagebuch von einer Deutschland-Reise 1831* 26

1833 47

1834 84

1837 [Erste Reise nach Schweden] 136

1840 [Die große Reise in den Orient] 141

1841 152

1843 *Reise nach Paris 1843* 191

1844 [Reise nach Deutschland] 209

1845 *Reise von Kopenhagen nach Italien & 1845* 222

1846 234

1847 *Reise nach England 1847* 261

1848 *Nach Fünen 1848* 280

1849 [*Von*] *Kopenhagen nach Schweden 1849* 283

1850 *Reise nach Jütland, Fünen &* 296

1851 [Reise mit Viggo Drewsen nach Deutschland] . . 305

1852 *Reise von Kopenhagen nach Milano. 1852* 308

1854 316

1855 *Auslandsreise 1855* 318

1856 321

1857 *Reise 1857*
[nach England, Frankreich, Deutschland] 325

1858 *Harald Drewsens und H.C. Andersens Reise 1858*
[Deutschland und Schweiz]. 338

1859 *1859 – Reise zur Nordsee und nach Skagen* 344

1860 *Reise ins Ausland* [Deutschland, Schweiz]. 349

1861 361

Reise nach Italien mit Jonas Collin 1861 363

1862 376

Reise nach Spanien 380

1863 406

1864 420

1825 und 1826

[Andersens früheste und in Bruchstücken erhaltene Tagebuchaufzeichnungen stammen aus seiner Zeit an der Lateinschule von Slagelse. Dort war er am 26.10.1822 angekommen, um, unterstützt und vermittelt durch Jonas Collin, seine Bildungslücken auszufüllen und einen höheren Schulabschluß nachzuholen.]

[...]

Montag [*19. September 1825*]. Gott! Gott! Dein Wille geschehe, gib mir Lohn nach dem Fleiß des Jahres, nicht mehr! – (Gott weiß, was das Schicksal gebracht hat, wenn das Blatt sich wendet.) Unglücklicher! – Schnitt erbärmlich ab in Latein, du kommst nicht in die vierte Klasse der Schule, Handwerker oder eine Leiche, das wird deine Bestimmung sein. Gott, Gott, bist du wirklich gegenwärtig? – Aber noch »sei dein Name gelobt«! – Schnitt in lateinischer Grammatik besser ab, vielleicht *ein Gut*. Auch Gut in Deutsch. – Ich fasse deinen Willen nicht, Vater, o laß mich doch die Hoffnung nicht verlieren, daß du alles lenkst, gib mir Mut, damit ich meinem Schicksal entgegengehe, ich sehe es, o Gott! Ade, alle meine Hoffnungen und Träume, ja, es waren nur Träume, o hätte ich doch Mut! – Tod, du bist nicht so entsetzlich. – Warum mußte mich der Rektor gerade im Schlechten hören; o Gott! – Wer im Schweiße seines Angesichts arbeitet, ist glücklicher als jener Mann, der es in einer sogenannten höheren Sphäre tut, ihm ahnt nichts Besseres, Nahrung und Auskommen gilt sein ganzes Wirken, mechanisch gleitet ihm die Arbeit dahin, ein unbedeutender Spaß ist für ihn eine Himmelsfreude, während der andere gegen ein Meer von Schwierigkeiten und Hindernissen kämpft, verleumdet und heruntergemacht wird. Mit einem höheren Gefühl begabt, bricht ihm das Herz. – Oh, warum bin ich so weit gekommen, warum bin ich so hoch gestiegen, unbemerkt bin ich nicht mehr, und nun sinke ich. O Wahnsinn, friß dich in mein Hirn hinein, daß ich mein eignes Dasein vergessen darf; Wesen, dessen rechten Namen ich nicht weiß, gib meiner Seele Mut, um sich loszureißen; schwelle, Herz, bis du zerreißt! – Ha, schwülstiger Narr! – Befriedige deine Lüste die wenigen Augenblicke, da du es kannst; ein Schicksal lenkt alles, was geschehen soll, geschieht gleichwohl! – Gott, ich könnte groß werden, von meinen Mitmenschen geachtet Freude schaffen, dorthin wand sich der Weg schon empor, Engel könnte ich werden, Engel oder Teufel muß ich werden, die Waagschale schwankt – Gott, du selbst bestimmst des Verzweifelten Los. – Warum rafft es manch einen Familienvater, manch einen tüchtigen Mann und geliebten Burschen dahin, und ich soll leben, ich, der ich den Tod wünsche, ja, schick ihn mir, selbst dann, wenn meine Zukunft nicht finster werden sollte, ist er mir lieber, das Leben ohne Hoffnung ist eine Hölle, meine Kameraden steigen zu sehen, während ich sinke, aus dem Kreis der Gebildeten gerissen zu werden, o Gott, nein, das ist zu hart!

Dienstag [*20. September*]. Was könnte ich werden? Und was werde ich. Meine starke Phantasie bringt mich nun ins Irrenhaus, mein heftiges Gefühl macht mich zum Selbstmörder, früher hätten mich beide vereint zu einem großen Dichter gemacht. O Gott, sind deine Wege wirklich auch hienieden? – Vergib mir, Gott, ich bin undankbar, du hast mir so unsagbar viel Gutes erwiesen, o vergib als Gott und hilf mir weiterhin. – (Gott! Bei bei meiner ewigen Ruhe verspreche ich dir, im Herzen nie wieder an deiner Vaterhand zu zweifeln, wenn ich diesmal in die 4. und *nach Helsingør* komme.)

[...]

Dienstag [*27. September*]. Alles wird von Gott gelenkt, es gibt ein Schicksal, der Mensch ist frei, wie das Pferd auf einer Felseninsel, frei kann es sich auf dieser Insel tummeln, jedoch in bestimmten Grenzen, weiter kann es nicht! – Du willst das Beste, im Vertrauen zu dir, Allgütiger, geh ich meinem Schicksal entgegen – Gott, laß das Glück mich begleiten! Wenn es dein Wille ist, daß ich Dichter werde, dann wirst du meinen Mut gewiß nicht schwächen und mir nicht alles nehmen; meine Seele atmet allein für die Dichtkunst, ich habe geglaubt, in der Fügung meines Schicksals deine Hand zu verspüren, nimm mir nicht das Vertrauen, Gott mein Vater, mein einziger, höre dein schwaches Kind! – Gut? in Griechisch. – Der Rektor sehr gut. – War mit Meislings bei Aron Salomonsen, um die Laubhütte zu besichtigen, sie war in einem kleinen Raum, aus Asparagus- und Tannenzweigen mit vergoldeten Eiern, wir bekamen Birnen. – Mißmut. – Gott, am Samstag entscheidet es sich, ob ich in die 4. komme, wenn nicht – o Gott, o Gott! Auf dem Weg zur Laubhütte durchquerten wir sämtliche Klassenräume. »Vielleicht können wir ein wenig Weisheit erwerben, wenn wir hier durch gehen«, sagte Fräulein Prangen. »Die Weisheit ist hier fern!« sagte ich. »Wir haben ja Sie hier«, sagte sie sehr artig. – (Schlief mit geschlossenen Fensterläden wegen der Diebe.)

Mittwoch [*28. September*]. Gott! Heilig und feierlich verspreche ich dir, bei meiner ewigen Ruhe, nicht gegen dich zu murren, sollte es mir in der 4. Klasse schlimm ergehen, wenn ich nur dorthin gelange. – Mißmutig ergriff ich die vor mir liegende Bibel, um zu sehen, ob sie nicht mein Orakel sein könnte, ich schlug sie auf, zeigte blind auf eine Stelle und las: »Israel, du bringst dich ins Unglück; denn dein Heil steht allein bei mir!« (Hosea) – Ja, Vater, ich bin schwach, aber du siehst ja mein Inneres und wirst mein Heil sein. Schnitt gut ab in Hebräisch. – Tante brachte mein Essen, ich vertraute ihr an, daß ich bald fort müsse, und sie versprach, darüber zu schweigen. Kurz darauf kam das Mädchen: »Ach, sagen Sie uns doch, was Sie Tante erzählt haben, wir sind so neugierig!« Sie kommt herein und setzt sich in einen Winkel und murmelt vor sich hin: »Weiß Gott, das hätte ich nie geglaubt – nein, da kann man mal sehen!« – »Was ist denn, Tante?« – »Nein, ich sage es bestimmt nicht, Andersen hat es mir nicht erzählt, das war bestimmt ein andrer schöner Kavalier, hi, hi, hi!«

Donnerstag, 29. September. Riß versehentlich einer Spinne ein Bein aus. – Schnitt in Mathematik prachtvoll ab! – Gott! Gott! Danke! Von ganzem Herzen Dank! Ja! *Ja!* Du bist mein Heil, du willst meinen Mut gewiß nicht deshalb heben, damit er um so tiefer sinke.

Freitag [*30. September*]. Schon durch die Hoffnung, daß ich in die 4. komme, gerate ich fast außer mich vor Freude, morgen entscheidet es sich, o Gott, liebster Gott, hilf mir!!! Der Abend ist draußen so winterlich und klar, das Examen ist glücklich zu Ende, morgen kommt das Ergebnis. Mond, morgen betrachtest du entweder einen Bleichen und Verzweifelten oder den Glücklichsten. Schillers »Kabale und Liebe« gelesen.

Samstag [*1. Oktober*]. Gott, jetzt ist mein Schicksal entschieden, doch mir noch verborgen, was erwartet mich wohl. – Gott! Mein Gott! Verlaß mich nicht! Das Blut strömt so brennend durch meine Adern, meine Nerven zittern. O Gott! Allmächtiger Gott, hilf mir – ich verdiene es nicht, aber sei gnädig, o Gott, Gott! – – – »Sie kommen«, flüsterten die Gnädige, Hjarup, die Jungfer und die Kinder, der Rektor lächelte –. Und ich kam [in die 4. Klasse]. – Sonderbar, meine Freude war nicht so heftig, wie ich geglaubt hatte. – War in Gesellschaft bei Pedersens, Braten und Apfelmus mit Schafsmilch, wir spielten: einen Ring mit dem Mund aus einem Glas Mehl holen, kehrte um 11 Uhr heim. Schrieb dann an Guldberg und meine Mutter.

[...]

Montag [*10. Oktober*]. Langweile mich! – Dichte und lese – las Holsteins meine Erzählung vor, der alte Kammerjunker schlief beim 2. Kapitel ein, doch er war müde, weil er die Nacht zuvor gewacht hatte. »Humphry Clinker« gelesen – ich setze »Roderick Random« hoch darüber.

Dienstag [*11. Oktober*]. Jeden Morgen lese ich Jungfer Lange vor, was ich geschrieben habe. – Guldberg fällt mir ein – aber es sind ja Ferien. Riises »Magazin für die Jugend« gelesen, Molbechs »Reise« angefangen. Mit Landkarte und Geographie vor mir, gedenke ich, mir auch etwas Geographie anzueignen. – Langweile mich! Langweile mich – [habe es] satt. Die Stadt illuminiert, weil Strandes Hochzeit feierten.

[...]

Dienstag [*15. November*]. Jetzt geht es in der Schule langsam dreckig, und ich lerne doch; oh, es ist geistbedrückend, meine Seele ist schwach, sie folgt leicht jeder Richtung, die man ihr weist, Schroffheit erschreckt sie, doch Freundlichkeit erfüllt sie mit Dankbarkeit und Liebe. Oh, wäre ich im Grab, der Tod ist so ruhig, hier nur eitel Kampf und Mißvergnügen.

Mittwoch [*16. November*]. Wie wird es heute wohl gehen? – Ach, wie an den anderen Tagen! Wollüstige Schwärmerei gemischt mit Mißmut quält meine Seele! – Wurde vom Rektor gar nicht gehört. – Das Schwein wurde geschlachtet.

Donnerstag [*17. November*]. Mit Unlust aufgewacht und beginne so meine Arbeit. Bei Homer, den wir auf eigne Faust lesen, wurde *R* [der Rektor] sehr wütend und verließ mich schimpfend; grolle meinem Schicksal! Als ich mittags über den Büchern saß, gingen sie alle draußen spazieren. R's Mantel war voller Flaum, rief das Mädchen wegen einer Bürste, weil sie nicht gleich kam, eilte ich hinaus und bürstete ihn ab, er sehr mild, und ich war wieder zufrieden. In der Schule hatten wir die Geschichte der Französischen Revolution, oh, wie sie mich interessiert, Kraft und Zügellosigkeit, furchtbare Gärungen wie diese Greuelszenen, das war, obgleich in kleinerem Maßstab, unsere Grafenfehde. Während der Lehrer erzählte, sah ich nur die Grafenfehde, die ich schildern will. Wie unsagbar interessant ist es doch, aus dieser wilden Gärung die großen Geister sich entwickeln zu sehen, die Menschen in ihrer Größe, in allen Richtungen. Armer Ludwig, du warst unstet, kraftvoll und schwach, ich glaube, ich habe deinen Charakter, an deiner Stelle hätte ich wie du gehandelt, nur phlegmatisch wäre ich nicht gewesen; die Fischerweiber, das Groteskeste, erfüllen, oder richtiger: spannen meine Seele, in diesem Kampf bildete sich Napoleon und stieg auf; o Gott, ich sehe deinen Finger, du lenkst alles, warum da verzweifeln, nein, ich will das Ziel erreichen, ich habe die Sehnsucht in meiner Brust, und du pflanzt keine Sehnsucht, die nicht ihren tiefen Grund besitzt, nur gib mir Mut.

[...]

Sonntag [*20. November*]. Bekam 50 Reichstaler von Collin. – S brachte mir meine Bücher. »Ich will nicht, daß Sie mit solchen Käuzen Umgang haben«, sagte R. Las sämtliche Zeitungen, besuchte im Galopp Hennebergs, Langes und Holsteins, saß dann den ganzen Tag zu Hause. Las Byrons Biographie, oh, er war mir ähnlich bis hin zur Geschwätzigkeit, ehrgeizig ist meine Seele wie seine, nur bewundert von allen fühlt sie sich glücklich, der Geringste, der dieses nicht tut, kann mich mißmutig stimmen. – Ehre ist der Sporn, der meinen Dichtergeist antreibt, doch ich fühle selbst das Verkehrte und Schwache darin.

Montag [*21. November*]. R ist sehr gut zu mir, *er* kann nicht anders sein. Die Gnädige und Ane sagen, das Küchenmädchen sei sowohl in Pedersen als auch in mich verliebt, sie kann fürwahr nicht anspruchsvoll sein. – Mein stolzer Geist herrscht noch.

Dienstag [*22. November*]. (Jungfer Hundrup abgereist.) Holte zuerst vom Postamt einen Brief, der schon letzten Sonntag für mich gekommen war, er war von Frau Wulff, die mir für die Weihnachtsferien Logis anbot. Freude durchströmte meine Brust. Gott, ich ahnte dich, kindliche Dankbarkeit und Liebe erfüllten meine ganze Seele, wie herrlich! Gute und gebildete Menschen bezeigen mir Güte, oh, ich verdiene es nicht, ja, ich will gut sein, Gott! Gott! – An diesem Tag ging in der Schule alles prächtig, o mein Gott, mein Gott, dem Herzen fehlen die Worte, um seine Gefühle auszudrücken. – Mit Träumen von der Reise nach Kopenhagen ging ich zur Ruhe; sah mir den Almanach an, die Überschriften der letzten drei Wochen fand ich recht anwendbar auf mich. – 1) Johannes im Gefängnis. 2) Das Zeugnis des Johannes. 3) Christi Geburt. Das bedeutet ja: 1) Die Examenswoche. 2) Das Ergebnis des Examens. 3) Der Tag der Ferien.

Mittwoch [*23. November*]. Litt nachts an Zahnschmerzen, wollte sie mit dem Gedanken an die Kopenhagenreise vertreiben, aber das ging nicht – φ – häßliche Lust, die rast in meiner Brust, Gottesblitz ist nicht geblieben, weil ich Sünde hab getrieben; unrein war, was da entbrannt, und der lichte Engel schwand. Doch nur gedacht hab ich die Sünde! Bewahre mich vor solcher Tat! – In der Schule ging es recht gut; war am Nachmittag ganz schlaff vom Lernen. – (Der Mensch ist bemüht, seine Fehler zu verbergen, sie sogar vor sich selbst zu beschönigen, stets sucht er nach einer Entschuldigung für die starke Vernunft.) Einige andere Schüler gucken in die Bücher, G liest sogar einfach ab. Das ärgert mich, aber würde ich denn nicht dasselbe tun, wenn ich nicht so große Angst vor der Schande hätte, erwischt zu werden? Und doch möchte ich, daß der Lehrer die andern erwischt, das ist ein schlechter Zug. – Das Licht erlosch beim Putzen, ging dann 1/2 10 zur Ruhe.

[...]

Montag [*28. November*]. Gut gegangen in den Fächern des Rektors, er war heute zu mir sehr milde, o Gott, Hoffnung erfüllt meine Brust!

Dienstag [*29. November*]. Ich fange an, ihn gern zu haben; er kann mich nicht anders behandeln, als er es tut, Gott, wie bin ich glücklich, jetzt scheint alles gut zu gehen, o Gott, ich danke dir von ganzem Herzen. Angeregt vom Rektor ging ich zur Generalprobe und sah »Die Soldaten«, an zwei Stellen traten mir die Tränen in die Augen, doch ich glaube, der Dichter hat uns in den vorhergehenden Akten den Inhalt des letzten Akts zu sehr ahnen lassen. – Sprach mit Emil über unsre Klassiker; nach dem, was ich gelesen habe, kann ich Horaz nicht für einen Dichter halten, die Oden scheinen mir ohne besondre Phantasie und Gefühl; dagegen ist die »Aeneide« von Vergil herrlich, der Plan gut angelegt und wohl ausgeführt, etwas weniger ängstliche Ausschmückung der Verse würde gewiß nicht schaden.

[...]

Montag, 5. [*Dezember*]. Ja, er behandelt mich mit Güte, o Gott, könnte ich nur einen Fortschritt vorweisen, doch mir graut vor dem Examen, ich balanciere zwischen *schlecht* und *mäßig*, und zornig muß und wird er werden, er muß glauben, daß ich entweder ungeheuer dumm sei oder nicht lerne. O

Gott, du kennst mich, fürchten tu ich mich wohl nicht, in dieser Zeit hat sich der Dämon des Stolzes in mir niedergelassen, ich glaube, daß ich Dichtergeist besitze, daß ich einen hohen Platz erreichen werde, und in dem, was ich glaube, gibt es ein anderes Gefühl, das entsetzlich schreit, daß dies eine verschrobene Grille sei, o Gott, o Gott, verlaß mich nicht, ich halte alles für deine Fügung, ich verdiene deine Güte nicht, das sehe ich ein – o Vater, verlaß mich nicht!

Dienstag, 6. [*Dezember*]. Gräßliche Zahnschmerzen – nachts nur wenig geschlafen; φ. Pedersen war hier, recht munter. »Leg deinen Cicero weg! Es nützt nichts, daß du lernst!« sagte er. »Ich lerne nicht, und du sollst sehen, ich schneide genauso gut ab wie du.« – »Das glaube ich wohl«, antwortete ich, »aber wenn ich nun schlecht abschneide und weiß, ich habe gelernt, dann habe ich doch einen Trost!« – War krank und kraftlos in allen Gliedern, konnte fast nichts lernen. »Gehen Sie zeitig ins Bett!« sagte R, das tat ich 1/2 9 Uhr.

[...]

Donnerstag [*8. Dezember*]. Nachts häßlich geträumt (von Nathan Davids Töchtern und vom Rektor, der mich wohl schrecklich beschimpfte). – Angst vor dem Examen (φ), Gebet zu Gott. – Der Rektor recht gut, doch es ging schlecht, ich erwartete wie Giesemann ein *Mäßig*, bekam aber *Schlecht*. – Schicksal! Warum ziehst du die Hand von mir ab? – Jetzt ist mein ganzes Weihnachtsfest verdorben, für Griechisch muß ich dasselbe erwarten. – O schlechtes Wesen mit deinen Einbildungen – das Schicksal lenkt die Dinge, das Herz gilt nichts (aber wie ist mein Herz?). Nichts kann ich, verrückt bin ich, daher kommen meine Träumereien – aber ich will ruhig sein, ich habe es ja versprochen, doch meine Ehre, mein Gefühl, o unglückliches Wesen. – Das ist ein rechter Unglückstag, Andersen schimpfte in alter Geschichte, ich konnte es auch nicht gut, aber neue Geschichte war nicht schlecht, und da schimpfte er auch, zum zweiten Mal an diesem Tag kamen mir die Tränen. (In Geometrie schnitt ich heute Vormittag prachtvoll ab.) – (Doch in meinem Kummer kam mir die Idee, »Die Reisenden« von Tieck als Lustspiel zu behandeln, o ich sonderbares, flüchtiges Wesen.) – Glück macht mich mutig, Mut gibt mir Hoffnung und Lust zu arbeiten, klarer liegt dann alles vor meinem Blick; doch Unglück macht mich schwermütig, mutlos und stumpf gegen alles; Gott, verzeih, daß ich über deine Wege richte, doch nur ein bißchen mehr Milde, glaube ich, könnte mich läutern, dankbar und demütig empfinde ich ja das Gute. – Eben gingen die Kinder durch mein Zimmer zur Ruhe, Ludvig und Jess küßten mich liebevoll – o glückliche, fröhliche Kindheit, der Jüngling hat es mit Stürmen, der Mann mit Gräbern zu tun. – »Sein Sie guten Mutes, guter Andersen«, sagte die Gnädige, »mein Mann ist gar nicht böse, weil Sie Pech hatten, er meinte selbst, das viele Lernen habe Sie abgeschlafft, Sie würden sich nicht genug zerstreuen, sein Sie nur ruhig, er wird schon mit Collin reden!« – »Oh, vor dem habe ich keine Angst, nur vor Ihrem Mann.« – Als sie weg war, mußte ich heftig weinen.

[…]

Samstag [*10. Dezember*]. Gott, wie ist mein Herz bedrückt, o Allmächtiger, erbarme dich! – Jetzt gehe ich hinein, und wenn ich zurückkehre, dann – – – *Schlecht* bekam ich auch in Griechisch. – Gott! – Für den Augenblick ging mein Schmerz vorüber, aber jetzt, o Gott, hätte ich Mut – – O Gott, wie ist mein Herz beklommen, und doch schleicht sich oft ein Trost hinein, ich habe getan, was ich meiner Natur nach tun konnte. Emil, Giesemann und ich kamen nicht in lateinischer Grammatik dran, weil R uns darin hören wollte – aber er hat nichts gesagt, als ich um 5 Uhr allein bei ihm zum Tee war. Als ich hinausging, wollte ich zu ihm laufen und ihn fragen, ob er mir böse sei, doch ich getraute mich nicht. – Ich wollte es nun an Collin schreiben, nicht an den Etatsrat, sondern den Mann mit Herz, das war mein einziger Trost, aber ich habe es noch bis Donnerstag aufgeschoben. – Ja, der Rektor muß mit mir unzufrieden sein, und ich kann es nicht besser machen, am Ende muß ich die Schule dann verlassen, sicher tut es ihm leid, daß er davon gesprochen hat, mich mit nach Helsingør zu nehmen. – Ich erkenne seine Güte an; Strenge ist der einzige Weg, um meinen verwirrten Geist zu lenken, jetzt, wo ich in seinem Haus bin, hält er das gewiß sogar für seine Pflicht; ich sollte ihm dafür dankbar sein wie der Kranke seinem Arzt; doch kann man demjenigen, der unter dem Messer stöhnt, nicht verzeihen? – »Es hilft nichts, Tag und Nacht über dem Buch zu hocken«, hat R gesagt, »das schlafft ab und macht reinweg verrückt, nein, gleichmäßiger Fleiß (und dies habe ich ja getan), glauben Sie nicht, dieses Ungestüm, das Sie an sich haben, sei Genialität, da ist noch vieles abzuschneiden, bevor aus Ihnen etwas wird; beim Examen in Kopenhagen würde man einem solchen Menschen, auch wenn er alles könnte, wegen seines Wesens eine schlechte Note geben!« – O Gott, o Gott, so innig wie ein Kind hatte ich mich auf das Weihnachtsfest gefreut, mit welcher Freude wäre ich wohl zu meinen Freunden gefahren, hätte ich nach der Versetzung in die höchste Klasse und in den folgenden 2 Monaten gute Zensuren bekommen, und nun ist alles zerstört; ich kann mich nicht mehr auf Weihnachten freuen, was ich sogar in meiner armseligen Kindheit konnte, als es mir ein heiliger kindlicher Festtag war; glücklich war ich in der kleinen, engen Stube, o so glücklich, so anhaltend glücklich werde ich nie [wieder sein]; o herrliche Kindheit, zwar wußte ich da noch nichts von den großen Gütern, die mir Gott oftmals vergönnt hat, doch ich entbehrte nichts, meine Brust war rein, mein Vertrauen unerschütterlich, und ich dachte an keine Zukunft. – O Gott, verlaß doch nicht dein schwaches Kind!!!

[...]

Donnerstag [*15. Dezember*]. In Geschichte ging es über Erwarten gut, ich habe *Sehr gut* bekommen. R hörte mich ab und war recht zufrieden. Am Nachmittag bekam ich *Sehr gut* in Dänisch, *Vorzüglich* im Aufsatz und *Leidlich gut* im lateinischen. – Ein armer Schullehrer kam und wollte um etwas bitten, erhielt aber nichts; sein Ton drang mir in die Seele, ich hätte ihm gern eine Mark gegeben, doch als ich kam, war er weg. R schenkte mir einen Apfel, tat aber so kalt, daß ich etwas mißmutig wurde. – Ich hatte mir vorgenommen, Guldberg einen recht munteren Brief zu schicken und ihm tagebuchartig von meiner Kopenhagenfahrt zu schreiben; jetzt hat das Examen meine Munterkeit zerstört. – O Gott, auf dich setze ich mein Vertrauen, o verlaß mich nicht. – Bin vom Lernen schlaff und matt, wenn ich mich doch hinlegen dürfte.

[…]

Montag [*19. Dezember*]. Bei Giesemann geschlafen, gegen 3 auf. 1/2 4 fuhren wir los, eingehüllt in den prächtigsten Nebel, den man sich wünschen kann, rollten wir davon. – Ich schlief fast gar nicht und war deshalb halb drei auf den Beinen, halb vier rollten wir zu unsrer Stadt hinaus. Man sagt zwar: *Juno per nubem*, doch hier kann man sagen: *Omnes per nubem*, denn wir saßen ganz und gar in einer Wolke aus Nebel, man hätte fast denken können, wir machten einen Luftausflug, doch der Weg erinnerte uns daran, daß wir uns auf der Erde befanden, denn er hatte so viele Löcher, daß ich befürchtete, Arme und Beine oder zumindest den Hals zu brechen. (Fürwahr, hat er nicht in allen Wirtshäusern durch 3 dividiert, obwohl ich glaubte, ich sei davon befreit; Knauserei est Knauserei.) Der Wirt der Schenke von Ordrup zeigte uns sein Buch, in das die Reisenden schreiben, es enthielt Klagen aus allen Ländern. – Im Wirtshaus von Roskilde bekamen wir als Lektüre »Holger Danske« und noch ein altes Buch, das weder Anfang noch Ende hatte. – Gegen 9 Uhr erreichten wir Kopenhagen. Der Nebel war nicht mehr so dicht, ja, wir sahen sogar ein Stück von der Sonne, bevor sie unterging. Gern hätte ich wie Chilian im »Ulysses« die Erde geküßt, weil ich heil und wohlbehalten in Vesterbro gelandet war, doch die Kopenhagener Erde sieht nicht poliert aus. Nun flog ich zu Wulffs, wurde herzlich empfangen, wie im Sommer bei Ihnen, deutlicher kann ich es nicht machen. Wulff war zu einer Gesellschaft bei Oehlenschlägers, aber ich traf doch die Gnädige Frau, die Töchter und Wulffs Schwester an; wir sprachen von Ihnen, und Jette fragte vor allem nach Petra und Stierna, ich mußte ihnen ein kleines Lied vorsingen, bevor ich zur Ruhe ging. – Ich habe 2 Zimmer hinaus zum Platz bekommen, eins zum Schlafen, das andre ist geheizt, da will ich am Morgen lesen, die Decke wölbt sich über mir so hoch, daß ich mir recht vorstellen kann, ich sei auf einer Ritterburg. – Wulff hat mir nun jene 3 Bände Dramen geschenkt, die er von Shakespeare übersetzt hat. Sie sind auf Schreibpapier gedruckt und so brillant eingebunden, wie es ein Stück von Shakespeare verdient. Jetzt bin ich allein in meiner Kammer – tausend Gefühle durchströmen mich – oh, was hat Gott doch für mich getan, es geht mir, wie es Aladdin gegen Ende des Stückes ausspricht, als er aus dem Fenster des Schlosses sieht.

Vor 5-6 Jahren ging ich auch dort unten, kannte nicht einen Menschen in dieser Stadt, und jetzt kann ich mich hier oben bei einer lieben und geachteten Familie an meinem Shakespeare laben – oh, Gott ist gut, ein Tropfen vom Honig der Freude läßt mich alle Bitterkeit vergessen, oh, Gott wird mich nicht verlassen – er hat mich so glücklich gemacht.

[...]

Mittwoch [*21. Dezember*]. Wulff befand sich heute nicht wohl; nach dem Tee galt mein erster Ausflug der Hofdame, ich wurde gebeten, in einer Dreiviertelstunde wiederzukommen, denn sie ruhte. Nun flog ich zu Ballings, Herr Balling küßte mich herzlich und lud mich ein, sie recht häufig zu besuchen. Nach dem Frühstück ging ich zu Oehlenschläger, dort war das Fräulein, das mich gestern auf der Straße so freundlich gegrüßt und das ich nicht gekannt hatte. – Ich las meine Erzählung vor, und Oehlenschläger lobte: »Das ist sehr gut, nur ein bißchen zu umständlich; ein Ding weitschweifig abzumalen, das ist nicht das Poetische, das ist ja leicht, so als wollte ich sagen: Andersen saß auf dem Sofa und las, neben ihm saßen Lotte Oehlenschläger und Fräulein H [...]. Johannes kam aus der Schule, und als er etwas lesen hörte, trat er ganz leise ein und setzte sich auf einen Schemel, von dem die Farbe abgeblättert war. – Sehen Sie, das ist nicht poetisch, doch in Ihrem Text sind viele gute Dinge, und wie man sieht, haben Sie viele alte Dinge zu benutzen gewußt und die Menschen Ihrer Umgebung recht gut beobachtet, die Beschreibung der Burg ist recht poetisch und bezeugt, daß Sie Geist dafür besitzen.« – Nun las ich ihm mein kleines Gedicht »Die Seele« vor. – »Das ist prachtvoll!« rief er aus, »ich setze es über die Erzählung.« Er las es nun selbst noch einmal durch. »Ein paar kleine Veränderungen könnten Sie anbringen, wie *Himmel* und *Sterngewimmel*, das ist so verbreitet.« – Dann ging ich zu Ørsted, der Etatsrat hatte Geburtstag, ich wurde für den Weihnachtsabend eingeladen. – Meisling war krank, und ich mußte nun allein einkaufen gehen, Arm in Arm mit Werliin, der rasend verliebt war in Ida Wulff, ging ich zur Börse. – Dann war ich bei Dahléns, wo ich etwas aß und Kaffee trank, von hier zur Geheimrätin, wo ich zum Mittagessen eingeladen war; dort war ein Kammerjunker Colbiørnsen, man lobte meine kleinen Gedichte. Danach besorgte ich den Brief an Rine Hundrup und schaute bei Frau Krieger ein, die Hofdame war nicht zu Hause. Nun ging ich zu Familie Herbst, wo ein Herr Høyberg war. Ich deklamierte, und zum Dank sangen mir die Fräulein etwas vor. Als ich heimkehrte, waren die Fräulein Stephansen hier, und ich mußte deklamieren und »Die Seele« vorlesen. (Bei Madame Andersen, sie lag im Bett, unterhielt sich aber mit mir recht herzlich.)

[...]

Montag [*26. Dezember*]. (War gestern bei Guldbergs Sohn.) Traf Gräfin Frijs nicht an – wollte nun um 12 Uhr M[eisling] aufsuchen – er war nicht zu Hause, ich fand jedoch ein Billett von ihm vor. »Ich habe Ihnen bei Ihrer Abreise nichts anderes mitzuteilen als die dringlichste Aufforderung, daß Sie nach der Ankunft in Slagelse Ihre Zeit nicht auf das Schreiben von Erzählungen und Gedichten, mit denen Sie hier zum großen Vergnügen der Betreffenden aufgewartet haben, sondern auf schulische Angelegenheiten verwenden. Inwiefern Sie mich frustrieren, indem Sie die Zeit auf *diese* Art vergeuden, während ich glaube, daß Sie Ihr Pensum lernen, darüber werde ich noch mündlich mit Ihnen reden, und ich werde Ihnen verschiedene Daten angeben, die Sie möglicherweise abkühlen dürften. Ich wünsche nicht, daß Sie an irgendeinem Schmükken des Weihnachtsbaums für die Kinder, Laubhütten, Maskeraden oder Gott weiß, was man sich ausdenkt, teilnehmen, da ich sehe, daß Sie die Zeit schon schlecht genug verwenden. Meisling.« – Ich las den Brief mehrmals, mißmutig, all meine Kraft entschwand; bleich und finster kam ich zu Wulffs, die nun diesen Brief lasen und mich bedauerten. Dann ging ich zu Meisling, und da er außer Haus war, bat ich um Papier und Tinte und schrieb ihm ein Billett; ich teilte ihm darin mit, daß ich das Gedicht in den Ferien geschrieben hätte und daß ich nicht fleißiger werden könnte, als ich schon sei; den ganzen Tag deswegen traurig. Abends las ich Wulffs das Schauspiel »William Shakespeare« von Boye vor, der Dichter hat ihn ganz nach meiner Seele geschildert, Williams Repliken im 1. Akt stimmten mit meinen Gefühlen vollkommen überein, er ahnt, daß er Dichter wird, er beschließt, keine Verse zu schreiben, oh, die Tränen traten mir in die Augen. Auf dem Lager erwachte mein ganzer Mißmut, doch mit Vertrauen zu Gott und dem Bewußtsein, gearbeitet zu haben, so gut ich konnte, schlief ich ein.

[...]

[Am 28.12. trat Andersen die Rückreise nach Slagelse an.]

Donnerstag [*29. Dezember*]. Jetzt nähern wir uns Slagelse; im Wirtshaus »Krebshuset« mußte ich für einen zweiten Leutnant mein Gedicht an die Seele zitieren. »Darf ich fragen«, sagte der Kutscherknecht, als wir allein waren, »ob Sie vielleicht der Diener des Leutnants sind?« – »Nein, ich habe eine Gelegenheit gefunden, mit ihm nach Slagelse zu fahren.« – »Ja, ich glaubte Ihnen heute morgen wohl anzusehen, daß Sie nicht der Diener sein könnten.« Und nun erzählte er mir von sich selbst. – Erst als wir Slagelse erreichten, begann es zu regnen, es war der Himmel, der über mein Kommen weinte. – Nachdem ich den Leutnant im Posthof mit Wein traktiert hatte, trennten wir uns, und er versprach, mir zu schreiben und mir mein Stammbuchblatt zu schicken. Zu Hause erzählte mir Ane, daß M an seine Frau geschrieben habe, er sei mir böse, und die Gnädige sagte, ihr Mann habe geschrieben, ich hätte am 3. Tag nach meiner Ankunft in der Stadt meine Bücher noch immer nicht geholt, ich würde nichts lernen. – Eine Hölle erwartet mich; verzweifle – oh, er ist zu streng, zu streng.

[...]

Neujahr. Sonntag, den 1. Januar 1826. Gott, soll es das ganze Jahr wie an diesem Tag gehen? Beängstigung und Mißmut quälen mich, ich schrieb ein paar bittre Briefe an Collins und Wulffs. O Gott, laß dies meinen letzten Neujahrstag sein.

Montag [*2. Januar*]. Es ist wie gestern.

Dienstag [*3. Januar*]. Ich könnte mehrere Bogen über meine Gefühle schreiben, aber vielleicht sind sie verrückt und also das Papier nicht wert.

Mittwoch [*4. Januar*]. Emil ist doch ein guter Kerl – mit Freundlichkeit gewinnt man mich, doch mit Härte, nein, da kann alles kaputtgehn –

Donnerstag [*5. Januar*]. Leonardo da Vincis Geschichte schwebt mir vor, welch eine Tragödie könnte ich über ihn schreiben, doch fort, fort – ich darf – und ich sollte nicht. [...]

[...]

Mittwoch [*22. März*]. Habe gelernt, dann ein wenig am L. geschrieben – »Corregio« gelesen, der ist herrlich, doch will mir scheinen, als ließe sich etwas Schöneres sagen. So ist das auch mit meinem Eigenen, ich ahne und fühle etwas Besseres, aber ich kann es nicht ausdrücken. War einen Augenblick bei Fuglsangs. – Der Pastor krank. M mürrisch.

[...]

Montag [*27. März*]. Gott, was für ein Osterfest! Feierlich tönen die Glocken vom Kirchturm, mir winkt die blaue Sommerluft; doch am Mittwoch fängt das Examen an, ich weiß, daß es schief geht, deshalb muß ich mich hier drinnen plagen. – 3 wilde Stiere machten viel Aufsehen, sie stießen mehrere Leute mit den Hörnern, der eine wurde vor dem Tor erschossen, der zweite gefangen, aber der dritte lief zu Krumhars, drückte mit seinen Hörnern die Türfüllung ein, die Frau floh mit den Kindern auf den Boden, Kier und die Jungfer sprangen aus dem Fenster; der Stier rannte durch 4 Zimmer, man wollte ihn durch das Fenster erschießen, und er fiel nach dem 3. Schuß (der zweite Stier, vor dem Tor, fiel nach dem 30. Schuß), nachdem er eine Kommode ruiniert und die Gästekammer mit Blut beschmiert hatte. – Es war ein recht lustiger Anblick, wie sich die Leute fürchteten, daß er zu ihnen herauskommen könnte, wie die Knaben, die vor dem Betrunkenen, der mit dem Stock droht, weglaufen, um gleich wieder zurückzukehren, so liefen sie ans Fenster und guckten hinein; doch wenn einer rasch hinuntersprang, dann rannten sie alle. – Das war doch eine kleine Zerstreuung. – M mürrisch; als ich dieses Blatt meines Tagebuchs sowie einen Vers nicht finden konnte, glaubte ich sogleich, er hätte es entdeckt und sei nun böse, ja, daß er es mir dann am Mittwoch, wenn ich nichts könnte, zeigen würde (oder auch, daß er mein φ bemerkt hätte); daß ich gestern abend keinen Punsch bekommen hatte, war mir ein weiteres Anzeichen, aber man hatte ihn nur vergessen, und heute abend bekam ich ihn.

Dienstag [*28. März*]. Den ganzen Tag gelernt – mit den anderen Latein geübt; Giesemann ist nicht gekommen; lief mal schnell zu Holstein, der besser ist, sowie zu Hennebergs und Langes. – »Was lernst du?« sagte Pedersen, »das hilft doch nichts!« Ich weiß es wohl! Oh, dieser Mißmut ist doch süß, und die Erinnerung an ihn süßer als an die Freude; Gott, ich ruhe mich an deiner Vaterbrust aus, ich bin ein großer Dichter, da wird schon alles gut gehen, und ich werde meine Bestimmung erreichen; bin ich es nicht, dann laß das Unglück mich nur gleich vernichten, o Vater! – Es ist recht sonderbar, abends ist mein Mißmut sehr angenehm, mein Vertrauen zu Gott so groß, ich könnte mir wünschen, ewig solcherart zu träumen, das Finstre meines Schicksals schmilzt im milden Mondesglanz dahin, voller Vertrauen zu Gott schlummere ich ein.

[…]

[Andersens Qualen, verschuldet vor allem durch Rektor Meisling, hörten nicht auf, als er im Mai 1826 zusammen mit dessen Familie nach Helsingør umzog. Im April 1827 erlaubte ihm sein väterlicher Gönner Jonas Collin, die dortige Lateinschule zu verlassen und sich in Kopenhagen mit Hilfe eines Privatlehrers auf die Reifeprüfung vorzubereiten, die er dann 1828 bestand.]

[Tagebuchfragment von einer Reise nach Jütland und Fünen]

Den 4. August. [Svendborg] Ging zum Sankt-Jørgenshof, abgebrochenes Kreuz. Der Garten vor der Kirche von Bregninge. Man sieht die Fährstelle; mitten im Wasser stand eine Gerte, als Seezeichen. Ging zum Klostergarten; eine alte Frau saß unter dem Apfelbaum und las im Gesangbuch. Der Sankt-Jørgenshof wurde begründet von Anna Rønnow, einer Tante von Gustaf Vasa, die auf Hvidkilde wohnte. Die Spitze des Klostergartens ist der südlichste Punkt der Stadt. Die Schiffe nach Svendborg scheinen zuerst über das Land zu gleiten, einen Teil der Insel Thorseng [Taasinge], die hier mit einem gelben Kornfeld bedeckt ist. Zur anderen Seite liegt ganz in der Nähe das kleine Fischerdorf Strandhuse mit roten Schornsteinen. Iholm ist eine kleine Insel mitten im Sund, wo man in alter Zeit gejagt haben soll. Man erblickt Ærø. Fischernetz ausgespannt. – Im Kloster sind Frauenzimmer und Mannsleute, wer, das bestimmt der Herr von Hvidkilde. – Im Glockenturm hängt eine Glocke mit dem heiligen Georg, der den Speer in den Hals des Drachens jagt, außerdem die Madonna. Die Kanzel auf einen Feldstein gemauert. War auf Maegaard (krank).

Den 5. August. Die Hulgade, hier Schmuggelei und Stelldichein. Von der Møllegade hat man einen Blick auf die Häuser der Hulgade, den Fjord und Christiansminde. Das Fundament der obersten Häuser in gleicher Höhe mit den tiefer gelegenen. In der Møllegade ein Mühlteich, die Wassermühle mit Holunderbüschen über dem Wasserfall. In der Straße steile Treppen, Erker und fromme Inschriften auf dänisch und lateinisch. (War bei Brandts). Hier liefen vor 18 Jahren die Kaufmannsfrauen mit wollenen Nachthemden, die Männer mit Pelzen herum. Brautleute wurden von den Gästen mit Laternen oder Fackeln heimbegleitet. (Gestern in der Frauenkirche, hier gab es in der Zeit des Katholizismus 7 Altäre, vor 18 Jahren guckten, an die Wand gemalt, noch ein Moses und ein Aron unter dem Kalk hervor. Die Altartafel ist von Ekkersberg: Christus in Gethsemane, das Auge ist erfüllt von Vertrauen und Schmerz: »Nimm diesen Kelch von mir!«) Heute in Hebers Garten in ein Loch gesackt; von hier blickt man vorbei an Christiansminde auf Hestehaven, wo sich pinienähnliche Bäume über den tieferen Wald erheben (gegenüber liegt Thurø, zur Linken Thorseng). – Links im Hauptgang der Nicolai-Kirche ein großes altes Gemälde, gestiftet von einem Christen Morsing, Pfarrer zu Thorseng, nach dem Tod seiner Frau, er und sie stehen da mit zwei Töchtern (einer erwachsenen) und sieben Söhnen, drei Kinder liegen tot (wovon zwei Mädchen sind). Es sind also 12 Kinder an der Zahl. Das nächstvordere im Halbkreis erscheint am jüngsten und ist zwischen diesen hübschen Kindern am wenigsten schön, es hat eine Rose in der Hand, rote Weste, langes Halstuch, blondes Haar, Kniehosen, Spangen an den Schuhen, blaue Augen; der älteste Sohn gleicht dem Küstersohn auf Broholm. Ein blutiger Christus mit den Emblemen (Engel, Axt, Adler und Löwe) hängt links vom Altar, dessen alte Tafel das Abendmahl darstellte, jetzt ist darauf Christus, der das Grab verläßt, von Eddelien. Zu beiden Seiten alte Grabsteine und zur Linken ein schwarzer, der aussieht wie eine Ofenkachel. Allmächtiger Gott! Dich allein habe ich, du lenkst mein Schicksal, dir muß ich mich ergeben! Gib mir ein Auskommen! Gib mir eine Braut! Mein Blut will Liebe, wie mein Herz es will!

H.C. Andersens Tagebuch von einer Deutschland-Reise 1831

Von Kopenhagen ab *den 16. Mai.* – Am Morgen, als ich erwachte, horchte ich auf jeden vorbeifahrenden Wagen, denn ich glaubte, es sei Sturm. – Vor meinem Fenster zwitscherte eine Schwalbe, als wollte sie mir dies und das von meiner Reise erzählen, doch was sie eigentlich sagte, weiß ich nicht. Christian, Læssøe, Lehmann und Hartmann begleiteten mich an Bord, während der ganzen Fahrt war es fast windstill, wir speisten in der Kajüte. Bei Sonnenuntergang erblickten wir noch die Insel Møn, mit ihren grünen Wäldern. Ich schlief nicht. Um 2 Uhr, als wir Falster passierten, ging ich an Deck, sah dann die Sonne aufgehen. Vor der Küste von Holstein wollte uns ein Berliner mit Berliner Witz unterhalten (es war etwas vom Branntweintrinken), indessen kam ein böser Nebel auf, der sich jedoch wieder verlor. – Nachts lag ich ausgestreckt auf der langen Bank, die für 3 Kojen dient. Der Bursche an meinem Kopf bat mich, diesen einzuziehen, der an meinen Beinen bat mich, die Beine einzuziehen. – Um 1/2 12 Uhr erreichten wir Travemünde, alles war grün, zwei Felder gelb von Blumen; es war eine prachtvolle Einfahrt, wir konnten vor Nebel nichts sehen, doch als wir in die Mündung glitten, lag dieser hinter uns, und meine erste Flußschiffahrt begann. Es ist seltsam, auf einem großen Dampfschiff durch ein schmales Gewässer zu fahren, das sich zwischen vielen Landzungen schlängelt. Als ich an Land ging, war ich so erschöpft, daß mir kaum auffiel, daß die kleinen Kinder Deutsch konnten. In Schönberg kehrten wir nachts in einem Wirtshaus ein, wo das Mädchen böse war, weil wir etwas zu essen wünschten. Die Stube war voller nasser Sachen; ich mußte hinaus in die Küche und sie versöhnen; dem Herrn Smith hingegen band sie ihre Küchenschürze um. Ich hatte gräßliche

Zahnschmerzen, mußte bei jedem Wirtshaus aussteigen und mir für meine Zähne französischen Branntwein holen; schließlich mußte ich ein Fläschchen mit etwas Inhalt kaufen und Baumwolle hineintun, das half dann ein wenig. – Die Straße war nicht auszuhalten, mehrere Male wären wir beinah umgeschlagen; Iversen sprang sogar einmal hinaus.

Den 18. Gegen 5 Uhr morgens erreichten wir Hamburg, [zuvor fuhren wir] durch Wandsbek, wo wir das Äußere der Kirche und Schimmelmanns Grabstätte sahen. Obwohl ich zwei Nächte nicht geschlafen hatte, ging ich doch nicht zu Bett, sondern besichtigte die Elbe, den Hafen, den Wall, besuchte Freund und verirrte mich in der Stadt. An der Table d'hôte wurde ich mit *Herr Kandidat* angeredet. Um 1 Uhr verließ uns Iversen und reiste nach Hannover. – Ich hatte wieder unerträgliche Zahnschmerzen. – Auditeur Aall und ich hatten ein Zimmer mit prachtvoller Aussicht auf die Alster. Meine Zähne schmerzen mich ungeheuer; die Nerven sind im Grunde feine Tasten, auf denen der unmerkliche Luftdruck spielt, und deshalb spielt er in den Zähnen, bald piano, bald crescendo, alle Schmerzensmelodien je nach der Veränderung des Wetters. Selbst die Hühneraugen sind keine unwichtigen Instrumente. Abends gab man im Stadttheater »Richards Wanderleben« und im Tivoli-Theater das Vaudeville »Der Besuch im Irrenhaus«, doch wegen meiner Zahnschmerzen ging ich nirgends hin und um 9 Uhr ins Bett.

[...]

Dienstag, den 24. [Braunschweig] Heute morgen spazierte ich durch die Stadt, hier gibt es breite Alleen und Blumenpartien; ich ging abermals über den Schloßplatz und sah die ganze Zerstörung, viele Menschen arbeiteten daran, alles in Ordnung zu bringen und die Ruinen abzureißen. – Danach blieb ich den ganzen Vormittag zu Hause und beendete die Briefe an Collin und Christian. Die Waschfrau brachte meine Sachen, es kostete 12 gute Groschen, 10 Pfennig, sie hat mich um mein gelbes Taschentuch betrogen. – Ich habe nun alles eingepackt, um nach Leipzig zu reisen. – Man ißt hier um 1 Uhr zu

Mittag. – Mehrere Häuser zum Hof und an der Straße zu den Vergnügungsplätzen haben ziegelbekleidete Mauern. – Zu Mittag: 1) Suppe, 2) gekochtes Fleisch mit Soße, 3) Spargel, 4) Rehbraten, 5) Kuchen, 6) Käse und Butter. – Wein eine halbe Flasche. – Die hiesigen Dienstmädchen pflegen dünne Mäntel zu tragen, die ihnen ein flottes Aussehen verleihen. – Das alte Rathaus dient hier als Weinkeller, es ist ein gotisches Gebäude mit Balkon, und an jedem Pfeiler ist eine fürstliche Person mit Gemahlin. – Die Denkmäler, die sich bei uns sonst im Innern der Kirchen befinden, sind hier außen angebracht; auch die Blumentöpfe stehen nicht hinter den Fenstern, sondern davor, die Fenster gehen also nach innen auf, die Leute sitzen abends viel draußen. Die Packwagen, die man benutzt, sind entsetzlich groß, mit vier oder drei Pferden davor, die am Hals viele klappernde Messingplatten und hohe Stücke tragen. – An der Table d'hôte hielt man mich für einen Engländer. War im »Hotel d'Angleterre«, um mich von Hagen zu verabschieden. – Wir kamen auf die Insel Fünen zu sprechen, und er erwähnte die Familie Voigt; Riborg sei ein prächtiges Mädchen, er habe den Eindruck, daß sie mir *nicht* gefalle. – Vor dem Fallersleber Tor, wo Marr wohnt, war bis zum 16. Jahrhundert der Platz für ein großes Volksfest, das alle sieben Jahre stattfand und zu dem die Fürsten und Mächtigen der Umgebung kamen, hier gab es Tanz und Lustbarkeit, und man würfelte um alles, sogar um ein Mädchen, aber dann mußte man sie auch heiraten. Die Damen saßen mit all ihrem Putz in Zelten, und davor tummelte sich die Menge. – Ich war in Kaufmann Krauses Garten, der für jedermann offensteht, an der Fassade des Hauses liest man »Salve Hospes«. Hier duftete es nach Blumen, südliche Bäume standen im Garten, hier war es wunderschön. Von einem Platz im Garten sah man jenseits des Flusses eine Bleiche, und die große Wiese war von Blumen gelb. Etwas weiter gab es zwischen Buchen und hohen Pappeln Vergnügungsplätze, am Horizont erhob sich der Harz, und hoch und zwischen den Wolken, einer grauen Unwetterwolke gleich, ragte der Brocken auf, obwohl er 6

Meilen von hier entfernt ist. Jetzt habe ich doch Berge gesehen, wenn auch nur als Schattenspiel an der Himmelswand! – Alle Fenster gegenüber dem Hotel sind zugezogen, damit keiner hineinschauen soll, was aber den Anschein erweckt, als wären Leichen in jeder Etage und jedem Haus. Als ich gestern abend über den Schloßplatz ging, saßen auf den Ruinen ein paar Kindermädchen und sangen »Herr des Meeres« aus der »Stummen«, während die kleinen Kinder zwischen dem Schutt spielten; diese werden vielleicht ihren Kindern als erste Erinnerung ihres Lebens von der Zerstörung des Schlosses erzählen, dann wird dort vielleicht ein neues stehen oder, was wahrscheinlicher ist, eine Promenade sein. (Der Herzog will jetzt in Blankenburg wohnen.) Es kann bei einem Dichter niemals ein Fehler sein, daß er subjektiv ist, das ist gerade ein Zeichen für jene Fülle von Poesie, die er in sich trägt. Heute abend brachte mir der Kellner ein Buch zum Lesen, »Eid und Gewissen. Die Felsenbraut« von L. Kruse. – (Jede Partie in der Natur ist im Grunde eine Abbildung des einzelnen Menschen, jeder Baum, jede Blume ist sein Gefühl; und wie es keine Wüste ohne ihren grünen Halm, kein Meer ohne seine Perlen gibt, so gibt es keinen Menschen, der, obgleich roh und böse, nicht doch seine gute Seite hat. Es könnte interessant sein, die eigenen Bekannten mit solchen Landschaften zu vergleichen.) – Fast bei jedem Wort sagen die Kinder in Braunschweig »Herr Jöss!«

[...]

Goslar, *Donnerstag, den 26. Mai.* Ich habe heute nacht ein paar Pickel bekommen, die mich ganz unruhig machen, doch will ich hoffen, daß sie von der Hitze sind und zum Reiseleben gehören; Gott, wenn ich nur nicht angesteckt wurde vom Bett! – Gestern führte Hennecke mich herum, und als wir zum Dom kamen und eine alte Inschrift erblickten, sagte er zur Küstersfrau: »Ja, die kann uns mein Bruder, der Gelehrte, erklären«, und zu mir: »Ja, der hat große Kenntnisse und ist genauso gelehrt wie Sie.« – »Der Arme!« Mehr nicht? In der Kapelle waren 3 Göttinger Studenten mit langen Locken und roten Samtmützen, an die sie Blumensträußchen gesteckt hatten. – Direkt vor meinem Fenster erhebt sich der Rammelsberg. – Die Luft ist etwas dick. – Das Rathaus war sehr altertümlich, und all die alten Kaiser standen in Stein gehauen und bunt bemalt davor. Mitten auf dem Platz war ein Springbrunnen aus Metall, der sehr alt sein soll; an die Außenwand der Kapelle, die noch von der Kirche stand, waren ebenfalls Kaiser und zuoberst die Madonna mit dem Kind gemalt. – Madonnen findet man vielerorts in Stein gehauen. – Dies wäre recht eine Stadt für Ludvig; wenn er dabei wäre, käme man einen Monat lang nicht von hier weg! – Gegen 7 Uhr gingen wir mit Herrn Hennecke und einem Führer zum Okertal, wo wir die Hütten sahen; hier wurde Metall geschmolzen, es floß aus Röhren, während der Abfall, wie Lava, feuerrot im Rinnstein lief, über den Boden hinweg, die Flamme war weiß und grün; ich sah Schwefelhaufen, der Geruch war garstig; in den Okerhütten war es ungeheuer heiß, und die schwarzen Bergleute liefen hin und her und schmolzen das Metall. Hier trennte ich mich von Hennecke und ging mit dem Führer in den Wald; er wußte nicht recht Bescheid und war den Weg seit 8 Jahren nicht mehr gegangen, doch weil dieser ziemlich gerade war, gingen wir los. Bald gelangten wir in riesige Tannenwälder, wo dicke Wurzeln aus dem Boden ragten und ringsum große Steine lagen; überall brachen Quellen aus der Erde, die an einigen Stellen der Pfade so aufgeweicht war, daß wir große Umwege machen mußten. – Mein Führer plumpste einmal bis zu den Knien in den Morast, er hieß Conradt. – Wir begegneten mehreren wandernden Studenten, die vom Brocken kamen und weiße Überröcke und rote Mützen trugen, an denen ihr Harzsträußchen steckte; sie hatten Hunde dabei. – Im Wald trafen wir einen wandernden Postboten, der nach Blankenburg wollte, er erzählte uns, daß dieser Ort noch in den letzten Jahren gefährlich wegen der »Spitzbuben« gewesen sei. Mein Führer schnitt mir einen Stock im Wald; ich verspürte einen ungeheuren Appetit, hatte aber, auf freundschaftlichen Rat, Madeira und Butterbrote mitgenommen. – Nur dann und wann bekam ich wieder die Berge zu sehen, sie waren in Nebel eingehüllt und erinnerten mich sehr an ein Gemälde des Fräulein I., das ich gesehen habe, von Tirol. – Wir kamen dicht an Harzburg vorüber und kehrten im Eckerkrug ein, wo wir etwas Milch erhielten. Von hier gelangten wir nach Ilsenburg, einem kleinen Flecken am Fuß des Harzes. Hennecke hatte mir ein Empfehlungsschreiben an einen Kaufmann Leonhard mitgegeben, der jedoch nicht anzutreffen war; ein junger Mensch aus seinem Haus nahm sich meiner an und besorgte mir einen Führer zum Brocken, sonst wäre ich kaum dorthin gekommen. Ein heftiges Gewitter zog auf und dröhnte zwischen den Bergen, doch weil ich schon in den Bergen das Wasser donnern gehört hatte, kam es mir nicht mehr so stark vor. – Ich mußte einen Reichstaler für einen Happen Frühstück und Kaffee und einen für den Führer zum Brocken bezahlen. Wir gingen durch das schöne Ilsetal, zwischen hohen, mit Tannen bewachsenen Bergen zu beiden Seiten, und die Ilse eilte mit fliegender Fahrt hindurch. Der Ilsenstein sah wie eine riesige Ruine aus, mir wurde schwindlig, als ich zu ihm aufschaute, er glich einem kolossalen Mauerwerk, zuoberst stand ein eisernes Kreuz, und doch ist dies nur ein kleiner Punkt in der Tiefe, wenn man auf dem Brocken steht. – Nun wurde die Gegend immer romantischer, ungeheure Felsenblöcke lagen ringsum, ja, der Brocken ist recht ein nordisches Hünengrab im Großen, hier ist Stein auf Stein getürmt! – Die Ilse wurde schöner und schöner; nun stürzte sie über die Felsenblöcke, schneeweiß, und wurde zwischen den Felsstücken dann wieder pechschwarz; Wasserfall folgte auf Wasserfall; doch die gute Prinzessin Ilse ist am dicksten an den Beinen, nach oben zu wird sie immer dünner, und wie bei vielen anderen Damen merkt man vom Kopf am Ende gar nichts mehr. – Ich wurde hungrig wie ein Bär, mußte mich zweimal ausruhen und schlang die Butterbrote, die wunderbar schmeckten, fast hinunter und trank dazu meinen Madeira, nachdem ich mit dem Führer geteilt hatte, der mir viele Komplimente machte. – Nun kamen wir in ein Tal mit Köhlerhütten, hier war ein dicker Rauch und zu beiden Seiten dunkler Tannenwald, die Köhler übernachten in einer kleinen Hütte aus Zweigen und Borke. – Wir verließen die Ilse, und nun ging es immer höher, die Steigung nahm kein Ende, wir mußten über große Steine, dann erblickten wir Schnee, jedoch nur ganz wenig. Als ich mich umschaute, lag das ganze Gebirge tief unter mir, wie Hügel, viele Städtchen lagen verstreut, ich konnte Magdeburg erkennen; ich ging noch ein paar Schritte weiter, da jagte der »Nebel« über den Berg, wie ein leichter Rauch, und unversehens war alles davon eingehüllt. Endlich erreichten wir das Brockenhaus. Hier war eine Gesellschaft von 30 Personen, die Instrumente mitgebracht hatten und große Sachen spielten, ich wurde also mit Musik empfangen, während es in den Bergen donnerte. – Übrigens waren meine Zahnschmerzen zurückgekehrt und wurden vom heißen Tee noch schlimmer. Die Mauern hier sind ein, zwei Ellen dick, vor dem Fenster jagen die Wolken in dünnen Schleiern vorbei, 3 von den Mägden des Hauses, die nach deutschem Brauch lose Umhänge mit Kapuzen trugen, liefen draußen herum und pflückten Brockenblumen, sie sahen wie Macbeths Hexen oder richtiger, wie Blocksberghexen aus, und das waren sie ja auch. – Die Kühe trugen Glokken, das klang hübsch. – Doch alles war Nebel. Ich stieg auf den Turm, wo ich 3 Engländer traf, jetzt sitze ich in meinem Stübchen, mit Feuer im Kachelofen, Punsch auf dem Tisch und einem Engländer zum Nachbarn, das ist ganz winterlich! – Im Ilsetal fiel mir dieser Vers ein, der erste auf meiner Reise, wie ein Supplement zu dem Gedicht »Fünen«:

(Steh ich auch in Wolken hoch)
Steh ich auch auf dem Berge hoch,
Muß das Herz doch tief bekennen:
(Gottes Himmel) Warst dem Himmel näher noch,
Als du konntest dein sie nennen.

Noch sind hier Wolken, wie seltsam, hoch oben in einer Wolke zu sitzen und Punsch zu trinken! – Ja, man kann über der

Wolke sitzen und Beefsteak essen. – Vielleicht steht unten im Tal jetzt ein poetisches Gemüt und schwärmt von der herrlichen Wolke, diesem himmlischen Bergland! Ja, der Mann sollte hier sein! – Es ist seltsam, seltsam zu denken, daß ich hierher, an diesen Ort, wohl niemals wieder komme! Daß ich jene Menschen, die ich hier traf, vielleicht nie wieder sehe. – In einem solchen Nebelwetter, oder, Verzeihung, in einer prachtvollen Wolke, könnte man genauso im Peder Madsens[-Gang] bei Nebel sein und sich in den Harz träumen, die Aussicht ist die gleiche! Wie seltsam fliegt mein Gedanke umher, Riborg, Christian, Edvard, Frau L – es gibt doch so viele liebenswerte Menschen auf dieser schönen Welt! – Nein, ich will nicht trauern, du bist so gut, du lieber Gott, könnte ich doch nur ein guter Mensch sein, ich bin es nicht! (Schau an, das ist doch ärgerlich, jetzt denke ich daran, daß man dieses lesen soll, da kann ich nicht ich selber sein.) – Nein, deshalb nicht mehr! Jetzt ins Bett, Gott gebe mir morgen klares Wetter! Es ist doch nicht der Mühe wert, daß man sich halb zu Tode rennt, um Nebel zu sehen, den kennt man schon.

[...]

Samstag, den 28. Mai. [Blankenburg] Um 4 Uhr war ich auf; vier Candidati Theologiae aus Osterode waren meine Nachbarn, gemeinsam nahmen wir uns eine Führerin und wanderten zum Regenstein; wir hatten unser Brockensträußchen an den Hut gesteckt und gingen zuerst alle zu einem Bäkker und kauften uns Brot. – Die Straße war von Kirschbäumen eingefaßt. – Die Aussicht war wunderbar schön. Das Schloß schien wie in den Fels gehauen, die Kirche stand noch und war sehr klein, doch aus dem Felsen selbst. – Wir sangen recht lustig in den Ruinen, und ich erzählte ihnen von Dänemark und vom Meer, von dem sie nicht die geringste Vorstellung hatten. Ich warf einen Stein in den Brunnen und war überall. Der Heimweg führte durch ein Tal mit Felsen zu beiden Seiten. – Ich kann das übrigens nicht recht erzählen, ich habe heute so viel Göttliches gesehen, daß ich es nicht recht sammeln kann. An der Chaussee wuchsen gelbe Rosen, die schon aufgeblüht waren. Sie verlief nicht weit von der »Teufelsmauer«, die sich, Ruinen einer riesigen Schanze gleich, so weit erstreckte, wie das Auge reichte. – Durch die romantischsten Täler, wo im Wald die Nachtigallen schlugen, gelangten wir zur Roßtrappe, einer der wildesten Gegenden, die ich je gesehen, mit schroffen Abhängen, und die Leute, die darunter gingen, waren wie Punkte. Ich kann es mir jetzt nicht recht wieder vorstellen, das konnte ich nicht einmal am Ort selbst, wenn ich die Augen schloß, der Gedanke konnte diese Tiefe nicht fassen, welche die Phantasie nicht erschaffen kann. Wir sahen Quedlinburg, ja, die Türme von Magdeburg, die etwa 12 Meilen von hier entfernt sind. So klar sei es in diesem Jahr noch nicht gewesen, sagte man; der Herrgott ist auf meiner Seite. – Hier nahm ich Abschied von meinen Studenten, nachdem wir eine Flasche Bergwasser getrunken hatten, eine Art Champagner, den man aus der Buche preßt und der süß ist. Allein wanderte ich talwärts (ich hatte mir einen Stock gekauft), konnte keine Brücke über die Bode finden, weshalb ich versuchte, von Felsenblock zu Felsenblock zu springen, da aber entdeckte ich die Brücke. In Blechhütte zeigte mir eine Harfenspielerin, die auf der Roßtrappe für uns gespielt hatte, den rechten Weg. Sie ging eine lange Strecke mit, ja, bekam sogar nasse Füße, als sie über die Bode sprang. Nun ging ich allein weiter, und obwohl sich die Wege kreuzten, war ich so glücklich, stets den rechten zu treffen. Im Wirthaus von Blechhütte begegnete ich 3 Studenten aus Jena, die des Glaubens waren, in Dänemark spräche nur die niedere Klasse dänisch; der eine wurde ganz verstimmt, als er hörte, daß ein Däne »Axel und Valborg« geschrieben habe. Diese Studenten schwärmten für Sand, sie fragten, ob wir keine Burschenschaften in Dänemark hätten. – Ansonsten machten sie einen Spektakel für 10. Jenseits von Gernrode traf ich zwei junge Leute (so 15-16 Jahre), die mit auf dem Brocken gewesen waren; der eine war aus Berlin, der andere aus Magdeburg. Zusammen gingen wir nach Alexisbad; in Mägdesprung schrieb ich meinen Namen auf zwei verschiedene Stellen des Obelisken. In Alexisbad war ich unten im Brunnenhaus selbst und trank ein Glas von dem Wasser, es schmeckte stark nach Eisen oder wie Tinte. Die Felsen ringsum waren herausgeputzt, was sich nicht gut ausnahm, auch mit Namen (vergoldet auf blauem Grund) wie z.B. »Adolph« usw. – Hoch oben auf dem Mägdesprung stand ein eisernes Kreuz, an jener Stelle, wo das Mädchen, verfolgt vom Fürsten, in die Tiefe sprang, um seine Ehre zu retten (die Winde trugen sie sanft). In Harzgerode, wo ich im »Weißen Roß« einkehrte, erkundigte sich die Polizei nach meinem Paß; die Tochter hatte nämlich im Ort erzählt, sie hätten einen Engländer bekommen, der zu Fuß gekommen sei; sonst wurde niemals nach dem Paß gefragt.

[...]

Montag, den 30. Mai [...] Um 1 Uhr kamen wir nach Leipzig; die Landstraße verlief über den berühmten Walplatz, auf dem jetzt üppig das Korn wuchs. – Es war eine sehr dänische Gegend. – Ich stieg im »Hotel de Bavière« ab, das äußerst brillant ist. Nachdem ich mich umgekleidet hatte, machte ich mich auf den Weg zu Brockhaus und hätte mich fast niemals hingefunden. Lotte wurde ungeheuer überrascht und gebärdete sich so entsetzlich, daß die Familie in Verlegenheit geriet. – War im Theater, es ist *fast* genauso groß wie unseres. Man gab die Hälfte von »Wilhelm Tell«. Signora Palazzesi wurde mit Applaus empfangen. Das Parterre sah nicht so elegant aus wie in Hamburg und Braunschweig. – Das Volksgewimmel und die Häuser, alles erinnert hier an Hamburg und Kopenhagen.

Dienstag, den 31. Mai. Heute ist graues Wetter. Soweit ich von meinem Fenster sehen kann, sitzen Bauersfrauen auf dem Bürgersteig und verkaufen Butter. Ich ging zu Kandidat Schumacher, der nicht zu Hause war; von dort ging ich zu Dr. Hasper, einem braven Mann, der mich mit großer Freundlichkeit empfing und von den vielen (über 1000) erzählte, die hier an Influenza erkrankt waren. Danach besuchte ich Etatsrat Brandes, der glaubte, mich schon einmal gesehen zu haben, und mir zu Diensten sein wollte, wie es in seinen Kräften stünde. – Überall lobte man mich für meine »Geläufigkeit« im

Deutschen. Die guten Menschen! – Im Hotel hat ein Buchhändler Hoppe aus Christiania nach mir gefragt, jedoch die Auskunft bekommen, hier sei kein Däne, sondern ein Engländer. – Ich fand ihn später im »Hotel du Saxe«; er hatte in seinem Wesen viel von Guldberg; seine Frau daheim war die Tochter eines königlichen Schauspielers. – Zu Mittag speiste ich ganz vortrefflich bei Brockhaus; weil ich Mann und Frau für Kinder des alten Brockhaus, für Geschwister hielt, wartete ich lange auf einen der Eltern; als ich den Mann später »Bruder« nannte, gab das Stoff für Gelächter, es soll mehreren anderen genauso ergangen sein. – Hatte Besuch von Hoppe. – War im Theater, wo er gleich hinter mir saß. Vor allem im zweiten Teil des »Tell« gab es brillante Nummern, die Brüder Hagen saßen im Parkett, Brockhausens im selben Rang wie ich. – Lotte Oehlenschläger erzählte von einer deutschen Dame, die gesagt habe, die vier Temperamente seien Melancholie, Epilepsie, Geometrie und Diarrhö. – Der arme Mensch, der nur das letzte hatte! – Speiste bei Hoppe im »Hotel du Saxe«; er erzählte mir Szenen aus seinem Leben, und wir trennten uns mit inniger Freundlichkeit. Zuvor hatte ich mit ihm Gerhardts Garten besucht, meinen Namen ins Fremdenbuch geschrieben und jenen Ort besichtigt, wo Poniatowski ertrunken war und man ihn aus dem Wasser gezogen hatte, hier stand eine Säule, kaum eine Elle hoch. – Es gibt Menschen, mit denen man mehrere Jahre Umgang haben kann, ohne daß man zu ihnen Vertrauen faßt, anderen sieht man kaum ins Auge, da hat man schon ein Herz gefunden, an dem man sich heimisch fühlt. – O reisen, reisen! Wer doch sein ganzes Leben umherflattern könnte! – Ja, ich fühle, die Welt ist mein Heim, und ich werde, ich muß mich in diesem Heim tummeln.

Wo sich die Stürme mit dem Donner messen,
Das stolze Meer zeigt seine Wogenzier,
Ich denke nur an dich – Gott gab dich mir,
Ich kann dich nie vergessen.

Wo wilde Hengste über Steppen preschen,
Auf Bergesgipfel, in der Wolke hoch,
In jeder fremden Stadt (Leipzig) seh ich dich noch.
Ich kann dich nie vergessen.

O fort vom engen Heim will ich statt dessen,
Dorthin, wo Tannen wachsen himmelwärts,
Fern, fern, da findet Ruhe wohl das Herz!
Ich kann dich nie vergessen.

Mittwoch, den 1. Juni. Gestern, als ich mit Hoppe zum Denkmal für Poniatowski ging, kamen wir an einem Haus vorbei, das hoch oben im zweiten Stock ein Spalier mit herrlichen Moosrosen hatte, deren Blüten aus den grünen Blättern schauten. Heute war ich bei Hoppe, ging dann zu Schumacher, mit dem ich »Auerbachs Keller« besuchte und das Fenster sah, durch welches Faust hinausgeritten war. Hier hingen mehrere Porträts von ihm, und zwei Gemälde an der Wand stellten Szenen daraus dar (Faust reitend auf einem Faß). Danach gingen wir im Rosental spazieren und waren im Pavillon.

Um ein freundliches Andenken bittet Sie
Wilhelm Schumacher

Zum Mittagessen war ich bei Brockhaus, wo ich einen Doktor aus Braunschweig und einen Rittmeister Einsiedel traf; dieser bat mich, bei meiner Heimkehr von Schmidten sowie Ørsted zu grüßen. Brockhaus versprach, einige von meinen Gedichten anzunehmen, um sie bekanntzumachen. – Ging mit Lotte Oehlenschläger auf den Friedhof und besichtigte dort Gellerts Grab, das von einem einfachen flachen Stein mit seinem Namen und Todesjahr bedeckt war; auf das Holzgitter, das es umgab, hatten viele ihre Namen geschrieben, wir schrieben die unseren auch. – Ich geriet ansonsten in eine drollige Laune, und Lotte lachte in einem fort. Die Gräber waren ganz wunderlich geschmückt, mit Blumen und Bändern; die

Bänder hatten goldene und silberne Fransen und waren mit Versen bedruckt. Auf ein Grab hatte man zerschnittene Zitronen gelegt, das sah wie ein Misthaufen aus. Ein Toter wurde begraben, Leute strömten herbei; Lotte und ich gingen der Schar voran. Es war ein Tischler; lange Bänder flatterten vom Sarg, und die Knaben sangen schön in der klaren Sommerluft. Danach gingen wir in die Stadt und besichtigten die Nikolai-Kirche, wo es Gemälde von Oeser gab; besonders gefielen mir »Christus am Brunnen« und dann in der Kuppel ein schwebender Engel. In der Kirche wurde Staub gewischt, und ein Mann saß hoch oben, wie [ein Stück] Putz, Lotte wurde davon ganz schlecht. In einem Verschlag stand die alte Kanzel, auf der Luther gepredigt hatte, ich legte meine Hand auf jene Stelle, wo die seine gelegen haben mußte. Die Kirche ist groß, hell und schön. Ich trennte mich von Lotte, die hoffte, daß wir uns in Dresden wieder begegneten. War bei Schumacher und trank Kaffee. – Von Hoppe verabschiedet! Um 8 Uhr rollten wir zur Stadt hinaus, in Gesellschaft eines Doktors aus Leipzig und zweier junger Herren aus Frankfurt am Main sowie eines kleinen Jungen, der als blinder Passagier mitten dazwischen saß. Ich dachte an Heines »Amor, der blinde Passagier«, und also nannten wir ihn danach Amor. In Oschatz, wo wir am Morgen des *2. Juni (Donnerstag)* eintrafen, fragte der Doktor mich nach meinem Namen, ich sagte: Andersen. »Sind Sie vielleicht mit dem berühmten Dichter Andersen verwandt?« Da sagte ich, daß kein dänischer Dichter außer mir diesen Namen trage, worauf er erzählte, er habe mehrere Sachen von mir gelesen, die ihn erfreut hätten, auf deutsch. – Als wir uns Meißen näherten, nahm die Gegend ein romantisches Aussehen an. War es zuvor, ab Merseburg, dänisch gewesen, so kamen jetzt Berge, jedoch von ganz anderem Charakter als die des Harzes; sie hatten eine rotgelbe Farbe und waren mit Buchen bewachsen, darunter schlängelte sich die Elbe in malerischen Windungen, hölzerne Schiffe fuhren darauf. – Rundum lagen Ortschaften und Häuser am Ufer. – Um zehn Uhr kamen wir in Meißen an. Die Porzellanfabrik sah wie eine Kirche aus und lag hoch oben auf einem Berg. Der ganze Weg war prachtvoll, die Elbe hatte Berge auf der einen und Berge mit Häusern auf der anderen Seite. – In einem Dorf 1 1/2 Meilen vor Dresden machten wir halt; hier bekam ich die ersten Erdbeeren (1 Groschen für eine Tasse). Die Postknechte waren schmucke Leute, trugen brandgelbe Uniformen mit blauem Kragen und auf dem Rücken Trompeten, an einer langen Schnur mit weißblauer Quaste. – Unterwegs gab es Alleen von Birnbäumen und Akazien, und die Fenster waren von blühenden Provinzrosen eingerahmt. – Am Tor von Dresden verlangte man von mir den Paß; ich stieg im »Hotel de Russie« ab, wo meine Zahnschmerzen wieder anfingen. Nach der Table d'hôte besuchte ich Dahl, der mich mit großer Freundlichkeit empfing, obwohl ich ihm unbekannt war, denn Jette hatte ihm nicht geschrieben. Auf dem Postamt war *kein* Brief für mich. – Um 6 Uhr ging ich mit Dahl, Aall und Faye zu Tieck, der sich lange mit mir unterhielt und, nachdem wir Tee getrunken hatten, den zweiten Tal von Shakespeares »Heinrich IV.« vorlas. Ganz wunderbar. – Die eine der Töchter ist leidlich hübsch, die andere hatte ein merkwürdiges Hühnergesicht. – Vor dem Besuch bei Tieck war ich noch in der katholischen Kirche gewesen, man feierte gerade das Fronleichnamsfest, und am Vormittag waren Prozessionen durch die Straßen gezogen. – Die Kirche war groß und hell, mit mehreren Kapellen, wo die Leute niederknieten. Eine herrliche Musik ertönte, und die Kastraten sangen wie junge Mädchen, das machte auf mich einen seltsamen Eindruck. – Schweizer in gelben Gewändern schritten mit großen silbernen Stöcken durch die Gänge; vor dem Altar standen 3 Priester in weißen Seidenkleidern, mit Gold und Blumen bestickt; die Chorknaben, die über ihrem roten Kleid ein feines weißes Hemd anhatten, schwenkten die Weihrauchgefäße und trugen Kerzen, mit vielen seltsamen Zeremonien. Ich sah ein paar böhmische Bauernmädchen, die ihre Sachen mit in die Kirche schleppten, in größter Eile niederknieten und sich bekreuzigten und dann in die Kapellen eilten.

[...]

Dienstag, den 7. Juni [Lohmen] standen wir um 3 Uhr auf, es war ein grausam kurzes Bett; draußen regnete es, doch mit einem Jungen als Führer zogen wir zum Uttewalder Grund, wo wir in einem schlechten Wirtshaus vor dem Regen Zuflucht suchten. – Wir gingen durch ein herrliches Felsental, kamen durch zwei Höhlen; die Felsenstücke trafen zusammen und waren mit prachtvollem bunten Moos bewachsen. Auf der Bastei war noch Nebel, doch das Tal in der Tiefe war ganz klar und grün. Wir gingen mit mehreren anderen Reisenden auf Gebirgswegen zu einem Wasserfall, der über eine Felsenkluft brauste. – Die Wolfsschlucht, eine schmale Kluft, ganz in der Nähe war die Teufelsbrücke, von der aus wir Hohstein sahen. Tief unter uns wand sich ein rauschender Fluß; die Felsen ringsum ragten wie die Ruinen eines ungeheuren Marmorschlosses auf. Teufelsbrücke. Wir krochen durch die Wolfsschlucht und kletterten hinauf nach Hohstein, wo wir Erdbeeren mit Zucker bekamen. – Ich hatte klatschnasse Füße, was sehr auf mein geistiges Ich einwirkte. In Schandau kaufte ich ein Paar Strümpfe (7 Groschen) und ein Paar böhmische Strohschuhe (2 Groschen), das half. – Nur wilde Felsenklüfte, Berge mit schwarzen Tannen, über die blaugrauer Nebel in wunderlichen Formen hinwegschwebte. – In Brand hatte man eine herrliche Aussicht, ein langes frisches, grünes Tal, so breit wie die Elbe, wand sich mit dieser unter den Klippen dahin; das Ganze sah aus wie ein gemaltes Bild, eine Landkarte, die Flußschiffe sahen wie Spielzeug aus. Überall, wo das Wasser die großen Klippen gesprengt hatte, sah man Spuren einer großen Natur-Revolution. – Als wir im Kuhstall, in einer großen Höhle saßen, wölbte sich über den Bergen ein Regenbogen, so kräftig und klar, wie ich ihn nie zuvor gesehen; nicht nur am Himmel stand er, sondern auch zwischen uns und der Felsenwand gegenüber, und zum Tal hin rundete er sich zu einer Kugel. – Die Wolken waren von einem ganz seltsamen Indigoblau und dazu gelb und grau gesprenkelt. Während wir essen, spielt ein alter Harfenspieler Harfe. Der Kellner trägt das Essen durch die Höhle; wie anders ist es jetzt als früher, als hier Unglückliche vor den Kriegsgreueln Zuflucht suchten.

Mittwoch, 8. Juni. Um 4 Uhr verließen wir den Kuhstall. – Herrnskretschen lag malerisch schön. Felsen zu beiden Seiten, und dazwischen die Kirnitz, auf der eine ungeheure Menge von Holzstücken schwamm, von Frauen und Kindern mit langen Stangen gestoßen. – Die Häuser hatten Geländer und Balkons aus Holz, Christusbilder über einzelnen Türen. Der heilige Nepomuk war mit Kränzen umwunden; da lagen Mühlen. – Während der Fahrt auf der Elbe, wo wir auch Damen dabei hatten, war es ungeheuer kalt; wir froren wie im Winter. Böhmische Soldaten patroullierten an der Grenze; dann kamen wir an einem Steinbruch vorbei (wo man Steine für Schloß Christiansborg gebrochen hat). – Unser Nachtlager im Kuhstall war grausam gewesen; zwischen den Klippen war ein Blockhaus errichtet; wir gelangten über eine schmale Treppe zu einer Art Dachboden, wo auf dem Fußboden Betten gemacht waren, auch unsre Sachen mußten wir dorthin legen, und zu unsern Füßen ragte ein nackter Felsenblock in den Raum. Von hier gingen wir zum Winterberg, dem Kleinen und dem Großen; ich hatte zum ersten Mal recht schlechte Laune! Hier kaufte ich ein Strohbrett. – Vor uns lag eine ungeheure Aussicht, wir sahen die böhmischen Berge. Da war ein lustiger, verkrümmter Wirt. – Nun ging es nach Böhmen. Die Berge sahen dunkler aus, ringsum sprudelten Quellen. – Die Fürsten-Quelle mit der Napoleonsinsel, ich sprang ins Wasser, um sie zu erreichen. Zuerst kamen wir zum Prebischtor, wo ich eine Flasche kaufte. – Der Felsen bildete eine natürliche Brücke mit einem hoch gewölbten Bogen, ringsum erhoben sich Berge mit dunklen Tannen, und fern am Horizont ragten das Riesengebirge und die Karpaten auf. – Von Schandau spazierten wir ohne Führer zur Übergangsstelle bei Pirna. Hoch über der Stadt lag auf einem Felsen Schloß Sonnenstein, dort war ein Gitter vor dem Balkon, dort gingen die Irren spazieren und hielten Ausschau über die Berge und den Fluß. – Überall in der Stadt gab es Spaliere mit Provinzrosen; wir mieteten hier einen Wagen und fuhren in großer Kälte nach Dresden. An der Straße sahen wir Irrlichter.

[...]

Freitag, den 10. Juni. Gestern abend erzählte mir Faye eine Sage aus Merseburg, wo ich gewesen bin. Vor dem Schloß steht ein Eisenkäfig mit einem lebendigen Raben, der »Jacob! Jacob!« sagt. – Der Sage nach hat ein Bischof, der häufig bestohlen wurde, schließlich seinen Brillantring ausgelegt, um den Dieb zu finden, und sein Diener wurde geköpft. Doch später wurde entdeckt, daß es sein Lieblingsrabe gewesen war, was sich der Bischof so zu Herzen nahm, daß er dahinsiechte, und er ließ diesen Käfig aufstellen, in dem man bis heute, für eine bestimmte Summe, einen lebendigen Raben unterhält, der den Namen des Dieners ruft: Jacob! – Heute war ich mit Frøhlich und Kammerjunker Wichfeld im Grünen Gewölbe; am interessantesten war, daß alle Wände Spiegelglas trugen, so daß man zur Abwechslung sich selbst sehen konnte. Ich hatte die Szepter in der Hand. Sah Luthers Ring und ungeheure Kostbarkeiten. War vorher noch in der katholischen Kirche, wo ich eine junge Dame beichten sah, was ziemlich lange dauerte. Um 11 Uhr ging ich vom Grünen Gewölbe zu Dahl, um ihm Lebewohl zu sagen. Er schenkte mir noch eine kleine Skizze in Öl, küßte mich zum Abschied und bat mich, alle daheim zu grüßen; ich habe ihn sehr gern. Heute morgen reisten Aall und Faye nach Wien und meine beiden Frankfurter nach Prag. – Um 3 Uhr war ich bei Tieck, er schrieb ein paar Worte zum Abschied, drückte mich an sein Herz und küßte mich auf die Wange, ich konnte mich der Tränen nicht erwehren, noch in der Tür drückte er mich an seine Brust und bat mich, mutig jenen Weg zu gehen, für den ich geboren sei. – Ich sehe ihn niemals wieder! – Gott, ich verdiene die große Liebe nicht, die du und die Welt mir erweisen! – Großenhain, Elsterwerda, Liebenwerda, Herzberg, Jüterbog (der alte Mauritius).

Nur 1/2 Meile außerhalb der Stadt mußten wir halten, alle Briefe waren vergessen. Wir waren 9 im Wagen, und in diesem Kegelspiel saß ich als Neuner-König.

[...]

Montag, den 13. Juni. [Berlin] War bei dem dänischen Gesandten Reventlow, der mich mit großer Artigkeit empfing, was nicht gewöhnlich ist, wie man sagt. – Franz Horn war nicht zu Hause, doch seine Frau lud mich für Mittwoch zum Tee ein. Heute bin ich tüchtig herumgelaufen, die Stadt ist ungeheuer groß, ermüdet das Auge jedoch durch ihre Einförmigkeit und die Beine durch ihr Pflaster. – An der Table d'hôte fragte ein junger Franzose, den ich hier kennengelernt habe, ob wir ein Stück spazierengehen wollten; ich ging mit, und nun erzählte er mir sein ganzes Don-Juan-Leben, was mich anfangs amüsierte, doch als wir auf einmal in einer Straße de plaisir standen und er mich zum Wein einlud, bekam ich einen großen Schreck; ich schämte mich ordentlich, durch diese lange Sirenen-Straße zu gehen, die immer schmaler wurde, bis wir hinausschlüpften und ich mich freundlich, doch nicht eben wohlgesonnen, von dem jungen Wesen, das die Welt schon so gut kannte, verabschiedete. Unter den Linden traf ich einen dänischen Studenten, G. Kretz, der hier studiert; ich ging mit in seine Wohnung (Jägerstraße 66 [...] Treppe). Bei Freund bekam ich 4 Louisdor. War auf dem Wilhelmsplatz und sah mir die Standbilder der berühmten Generäle an. Kehrte zeitig heim und schrieb folgendes über Berlin:

Schnurgrade Straßen, Palais an Palais,
Füße und Augen tun einem hier weh.
Hübsche Soldaten – der erste schien mir
Mitten durchs Herze zu gehen schier.
»Nie sah ich Schöneres!« rief ich laut,
»Gott, wie ist er doch prächtig gebaut!«
Unter den Linden ging alle Welt
(Am schönsten als Kupferstich dargestellt).
Schmutzig die Straßen, die Jungen sind,
Ach, dafür wäre man lieber blind!
Echten Berliner Witz finden man kann,
Und der ist kostbar, insonderheit dann,

Wenn er per Schnellpost reiset fürbaß,
Ist er, weil zu schwer, ein teurer Spaß!
R wird gerollt hier, man sagt: »Mein Jott!«
Sonst aber sind diese Leute sehr gut.
Sieht man die Stadt jedoch kreuz und quer,
Paßt ihre Größe in Verse nicht mehr.

Moral

Merk dir: Berlin ist mitnichten klein
Und die Moral davon überaus fein.

Am späten Abend war Lärm auf der Straße; die Wächter stießen ins Horn; ein Feuer war ausgebrochen, eine Windmühle brannte ab, die Flammen warfen ihren Schein auf den Schornstein meines Gegenübers.

Dienstag, den 14. Juni. War im Museum, das nur an bestimmten Tagen geöffnet ist; doch jeder Fremde, der dem Kastellan seinen Paß vorzeigt, erhält freien Eintritt. Ich besichtigte zuerst die Antiken, von denen es mehrere gibt, darunter ägyptische. – Darüber befinden sich brillante Säle, wo die Gemälde in einer vortrefflichen Ordnung hängen; livrierte Diener saßen an den Türen. Ich sah »Die Grablegung Christi« von Michelangelo da Caravaggio, Guido Renis »Fortuna«, von Anthonis van Dyck »Die Ausgießung des Heiligen Geistes« sowie zwei Kinder von Karl I. – Von P.P. Rubens 1) »Die heilige Cäcilia«, 2) »Krönung Mariä« sowie 3) ein Porträt seiner zweiten Frau Helène Fourment. Von Karel van Mander einen »Christian IV.« Von David Teniers d.J. »Die Versuchung des heiligen Antonius«. Landschaften von Ruisdael. Carlo Dolcis »Evangelist Johannes« hat auffallende Ähnlichkeit mit seinem »Christus« in Dresden. Hieronymus Bosch hatte drei zusammenhängende Stücke gemalt: »Die Schöpfung«, »Das Jüngste Gericht« und »Die Hölle«. Von den beiden letzten war das »Jüngste Gericht« fast am schlimmsten, da war alles, was sich die greuliche Phantasie ausdenken kann. Einer hatte eine ewige Diarrhö, und es lief durch einen Trichter in den Mund eines andern Verdammten, der aussah, als hätte er zu Lebzeiten reichlich getrunken. Die Leute wurden von den barockesten Teufeln gequält. Von Hugo van der Goes gab es einige Christusköpfe, jedoch bis zum Ekelhaften, die große Natur; geschwollene blaue Adern, große Schweißtropfen und Blutflecken, das war häßlich. Ich bemerkte zwei Bilder von diesem Meister, das eine häßlicher als das andere. War im Schauspielhaus, wo man ein Stück spielte, das mein Wirt übersetzt hatte: »Onkel Brand«, danach »Seltsame Ehen«, eine Posse. – Devrient spielte den Brand ganz vortrefflich; man sagte mir, er sei eine schöne Ruine dessen, was er einmal gewesen, man konnte sich jedoch unschwer das ganze geistige Gebäude erschließen. – Das Stück war recht hübsch; als es vorbei war, ging ich zu »Kämpers« im Tiergarten am Potsdamer Tor, wohin Chamisso mich zu einer literarischen Gesellschaft eingeladen hatte. Es war ein Festessen anläßlich der Heimkehr des Dichters Holtei, der ein Jahr in Darmstadt gewesen war. Chamisso stellte mich einer ganzen Menge von Leuten, die er ausgezeichnete Männer nannte, als dänischen Dichter vor. Danach versammelten sich alle mitsamt ihren Frauen in einem großen Saal, wo Holtei einige neue Gedichte vorlas; sie waren von verschiedenen Autoren (Uhland, Schwab, Rückert usw.) geschrieben, passend zu unserer Zeit, durften jedoch nicht nach Preußen eingeführt werden. Wir gingen dann zu Tisch, denn Frau Holtei erschien (sie hatte in »Das Irrenhaus« gespielt), eine schöne Frau; die beiden bekamen den Ehrenplatz, und ich saß zwischen Chamisso und dem Redakteur Curtius; gegenüber saßen Simrock, ein junger Dichter, der wegen eines politischen Gedichts, »Drei Tage und drei Farben«, sein Amt verloren hatte, sowie Willibald Alexis (Häring); letzterer hatte ein schönes Gesicht und einen Schnurrbart, man sagte, er sei sehr melancholisch, doch an diesem Abend war er ziemlich aufgeräumt. Er erzählte von den angenehmen Stunden, die er an einem Abend bei Oehlenschläger genossen hatte, schrieb seinen Namen auf ein Stück Papier, damit ich ihn erinnern sollte. (Diebitsch ist tot, hörte ich.) Man las mehrere Gedichte für Holtei vor, er selbst deklamierte eins für die Gesellschaft.

(Die Gedichte waren von Chamisso, Simrock u.a.m.) Bei einem Lied von Karl Schall sang ich mit. Man trank auf das Wohl des Königs und lobte ihn sehr. Erst nach 12 Uhr kehrte ich [von der Gesellschaft heim]. La Motte-Fouqué, Clauren, Raupach und Streckfuß waren auf Reisen, sonst hätte ich sie gesehen.

[...]

[Am 16.6. begibt sich Andersen auf die Heimreise und trifft nach kurzem Aufenthalt in Hamburg am 24.6. in Kopenhagen ein. Aus dem Jahr 1832 liegt nur ein kurzes Tagebuchfragment über eine Sommerreise in Dänemark vor.]

[Am 13.4. wird Andersen vom »Fond ad usus publicos« ein zweijähriges Reisestipendium von insgesamt 1.200 Reichstalern bewilligt. So kann er am 22.4. zu seiner ersten großen Reise gen Süden aufbrechen: über Deutschland nach Frankreich, in die Schweiz und nach Italien.]

[...]

Den 3. Mai [1833]. In Butzbach sahen wir das liebe Tageslicht, kosteten irgendein Sauerbrunnenwasser, das so ekelhaft war, daß ich hinterher Tropfen nehmen mußte. Mir war nicht recht wohl; endlich kam dann doch etwas Neues! Eine große Saline dicht an der Landstraße [...], in der Nähe die Stadt Friedberg, wo wir in den »Drei Schwestern« Kaffee tranken, mit glühendheißen Semmeln dazu. – Von hier an wurden die Bäume immer grüner, und bei Frankfurt war alles Sommer. Die Sonne warm und die Bäume grün. Vor dem Tor sahen wir das Denkmal für die gefallenen Hessen, ein Stein für jeden und – einer in der Mitte. Frankfurt am Main ist eine schöne Stadt, halb alt, halb neu. Sie gefiel mir sofort. Hier nahm ich Abschied von meinen Berlinern, Gross und – –, gute Menschen; doch der letzte, mit dem ich im Kabriolett saß, war doch zu sehr Berliner, alles drehte sich um Berlin, kein Ding war wie in Berlin; und als der Kondukteur sagte, daß man doch keinen Wein dort habe, sagte der Berliner: »Aber Schnaps und Bier, es ist etwas Köstliches, noch besser als Wein!« – Obwohl er eine sehr dünne Stimme hatte, wollte er gern Vorsänger sein, doch der Kondukteur brüllte die Melodie aus Leibeskräften und dämpfte ihn. Da holte er ein Berliner Buch hervor, es war »etwas Köstliches von Witz«, »Berliner Eckensteher«, von Politik war die Rede, ohne besondere Würze; er besaß die Freundlichkeit, uns das ganze Buch vorzulesen und uns danach Brustzucker zu schenken, den bekam man »nur in Berlin!« Er war sehr vielseitig, und der Kondukteur schien vor seinen Kenntnissen Respekt zu haben, was sich jedoch gab, als der Berliner bei einem Kruzifix am Wege mit der bekannten Inschrift I.N.R.I. fragte, was diese Buchstaben zu bedeuten hätten, und das wußte der Kondukteur als »ein guter katholischer Christ«. Er behauptete auch, in Berlin stünden täglich 600 Postpferde bereit, doch der Kondukteur sagte, es seien nur 100. – In Frankfurt stieg ich im »Weidenhof« ab; ein dritter Berliner, der auch im Wagen gesessen hatte, fragte mich, ob ich nicht ein Zimmer mit ihm teilen möchte, was ich dann tat; doch er war ein lächerlicher Wicht, der in Bonn studieren wollte, und ich sagte ihm nun, daß ich Gäste erwartete, weshalb ihn das Zusammensein mit mir stören würde, und so trennten wir uns freundlich. – Ich kleidete mich an und ging zu Madame Homberg (geborene Augusta Nathan David), die äußerst brillant wohnte; ihre alte Mutter war bei ihr, sie wollte hinaus nach Offenbach und konnte mich erst für den nächsten Tag einladen, aber da wollte ich weiterreisen, und deshalb verabschiedete ich mich. Ihr Bruder begleitete mich zu Courländer; dieser Bruder gefiel mir gar nicht, er wollte mir alles zeigen, hatte jedoch keine Zeit: Da sei dies und da sei das, aber Courländer könne, der habe nichts zu tun. Ich dankte dem Juden und ließ ihn gehen. An der Table d'hôte war es langweilig für mich, weil ich niemanden kannte, alle hatten genug damit zu tun, sich über die Unruhen usw. zu unterhalten. Nun kam Courländer, wir spazierten zur Stadt hinaus, die rundum von schönen Anlagen umgeben ist; da war ein ziemlich hoher Springbrunnen. Dann gingen wir in brennender Sonne und Staub zum Main, wo eine starke, altertümliche Brücke Frankfurt mit Sachsenhausen verbindet. Die reißende Strömung trieb lange, schmale Boote mit sich. Sonst ist die Umgebung hier ziemlich flach, die Situation wirkte auf mich fast ganz und gar dänisch. (Als ich gestern im Postamt von Kassel zu einem dunklen Mann sagte: »Es wird warm heute«, antwortete er bitter: »Hier wird es niemals warm, Winter wie Sommer.«) Courländer führte mich durch die bekannte schmale Judengasse, wo alle Juden wohnen; sie sah finster, jedoch nicht schmutzig aus, überall guckten Judenköpfe hervor, und in den

Hausfluren saßen ein paar echte alte Vetteln; da wurde geschachert! In dieser Straße wohnt die Mutter des reichen Rothschild; man hatte sie nicht dazu überreden können, dieses Quartier zu verlassen, denn sie hatte in frommem Aberglauben gedacht, daß in solchem Fall das Glück ihre Söhne verließe. Der eine wohnt etwas weiter in einem großen grünen Eckgebäude. In der Tür standen livrierte Diener, und im Erdgeschoß waren große Kontore, ansonsten machte der Hof gar nichts her und war auch nicht gut gelegen. Dagegen ist das »Judenhospital«, das Rothschild hat bauen lassen, regelmäßig und schön.

Ich spazierte zum »Römer«, einem altertümlichen Gebäude, das jetzt eine Art Polizeiamt ist, hier ließ ich meinen Paß visieren, denn in dieser unruhigen Zeit muß man sich dort selbst vorstellen. Gegenüber stand noch ein altes Gebäude, wo aus dem Fenster Ochsenschädel guckten; sie stammten von Ochsen, die man hier bei der letzten Kaiserkrönung im Ganzen gebraten hatte. Im Springbrunnen davor, wo jetzt Wasser in die Höhe sprang, sprudelte damals Wein. – Das Mädchen erzählt mir, daß es hier noch viel Angst und Unruhe gibt; vor meinen Fenstern steht eine Wache, da haben die Studenten am 2. April die Soldaten überfallen und getötet; ich sah heute mehrere Studenten dort oben sitzen, einer soll Feyeisen heißen. – Die ganze Nacht ziehen Patrouillen durch die Straßen; an der Straße nach Mainz können im Fall von Unruhe sogleich Wachfeuer entfacht werden, um noch mehr Soldaten herbeizurufen. 1 Taler preußisch für die Postkutsche morgen nach Mainz bezahlt.

Samstag, den 4. Mai. – Prachtvolles Sommerwetter, 1/2 7 Uhr auf. – Gegen 9 erschien bei mir Courländer, wir gingen dann zum Tor hinaus zu Baron Rothschilds Garten; der Landsitz ist im morgenländischen Stil angelegt, alles war grün und voller Blumen, es gab hübsche Treibhäuser und Pfauen und Fasanen. Alles war fürstlich. Dann besuchten wir den ersten Tenorsänger, Schmezer, einen freundlichen jungen Mann, der gleich so nett war, mir Uhlands schönes Gedicht »Des Sängers Fluch« von Anfang bis Ende vorzusingen. Er sprach davon, nach Kopenhagen zu kommen, wollte mich hier dem Zeitungsredakteur vorstellen und kannte mich durch mein Gedicht »Das sterbende Kind«. Wir gingen über den Roßmarkt, bekannt durch Hoffmanns »Meister Floh«, und zum Tor hinaus zu Aloys Schmitt, der äußerst zuvorkommend war und mich schließlich bat, einen Operntext für ihn zu schreiben, er wünschte sich recht etwas von einem jungen, feurigen Gemüt; in mein Stammbuch schrieb er etwas aus seiner Oper »Valeria«. Courländer hat für mich ein Stück von meinem »Monat Juni« komponiert. Es tat mir ordentlich ein bißchen leid, Frankfurt zu verlassen; ich habe versprochen, von Mainz aus einige meiner Gedichte in deutscher Übersetzung an den Redakteur der »Frankfurter Didaskalia« zu schicken. Um 1 Uhr fuhr ich mit dem Packwagen nach Mainz, es war eine sengende Hitze, an der Straße standen Heiligenbilder und Kreuze, in den Dörfern gab es auffallend viele Wirtshäuser. – Ich trank hier »Apfelmost«, ein Frankfurter war dabei und erwies sich als sehr zuvorkommend und freundlich. – Wir fuhren durch Hochheim, wo der bekannte Hochheimer wächst, »am Dom«, eine kleine Kirche. Die Leute waren dabei, die Ranken zu binden, doch es war kein grünes Blatt zu sehen, während die Gegend ringsum frühlingsfrisch war. Der Main strömte so gelb, doch der Rhein kam grün und klar wie ein Band, wir fuhren durch Kastel über die große Floßbrücke, wo man meinen Paß verlangte. Ich logiere nun im »Rheinischen Hof«, gleich unter meinen Fenstern fließt der Rhein. Ich habe Hasenbraten und Salat gegessen und eine halbe Flasche Bodenheimer getrunken. – Es ist ein vollkommener Sommerabend. Nun kam das Dampfschiff aus Straßburg vorbei, mit vielen Passagieren. – Die Pappeln hatten eine schöne, auffallend frische grüne Farbe. Der Vollmond steht jenseits des Rheins und wirft eine Goldsäule über die Wasserfläche, die Frösche quaken, die Leute spazieren, ich faulenze – kann aber gar nicht schwärmen, träumen, Gott weiß, was ich haben will, um froh zu sein. O Edvard, wärest du hier!

Sonntag, den 5. Mai. Gestern abend war unter mir Musik und Lustbarkeit, ich hatte so viele Gedanken, daß ich in der Nacht eigentlich kaum geschlafen habe. Gegen 5 Uhr war ich auf und ging gegen 6 an Bord des Dampfschiffs »Stadt Mainz«, das groß und schön ist; in der geräumigen Kajüte, zu der die erste und zweite Klasse Zutritt hat, waren seitlich große Fenster angebracht, die fast bis zum Wasserspiegel reichten. Alles war äußerst elegant, und auf den Tischen lagen Zeitungen usw., wie in einem Restaurant. Hier kamen mehrere Franzosen an Bord; als ich gestern aus dem Wagen stieg, wurde ich von einem Lohndiener auch auf französisch angesprochen. Jetzt sitze ich hier in »Die drei Schweizer«, mein Zimmer ist zum Rhein, gegenüber liegt die Festung Ehrenbreitstein. Auf die Fensterscheibe sind viele Namen geschrieben, darunter »Eugen, Prinz von Savoyen, den 10. Januar 1708«. – Nun bin ich doch auf dem Rhein gefahren! Zuerst waren die Ufer sehr flach, jedoch von frischem Grün, und im Fluß selbst lagen die Inseln, als wären sie von Seeland losgerissen und hierher verlegt worden, um mich recht an mein Vaterland zu erinnern. – Das Schloß Biebrich sah recht ansehnlich aus. – In Elfeld setzten wir die ersten Passagiere ab. – Bei Bingen gab es die ersten Berge, eine Ruine löste die andere ab; die Ufer sind nicht hoch, jedoch überall mit Weinbergen bedeckt; Caub war mir auf dem Kupfer schöner erschienen, so wie ich mir auch vom Rhein etwas ganz anderes erwartet hatte. Die Luft ist ungewöhnlich blau, die Ortschaften sehen schmutzig und beengt aus. In Bingen wollte ein armes Mädchen an Bord gehen und verlor dabei ihren Geldbeutel mit 30 Gulden in den Rhein, sie fuhr dann nicht mit und war ganz verzweifelt. – In Boppard gab es eine Hochzeit, man schoß Kanonen ab, daß das Echo zwischen den Bergen widerhallte. Um 11 Uhr waren wir in Koblenz. Das ist eine schöne Stadt; ich ging zum Paradeplatz, der mit Bäumen bepflanzt ist; hier standen preußische Soldaten, die ganz vortrefflich spielten. Es waren schmucke Leute. – Speiste an der Table d'hôte. Mit einem Führer ging ich zur Festung Ehrenbreitstein, die die Franzosen zerstört hatten, die jetzt aber wieder größer und stärker errichtet ist. – Ein Unteroffizier öffnete uns zwei verschlossene Türen und führte uns zum höchsten Punkt, der Lohndiener hatte mir vom Kommandanten eine Karte besorgt. Die Aussicht war stolz, auf Koblenz, die schöne Brücke über die Mosel und in weiter Ferne Andernach. – (Für die Rheinbrücke muß man Brückengeld bezahlen.) In den Kasematten der Festung gab es gute Zimmer mit eisernen Betten für Soldaten. – Die Klippe ist aus Schiefergestein. – Die Sonne brannte mörderisch. – Nun sitze ich wieder zu Hause und bin halb gekocht, trinke Brunnenwasser und Weißwein mit Zucker, doch meine Augen brennen wie Feuer.

Montag, den 6. Mai. Heute nacht schlief ich besser als gestern, aber doch nicht gut. Um 1/2 5 auf. Prachtvolles Wetter. Der Rhein stürzt mit starker Strömung vorüber. – Es ging langsamer als gestern, gegen den Strom; ich schloß Bekanntschaft mit einem sehr gebildeten Apotheker Freling aus Hildesheim. Er kannte Arbeiten von Oehlenschläger und Baggesen, auch ich war ihm aus Übersetzungen bekannt. An der Table d'hôte sprach ich die erste französische Tirade aus: »Donnez moi la viande!« – Da war ein junger Herr Witte aus Lübeck, der sagte, man müsse mich bald lieb gewinnen. Er reiste jetzt nach London, war sehr lebensfroh und wünschte, ich sollte ihn wieder nach Frankfurt begleiten; war in Kopenhagen gewesen. Eine Schiffsreise auf dem Rhein ist ein lebendiges Märchen, an den grünen Weinbergen hängen die Ritterburgen wie begeisternde Trauben der Erinnerung. Um 6 Uhr war ich in Mainz, und um 9 Uhr rollte ich mit dem Eilwagen zur Stadt hinaus, nachdem ich mich zuvor bei einem Spaziergang verirrt hatte. Im Wagen waren zwei französische Kaufleute, welche zur Messe in Leipzig gewesen waren und deutsch sprachen, außerdem ein junger Kaufmann aus Mainz und ein Mensch von sehr rohem Wesen aus Bingen. Ich schlief recht gut im Wagen.

(Der Rhein ist das wehmütige Bild eines abgestorbenen Zeitalters, es kann das Herz schmelzen, nicht aber begeistern.)

Dienstag, den 7. Mai.

Freitag, den 10. Man kann sich an alles gewöhnen, die unerträglich lange Fahrt störte mich nicht. – Wir kamen durch Meaux, wir fuhren auf einer Brücke über die Marne und mußten Brückengeld dafür bezahlen. Die Gegend war ganz dänisch, jedoch kalkig wie in der Champagne! – Paris erblickte ich eigentlich erst, als ich schon in der Vorstadt war. Es sieht aus, als wären die Häuser durcheinandergeworfen. An der ersten Barrikade wurden wir mitsamt dem Wagen gewogen. In der Vorstadt kam die Polizei und suchte einen, der nicht im Wagen war. – Die Straßen sind eng! Die Stadt machte auf mich gar keinen guten Eindruck. – Auf dem Postamt gab es Schererei. Wir bekamen eine Karte für das »Hôtel de Lille« angeboten und aufgenötigt; ich fuhr jedoch mit meinem Mann aus Mainz zum »Hôtel Coquelier« in der Rue Coquelierie, wo alles besetzt war; da benutzten wir die Karte doch und stiegen im »Hôtel de Lille« ab, das sich in der Nähe des Palais Royal befindet. – Ich bekam hoch oben im 3. Stock ein winziges Zimmerchen für 10 Franc die Woche. – Es ist entsetzlich klein. Die Straße ist eng, und gegenüber steht ein merkwürdiges Gebäude, ich starre es an und lese, und da ist es das Théâtre du Vaudeville. – An der Table d'hôte langweilte ich mich, es waren fast nur Engländer dabei; ein Mann spielte Violine und eine Dame Harfe. Ich kämpfte mit mir, ob ich Landsleute aufsuchen sollte, doch die Müdigkeit siegte, ich blieb zu Hause. – Der Diener ist mit mir im Palais Royal gewesen, um einen Hut (25 Franc) und eine Karte von Paris (1/2 Franc) zu kaufen. – Dort war es schön, dort gefiel es mir. Jetzt sitze ich hier allein und werde von Leuten begafft, die aus dem Theater gegenüber hereingucken. Eine dicke Frau, die mit Kontermarken herumläuft, guckt auch. Bei Tisch wurde ich von einem Engländer gefragt, ob wir nicht Landsleute seien. – Oh, ich bin so müde! Edvard und Ludvig, hätte ich euch doch bei mir. Und dann – –.

Samstag, den 11. Mai. Gestern abend ging ich um [...] Uhr ins Bett, ein paar Stunden später erwachte ich durch den fürchterlichsten Lärm. Draußen schien alles in Flammen zu stehen; ich fuhr aus dem Bett. Es war ein schreckliches Gewitter. Das Théâtre du Vaudeville lag gegenüber, Leute kamen aus der Vorstellung, sie schrien, und die Wagen kreuzten sich. Nach einer kleinen Weile ging ich zu Bett, war jedoch wie zerschlagen, als ich erwachte. Nun wollte ich Jürgensen besuchen, traf jedoch nur den Vetter an (er selbst kommt in etwa 2 Wochen). Dinesen war umgezogen, und nun begleitete mich der Vetter hinaus nach Faubourg, wo man ihn erst in einer Stunde erwartete; der Vetter führte mich nun in den Luxembourg-Garten, wo ich allein promenierte. War dreimal bei Dinesen, ohne ihn anzutreffen; hinterließ dann meinen Namen, wurde durch einen Savoyarden wieder zu ihm geholt und traf dort Sager, Troels Lund, van Dockum und Bielke. Wir gingen zusammen zum Artillerie-Museum, wo wir alle mit nur 2 Pässen hineinschlüpften; ich hatte keinen dabei und sprach dänisch, damit man hören konnte, daß ich ein Fremder sei. Hier gab es viele Waffen und Rüstungen, Modelle von Belagerungsgeräten, benutzt vor Antwerpen. In Gesellschaft meiner Landsleute sah ich Paris mit anderen Augen an. Es interessiert mich. – Ich ging mit Sager zum »Hôtel Vivienne«, wo ich durch seine Fürsprache eine Dachkammer für 30 Franc im Monat bekam; hier hat Hansen (der Marineoffizier) gewohnt, sein Name steht noch mit Kreide an der Tür. Morgen reist Feddersen in die Schweiz, dann bekomme ich sein Zimmer. Speiste zu Mittag im Palais Royal; Sager und Troels Lund blieben den ganzen Abend bei mir. Das Gespräch wurde politisch und interessierte mich, obwohl ich sehr unwissend war. Wir sprachen über unsre Heimat, das Theater und die Direktion, und erst spät kam ich zur Ruhe. – Übrigens habe ich heute viele unzüchtige Bilder auf der Straße gesehen; alle Augenblicke kam einer und steckte mir ein Papier in die Hand, das waren Adressen von Ärzten, die [Folgen der] Wollust kurierten.

[...]

Mittwoch, den 22. Mai. Als ich heute morgen zu Castenskiold ging, sah ich, wie ein Mann auf der Straße sein Bedürfnis verrichtete, er stand im bloßen Hemd da, während Damen vorübergingen; das ist die französische Liberté. – Auch die Bilder ringsum verraten den leichten Ton, z.B. »Das betende Brautpaar im Bett«, »Der Kavalier, der ein Garnknäuel sucht« usw. – Spazierte an den Quais entlang zur Place du Châtelet mit der vergoldeten Seine-Göttin, ging danach zum alten Hôtel de Ville und war in der Kirche Saint-Paul, die fast leer war, von da zum Bastille-Platz, wo jetzt ein riesiger Elefant mit einem Turm auf dem Rücken gemauert steht; es kam mir ganz seltsam vor, hier, wo ehemals so viele Unglückliche seufzten, im frischen Sommer herumzulaufen. – War im Theater im Palays Royal. »Der Bettkamerad«, »Sous clé«, »Sophie«.

[...]

Freitag, den 24. Mai. Mit van Dockum und Wedel-Jarlsberg fuhr ich im Kabriolett nach Versaille. – Das sind annähernd 3 dänische Meilen, und doch sahen wir fast nichts vom Land, das Ganze war eine riesige Vorstadt. Bei Saint-Cloud guckte die Natur ein wenig hervor. Hier ist die Seine sehr schön, sie windet sich um eine große Insel, und am Ufer erheben sich bewaldete Hügel. Versaille ist in verschiedenen Stilen erbaut. Der Garten ist grandios. Riesige Steinterrassen, unter deren Gewölbe man die Orangenbäume abstellt. Vor dem Schloß gestutzte Hecken und eine Menge Springbrunnen. Der Wald von Marie Antoinette befindet sich innerhalb des Gartens. Im Schloß waren prachtvolle Säle mit herrlichen Gemälden, vor allem frappierte mich ein Bild von »Hero und Leander«, über den sich die grünen Wellen stürzen. Zar [?] Peter, der im Sturm segelt, der Mast ist gebrochen und über Bord. – Der Bediente, der uns herumführte, erklärte bei einem Bild: »Das ist Christian, König von Dänemark, der Mutter und Schwester von Gustaf Vasa über Bord wirft.« In einem Zimmer waren nur Bilder von Napoleon, alle in Lebensgröße. – Das Theater war leer, zwischen einigen alten Gemälde hing dort »Der Rückzug Napoleons aus Rußland«. Wir gingen nun zum großen und kleinen Trianon, waren in Napoleons Schlafkammer, wo alles noch so war, wie er es verlassen hatte. Gelber Bezug und gelbe Umhänge, einige Kupferstücke, ein Treppchen hinauf zum Bett, ich legte meine Hand auf die Stufen und auf sein Kopfkissen. Spiegelte mich in dem Spiegel, der so oft sein Gesicht gezeigt hat. Wie unbedeutend sah ich doch aus. Wären die anderen nicht dabei gewesen, dann hätte ich niedergekniet. – Wir waren in Josephines Schlafkammer, die mit weißem, goldbesticktem Atlas ausgeschlagen ist. Im Garten des zweiten Trianon gab es eine ganze Schweizerei, die Marie Antoinette geleitet hat, Milchkammer und alles, ich pflückte ein Geißblatt vom Fenster an ihrer Toilette, gleichsam ein kleines Gänseblümchen aus Versaille, ein Kontrast zu der hiesigen Pracht. [...]

[...]

Dienstag, den 11. Juni. War im Cabinet Mystérieux, es war grauenhaft! Sämtliche Geschlechtsteile mit den schrecklichsten Krankheiten abgebildet, der kalte Schweiß sprang mir aus den Fingerspitzen. Ein Frauenzimmer führte uns herum.

[...]

[Vom 14.6. bis 14.8. sind keine Eintragungen erhalten. Am 15.8. fährt Andersen weiter in Richtung Schweiz.]

[...]

Sonntag, den 18. [*August*] Prachtvolle Berglandschaft; große, wilde Partien. In der Morgenstunde erreichten wir die Grenze und betraten nun die Schweiz: Canton des Landes, es sah auch traurig aus. Die Häuser fast fensterlos, alles so still, nur die Glocken der Kühe läuteten. – Wir gingen dem Wagen so weit voraus, daß wir zu guter Letzt glaubten, wir hätten uns verirrt, und deshalb umkehrten. Nun kamen wir zu einem Wirtshaus im Wald, bald darauf traf aus Genève die Diligence nach Paris ein; während ich auf einem Baumstumpf stand und unsere dänische Königshymne und etwas aus »Die Braut von Lammermoor« sang, näherten sich zwei von den Reisenden, der eine sagte: »Sie sind wohl ein Däne, ich nicht gut sprechen dänisch.« Er stammte aus Altona und hatte an meinem Lied gehört, daß ich Däne bin. Der zweite war ein Deutscher aus

Rumänien, der mich für einen Deutschen hielt und gern mit mir plaudern wollte. – Dann führte der Weg fast ständig am Rand des Abgrunds entlang, die Wälder unter uns sahen wie Kartoffeläcker, die Bauernhäuser wie Spielzeug aus. Während ich in diese Tiefe starrte, empfand ich eine sonderbare Wollust – hing ich doch gewissermaßen an einem Haar über meinem Grab; wäre der Wagen umgekippt, hätte es uns zerschmettert. Mit einem Mal tat sich zwischen zwei Felsen eine Aussicht auf, ich erblickte – ja, wie soll ich es nennen – ein Nebelspiel, schwimmende Wolkengebirge. Das waren die Alpen mit dem Mont Blanc. – Dann bogen wir ab, blieben jedoch am Rand des Abgrunds; nur ein paar Steine, im Abstand von etwa einem Klafter voneinander aufgestellt, sollten uns Halt geben. Wir fuhren so schnell, daß wir durch die Luft zu fliegen schienen, während Häuser und Wälder unter mir lagen. Aus der Tiefe stieg ein dicker Rauch, der, wie ich glaubte, von ein paar Kohlenmeilern stammte; doch als wir halbwegs unten waren, zeigte sich, daß der Rauch eine große Wolke war, die uns jetzt über den Kopf reichte. – Der Genfersee erinnerte an den Sorø-See in Dänemark, dahinter die Berge, die etwas hatten, das ich nicht erklären kann. – Zuunterst war ein Meer aus Nebel, darüber schwammen wolkengleich die himmelhohen finsteren Gestalten, noch höher schimmerten die Gletscher. Während der Vordergrund vollkommen dunkelgrün erschien, sah ich den gesamten Gebirgshorizont wie durch einen bläulichen Schleier. – Als wir uns Genève näherten, ging ein Regenschauer nieder, ich muß also froh über die Ausblicke sein, die ich von den Pässen der Juraberge hatte. – Die Umgebung von Genève sieht grün und fruchtbar aus. Im »Hôtel de l'Ecu«, wo ich abstieg, war nur ein einziges Zimmer im vierten Stockwerk frei. Das habe ich bekommen und kann nun zwischen den Häusern auf die vollkommen grüne, kräftig strömende Rhône und über den See ausschauen. Die Berge sind von Wolken und Nebel fast verborgen, es regnet heftig. An der Table d'hôte waren fast nur Engländer (ein paar Deutsche). Ging zeitig ins Bett.

[…]

Freitag, den 23. August. Um vier Uhr auf, um mit der Diligence nach Vevey zu fahren. – Eine fruchtbare, blühende Gegend. – Von Vevey ging ich zu Fuß zwischen Weinfeldern weiter; hier war Mais gepflanzt, und über die Dächer der Bauernhäuser hingen Melonen. Große, alte Kastanienbäume spiegelten sich im See. Es war ganz einsam. Der Weg sehr gewunden und schmal, und auf den alten Mauern, die ihn einfaßten, wimmelte es von Eidechsen. Der Genfersee wurde von hohen Felsen beschlossen, einer war ganz mit Schnee bedeckt, ein Meer schien mit Lila und Schaum hoch auf den Himmel gemalt. Auf niedrigeren Hängen lagen die Wolken. – Tief in der Bucht entdeckte ich das Schloß Chillon, das mir Byron mit seinem Gedicht interessant gemacht hat. – Ein alter Soldat nahm mich an der Zugbrücke in Empfang und brachte mich zu einer Frau oder alten Jungfer, die mich tief hinunter in das Gefängnis führte. Es erschien wie eine halbrunde Galerie, in die das Licht nur durch einige längliche Öffnungen in der Mauer fiel. Ich sah die Pfeiler mit den Eisenringen, an denen die Opfer einst festgebunden waren; am ersten Pfeiler, etwas höher, zeigte mir die Frau den Namen Byron, den er selbst im Jahre 1826 mit einem Messer eingeritzt hatte. Dann gelangten wir in eine der obersten Etagen mit einem Turm, durch dessen undichten Boden die Gefangenen hinunter auf einen Felsen gestürzt worden waren. – In einer Galerie auf der anderen Seite sah ich Öffnungen, aus denen man Öl und kochendes Wasser auf die Angreifer hatte hinunterschütten können. – In einem hellen, schönen Zimmer war eine Erklärung der Burg, befestigt auf einem Brett, das rundherum beschrieben war. Als ich keinen Platz mehr darauf fand, sagte die Jungfer: »Schreiben Sie nur mitten aufs Papier!« – »Aber das hat noch keiner getan«, antwortete ich. »Sie sind ja auch kein gewöhnlicher Mensch«, sagte sie. – Fuhr in sausendem Galopp nach Hause. Holte mein Gepäck von der Post, trank Tee, betrachtete den See im Mondschein und schlief ein.

[…]

Mittwoch, den 28. In diesem Frühjahr ist ein Teil von Le Locle abgebrannt, jetzt baut man ihn wieder auf, es wird fleißig gegraben und gemauert. Ich habe ein paar neue Maschinen gesehen, mit denen vier Menschen die größten Pfähle in den Boden rammen konnten. – Ich war im »Asile pour enfants malheureuse«, gestiftet von Marie-Anne Calame. – Unter den Kindern gab es sehr feine Gesichter; vielleicht schwelgt der Vater jetzt in Reichtum, manch junger Reisender hat in den Bergen vielleicht ein Schäferstündchen genossen; die unglücklichen Kinder, die geboren wurden, haben nun darunter zu leiden. Das Lied, das sie vorsangen, war so rührend, daß sich meine Augen mit Tränen füllten; ich gelobte Gott in meinem Herzen, nie irgendein Wesen zu verführen und so ein unglückliches Geschöpf in die Welt zu setzen. – Ein Mädchen erweckte mit seinem schönen Gesicht, seinem feinen Wesen mein Interesse; sie hatte etwas Melancholisches, vielleicht kennt sie weder Vater noch Mutter, ist fremd und allein hier in den Jurabergen. – Es gab einen Schneidersaal, einen Raum, in dem sie Schuhe nähen lernten, einen hellen Speisesaal und freundliche Schlafräume. Insgesamt sind dort 250 Kinder. Sie wurden in unserer Gegenwart in Geographie examiniert. – »Die Hauptstadt von Skandinavien ist Stockholm.«

Dienstag, 29. Spazierengegangen, gedichtet und gegessen.

Freitag, 30. Ich habe es ordentlich satt! Aber »Agnete« ist fertig. In diesen vier Tagen war ich regelrecht in einer Art Ekstase, wie ich sie nur von zu Hause kenne, aus Augenblicken, wenn ich ein lyrisches Stück schrieb. Lieber Gott, laß meine »Agnete« eine Arbeit werden, die mir Freude und Ehre einbringt! Nimm dich unsrer beider an, lieber Gott!

[...]

Montag, den 2. [*September*] Draußen schneit es. Mein Kachelofen ist geheizt; das finde ich lustig und nicht bedrükkend wie zu Hause, denn ich weiß, daß ich nur über die Alpen zu reisen brauche, die nicht weit von hier sind, dann habe ich Sommer. Ich habe ordentlich das Gefühl, ein mächtiger Magier zu sein, der sich zum Spaß in den kalten Norden gehext hat, um dort die alten Agnete-Melodien recht zu packen. – Am Fuß der Berge blüht der Süden; ich fliege vom Winter in den Sommer, pflücke bald reife Trauben in der Sonnenwärme.

Dienstag, den 3. Schlechtes Wetter; ich fühle mich gar nicht wohl. – Heute vor vierzehn Jahren verließ ich zum ersten Mal Odense und fing das große Märchen meines Lebens an. Jetzt bin ich, fern von Dänemark, in den Jurabergen, umgeben von einem freundlichen Familienkreis, kann meine »Agnete« aus den Wellen träumen und habe vor mir Briefe von den Lieben daheim. Gott, du bist gut!

[…]

Donnerstag, 5. Heute vor vierzehn Jahren kam ich in Kopenhagen an. – Ich erhielt Briefe von Dinesen, Neergard; Castenskiold und Müller. – Mit den beiden ersten wollte ich nächste Woche zusammentreffen, doch ich verzichte auf diese Zusammenkunft in der Schweiz, um »Agnete« zu vollenden. In Dänemark hat man über mich gesagt, daß ich ein junger Dichter sei, der *einmal* etwas versprochen hätte, und das, nachdem ich vorangekommen war. Das hängt wie Gifttropfen an meinem Herzen; möge ein Erfolg meiner »Agnete« Sonnenschein hineinwerfen, damit diese Tropfen verdunsten können.

[…]

Samstag, 14. Die alten Tanten hatten Pudelwärmer für mich gestrickt; der kleine August weinte, als er von meiner Abreise erfuhr; daß die Unschuldigen in der Schweiz Tränen über mich vergießen würden, hätte ich nicht gedacht. Auch die Mägde schienen betrübt zu sein, vor allem Maria. – Die Tanten gaben mir Süßigkeiten und dazu ein hübsches Fläschchen Eau de Cologne mit auf die Reise; Madame Houriet schenkte mir eine Reiseflasche mit Likör. – Im letzten Augenblick schnitt ich für die Kinder und die Tanten Bilder aus. – Die guten Menschen, der Abschied von ihnen tat mir leid. Wir sehen uns kaum jemals wieder! – Als ich in die frische Luft hinauskam, die so blau war, daß es mich frappierte, fühlte ich mich äußerst wohl. Bald darauf vermißte ich den Ring, den ich von Christian Voigt bekommen habe, was mich verstimmte. (Heute abend habe ich deshalb einen deutschen Brief nach Le Locle geschrieben, der Ring liegt auf dem Schreibtisch vergessen.) – Als wir uns dem Abstieg vom Jura näherten (ich war der einzige Passagier), zeigten sich die Alpen viel schöner als bei meiner Abfahrt. Der Fuß war himmelblau und der Gipfel schneeweiß im hellen Sonnenschein. Um mich herum standen gelbe und rote Laubbäume zwischen den dunklen Tannen. Zwischen den hohen Farnen wuchsen Berberitzen und Hagebutten. Da erschienen mir die Alpen wie die zusammengefalteten Flügel der Erde; wie, wenn sie diese höbe, die großen Federn spreizte, mit bunten Bildern von schwarzen Wäldern, wilden Wasserfällen, Gletschern und Wolken – was für ein Bild! Am Jüngsten Tag erhebt sie wohl die großen Flügel, fliegt zu Gott empor und zerspringt als Blase in seinem Sonnenlicht. Der See war vollkommen still, ein kleines Boot mit weißen Segeln schwamm wie ein Liebesbrief auf dem Fluß. An der Straße schlugen die Leute Kastanien von den Bäumen, der Wein hing in schwarzen, großen Trauben. Ich kehrte im »Faucon Victoria« ein, wo ich doch neun Louisdor besitze und die Reise bis Lausanne bezahlt ist! – Jetzt ertönt in Neuchâtel der Zapfenstreich.

Sonntag, den 15. September. Ich habe die ganze Nacht nicht geschlafen, mich durchflog eine Arbeitsidee nach der anderen. Da stand der Schuhmacher von Jerusalem vor mir, mystisch und seltsam, dann Eleonore im Gefängnis, dann von Qvoten, komisch und vornehm. – Ich litt ordentlich an einer Art Fieber. Weil ich nicht wußte, wie spät es war, lag ich ängstlich wach, wagte nicht einzuschlafen, aus Furcht, man könnte mich zu wecken vergessen. – Im Morgengrauen verließen wir Neuchâtel; auf dem See lag eine Wolke, wie ein riesiger Adler, der durch die Wasserfläche tauchen wollte. Wir kamen an einigen alten Schlössern vorüber. Einer der Passagiere hatte Ähnlichkeit mit Paganini, war es aber wohl kaum und verschwand in einem kleinen Dorf. – Eine zudringliche französische Dame, die mit im Wagen saß, fragte mich, ob ich mit den Pariser

Damen Bekanntschaft geschlossen hätte. Sie hatte einen Herrn dabei, der gewiß ihr Mann war, denn sie beschimpfte ihn ständig, er dagegen sagte nur: »Madame!« – Es wurde mörderisch heiß. Um drei Uhr erreichten wir Lausanne und fuhren durch einige Straßen, die mir unbekannt waren, weshalb die Stadt ein neues Aussehen für mich gewann. – Die Berge sind mit Schnee bedeckt; bei meinem ersten Aufenthalt hier war es nur »der verteufelte Berg« gewesen. Beinah hätte ich keinen Platz für die Diligence nach Brig bekommen, mir wurde ganz bange; doch weil ich nach Italien wollte, wurde ich vorgezogen, und die Madame mit dem Mann muß zurückbleiben, sie sagte, er sei »un bête«. – An der Tafel begegnete mir ein triefäugiger, breitschultriger Kerl, der aussah wie ein Räuber. Ob der wohl auch nach Brig will? dachte ich. Aber dann war es ein Schweizer, der 28 Jahre in Spanien gewesen war und nun heimkehrte und sich wie ein Kind freute; er sprach deutsch mit mir.

Montag, den 16. Als ich gestern abend aufbrach und am Genfersee entlangfuhr, zuckten in Richtung Genève grelle Blitze. – Wie gut, daß ich mich am Anblick der Gegend von Vevey schon einmal erfreut hatte, denn jetzt konnte ich nichts davon erkennen; ich fuhr halb schlafend, halb wachend. Es goß in Strömen. Im Morgengrauen erreichten wir St-Maurice, das war das erste, was ich erblickte. Wir fuhren durch einen Turm, wo uns jemand, der wie ein Burgwächter aussah, mit seiner Laterne beleuchtete. – Wir überquerten die brausende Rhône. Die Stadt liegt hübsch zwischen hohen Bergen. – Nun kamen wir ins Rhônetal, das schlechte Wetter gab der Umgebung etwas Charakteristisches. – Die Wälder auf den hohen Klippen, von denen mehrere doch nur den nackten Granitblock zeigten, sahen wie Heidekraut aus. Das Tal selbst glich einem Garten, bald mit Küchenkräutern, bald mit Wein oder mit üppigem Gras bewachsen. – Auf dem Gipfel der Berge lag Schnee, die Wolken segelten über- und untereinander. – Es war eine zerrissene Wolkenwelt, die da vorüberzog. – Der Pissevache-Fall überraschte mich durch seine Größe (270 Fuß); er war sehr breit und schien das Organ der ganzen Natur zu sein und verlieh ihr ein doppeltes Leben. Als die Diligence einen Augenblick Halt machte, sprang ich hinaus und pflückte ein Zweiglein, und fast wären mir die anderen davongefahren. – Im Wagen war eine griechische Dame, die behauptete, ihr sechsjähriges Kind könne sämtliche Sprachen sprechen, was aber wohl gelogen war, denn das Kleine antwortete ausschließlich französisch. Sie hatte noch ein griechisches Mädchen dabei, etwa 14-15 Jahre alt, dessen feingeschnittenes Gesicht mich an Jette Tyberg erinnerte und zum »Kartoffelgesicht« der Alten einen rechten Gegensatz darstellte. – Sion scheint recht romantisch zu liegen. Wir kamen an mehreren Ruinen vorüber. Sahen die Hirten ihre Ziegen heimwärts treiben und begegneten häßlichen Frauenzimmer-Kretins. – Gegen Abend brach die Sonne hervor, ich kletterte auf die Diligence hinauf, sah den Mont Blanc und die anderen Berge mit weißem Schnee; indessen war ich so müde, daß ich fast eingeschlafen wäre, und als es kälter wurde, kroch ich in den Wagen zurück. Um 8 Uhr waren wir in Brig und wollten allesamt ins »Hôtel d'Angleterre«, das völlig überfüllt und dessen Wirt großmäulig war. Er hatte noch ein altes Haus in der Stadt, dort mußten wir dann einkehren. – Die Diligence fährt erst in zwei Tagen, und ich habe nur sechs Louisdor. Es heißt auch, daß ich vielleicht nicht mitfahren kann und nur dann einen Platz bekomme, wenn einer frei ist, weil man in Brig nicht eingeschrieben wird. – Die Müdigkeit überwindet alles, ich mußte schlafen.

[...]

Donnerstag, 19. Konnte vor Geld-Angst nicht schlafen. Gerade als ich ins Bett gekommen war, wurde ich vom Kondukteur herausgeklopft: Er habe zwar schon genug Passagiere, wolle aber einen Platz für mich abzwacken. – Nun habe ich auch noch Sorge um mein Gepäck, denn ich kann nicht Augenzeuge sein, wenn es auf den Wagen kommt. Es ist ein scheußliches Gefühl, mit dem ich, fast hätte ich gesagt: Europa, d.h. diese Seite der Alpen verlasse – na, in Gottes Namen, jetzt geht es erst recht in die Welt hinaus, möge der Herrgott mir geschehen lassen, was für mich am besten ist!

Donnerstag, den 19. Die Postkutsche war besetzt, und wäre in Brig nicht eine Dame ausgestiegen, dann hätte ich keinen Platz bekommen. Um 2 Uhr fuhren wir zur Stadt hinaus, es war ganz dunkel und still, recht so, als sollte gleich die Ouvertüre zu einer Oper beginnen. Wir konnten nicht die Hand vor Augen sehen, als es nun an den Anstieg ging, doch rundherum brausten Wasserfälle, und bald zogen dicht über unserem Wagen weiße Wolken, als würden durchsichtige Marmorplatten über uns geschoben; ich saß im Coupé. – Die Straße ist in den Fels geschlagen und führt ganz allmählich bergauf. Als der Morgen dämmerte, war alles über uns in Wolken; unten im dunklen Tal lagen Schweizerhäuser aus Holz. Wir passierten mehrere Wasserfälle, die sich zwischen den Tannen in die Tiefe stürzten. – In einer Relaisstation (Napoleon hat mehrere errichten lassen) nahmen wir unseren Kaffee und saßen auf Tischen und Bänken um den großen Kamin, in dem das Fichtenholz ordentlich prasselte. An die Wand waren tausend Namen geschrieben. Von den 3 Offizieren aus Prag, die hier waren, schien vor allem der eine, den ich zum Nachbarn hatte, sehr dumm zu sein. – Das Wetter wurde schlechter, Tal und Gipfel hüllten sich in Wolken ein, nur die mittlere Partie, wo wir fuhren, war zu erkennen. Ein Wasserfall nach dem anderen. Dann erreichten wir die erste Galerie, fuhren durch eine Felsenhöhlung, sahen nur den tiefen, schwarzen Abgrund, wo Tannen sich zu ungeheurer Höhe erhoben und gegen die gewaltige Felsenmauer doch nur wie Hölzchen wirkten. Der Kondukteur erzählte uns, er habe hier im Winter einen Bären gesehen, der sei direkt über die Straße gelaufen und habe leise gebrummt. Dann erreichten wir neue Galerien, die man gebaut hatte, um die Lawinen über sie hinweg in den Abgrund zu lenken. Hier hatte im Winter so viel Schnee gelegen, daß man *oberhalb* dieser Galerie gefahren war. Etwas weiter war die Straße an einer Stelle wie abgeschnitten und wurde nun durch eine einfache Holzbrücke ersetzt; hier war im Frühjahr eine Lawine niedergegangen und hatte ein Stück der Straße mit sich in den Abgrund gerissen. – Dann erreichten wir das Hospiz, der Prior war im Garten mit seinen Kartoffeln beschäftigt. Rund um das große, prächtige Gebäude wächst nicht ein einziger Baum. Wir gingen nun zum alten Hospiz, das sich in einem Tal befindet. Alles war wild und öde, die Klippen wirkten wie Metall und hatten allesamt einen Grünspanschimmer. Verschiedene Moosarten bedeckten den Boden, und der riesige Gletscher unmittelbar vor uns sah aus wie grünes, schneebedecktes Glas. In Simplon war es hundekalt, aber der Kachelofen war sehr heiß. Auf dem Abtritt gab es zwei Schränke, als ich einen öffnete, fand ich darin Eingemachtes & – und glaubte mich im Haus von Rektor Meisling. – Ein starker Wind kam auf, wir begegneten Kindern, die, in Lammfelle eingehüllt, Kühe hüteten. – Die Gegend wurde immer wilder. Bei der Galerie – –, neben der sich ein riesiger Wasserfall in die Tiefe stürzte, wurde ich vom Anblick der ungeheuren Steinmasssen erschüttert. – Alles war Granit, wir fuhren durch das Rückgrat der Erde. – Die Luft wurde klarer, wir erreichten nun den italienischen Grenzort Iselle und wurden visitiert. – Der Himmel war oder färbte sich ganz grau, doch es war wunderbar, wie mild es schon wurde, ein Feigenbaum wuchs an der Straße, Kastanien hingen uns bis über den Kopf. Mais und Wein, überall eine üppigere Natur. Mittags um 2 Uhr waren wir in Domodossola, der Ort lag zwischen den Bergen, sein Wirtshaus war ganz italienisch mit großen gewölbten Gängen und Balkons. Ich kaufte mir eine Handvoll Weintrauben und stieg nun in den Wagen, ein Engländer, ein Russe, ein Franzose und ein Italiener mit seiner lustigen Frau taten das auch, sie zitierte Verse und machte Augen. – Die Weintrauben hingen nun so üppig herab, daß sie Laubhütten bildeten, die Kinder, die das Vieh hüteten, waren sehr hübsch. Die Berge hatten am Abend eine indigoblaue Farbe, in einer Kirche, die beleuchtet war, hörten wir Kinderstimmen singen; um 10 Uhr erreichten wir Baveno, wo ich ein schlechtes Zimmer und schlechten Tee bekam.

[...]

Sonntag, den 22. [Mailand] Es war das Fest eines mächtigen Heiligen, alle strömten zur Kirche, über eine der Straßen waren von Haus zu Haus weiße Gardinen mit goldenen Fransen und Quasten gezogen. – Ich war im Hospital und auf mehreren öffentlichen Plätzen, wo Heilige aus Stein mit großen eisernen Kreuzen standen. – An der Table d'hôte hatten wir Musik, eine melancholische Dame spielte Gitarre, auch die Uhr fiel ein, die Leute schwatzten, daß man kein Wort verstehen konnte. – Heute sah ich auf der Straße, wie sich zwei Jungen stritten; die Mutter des einen kam dazu und mischte sich ein, verprügelte den anderen Jungen, der nun alle Leute auf seine Seite bekam, und man knuffte die Mutter weg, sie führte sich wie eine Truthenne auf.

* Die wahre Poesie ist eine göttliche Eingebung, sie ist das Gold im Gebirge; Bildung und Erziehung, das ist der geschickte Bergmann, der es zu reinigen und zu veredeln weiß; oft kann man ganz reine Stücke finden, so auch ein einzelnes Lied von einem Naturdichter. – Andere Adern enthalten Zinn und niedere Metalle, diese kann man verarbeiten, daß sie wie Silber aussehen, mit Bildwerk und Gravur kann das die Menge blenden. Ein solcher Pokal sind die »Wiedergängerbriefe«, sie sind zu Silber poliert und zeigen die Flecken der Einzelnen, gegen die man sie hält. – Es ist eine hübsche Arbeit, aber kein Gold, doch von diesem Genre soll man ja auch etwas haben. Hertz ist solcherart eine Art poetischer Kannegießer, ein Hochstapler, womit ich nicht sagen will, daß er den Kopenhagenern mit seiner hübschen Zinnarbeit hohe Kunst anbot. – Hauch ist ein reiner Kupfermann. – Viele arbeiten mit einfacher Töpfererde, die meisten sind solcherart keine Poeten, wollen aber zur Zunft gehören; Molbech hat dieses Material zur Herstellung von Nachttöpfen benutzt, die er den Leuten mit einer gewissen poetischen Freiheit überstülpt, so einen bekam Ingemann, den er auf seinen Jugendwanderungen, was tiefes Gefühl und poetische Seele betrifft, vergeblich einzuholen suchte.

Montag, den 23. Herumgetrabt, langweilte mich dann aber. Während des Mittagstischs trafen Dinesen und Neergaard ein; wir gingen zusammen aus, um – – – zu sehen, doch auch an diesem Abend sah ich es nicht bis zu Ende, die anderen waren zu müde. Bekam einen langen Brief von Edvard, der eine Art Opposition gegen »Agnete« war; ich will nicht länger immer und ewig der Nachgebende sein, will mich nicht von einem Jüngeren wie ein Kind behandeln lassen, selbst wenn es ein Freund ist! – Ein Ton, wie Edvard ihn anschlägt, verlangt Opposition, doch liebe ich ihn von Herzen!

[...]

Mittwoch, den 2. [Oktober] [...] Genua lag schön zwischen den schwarzen Olivenhainen, die See war ganz klar, und unmittelbar vor uns ragte, pechschwarz und jäh, ein Berg aus dem Wasser, an seinem Fuß flogen die Schiffe mit ausgespannten, weißen Segeln im hellen Sonnenschein dahin. – Der Vetturin war sehr brav, nur wäre er fast eingeschlafen, und als sich das Pferd dem Abgrund näherte, um von einem Olivenbaum zu fressen, wären wir um ein Haar mit Wagen und allem hinterdrein gefolgt. – Gott, was für ein Weg! – Ja, ist Frankreich das Land der Vernunft, dann ist Italien das Land der Phantasie (Deutschland und Dänemark das des Herzens). – Hier war alles, was man sich von einer Landschaft wünschen konnte, die Apfelsinen hingen so gelb im prachtvollen Grün, grasgrüne große Zitronen dufteten uns entgegen. – Alles war Malerei und eine ewige Abwechslung. [...]

[...]

Freitag, den 4. Oktober. Um 2 Uhr auf, unser *braver* Vetturin hatte Sperenzchen gemacht und gesagt, das Pferd sei erkrankt. Wir mußten Pferd und Wagen wechseln und mit einem anderen Vetturin zurück nach Pisa fahren, der war ein sehr schöner junger Mensch; herrlicher Mondschein und herrliche Luft, wir begegneten vielen Wandersleuten, kamen an einer alten Festung aus der Römerzeit vorbei. Um den Marmorbruch in Carrara zu sehen, machten wir einen Umweg. Kanonenschüsse ertönten, der Herzog von Modena (Franz IV.) hatte Geburtstag; alle Soldaten trugen Myrtenzweige an der Mütze, Girlanden schmückten ein großes Gebäude. Der Marmorbruch lag weit außerhalb der Stadt, ich fühlte mich sehr schwach, trabte aber doch los, dicht am Wege rieselte ein klares Flüßchen über Marmorbrocken, die weiß durch das grüne Wasser schimmerten. – Der Tagebau selbst war ein gewöhnlicher großer Steinbruch, weißer und grauer Marmor (man findet darin Kristalle). Er kam mir vor wie ein verzauberter Berg, Gott und Göttinnen saßen in den großen weißen Felsenmassen festgebunden und warteten auf einen mächtigen Magier, wie Thorvaldsen oder Canova, der sie befreien und der Welt zurückgeben könnte. – Wir gingen danach in die Akademie und sahen mehrere berühmte Modelle, von den Zeichnungen der Schüler fielen besonders ein paar Köpfe auf, die ein zehnjähriger Junge (Eugenio Baratta) gezeichnet hatte. Wir kamen in das Atelier eines jungen Künstlers (Angelo Franzos), er arbeitete an einem großen Basrelief und hatte vor kurzem eine schöne Bacchantin in Marmor vollendet. – Wir besichtigten dann die gekauften Sachen, darunter einige ganz prachtvolle Karniese für Kamine. – Von hier an war es außerordentlich fruchtbar. In Massa sahen wir die ersten Alleen von Orangenbäumen, die einen großen Platz umgaben, Bürgermusik zog durch die Straßen, doch der ganze Zug bestand nur aus 6 Männern und einer Menge Straßenjungen; der Patriotismus scheint nicht so groß zu sein. – In Pietrasanta war das Hotel recht reinlich, hier bekamen wir Frühstück. – Unser neuer Postillion wollte wieder wechseln, ja sogar mitten auf dem Weg. – An einem Berg spannte er die Pferde aus, sie wurden von zwei riesigen Ochsen mit Ringen durch die Nase ersetzt, der neue Kutscher nahm auf dem Joch Platz, mit dem Gesicht zum Wagen, und so kamen wir voran. – Auf den Bergen blühten Myrten, die Gräben waren voller Krauseminze, doch nicht ein Vogel sang, merkwürdig, wir hatten in Italien noch keinen einzigen Vogel gehört. Das Meer zeigte sich an der Spezia-Bucht wieder, wir fuhren und fuhren, plötzlich waren wir vor den Toren von Lucca und nicht von Pisa, der Postillion schimpfte auf die unschuldigen Pferde und wir auf ihn; dann wendete er so jäh, daß wir die Stadt nur *sahen*, brachte uns auf schmalen Wegen in die Berge, wo wir einen anderen Vetturin mit seinen Reisenden trafen, dieser fuhr nun voran; als es dämmerte, waren wir plötzlich auf einem verkehrten Weg, einem kleinen, schmalen Feldweg, ein riesiges Heufuder kam uns entgegen, für das der Weg nicht breit genug war; wir mußten alle aus dem Wagen, in den Graben hinunter usw. – Am dunklen Abend erreichten wir Pisa; vor dem Tor hatten wir Ärger, denn die Wächter verlangten Geld, anstatt unser Gepäck zu besichtigen; aber wir wollten nicht, sondern sagten, sie sollten nur zusehen, und nun wurden wir auch Stück für Stück in Augenschein genommen, endlich kamen wir dann zum »Hotel Royal de la Husar«, wo es ganz vorzüglich war. Wir bekamen zwei Zimmer und ein kleines Eßzimmer mit Teppichen für uns, wurden köstlich bewirtet und fanden alles wie in einem Schloß. Den einen Tag liegen wir wie Jeppe auf einem Misthaufen, den anderen im Schloß des Barons, das ist das Reiseleben in Italien.

[…]

Mittwoch, den 9. Oktober. [Florenz] […] Alle Kunstwerke, alles Große, das ich sah, lehrten mich, daß ich nichts wußte, nichts konnte! Könnte ich doch nur als Siebzehnjähriger mit meinen *jetzigen* Gedanken und Begriffen beginnen, wie vieles habe ich doch zu lernen, und wie kurz ist die Zeit! Ihr andern um mich her könnt auch nichts Besonderes, gegen das große All sind wir nix!

Donnerstag, 10. Heute bin ich in den beiden Gemäldegalerien gewesen, d.h. im Palazzo degli Uffizi und im Palazzo Pitti. – In wenigen Stunden ist eine Welt an mir vorbeigeschwebt, was sollte ich wohl davon festhalten können, nur ein paar einzelne Punkte stehen vor mir, ich sehe das achteckige Zimmer mit den Kunstschätzen der Welt, ein Gemälde, die Venus von Tizian, und die Marmorstatue, die Mediceische Venus, sind die Hauptpunkte, doch welche ist am schönsten? Jene ist die irdische, diese die himmlische; das Marmorauge ohne Sehkraft hat hier durch die Schönheit des Ganzen einen wunderbaren Ausdruck. (Die zweite Venus von Tizian sprach mich nicht so sehr an.) – Ich saß eine Stunde davor und betrachtete sie, was für Herrlichkeiten, was ist am schönsten. Ja, frage den Seligen, der in den ersten Augenblicken seines neuen Daseins Gott und die Engel über sich und Welten mit unendlichen Wundern, mit ergreifenden Herrlichkeiten um sich erblickt. – Die »Madonna del Cardellino« fand ich schöner als die »Madonna del Vento«, beide sind von Raffael. – In einem Raum nahebei hing ein Medusenkopf von Leonardo da Vinci, der mich sonderbar anzog. – Was glühendheiß aus seinem Mund dampft, das ist Eiter und Gift, das ist der Schaum des Abgrunds in schönen Formen. – Wir sahen dann den Palazzo Pitti, wo der Großherzog wohnt (im vorigen, d.h. degli Uffizi, war Sonne damit beschäftigt, von Annibale Carracci einen Affen, der einen Mann laust, zu kopieren, für die Prinzessin in Rom. Hier war alles von königlicher Pracht. – Ganz vorzügliche Mosaiken. Die »Madonna della Seggiola« von Raffael. »Kleopatra« von Reni. – Ein nacktes kleines Mädchen in Marmor von Pampaloni (lebt in Florenz), sie lächelt und hält mit der einen Hand einen Vogel, mit der anderen sein Nest. Wir sahen eine Dame, die ganz vorzüglich eine Madonna von Raffael kopierte. – (Als wir uns heute nach Sonne umschauten und dabei dänisch sprachen, kam ein Handwerksmann, ein Schlosser, und sagte auf dänisch: »Meine Herren, nach wem suchen Sie?« Er hatte sich hier niedergelassen und war 9 Jahre nicht in Dänemark gewesen, hatte ein französisches Mädchen geheiratet.) – Abends waren wir im Teatro Soletico und sahen »Donna Caritea, regina di Spagna«, Musik von Mercadante. – Es war ein schmutziger kleiner Kasten mit 3 ärmlichen Stockwerken, der Eintritt kostete 1/2 Paolo, d.h. 10 dänische Schillinge. Die Liebhaberin war gar nicht übel, doch etwas alt, sie war an den Händen nackt und der Liebhaber auch. Das Ganze war mittelmäßig und konnte einen wehmütig stimmen. – Von Thorvaldsens Geiz und Schlicks Aufgeblasenheit gehört. – Musen und Grazien wohnen beim Künstler ja in der niedrigen, dunklen Dachkammer; solcherart ist auch Florenz ein Loch, wo Schönheit und Geist hinter Spinnweben und engen Wänden wohnen.

[...]

Montag, den 14. Oktober. [Levane] Zwei Kerle mit geladenen Gewehren schnüffelten um unseren Wagen herum, als wir heute morgen um 5 Uhr abfahren wollten. Dies war ein solcher Schweinestall, daß wir weder aßen noch tranken, die ganze Nacht hatten wir vor Fliegen und Mücken kein Auge zugetan. Mein Gesicht und meine Hände sind eine einzige Schwellung; an der einen Hand zählte ich 57 Stiche. (Charakteristisch für Italien ist folgende Episode von gestern: Man hatte mir eine Lampe ins Zimmer gestellt, die nicht brennen wollte, weil sie kein Öl hatte, was ich deshalb verlangte. Nun kam ein widerliches altes Weib, und als ich mich recht freundlich bedankte, streckte sie die Hand aus und verlangte: »Denaro!« – »Pourquoi?« fragte ich, und jetzt machte sie eine Geste, daß ich Geld in die Hand zählen solle; doch ich tat, als verstünde ich sie nicht, und da zuckte sie schließlich die Achseln und lächelte mitleidig über meinen Mangel an Begriff.) Unser Vetturin fuhr mit uns falsche Umwege, aber das Land war fruchtbar und schön wie ein Garten. Erst in Castiglione bekamen wir etwas zur Stärkung, und der Hunger ließ es uns vortrefflich schmekken! Unseren Nobile samt Gefolge scheuchten wir (heute morgen) aus dem Wagen, er mußte auf dem Bock sitzen. – Wir sahen viele verschiedene Gruppen, mehrere schwarze Schweine, die von halbnackten Kindern oder alten, spinnenden Frauen gehütet wurden. – Am Trasimenischen See (Hannibal) sah ich den ersten Lorbeerbaum. (Wir wurden von den päpstlichen Soldaten untersucht.) Die Sonne ging gerade unter und verlieh dem Himmel die brillantesten Farben. – Die Berge waren von klarem Lila, die Insel, hinter der die Sonne versank, färbte sich dunkelblau, dagegen war die ganze Luft und der Wasserspiegel ein flammendes Gold, dicke violette Wolken hingen am Himmel; am Ufer stand Schilf, draußen segelte ein Fischerboot, es war ein Gemälde, das ich niemals vergesse. Als die Sonne verschwunden war, nahm die ganze Gegend jenen wunderbaren blaugrünen Farbton an, den ich auf alten Gemälden gesehen, jedoch für unnatürlich gehalten habe. – Vor dem Morgengrauen waren wir auf. Die Wirtin hatte gestern abend bei jedem Gericht, das wir bekamen, so seltsam gegrinst und ausgespuckt, als sie zur Tür hinausging.

[...]

Freitag, den 18. Hungrig und erschöpft durch den Mangel an Schlaf rollten wir auf Rom zu, und als wir es in der Ferne erblickten, hatten wir nur den einen Gedanken: Jetzt können wir etwas zu essen bekommen. Als wir näherkamen (wir hatten die Stadt zuerst von einem Hügel aus gesehen), verwandelte sich die Gegend in eine wahre Wüstenei, mit einzelnen ernsten Ruinen. Die Peterskuppel grüßte uns von weitem, durch eine ungeheuer lange, tote Straße rollten wir in die Stadt, die sich hell und freundlich ausnahm. – Das Wirtshaus war mäßig, und der Vetturin wollte uns nicht weiter fahren; da erschienen von den Unseren ein junger Jude, Leth und dann Bravo, und sie mieteten uns Zimmer, ganze 8 für 14 Tage, da mußten wir einziehen (12 Paoli pro Tag). – Auf dem Postamt fand ich Briefe von Jette, Frau Læssøe, Iversens und Guldberg. Christensen hatte für mich einen von Edvard. Wir hatten das Glück, gerade an jenem Tag einzutreffen, als Raffael beigesetzt wurde. Man hatte in der Akademie einen Totenkopf aufbewahrt und für den seinen ausgegeben, und um dies nun zu überprüfen, öffnete man das Grab und fand ihn vollständig und ganz; nun sollte er wieder begraben werden, was an diesem Abend im Pantheon geschah. Wir bekamen Billetts, es war ein herrliches Gewölbe, auf einer schwarzen Erhöhung stand der Mahagonisarg, mit einem goldenen Tuch bedeckt, die Priester sangen ein Miserere, der Sarg wurde geöffnet, man legte die verlesenen Nachrichten über ihn hinein, um ihn dann wieder zu versiegeln, während ein unsichtbarer Chor schön dazu sang. Ich sah Thorvaldsen mit einem Wachslicht in der Hand, wie die anderen ersten Männer auch. – Die Dänen nahmen mich herzlich auf.

Samstag, 19. Christensen sagte, man habe mit Sehnsucht auf mich gewartet, aber das ist wohl eine römische Redensart. Ich wollte Thorvaldsen besuchen, ging zuerst in sein Atelier, fand dann aber seine Wohnung, er war sehr freundlich, zeigte mir seine reiche Gemäldesammlung von lebenden Meistern, die er nach seinem Tod Dänemark schenken will. Er zeigte mir ein Basrelief, an dem er jetzt zu seinem eigenen Vergnügen arbeitet: Raffael auf Ruinen sitzend, man sah Grazien und die Harmonie ausgemeißelt, er zeichnete nach der Natur, und die Liebe hielt ihm die Tafel, während sie ihm eine Mohnblüte reichte, als bildliche Andeutung auf seinen frühen Tod. Der Genius mit der Fackel sah ihn wehmütig an, und der Sieg hielt ihm seinen Kranz über das Haupt. – Ein anderes Werk stellte eine Hirtin mit einem Nest voller Amorinen dar, darunter war eine, in der ich überhaupt keinen Sinn finden konnte; als ich ihn danach fragte, antwortete er: »Ja, dabei habe ich mir nichts gedacht!« – Schrieb an Edvard. – War bei Küchler und besichtigte unsre Bibliothek. – War im Caffè Greco und in der Osteria Lepre; alle meine Landsleute hier haben etwas natürlich Herzliches.

Sonntag, den 20. Besuche abgestattet bei Jensens und danach bei der Prinzessin; sie war sehr liebenswürdig und schön, sie bedauerte, daß sie gezwungen sei, in Piacenza zu wohnen, und sagte, sie wolle nie wieder nach Dänemark zurück, lud mich ein, falls ich nichts Besseres vorhätte, den Abend bei ihr zu verbringen. – Ich ging zum Kapitol, wo ich schon am ersten Tag gewesen war, trabte dann an der Engelsburg vorbei und sah zum ersten Mal die Peterskirche. Andere Kirchen sind so gebaut, daß sie größer wirken; diese dagegen erscheint kleiner! Der Dom von Mailand hat mir weit mehr imponiert. Sie ist prachtvoll und kolossal, das Ganze kam mir bekannt vor. Man muß sie mehrmals sehen. – Abends waren wir in der Kneipe der Deutschen, doch wir Dänen und Schweden waren in der Mehrzahl. Unter der Decke hing eine Blumenkrone mit Talglichtern, die Künstler saßen in Hemsärmeln und Kittel da, deutsche, schwedische und dänische Lieder wurden durcheinander gesungen; es war Skandinavien im Norden. Bissen kam sehr liebevoll zu mir und begrüßte mich, sagte, wie sehr er sich freue, daß ich nun hier sei, ein älterer Maler aus Hamburg betrachtete mich unablässig und stieß bei jeder Gelegenheit mit mir an.

[...]

Freitag, den 25. Zu Fuß zogen wir nun in die Berge, vor uns lag die riesige Campagna (schon gestern sahen wir das Meer). Im Wald überquerten wir ein Bächlein mittels einer einfachen Brücke, an jedem Ende stand ein N, was jedoch keine unbekannte Größe war, sondern der Name Napoleons, er hatte sie erbaut, und die Italiener hatten dieses N gesetzt. Wir kamen an einem riesigen Baum vorbei, der sich zu einer Kapelle wölbte, sein Wipfel war zu einem umkränzten Kreuz geschnitten, und der Stamm enthielt einen kleinen Schrein mit Glasfenster vor dem Madonnenbild, eine kleine Steintreppe führte zu ihm hinauf. – Nun kamen wir nach Grottaferrata und besuchten die Klosterkirche; hier gibt es vier vorzügliche Gemälde von Domenichino, er hatte wegen eines Mordes im Kloster Zuflucht gesucht und sie aus Dankbarkeit gemalt. Man sieht einen deutschen Kaiser den Heiligen Nilus besuchen, die Trompeten blasen, und der Herold heißt sie schweigen, denn der Kaiser will sprechen; vorn stehen zwei Figuren im Gespräch, man sieht die Worte auf ihren Lippen. – Zwei Zwerge halten die Pferde. – Ein Wunder des Heiligen Bartholomäus und Sankt Nilus, die einen Aussätzigen heilen, der Ausdruck in N's Gesicht ist ganz vorzüglich, die fromme Hoffnung der Mutter, die beiden neugierigen Jungen und der Blick des Wahnsinnigen. (Jetzt erst kam die Madonna im Baum.) – Wir kamen dann zu einem prächtigen Baum an einem Wasserlauf, wo die Mädchen Leinen wuschen. – Bald erblickten wir das Meer, wie vergoldet, zur Linken unter uns lag der Albanersee, vollkommen still. In Albano bestellten wir uns ein Nachtlager, aßen und wanderten nun am Grabmal der Horatier vorüber, das dicht am Wege steht; Reseda und Goldlack wuchsen wild, das Immergrün trug Blüten und Früchte, und zwischen den grünen Baumwipfeln sahen wir die Kuppel der schönen Kirche von Ariccia. In dieser Stadt las man an jedem Haus: »Viva Sangue di Gesu christo!« Der Weg dorthin war tief und hohl, an einem Hang saß ein alter Bettler in einer verschlissenen Mönchskutte, unter einem Kreuz, mit dem Meer als Hintergrund. – Wir kamen an Genzano vorbei; dort findet im Juni ein Blumenfest statt, die Straßen werden mit Blütenblättern in den schönsten Figuren belegt, Teppiche aus Blumen stellen die Flucht von Josef und Maria dar. Es soll sehr schön sein. – Gegen Abend erreichten wir Nemi, das hoch oben auf einer bewaldeten Klippe liegt und sich im stillen Nemisee spiegelt. Es wurde Abend, bevor wir uns auf den Heimweg machten. – Wir gingen alle zusammen, um nicht überfallen zu werden, denn es ist unsicher hier in den Bergen. Der Mond schien prachtvoll, wir begegneten heimfahrenden Bauern und einzelnen Männern mit Flinten, sie grüßten uns freundlich, doch zu trauen war ihnen wohl nicht. In Ariccia lud uns ein schöner Italiener zum Abendbrot ein, wir begnügten uns jedoch mit Wein und speisten dann in Albano, wo Bødtcher, Leth und ich in einem Bett schliefen.

Samstag, 26. Oktober. Wir nahmen Esel und ritten nun hinauf zum Kloster ... auf dem Monte Cavo, dem höchsten Punkt des Albanergebirges. – Unterhalb des Hangs, an dem wir ritten, lag der Albanersee, der Wald war bunt, eine riesige Höhle der Natur, innen mit Efeu bewachsen, ganz in der Nähe befand sich ein großes, altes Kloster. Je höher wir kamen, um so herbstlicher wurde die Landschaft. – Im Kloster tat uns einer der Mönche auf, die anderen sangen in der Kirche, ich besuchte eine kleine Zelle; der Garten war auf den großen Grundsteinen eines Tempels für Jupiter Stator angelegt und mit giftigen Lorbeeren eingefaßt. Eine Wolke hing wie ein Vorhang zwischen dem Kloster und der Stadt Rom, Albaner- und Nemisee starrten wie zwei dunkelblaue Mädchenaugen zu uns herauf; zwischen Felsen und im Nebel ritten wir auf den Eseln bergab. In dem kleinen Ort wurde Zeuthen abgeworfen; am Nachmittag fuhren wir heim, bald wurde es Abend, und der Mond schien prachtvoll. Alles war klar, nur auf den Bergen lagen dicke Wolken wie ein Deckel aus Marmor. – Aus der großen, schweigsamen Campagna ragten einsame Ruinen, die ungeheure Wasserleitung auf. (In der Nähe von Albano das Grabmal des Ascanius.) – Im kleinen Tal der Campagna lag eine Nebelwolke, während wir sie durchquerten, war mir, als hüllte mich das Elfenmädchen mit seinem Mantel ein, es war das klamme Leichentuch, ich preßte die Lippen zusammen vor ihrem Kuß. Als wir am Kolosseum vorüberfuhren, wo der Mondschein zwischen die Ruinen fiel, liefen über uns dort oben ein paar Leute mit roten Fackeln herum, was eine vorzügliche Wirkung tat. Ein Glas Punsch wärmte mich wieder auf.

Sonntag, 27. War in der Peterskirche, wo mir das Papstdenkmal von Canova weit mehr als das von Thorvaldsen imponierte. Ging zur Villa Borghese, ein Wagen neben dem anderen fuhr mit geputzten Römerinnen vorbei, so ein Leben können nur die Boulevards von Paris vorweisen. Einfache Mädchen bildeten Gruppen und schlugen auf Tamburins. Dunkle Alleen und schöne Anlagen; etwas verdrossen kehrte ich heim. – Abends ging Bødtcher mit mir spazieren und versuchte mich aufzumuntern, prophezeite mir Unsterblichkeit, auch wenn ich jetzt sterben sollte; wir sahen einen brennenden Ballon in der Luft. Heute habe ich eine Ausgabe von »Kjøbenhavnsposten« aus dem Jahr 1827 bekommen, beim Überfliegen war mir, als blickte ich aus einer anderen Welt auf all diesen kindischen Unsinn und Streit herab, alles kam mir so unbedeutend, so schief vor. Es fing damit an, daß Heiberg und Liunge eine Vereinbarung trafen, daß sich ihre Zeitungen niemals feindlich begegnen sollten. – Hier lobt YZ Nathan Davids Gedicht; da wird als Beweis für die Richtigkeit der Phrenologie der Kopf von Raffael angeführt, der, wie ich jetzt gesehen habe, gar nicht der seine ist; hier wird ein Gedicht von Dahlgren für den dänischen Dichter Miller verlesen, der niemals ein Dichter war; und da wird eine Art Entschuldigung dafür vorgebracht, daß mein Gedicht »Das sterbende Kind« abgedruckt wurde, das man jetzt für eine Perle der Literatur ansieht – und alles das ist in 5 Jahren geschehen.

[...]

Montag, 11. [November] Bin in den Ruinen herumspaziert und am Nachmittag noch einmal die gleiche Tour mit dem schwedischen Gelehrten Carlstedt gegangen: Maria Maggiore, Monte Cavallo, Lateran und Kolosseum. – Erst in Rom beginnt mich die Weltgeschichte recht zu interessieren. Habe bei Blumenmaler Jensen meinen Landsleuten »Agnete« vorgelesen, sie waren alle begeistert, Bødtcher bat mich, mit ihm Brüderschaft zu trinken.

Dienstag, 12. Vor 6 auf, um mit D, N und Jensens nach Tivoli zu fahren. – Die Campagna war unendlich öde, am Weg hatten ein paar Bauernfrauenzimmer ein Feuer angesteckt und sich darumgestellt, denn es war sehr kalt; ihre Esel weideten in den Gräben. Wir begegneten Bauern, die in große schwarze Schafsfelle eingehüllt waren und aussahen wie Hottentotten. Der Wasserfall befindet sich in Tivoli selbst, ein Fluß bildet einen stillstehenden See, über dessen schmales Ende eine Brücke führt, und hier stürzt auf einmal der Anio (auch Teverone) herab, Leute gingen und ritten auf Mauleseln über die malerische Brücke. Wir genossen die Aussicht von den Ruinen des Vestatempels; ein Stückchen weiter stürzt sich, aus zwei Felsenhöhlen kommend, ein schmalerer, jedoch höherer Wasserfall in die Tiefe, von dem ein dichter Wasserstaub aufstieg. Dann gingen wir in einen kleinen Garten und betrachteten diese beiden Wasserfälle, die sich wie Wolken in den Abgrund stürzen, von oben; etwas so romantisch Schönes habe ich kaum je gesehen, doch Wasserfälle lassen sich nicht malen, noch weniger beschreiben. – Wir besichtigten nun die anderen Kaskatellen, dicht am Weg wuchsen große …, wie an der Straße von Genua. – Man arbeitete daran, eine neue, natürliche Kaskade anzulegen, das gefällt mir nicht. Die Stadt lag malerisch schön auf der Klippe, von der rundum das Wasser sprudelte, die Schattierungen – die dunklen Olivenwälder, die fast schwarzen Zypressen, die roten Weinranken, das gelbe Laub und die frischen, grünen Kakteen – waren ganz wunderbar; die Sonne schien prachtvoll, wir wären vor Hitze fast umgefallen. – Nun gingen wir zur Villa d'Este, die fast leer steht.

Freskogemälde und riesige Anlagen im Garten, eine ganze Allee von Fontänen, gewiß über 100; römische Adler, aus deren Schnabel das Wasser sprang, Genien und Türme. – Hier gab es die größten Zypressen, die ich jemals gesehen, schöne Pinien und eine stolze Aussicht von den Terrassen. Um 1/2 3 fuhren wir schon heimwärts, in der Nähe von Tivoli steht ein schöner alter Turm, ringsum ragen aus der Campagna Ruinen auf; wir kamen über einen kleinen Fluß, der ganz abscheulich roch, Schwefelpartikel schwammen auf dem Wasser und verpesteten die ganze Gegend. Um 6 Uhr waren wir zu Hause und speisten dann bei »Lepre«.

[...]

Sonntag, 1. Dezember. War in der Sixtinischen Kapelle, wo es eine Festlichkeit aus Anlaß des Todestags von Pius VIII. gab. – Die päpstlichen Treffbuben standen mit Halskrausen am Eingang, die Kardinäle, in violettem Samt mit weißen Pelerinen aus Hermelin, saßen in zwei Reihen da, zu ihren Füßen saßen Priester, ein Kardinal in Silberbrokat und mit einer weißen Papsthaube verrichtete den Dienst am Altar, während der eigentliche Papst pupurgekleidet auf einem roten Samtthron saß; man kniete vor ihm nieder wie vor einem Götzen, küßte ihm Füße und Hände, zwei Kardinäle öffneten und schlossen alle Augenblicke seinen Umhang, und ein Bischof schwenkte das Weihrauchfaß, bald nahmen sie ihm die Papsthaube, bald die Kapuze und schließlich die ganze Perücke ab. – Direkt vor uns war Michelangelos herrliches »Jüngstes Gericht«, jedoch etwas dunkel. Ich starrte die Kardinäle an, vielleicht saß unter ihnen der letzte Papst der Welt, denn das geht nun bald zu Ende. Mehrere Geistliche in hochroten Kitteln machten mit ihren roten Fackeln eine vorzügliche Wirkung. Die Kastraten sangen, ohne Begleitung, ganz wunderbar! – Nach Tisch gingen wir hinaus zum Kloster Sant' Onofrio, besichtigten Tassos Grab, die Eiche und in der Bibliothek sein Faksimile und eine Büste nach einem Wachsabdruck seines Leichnams. Die Apfelsinen hingen uns über dem Kopf. – Dann gingen wir zur Villa Farnesina, an deren Decke Raffael mit seinen Schülern die Geschichte der Psyche als Fresko gemalt hat; über unserem Kopf winden sich Girlanden mit Blumen und Früchten, und dahinter ist die schönste italienische Luft mit Göttern und Genien zu sehen. Eine Gruppe von Grazien und einem Amor, vorzüglich erhalten, ist ganz von Raffael. Im Nebenzimmer befindet sich seine »Galatea«, sie fliegt über die Wellen dahin, die Genien, alles schwebt vorüber. – Eine Veronika (?) mit dem Haupt Christi von Angelika Kauffmann. Zuoberst war mit Kohle der bekannte Kopf von Michelangelo gemalt. Wir gingen nun zur Kirche Santa Maria in Trastevere; auf einem Gestell ohne Geländer stand ein Priester und hielt eine fanatische Predigt für – die Menge, während die Leute niederknieten, flog ihnen eine Fledermaus um den Kopf. – Draußen sind an die Kirchentür drei Messingkreuze geschlagen, welche die Leute küssen; H und ich sahen 4-5 Kinder, das älteste erst 6, das jüngste 2 Jahre, die sich beim Spielen gegenseitig emporhoben, um das Kreuz zu küssen, doch zumeist schafften es die Kleinen nur gerade so weit, daß sie den Mund spitzen konnten, dann war der Ältere, der das Kind trug, mit seinen Kräften am Ende, es fiel zu Boden und küßte die Luft. – War in der Kneipe.

[...]

Freitag, den 6. Dezember. Ging in die Sixtinische Kapelle und betrachtete das »Jüngste Gericht«, lag auf dem Rücken und bewunderte die herrlichen Propheten und Sibyllen. Hier ist die biblische Geschichte in großen Bildern dargestellt. Bei der Schöpfung schwebt Gott durch die Luft, und eine Gruppe von Engeln, in Form einer Wolke, ruht auf ihm. Welche Verkürzungen! Für abends 6 Uhr hatte sich Thorvaldsen angemeldet, um noch einmal meine »Agnete« zu hören. Ich ging kurz nach 5 nach Hause, um pünktlich zu sein, doch als ich das Zimmer betrat, saß der Alte schon da, hatte Licht angezündet und las in einem Buch; er hatte die Zeit vergessen und wollte dann lieber zu früh kommen, wie er sagte. Die übrigen Dänen, die meine Dichtung noch nicht kannten, waren erst zu um 6 Uhr eingeladen, also mußten wir diese Stunde allein verbringen; dann kamen Bissen, Petzholdt, Koop und Berg aus Norwegen. Hertz saß gleich neben mir, ich fühlte mich sehr gehemmt, merkte, daß ich schlecht las, denn ich überlegte alle Augenblicke, was er wohl denken mochte; ich jagte davon im Galopp. Thorvaldsen saß da mit seinem ernsten, klugen Gesicht und lauschte aufmerksam, und wenn ich ihn ansah, nickte er mir beifällig zu; er schätzt »Agnete« sehr; Hertz äußerte kein Wort, weder dafür noch dagegen.

[...]

Montag, 16. [*Dezember*]. Heute habe ich mir eine Scaldine besorgt, sie steht zu meiner einen Seite, und von der anderen scheint die Sonne, das belebt mich, doch ich bin ziemlich erschöpft. Wenn doch heute Briefe kämen! – Da war ein Brief vom alten Collin, der vermeldete, daß meine Mutter gestorben ist. Gott, ich danke dir! war mein erster Ausbruch, jetzt hat ihre Not, die ich nicht lindern konnte, ein Ende. Ich kann mich aber doch nicht recht an den Gedanken gewöhnen, nun so ganz allein zu sein, ohne einen einzigen Menschen, der mich durch die Bande des Blutes lieben *muß*! – Ich bekam auch eine Rezension meiner beiden Vaudevilles von Heiberg, ich bin nur ein Improvisator! – Für meine »Agnete« befürchtet man von der Kritik Schlimmes, und Reitzel wagt keine 50 Spezies für sie zu riskieren. Jetzt soll sie im Selbstverlag erscheinen!

Dienstag, 17. Wegen Kopfschmerzen kaum geschlafen, an Jette Wulff und Collin geschrieben. – Hertz kam heute morgen recht freundlich zu mir, sagte, ich solle mich durch die Nachricht vom Tod meiner Mutter nicht niederdrücken lassen. Die Prinzessin hat gestern abend zu Zeuthen gesagt, der sie seit meiner Lesung nicht besucht hatte: »Na, Sie sind ja auch nicht hier gewesen, seitdem ich *ungezogen* war!«

[...]

Sonntag, [*22.*] Nachts habe ich kaum geschlafen, denn um zwei Uhr gab es einen Sturm, der das Haus erschütterte, Blitz folgte auf Blitz, und der Donner dröhnte, und der Regen strömte. In diesem Winter hat es mehrmals heftig gewittert, doch nie so gestürmt wie heute nacht. – Besuch von Hertz, er war sehr liebenswürdig, bat mich, ihn bald zu besuchen, erzählte, er habe im Caffè Greco in der »Allgemeinen Zeitung«, die in Augsburg erscheint, eine Rezension meiner »Agnete« – »Agneta und der Meermann« – gelesen. Ich las sie dann selbst und bin so kindisch, daß sie mich ordentlich in gute Laune versetzt hat.

[...]

Dienstag [*24.*] Weil das Fest so heilig war und wir singen wollten, konnte man uns kein Lokal in der Innenstadt überlassen; deshalb zogen wir hinaus in das große Haus im Garten der Villa Borghese, in der Nähe des Amphitheaters am Pinienhain. Einige von uns begaben sich schon am Morgen dorthin, um das Fest zu arrangieren, Jensen und Christensen banden mit mir Kränze, meiner war der geschmackvollste und wurde für die Prinzessin bestimmt. Ich umwand den ganzen Tisch mit einer Blumengirlade, wir aßen dort draußen, um 3 ging ich heim, um mich zu frisieren und herauszuputzen. – Um 6 Uhr waren wir alle versammelt, die Prinzessin wagte als Katholikin nicht zu erscheinen. – Plagemann hatte die Wappen der drei nordischen Reiche gemalt, die nun mit Eichenlaub und Lorbeerkränzen zwischen großen Lorbeergirlanden hingen, ich hatte den Tisch mit einem Blumenkranz umwunden und auf jeden Teller einen Efeukranz gelegt, als Haarschmuck gedacht, in den Kränzen der Damen waren Rosen. Wir fingen an mit dem Weihnachtsbaum, der ein prächtiger großer Lorbeerbaum war, behängt mit Orangen und Geschenken; der Zufall wollte, daß ich das beste Geschenk (für 6 1/2 Scudi) bekam, einen silbernen Becher mit der Inschrift: »Weihnachtsabend in Rom 1833«. Außerdem einen hübschen Geldbeutel. Mein Geschenk in den vielen Papieren fand als das lustigste den größten Anklang, Byström bekam es, und man klatschte mir Beifall. – Hertz bekam einen Ring mit einer Antike. Zeuthen die von Thorvaldsen selbst gespendete Medaille. – Bei Tisch sollte mein Lied gesungen werden, was Bødtcher sehr schön zu arrangieren versprochen hatte; doch weil er es drei Töne zu hoch anstimmte und seinen Fehler nicht eingestehen wollte, konnte niemand mitsingen; das hatte eine solche Verwirrung zur Folge, daß die Trinksprüche auf die Könige viel zu matt ausgebracht wurden. – Nun machten sie die Dummheit, noch einmal zu singen und die Trinksprüche beim Champagner auszubringen; dasselbe passierte mit dem Trinkspruch auf die Prinzessin: »Sie lebe hoch!« rief Blunck, und ich glaubte zu hören: »Lauter noch!« Thorvaldsen und einige der Älteren brachen schon um 11 Uhr auf, ich folgte ihnen. Als die Stadttore von Rom nach dem ersten Klopfen nicht geöffnet wurden, klopfte ich. »Chi è?« wurde gefragt. – »Amici!« antworteten wir, und nun wurde eine kleine Pforte aufgetan, durch die wir hineinschlüpften. Das Wetter war wunderbar mild! »Ja«, sagte Thorvaldsen, »das ist anders als zu Hause, der Mantel wird mir ordentlich zu schwer!« Palin und Carlstedt kamen uns abhanden; Fearnly sagte zu Thorvaldsen, daß man mich verführen solle, sprach von meiner Unschuld; indessen läuteten die Glocken in einem fort, und die Leute strömten zur Kirche Maria Maggiore, ich ging zu Bett.

Mittwoch, 25. Konnte wegen des Glockenläutens kaum schlafen, ging dann zur Peterskirche; dort waren Soldaten aufgestellt. Priester und Kardinäle zogen in einer Prozession, der Papst wurde getragen und mit großen weißen Pfauenfedern befächelt, die Kastraten sangen. Viele Menschen waren da, ich kam ins Gespräch mit einem jungen Abate, der mich für einen Franzosen hielt. War dann in Maria Maggiore, wo Christi Wiege in einer Glasvase stand, die man nachts in der Prozession getragen hatte; jetzt hielten dort zwei Landsknechte Wache. – Am Nachmittag hatte ich furchtbare Langeweile, es war doch nicht wie das Weihnachtsfest zu Hause. Zwischen den Schweden und Dänen hatte es abends auch viel Ärger gegeben; Sonne, Petzholt und mehrere andere hatten sich entsetzlich betrunken. – Stammann war zu Frau Jensen allzu aufdringlich gewesen.

Donnerstag [*26.*] Die viele Landsmannschaft ist nicht gut. Sie haben auch kein Interesse füreinander, Kneipe und Essen, das ist der Sammelpunkt. (Wie mir Hertz erzählte, hat man nach meinem Weggang am Weihnachtsabend einen Trinkspruch auf mich ausgebracht, und er hat ihn entgegengenommen. – Übrigens ist ihm abends auf dem Heimweg das Mißgeschick passiert, daß er, als er sich vor Freude die Hände rieb, sein Geschenk verlor: einen Ring mit einer Antike.) Heute machte ich einen Besuch bei der Prinzessin, sie war sehr liebenswürdig (ich war das erste Mal dort, seitdem ich meine »Agnete« gelesen hatte). Sie bedauerte sehr, daß sie bei unserem Weihnachtsbaum nicht hatte dabeisein können, doch als Katholikin müsse sie sich an die Sitten halten, zumal der Papst zu ihr geäußert habe, er sähe dies nicht gern. – Die Dänen fragten, ob wir nicht einen Ausflug machen sollten; wir fuhren dann in drei Wagen los, ich mußte in den von Frau Jensen, und es war nun so berechnet, daß ich die Hälfte für sie bezahlen sollte (es ist das zweite Mal, daß ich auf solche Art galant sein mußte, wenn das mein Geldbeutel nur erlaubte). Mit diesen Landsleuten gibt es keine rechte Annehmlichkeit. Der Umgang mit Hertz könnte mir vielleicht am nützlichsten sein, aber – – nein, nein! – Wir fuhren über den Ponte Molle und am Tiber entlang, erblickten rechts den Hügel, wo die Stadt Fidenae lag; hier ist einmal ein Theater mit mehreren tausend Menschen zusammengestürzt, jetzt war ein einsamer Weinberg zu sehen! – Im Berghang zur Linken war eine Höhle mit einer Art Fresko, diese wird für Neros Grab ausgegeben. Die Campagna ist hier leicht gewellt, die Sonne ging unter, und die Luft bekam etwas sehr Warmes, einen wunderbaren rosenroten Farbton mit braunen Wolken, auf der anderen Seite sah es kalt aus, der Mond stand zwischen olivgrünen Wolken. – Von meiner lieben Frau Læssøe habe ich einen Brief bekommen. Ich bringe den Abend damit zu, ihn zu genießen.

[...]

Den ersten Januar. Hatte die ganze Nacht Fieber im Blut und träumte in der Morgenstunde von einer Fledermaus, mit der ich kämpfte, ihre Flügel wurden immer größer und größer, als ich glaubte, ich hätte sie am besten in meiner Gewalt, wachte ich auf. – Ging dann zur Peterskirche und in die Sixtinische Kapelle, wo der Papst war und Musik erklang, besichtigte Raffaels Loggien, fühlte mich krank und watete durch die schmutzigen Straßen heim. Lag den ganzen Nachmittag auf dem Bett, schlummerte ein wenig. Es wehte ein schwüler Schirokko; erst abends, als es kühler wurde, fühlte ich mich besser. Sah bei Küchler Kupferstiche an und kam in gute Laune. Was für ein seltsames Wesen, bald liegt mir alles so schwer, bald nehme ich es zu leicht. Gott, guter Gott, nimm dich im neuen Jahr meiner an, möge es Glück für mich bringen wie das vergangene!

[…]

Montag, 6. War, wie gestern auch, bei Küchler und ließ mich malen. Während ich für ihn saß, kam ein junges Modell von 16 Jahren mit seiner Mutter; Küchler sagte, er wolle sich ihre Brust ansehen; das Mädchen schien etwas verschämt, weil ich dabei war, doch die Mutter sagte: »Schnickschnack!« und öffnete ihr Kleid, zog es ihr mitsamt Hemd bis zum Bauch hinunter, da stand sie nun halbnackt, mit etwas dunkler Haut, ein wenig zu mageren Armen, jedoch schönen runden Brüsten; während die Mutter sie entblößte, spürte ich meinen ganzen Körper erbeben; Küchler sah, daß ich blaß wurde, und fragte, ob mir übel werde. – Danach gingen wir in die griechische Kirche, wo ein Fest für die Heiligen drei Könige gefeiert wurde, es gab keine Musik, das Ganze war langweilig. Mittags tranken wir auf das Wohl von Vater Collin, der heute Geburtstag hat. Saß am Nachmittag wieder für Küchler. Das Wetter ist kalt, grau, trist, aber morgen scheint die Sonne, das Wetter hat nämlich Wechselfieber. Wenn doch heute Briefe da wären! – Doch, Briefe waren da, vom Vater und von Edvard, der eine voller Ermahnungen, der andere in einem äußerst schroffen, belehrenden Ton voller Leidenschaft. Er vermeldete mir den Tod meiner Ehre. »Agnete« sei mißgebildet bis zur Verzweiflung, eine zusammengeschmierte, klägliche Arbeit. Das erschütterte meine Seele zutiefst, ich wurde so überwältigt, daß all mein Gefühl verging, mein Glaube an Gott und die Menschen, der Brief brachte mich zur Verzweiflung. Bødtcher versuchte mich zu trösten; wie sollte er das können.

Dienstag, 7. Was habe ich für eine Nacht zugebracht, Fieber war in meinem Blut, ich wälzte mich im Bett, wie nahe war ich doch daran, dieses unselige Leben zu beenden! Gott, vergib mir meine Gedanken, Gott, vergib jenen, die mich so tief betrübt haben! Am Morgen sprach ich mit Hertz, er kam mir viel herzlicher entgegen als zuvor; zum ersten Mal sprach er mit mir über meine Arbeiten, über seine Anschauungen, berührte die »Wiedergängerbriefe«, und – wie seltsam! – *er bat mich, mir unbillige Kritik nicht zu Herzen zu nehmen.* – Erzählte mir von Molbechs Kritik, sagte, M sei verrückt, rede nur nach der Mode daheim, und er wunderte sich darüber, daß die Mitarbeiter der »Monatsschrift« einem solchen Menschen, der sich förmlich anmaße, den Geschmack in Dänemark zu regieren, ohne selbst welchen zu haben, zu schreiben erlaubten. – Sagte, er wolle diese Materie gern noch weiter mit mir erörtern, und als wir nach Tisch zusammentrafen, lud er mich zu einem Spaziergang ein, das war eine förmliche Wiederholung von »Die Natur und die Kunst«; er meinte, das romantische Gebiet, auf dem ich mich bewegte, würde mich zu Ausschweifungen verleiten, wohingegen er meine Naturschilderungen, in denen sich mein Gemüt eigentümlich offenbarte, sehr gut fand und am meisten schätzte. Er meinte auch, es müsse ein Trost für mich sein, daß gewiß alle wahren Dichter die gleiche Krise wie ich durchgemacht hätten; doch seien ihre Arbeiten nicht bekannt geworden, während ich nach diesem Fegefeuer zur Erkenntnis der Wahrheit im Reich der Kunst gelangen würde.

Mittwoch, 8. Heute nacht fand ich ein wenig mehr Schlaf, doch mein Gemüt kann nicht ins Gleichgewicht kommen, ich bin krank. Alle Dänen sagen mir das auch. Ich habe Edvard nun einen ernsten Brief geschrieben, er muß seinen Ton dämpfen und den des Freundes anschlagen; sollen wir Freunde sein, dann kann ich seine Schulmeisterei nicht länger dulden; doch weil ich den Vater, dem ich so viel verdanke, nicht betrüben wollte, habe ich den Brief an ihn geschickt, er kann ihn nun Edvard geben, wenn er will. Vielleicht verliere ich sie alle beide. – Aber der Vater ist doch ein kluger Mann, er kann nicht böse auf mich werden. Gott lenke und leite alles zum Besten! – Nach Tisch ging ich zu Thorvaldsen, der »Das sterbende Kind« haben wollte; er arbeitete an einem neuen Basrelief: »Nemesis« auf ihrem rollenden Wagen, darüber gewölbt die Himmelszeichen, die Waage war ihr am nächsten, zwei Genien, der strafende mit dem Schwert, der belohnende mit Blumen und Früchten. – Th.'s Hände waren mit Ton beschmiert, er sah meine Blässe, fragte, ob ich krank sei, und als ich von Molbechs strenger, unbilliger Kritik erzählte, legte er mir seine Hand auf die Schulter und sagte: »Um Gottes willen, lassen Sie sich nie von derlei treffen, je weniger einer von der Kunst versteht, um so strenger wird er; das ist das Schöne am Künstler: je tiefer er in seine Kunst eindringt, um so deutlicher sieht er ihre Schwierigkeit und wird milder gegen andere. Wie haben sich Baggesen und Oehlenschläger gestritten, jener hatte nicht den tiefen Geist von diesem, dieser nicht den Witz von jenem, und sie verschwendeten ihre Ruhe und vielleicht so manches Kunstwerk für einen leeren Streit. – Fühlen Sie Ihre eigne Kraft, lassen Sie sich nicht vom Urteil der Menge leiten und gehen Sie ruhig voran! Gott sei Dank, daß ich von niemandem abhängig bin, leben kann, wo ich will, ich kann mir Ihre Lage wohl vorstellen, das Unglück, daß man das Publikum braucht, was dieses niemals erfahren darf, sonst setzt man sich der Behandlung seiner albernen Launen aus. – Jetzt habe ich, was zum Leben notwendig ist, brauche keinen, und das ist mein Glück! Gott weiß, als wie groß mich die Welt sonst bezeichnete!« Er schenkte mir nun 30 Blätter Konturen für seine Basreliefs, drückte mir herzlich die Hand und bat mich, die Unbilligkeit der Welt so leicht zu nehmen, wie es mir möglich sei! – Hertz sagte zu mir, er könne »Agnete«, die er nur vom Vorlesen kenne, nicht recht zusammenbekommen, fand die lyrischen Stücke sehr gelungen, glaubte jedoch, das, was man daheim als Fehler der Form bezeichnete, bestehe darin, daß die Romanze durch die dramatische Behandlung verliere, so habe auch Oehlenschläger »Aage und Else« in seinem »Bleichen Ritter« erschlagen. – Ich hätte wohl einwenden können, daß »Axel und Valborg« doch eine schöne Tragödie sei, doch gehörte sie durch ihre ungeheure Länge auch nicht mehr ins Gebiet der Romanze. – Abends kam Küchler zu Besuch, ich war noch krank; das Wetter schlecht wie in Dänemark, es goß in Strömen, und der Wind rüttelte am Fenster.

Donnerstag, 9. Heute habe ich meine Briefe an den Vater und an Edvard (Jette und Louise) abgeschickt. Gott weiß, was sie bringen. Aber Gott führt alles zum Besten, sein ist die Eingebung zu jeder raschen Handlung. Es ist schwer, sich aus alten, bedrückenden Verhältnissen herauszureißen, doch besser spät als nie! Edvard soll mich nicht länger dominieren! – Als ich heute spazierenging, beobachtete ich, wie ein Bauer auf einen kleinen zweirädrigen Karren stieg, das sieht gefährlich aus; er setzte den Fuß auf die unterste Speiche des Rads, das sich drehte, und ließ sich von ihm in die Höhe heben; als er ganz oben war, machte er eine rasche Bewegung und sprang in den Karren; so muß man auch den Wagen des Glücks besteigen, doch die meisten geraten unter die Räder, bevor sie emporgehoben sind. – Hertz [hat] Geschichten von Molbechs Bestialität erzählt, war abends bei ihm zu Hause. – Er äußerte sich bitter über Müller: »Aber er ist ein junger Mann mit Talent!« sagte er. Am Abend über Edvards Verhalten nachgedacht. »Die Bitterkeit von Feinden züchtigt mit Peitschen, die von Freunden aber mit Skorpionen.«

[...]

Sonntag, 19. Edvard, je mehr ich alles überdenke, um so mehr sehe ich [deinen] beispiellosen Egoismus, das ungeheure Unrecht, das ich leide, du hast eine Kluft zwischen uns aufgerissen, die sich gewiß niemals überbrücken läßt. Alles ist falsch, sie auch, sie, die Tränen vergoß, die so fromm war, so schwesterlich, falsch, falsch wie die ganze Sippschaft der Welt. – (Am Freitag, dem 17., war ich im Puppentheater und sah »Il Bandocani«, das war der ganze »Kalif von Bagdad«.) – Heute bin ich nach Tisch mit Hertz zur Porta de Lione hinaus spaziert, habe die schöne Aussicht auf den grün-gelben Tiber genossen; war im Janustempel, sah den Triumphbogen in der Nähe, ging durch halb eingestürzte Bögen hinunter zu den Kloaken; da stand ein Bauer und wusch sein Tuch im klaren Wasser, weiter unten gähnten schwarze Löcher mit stinkendem, schmutzigem Wasser, das vom Tiber kam, ein Bauer hockte und machte hinein, von der Mauer hing prachtvoller grüner Efeu und bildete über ihm ein Laubdach. Wir gingen zu den Tempeln der Vesta und der Fortuna virilis, sahen den Ponte Rotto und die Tiberinsel. Ein kleiner Garten, an dem wir vorüberkamen, war voll von aufgeblühten Rosen, alle Gänge, alle Spaliere waren bunt, und aus dem grünen Laub guckten hellgelbe Zitronen und dunkelgelbe Orangen. Wir gingen nun durch mehrere Seitenstraßen, um zur Kirche St. Antonio zu gelangen und uns die Segnung der Tiere anzusehen; Leute strömten dorthin, alle Fenster waren voller Frauenzimmer. Ganze Truppen kamen mit Eseln, deren Köpfe mit roten Federn, goldenen Tressen und Schleifen geschmückt waren; einige der reitenden Bauern hatten Tücher aus blauem Samt und rote Scherpen. Vor der Kirche konnte man fast nicht durchkommen. Schmutzige Kinder waren auf das Fundament des Kreuzes geklettert, um besser zu sehen, die Kirchenmauer war mit schlechten Holzschnitten behängt, zumeist Jesus und die Madonna, ein Wagen fuhr neben dem anderen, und der Priester bespritzte oft mehrere zur gleichen Zeit. – In die Kirche zu gelangen war unmöglich. Wir gingen durch Maria Maggiore, zur Kneipe »Scozzese« und tranken eine Mezzo

Foglietta Wein, gingen dann zur Kirche Trinita dei Monti, um uns den Gesang der Nonnen anzuhören. Die Tür war verschlossen, ich läutete dann an einer kleinen Seitentür, die zum Nonnenkloster führte, eine junge, hübsche Nonne machte mir auf und sagte, heute gebe es keinen Gesang; sie hatte das feinste Wesen und war von einer einnehmenden Freundlichkeit, sie errötete heftig, als ich sie ansah, schien einem Schwätzchen nicht abgeneigt, knickste und – ich ging. – Am Abend prachtvoller Mondschein und klare blaue Luft.

Montag, den 20. Januar. Nachdem ich wie üblich im Caffè Greco Kaffee getrunken und mit Hertz geschwatzt hatte, ging ich durch das Kolosseum hinaus zur Porta S. Giovanni, die nach Neapel führt; die Sonne brannnte mit Sommerhitze, der Himmel war klar, doch die Berge lagen im Nebel verborgen. Zwischen der Stadtmauer und den großen Weingärten, die von den Ruinen der Wasserleitung eingeschlossen sind, verläuft ein Weg, hier ging ich und sah einen Jungen sein Netz ausspannen, um Vögel zu fangen, ein kleiner Vogel in einem Bauer sollte die anderen anlocken. Ich begegnete einem Franziskaner, der spazierenging und in einem Papier las, das war sicherlich eine Predigt, denn er gestikulierte heftig. Nun ging ich zum Kloster und in die Kirche, wo ganz oben im Gang ein Papst aus weißem Marmor kniete. An der Decke war ein schönes Freskogemälde, die Dreieinigkeit und die Madonna. Auf dem Rückweg pflückte ich viele wilde Anemonen, sie waren so wunderbar purpurrot, daß ich sie Jensen mitbrachte, der beschloß, eine in dem Gemälde unterzubringen, an dem er gerade arbeitete. – Ich habe heute nacht etwas vom Papst und von Meisling geträumt, sicher bekomme ich einen Brief, doch wie üblich einen abscheulichen, vielleicht ist Jette W gestorben? […]

[…]

Freitag, 24. Spazierte hinaus zum Kloster Sant' Onofrio, kam durch die Via della Morte, gegenüber stand eine Kirche, die dem Tod geweiht war. An der Tür waren Gerippe mit der Inschrift »Hodie mihi, cras tibi« aufgestellt, rundum Totenköpfe, der Innenraum war auf ähnliche Weise verziert. Da stand ein Sarg, schweigende Männer in schwarzen Umhängen und mit Wachslichtern in den Händen saßen um ihn herum. Auf den Umhängen der Priester waren Totenköpfe. Mehrere runde Steine, die aufgestellt werden sollten, lagen in einem Kreis auf dem Fußboden. Der eine hatte die Inschrift »Grab der Schwestern«, ein anderer »Die in der Campagna Gestorbenen«. Ich ging nun zu den Kirchen von Trastevere; als ich durch das Gitter auf den Kirchhof schaute, entdeckte ich, daß die Mauer an mehreren Stellen aus aufgestapelten Totengebeinen und -köpfen bestand, wie in der Kapuzinerkirche. Gegen Abend fühlte ich mich etwas aufgemuntert, die Luft war so klar, die Sonne hatte jenen Teil des Himmels, wo sie unterging, feuerrot gefärbt, der Mond schien hübsch. Bei Küchler traf ich Bissen, der Grüße von Thiele überbrachte und mir ausrichtete, daß ich wohl selber wüßte, weshalb ich keinen Brief bekäme! – Was habe ich getan? Ich weiß es nicht. Sollte man ihm meine Äußerung gegenüber dem alten Collin, ich fände es merkwürdig, daß Th die Landsleute auf mein Äußeres vorbereitete, hinterbracht haben, und verdiente ich deshalb dergleichen? Sehr verstimmt. Gott, ich fange an, meine Feinde zu hassen.

Samstag, 25. Ja, Edvard muß ihm das gesagt haben, Edvard, der es in seinem Brief als Niedertracht bezeichnet, den Inhalt von Briefen mitzuteilen. Meine Freunde werden zu meinen erbitterten Feinden. Ewiger Gott, laß mich nach Möglichkeit nie jenes Heim wiedersehen, das mir verhaßt ist! – Was habe ich von meiner Gutmütigkeit? Nichts! Nichts! Wohlan, dann will ich Teufel sein, man hat mich zur Verzweiflung getrieben, der Mensch ist böse, böse! Auch heute noch kein Brief; bin herumgeschlendert, halbwegs außer mir, Gift und Haß waren in meinen Adern, ich hätte meine Feinde zerfetzen können. Zerstreuung tat mir not, ich hatte ein Bedürfnis nach Musik wie ein Fieberkranker nach einem Tropfen Wasser. Mit Bødtcher und Christensen ging ich ins Theater Apollo und sah »La foresta d'Irminsul«, Oper von Bellini, und die Hälfte des

Balletts »Le due regine« und ein komisches Ballett ... Der Eintritt kostete 4 Paoli, das Haus war übervoll, und eine Josephine Ronzi de Begnis aus Neapel hatte die Hauptrolle, sie war nicht ganz jung und ziemlich fett, doch ihr Spiel war vortrefflich und ihre Stimme göttlich. Die Leute waren außer sich und überschütteten sie mit Applaus. Im Stück gab es ein ganz wunderbares Duett und schöne Chöre; als es vorbei war, wurde sie viermal herausgerufen; sie sah unsagbar glücklich aus, als man sie das fünfte Mal herausrief, zog sie die jüngere Sängerin gewaltsam mit und hielt sie umfaßt, um diese Huldigung mit ihr zu teilen, die Junge trug schon ihr einfaches Kleid und sah sehr verschämt aus, die Leute warfen ihr nun Blumen zu. – Es war gewiß einer ihre glücklichsten Augenblicke.

[...]

Montag, 27. Heute müssen Briefe kommen, oder ich habe keine Freunde, und liebe Briefe, oder ich zerreiße alle Bande, die mir schwache Gutmütigkeit angelegt hat. Von meinem aufrichtigsten Freund bekomme ich heute einen Brief. War auf dem Corso spazieren und sah Leute damit beschäftigt, Gerüste für den Karneval aufzustellen. – War auf dem Monte Pincio; die Kirschbäume blühten. Ansonsten ist das Wetter häßlich grau und verschlafen. Ich fühle mich nicht gesund. – Ging nach Tisch zum Vatikan, der 22 Höfe und 1100 Zimmer hat. [...] Besichtigte nun abermals die Stanzen und Loggien, ging in die Peterskirche und eilte dann ins Caffè Greco, weil dort ja Briefe sein mußten, mein Herz pochte ganz heftig, ich hatte Angst, daß da wie üblich etwas Böses für mich wäre, und doch wünschte ich mir einen Brief. Es waren 6 aus Dänemark gekommen, doch nicht ein einziger für mich; ich nahm den für Petzholdt, der sich nicht wohl befand, und überbrachte ihn; ein Fieber ging durch alle meine Glieder; meine Augen füllten sich mit Tränen, doch konnte ich nicht weinen; während P. seinen Brief las, faßte ich mich. Er zeigte mir den Anfang eines kleinen Bildes, das er für mich malte, die Umgebung von Rom. Mein Gemüt war heftig bewegt. – War im »Aliber« und sah mir den 1. Akt der Oper »Clotilde« an. Ging abends ins

»Scozzese«, wo sie alle sehr lustig waren, doch ich ging in schlechter Stimmung fort. Es ist offenbar, daß E gerade so gegen mich gehandelt hat, was er bei einem anderen niederträchtig nennt. – Er hat kein Herz!

[...]

Mittwoch, 29. Von der Heimat geträumt, es war ein häßlicher Wintertag, ich wachte auf und sah die warme Sonne ins Fenster scheinen, Gott sei Dank, ich bin noch in Italien; verstimmt, als ich dann daran dachte, wie sich Edvard zu mir verhält. Ging zu Torlonia, dem vornehmen Blutegel, es gab Schererei mit meinem Kreditiv, jetzt werde ich wieder betrogen. – Der Mensch ist doch eine niedere Tiergattung! – Nach Tisch ging ich in die Ausstellung, dort sind schöne Blumen- und Obststücke von Jensen, doch am schönsten ist Fearnleys Tirolerstück, mit dem klaren See im Vordergrund. Ein schönes Schlachtengemälde von Sonne, mit einem schlafenden Krieger an einer Kanone, ein ernster Mann, in einen Umhang gehülllt, unterhält sich mit einem anderen, der Morgen dämmert. In der Galerie traf ich die Schwester des Königs von Bayern und Mutter der schwedischen Kronprinzessin, sie unterhielt sich mit Fearnley und lobte seine Arbeit. – Oh, wie bin ich matt und müde von allem. Teufel zu Hause, ihr seid schuld daran! [...]

[...]

Freitag, 31. Heute geht dieser Monat zu Ende; ein so untergrabendes Gefühl, wie es mich jeden Morgen in dieser Zeit beherrschte, habe ich seit meinem Aufenthalt in Meislings Haus nicht gehabt; damals war es Zerknirschung, jetzt ist es Verbitterung und Schmerz. Gott, Edvard, was bist du für ein Wesen, was die anderen! Ihr bringt mich um! – Saß nachmittags Modell für Küchler, der mein Porträt für sich selber zeichnete, ich sehe auf diesem idealer aus, die Augen sind zum Himmel gewandt. Ging den Soracte zeichnen und dann zur Auktion, die in Thorvaldsens Hof über den Nachlaß eines verstorbenen Malers stattfand; ich hätte mir gern die Konturen für 3 Bände Dante gekauft, doch ihr Preis stieg auf 18

Paoli, und ich wagte nur 10 zu bieten. Der Ausrufer hörte sich komisch an, er sang Rezitative, und vor dem Hammerschlag zog er den Ton so lang und so fein, daß seine Stimme bisweilen kippte und man lachen mußte; der alte Koch war da und brach dann ebenfalls in sein komisches, feines Gelächter aus. Danach ging ich ins Kolosseum, wo einige wenige Kapuziner und mehrere Barmherzige Brüder mit Gesang und Kreuzen herumzogen, vor allen Stationen niederknieten und beteten, es waren viele Frauenzimmer dabei. (Als ich heute nachmittag zur Auktion war, kamen die reitenden Herolde und verkündeten den Beginn des Karnevals, sie waren in Purpur mit gelben Streifen gekleidet, 6 von ihnen trugen Fahnen aus Seide und Samt, die hatten die Juden zusammen mit einer Geldsumme (jährlich) spenden müssen; Trompetenstöße ertönten wie zu Hause zur Verkündigung des Reichstags. Die Fahnen und die Geldsumme sind die Gewinne des Pferderennens.) Der Abend war kalt, doch die Luft hatte diese wunderbare Farbigkeit, die wir in Dänemark nicht kennen. Indigoblaue Wolken mit kräftigen Konturen wie die Berge in der Ferne, bei klarem Wetter. Die Sonne ging unter und malte den Horizont mit dem leuchtendsten Purpur, es sah wie eine Feuersbrunst aus. Ich fühlte mich nicht wohl; Ärger und Schmerz quälen mich. Bødtcher las »Pernilles kurze Jungfernschaft« vor, und der Abend endete in der Kneipe.

[...]

Sonntag, den 2. [*Februar*]. Träumte heute nacht, ich liefe in Odense herum und suchte das Grab meiner Mutter, doch niemand wußte, welches es war. Habe den »Bärenjäger« ausgelesen; verspüre Lebensüberdruß und -müdigkeit bei allem. – Heute ist jener Tag, an dem Gregor XVI. zum Papst gewählt wurde; ich ging deshalb durch die Peterskirche zur Sixtinischen Kapelle, wo er sich mit allen Kardinälen aufhielt. Sie sangen ein Tedeum und zogen dann in einer Prozession zur Kapelle hinaus, um den Saal herum und wieder herein. Der Papst saß unter einem Thronhimmel aus roter Seide auf einem Tragesessel aus Samt, er schloß die Augen, wirkte jedoch sehr vergnügt. Als ich dann in das Heiligtum schlüpfte, hatte ich Schwierigkeiten mit meinem Stock; ich stand auch in einem Gewimmel von Katholiken, als diese alle Augenblicke auf die Knie fielen, ragte ich wie eine Phocas-Säule zwischen ihnen auf. Die Herzogin von Leuchtenberg saß mir gegenüber. Unsere Prinzessin hatte zwei päpstliche Lanzenträger zur Begleitung, der Oberst und Frau Fischer zottelten als Gefolge hinterdrein. Sah eine Menge hübscher Damen, einen schönen jungen Mönch und einige, die [Weihwasser] aussprengten. – Ging auf dem Corso spazieren, wo es von Römerinnen und Fremden wimmelte, die Schranken, die man für morgen aufgestellt hatte, waren schon voll besetzt mit Knaben. Meine schlechte Stimmung trieb mich nach Hause, ich warf mich aufs Bett, doch auch hier gab es keine Ruhe; ging in der Dämmerung ins Caffè Greco, wärmte mich mit einem Glas Punsch auf und bummelte durch die Straßen, doch mein Herz dehnte sich aus, als wollte es mich ersticken, es war Fieber in meinem Blut, ich konnte kaum atmen, begab mich deshalb zu Bødtcher und bat ihn, für mich Gitarre zu spielen und zu singen. Meine Augen füllten sich mit Tränen, die sich jedoch nicht lösen konnten; er wollte mich ins »Scozzese« mitnehmen, aber ich hatte weder Appetit noch Lust, schlenderte deshalb 1/2 8 nach Hause, zitterte wie ein Fieberkranker, B hielt das jedoch für Heimweh, o nein, nein! Mir schaudert nur vor der Heimat, dort erwartet mich nichts Gutes, von dort kommt keine Freude, dort hat man mich verspottet, verhöhnt, betrogen. – Sie – er – sie alle! – Frau Læssøe, Jette, Christian ausgenommen und vielleicht den Vater, aber das ist auch bald vorbei. Gott, erbarme dich.

Montag, den 3. Furchtbare Bauchschmerzen. Ein ganz wunderbares Wetter, ging mit den anderen zur Villa Albani; die Mandelbäume standen in Blüte, die Berge waren so schön, zwischen ihnen in der Tiefe lag Schnee. Die blätterlosen, blühenden Mandelbäume sehen im Mondschein wie unsre nackten Bäume mit Schneeflocken aus. Besichtigte den Garten und die Statuen. Eine herrliche Minerva und ein Zeus mit seinem

Adler gefielen mir. Die Decke ist von Raphael Mengs gemalt, die Musen und Apollo. Die Gemälde waren ohne Wert, doch es gab einige hübsche Tapeten von Pietro Duranti. – Ein chinesisches Zimmer. Die Karyatiden standen schön, viele Büsten. – Heute beginnt der Karneval. Schon am Morgen wurden die Straßen gefegt, und auf der Spanischen Treppe verkaufte man Konfetti. In früheren Zeiten mußten die Juden und nicht wie jetzt die Pferde um die Wette laufen; deshalb spenden sie die Gewinne (Fahnen und einen Geldbetrag), jedes Jahr muß sich eine Deputation von ihnen um diese Zeit zum Kapitol begeben und um Erlaubnis bitten, sich noch ein weiteres Jahr in Rom aufhalten zu dürfen. – Die armen Juden! – Um 2 Uhr ging ich hinauf zum Kapitol, wo eine Menge Menschen versammelt war. Dort stand ein Thron mit Zobelfell und Samt, ein Stuhl wie in der Zeit der alten Kaiser; als es 3 Uhr war, erschien der Senator in goldgerandetem Purpur, vier Pagen mit Federn am Hut trugen seine Schleppe. Nun trat eine Deputation der Juden vor, einer führte das Wort (sagte alle Augenblicke »Eccellenza«) und bat um Erlaubnis, zu bleiben und Geschenke für den Karneval überreichen zu dürfen, was bewilligt wurde. Dann zogen sie in einer Prozession die beiden Treppen des Kapitols hinunter; zuerst die Musik, danach die berittenen Bläser, dann Diener und dann der Senator, von seiner Wache umgeben, danach die anderen Wagen. (Auf dem Platz hielten mehrere Kutscher in Frauenzimmertracht ohne Maske. Auf dem Weg zum Kapitol ging ich durch den Corso, wo aus den Fenstern rote und bunte Decken hingen, einzelne Pierrots zeigten sich auf der Straße, und die Knaben jubelten.) Vom Kapitol bewegte sich der Zug durch die [Via di] Ripetta zur Piazza del Popolo; hier war alles in Bewegung: Masken, Wagen und Spaziergänger den Corso hinauf. Die Bürgersteige waren mit Stühlen besetzt, alle Fenster und Balkons waren geschmückt und voller Leute; die Wagen fuhren in zwei Reihen, im Schrittempo, und dazwischen wogte die Menge, man sah einzelne Masken, alte Charaktere, Harlekins und Hirtinnen, aus den Fenstern regnete es förmlich Konfetti, ich kaufte mir welche für ein paar Bajocchi und verteilte sie an Bekannte. Als ich auf Hertz in seinem weißen Mantel, ohne Maske, stieß, begann zwischen uns eine förmliche Schlacht. Die Römer riefen ihm »Bravo, Francois!« und mir »Bravo, Inglese!« zu. Als ich keine Konfetti mehr hatte, mußte ich fliehen, kaufte aber sogleich neue, denn ich war jetzt so aufgeräumt und vergnügt, wie ich es lange nicht gewesen war, doch als ich meinen Beutel in die Tasche stecken wollte, wurde er mir aus der Hand gerissen, und ich bekam das Gesicht voll Konfetti. In dem Beutel waren 3 Scudi und ein paar Bajocchi. Das verdarb mir die ganze Freude! Ich seufzte: Darf ich denn nie eine Freude genießen! – Indessen gab ich mir Mühe, vergnügt zu sein, ließ mich in der Menge treiben, aber die Freude war doch nur halb. Durch Kanonenschüsse wurde kundgetan, daß die Wagen den Corso verlassen sollten, und kurz danach stürmten die Pferde von der Piazza del Popolo heran; ein Wunder, daß niemand zu Schaden kam! Das Menschengewimmel war so groß, daß den Pferden nur ein Viertel der Straßenbreite eingeräumt wurde, ja, vor ihnen scharten sich Menschen, um sie kommen zu sehen, und zerstreuten sich erst, als sie ganz nahe waren. – Mit dem Ave-Maria war es für heute vorbei. Da soll ein Wagen mit einem Dampfschiff voller Engländer gewesen sein, aber ich habe ihn nicht gesehen. – War abends in der Kneipe.

[...]

Mittwoch, den 5. [...] Heute stand ich am Spanischen Platz und sah mir die Pferde an. Ansonsten ist meine Stimmung nicht gut, ich habe den sehnlichen Wunsch zu reisen, weg und immerfort weg! – Phantasie, Idealität, alles, was ich zuvor besaß, scheint durch die letzten Begebenheiten in mir getötet. Ich bin apathisch und – dadurch unglücklich. [...]

[...]

Dienstag, den 11. Februar. Jensens besucht. Heute nacht hat es kräftig gefroren. Ich ging zum Postamt und fand zu meiner Überraschung einen Brief. Er war von Iversens, das war für mein Herz ein segensreiches Manna; ich fühlte mich sehr vergnügt und genoß nun recht einen Karnevalstag. Dieser war als der letzte auch besonders ausgelassen. In den Straßen sah man ganze Gruppen, Sänger, Doktoren, Schreiber und Tänzer. Der Corso war in eine Wolke von Staub gehüllt. Der Lärm war ohrenbetäubend und erreichte nach dem Lauf der Pferde seinen Höhepunkt, als Moccoli begann. Jeder bekam sein Licht, einige hatten ein ganzes Bündel, und nun brach ein Kampf aus, um zu löschen. Von der obersten Etage und bis zur Straße, in allen Wagen sah man Lichter, es war eine unvergleichliche Illumination, man war in einer ganzen Milchstraße von Lichtpunkten. Obwohl ich es an das Ende meines Stocks gesteckt hatte, wurde mein Licht ausgelöscht; man benutzte dafür Stangen mit Taschentüchern, von den Fenstern kamen Stangen mit über hundert kleinen Lichtern nebeneinander zu uns herab, man warf kleine Ballons und Körbe aus Papier mit Lichtern darin, sie schwebten hübsch über uns. Ich löschte viele Lichter aus, und eine junge Dame sagte ganz kläglich zu mir: »O non, Monsieur.« Geschrei und Lärm waren unglaublich, die Wagen blieben stehen, Leute kletterten hinauf und löschten Lichter; am Caffè Nuovo stand eine Dame mit einem Licht, und immer, wenn sich jemand näherte, steckte sie es ins Kellerfenster, ich konnte es trotzdem auslöschen. – Die Leute tanzten mit Masken auf der Straße bis tief in die Nacht.

[...]

Sonntag, 16. Februar. [Neapel] Mein erster Ausflug galt Vogt; Bødtcher hatte mir aufgeschrieben, daß er an der Kirche ST Giuseppe wohnte, doch weil es hier zwei mit diesem Namen gibt, geriet ich zuerst an die falsche. Ein Mann, den ich französisch ansprach, antwortete mir, er verstehe kein Deutsch; ich versuchte nun mein Italienisch, doch er sagte, er verstehe es nicht, und in Neapel solle man italienisch sprechen. Indessen fand ich den rechten Weg, und nun fragte ich einen jungen wohlgekleideten Herrn nach dem Museum und der Kirche, der Mann konnte Französisch und fragte, wen ich denn suche, ich antwortete darauf: »Den dänischen Chargé d'affaires.« – »Sie sind Däne«, sagte er und ließ sich in ein

Gespräch mit mir ein, begleitete mich bis zum Bestimmungsort und sagte schließlich, er freue sich, eine so interessante Bekanntschaft gemacht zu haben; aber das kam mir verdächtig vor, ich nannte ein ganz anderes Hotel, »Villa di Roma«. Vogt war ein äußerst liebenswürdiger Mann, der mich mit großer Freundlichkeit empfing und mir seinen Kammerdiener, der Französisch konnte, für die Zimmersuche anbot, doch wir dürften ihn auf keinen Fall bezahlen, denn er nehme nichts an. Er war auch ein feiner Kerl, wir trabten tüchtig herum und konnten schließlich in der Via Speronsella Nr. 70 eine Wohnung für uns vier überaus wohlfeil zum Preis von 9 Carlini täglich mieten; fast hätte ich die anderen nicht gefunden, um die Vereinbarung abzuschließen. – Ich hörte schöne Musik auf dem Schloßplatz, spazierte auf der Chiaja, wo die ganze feine Welt spazierenging, das Meer schlug mit dröhnender Brandung gegen die Steine, aus dem Krater des Vesuvs quoll eine Rauchwolke auf. Ich ging zum Largo del castello (?), auf der Schiffsbrücke hockten mehrere Lazzaroni, ein Mann an Krükken hielt davor eine Rede, und rundherum standen Zuschauer. Der ganze Platz glich dem Dyrehavsbakke [in Kopenhagen], ein Theater neben dem anderen, Bajazzos und Narren, Donnas und gemalte Schilder. Als ich in der Dämmerung im Zimmer saß und auf die anderen wartete, weil wir zu Vogt eingeladen waren, hörte ich plötzlich ein seltsames Geräusch in der Luft, als würden mehrere Tore auf einmal zugeschlagen, jedoch mit einer übernatürlichen Kraft, ich wurde aufmerksam, gleich darauf ertönte es wieder. Das ist der Vesuv, der sprüht, dachte ich und lief hinaus auf den Platz; er warf zwar keine Feuersäule aus, doch an der einen Seite des Bergs stürzte ein breiter Feuerstrom herab, und im Krater brannte es wie eine Flamme. Wir gingen dann alle vier zu Vogts, wo wir am Fenster denselben Anblick hatten; die Dame des Hauses war sehr zuvorkommend, ihre Tochter sang hübsch, Vogts Pflegetochter desgleichen; ich schloß Bekanntschaft mit einer englischen Dame mittleren Alters, die sich im Hause aufhielt und Dänisch konnte, sie führte uns sogar bis aufs Dach, um uns den Vesuv zu zeigen, von dem die rote Lava herablief. – Auch Herrn Mathiesen mit einem älteren Verwandten und einer Tochter lernte ich kennen, er konnte eine Tirade über den Vesuv auswendig und wiederholte für mich wohl an die neun Male »die Revolution anno 76«, womit er die Zerstörung Pompejis meinte. Da man uns weder zu essen noch zu trinken anbot, gingen wir zu einem Konditor und tranken schlechten Punsch, wanderten dann hinaus auf die Mole, wo es sehr still war, die Lava lief vom Vesuv herunter, der Mond schien, und das Meer brach sich heftig an der Küste.

[...]

Dienstag, 18. Prachtvolles Wetter; wollte zur Posilipo-Grotte und ging gewiß 4 Meilen, ohne sie zu finden, doch es war ein göttlicher Spaziergang, durch die Chiaja, wo ich Zeichnungen kaufte, am Meer entlang, das sich an den Steinen zerschlug. – Was ich hörte, das war der große Pulsschlag der Welt, das Meer erhob seine großen Schwingen, aus dem Vesuv stieg kohlschwarzer Rauch in die blaue Luft. Ruinen lagen am Strand, Ischia schwamm auf dem Meer wie eine helle Wolke. Rundum standen Pinien, ich lief so weit, bis ich das Meer zu meiner Linken sah, und ging dann einen Abkürzungsweg durch einen kleinen Ort nach Hause. – Besuchte Vogt und ging gegen Abend zur Schiffsbrücke. Welch ein Verdämmern der Berge! Je mehr der Tag erlosch, um so leuchtender wurde der rote Lavastrom; am Strand spielten die Knaben Krieg, und die Lazzaroni saßen in ihren braunen Kapuzenmänteln auf den Steinen und sahen zu. Ich schlüpfte in eine Seitenstraße, wo weiße, vermummte Gestalten mit Kerzen in den Händen einem Leichnam folgten, der vor aller Augen auf einem rotsamtenen, mit Stickerei geschmückten Paradebett lag, der Tote hielt einen goldenen Kelch in der Hand. Mit Mühe fand ich in der Dunkelheit durch die engen Straßen zurück. Zeitig ins Bett.

Mittwoch [*19.*]. Stattete einen Besuch bei General Mathiesen ab, der mich zu einem Ausflug im Wagen einlud. Es war eben der Weg, den ich gestern zu Fuß gegangen war. Die See war spiegelblank, Capri, das ich für Ischia gehalten hatte, glich einer schwimmenden Wolke, danach sahen wir Procida und das Quarantänehaus, spazierten durch die Villa Reale, hörten die alten Geschichten von anno – und speiste bei ihm gut zu Mittag, plauderte mit seinen Damen und wurde eingeladen, in Gesellschaft von Vogts Damen im Theater Carlino Possen im neapolitanischen Dialekt zu sehen. In der Abenddämmerung umschwirrten mich mehrere Ruffari, die mir »bella donna« empfehlen wollten; ich konnte spüren, wie das Klima auf mein Blut wirkte, ich fühlte eine [rasende] Leidenschaft, doch ich widerstand. – Gott weiß, was Hertz für heute abend vorhatte, als ich nach Hause kam. Das Zimmer war verschlossen, und als ich anklopfte, kam er heraus, bat um Entschuldigung, daß ich nicht eintreten könnte, und unterhielt sich mit mir vor der Tür, er erschien mir verwirrt. Das Theater Carlino ist ein kleiner Raum mit zwei Reihen von Logen, jedoch reinlich. – Man gab eine Posse, von der ich kein Wort und nur das verstand, was mir Frau Guillaumo auf französisch sagte. Die jungen Herren lorgnettierten unsere Damen; die Loge war so winzig, daß wir förmlich darin verstaut waren, an der Decke stand zu lesen: »Castigat ridendo mores.« – Wovon das Stück eigentlich handelte, weiß ich nicht, da hatte jemand seine Freude daran, Zwiespalt zwischen den Leuten zu säen. Als ich es schließlich langweilig fand und etwas Zahnschmerzen hatte, ging ich davon und wurde dann in meiner Straße von einem verfolgt, der fragte, ob ich eine »ragazza« oder einen »ragazzo« haben wolle.

Donnerstag, 20. Ging in der Villa Reale spazieren und sah auf das herrliche Meer, nicht alle Wellen schlagen gleich hoch ans Ufer, doch die kleineren helfen den größeren und geben ihnen eine höhere Kraft. – Der Himmel war so unendlich blau, nicht eine Wolke. – Neapel ist ein Paradies. […]

Freitag, 21. Ging früh ins Café und danach am Meer entlang nach Portici, das sich so lang hinzieht, daß es niemals ein Ende zu nehmen scheint; das Schloß ist prachtvoll und groß, es liegt mitten im Ort; ich war in einer Kirche, eine junge Dame beichtete. Auf der Straße wurde ich fast überfallen von Führern, die mich auf den Vesuv, nach Herculanum und Pompeji geleiten wollten, sie verfolgten mich regelrecht und unterboten einander; ich wollte jedoch später mit den andren Dänen dorthin, und um sie abzuschütteln, mußte ich sagen, ich käme morgen wieder. Nun baten mich alle, ihre Namen zu notieren, ich entwischte ihnen, indem ich irgend etwas malte. Dann ging ich in eine kleine Seitenstraße, die aus lauter Lavaruinen errichtet schien, daran grenzte eine sehr niedrige Mauer, und dahinter lag Herculanum. Die Zimmer waren klein, unendlich klein, mit wohlerhaltener Bemalung, doch außen war das Gebäude stark restauriert, es gab eine lange Reihe von Säulen, man war noch beim Ausgraben, und Wachen standen dabei. – Aus dem Vesuv wirbelte dicker Rauch, und von der Lava stieg eine Dampfwolke auf. Sehr müde kam ich nach Hause, begann einen Brief an Collins, speiste und ruhte dann auf dem Bett. In der Abenddämmerung ging ich zum Meer hinunter, der Vesuv spuckte große Lavaströme, in der Luft war ein Leuchten, es war, als loderten feurige Flammen auf, so stark hatte ich das noch nicht gesehen. Doch die Ruffari ließen mich nicht in Ruhe, ein Junge von 10-12 Jahren verfolgte mich durch die ganze Straße und redete von der »Donna multa bella eccellenta«, ich wurde ordentlich leidenschaftlich, konnte der Versuchung aber doch noch widerstehen. Kehre ich unschuldig heim, dann bleibe ich es für immer. Hertz stand an der Ecke und betrachtete den Lavaauswurf des Vesuvs durch ein Opernglas; wir gingen zusammen auf die Schiffsbrücke, wo ein ewiger »Dyrehavsbakke« ist, die halbe Komödie fand öffentlich im Freien statt, die andere Hälfte hinter Mauern gegen Bezahlung! – Der Mond scheint prachtvoll, ich sitze jetzt in meinem Zimmer, trinke zum ersten Mal den Wein »Lacrimae Christi«, den mir der Diener geholt hat. Der schmeckt wie guter Rotwein und hat etwas Herbes, als vorzüglich kann ich ihn nicht bezeichnen.

Samstag, 22. Wanderte früh hinaus zur Posilipo-Grotte, ganz in der Nähe liegt das Grab des Vergil. Die Grotte selbst hat man fast eine dänische Viertelmeile weit durch den Berg gegraben, darüber liegt eine ganze Stadt. Das Tageslicht reicht nicht vom einen Ende zum anderen, deshalb sind hier viele Laternen, die jedoch so hoch hängen, daß eine ewige Dämmerung herrscht. Ziegen mit Glocken am Hals wurden hindurchgetrieben, man stolperte fast über sie. Mein Schatten wurde so lang, daß ich beinahe über ihn fiel. Ging durch die Stadt Posilipo und ein weites Stück durch einen von Weinranken umwundenen Wald und kam nun zu einer verlassenen Kirche, an die man Häuser gebaut hatte; ich zeichnete sie ab. Nach mehrstündiger Wanderung erreichte ich das Meer, hatte die Inseln vor mir; es war eine unvergleichliche Pracht, und die Sonne brannte mit sommerlicher Glut. Ich stieg auf den Berg und fühlte mich von der Hitze sehr erschöpft. Als ich heimkehrte, um mich auszuruhen, war ich 4 1/2 Stunden gegangen, und nun wollten Berg und Zeuthen eine Stunde später mit mir zusammen den Vesuv besteigen. Ich widersetzte mich, denn wir hatten vereinbart, daß man so etwas einen Tag im voraus wissen müsse. Großes Theater! Hertz war auf meiner Seite, und der Ausflug wurde verschoben. Abends verfolgte mich der Junge, [ich solle] zur Donna gehen, er gab mir nun ihre Adresse, ich warf sie weg und ging zum Meer. Der Mond schien auf das dunkelblaue Wasser, und die Wellen, die sich am Ufer brachen, sahen aus wie eine glänzende Stickerei. Das Feuer strömte heftig vom Vesuv, doch Rauch war kaum zu sehen. – Ich ging zum Leuchtturm und erblickte nun im Mondschein eine schöne Fregatte, die mit vollen Segeln in den Hafen flog. Dort unten ist ein ewiger »Dyrehavsbakke«, Komödien und Kunststücke. Ich ging für 2 Grani (2 Schillinge dänisch) ins Puppentheater, das sehr schäbig wirkte; eine Menge Kinder schrie und lärmte, zwei Musikanten sägten aus »La donna del lago«: »Gequält von Sehnsucht!« Über dem Vorhang stand zu lesen: »Castigat ridendo mores«. Es war ganz jämmerlich. Eine Prinzessin wurde belagert, und in der letzten Szene gelangte sie mit zwei ihrer Damen auf die Mauer, wie der Kasper vom »Dyrehavsbakke« versteckt in einem großen Topf, auf den man nun einschlug, schließlich flogen die Töpfe auf die Bühne hinunter, alle Puppen stießen die Köpfe zusammen. Die Kinder im Zuschauerraum erschraken und schrien. Die Musikanten spielten presto »Gequält von Sehnsucht«, und ein Kerl rief Aquavit aus, während die Madam draußen schon die Leute zur nächsten Vorstellung herbeizurufen begann. Spazierte im Mondschein auf der Brücke, ging ein Weilchen durch die Toledo-Straße spazieren und danach heim, um zu schlafen.

Sonntag, den 23. Heute nacht war es so stürmisch, daß meine Balkontüren aufsprangen und mir die Decke fast weggeweht wäre. Ging in der Villa Reale spazieren und sah weit draußen die Wellen schäumen; machte einen Besuch bei Fräulein Mathiesen und spazierte durch die Toledo-Straße, ging dann in die kleinen Straßen, wo die sechsstöckigen Häuser ganz oben fast zusammenstoßen. Mein Blut in starker Bewegung. Ungeheure Sinnlichkeit und Kampf mit mir selbst. Ist es wirklich eine Sünde, diese mächtige Lust zu befriedigen, dann laß mich sie bekämpfen; noch bin ich unschuldig, aber mein Blut brennt, im Traum kocht mein ganzes Innere. Der Süden verlangt ganz gewiß sein Recht! Ich bin halb krank. – Glücklich, wer verheiratet, wer verlobt ist! Oh, wäre ich doch in harte Fesseln gelegt! – Aber ich will! Ich will diese Schwäche bekämpfen. – Ging abends ins Theater San Carlo, das sehr glänzend ist, vergoldetes Basrelief. Eine hübsche Borte am Vorhang, nämlich ein Zug fahrender Amorgestalten: zuerst einer mit Ziegenböcken, daneben kommt einer mit Schlangen, fällt aber herunter, die Schwäne, welche den nächsten Wagen ziehen, machen lange Hälse und scheinen die Absicht zu haben, ihn zu beißen. Da kommen Tiger, Tauben und Kaninchen mit Wagen. – Das Haus hat 6 Stockwerke, war geschmackvoll beleuchtet, ein schönes Publikum, das ganze Parkett fast nur mit Offizieren in gut sitzender Uniform. Der Kontrolleur wies den Platz an und verlangte dafür ein paar Grani. Man gab Bellinis Oper »Norma«; Madame Malibran sang die Hauptpartie, sie ist nicht schön, aber doch jugendlich. – Alle applaudierten, einer pfiff. – Auch hier Mißgunst.

Montag, 24. Schönes Wetter, jedoch Wind. Besuchte Vogts und wurde eingeladen, dem schwedischen Konsul die anderen Dänen vorzustellen. Ging in der Villa Reale spazieren. Åberg und Carlstedt trafen gestern abend ein. Um 1 Uhr machten [wir uns mit] Hertz, Zeuthen, Berg und dem Franzosen Lennel, der die Betonung stets auf die letzte Silbe legt, auf den Weg an der Bucht entlang, um zum Vesuv zu gelangen. Niemand hatte irgend etwas arrangiert. Beinah hätten wir keinen Wagen bekommen, wir bekamen dann einen sehr kleinen, und als Zeuthen als letzter aufstieg und eingeklemmt wurde, geriet er außer sich und war so naiv, zu sagen, er wolle mich aus dem Wagen werfen, das war sein Ernst, die anderen nannten es Spaß. Aber es ist doch unerträglich, mit einem Verrückten zu reisen. – San Giovanni, Portici und Resina gehen so ineinander über, daß man die Grenze nicht recht bemerkt. Wir waren in dem kleinen Wagen zu fünft, hinten drauf zwei zerlumpte Jungen, die hier als Lakaien gelten, und der Kutscher nahm einen mit auf die kleine Stange, auf der er selber saß, so flogen wir mit einem Pferd für etwa 8 Schillinge dänisch nach Herculanum, das in Resina liegt. – Wir stiegen durch ein Haus hinunter zum Amphitheater, das man beim Graben einer Zisterne gefunden hatte. Die Gänge sind jetzt aus Asche und Lava herausgeschnitten, doch weil jeder ein Licht tragen muß und man es nur stückweise sehen kann, bekommt man davon keinen rechten Begriff. Die Bühne soll sogar größer sein als das ganze Theater San Carlo. Es war ein Labyrinth von finsteren Gängen. Endlich kamen wir an die Öffnung der Zisterne, wo ein tiefer Brunnen war, doch wir konnten das Tageslicht in diesem Zylinder nur kurz genießen, wir mußten in die tieferen dunklen Gänge. Hier sah man den Ort, wo sich das Orchester aufgehalten hatte, die einzelnen Räume für die verschiedenen Musizi. – Wir sahen Ankleidezimmer. An einer Stelle hatte sich über uns eine Maske vollständig in der Lava abgedrückt. Wir fanden eine Art Denkmal für die Familie des Balbus, der zu jener Zeit eine große Rolle gespielt hatte und dessen Statue zu Pferde hier im Museum steht, zusammen mit den Büsten der Töchter. Wir stiegen auf Treppen zu den Logen der verschiedenen Ränge hinauf. Die Gänge waren groß und breit. – Das Theater und die Stadt Herculanum auszugraben ist nicht möglich, denn darüber liegt eine neue Stadt. – Dorthin gingen wir nun und wanderten durch eine Seitenstraße zu jenem ausgegrabenen Teil von Herculanum, den ich neulich von oben gesehen hatte. – Ganze Zimmer und Stuben, jedoch sehr klein, sind noch erhalten, sogar die Gemälde an der Mauerwand, Ziegenböcke, Vögel, ein Kampf mit einem Pferd und einem Löwen, Figuren & &; ein ziemlich großer Platz, umgeben von einem Portikus, liegt in der Mitte, hier soll ein Garten gewesen sein, jetzt hat man einen kleinen angelegt. Die Straße, die durch die Stadt führt, ist äußerst schmal, kaum breit genug für einen Wagen, und wie heutzutage mit Quadersteinen aus Lava gepflastert. Jene Leute, die dieses Pflaster legten, dachten am allerwenigsten daran, daß sie selbst einen neuen Ausbruch auf den Kopf bekommen würden. – Wir sahen das Gefängnisgebäude, in den Fenstern der drei verschiedenen Stockwerke steckte noch Eisen. Die Zimmer hatten schönen Mosaikfußboden, ich bekam 5 Stückchen, klein wie Würfel, der Führer sagte jedoch, wir müßten das verstecken, obwohl weiß Gott genug davon lag. – Ringsum ragte aus der Lava verkohltes Holz, das einmal Gebälk gewesen war; an mehreren Stellen hatte sich die rote Bemalung der Häuser durch die Hitze gelb gefärbt. Man hat bisher erst wenig ausgegraben. – Wir besuchten dann eine Trattoria, wo das erste Gericht ein großes Gefäß mit Feuer war, das man uns wegen der Wärme hinstellte. – Nun bestiegen wir jeder einen Esel, nachdem wir uns von dem Dutzend Führer, das uns in einer Schar bis zur Stadt hinaus verfolgt und geplagt hatte, eine Menge dummes Zeug angehört hatten. Gewiß 12 Male mußte jeder von uns die getroffene Vereinbarung mit dem Führer wiederholen. Die Maultiere waren schlecht, die Sättel waren schlecht, die Biester rannten los, daß Hertz aufschrie und alles vor mir flimmerte. Der Weg führte zwischen Weinbergen und einsamen Gebäuden bergauf. Es war sehr windig. Die Vegetation begann sich bald in trocknen, schilfähnlichen Gewächsen, kleinen Bäumen zu verlieren. Der Abend war so unendlich schön, die Sonne ging wie Feuer unter, der Himmel wurde zu glänzendem Gold, das in ein Ätherblau überging. Das Meer war wie Indigo, und die Inseln schwammen darauf wie blaßblaue Schatten. Es war eine Feenwelt, was sich da zeigte. Neapel rund um die Bucht verblaßte mehr und mehr, die Berge leuchteten mit ihrem weißen Schnee so herrlich, sie lagen ganz fern in der blauen Luft, und in unsrer Nähe sahen wir schon die rote Lava des Vesuvs. Wir überquerten ein Lavafeld, und als wir durch einen engen Hohlweg hinauf zur Eremitage gelangten, war es fast dunkel; hier kauften wir uns zwei Flaschen »Lacrimae Christi«, welche der Führer trug. Der Wind war so schneidend kalt, daß ich vom Esel steigen und zu Fuß gehen mußte, der Junge setzte sich darauf, und ich bekam seinen Stock. Bald konnten uns die Esel nicht weiter tragen, wir standen vor dem eigentlichen Berg, dessen Rundung mit Lavablöcken und Asche bedeckt war; nun stiegen wir ziemlich steil bergauf und versanken bis zu den Knien in Asche, bei jedem zweiten Schritt rutschten wir einen zurück, große lose Steine glitten unter unseren Füßen weg. – Jedesmal, wenn ein Stein rollte, geriet Zeuthen außer sich. Hertz war sogleich erschöpft und schrie unentwegt, wir dürften nicht rennen, obgleich wir nur krochen. Alle Augenblicke hatte er mir ein Wort zu sagen, alle Augenblicke mußte der Führer warten, es half nichts, daß er »Courage!« schrie. Hertz sagte schließlich, wenn wir nicht langsam gingen und Pausen machten, dann würde er umkehren und nicht mitkommen. (Eitelkeit) Schließlich sank er entkräftet zu Boden, ich gab ihm Wein, der Norweger nahm ihn unter den einen, ich unter den anderen Arm, ich sang laut, um zu beweisen, wie wenig mir das etwas ausmachte. Der Franzose und der Führer waren immer voraus und trösteten uns: wir seien nun bald oben. Nach einer Stunde langten wir auf einer Art Fläche unter dem Kessel an. Hier erblickten wir plötzlich den Mond, er stand direkt über dem Krater. Ein kohlschwarzer Rauch wirbelte auf, dann flog eine Feuermasse heraus, und riesige glühende Steine rollten hinunter auf jene Fläche, die wir überqueren mußten, um den Lavastrom zu erreichen. Der gab einen Feuerschein von sich, noch sahen wir ihn nicht direkt, doch alle Fremden, die in seiner Nähe standen, bekamen in dieser Beleuchtung ein kolossales Aussehen. – Hier gab es keinerlei Pfad, wir mußten zwischen den riesigen Lavastücken gehen und kriechen. Hertz stürzte und schlug sich. – Bei jeder Eruption wurde der Mond vom pechschwarzen Rauch vollkommen verdeckt, dann war Nacht, und wir mußten stehenbleiben, denn zwischen den Felsenstücken schienen schwarze Abgründe zu gähnen. Allmählich spürten wir die Hitze, die unter uns aufstieg. Um den neuen Lavastrom zu sehen, mußten wir über einen anderen, der in der Nacht zuvor geflossen war, nur die oberste Kruste war fest und schwarz, doch in den Rissen schimmerte das rote Feuer; wir setzten den Fuß vor, unsre Sohlen brannten durch die Stiefel hindurch, wäre die Kruste zerbrochen, dann wären wir in einem Feuermeer versunken. Wir sahen nun, wie sich der ungeheure Feuerstrom langsam, dick und rot wie Brei den Berg hinunterwälzte, der Schwefeldampf war so heftig, das Feuer verbrannte uns die Füße so sehr, daß wir nach zwei Minuten umkehren mußten; ringsum sahen wir Feuerschlünde, es brauste vom Krater, wie eine Schar Vögel, die plötzlich aus einem Wald auffliegt. – Wegen der glühenden Steine, die ständig herabregneten, war der Kegel nicht zu besteigen. – Der Abstieg war höchst vergnüglich; wir flogen davon, mußten die Hacken gegen anstemmen, fielen manchmal in die weiche Asche; 10 Minuten währte dieser Fall durch die Luft. Indessen hatte sich der Wind vollkommen gelegt; wir sahen die Bucht im Mondschein; die Esel stolperten beim Abstieg entsetzlich, und als Berg herunterfiel, schritt sein Esel über ihn hinweg, das sah grauenhaft aus. Mein stolpernder Esel hätte mir am Sattelknopf fast einen Bruch gestoßen. Die Lava glich riesigen, vom Himmel gefallenen Sternen. – Wir ritten wieder über das schwarze Lavafeld. Ich blieb hinter den anderen zurück, um das unvergleichliche Naturschauspiel zu betrachten. – Um 10 Uhr erreichten wir

Resina, alle Häuser waren verschlossen, kein Wagen war zu bekommen, es war unheimlich kalt, doch ein Mondschein wie Tageslicht. So hell ist es in Dänemark bei grauem Wetter nicht um die Mittagszeit. Wir mußten also in der Nacht zu Fuß nach Neapel. Die andern liefen uns davon, denn Hertz hatte sich bei seinem Fall das Bein verletzt. Ich blieb nun bei ihm, und er dankte mir dafür, erzählte, ihm sei zumute, als gingen wir durch die ausgestorbene Stadt in »Tausendundeiner Nacht«. Die weißgestrichenen Häuser nahmen sich brillant im Mondschein aus, die kleineren, mit flachem Dach, ähnelten abgebrannten Gebäuden im Norden. – Wir sprachen über Poesie und über – Essen, denn wir hatten Hunger, großen Hunger; Hertz wollte gern von mir wissen, was ich an diesem Abend zu speisen wünschte. – Schwärmte mit mir von Suppe und Beefsteak, befürchtete jedoch, die Trattoria »Villa di Milano« sei geschlossen, dann wollten wir Punsch trinken, und ginge das alles nicht, sollte unser Diener uns Wein und Brot beschaffen. – Vor Neapel wurden wir von der Schildwache angerufen; ich antwortete: »Amici! Une promenade de Vesuvio, returnate a Napoli!« – Da war er zufrieden. – Die großen Wellenlinien brachen sich im Mondschein wie glitzerndes Silber, oder richtiger: wie ein blaues Feuer. Der Vesuv warf Feuersäulen. Wir sahen die Lava, die sich im ruhigen Meer wie eine breite, dunkelrote Feuersäule spiegelte. – Endlich fanden wir eine geöffnete Trattoria, aßen und gingen heim, um zu schlafen.

[...]

Mittwoch, 26. Heute nacht häßlich von Ørsted geträumt. Meine Glieder schmerzen noch vom Ausflug zum Vesuv. Bin über die große Brücke zum Sommerschloß spaziert, kam aber nicht hinein, weil ich keine Erlaubnis hatte. Habe meinen jungen Maler aus Hamburg besucht und seine Seestücke von Neapel besichtigt. Ging nach Tisch hinunter zur Brücke, hier saß ein Mann in einem schlechten Mantel und las aus »Orlando furioso« vor, Matrosen und Lazzaroni lagen und saßen um ihn herum und hörten zu. Etwas weiter stand ein Improvisator auf Krücken, einige Lazzaroni gaben ihm, so schien es, Thema und Reim vor, und er sang und wurde beklatscht. Als ich durch eine der schmalen Seitenstraßen zur [Via di] Toledo ging, erblickte ich ein paar winzige Kinder, die sich mit Apfelsinen und grünem Kraut herausgeputzt hatten. In der nahgelegenen Straße spielten einige elende Facchini mit Apfelsinen, ließen sie hinunter in den Rinnstein rollen, um zu sehen, wessen am weitesten kam. Zuvor hatte ich in Richtung Leuchtturm ein Schild gesehen, das mit einer ganzen Geschichte bemalt war: Jesus in der Mitte, das Fegefeuer unter sich. Der Mann sang zur Gitarre, und die Frau, in einer Art Zigeunertracht, zeigte auf die verschiedenen Situationen, danach gaben die Leute den beiden einen Grano, wofür man dann ein Amulett, ein Kupferstück und ein Bildchen mit der Madonna und Jesus bekam, auch ich kaufte es, und der Mann küßte das Bild beim Überreichen. Ging den ganzen Abend in der [Via di] Toledo spazieren, sah mir das bunte Gewimmel an und wurde von Ruffiani verfolgt; der Junge mit dem weißen Hut, der mich unbedingt verführen will, konnte mir seine Donna nicht genug anpreisen, »o multa bella!« sagte er, sie sei nur 13 Jahre und habe sich erst in diesem Monat dem Fleische hingegeben. Schließlich hatte ich ihn satt und floh in eine Seitenstraße; auf einmal lief er vor mir, denn es war just jene Straße, in der sie wohnte, er zeigte mir das Haus, bat mich, nur einen Blick auf sie zu werfen, und sagte, ich würde ihr nicht widerstehen können. »Eben deshalb«, dachte ich und sagte: »No, no!«, während ich in die nächste Straße ging. – »Strada Nardona, numero trentadue«, rief er, und ich entkam. – Genehmigte mir dann ein gutes Abendbrot und trank dazu ein Glas Malaga. Dachte an Louise und die anderen zu Hause – hätten sie mich heute abend gesehen, dann hätten sie gewiß Angst um mich gehabt. Neapel ist gefährlicher als Paris, denn dort friert man, hier aber brennt das Blut. Gott, führe mich zum Vernünftigsten und Besten! Ich halte diese Befriedigung nicht für eine Sünde, finde es aber mit solchen Wesen ekelhaft und gefährlich und eine unverzeihliche Sünde mit einem unschuldigen Wesen. –

Fast könnte ich mit Hertz sagen: Glücklich, wer verheiratet ist und nicht Brunst begeht!

Donnerstag, 27. Ging in der Villa Reale spazieren; die Fischer, nur in Badehosen, zogen Boote an Land, ihre prachtvollen Gliedmaßen, gelbbraun von der Sonne, nahmen sich gut aus im blaugrünen Wasser. Mehrere kleine Jungen badeten, und eine Gruppe von kleinen Mädchen saß im Sand und sah zu. Ging mit den anderen ins Museum, wo wir all jene Dinge sahen, die man aus Herculanum und Pompeji herbeigeschafft hatte. Da waren mehrere Metallbäume mit Lampen daran, einer mit 5. Zwei Diwane mit grünem Lederbezug und Seidenquasten, sehr gut erhalten. Rüstungen, viele Küchengeräte, ganz vorzüglich. Eine Pfannkuchenform mit 30 Fächern. – Wir gingen durch 7 große Räume mit Vasen, Trinkgefäßen, Urnen, Lampen, weiblichen Handarbeitsgeräten. Auf Krügen und Vasen waren sehr schöne Zeichnungen, sie mußten aus der Hand von Meistern stammen, denn jede Linie trug zur Schönheit der Figur bei, in Stellung wie in Ausdruck, und wie Winckelmann uns berichtet, mußte man diese Krüge bemalen, solange sie heiß waren, danach ließ sich nichts mehr verändern, jeder gezogene Strich war unauslöschlich. Welch eine Vielfalt von Figuren! Im innersten Zimmer standen zwei unter Glas, sie sahen wie die meisten andern aus, wie neu, doch auf der einen waren einige Bacchantinnen gezeichnet, deren tragischer Ausdruck und Haltung überaus ergreifend war; über mehreren Göttern und Göttinnen stand ihr Name auf griechisch. Ganz vortreffliche komische Figuren gab es. Mehrere Würfelspiele. Bratpfannen. Ein Bett. Auf einer der letzten Vasen, die ich sah, war eine Harfe gezeichnet, darauf lag ein toter Schwan. – Um die »Camera obscoena« zu besichtigen, mußten wir zum Direktor des Museums gehen, der die Schlüssel für dieses eine Zimmer selbst verwahrte. Hier gab es die erschütterndsten Beweise für die Ausschweifungen der Griechen zu sehen. Mehrere unanständige Bilder auf Kalk, verschiedene Stellungen und Manieren bei der Ausübung ihrer Lüste. Eine herrliche Marmorstatue mit einem geilen Faun, der einen jungen Menschen lehrt, die Rohrflöte zu blasen. Ein Grabmonument mit unfaßbaren Szenen, wie der Priester, der Bock & &. – In dem Zimmer standen mehrere Priapfiguren, auf die sich schwangere Frauen gesetzt haben sollen. Ein Priaposaltar. Membra mit Flügeln und Löwenkörpern & &. – Kleine Membra, die unfruchtbare Frauen auf der Brust getragen haben. – Von dort ging ich zu Vogts und nach Hause, um meinen Brief an Bødtcher zu vollenden. – Gegen Abend spazierte ich im schönsten Sommerwetter hinaus zur Posilipo-Grotte und zeichnete sie ab. Als ich nach Hause ging, sank die Sonne hinter den dunklen Gebirgshorizont, und Zypressen und Ölbäume ließen das Ganze wie ein Schattenbild erscheinen. Meer, Berge und Himmel waren lila in drei Nuancen, kurz darauf färbte sich das Meer purpurrot, das Gebirge braun-blau und der Himmel ebenfalls, in einer reineren Potenz, während auf den Wellenkonturen ein Gelbrot spielte, das niemand malen darf, weil es dann unnatürlich wirkt. – Als ich [zur Kirche] Santa Lucia kam, deren Mauern Hängepflanzen bedecken, und zu den hohen Ölbäumen emporschaute, schien in jedem Blatt Nacht zu liegen, kohlschwarz und füllig hing es in der reinen blauen Luft. – Der Rauch vom Vesuv war so weiß wie die Segel der Boote, nun verlor er sich mehr und mehr, und die rote Lava leuchtete. […]

[…]

Donnerstag, den 6. März. Der Morgenhimmel war wie von einem grauen Flor bedeckt, der hier und da zerriß, die See war wunderbar durchsichtig, und weit draußen sah man den Grund. Es war 7 Uhr, als wir ins Boot zu unseren tüchtigen Ruderknechten von gestern stiegen, doch der kleine Alfonso war nicht dabei. Die See war prachtvoll blank und still, an der Felsenküste sahen wir mehrere Höhlen, in einer davon wurde gekocht, man sah Feuer und Rauch. Wir erblickten nun Marina di Conca, eine große Höhle unter einem riesigen Kloster; während wir daran vorbeifuhren, stürzte eine Schicht Erde herab, und große Steine rollten ins Meer. – Das Wasser war wie fettiges blaues Öl, der Schatten des Ruders bewegte sich einer dunkelblauen Schlange gleich. Das Wasser schien gefärbt zu sein. Wir kamen an den drei Stein-Inseln, Li Galli, vorüber. – Auf dem Vorgebirge von Italien in Richtung Capri wimmelte es von Steinziegen, die auf dem Rand der steilen Klippen herumliefen, eine davon schien über uns an der nackten Wand zu hängen. Hier wurde die See etwas bewegt, fast wäre mir schlecht geworden. – Indessen zogen die Bootsleute die Ruder ein und hißten Segel, setzten sich dann nieder, und jeder holte seinen kleinen Krug mit Wein hervor, dazu Fische mit Zwiebeln und Öl, die sie in das Brot hineinlegten. Der Jüngste von ihnen war so etwas wie ein Leckermaul und wollte sein Brot alle Augenblicke in Öl tunken. Anschließend aßen sie Feigen und Walnüsse, und dann griffen sie wieder zu den Rudern. (Aber ich darf nicht vergessen, von dem kleinen Handel [zu erzählen], den sie mitten auf See mit einem Fischerboot abschlossen, das sie zu sich gerufen hatten, um ihm Fische abzukaufen, und beinah wäre es wegen eines Granos zur Schlägerei gekommen.) In der Nähe von Capri wurde das Wasser so transparent, daß man durch Luft zu sehen glaubte; ansonsten war es windig, und man riet uns, gleich nach dem Essen zur Blauen Grotte aufzubrechen, denn der Seegang könnte sich möglicherweise verstärken, und dann ließe sich unmöglich hineingelangen. – Wir kehrten im [Gasthaus] »Pagani« in Anacapri ein, das auf halber Höhe auf der Klippe liegt, es war eine anstrengende, mühsame Wanderung, doch man hatte eine schöne Aussicht über die Bucht bis Neapel. Vor dem Ort gab es eine winzigkleine Zugbrücke mit mehreren Soldaten. Nach unserem Paß wurde nicht gefragt. Da wir unser Mittagsmahl erst in 3 Stunden bekommen konnten, beschlossen wir, hinunter zu den Booten zu gehen, die in die Blauen Grotte fahren. Diese wurde vor drei Jahren von den deutschen Malern Fries und Kopisch entdeckt, die in sie hineinschwammen, während die Fischer und Inselbewohner Angst vor ihr hatten und sie das Hexenloch nannten. – Jetzt hat man für den Besuch kleine Boote eingerichtet, in denen nur jeweils der Ruderknecht und zwei Personen sitzen können. Ich bekam einen schlechten

Knecht, der in einem fort hustete und sagte, er sei krank. Flacknecker saß mit mir im Boot, das wie eine Nußschale schaukelte. Wir liefen auf ein Felsenstück auf, wobei ein kleines Loch entstand, das zugestopft wurde; dann gerieten wir in ein Fischernetz, und weil der Knecht so schlecht ruderte, waren die andern schon 1/2 Stunde vor uns in der Grotte. – Ansonsten war es eine unendlich lange Fahrt, man mußte ganz herum zur anderen Seite der Insel. Die Felsen ragten lotrecht und unzugänglich aus dem Meer, bis zu den Wolken empor, wäre ein Hai gekommen oder das Boot gekentert, dann hätte auch der beste Schwimmer sein Leben nicht retten können. Unten am Wasser waren die Klippen mit roten Seeigeln bewachsen, das sah aus, als weinten die Steine in der Brandung blutige Tränen. – Wir mußten ganz still sitzen, um das Boot nicht aus dem Gleichgewicht zu bringen, die Klippe hatte viele kleine Löcher, in die das Wasser schwappte; endlich sahen wir, mitten vor dem offnen Meer, eine sehr viel größere Öffnung, das war der Eingang zur Grotte. Der Knecht zog die Ruder ein und sagte uns, wir müßten uns, um hineinzuschlüpfen, auf den Boden setzen. Was war das doch für eine Feenwelt! Vom kalten Wind, der unruhigen See kamen wir in ein herrlich warmes Gewölbe, groß und prächtig, und die 20 Klafter tiefe See war wie ein Spiegel. – Alles Wasser hier sah wie brennender Spiritus aus; wenn man daraufschlug, war es funkelndes Silber, und die gegen das Licht sprühenden Wassertropfen glichen roten Rosenblättern. – Alles leuchtete himmelblau; das Boot, die Ruder, selbst die Menschen waren in verschiedene Variationen von Blau getaucht. Es war, als segelten wir im Äther. – Man erzählte uns von zwei Schwimmern, die einmal bei starkem Seegang hatten hineinschwimmen wollen. Damals war die Grotte noch nicht recht bekannt und die Öffnung von der Brandung fast verborgen; doch die beiden paßten ein Wellental ab und schlüpften hinein; da war die Grotte voller Schaum, der den Mann wie ein blaues Feuer umgab, er wußte nicht, wo er war, endlich fand er zu den geschlagenen Stufen und sammelte Kräfte, um sich, nach langem, vergeblichem Kampf mit den Wellen, wieder hinauszuarbeiten. – Diese Ruhe, diese ätherblaue Klarheit kann ich nicht beschreiben, die Resonanz war prachtvoll. – Zurück ging es genauso langsam; als ich an Land springen wollte, ließ jener, der das Boot hielt, zu früh los, und ich plumpste bis über die Knie ins Wasser und mußte nun mit nassen Füßen zum Wirtshaus gehen. Hier bekamen wir warmes Essen und weißen Capri-Wein, der wie Wasser schmeckte, uns jedoch allen zu Kopfe stieg, so daß ich mich sogleich ins Bett verzog, obwohl es noch nicht 7 Uhr war.

Freitag, 7. März. Gegen Mitternacht wachte ich auf und lag dann die lange Morgenstunde schlaflos da. Wir gingen nun mit dem Führer zu den Ruinen von Tibers Villa, wo ein Eremit wohnt, ein junger, schöner, freundlicher Mönch, der ein wenig hinkte. Der Weg verlief zwischen Weinbergen und kleinen erhöhten Feldern mit Korn, wir sahen vor uns die Klippe mit Barbarossas Burg. Große Kakteen, die sie »Corinthen« nannten, bewuchsen ein ganzes Feld, rundum wuchsen Chefalio und Fagiolla (?). – Eine arme Bauersfrau saß da und verkaufte Mosaiksteinchen und Marmorstückchen aus der Villa, die sich auf dem höchsten Punkt auf dieser Seite der Klippe befand. Wir warfen Steine hinunter und zählten bis 50, bis sie im Wasser einschlugen. Die Fischerboote dort sahen wie Spielzeug aus. Wir waren in Tibers Schlafkammer, im Speisesaal, dessen Fußboden gut erhalten ist, desgleichen ein langer Gang, doch rundherum wuchs Gras. – Ich schaute hinunter aufs Meer, auf dessen Fläche eine weiße Möwe zu gleiten schien, obwohl sie hoch über den Fischerbooten flog. – Hertz erzählte von Kruses Novelle »Anna-Capri«. Nach langem Palaver hatten wir dann die Abreise geordnet, doch als wir zum Strand kamen, wollte Flacknecker wieder nicht bezahlen wie wir anderen; Åberg war verzweifelt, Hertz hatte alles satt, keiner wollte etwas tun, sie setzten sich an den Strand, und ich war der einzige, der nun hitzig wurde und die Sache arrangierte, und wir kamen in ein Boot. Auf der bewegten See und in der brennenden Sonne wäre ich beinah seekrank geworden, doch plötzlich wurde es vollkommen ruhig, und ich erholte mich. Die See glich einem moirierten Band, so fein kräuselte sie sich, und das Wasser war ganz wunderbar blau. – Die Sonne drohte uns das Rückenmark zu schmelzen, bevor wie Sorrent erreichten, das auf steilen Küsten liegt. Wir stiegen einen Weg durch eine Kluft hinauf, und während das Essen zubereitet wurde, gingen wir herum, sahen einige Basreliefs von einem Venustempel, kamen an einem großen Nonnenkloster in der Stadt vorbei und in ein modernes Gebäude, das man für Tassos Haus ausgab; die Aussicht aufs Meer war herrlich.[…]

[…]

Donnerstag, 13. Wir wollten nach Ischia und uns alle im Caffè Italia versammeln. Ich war vor 6 auf, und wir gingen zum Treffpunkt, doch hier war Åberg und sagte, er und Carlstedt könnten nicht mitkommen, denn ihre Abreise nach Griechenland sei auf den 20. festgelegt, und sie hätten vieles zu arrangieren. Als Berg und Lennel nun einen Wagen beschaffen wollten, kehrte jener zurück und sagte, es sei ein so furchtbarer Wind und eine solche Kälte, daß er dafür sei, zu Hause zu bleiben. Hertz fühlte sich unwohl, der ist ein Schwächling, und so blieben wir also zu Hause. Ich ging durch die Villa Reale am Strand entlang. Die See wogte heftig und war ganz glasgrün. Es brauste darin wie viele Wagen, die Eisen fahren. Da nahm ich mir einen Jungen und ließ mich zum Grab des Vergil oberhalb der Posilipo-Grotte führen. Man geht den Weg zum Kloster St. Antonio hinauf, hier ist in der Gartenmauer eine Tür zu einem Haus, der Junge klopfte an, und eine einäugige Frau führte mich durch einen Garten, auf und ab über Treppen zu einem isolierten Felsengipfel mit einer gewölbten Grabkammer, darauf war ein kleines Blumenbeet mit einem jungen Lorbeerbaum, von dem ich ein Blatt abpflückte. – Speiste gut in der Villa di Milano und trank den Wein »Lacrimae della Somma«, der 12 Grani die Flasche kostete und herrlich warm schmeckte, jedoch das Blut erhitzte. Ich mußte mich ein Weilchen aufs Bett legen und litt nun förmlich an brennender Hitze im Blut, bekam Besuch von Hertz, der unzüchtig redete, ging aus und wurde nun von Ruffiani verfolgt, einer lief mir bis in meine Straße nach und bot ein zwölfjähriges Mädchen feil, das so gut wie jungfräulich sei, bat mich, sie mir nur anzusehen, das koste nichts, und sie sei göttlich schön! – Ich dachte an *sie* daheim, die nicht an mich denkt, und riß mich los! – Heute abend gehe ich nicht aus.

[...]

Donnerstag, 20. März. Als ich gestern abend im Bett lag, kam der alte Patron, dem das Haus gehört, und sagte mir recht herzlich Lebewohl, küßte mir die Hand und nannte mich Eccellenza, das machte mich ganz verlegen. Ich wachte noch vor Tage auf und machte mich nun für die Reise fertig. In der Morgendämmerung zeigte der Vesuv noch eine blaßrote Lava, Schnee lag auf dem Berg, und es war sehr kalt. Wir hatten einen leichten Wagen und drei vortreffliche Pferde; anfangs ging es sehr langsam, unschuldig verließ ich doch Neapel, diesen Wendepunkt auf meiner Reise. [...]

[...]

Montag, 24. März. Bin in Rom herumgetrabt! Wie still und ausgestorben die Stadt gegen Neapel ist, das spürten wir gestern sogleich. Jensens besucht und mit Bødtcher spazierengegangen. Es ist, als sei ich nach Odense heimgekehrt, so bekannt kommt mir alles vor. Auf der Straße stehen kleine Zelte, wo man Fastenspeisen zubereitet und verkauft, Frittelli werden die kleinen gebratenen Teigklößchen genannt, die sie feilbieten; unter den aufgestellten Lorbeerzweigen hängen bunte Ballons mit Lampen darin. – Ging in die Kneipe, wo Blunck der Meinung war, Schlicks Zeichnung für mich sei eine Schmiererei aus der Sonntagsschule.

[...]

Gründonnerstag, den 27. Kalter Sonnenschein. Ging zur Peterskirche, in der Sixtinischen Kapelle wurde gesungen, die Leute strömten herbei. In der Kirche waren Soldaten und ein Gewimmel von Menschen. Ich sah noch mehr Pilger als gestern; da war ein Vater mit seinem zehnjährigen Sohn, sie machten den Eindruck von wohlhabenden Leuten, hatten hübsche Stoffblumen am Hut und Muschelschalen an der Pelerine. – Ich schlüpfte zwischen den Soldaten hindurch, doch um weiterzukommen, mußte ich wie gestern meinen Stock abgeben, auch diesmal ging es gut, er stand an einem der Altäre. – Auf einer Erhöhung saßen 13 weißgekleidete Priester, und der Papst wusch ihnen die Füße; darunter waren junge Menschen. Hosen und Strümpfe hingen zusammen, das Bein wurde durch eine Öffnung am Knöchel gesteckt. Als der Papst von seinem Thron zu ihnen herabstieg, wäre er beinah hingefallen, er schien die Kardinäle, die ihn stützten, zu beschimpfen, das waren zwei recht kräftige Männer. Jedem, dem er die Füße wusch, gab er danach einen großen Levkojenstrauß, sie küßten ihm die Hand; die Kastraten sangen. Zuvor erteilte er vom Balkon den Segen, aber das sah ich nicht. Sie wurden auch gespeist. Die vielen Leute auf dem Balkon in der Kuppel nahmen sich gut aus. – Zuerst wurden die Reliquien vorgezeigt. – Nach dem Mittagstisch ging ich wieder in die Sixtinische Kapelle (am Vormittag hatten sie ein Miserere von ... und gestern von Palestrina gesungen). Heute wurden mir die Lektionen über, und nach dem ersten Miserere ging ich; in der Kapelle neben der Peterskirche wurde ein Miserere von ... gesungen. Den Abend geteilt zwischen Kneipe und Wohnung. – Ich habe heute einen Brief von meinem lieben Voigt bekommen. Er spricht von Molbechs Kritik. Aufgabe der Kritik sollte es sein, sich mit Liebe zur Kunst am Guten zu freuen und mit einer Art Schmerz das Mißlungene zu berühren, das Schlechte sollte sie ganz übergehen. Aber daheim macht sich so ein kalter Kerl, der kein Fünkchen von lyrischem Gefühl besitzt, an die Arbeit, will alles unter *seiner* Perücke haben, freut sich nur, wenn er etwas findet, das ihm schlecht erscheint. – Laßt mich meiner Natur folgen; warum soll ich mich in einem Trab bewegen, der gerade in Mode ist; wenn ich in meinem Gang [auch nur] schlenderte, so ist er doch natürlich. – Nur weil er nicht seine Nüsse, sondern Äpfel an meinem Baum findet, deshalb ist der Baum doch nicht zu verachten. – In der Kneipe war ich heute abend nur kurz. Prachtvoller Mondschein. Auf der Piazza Barberini brannte ein Feuer, und Leute scharten sich darum.

Gleich daneben kochte man Frittelli und andere Fastenspeisen. Kleine Fische lagen malerisch auf einem Abhang.

[...]

[Am 1.4. verläßt Andersen Rom und tritt die Heimreise gen Norden an, zuerst über Florenz nach Venedig.]

Samstag, 19. [*April*]. [...] Die Gegend wurde nun so unendlich flach und nackt, ich sah eine Stadt vor mir liegen, das sei Venedig, sagte der Vetturin, doch bis Fusina war es noch ein gutes Stück zu fahren, dort gab es Ärger mit den Pässen, die man nicht verstand. Endlich kamen wir in eine Gondel, diese sind lang und schmal, ganz schwarz wie schwimmende Leichenwagen. Das Wasser war vollkommen ruhig, jedoch nicht schön wie vor Neapel, es war grünlich, eine riesige Pfahlreihe zog sich bis zur Stadt und zu den Dämmen hin; an mehreren Stellen war das Wasser eine bewegliche grüne Fläche, eine Art Entenflott. Die Küste schien im Meer zu verschwinden, der Weg nahm niemals ein Ende; wir passierten eine Insel, wo die Häuser aus dem Wasser ragten, die Madonna mit dem Kind stand auf der Mauer. Als wir der Stadt näherkamen, begannen alle Glocken zu läuten, sie schien jedoch menschenleer zu sein – nur ein Schiff lag auf der Werft. Wir bogen in eine tote Straße ein, große Gebäude, offene Türen, die Treppe bis zum Wasser, das Ganze hatte etwas Beängstigendes, etwas Unheimliches. Ich fühlte mich dabei sehr unwohl; Venedig ist ein toter Schwan, der auf dem Wasser schwimmt. – Wir ruderten durch den Calle Lunga, unter gewölbten Brücken, endlich erreichten wir einen Streifen Land und kamen aufs Trockne. Mietete ein Zimmer zum Kanal und zu einem Garten hinaus, spazierte nun über den Markusplatz, der etwas an das Palais Royal erinnert, die Kirche sieht türkisch aus. Auf der Straße gingen Griechen in ihren roten losen, mit Zobelfell verbrämten Jacken, wir hörten einen Improvisator, der wirklich begeistert zu sein schien. – Puppentheater auf der Straße, wie in Neapel. – Abends saß ich an meinem Fenster und sah, wie sich der Mond im Kanal unter mir spiegelte, ein Gondoliere glitt singend davon.

[...]

Dienstag, den 22. April. Heute vor einem Jahr habe ich Kopenhagen verlassen. Furchtbare Kopfschmerzen. Die Schwellung vom Skorpionstich ist zurückgegangen. Bin zur Kirche dei Frari getrabt, ohne doch das Grabmal von Tizian zu finden. – Gondeln glitten unter den vielen Brücken, Lichter brannten vor der Madonna. War auf dem Ponte di Rialto, wo Shyllock stand (zum Palais des Othello), ging auf die öffentliche Promenade, wo es eigentlich nur Bäume und Gras und die Aussicht auf die Lagunen gab. Im Theater Apollo singt die Pasta, die ich jedoch nicht zu hören bekomme; als ich gestern am Theater vorüberging, standen Leute davor und lauschten einer prachtvollen Stimme, das sei sie, wurde gesagt. – War in der Markuskirche, um mich zu verabschieden. Es war bald zwei Uhr, als die andern endlich fertig waren und wir in eine offene Gondel stiegen, die See war etwas bewegt und der Wind stark; ich verließ Venedig mit dem gleichen seltsamen Angstgefühl, mit dem ich gekommen war. In Fusina wartete unser Vetturin, das Wetter war grau, und bald begann es zu regnen. Der Weg kam mir sehr einförmig vor, mit meiner Reisegesellschaft mochte ich nicht reden, sie war überaus ennuyant. – Am dunklen Abend erreichten wir Padua, das mir so lang erschien wie drei andere Städte. Mit uns zusammen war der abgeschmackte Deutsche, der es lächerlich fand, daß wir das Grab von Romeo und Julia sehen wollten; er habe sich hineingelegt, und der Platz sei knapp gewesen, wie sollten dann zwei, ohne – jetzt sagte er etwas Gemeines. Er piepste mit einer zarten Frauenstimme und wirkte unendlich roh.

[...]

Montag, 28. April. [Innsbruck] Ich mußte den ganzen Tag in meinen Reisekleidern herumtraben. Von der Brücke über den Inn hat man eine schöne Aussicht auf die verschneiten Berge. Wir gingen zum Polizeiamt und zum Dom, dessen äußerer Stil edel, aber doch nicht schön ist, die Fassade erinnert an ein Palais, ein schöner Altar und mehrere Bilder. Danach gingen wir zur Stadt hinaus, über den Inn und in die Berge.

»Wie sehr alles Schottland ähnelt, es ist wie in meiner Heimat«, sagte Jameson. Die Glocken läuteten. »Wie mich das an Schottland erinnert«, sagte er, und ich sah, daß ihm die Tränen in die Augen traten. – Oh, ich kann nicht weinen, wenn ich an die Heimat denke, dachte ich, und doch bin ich nicht ohne Gefühl. Ich liebe meine Lieben dort, fühle mich aber doch unglücklich *an jenem Ort*, wo sie leben. – Wir genossen eine schöne Aussicht über das Tal und kamen auf einen Weg, wo mehrere Quellen mit viel Lärm und Kraft aus der Erde sprudelten. Wir sahen ein altes Schloß und eine hübsche kleine Dorfkirche, gleich daneben war ein Kirchhof mit bunten Kreuzen. (Bevor wir dieses Dorf erreichten, fanden wir auf dem Berg zwischen mehreren großen Steinen, vermutlich den Ruinen eines Hauses oder einer Art Einfriedung, einen schlichten Stein, der an den Ecken abgestoßen war und eine hebräische Inschrift trug. Wie uns ein Hirte sagte, lag hier ein Jude begraben, das wäre ja Stoff für eine Novelle.) – Wir kehrten nun von einer anderen Seite nach Innsbruck zurück, sahen »das goldene Dach«, eine Art Erker an einem alten Haus. – Da ich keine Kleider hatte, mußte ich auf meinem Zimmer speisen. Nach Tisch ging ich mit dem Schotten zum alten Schloß Ambras, in dem jetzt nur noch Soldaten wohnen. – Von dort wanderten wir heimwärts und gingen in die Franziskanerkirche, in deren Mitte sich das Grabdenkmal Kaiser Maximilians befindet; er kniet auf seinem Sarkophag, und überall zwischen den Pfeilern stehen Könige und Kaiser mit ihren Gattinnen, alle kolossal und aus Metall (Rudolf von Habsburg & &), und bilden ein großes Ganzes. Im Seitengang war ein vollkommen neues Denkmal für Andreas Hofer aufgestellt, er hält die Fahne in seiner rechten Hand und hat ein edles Gesicht; man war gerade mit dem Arrangement beschäftigt, und der Künstler, der es geschaffen hat (Professor Schaller aus Wien), stand dabei. Viele Leute waren in der Kirche, und mehrere Frauen wischten den Fußboden für das Fest zu Ehren der Statue. In der großen Straße, wo wir wohnen, steht eine Marmorsäule, von Heiligen und schwebenden Engeln umgeben, und zuoberst die Madonna auf einem Halbmond. Die Stadt ist sehr freundlich, mehrere Häuser haben Arkaden. Die Tirolerinnen tragen seltsame Hauben, die wie ausgestopfte Nachtmützen aussehen. – Erst abends um 10 kam unser Gepäck, auf dem Postamt gab es Ärger, weil wir keinen Schein aus Bozen hatten, unser Münchner Lohnkutscher erschien, und wir legten die Abreise für den nächsten Morgen fest.

[...]

Samstag, 3. Mai. [München] Ging im großen Schloßgarten spazieren und war in den meisten großen Straßen. – Sah in der Kirche Thorvaldsens Grabmal für Eugen von Leuchtenberg und hörte in einer anderen Kirche vortreffliche Musik. Ging in eine Leihbücherei, wo ich Goethes »Italienische Reise« erhielt; es war, als würde ich mein eigenes Tagebuch lesen, alles erschien mir so bekannt. – Ich ging in ein Bierhaus, zwei hübsche, äußerst natürliche und anständige Töchter mit der bayrischen Haube warteten auf. Die Leute sind überaus höflich. – Spazierte durch die Tore stadtauswärts, betrachtete die Bauernmädchen, die einen spitzen Männerhut mit Goldquaste tragen, was nicht schön, aber doch hübscher ist als die Tiroler Nachthauben.

Sonntag, 4. Mai. Alle Leute strömten zur Kirche. Schickte Briefe an Christian Wulff und Frau Wulff. Ging im Schloßgarten spazieren, drei schwärmerische Damen saßen am Wasserfall. Stockfleth hatte mir eine Eintrittskarte für den Königsbau besorgt, der äußerlich dem Palazzo Pitti in Florenz ähnlich ist. Er ist noch in Arbeit und wird in zwei Jahren fertig sein. – Zimmer mit sehr schönen Wandgemälden, gemalt von Foltz und Lindenschmit, auch von Zimmermann. – Von den beiden ersten gab es mehrere Situationen aus Schillers und Goethes Gedichten. »Fridolin«, »Der Taucher« & &. Über einer Tür sah man auf drei Gemälden Bürgers »Lenore«. In der Bibliothek war ein Stück (alle in der Wand), auf dem sich sämtliche Dichter von Shakespeare bis Goethe um die Poesie gruppierten. Von Professor Schnorr waren zwei Zimmer mit Szenen aus dem Nibelungenlied ausgemalt, das erste stellte Kriemhilds

Ankunft in Worms dar; zwei Zimmer waren wie etrurische Vasen gestaltet. Über eine hübsche Wendeltreppe konnte man ein flaches Dach erreichen und zwischen den Häusern bis zu den Alpen schauen. – Nachmittags machte ich einen Spaziergang im Schloßgarten, und am Abend ging ich mit Feddersen in die Oper, man gab »Il matrimonio segreto« von Cimarosa. Fräulein Hasselt sang schön, aber sie spricht das Italienische schlecht aus, das Ganze war zu nordisch kalt, nur der Italiener Santini hatte Leben. Der König war im Theater und starrte mich sonderbar an.

Montag, den 5. Spazierte herum und traf meine beiden Reisenden, den Offizier aus Hannover, der Brinckmann heißt, und den Berliner Gelehrten, einen Doktor Sachs. – War im Botanischen Garten, der sehr geleckt aussieht, ich warf einen Blick in die langen Treibhäuser, da waren meine Lorbeeren, Kakteen und der ganze Blumenflor Italiens unter Dach gesteckt, vor kurzem sah ich das alles wild unter Gottes freiem Himmel wachsen. War am Obelisken für die im Russischen Krieg gefallenen Bayern, er wurde 1833 errichtet, nimmt sich gut aus, wirkt aber zu modern, wenn man gerade in Rom war. – München kommt mir wie eine kleine deutsche Stadt vor, die sich durch Villen großgewachsen hat, man fühlt sich nicht in einer Hauptstadt, sondern entweder wie in einer kleinen Provinzstadt oder auf dem Lande zwischen reichen Villen. Die Straßen sind Plätze oder Landstraßen, vor den Häusern Gärten mit Blumen und Obstbäumen. – Ich spazierte zur Stadt hinaus und sah mir die künstlichen Wasserfälle der Isar an, sie machten reichlich Spektakel. Die Sonne brennt, und es ist sehr staubig.

Dienstag, den 6. Ging wieder im Schloßgarten spazieren. Ich habe nun Goethes »Italienische Reise« vollendet, und es ist mir ein Genuß, mich zurück ins Paradies zu träumen; wie er es sah, habe auch ich es gesehen. Es ist, als würde ich mein Tagebuch lesen. Doch habe ich mehr gesehen, als er erwähnt. [...]

Mittwoch, 7. War bei Schelling, der mich nicht empfangen konnte, jedoch fragte, ob er mich besuchen solle oder ob ich um 11 Uhr kommen könne. Ich erschien und fand einen freundlichen Mann, der sich lange mit mir über Italien unterhielt und mich anschließend in seinen Familienkreis einlud. Als ich zu Mittag aß, kam der Poet Firmenich und setzte sich zu mir, redete eine Weile und fragte mich schließlich, ob ich nicht ein dänischer Dichter sei; erzählte mir von einigen seiner Arbeiten und sagte, er wolle mich besuchen. Wir machten uns auf den Heimweg, er wohnte am selben Platz wie ich (in Nummer 7), ich begleitete ihn hinauf, Herrgott, was ist das für ein junger Poet, er dachte einzig und allein an seine Gedichte und las mir mehrere vor. Es schien mir darin um äußerst gewöhnliche Liebesschmerzen mit Philomelen zu gehen. Ein kleines komisches Gedicht war viel besser, er gab mir dann auch eine Tragödie, die in München zur Aufführung angenommen war, »Regina Dovagno«; bat mich, anzumerken, was mir nicht gefalle. Ich war bescheiden. Er zeigte mir Verse von sich auf englisch und neugriechisch, und zwar gedruckt, der Mensch muß ein Sprachgenie sein! – Ging im Schloßgarten spazieren, wo Musik zu hören war, hier sah ich den Schriftsteller Saphir; er hat ein häßliches Gesicht, eine lange krumme Nase und einen roten Knebelbart. – Las abends »Albrecht Dürer in Venedig« von Eduard Schenk und machte mich an Firmenichs Tragödie. Herrgott im Himmel, was für ein überspannter Unsinn! Das Sujet ist gemein, und allesamt sind wahre Teufel, der alte Vater kommt mir äußerst komisch vor, und die eine Liebhaberin ist wie in Tausenden von Tragödien.

[...]

Mittwoch, den 14. Heute müssen doch Briefe kommen! Es regnet und ist ziemlich kalt. Heute nacht habe ich erbärmlich geschlafen, und da war ein ewiges Hundegebell, mein Nachbar stand sogar auf und versuchte sie zum Schweigen zu bringen. – Litt entsetzlich an Zahnschmerzen. Kein Brief. Fieberkrank. Den ganzen Nachmittag und Abend auf dem Sofa gelegen. – Oh, wäre ich tot! Das Leben hat keine Freude für mich; Sie, Jugendlust, Italien, alles ist weg! – Oh, ich bin krank, körper-

und seelenkrank, könnte ich doch schlafen, recht fest schlafen, um nie wieder in dieser Welt zu erwachen.

Donnerstag, den 15. Schlimme Zahnschmerzen. Spazierte im Englischen Garten und las Immermanns »Merlin«, ein wunderliches Produkt, ohne Gehalt. Ich verstehe nicht, was er damit eigentlich will. – Fieberkrank, matt und unglücklich. Als ich am Abend auf dem Sofa saß, erschien ein Däne, der hier angekommen ist, Køppen, er reist zum zweiten Mal nach Italien und will auch nach Griechenland. Er hatte meinen Namen in der Zeitung gelesen und mich aufgesucht, ich redete mich über Italien gesund und ging erst gegen 12 Uhr ins Bett.

[…]

Freitag, den 23. War in der Glyptothek. »Minerva« und »Der schlafende Gladiator« sprachen mich am meisten an. Die Arbeiten von Thorvaldsen und Canova nehmen einen hohen Platz ein. – Santini und Saphir vertraulich im Café. – Kein Brief. – Las spanische Marionettenstücke. – Um 6 Uhr Spaziergang durch Au gemacht, das einen ganz tirolerischen Charakter hat, nach Bogenhausen gegangen, wo es eine schöne Partie gibt, eine Holzbrücke gegenüber dem Weg. Von dort zum Tivoli und in den Tiergarten. Am chinesischen Turm ein griechischer Junge in weißer Griechentracht. Die Bäume herrlich grün. – Feddersen bei mir, 12 Gulden geliehen. Das ist ein natürlicher und liebenswürdiger Mensch. Salat mit Ei und ein Brötchen sowie ein Glas Bier, das ist mein Abendbrot in München. (Daheim wird Subjektivität beim Dichter getadelt, und just diese ist das Eigentümliche bei ihm. – Ist es nicht das Subjektive in der Poesie einer Nation, was diese am herrlichsten macht.) […]

[…]

Sonntag, 25. Wenn ich heute keinen Geldbrief bekomme, dann bin ich gezwungen, von jetzt an noch 14 Tage hier zu bleiben, was sehr langweilig werden wird. Soldatenappell vor Prinz Max. Es war wie auf dem Fælled und viel langweiliger. Die Sonne brannte wie Feuer. Endlich kam dann ein Brief von Edvard, doch der Wechsel war nur auf 50 Speziestaler, damit kann ich nicht nach Hause fahren; der Brief selbst war wie üblich, der Mächtige an den Untergebenen. – Mit Feddersen und Levy nach Bogenhausen spaziert, wo die Leute in der großen Hitze tanzten und Bier tranken. L erzählte unterwegs von seiner verlorenen Unschuld. – Wir gingen dann ins Theater und sahen ein langweiliges neues Stück von Holbein, »Der Vorsatz«, und eine erbärmliche Vorstellung des Balletts »Die schöne Arsene oder die neue Amazone«. Wir langweilten uns alle drei. Saphir, der unmenschlich häßlich ist und etwas Meislingsches hat, trabte im Parterre auf und ab. Als wir gegen 9 heimwärts gingen, war eine beißende Hundekälte. Dies ist ein elendes Klima.

[...]

Mittwoch, 28. Mai. Warm in der Sonne, kalt im Schatten, ich fühle mich sehr matt und habe Sehnsucht nach den Bergen. Ging morgens an den Armen der Isar spazieren. – Die Münchner haben eine große Zahl von Höflichkeits-Tiraden. Um die Mittagszeit kaufte ich eine Docke Zwirn, und die Madam wünschte mir einen guten Mittag und daß es mir gut schmekken möge. Als ich bei Tisch einem Mann die Speisekarte reichte, sagte er: »Ich danke recht höflich.« Nach Tisch sagen sie: »Ein schönes guten Nachmittag!« – Habe nun den 2. Teil der »Divina commedia« beendet. – Ging nach Tisch an der Isar spazieren; die meisten Häuser der Vorstadt sind mit Schindeln gedeckt. – Häßlich grau und kalt. – Ging abends um 8 in die Jesuitenkirche, die für morgen mit Grün geschmückt war, die jungen Birkenbäume dufteten. Viele Lichter brannten auf dem Altar. Heute abend waren beide Mägde geradezu traurig, weil meine Abreise bevorstand. »Ein solcher Mensch kommt nie wieder hierher, das sagen die Madam und Ihr Stiefelputzer auch. Herr Baron sind so gut, so freundlich, oh, wir werden oft an Sie denken!« – Ich bin ordentlich davon gerührt, wie wenig gehört doch dazu, um von Untergebenen geliebt zu werden. – Übrigens ist es komisch, wenn ich »danke« sage, dann antworten sie immer: »Mein Schuldigkeit, Herr Baron!« – Diesen Baron habe ich Feddersens Spaß zu verdanken! In der Außenmauer der Frauenkirche sind eine Menge Leichensteine, auf einem ist ein Mann zu sehen, der Orgel spielt, Geigen, Harfen und mehrere Saitenspiele liegen und hängen um ihn herum, die Inschrift ist mit großen gotischen Buchstaben geschrieben, deshalb verstehe ich sie nicht. Es ist übrigens eine schöne Idee, daß in der Kirchenmauer eine Quelle sprudelt, daran ist eine eiserne Schale gekettet, und ich habe oft gesehen, wie Kinder und arme Leute zur Kirche gingen und ihren Durst löschten. [...]

[...]

Freitag, 30. Morgens auf dem Polizeiamt, um meinen Paß visieren zu lassen; sie wußten nicht einmal, wo der österreichische Gesandte wohnte. Dieser unterzog mich einer Art von Examen: »Sie reisen zum Vergnügen?« – »Ja, und für die Bildung«. – »Sie sind ein Gelehrter!« – »Ein Dichter, dem der dänische König ein Reisestipendium bewilligt hat.« – »Ihre geehrten Schriften sind ins Deutsche übersetzt?« – »Nein, nur ein paar kleine Gedichte, übersetzt wurden sie von Chamisso. – »In welchem Fach arbeiten Sie, wenn ich fragen darf?« – »Für das Theater, außerdem sind es sonst zumeist lyrische Gedichte.« – Ich sah den Mann nun etwas auf ein loses Blatt notieren, und meine guten Augen sagten mir: »Andersen, Gedichte, Chamisso!« – Herrgott, jetzt glauben sie, ich sei ein politischer Schriftsteller! [...]

[...]

Sonntag, den 1. Juni. Unruhig geschlafen, Zahnschmerzen gehabt, viel vom König von Bayern geträumt, einen ganz seltsamen Traum, er nannte mir die Nummer 121, die solle ich in der Lotterie nehmen, um zu gewinnen, und ich sagte: »Oh, das ist ja gerade so wie in ›Lumpazivagabundus‹.« Wir fuhren schon um 1/4 6 ab. Es war ein schöner Tag, die Gegend wurde hübscher, Hügel und schöne Eichen, wir überquerten die Flüsse Alz und Traun. In Stein lagen die Überreste von einem alten Raubritterschloß, jedoch aufgebaut. – Die Gegend nahm an Schönheit zu, wir sahen den Tachinger See, der sich, zwischen tannenbewachsenen Hügeln, wohl 3 Stunden in der

Länge und über 1/2 in der Breite erstreckt. Die Berge selbst wurden deutlicher, sie standen schneebedeckt in gebrochenen Wellenlinien vor uns. Der Offizier erzählte von dem Baum Aras oder Alas (Humboldts Reise), das ist ein vorzüglicher Gegenstand für ein Gedicht. – Wir kamen durch Saal[dorf] und ins Salzachtal; indessen hatten mich die wahnsinnigsten Gicht-Zahnschmerzen überfallen, ich ging, fuhr, wand mich, verzweifelte, der Schmerz war abwechselnd in mehreren Zähnen, als spielte er eine ganze Symphonie. Die Gesellschaft schloß den Wagen, tat für mich alles, jedoch vergebens. Endlich siegte die Natur, der Schmerz ging vorüber. – Die Berge waren sehr schön und hoch mit Schnee bedeckt. – Mein Rheinländer stritt sich mit dem Offizier über die höchsten Berge der Welt; alles wurde schöner und schöner; am Fluß Salzach war die Grenze, nun kamen wir auf österreichischen Boden. (Der Münchner verlangte nach Tabak). – Die Visitation war sehr streng, wir bekamen Gesetze zu hören, und [der eine Beamte] ging unsre Pässe auf das genaueste durch, fragte mich, ob es mein wahrer Name sei, was darin stehe; ob meine Briefe nichts weiter als Familienangelegenheiten enthielten; in Österreich sei alles, wie es zu sein habe, sie seien zufrieden mit ihrem Kaiser und er mit ihnen, wie sie hofften, politische Sachen wollten sie nicht haben. Der zweite [Beamte] sprach mich fortwährend französisch an. – Mein Chapeau bas veranlaßte ihn zu der Frage, was diese Art von Hut bedeute, und als wir alle lachten und sagten, das sei ein Gesellschaftshut, fragte er: »Doch wohl keine Geheimgesellschaft?« – Nach langem Hinundhergerede, was mich sehr genierte, denn ich bin doch ein ruhiger, anständiger Mensch, fuhren wir weiter, und bald lag Salzburg vor uns. Die Salzach teilt die Stadt in zwei Teile, die Häuser sehen mit ihren flachen Dächern ganz italienisch aus. Im »Goldnen Ochsen« war kein Platz, wir zogen also in die »Goldne Traube«. – Hier bekam ich ein großes Zimmer zur Straße, machte dann einen Spaziergang durch die Stadt und genehmigte mir zum Abend einen Braten. Fühlte mich recht zufrieden.

[...]

Montag, 9. [...] Nach einem langweiligen Aufenthalt an der letzten Station rollten wir gen Wien, den Stephansturm sahen wir erst kurz vor dem äußersten Tor. Ungeachtet meines »Grenzscheins« wurde ich visitiert. Viele Wagen kamen uns entgegen, wir fuhren durch die Kaiserburg, sahen Wiener Herren und Zigeuner, setzten die [mitreisende] Dame in einer abseits gelegenen Straße ab und fuhren dann zum Gasthaus »Matschackerhof«; unterwegs fragte ich den Kutscher: »Wird man da nicht massakriert?« Und er versicherte mit größtem Ernst, er hätte schon viele Fremde dorthin gebracht, doch keiner sei zu Schaden gekommen. – Hier waren alle Zimmer belegt bis auf eins, und dieses bekam ich; ich aß meinen Salat und ging müde und schläfrig zur Ruhe. Vorher war ich jedoch noch durch ein paar Straßen getrabt, die wirklich pariserisch lebendig wirkten, war in der Stephanskirche gewesen und hatte mich an einigen Orten nach Zimmern umgehört, die meisten Treppenhäuser sind oben zu einem runden Glockenturm gewölbt.

Dienstag, 10. Tüchtig herumgetrabt, in der Bognergasse Nr. 315, zweiten Stock, ein Zimmer gemietet, es gehört einem Kaufmann, die Familie ist auf dem Lande, mit Ausnahme der Köchin, die mich halb nackt empfing. – Ging zu Sonnleithner, einem ältlichen Mann, der mir nicht gefiel, er sprach auch schlecht von Deinhardstein als Dichter, und was hat er selbst gemacht? Ich wurde eingeladen, abends seine Familie in Hietzing zu besuchen. – War nun zweimal auf der Polizei, wo man sehr artig war, ging dann zu Mannheimers, traf aber nur die Frau an, der Mann schrieb an seiner Predigt für den Freitag; sie lud mich ein, mir diese anzuhören und danach die Familie zu besuchen. »Aber wie finde ich Ihr Haus?« fragte ich. »Fragen Sie nur nach dem Judenpriester!« sagte sie, ganz natürlich, und ich fand sie liebenswert. – Suchte nun lange den Regierungsrat Deinhardstein, wurde vom Theater zum Kärtnertor hinaus zur Bärenmühle geschickt, wo ich seine Frau und die Kinder antraf, sie erzählte, ihr Mann wolle in einem Monat nach Italien reisen, unterhielt sich ein Weilchen mit mir und wies mich zur Reichskanzlei, wo er zu finden sei. – Ich begab mich dorthin, er hatte mein Empfehlungsschreiben von Birch gelesen und kam äußerst liebenswürdig auf mich zu, umarmte mich, nannte mich sogar Professor und bot mir für jeden Abend, solange ich hier war, einen Platz im Kaiserlichen Theater an. Gern hätte ich seinem Wunsch entsprochen und wäre noch am selben Abend dorthin gegangen, denn es wurde »Götz von Berlichingen« in Goethes letzter Bearbeitung gegeben, doch ich hatte mich ja bei Sonnleithners angesagt. Keine Briefe für mich. War in der Stephanskirche, sie ist alt und gotisch, machte auf mich jedoch nicht im geringsten jenen Eindruck, den der Dom von Mailand gemacht hatte, nein, nichts überrascht mich jetzt mehr. Ging zum Gesandten Bernstorff, der verreist war. Nahm mir um 4 Uhr einen Platz im Wagen nach Hietzing, neben mir saß eine Bankiers-Gattin, die sich sogleich im Französischen zu üben anfing, und als ich sagte, ich sei Däne, sprach sie von Aladins Lampe und wollte sich interessant machen; nun sagte ich, ich sei Dichter, und sie versicherte, sie habe an der Art, wie ich mich ausdrückte, sogleich bemerkt, daß ich Künstler sei. Es war eine galante Madame. – Wir fuhren durch den Schloßgarten von Schönbrunn, hier ging ich ein Weilchen spazieren, und als die Uhr 5 geschlagen hatte, begab ich mich zu Sonnleithners. Ich traf den Mann auf der Straße, und er sagte mir, daß es noch ziemlich früh sei, ob ich nicht ein wenig spazierengehen wolle, und dann ließ er mich stehen; das fand ich unverschämt und wollte schon nach Hause fahren, aber da kehrte meine Madame zurück, sie hatte die Ihren auch nicht angetroffen, wir gingen ein Weilchen im Garten spazieren, ich bekam sie herzlich satt, verließ sie und schlüpfte in die Kirche, die ziemlich unbedeutend ist. Inzwischen war mein Zorn verraucht, ich ging zu Sonnleithners, betrat einen kleinen, jedoch hübschen Garten, der ganz voller Rosen war, hier kamen mir der Herr und die Dame sehr freundlich entgegen, sprachen dänisch (der Mann hatte vorher nur deutsch gesprochen), führten mich an einen

Tisch, wo eine Schar Damen saß, stellten mir ihre Töchter vor. Später erschienen Thune und Bendz aus Dänemark, ein Norweger und ein dänischer Holsteiner mit mehreren Leuten; ich hörte, daß Orla Lehmann den Winter in Berlin zugebracht habe, daß seine Mutter vor kurzem gestorben sei &. – Sonnleithner erzählte mir, er habe als jüngerer Mann ein Stück geschrieben, das sich noch auf der Bühne halte. – Ich wurde für Sonntag zum Essen eingeladen, wir bekamen Tee und belegte Brote &, doch als es dann 10 war, wollten sie uns auf den Weg bringen, weshalb wir nicht fahren konnten, sondern die weite Strecke im Dunkeln gehen mußten. Ich fand aber heim, der Hausmeister öffnete mir, doch mir war so warm, daß ich die ganze Nacht nicht schlief.

[...]

Freitag, den 13. Besuch von Bendz, der mir Frau Sonnleithners Stammbuch zeigte, das ist ein wahrer Misthaufen, schreckliche Verse und doch von vernünftigen Leuten. Herumgetrabt. Zum Mittagessen bei Mannheimer gewesen, der sehr vernünftig über die Religion der Juden, über Toleranz & sprach, wir speisten gut, eine natürliche Frau und nette Kinder. Er hatte nicht viel für Hertz übrig, hielt ihn nicht für einen Dichter. Ich bekam einen Brief von Jette auf Ischia, der meine Stimmung trübte. Fräulein Vogt ist gestorben! Ging abends ins Burgtheater und sah »Der Amerikaner«. Madame Weißenthurn (die Dichterin) war als Madame Herb vortrefflich. In meiner schlechten Stimmung hielt ich nur 3 Akte aus, trabte durch die Straßen und nach Hause, wo ich mich ohne Licht auf das Bett warf. Ich bin meines Lebens so müde, daß ich oft wünschen möchte: Laß uns die Sache aufgeben!

[...]

Montag, den 16. Nun sitze ich hier mit der Feder in der Hand und ahne nicht im geringsten, was auf diesem weißen Blatt stehen soll. Jeder Tag ist doch ein kurzes Leben mit seiner verborgenen Zukunft. Gott führe alles zum Guten! Habe mein Empfehlungsschreiben an den Dichter Castelli abgegeben, er war sehr freundlich und lud mich zu sich nach Hütteldorf ein. – Sah ein paar schöne Griechinnen, die eine war eine homerische Göttin mit blauen Augen. Bin zwei Zigeunerfuhrwerken begegnet, mit einer Schar von braunen Kindern, hinten auf jedem Wagen saß ein Polizeisoldat. Ging im Augarten spazieren und besichtigte die Badehäuser. Aß etwas Prachtvolles: »Gefrorenes«. War im Volksgarten und sah Canovas »Theseus«, ich mußte einer Wiener Madame die Bedeutung erklären. Noch kein Brief. Heute hat mein lieber Ludvig Geburtstag, *allein* trank ich auf sein Wohl. – Das Theater in der Josephstadt besucht, das dreistöckig und recht freundlich ist. Man gab »Der Streichmacher« (Kontrast zu Raimunds viel besuchtem »Verschwender«). Eine ziemlich dicke Dame aus Baden gab die Rolle der Fee. Ich hatte neben mir zwei junge Damen, die über alles lachten, die sämtliche Leute lorgnettierten und die jungen Herren um sich scharten. Die eine sagte über die Fee: »Na, das ist eine gute Parodie auf mich!« – Die andere erklärte mir das Stück und sagte, ihre Freundin hier spiele die Fee im »Verschwender«, das sei ein ganz anderes Stück, der Name der Dame war Fischer. Als ich nach Hause ging, war es so windig, daß alles in Staub gehüllt war.

[...]

Sonntag, den 22. Juni. Schönes, warmes Wetter. Spazierte zum Tor hinaus. War bei Mannheimers und wurde eingeladen, mir in der Synagoge eine Trauung anzusehen. Die Leute hatten für diesen Anlaß Eintrittskarten bekommen, und es war sehr voll, ich wurde zum zweitvordersten Stuhl geführt. Der Tempel ist schön, Zylinderform, ein roter Samtbaldachin vor dem Altar, dieser war mit einer bestickten Decke aus rotem Samt bedeckt; die Braut war verschleiert und wurde von der Mutter und geschmückten Brautjungfern, sogar zwei Kindern, geleitet; der Bräutigam trug einen schwarzen dreieckigen Hut. Ein Dutzend junger Juden mit braunen Talaren und mit schwarzen Samtmützen sang ohne Begleitung einen Choral, der Priester vor dem Altar hatte eine ganz prachtvolle Stimme, es war eine vollkommene Opernmusik, alles auf hebräisch. Mannheimer vollzog die Trauung und hielt eine schöne Rede auf deutsch. Das Brautpaar trank zweimal aus einem großen Goldbecher. »Der Herr lasse sein Angesicht leuchten über euch &!« sagte Mannheimer zur Menge, und ich hörte einen Katholiken auf italienisch sagen, das sei die Benedizione. Neben mir saß ein unangenehmer katholischer Pfarrer, der mir in einem fort etwas von der eliptischen Form des Gebäudes und vom Brennpunkt erzählte und ewig quatschte. Er sagte, Mannheimer sei ein guter Pfarrer, er solle ganz katholisch predigen. – Alle trugen Hüte, was mich störte. Die Lichter brannten in zwei großen Altarleuchtern. Von einer Loge nickte mir meine Bankiers-Gattin zu. [...]

[...]

Mittwoch, 25. Wenn ich in Italien aus dem Fenster blickte, dann brauchte ich nur aufzuschreiben, was ich sah, und hatte schon etwas Interessantes, aber hier – sieh nur! – Alle Fenster offen, halb bekleidete Stubenmädchen fegen die Fußböden. Vor den Fenstern grüne Kästen mit Blumen. Der Fleischer verkauft Fleisch, Mägde mit Marktkörben, Leute im Frack und mit Kartoffelgesichtern gehen vorüber – Oh! Die Milchkanne mit ihrem winzigen Deckel und der große Holzheilige hier vor dem Haus, dem ein großer Blumenstrauß an der Brust steckt, sie sind das einzig Fremdartige. – »Küß die Hand«, sagt mein Diener, beim Kommen und Gehen. – Wenn ich doch bald im Wagen säße und zu etwas Neuem rollte! – Bin hinaus in die Leopoldstadt spaziert, ging in eine Kirche und hörte schöne Orgelmusik, aß auf der Brücke über die Donau Kirschen und sah die Berge mit Josephsdorf und Leopoldsberg. – War abends im Burgtheater und sah ein neues Stück: »Dichter Piron«, mit einem unbedeutenden Sujet, danach »Das Schloß Limburg oder die beiden Gefangenen«, was nicht mehr war als das alte Singspiel »Adolph und Clara«, aus dem man die Gesangsnummern herausgepickt hatte.

[...]

Freitag, 27. Heute nacht fast gar nicht geschlafen, doch es geht mir viel besser, nur die Nerven ein wenig angegriffen. – Habe Grillparzer besucht, der ganz vortrefflich war, er wünschte sich, Dänisch zu können, sprach von Oehlenschlägers merkwürdigen, undeutschen Konstruktionen, schätzte aber seinen hohen Wert. Er wohnte recht wohlhabend. – Auf dem Wall spazierengegangen. Mittags bekam ich einen prachtvollen Brief von Ingemann, er freute sich besonders über »Agnete«, hielt sie für meine beste Arbeit und gratulierte mir zu dem Fortschritt, den ich gemacht hatte. – Das versetzte mich in eine glückliche Gemütsstimmung, erfüllte meine Seele mit kindlichem Dank. – Abends sah ich im Burgtheater Kotzebues Idylle »Marie«, die äußerst fade ist, danach sein Stück »Das Taschenbuch«, das mir die Tränen in die Augen trieb. – Danach sah ich in Daums Café den schönen Menschen mit dem unschuldigen Gesicht, der mir recht gefällt, er spricht französisch und deutsch. – Es ist seltsam, daß wir einander nicht kennenlernen sollen.

Samstag, 28. Morgens um 4 Uhr strömten die Leute zur Kirche Sankt Stephan, um eine Wallfahrt nach Maria-Zell anzutreten, was 40 Stunden von hier entfernt liegt. Als ich 1/2 6 zur Kirche kam, wanderten sie gerade davon, doch es schienen allesamt einfache Leute zu sein, die meisten mit großen Bündeln auf dem Rücken, und einer trug, als Buße, die Pauken (wie in Salzburg). Jeder hielt einen Blumenstrauß in der Hand, und die Prozession stockte alle Augenblicke, weil die Frauenzimmer immer eine Freundin unter den Zuschauern hatten, der sie zum Abschied die Hand reichten. Es regnete heftig, und deshalb blieben auch die von den Prinzen und Prinzessinnen gestifteten Seidenfahnen in der Kirche zurück. Diese Wallfahrt findet jedes Jahr statt. Vor dem Tor halten Wagen, sie heißen »Bündelwagen«, die mit sämtlichen Siebensachen beladen werden, wenn unterwegs jemand krank wird oder ermattet, dann kann er mitfahren, bis es ihm besser geht. Die Leute übernachten einmal und verteilen sich dann auf Wirtshäuser und Bauern. Übrigens hat der Regen jetzt aufgehört. – (Gestern Brief an Voigt geschickt.) In der Judensynagoge gewesen, die meisten Juden trugen lange weiße Schleier um die Schultern. Mannheimer hielt eine schöne Predigt, ganz christlich, sagte sogar: »Suchet, so werdet ihr finden; klopfet an, so wird euch aufgetan!« Er gab auch, in gewisser Weise, die Parabel von den Arbeitern im Weinberg wieder. Ich leide an der Brust, ein seltsames Drücken, das mir bis in den Hals steigt, und mein Blut ist in Bewegung. Dr. Thune sagt, das sei Mutterkrankheit, dasselbe, was junge Mädchen haben, wenn sie nicht heiraten; es ist die Natur, die das Ihre fordert, aber nein, nein, die Natur kann das Verderbliche nicht wollen! – Mußte den ganzen Nachmittag im Hause bleiben, es ist grau und hundekalt geworden.

[...]

Dienstag, 1. Juli. Also heute in einem Monat bin ich auf dänischem Boden, vermutlich in Kiel oder im Begriff, von Hamburg dorthin zu fliegen. – Die unglückliche Geldknappheit läßt mich wünschen, ich wäre schon dort und hätte, was ich brauchte, um Kopenhagen zu erreichen. – Wieviel Neues, Unerwartetes, Erfreuliches und Trauriges liegt, möglicherweise, in diesem Zwischenraum, noch weiß ich nichts, nur die ungefähre Reiseroute. Du ewiger Gott, führe mich unbefleckt zurück, mir geschehe nach deinem Willen, das Vernünftige, auch das Leid. Heute bin ich bei Deinhardstein (außer dem Kärntnertor in Bärenmühle) gewesen). – Auf dem Wall spazierengegangen, Sonnenschein, jedoch kalter Wind. – Nach Tisch Besuch von Thune, der sich darüber wundert, daß ich noch nicht weiß, ob es hier in der Nachbarschaft schöne Mädels gibt, daß ich meiner Gegenüberin, die so oft im Fenster liegt, noch keine Augen gemacht habe. Daß ich das Leben nicht genieße, sondern die Tage hinwelken lasse. (Ich darf nicht vergessen, von gestern zu notieren, daß ich im Theater manchmal einen jungen Menschen von etwa 16 Jahren sehe, an diesem Abend hatte er die Rolle des Postillions und kam danach von der Bühne, ich sah sein frohes, strahlendes Gesicht, als seine Bekannten ihm Gutenabend zunickten, einige ihm etwas ins Ohr flüsterten und alle ihn anlachten – er war überglücklich und blickte nach allen Seiten, als wollte er sagen: »Seht ihr mich, ich habe gespielt.«) Um 5 Uhr fuhr ich hinaus nach Hietzing, wieder stieg die Dame in den Wagen, die ich bei meiner ersten Fahrt dorthin getroffen hatte, wieder redete sie französisch und sagte, mein König spreche so gut italienisch, sie habe es gehört. (Unsinn!) Abends bei Sonnleithner, der mich zu der Dichterin Frau von Weißenthurn begleitete, die jedoch nicht zu Hause war; an dem schönen, kalten Abend machten wir alle einen Spaziergang; ich fühlte mich nicht wohl, fuhr heim und hatte ein wenig Fieber.

Den 2. Juli. Fieberkrank. Ging jedoch aus und zu Grillparzer, der in mein Stammbuch geschrieben hatte, er war aber noch auf dem Lande, kam erst um 11 Uhr zurück. Ich war sehr entkräftet, meine Hände zitterten, und der Schweiß troff mir von der Stirn. Gewiß lebe ich nicht mehr lange, wäre ich doch in Italien gestorben! [...]

[Am 10.7.1834 verläßt Andersen Wien in Richtung Prag, fährt nach kurzem Aufenthalt nach Dresden und weiter über Berlin, wo er am 24.7. Chamisso besucht, zurück nach Kopenhagen.]
[Von 1835 sind keine Tagebuchaufzeichnungen erhalten, von 1836 lediglich einige Seiten über eine Sommerreise in Dänemark.]

[Erste Reise nach Schweden]

[...]

Mittwoch, 28. [*Juni*]. [...] Stockholm scheint zwischen gräuliche Klippen gestreut zu sein. Die dunkelbraunen Dächer, die roten Windmühlen machen eine gute Wirkung. Die Stadt selbst prächtig. Ein Junge aus [der Landschaft] Dalarna, mit nackten Füßen, grauen Hosen, weißem Wams, schwarzem breitkrempigen Hut, mit einer Quaste an einer roten Kordel, trug, während die Eltern arbeiteten, in einem Fell, die Haare nach innen, seine kleine Schwester auf dem Rücken. Die Leute aus Dalarna kommen im Frühjahr und bleiben bis zum Herbst, die Frauen ernähren sich durch Rudern auf dem Mälarsee. War im Theater hier, das klein ist, zwei Reihen, eine schwarze Decke als Vorhang. Das Orchester machte sich den Spaß beim Stimmen, Katzenmiauen nachzuahmen. »Der Sprachlehrer« und »Jovial«. Herr Torsslow wurde herausgerufen, kam aber nicht. Im Omnibus tauchten wieder die beiden geputzten Petits-maîtres auf – Gecken kann man sie nicht nennen, denn sie würden keine kecke Bewegung wagen, um ihre Frisur nicht zu ruinieren. Ein Adjutant Schönberg fragte, ob ich Herr Andersen sei, und bat mich, Oberstleutnant Abrahamson zu grüßen. Dahlgren ist hier gewesen und hat mir Bücher geschenkt.

Samstag, 1. Juli. [...] Heute morgen war Winter, jetzt ist wieder Sommer. – War in Bonniers Buchhandlung, dort wohnt der Dichter Nicander. Heute setzt bei mir die Geldangst ein, eine Berechnung nach der anderen, ganz so muß sicher der Geizige leiden, oh, dieses Fegefeuer ist Strafe genug für jede Sünde hier auf Erden. Herumgelaufen und nach Humlegården geraten, das ist eine Waldwiese mit Konditoreien, Schafen und Spaziergängern, eingeschlossen von Bretterzäunen, rotgestrichen. (Bonnier sagte heute, er kenne Andersen persönlich. »Nicht so ganz!« entgegnete ich. »Das bin ich.«) Ging von Humlegården nach Djurgården, wo ich 2 Schillinge für den Eintritt bezahlen mußte. (Gautier ist hier.) Als ich immer weiter spazierte, kam ich zum Sommerschloß Rosendal, das klein wie ein Landhaus ist, hier standen Soldaten, es gab viele Anlagen, einen griechischen Tempel mit Säulen aus Borke. Etwas, was einem Theater ähnelt. Traf den kleinen Engländer. Müde kehrte ich heim. Plauderei mit Minna; unter Geldangst gelitten, nun in besserer, resignierter Stimmung. [...]

[...]

Dienstag, 4. Juli 1837. Platzregen. Die »Uppsala« ist ein erbärmliches Dampfschiff, der Regen strömt so in sie hinein, daß ein Mann an der Pumpe Abhilfe schaffen muß; wir zukkeln an schönen, dunklen Gegenden vorbei, der junge Engländer ist mein Reisekamerad. – Ringsum sitzen Damen und nikken. – Eine Brücke haben wir passiert. – Bei Stäket eine Brücke passiert; das schlechte Wetter dauert an, dunkle Wälder, felsige Gegend. Zur Rechten Sigtuna, mehrere Turmruinen ragen auf, der Ort wirkt höchst unbedeutend, auf dem Hügel darüber zwei Windmühlen. Im Mälarsee eine kleine Insel mit einem niedrigen Gartenhaus; hier verließ uns eine Dame, die Ähnlichkeit mit Frau Falbe hatte. Es gießt in Strömen. – Das Wetter etwas besser, kamen an Skokloster vorüber, zur Linken ein großes weißes Gebäude mit vier Türmen (einem in jeder Ecke), das der Familie Brahe gehört, jedoch nicht bewohnt ist, hier gibt es viele Wappen, Porträts und ein kleines Modell vom Schloß, ganz in der Nähe erhebt sich auf einem Hügel die Kirche, darin sind noch Nonnengefängnisse mit Pritschen und Stroh; vor etwa 20 Jahren gab es hier Felder mit Korn. – Kamen an einzelnen Landhäusern vorüber und endlich aus dem Mälarsee in den Fluß, der nach Uppsala führt, an den Ufern prächtige Weiden, die Pferde laufen frei im Wald herum. Wir sahen die Dänemark-Kirche und [...], die Vaksala-Kirche sieht man zuerst. – Stiegen an Land und gingen eine lange Strecke, bis wir die Stadt erreichten, Schloß und Kirche nahmen sich prächtig aus. Wohne in »Hjertmans Keller«. Der

Mensch, der mich zu Bibliothekar Schröder bringen sollte, führte mich genau in die entgegengesetzte Richtung. Atterbom und Geijer nicht da. Ein kleiner Wasserfall. Ging um die Kirche herum. Das Schiff »Uppsala« steht in dem Rufe, schlecht zu fahren, seine vielen guten Touren werden übersehen, nur die einzelne schlechte ist in der Erinnerung lebendig, so mit den Werken des Dichters. Ich bin in Odins Stadt, ich denke an Odin und Freia, und um mich herum tummeln sich die alltäglichen Menschen! – Porter getrunken.

[...]

Freitag, 7. Juli. [Stockholm] Schönes Wetter. War im »Riga-Keller«, bei Jansen, bei Jacobsen, Mellin und Grill, mit Carlstedt und Dahlgren gesprochen. Nicander besucht. – War bei Mamsell Bremer, die an der Ecke Södra Klarakyrkogatan und Stora Vättergränd wohnt. Ihre Mutter war eine angenehme alte Frau, ihre jüngere Schwester ist voriges Jahr in Rom gewesen, sie sprach ein wenig italienisch. Mamsell Bremer zeigte mir Dichter-Porträts, die sie angefertigt hatte, und sagte, wenn ich wieder nach Stockholm käme, wolle sie mich in ihr Erinnerungsbuch zeichnen, ich hätte ihr die Dampfschiffreise so interessant gemacht. Sie zeigte mir Lesezeichen, die sie in den »Improvisator« gelegt hatte, sagte, das sei ein Buch, von dem sie viel gelernt habe, gerade dies sei es, was sie zu erreichen trachte. Verehrte mir dann ihren letzten Roman, »Die Nachbarn«, und versprach, mir mehrere Eigenheiten der schwedischen Nation schriftlich mitzuteilen, die ich gebrauchen könne. Sie drückte mir ganz fest die Hand. Überall finden sich gute, verwandte Seelen! Mir ist, als habe ich die ganze schwedische Reise nur unternommen, um diese Bekanntschaft zu machen. [...]

[Nach einem Besuch in Göteborg kehrt Andersen am 19.7. 1837 nach Kopenhagen zurück.]

Den 11. Dezember 1837. [Kopenhagen] Heute hat sich Sophie verlobt. Als ich nach dem letzten Essen bei Ørsteds zusammen mit Marmier aufbrach, sagte dieser: »Sie lieben sie, ich weiß es! Ich habe gute Augen! Freien Sie um sie!« Ich dachte den ganzen Abend viel daran, wie verkehrt das wäre, denn ich bin arm. Am Samstag war ich dort, sie war sehr liebenswürdig, und doch hatte ich abends das Gefühl, das ich wohl einsam und allein leben könnte! Gestern abend bei Collins wurde ich damit geneckt, daß mein Stück für den Verein zweideutig sei, daß Lorck durch meinen Umgang verdorben werde. In dieser Neckerei steckte ein Stachel, gewiß deshalb, weil ich die leisen Gerüchte, die über den Schwager Boye in Umlauf sind, nicht eifrig betritten habe. Lind ließ nicht locker, und da verwies ich auf jene Plattheit, die er im Theater über Jungfer Grahn gesagt hatte; ich war irritiert, er reagierte beleidigt, es entstand eine Pause. Ich ging. Wenn ich, als ich im Ausland war, nie meiner Leidenschaft gefolgt bin, so einzig und allein, um Collins nicht zu verletzen, für sie in der Heimat, und doch wird das nicht gewürdigt; erregt ging ich davon, spürte eine Veränderung in meinem Wesen. Ich will sein wie andere Männer, dachte ich, auch für Sophie will ich nicht schwärmen, ich werde mich niemals verloben, und es wäre ein Unglück, wenn das geschähe. Gott, führe alles zum Besten! Ich schlief, und heute um 10 Uhr hat sie sich verlobt, ich hörte es um 1 Uhr von H.P. Holst und gleich darauf von O. Müller, er legte seine Hand auf meinen Kopf, ob das wohl zufällig war, ich spürte darin ein Bedauern, empfand jedoch keine Unruhe, kein Leiden. Ich war bei Frau Bügel zum Essen, jetzt gegen Abend hatte ich gerade versprochen, [Ørsted]s meine Biographie und das Studentenstück vorzulesen; ich ging auch dorthin, vermochte aber nur das Stück zu lesen, die Biographie, schien mir, konnte ich ihnen nicht enthüllen. Sie waren beide sehr glücklich. Ich ergriff zum ersten Mal ihre Hand. Zweimal drückte ich sie, und ich war in einer vorzüglichen Laune, das fand ich ganz sicher, denn ich litt nicht und war unendlich ruhig. – Jetzt bin ich zu Hause, ich bin allein – allein! Wie ich es immer sein werde! Jetzt zu Weihnachten hätte ich ihr gewiß gesagt, was nie gut für sie hätte werden können! Nun werde ich niemals heiraten, kein junges Mädchen wächst mehr für mich, von Tag zu Tag werde ich mehr

Hagestolz! Oh, ich gehörte doch gestern noch zu den Jungen – heute abend bin ich alt! Gott segne dich, liebe, geliebte Sophie, nie wirst du erfahren, wie glücklich ich als vermögender Mann und mit dir hätte werden können!

[Aus dem Jahr 1838 sind keine Tagebuchaufzeichnungen erhalten.]

[Die große Reise in den Orient]

[...]

Freitag, den 6. November. [Hamburg] War bei Töpfer, der Gutzkow als kalt und steif bezeichnete; ich suchte Gutzkow auf, er war warm und freundlich, sagte, ich hätte in Deutschland einen bedeutenden Namen. Ein Schauspieler war bei ihm; sie hatten beide Lust, wie sie sagten, »Das Maurenmädchen« im hiesigen Theater aufzuführen; ich brachte es ihm später. Ich fuhr mit dem Omnibus nach Altona, um Marie Schumacher ihr Taschentuch zu bringen, es war eine kalte, langweilige Visite. Mittag mit unserm dänischen Gesandten bei Graf Holck, wo wir Austern aßen und Champagner tranken. Ich bekam ein Billett für Liszts Konzert geschenkt, und zusammen mit den Damen ging ich durch eine Hintertür in das Hotel »Stadt London«, in einen prächtigen großen Saal, der schon eine Stunde im voraus voll war. Ein Judenmädchen lag fett und herausgeputzt auf einem Sofa, sie glich einem Walroß und hatte einen Fächer. Vor allem die Damen waren enthusiastisch; Hamburger Kaufleute schienen bei den Tönen das Gold klingen zu hören, und deshalb spielte ein Lächeln um ihre Lippen. Ich sah Liszt von Angesicht zu Angesicht! Wie sehr große Männer doch den Bergen gleichen, sie nehmen sich auf Abstand am besten aus, da sind sie noch von einem Luftton eingehüllt. Er sah aus, als hätte er im Orthopädischen Institut gelegen und wäre dort ausgerichtet worden, er hatte so etwas Spinnenhaftes, so Dämonisches, und wie er da am Klavier saß, bleich und mit einem Gesicht voll heftiger Leidenschaften, kam er mir wie ein Teufel vor, der seine Seele freispielen sollte! Jeder Ton strömte ihm aus Blut und Seele, er schien mir einer Folter unterworfen. Das war Klein Zaches! Doch während er spielte, kam Leben in sein Gesicht, es war, als tauchte die göttliche Seele aus dem Dämonischen auf. Die Töne waren wie klingende Wassertropfen. Die Augen der

Damen funkelten. Nach dem Konzert wurde er mit Kränzen beworfen (die meisten brachte der Bademeister des Hotels herbei und bat darum, man möge sie ihm zuwerfen; wenn das mit Jungfer Grahn in Kopenhagen geschehen wäre, was hätte sich da für ein Geschrei erhoben, daß das Ganze nur arrangiert sei; denn eine Sache ins schlechteste Licht zu stellen, das können wir Kopenhagener.). [...]

[...]

Dienstag, den 10. November. Nach Magdeburg, eine ansehnliche Stadt mit Festungswerken. Ich trank Kaffee im »Stadt Petersburg« (?) und ging um 7 Uhr, mit einem Anflug von Eisenbahn-Fieber, zur Eisenbahn, um das erste Mal in meinem Leben mit Dampf zu fahren. Mir war, als gäbe ich mich hier meinem Gott anheim. Ich war mit einem Mann zusammen, der am Abend zuvor mit dem Elbdampfschiff gekommen war. (Als wir gestern Braunschweig verließen, sah ich zum ersten Mal einen Dampfwagen, jedoch nur den Rauch, er kam aus Wolfenbüttel und fuhr nach Braunschweig; es sah aus, als sauste eine Rakete in gerader Linie über das Feld.) Heute habe ich es nun selbst ausprobiert. – Jetzt habe ich eine Vorstellung davon, daß sich die Erde dreht, in meiner Nähe bewegten sich Gras und Acker wie das wirbelnde Spinnrad, nur die entferntesten Gegenstände schienen ihre gewohnte Ruhe zu bewahren. Jetzt kann ich mir den Flug der Zugvögel vorstellen, auf solche Art müssen sie die Städte hinter sich lassen. Es war, als grenzte eine Stadt gleich an die andere. Das hat etwas recht Zauberhaftes; ich fühlte mich wie ein Magier, der seinen Drachen vor den Wagen gespannt hatte und nun an den armen Sterblichen vorüberfuhr, die ich auf der Seitenstraße mit ihrem Fahrzeug dahinkriechen sah, als wären sie Schnecken; wenn der Dampf abgelassen wird, klingt es, als stöhnte ein Dämon. – Die Signalpfeife ist abscheulich, man glaubt das Geschrei eines Schweins zu hören, wenn ihm das Messer in den Leib fährt. – In einem Raum, bestimmt für 8 Personen, war ich mit einem Mann allein; mir kam der Gedanke, daß er ja verrückt werden und seinen Raptus bekommen könnte, mir wurde ganz warm dabei. In Köthen stiegen vier weitere Passagiere zu uns ein, einer davon war sehr redselig und hatte eine Stimme wie ein heiseres Frauenzimmer. Für den ganzen Weg von Magdeburg nach Leipzig über Halle, etwas über 15 Meilen, brauchten wir eine Zeit von 7 Uhr bis kurz nach 1/2 11. Ich kehrte in »Stadt Rom« ein, wo ich dieses nun schreibe, hoch oben mit Aussicht auf den Eisenbahn-Hof, ich sehe die Dampfwagen nach Dresden und Magdeburg abfahren. – Um 12 Uhr hatten wir ein heftiges Gewitter, unmittelbar vor dem Haus; ich ging sogleich zur Post und ließ mich für morgen nachmittag nach Hof einschreiben. Wollte Brockhaus besuchen, er ist in Paris, seine Frau empfing mich freundlich, begleitete mich bis zur Tür meines Hotels und lud mich für morgen zum Essen ein. Im Tor bekam ich etwas ins Auge, das quälte mich. Ich trank einen Rum, der mir ganz zu Kopfe stieg. An Holst geschrieben, einen Brief an Edvard angefangen.

Mittwoch, den 11. Die Dampfwagen brausten davon, ich wanderte über die ganze Promenade bis zu Mendelssohn-Bartholdy und fühlte mich angegriffen, er war schon im Gewandhaus auf der Probe. Dort kam er mir liebevoll und froh entgegen, sagte: »Wir haben lange auf Sie gewartet«, lud mich ein, bei ihm zu Mittag zu speisen, doch weil ich zu Brockhaus wollte, mußte ich dankend ablehnen. – Er bat mich, ihm ein paar Worte auf ein Blatt zu schreiben, und ich gab ihm die Kantate von Hartmann. Ich hörte die Probe einer Beethoven-Symphonie (ich glaube, es war die 7.) – er drückte mir liebevoll die Hand, erzählte mir, man habe ihm während seiner Krankheit »Nur ein Geiger« vorgelesen; an den Namen Frau Drewsen konnte er sich nicht erinnern, dagegen an den Namen Collin, »die junge Dänin«; er sagte, er wolle heute zum Postamt kommen, um mir Lebewohl zu sagen! – In der Stadt herumgelaufen; zum Friedhof gegangen, wo Gellert begraben ist. Als ich zuletzt hier war, wurde ich begleitet von Oehlenschlägers Tochter, der blühenden, lebensfrohen Lotte; wir schrieben unsre Namen auf das Holzgitter, und sie zeichnete einen

Kranz darum; jetzt war das Gitter übermalt, ja, vielleicht schon viele Male, und mit neuen Namen überschrieben; nur der Name auf dem Grabstein war derselbe, er wird stehenbleiben, während die vielen Namen, wie neue Menschengeschlechter, vergehen. Lotte ist nun auch im Grab, seitdem wir hier gestanden haben, rann ein kurzes, bewegtes Leben für sie dahin. Eine alte Frau zeigte mir das Grab von Gellert. »Gute Menschen werden immer aufgesucht«, sagte sie, »er war ein großer Mann!« – Ich stand etwas wehmütig da und dachte an Lotte. Aß zu Mittag bei Brockhaus, Vater Brockhaus saß auch am Tisch und bat mich um eine Notiz aus Italien. Frau Brockhaus hatte schriftlich bei Mendelssohn angefragt, ob er mit uns speisen könne, doch wir bekamen jeder einen Entschuldigungsbrief, und in meinem lag eine musikalische Komposition. Es tat mir leid, daß ich nur so kurz in Leipzig war. Um 4 Uhr fuhr ich mit dem Eilwagen weiter; ich schloß Bekanntschaft mit einem jungen Herrn aus Zwickau, der sich freute, mit mir zu reisen, er liebte Literatur. Wir kamen über Borna nach Altenburg, wo wir zusammen in einer großen Gesellschaft zu Abend speisten, wir trugen unsre Reisekleider; ich mußte ihm ein paar Worte auf ein Blatt zur Erinnerung schreiben. Der Kellner, der mir in den Überzieher half, kratzte mir mit ein paar wahren Tigerklauen ein Loch am Handgelenk, das schmerzte und brannte die ganze folgende Reise. Das Schloß liegt auf einem Hügel, die Pleiße fließt vorbei; hier ist es recht hübsch. In Zwickau stieg eine dicke blonde Dame in den Wagen, sie schien ein verkleidetes Mannsbild zu sein und war gewiß taub, denn sie antwortete auf meine wiederholte Anrede mit keinem Wort; der Kondukteur sagte, sie solle meinen Platz haben, was ich für Betrug hielt, aber sie kam aus Dresden, und das nennt man die »Hauptroute«. Sie hatte in Figur und Manier Ähnlichkeit mit der Schwester des Agenten Zinn.

[…]

21. November. [München] Prachtvoller Sonnenschein und Frost; ich besuchte Holms, die in der Oberen Gartenstraße wohnen, ging im Schloßgarten spazieren und heim, um zu arbeiten, aber dort waren weder Holst noch die Wirtin, ich kam nicht hinein und mußte mich solange herumtreiben. Es ist Winter! Als ich endlich ins Haus gelangte, wischte die Wirtin in unserem Zimmer den Fußboden; ärgerlich lief ich herum. Gegen Abend Spaziergang allein.

Ich habe gesehen, wie der Rosenbusch neue Zweige treibt und Blüten setzt, wie sich das Kind zur schönen Jungfrau entwickelt, doch eine Stadt heranwachsen sehen! Ja, so geht es mir mit München, der alte Teil der Stadt gleicht einem kräftigen Rosenbusch, der Jahr für Jahr neue Zweige treibt, die größer und größer werden; und jeder Zweig ist eine Straße, jedes Blatt ein Palais, in der Straße prangen Kirchen und Denkmäler, alles so neu, so frisch; »ich bin heute entsprungen«, duftet jedes Blatt, jeder Zweig! Bilder prangen an der Mauer, als hätte der Wind Samenkörner von Pompejis Früchten hierhergetragen; am Fuß der Alpen, wo im hohen Bayernland der Hopfen wächst, erhebt sich Germaniens Athen! War im Odeon, einem prächtigen Säulensaal mit Deckengemälden. Thalberg gab ein Konzert, ja, er war es, der neben mir im Theater gesessen hatte. Alles war richtig und festlich, der König, die Königin, der Kronprinz, außerdem drei Prinzessinnen und zwei Prinzen waren da! Während des Zwischenakts unterhielten sie sich sehr lebhaft mit Bekannten im Publikum. Thalberg spielt mit einer verblüffenden Fertigkeit, er ist sehr ruhig, scheint selbst nicht hingerissen zu sein, er war nicht so original wie Liszt, keiner von ihnen hat mein Gefühl angesprochen; Thalberg wendet sich an den Verstand, Liszt an die Phantasie. Th schien mir etwas Vornehmes, Ruhiges zu haben, das mir nicht gefällt. Der Eintritt kostete nur einen Gulden.

Sonntag, den 22. November. Schnee und Regen! Wurde von Tiermaler Holm in den Kunstverein eingeführt, wo es einige gute und mehrere schlechte Arbeiten gab. Blieb den ganzen restlichen Tag zu Hause und schrieb einen langen Brief an Vater Collin, während des Schreibens mußte ich weinen. Besuch von dem Maler Storch. Bekam von Dr. Kolb in Augsburg einen ganzen Packen der »Statstidende« und die norwegische »Constitutionelle«. Abends in der üblichen Kneipe »Stachus«.

Montag, den 23. November. Ekliger Schneematsch, den Brief an Vater Collin abgeschickt, in die Glyptothek gegangen, herrlich sind der »Bacchus«, das »Haupt der Medusa«. Thorvaldsens »Adonis«, die Büste der »Vittoria Caldoni aus Albano«. Ich lasse meinen Schnurrbart wachsen. – War in einer großen Abendgesellschaft bei dem berühmten Porträtmaler Stieler; seine Frau hatte vorgestern »Nur ein Geiger« gelesen und sofort in der Leihbibliothek nachfragen lassen, ob es nicht mehr vom selben Dichter gebe, man hatte nein geantwortet, jedoch hinzugefügt, der Dichter sei persönlich in der Stadt. Da war Frau Stieler im schlimmsten Wetter zu Frau Storch gelaufen, die Dänin ist, und hatte sich erkundigt, ob sie mich kenne. So wurde ich eingeladen, zusammen mit dem Philosophen Schelling, dem berühmten Cornelius und einer ganzen Menge vorzüglicher Künstler, die ihre Gattinnen mitbrachten; hier war es sehr elegant. Cornelius kam mir sehr liebenswürdig entgegen, und als ich ihn später fragte, ob ich ihn besuchen dürfte, sagte er: »Ich bitte darum, bitte sehr darum! Künstler müssen zusammenleben, Dichter und Maler.« Er stellte mich seiner zweiten Frau vor, die Römerin ist; die Tochter ähnelt ihm. Ein musikalisches Fräulein Lang sang und spielte. Ich brach nachts um 12 Uhr von dort auf. Sie wollten mich dazu überreden, über Weihnachten hier zu bleiben. Frau Stieler sagte, wenn sie einen armen Jungen mit einem großen musikalischen Genie treffen würde, dann wollte sie es ausbilden lassen, und wenn er dann als großer Künstler zu ihr käme und sich bedankte, dann wollte sie sagen: »Gehen Sie nach Dänemark und danken Sie dem Autor von ›Nur ein Geiger‹!« – Man trank auf mein Wohl. Ich verehrte Fräulein Lang die Kantate von Hartmann.

[...]

Freitag, 27. Strenger Frost, mein Zahnfleisch kaputt und wund. Zu allererst ist mein heutiger Besuch bei dem Maler

Kaulbach festzuhalten. – In dem vordersten Atelier standen einige junge Maler, ein junges Mädchen diente als Modell und lag ausgestreckt wie eine Schlafende da, einer der Maler spielte Gitarre und sang dazu ein »Ora pro nobis«, das Ganze bildete ein großes lebendiges Gemälde, wie ich es in dieser Art noch nie gesehen habe. In dem größeren Zimmer, das ich dann betrat, war Kaulbach, ein blasser junger Mann mit einem genialen Gesicht, jedoch leidenden Zügen, er kannte meinen Namen und drückte mir liebevoll die Hand, gab mir eine gedruckte Erklärung seines neuesten Gemäldes, das als Karton vor mir stand. – Es ist das erste Mal, daß ich mich hier in München, ja, auf meiner ganzen bisherigen Reise, begeistert, froh und beschenkt gefühlt habe. Alles, was ich bei anderen jüngeren Malern an Schönem sah und fand, erscheint mir nur wie Studien zu diesem; ein ähnliches Gefühl, wie ich es hatte, muß einen überkommen, wenn man nach der Lektüre von ein paar kleinen Lustspielen, ein paar lyrischen Gedichten und Alltagsnovellen nun Dantes »Divina commedia« und Goethes »Faust« liest. Es liegt etwas so Großartiges darin, daß man das andere, und wenn es in seiner Art noch so vollendet ist, wenn nicht untergeordnet, so doch viel weniger wirkungsvoll findet; und ich sah doch nur dieses eine Bild als Karton, schwarz und klein ausgeführt – welch eine Wirkung wird es dann in Farben haben, es muß einen Platz in der Welt der Kunst gewinnen wie Michelangelos »Jüngstes Gericht« in der Sixtinischen Kapelle. Es ist »Die Zerstörung Jerusalems«, die Propheten, die Jerusalems Fall verkündet haben, schweben in der Luft, und nun fliegen die sieben Engel mit flammenden Schwertern aus. Die Not des jüdischen Volkes, der brennende Tempel, die eroberte Stadt, die Römer pflanzen ihre Adler um den heiligen Altar auf. Titus zieht mit den Liktoren über die gestürzten Mauern ein! – Im Vordergrund tötet der Hohe Priester sich selbst und seine Familie; rechts im Bild verläßt eine christliche Familie die Stadt, begleitet von zwei Engeln; links der Schuhmacher von Jerusalem, als Repräsentant des Judentums, fortgejagt von drei Dämonen. – Ich spürte bei diesem Anblick, daß sich auch bei mir etwas regte; meine frühere Dichtung, die ich beabsichtigt hatte, »Der Schuhmacher von Jerusalem«, erfüllte mich wieder! Ich war froh und reich an Gedanken. – Ich sah Kaulbachs Skizze zu seiner berühmten »Hunnenschlacht«, er erklärte sie mir. Oh, welch eine Phantasie! Wie diese Riesengeister schweben! Wie herrlich sich Attila erhebt, auf dem Schild durch die Luft getragen! Kaulbach zeigte mir prachtvolle Zeichnungen zu Goethes »Faust« und zum »Reineke Fuchs«. – Er lud mich ein, mit ihm zu Mittag zu speisen, was ich jedoch abschlug, und frohgestimmt von all der gesehenen Herrlichkeit, frohgestimmt durch den freundlichen Empfang des liebenswürdigen Künstlers wanderte ich davon. [...]

28. November. Heute nacht das Bett mit H getauscht; schlecht geschlafen, habe den Aufenthalt hier satt – nichts zu sehen! Es ist nun abgemacht, daß Holst hier bleibt. Blunck kommt mit dem Unsinn, er hätte nicht geglaubt, daß es mir mit der Abreise ernst sei; große Szene zwischen H und mir! Er scheint darüber betrübt zu sein. Ich fahre nun am Mittwoch allein nach Rom, so Gott will! – Ich habe jetzt die sieben mageren Kühe des Pharao ausprobiert, Italien gebe mir die fetten!

29. November. [...] Gestern kam ich an einem Buchhändler vorbei und sah inmitten der »Classischen Bibliothek des Auslandes« meinen »Improvisator«, ich fragte nach dem Preis: 30 Kreuzer! – Als man mir ein Exemplar gab, sagte ich: »Aber das ist nur der erste Teil.« – »Doch, das ist das Ganze!« sagte der Buchhändler. »Nein«, antwortete ich, »das ist nur der erste Teil.« – »Aber ich habe das Buch gestern gelesen!« sagte der Buchhändler. »Kam es Ihnen denn nicht so vor, als endete es ein wenig abrupt?« fragte ich. – »Doch, gewiß, wie die neueren französischen Romane, es endet pikant!« – »Ja, aber das ist doch nur der erste Teil!« sagte ich. »Aber ich sage Ihnen, ich habe es gelesen!« entgegnete er. »Aber ich habe es geschrieben!« erwiderte ich, und nun wurde er die Liebenswürdigkeit und Verwunderung in Person. – Heute Schelling besucht, der mich sehr freundlich empfing und versprach, bis morgen in mein Stammbuch zu schreiben. Im Theater »Guido und Ginevra«; nachdem sie sich aus dem Grabgewölbe herausgearbeitet hatte und aus der Kirche entschlüpft war, wurde sie (Madame Mink) hervorgerufen und mußte ins Gewölbe zurück, um sich zu bedanken. Am selben Abend von Holms verabschiedet.

[...]

[Von München fährt Andersen am 2./3.12. über Garmisch-Partenkirchen und Seefeld nach Innsbruck.]

Freitag, den 4. Dezember. [...] Um 5 Uhr fuhr ich mit Professor Becker von Innsbruck ab; es ging sogleich hinauf ins Gebirge, der Abend war so mondhell, die Luft so rein. Die schneebedeckten Berge sahen aus wie eine schimmernde Silberwolke; wir fuhren an tiefen Abgründen entlang, die sich im Mondschein tiefer ausnahmen, als sie in Wirklichkeit waren. Manchmal funkelte direkt über dem Gipfel ein heller Stern, der ganz aussah wie ein Feuer dort oben. Jetzt liegt vielleicht unten in der Hütte der Hirtenjunge, hört das Posthorn und sieht den Wagen am Bergesrand wie eine Fliege am Balkenrand kriechen. Er guckt aus dem Fenster, das fast verdeckt ist von Maiskolben, die wie ein Vorhang an der Mauer hängen und nur einen kleinen Raum offen lassen. An allen Häusern ist das gleiche Bild der Madonna, sogar die Farbe der Kleider, die Stellung ist gleich. Welch eine Stille hier in den Bergen, nur das Rauschen eines Bachs, wir rollten dicht am schwindelnden Abgrund, durch Schönberg nach Steinach, wo wir Freitagskost aßen, Eierbier, Eier, Forellen und Kuchen. Hier gab man uns etwas Stroh in den Wagen, ich hatte zwei Mäntel und einen Umhang und kam mir doch sommerlich gekleidet vor. Es war windstill, aber die Kutschenfenster froren ganz und gar zu; Schnee lag hier nur wenig, um 12 Uhr erreichten wir den höchsten Punkt des Brenners. Ich sprach mein Gebet zu Gott und bat ihn um Wahrheit, gute Ideen und Glück!

Samstag, den 5. Dezember. Der Weg führte nun ohne große Tiefen bergab, ich schlief diese Nacht überhaupt nicht, denn ich wollte mich umsehen; der Professor ödet mich jetzt mit seiner Geschwätzigkeit an; allen Leuten erzählt er, wie viele Meilen (von Leipzig) er schon gereist sei, wie viele 100 er (bis Sizilien) noch machen müsse, und dann kommt von ihm oder seinem Pelz so ein muffiger Schulgeruch; seine Zähne sind schmutzig, und dann lutscht er Brustzucker; er knabbert an einer Wurst aus Leipzig, die also 101 Meilen gefahren ist. Er will mich unbedingt mit nach Parma nehmen, denn das Ziel seiner Reise besteht darin, vor allem Correggio zu studieren, und die berühmtesten Sachen dieses Meisters sind in Parma und Dresden; er führt eine riesige Karte mit, die er ständig studiert, mit falschem Ergebnis, während meine kleine stets die richtige Auskunft gibt, wie der Kutscher bestätigt. Wir fuhren am rauschenden Fluß entlang, die uralten Felsen sind so wunderlich zerbröckelt und zerbrochen, sie schienen mir zuerst mit Runen und Hieroglyphen bedeckt zu sein, doch als ich sie genauer betrachtete, kamen sie mir wie große Wände mit Grabmälern vor, wie das Grabmal ausgestorbener Geschlechter, jedoch mit einer Inschrift von Sturm und Regen, im Verlauf der Jahrtausende halb ausgelöscht von der Zeit. Es war, als hätte jeder Mensch auf Erden, selbst das totgeborene Kind, der erbärmlichste Bettler, sein Denkmal, das alle Geschlechter kennen; wenn die Berghänge voll sind, dann zerbröckeln sie in Jahrtausenden, und für die Nachfolgenden erscheinen dort neue Bilder; wunderlich durcheinandergeworfen standen die seltsamen Tafeln da. Hier ein Jäger, der grün aus der Bergtrift herauswuchs und wehte, wie einst sein Federbusch geweht hatte, da ein harnischgekleideter Ritter, dort mißgebildete Zwerge mit Halskrausen; und der Fluß rauschte weiter mit seinem Totenlied, wie schnell das Irdische zerrann. Ich dachte an meinen Schuhmacher von Jerusalem, ihm können diese Ideen kommen. Über Brixen gelangten wir gegen 12 Uhr nach Bozen; einzelne Laubbäume haben noch Blätter. Ich stieg im Hotel »Zum Mondschein« ab; im hiesigen Theater gibt es heute abend italienische Oper: »Lucia di Lammermoor«. Ging auf dem Camposanto spazieren, viele neue Gräber waren hinzugekommen, seitdem ich ihn zuletzt besucht hatte, die Zeit erschien mir so kurz; ein Mönch ging die schmale Straße hinunter, weiße Ochsen zogen den Wagen des Bauern. Von meinem Fenster sehe ich heute abend hohe Berge bis dicht an die Straße.

[...]

Sonntag, den 13. Dezember. [Florenz] [...] Heute morgen träumte ich, ich sei nach Rom gekommen und begegnete dort Vater Collin, Gottlieb und allen Kindern; man erzählte mir, mein Stück »Das Maurenmädchen« sei ausgepfiffen, man habe es nur einmal gespielt; nach dem Gepfeife sei es so heftig beklatscht worden, daß ein Diplomat sagte, wenn man das unterstreichen sollte, dann würde der Strich bis weit über Kongens Nytorv reichen. [...]

[...]

[...]

Sonntag, den 3. Januar. [Rom] Meine Kopfschmerzen haben sich arg verschlimmert. Ging in [die Kirche] Maria Maggiore, auf den Monte Pincio, in die Kirchen San Loyola und Marcello am Corso, wo munter die Orgel spielte. Das Wetter ist ganz wunderbar. Am Tiber spazierengegangen. War in San Luigi dei Francesi, über der Tür hing ein Porträt von Louis Philippe; zur Linken ist das Grab von Claude Lorrain, die Figur auf dem Denkmal schien mir keinen großen Kunstwert zu besitzen; hier gibt es Gemälde von Lanfranco und Guido Renis Kopie von Raffaels »Heiliger Cecilia«. Ging in die Kirche Andrea della Valle. Die Kuppel ist von Lanfranco ausgemalt. Fühlte mich krank, ging nach Hause, und in meiner Einsamkeit dachte ich an meinen Wunsch, im Ausland zu sterben! Dachte an meine Lieben daheim und wurde wehmütig. – Ging kurz auf den Monte Pincio, wo ich Küchler traf, der mich in Stimmung zu bringen versuchte; ging dann ins Caffè Greco und trank »té miele«, der mich aufwärmte, mir wurde etwas besser, aber es drückt in Ohr und Hals. Nachmittags sah ich in der Via di Ripetta ein altes Palais; der hohe Bogengang mit kunstvoll gemeißelten Marmorsäulen umschloß einen kleinen viereckigen Hof, zwischen den Säulen standen Statuen und in den Nischen beschädigte Marmorbilder, an der Mauer prangten Basreliefs, und noch höher standen in runden Bögen riesige Häupter von römischen Kaisern, jedoch mit Gras und Schlingpflanzen überwachsen, alles war schmutzig und mit staubigen Spinnweben bedeckt. Im Hof selbst lagen zwischen den aufgestellten Marmorsarkophagen Kohlstrünke, Zitronenschalen und zerrissene Strohhüllen von Weinflaschen; noch schmutziger als der Hof war die breite Marmortreppe, die hinauf zu den Sälen führte, und barfüßige, verfrorene Betteljungen, mit einer zerlumpten Decke wie einen Umhang über der Schulter und einer kurzen Tabakspfeife aus Rohr im

Mund, lagen da und spielten Karten. Zwei Bauern trieben mit langen weißen Stöcken mehrere Puter über den Hof, und oben am Fenster stand eine alte Signora und schüttelte ihre Laken über die wandernde Schar aus. – Besuch von Jerichau; er erzählte mir von seinen Leiden und Krankheiten. Eine davon soll in Gedanken vor mir stehen, wenn mir die Sünde ihre Frucht der Erkenntnis zeigt.

[...]

Freitag, den 8. Nein, eine derartige Schmerzensnacht habe ich lange nicht erlebt! Gicht im Hals und Zahnschmerzen bis zum Wahnsinn! Ich krümmte mich wie ein Wurm, brannte fieberheiß und mußte wegen der kalten Luft im Zimmer den Kopf ins Laken wickeln; erst in der Morgenstunde schlief ich ein. Ging nun zu »Lepre« und fand einen Brief vom Vater. Da er von ihm und nicht von Edvard war, befürchtete ich Schlimmes; dem war auch so, »Das Maurenmädchen« hatte keinen Erfolg gehabt und wird nur zweimal gespielt. Als meine Landsleute mich fragten, was der Brief vermeldet habe, mußte ich es ihnen sagen. – Den ganzen Tag Hals- und Zahnschmerzen. Briefe an den Vater und an Madame Holst geschrieben. Die Reise nach Konstantinopel und Griechenland aufgegeben! Zu Hause und krank; lese Ingemanns »Prinz Otto«.

Samstag, den 9. Eine Nacht so schrecklich wie die vorherige! – Gegen Morgen schlummerte ich ein wenig, träumte aber, mein Kopf sei aus Stein, und jemand schlage mit einer Axt darauf, ohne daß er zerspringen wollte; ich wachte auf und spürte diesen ganzen Schmerz; Fieber davon. Ging zu Castenskiold, der am Schicksal des »Maurenmädchens« großen Anteil nahm. Von Edvard kein Brief, ich schickte nun meinen an Vater Collin ab, darin einen an Frau Collin, einen an Madame Holst und einen an Theodor; als das getan war, ließ die Gicht nach, doch jetzt gegen Abend quält sie mich wieder; ich habe mich den ganzen Nachmittag im Haus gehalten und bin sehr leidend; damit beschäftigt, einen Überschlag über mein Geld und die weitere Reise zu machen. Ein Fußbad mit Salz und Essig genommen, bevor ich ins Bett ging.

Sonntag, den 10. Bedeutend besser. Führte Alexander Brun zum ersten Mal in die Peterskirche. Letzte Nacht hat in Rom die Erde gebebt. – Brun und C. Hansen aufgesucht, ohne jemanden anzutreffen. Das Wetter war schön, aber kalt; fühlte mich krank, mein Gemüt traurig; auf den Monte Pincio gegangen und wieder unter Zahnschmerzen gelitten. An den Tod gedacht. Abends Besuch von C. Hansen. In der Abendstunde dichtete ich:

Wo Cestius ruht in seiner Pyramide,
Sing, Vöglein klein, recht lustig mir am Grab,
Gott schenkte beiden uns Talent zum Liede,
Deins bringe Freude – meins nur Kummer gab!

[...]

Samstag, den 16. Ging in die Kirche San Marcello, wo bunte Seidengardinen zwischen den Säulen hingen. Zum Monte Pincio spaziert. Ging in [die Kirche] Maria Maggiore und danach in die Nonnenkirche Santa Susanna und die gegenüberliegende runde Kirche San Bernardo, beide in der Via Pia in der Nähe des Springbrunnens mit dem Moses, wanderte dann wieder zur Kirche San Marcello, wo das Fest nun vorbei war. Die Post ist heute nicht eingetroffen, also morgen, da werde ich sehen, ob ein Brief von Holst dabei ist. War im Teatro Fiano und sah ein neues Stück, »Claudina«, das zu viel Ähnlichkeit mit einem wirklichen, langweiligen Stück hatte, um zu amüsieren; ich saß in der Rang-Loge, für 2 Paoli. Chor und Tanz waren am lustigsten. Løffler ist krank, Margherita mault, Gott weiß, was ich ihr getan habe. Wie einsam ich doch bin; jeden Abend ab 1/2 6 zu Hause; ich werde vom Lesen müde und schaue dann alle Augenblicke zur Uhr, ob es noch nicht nach 9 ist, damit ich ins Bett gehen und mich in einen neuen Tag schlafen kann! – Ich habe keine Angst mehr vor Überfällen; manchmal kommt mir gar der Gedanke, daß es gut wäre, wenn ich erschlagen würde; es ist mir wohl klar, ich habe nichts mehr, um dafür zu leben, selbst die Kunst ist mir etwas Ungewisses, die Lust, Erwähnung zu finden, ist so groß, daß es mir interessanter erscheint, plötzlich zu sterben, ja, ich begreife meine Schwäche, sehe meine Fehler! – O Gott, gib mir bald einen großen Gedanken oder große Freude oder den Tod! Im ewigen Rom, wo soviel Blut geflossen ist, das Tod und Qual und Verwünschung über so viele ausgesandt hat, was ist da mein Leid. – Neulich sah ich im Kolosseum eine Mücke, die in einer Spinnwebe zappelte, so zapple ich hier, gefesselt von Erinnerungen, in die mich die Parze meines Lebens eingesponnen hat. – Wie funkeln die Sterne heute abend; das habe ich genauso hell im Norden gesehen, doch hier scheinen sie höher zu sitzen, und je mehr ich schaue, um so mehr erfüllen sie den Himmel bis ins Unendliche.

[...]

Freitag, den 22. Kopfschmerzen und Schwindel; heute naßkaltes Wetter und Wind von den Bergen. Ich bin heute wieder zum Postamt gegangen, um nach einem Brief von Holst zu sehen, aber wie üblich nichts; ich fühlte mich so krank, daß mir das Gehen unangenehm war. War in der kleinen Kirche bei der Fontana di Trevi, wo es ein Fest gab. Der heutige Tag scheint der magerste zu werden. – Wäre er doch der letzte meines Lebens! Was habe ich! Was erwartet mich! – Oh, ich fühle es in seiner ganzen Bitterkeit. Meine Freunde in der Heimat schicken mir die giftigen Tropfen deshalb, weil sie nur in Sorge wegen meiner Mängel leben, sie sehen, daß meine Feinde auf meine Mängel zeigen, und leben nur darin! – Ich glaube an nichts außer an einen Gott, aber ich setze meine Hoffnung nicht auf ihn! O weh mir! Mein Gedanke wird ein gefallener Engel, der im ewigen Nichts versinkt! Worauf sollte er sich stützen können! – An Jette Hanck geschrieben.

[...]

Dienstag, den 26. Wegen Holst weiß ich immer noch nichts! Auch heute abend sind die 3 fehlenden Postsachen nicht gekommen. – Heute war es sehr kalt, aber die Sonne schien herrlich; meine Zähne waren wie tot, die Nerven schmerzten jedoch, ich fühlte mich mißgestimmt. Ging zum Kolosseum, wo sich das Volk in einer warmen, sonnigen Ecke sammelte;

ich ging hinauf zur Via dei Palatino, wo sich die Kaiserburg befindet; der Aufgang ist mit Stationen [geschmückt]. Heute bin ich gewiß siebenmal auf dem Postamt gewesen, aber immer hing dort das weiße Papier, die Kuriere seien nicht gekommen. Nachmittags zu Hause und den Anfang des Verlaufs meines »Ahasverus« aufgeschrieben. Heute abend, als ich das Caffè Greco verließ und den Geldbeutel hervorzog, um einer armen Frau einen Bajocco zu geben, sah ich den ersten Neumond im neuen Jahr. Jetzt werden wir sehen, ob mir dieses Jahr einen guten Beutel Geld bringt. Den ganzen Abend so mit »Ahasverus« beschäftigt, daß ich mich angegriffen davon fühlte.

Mittwoch, den 27. Das schönste Wetter, das man sich wünschen kann. Das Fest des Heiligen Chrysostomos wurde begangen, sein Schädel war in einer der Seitenkapellen der Peterskirche ausgestellt; der Gesang war ganz wunderbar, ein junger, etwa siebzehnjähriger Kastrat sang so rein, so unschuldig, dazu ein vorzüglicher Tenor. Einen so schönen Gesang habe ich lange nicht gehört. Ich sah mich recht in der Kirche um; in den Nischen stehen die Stifter der verschiedenen Mönchsorden in Marmor gemeißelt. Der Prophet Elias wird zum Stifter der Karmeliter-Mönche (?) gemacht, er hat als Emblem ein brennendes Rad. Ich ging außen um die Peterskirche herum. Spazierte dann auch zur Porta Angelica hinaus, jetzt waren hier nicht wie bei meinem letzten Besuch Räuberköpfe über dem Tor befestigt. Endlich kam der Postbote, man hatte heute den fünften Tag auf ihn gewartet, er brachte jene Zeitungen, die letzten Samstag und Montag hätten hier sein sollen. Noch immer kein Brief von H-. Auf den Monte Pincio spaziert und mit Müller und Rothe in die Ausstellung am Tor gegangen. [...] – Rothe erzählte mir, in seinem Brief habe gestanden, welch ein Aufsehen Heibergs neue Gedichte daheim erregten und daß mein Stück keinen Eindruck gemacht habe, daß ich auch *eigentlich Lyriker* und kein Dramatiker *sei.* Diese wenigen Worte wirkten auf meine Stimmung ein, die sich durch die Beschäftigung mit dem »Ahasverus« doch so gut erholt hatte. Ich wanderte zur Villa Borghese, wo ich diesmal jedoch nicht auf dem Hügel war. Eine vornehme Equipage näherte sich, die Dame darin nickte mir sehr freundlich zu, sie hat mich für einen Bekannten gehalten; alles war grün, aber so dunkelgrün. Ich ging zu Raffaels verlassener Villa, betrachtete die öden Mauern, die den Monte Pincio halten, alles sah im Sonnenschein traurig aus, wie mein Gedanke. Ich konnte keine Veränderung seit meinem letzten Besuch erkennen, der Wasserfall plätscherte wie zuvor, die Pinien hatten dieselben Formen, und ich glaube, meine Stimmung war dieselbe. Als ich, staubig von der Wanderung, zurück in meine Straße kam, begegnete ich einer Leichenprozession, ein junger Mensch (der Sohn von Løfflers Wirt) war vorgestern an Typhus gestorben und wurde nun zu Grabe getragen. – Jetzt sitze ich wieder allein zu Hause, die Lust, am »Ahasverus« zu arbeiten, ist erloschen, doch sie wird wiederkehren. Bulwers »Rienzi, der letzte Tribun« ausgelesen; Brief an Ingemann angefangen.

[...]

Sonntag, den 7. [*Februar*]. Heute morgen erwachte ich um 1/4 4 und stand dann auf, um mir die Mondfinsternis anzusehen, aber ich sah keine. Heute sommerlich warm, bin aber nicht wohl; hörte in [der Kirche] Trinità dei Monti die Nonnen singen, eine Nonne war schön. In der Kirche sieht man ein brennendes Herz, umgeben von einem Dornenkranz; das kann bedeuten: Das Herz soll vor Gott in den Dornen der Erde flammen; es kann aber auch bedeuten: Mein Herz brennt, doch es wird von einer Dornenfessel umschlossen. – Habe Angst, wahnsinnig zu werden. Keine Briefe! – Ging erstmals ohne Oberbekleidung aus und fühlte mich wohl; wanderte den Corso hinunter, über das Trajansforum und zurück über den Quirinal. – Zu Hause weniger gesund. Rørbyes besucht; zum Essen sollte ich zu Bruns und nach Tisch »Das Maurenmädchen« lesen. Als ich um 4 Uhr mit Rothe und Müller zum Monte del Trinità ging und auf Holst schimpfte, da steht er plötzlich vor mir und küßt mich. Ich empfing ihn etwas kalt; er sagte, er habe mir in Verona geschrieben, den

Brief jedoch einem Cameriere übergeben. Er ist am 3. Januar von München abgereist und war 14 Tage in Venedig; ich zeigte ihm unser Logis, ging dann zu Bruns. Mittagessen dort mit Küchler und Erichsen, nach Tisch »Das Maurenmädchen« vorgelesen. Ging 1/2 9 in Franz' Hotel zu Holst, er las mir ein Gedicht vor. Um 10 Uhr war ich zu Hause, beendete nun meinen Brief an Frau Ørsted. Die Mondfinsternis war Freitagnacht und nicht Samstag, Rothe und Brun sind die ganze Nacht herumgetrabt, um sie sich anzusehen.

[...]

Dienstag, den 9. Mit Holst zum Kolosseum, Forum und Kapitol gegangen, wo wir uns wegen eines Regenschauers unterstellen mußten, danach durch das Pantheon. Ich wußte schon in der Morgenstunde, daß im Caffè Greco zwei Briefe für mich lagen, doch ich verspürte deshalb keine Eile, ich wußte ja nicht, ob sie mir nicht Böses brachten, denn sie waren aus Dänemark, deshalb holte ich sie erst am Mittag ab. Der eine war von Collin, der mir mitteilte, daß über meinen Antrag noch nicht entschieden sei und daß das Theater »Das Maurenmädchen« wohl nicht als ein ganzes Stück bezahlen wolle. Der zweite war schwesterlich von Jette Wulff, doch sie redete mir zu wie einem Kind, wollte mich glauben machen, mein Stück sei mit großem Beifall aufgenommen. Meine Stimmung wurde immer schlechter; am Abend grenzenlos leidend; verbittert über all die Eiseskälte in Edvards vorigem Brief. Holst sprach diplomatisch, Rothe tröstete liebevoll und schön; er war teilnahmsvoll und wollte mich aus- und fort von mir selber führen, aber ich blieb.

[...]

Montag, 15. Bekam einen Brief von Vater Collin, der kühler war als sonst. Brief von Frau Læssøe, aus dem ich erfuhr, daß ich in Heibergs neuem Buch sehr schlecht behandelt bin. Collin wünscht, daß ich sofort heimkehre. Mein Gemüt sehr bewegt. Holst unsanft, Rothe sehr teilnahmsvoll und gut. Kampf in meiner Seele, ob es von Nutzen sei, daß ich lebte, oder nicht! Kann ich ein vorzügliches Werk schreiben, dann macht all die Verhöhnung zu Hause gar nichts, doch wenn ich es nicht kann – dann wäre es besser gewesen, ich hätte neulich meinem Gedanken in Tivoli nachgegeben und mich in die Tiefe gestürzt. In der Abendstunde gleichgültig gegenüber allem; ging ins Theater Aliberti und sah drei Akte von »Byron in Venedig, England und Missolonghi«; selbst im Theater waren viele karnevalsgekleidet. Ich habe mich heute im Karneval herumgetrieben, als wäre dies eine Qual; alles war so lustig! Der Hirte schickte mit seiner Leiter Blumensträuße zum zweiten Stock hinauf. Zwei liefen auf mannshohen Stelzen herum. Hillerup hat Holst einen Punkt aus Heibergs Buch über mich mitgeteilt; Agerskov erzählt, man habe »Das Maurenmädchen« ausgebuht. – Heute morgen Reinick besucht.

Dienstag, 16. Februar. Regenwetter; deshalb war der Karneval heute weniger lebhaft, obwohl Leute genug. Ich sah Pierrots, gekettet an Schornsteinfeger; vor dem Palazzo Rospigliosi wurde ein Mann von den rennenden Pferden getötet. – Heute hatte ich mich amüsieren wollen, das Wetter erlaubte es nicht. Am Morgen schrieb ich eine satirische poetische Epistel an Heiberg, die Holst natürlich zu gemein fand, indessen kam ich dadurch in Laune und habe mich den ganzen Tag munterer und zufriedener gefühlt. Das Gedicht soll nicht heimgeschickt werden. Im »Lepre« mit Murphy gesprochen. Gestern Brief an Jette Wulff mit einem Zettel für Ingeborg geschickt.

Mittwoch, 17. Februar. Ging zu Kolb, traf ihn jedoch nicht zu Hause an. Der Karneval munter! Hirten schicken Blumensträuße hinauf zu den Damen. Ich selbst war weniger traurig; sah mir auf Paulsens Balkon das Pferderennen an. Der Mann, der gestern zu Tode gekommmen war, hatte sich vorgedrängt, um einem Pferd etwas abzureißen, und da hatte ihm das nachfolgende Pferd seinen Huf auf die Brust gesetzt, so daß er tot umfiel. Hier gibt es eine Ordnung, ein wunderbares Gespür für das Schickliche, selbst bei dem Allereinfachsten, wie es im Norden nicht zu finden wäre, die Art, wie sich die Leute grüßen, ist so graziös. Ein Zug von Pierrots auf Eseln.

[…]

Dienstag, den 23. Der letzte Karnevalstag. Brief an Frau Balling geschickt, auf dem Postamt meine Adresse in Neapel hinterlassen und mich von Eddeliens und Rørbyes verabschiedet. – In der Via di Ripetta gab es viele Volksszenen; eine kopflose Dame; ein Lotterieverkäufer, dessen Hut in einer kleinen Luftblase endete; eine hübsche Dame in Reitkleidung. Die Leute waren wie außer sich; ich stand bei Bruns auf dem Balkon, als das Moccolo begann; die ganze Straße wimmelte von Lichtern! Taschentücher an langen Rohren wehten und löschten aus; ich hatte gerade ein Bund Wachslichter gekauft, man riß sie mir alle weg und schrie: »Senza moccolo!« Nicht weit von Bruns Balkon saß ein alter Herr, der mit einem großen Papier an einem langen Rohr unsere Lichter löschte, doch wir konnten dieses Papier nicht in Brand stecken. (Ich habe neulich, als Pulcinella, ein Herz aus Papier gerissen und es der Nachbarin gegenüber, einer Schauspielerin, gezeigt.) – Welch ein Jubel! Aber morgen ist es hier still, die Kirchen werden geöffnet, dort ertönt der feierliche Gesang. Man ist dieser Wildheit müde. Es tut dem Gemüt gut, sich zu sammeln. Das Leben des Römers ist ein Fest nach dem anderen, so viele, wie der Nordländer sie in Jahren erlebt, feiert der Römer in Wochen! – Der Katholik hat mehr Trost in seiner Religion als wir! Und unsre menschliche Natur braucht körperlichen Trost!

[...]

[Andersen verläßt Rom am 25.2.1841, reist nach Neapel und von dort am 15.3. mit dem Dampfschiff »Leonidas« weiter nach Malta.]

Donnerstag, den 18. [März] [Malta] Wachte um 6 Uhr davon auf, daß der Anker gelichtet wurde, sie machten das Schiff sauber. Da war es 8 Uhr; mehrere spanische Mönche und einer aus Turin kamen an Bord, ein Grieche und ein Beduine mit seinem weißen Burnus, Turban und nackten Füßen. Unserm Schiff näherten sich viele Boote mit ganzen Läden, Hemden, Hüten &, andere mit Obst, einige mit fast nackten Betteljungen. Wolken zogen auf. Um 1/2 9 Uhr legten wir ab. Ganz

Valetta ist aus maltesischen Steinen erbaut, die Travertin ähneln; die Häuser haben hölzerne Erker; das Meer ganz ruhig und ölblau. Der Russe zeigte mir an seinen Armen Spuren von Bissen, die ihm ein Frauenzimmer gestern abend verpaßt hatte, so geil war sie gewesen, er hatte sie mit einem unsrer Offiziere besucht; ihr Haar soll bis zur Erde gereicht haben. Am Frühstückstisch nahmen die Mönche den halben Platz ein, ich hatte den aus Turin neben mir, und er sagte, ich spräche gut italienisch. (Bekam von einem der Offiziere zum Lesen Hoffmanns »Serapionsbrüder«, 1. Teil.) Die Mönche gehören dem Theresianerorden an, gestiftet von der heiligen Theresia; an Bord ein päpstlicher Gesandter, der in den Libanon will, er kannte unsre Prinzessin in Rom. Ein riesiger Delphin wälzte sich vor dem Schiff, dieses fährt 9 englische Meilen in der Stunde und hat 160 Pferdestärken. Die Zeit wird doch ein wenig lang, aber Gott sei Dank haben wir ganz prachtvolles Wetter. Ein bißchen Angst, daß mein Paß nicht an Bord sein könnte; nach dem Frühstück bekam ich ihn und begrüßte ihn wie einen Freund. Abends stand am Horizont über Afrika ein Stern, so leuchtend rot, als wäre er ein Leuchtfeuer. Ins Bett um 9 Uhr und ziemlich ruhig geschlafen.

Freitag, den 19. Etwas mehr Bewegung im Wasser, aber nicht schlimm. Es wurde saubergemacht; der Kapitän meinte, wir würden gegen Abend Land erblicken. Die Matrosen waschen ihre Hosen, indem sie sie auf dem Deck ausbreiten, mit Seewasser begießen und mit einem gewöhnlichen Besen fegen. Ihr Frühstück Zwiebeln und Brot. Ein kleiner Vogel sank müde auf die ausgespannte Leinwand; der Perser machte mich darauf aufmerksam. Der Priester wollte ihn sogleich fressen, der Leutnant stellte ihm Brot und Wasser hin. Das Meer vollkommen ruhig; es sieht aus, als wäre es hier und da mit weißen Eisschollen bedeckt, und zwischen diesen das blaue Wasser. Zahnschmerzen.

Samstag, den 20. März. Griechenlands Küsten; um 1/4 6 ging rot und eirund die Sonne auf. – Das schneebedeckte Gebirge von Morea hatte ich schon gestern nachmittag entdeckt.

Antonio Laccetti, ein Neapolitaner aus Vasto, hat große Ähnlichkeit mit Lorenzen in Sorø. Eine steile Felsenwand ragt aus dem Meer, dahinter hohe, schneebedeckte Berge.

Aus lichtblauem Wasser als Felsenwand
Begrüßt du mich, o Griechenland.
Morea kann mein Aug' erkennen,
Im Sonnenglanz Schneegipfel brennen.
Der Delphin wälzt sich groß und schwer
Aus tiefem Meer.

Der junge Amerikaner heißt Anson G. Phelps jun., aus New York. Kythera, d.h. Cerigo, sah öde aus; hier begegneten wir zwei Schiffen, das eine, ein französisches, mit Kurs auf die Insel. Auf der Spitze von Cap Matapan stand eine Eremitenhütte, es war jedoch kein Pfad zu entdecken, der von ihr den Berg hinaufführte; dort lebt ein griechischer Eremit. Nun ging die Sonne unter; am Abend wurde ich sehr seekrank.

[...]

Mittwoch, den 24. Um 9 Uhr kamen Boote, und wir fuhren an Land, ohne die Quarantäne zu besuchen, ohne den Paß zu zeigen. Ich traf Køppen nicht an und hinterließ ihm daher eine Visitenkarte; fuhr mit meinen vier Amerikanern und dem Russen nach Athen, unser Gepäck füllte eine ganze zweite Kalesche, auf die hinten ein griechisch gekleideter Lohndiener stieg. Der Weg, vor einigen Jahren noch ein Sumpf, war jetzt eine gute Landstraße; den ersten griechischen Bettlern gaben wir etwas. Es war sehr staubig, aber das war ja klassischer Staub; wir kamen durch einen kleinen Olivenhain und dann nach Athen. Stellen Sie sich eine Stadt vor, aufgebaut in großer Eile, wie für einen großen Markt, und dieser Markt ist im vollen Gang, und wir haben das neue Athen. Der Theseustempel war unversehrt; die Akropolis sah anders aus, als ich sie vom Kupferstich erinnere. Wir fuhren zum »Hôtel de Munich«, wo ich ein sehr gutes Zimmer zur Straße bekam, 3 Franc pro Tag. – Ich lief ein Weilchen in der Stadt herum, war bei einem Barbier und ließ mich dann von einem Lohndiener zum Postamt führen, wo ich einen Brief an Holst aufgab; suchte Hansen, ohne ihn zu finden, hinterließ jedoch eine Karte; ging zu Dr. Roß, der eine gute Wohnung hat; er empfing mich freundlich und gefiel mir, desgleichen Dr. Ulrichs, der im selben Haus wohnt. Sie lachten über Wilkes Beschreibung von Griechenland, sagten, für Leute, die in Deutschland lebten, seien 7-8 Jahre nur wenig, doch in einer Stadt wie Athen sei das unendlich viel, sie wachse mehr und mehr heran. Roß begleitete mich zu unserm holländischen Konsul Travers, der mit mir dänisch sprach; er sagte, es wäre für mich ein großer Verlust, würde ich bei dem hiesigen Bankier Rolli Geld abheben; versprach, mich dem König vorzustellen und alles aufs beste für mich zu arrangieren. Er bekam meinen Paß. War im Café, das groß und brillant und so gut wie eins in Wien oder Berlin ist, mit französischen und deutschen Zeitungen; heute abend gibt es im Theater italienische Oper, einen Akt aus »Belisario«, einen aus dem »Barbier«. Mein Penis ist nicht in Ordnung, und der Himmel weiß, daß ich unschuldig daran bin. Zu einer Ruine spaziert, wie mir eine Grieche sagte, war das ein Tempel für Ares; die einsame hohe Palme und die Zypresse daneben, die malerischen Trachten! – Ich weiß selbst nicht, ich habe noch keinen Eindruck des Ganzen, doch ich fühle mich froh; ich kann es nicht recht fassen, daß *ich* in Griechenland bin, in Athen! Die Stadt wächst, während ich hier gehe! – »Der Berliner schaut auf diese Stadt schrecklich herab«, sagte Roß, »und nun ist hier ein gebildeter Mann von Chios, der nie zuvor eine Stadt gesehen hat, er bestaunt diese Größe, kann sich keine prächtigere Stadt vorstellen, diese vielen Bequemlichkeiten, was Wagen und Zimmer betrifft.« Als ich zu Hause war, kam der Hofprediger der Königin, Lüth, ein Holsteiner; er hatte von meiner Ankunft gehört und wollte mich willkommen heißen, seine Frau, ein Fräulein Fischer aus Fredensborg und deren Schwester wollten mich sehr gern sehen; er nahm mich nach Hause mit, wo Kinder waren. Kurz darauf kam Hansen und gab mir einen Kuß; er sah wohlhabend aus; später kam Køppen, noch ein Kuß. Konsul Travers, der meine

Ankunft vermelden wollte, gesellte sich dazu. Wir tranken einen guten griechischen Wein und schwatzten viel. Der Prediger, Køppen und Hansen begleiteten mich nach Hause, wir speisten und tranken Champagner, einige Deutsche setzten sich zu uns. Ins Bett 1/2 12.

Donnerstag, 25. Heftiges Gewitter, anders als zu Hause; der alte donnernde Jupiter ist noch in der Stadt der Minerva. Es gießt in Strömen; ging ins Café und danach heim zu meinen Briefen. Um 11 Uhr hörte der Regen auf, ich wanderte durch die Hermesstraße, mitten darin ragt eine hohe Palme auf; zum Theseustempel, der ganz aus weißem Marmor ist und in der Form an die Tempel von Paestum erinnert, die jedoch nur aus Travertin bestehen; er ist prächtig erhalten, da er späteren Geschlechtern als Kirche diente. Davor ein Sarkophag und viele zerbrochene Basreliefs. Hier traf ich Dr. Ulrichs; er hatte an der Tempelmauer eine christliche Inschrift entdeckt und las sie mir vor. Ich ließ mich von einem Griechen ins Innere des Tempels führen, das voller Antiquitäten war, die man hier zusammengetragen hatte; eine Apollo-Statue, eine schöne Frauenfigur, zwei Sarkophage und vieles andere. Ich ging hinauf zur Akropolis, große griechische Hunde blickten mich an; um in eine der Hauptstraßen zu gelangen, mußte ich durch ein Labyrinth von abgerissenen Hütten aus Stein, zwischen denen neue errichtet waren; folgte man einem Pfad, dann endete dieser an einer solchen oder zwischen den Überresten von vier Steinmauern. Ich kam nun zum Turm der Winde, den ich schon gestern gesehen hatte. Penis noch nicht in Ordnung, wenn ich mir das bloß nicht auf dem Schiffslokus geholt habe. [...]

Freitag, 26. März. [...] War bei einem Griechen namens Petaki und kaufte eine Eintrittskarte für die Akropolis, die 3 Monate gilt; er zeigte uns mehrere Fundstücke aus einem Grab, unter anderem: Seife. Die Bauern auf der Straße tragen eine Art Sandalen, einen weißen Kittel, einen Rock, die rote Griechenmütze ohne Quaste und darum ein Tuch, nach Art eines Turbans gebunden; viele waren an den Beinen vollkommen nackt und in eine große graue Kutte eingehüllt, wie sie ein Grönländer trägt. – Die Frauen hatten lange Hängebrüste, jede für sich aufgebunden, ein Tuch vor dem Mund und eine Art von kurzem Schlafrock. Nicht einen Bettler habe ich in der Stadt getroffen. Ich ging hinauf zur Akropolis, am Tempel der Winde vorbei, der sechseckig ist und aus der Tiefe aufragt, daneben eine Zypresse; zur Rechten steht eine griechische Kirche mit vier Kuppeln, im Hof eine hohe Palme, die im Wind schwankte. Als ich oben auf der Akropolis ankam, liefen dort griechische Soldaten herum und spielten mit Marmorbrocken. Durch die Propyläen gelangte ich auf den großen Platz; es war, als hätte ein Erdbeben die gewaltigen Säulen und Karniese durcheinandergeschüttelt; quer durch den Parthenon war eine Kirche erbaut. Als Hintergrund hatte ich über dem Tal den Gebirgszug Hymettos, dessen gelbe, graue Steinmasse, ohne eine Spur von Vegetation und nur halb von der Sonne beleuchtet, von großer Wirkung war. Es stürmte so sehr, daß ich kaum hier gehen konnte; die Wolken jagten über mich hinweg; die Parnes-Berge waren vollkommen in Wolkendunst eingehüllt, doch bei Ägina funkelte das Meer im Sonnenglanz. Enge Pfade verliefen zwischen den umgeworfenen Kapitellen, sie waren so blendend weiß wie Schnee; dazwischen lagen überall große Stücke von Bomben, aus dem letzten Krieg oder aus der Zeit der Venezianer; zwei Pferde und ein paar Schafe weideten hier oben. Mitten auf ein zerbrochenes Kapitell im Gras hatte jemand einen ganzen Totenkopf gelegt, der Hinterkopf eines zweiten lag auf der Erde zwischen den Disteln; das machte auf mich einen so sonderbaren Eindruck, daß sich meine Augen mit Tränen füllten. Einige Matrosen vom Schiff »Lykurg«, mit dem ich gefahren war, liefen hier oben mit den Soldaten herum. Athen nahm sich recht ansehnlich in der Tiefe aus, und auf der Ebene vor mir erstreckte sich grün und groß der Olivenhain. Im Café traf ich Roß, der mich aufgesucht hatte, zusammen mit dem Fremden von Chios; dieser hatte auf seine Frage: »Haben Sie nun alles in dieser Stadt gesehen?« zur Antwort gegeben: »O nein, ich bin doch erst 14 Tage hier, und die Stadt ist so groß.« Durch die Straßen spaziert. An Køppen in Piräus geschrieben.

[...]

Montag, 29. Im Kampf mit mir selbst, ob ich nach Konstantinopel fahren soll oder nicht. – Zum Tempel des olympischen Jupiters gegangen, dort saß ein Grieche auf der Ruine und las. Im Hohlweg, wo sich das Regenwasser im Felsen gesammelt hatte, standen mehrere Frauen mit weißen Unterhosen und wuschen; eine Prozession zog singend vorbei in die Berge. Bei Hansen traf ich Poppe, der in Konstantinopel gewesen ist und meinte, ich solle die Reise machen. Von Lüth kam ein Gedicht für mich, eingehüllt in ein dänisches Anzeigenblatt. Ich besuchte ihn, er und seine Frau waren sehr liebenwürdig. – Vor dem Schloß schöne Musik; dort traf ich Christophorus. – Das Wetter ist heute warm und schön. Dr. Roß besucht, der mir von der Reise nach Konstantinopel abriet, ich sollte mich lieber hier recht umsehen, machte ein Arrangement für meine Reise &. – Ging bei Sonnenuntergang hinauf zur Akropolis; ich war ganz allein; zum Hymettos hin alles öde! Einige große schwarze Vögel flogen über das Tal, und ein Esel schrie, als wäre er ein Schakal. – Hinter der Bucht von Salamis ging die Sonne unter. Ach, mein Gesang ist wie der Wind, der über die Blumen streicht, und ihre Blätter bewegen sich, er stirbt, und sie welken; die Marmorsäulen stehen und sehen die Geschlechter verschwinden, und doch müssen auch sie fallen, ihr Leben ist eine Kometenbahn gegen das wirbelnde Rad. Als ich am Abend das Café verließ, näherte sich ein Grieche und flüsterte mir etwas ins Ohr, in der Art von »bella ragazza«, ich fragte zu Hause den Diener, es ging um Mädchen, auch das haben sie in Athen; ja, es ist ein kleines Paris. Besuch vom Wirt, der mir abriet, den von Roß empfohlenen Diener zu nehmen. Die Griechen sind wohl alle Gauner.

[...]

Freitag, 2. April. An jene in der Heimat gedacht; Gott dafür gedankt, daß ich einen Geburtstag in Athen erlebe. Hinauf zur Akropolis gegangen. In der Wachstube spielte ein Soldat

Gitarre. Ging durch den Parthenon; fand einen Totenkopf und legte ihn auf eins der herabgestürzten schönen Basreliefs, legte Blumen daneben; auf den untersten Stufen des Tempels wachsen Gurken. [...] Ging zu Roß; zwei Griechen aus Smyrna fanden sich ein, der eine mit einer venezianischen Mandoline, der andere mit der später eingeführten Violine, es waren Rhapsoden. Das linke Bein über das rechte gelegt, so saßen sie da und sangen; aber das hätten sie im Freien tun sollen, in den wilden Bergen an einem Wachfeuer. Sie trugen zusammen einen griechischen Klagesang vor, gedichtet vom Volk, als es unter der Herrschaft der Türken war; es ging darin um Herden und um ihre Töchter, die man entführt hatte; das hörte sich an wie zwei verschiedene Lieder, die Stimmen kreuzten sich, halblaut und klagend, bald in einem wilden Ausruf; es war, als weinte ein Volk. Dann sangen sie ein Lied von Rigas (ein griechischer Kaufmann in Venedig, der sein Vermögen darauf verwandte, junge Griechen auszubilden, und der erste war, der ihnen den Gedanken der Freiheit einhauchte, dafür wurde er von Österreich an die Türken ausgeliefert und getötet); dann folgte ein Kriegerlied, das seltsam verwandt mit der Marseillaise war; danach wurde König Ottos Einzug in Nauplia besungen – auf solche Art entstand so etwas wie eine neuere griechische Geschichte; ich war ganz bewegt, denn eine mit Tönen geschriebene Geschichte dringt tiefer ins Herz als die mit Buchstaben. Plötzlich griff der Rhapsode in die Saiten und spielte ein Potpourri aus »Fra Diavolo«, »Robert« und all den neueren französischen Melodien; das war abscheulich, das kam mir vor wie eine Vision, die verkündete, wie alle die volkstümlichen Töne verstummen und fremde Lieder ins Volk eindringen werden; schon jetzt wollten sie lieber diese als ihre eigenen Lieder spielen. – Wir hörten ein Türkenlied; eine Stimme, sehr leise, unverständlich und ganz wie im Traum. Es kam mir vor, als träumte ein berauschter Opiumesser einen häßlichen Traum; die Begleitung war nur ein Klimpern auf ein und derselben Saite, immer derselbe Ton. Bevor sie gingen, küßten sie uns die Hand und legten sie auf ihre

Stirn, ein griechischer Gruß. Ich war ganz erfüllt von ihrem Gesang. Mittagessen mit Graff beim Prediger; man trank mit Champagner auf mein Wohl, und nach Tisch holten sie ihren vorherigen Diener, einen jungen Mann, der jetzt Wirt eines Cafés war und die griechischen Tänze konnte; er kam mit seinem Onkel und einem zweiten Mann mit Violine und Mandoline und noch zwei Burschen, und nun wurde getanzt. Einer führte gleichsam die anderen an; sie tanzten in einer Reihe, der erste ging den anderen gleichsam mit seinem Beispiel voran. Der Prediger hatte ein sehr schönes Dienstmädchen von der Insel Zea, sie ging hinaus, um sich zu schmücken, kehrte mit einem hübschen Turban zurück und tanzte auch; die Mädchen werden nicht an den Händen, sondern an einem Taschentuch gehalten; ihr Tanz war sehr ruhig, die Männer zeigten die schönsten Bewegungen. Sie tanzten zu dritt, das Mädchen in der Mitte, sie hielt die Männer an ihren Gürteln und diese sie an den Armen; währenddessen sang der Alte einzelne Sätze zur Mandoline, eine Sentenz oder einen Ausruf: »Freut euch, das Leben ist kurz!«

[...]

Mittwoch, den 7. April. Handschuhe und einen Flor gekauft, um heute abend zur Vorstellung beim König in Trauer zu erscheinen. Gestern waren in den Fenstern mehrerer Häuser Schilder mit Porträts von berühmten Griechen aufgestellt; heute haben wir Orkan und Schirokko, der Himmel ist milchweiß und alles in Staub gehüllt. Ich befinde mich in einer Art Fieberzustand; will nach Konstantinopel reisen und will es nicht; will am Montag nach Triest und bringe es doch nicht über mich; mein Blut brennt, ich bin halb krank. Im Casino gewesen und Zeitungen gelesen, Professor Filippos hatte mich vorgestern dort eingeführt. Viel mit Roß zusammen gewesen, der nicht möchte, daß ich Griechenland so schnell verlasse. – Für Hansen gesessen, der mich zeichnet. Dr. Ulrichs besucht, der mir mehrere schöne griechische Lieder zeigte; er erzählte, daß sein Dienstmädchen stets Sentenzen gebrauche; wenn man sie nach dem Sitz eines neuen Kleides fragte, sagte sie zuerst: »Mögen Sie es viele Jahre tragen.« Die Griechen haben viele schöne Grüße: »In einer glücklichen Stunde!« Und der andere antwortet: »Viele Jahre für dich!« – Den ganzen Abend auf den Ruf zum König gewartet. Es kam nichts. Lust, morgen nach Konstantinopel zu reisen. – Sinnlich wild gestimmt.

Donnerstag, den 8. Lust, heute abzureisen; das Schiff läuft um 4 Uhr aus; das läßt sich nicht arrangieren. Affiziert. Der Königin begegnet. Für Hansen gesessen. – Keine Briefe; ja gewiß, Holst schiebt immer auf! – Roß besucht. Gruppen von Hirten mit schwarzen und weißen Schafen, die sie für das Osterfest in die Stadt bringen. Erdbeeren im Garten. Mit Professor Roß hinaus in die Berge geritten; ein paarmal sollte ich traben, er meinte, ich säße gut; aber ich mußte mich immerfort umsehen, ob die Hirten nicht über mich lachten. Der Agojat ging zu Fuß. Auf dem Heimweg hatten wir einen herrlichen Blick auf den Berg Argos und über Athen bis nach Ägina. Der Abend war wunderschön; ich ging hinauf zur Akropolis; dort sah ich über dem Hymettos den schönsten Regenbogen, sein einer Fuß ruhte auf der Kapelle des hohen Berges. Die Sonne ging unter, noch war der Regenbogen da; die Luft wurde Purpur, und in diesem Purpur sah ich den Regenbogen noch immer. Oh, welch eine Pracht und Ruhe im Ganzen! Vor den Läden künstliche Papierkronenleuchter mit Lichtern, doch nur die Lampen sind angezündet; dort hing ein Porträt von Rigas mit Grün und Lampen. Mein Hinterteil ist wund vom Reiten. Mitten in einer Natur, die mich begeistert, tauchen die Lieben zu Hause und mit ihnen die Heimat auf! Dies, und was ich sehe, verschmilzt im Gedanken; ein doppeltes Bild, das sich nicht körperlich wiedergeben läßt. Porter getrunken.

[…]

Donnerstag, den 22. Sinnlich. Den ganzen Morgen Paß-Angst, weil die griechische Polizei nicht visiert hat. Um 6 Uhr auf, um 8 Uhr an Bord des französischen Dampfschiffs »Rhamses«. Viele Griechen und Griechinnen aus Smyrna, die nach Hause wollten, es gab ein Geschrei; die Offiziere jagten sie hinaus in die zweite Klasse; ein Matrose hielt mit einer Lanze

Wache und ließ keinen an Bord, der nicht eine Karte dafür hatte; eine Frau mit langen Hängebrüsten schrie abscheulich. Um 12 Uhr vormittags legten wir ab; die griechischen Seeleute halfen getreulich beim Lichten des Ankers. Die Insel Tinos mit zahlreichen Dörfern, einer Stadt mit einer großen Kirche, das ist die erste griechische Insel, die bewohnt aussieht; prachtvolle Formationen, drei Bergreihen übereinander, sehr bebaut; wir fuhren dicht an der Felsenwand entlang. Der Seegang wurde immer stärker, die Frauenzimmer jammerten; es war eine schlimme Fahrt, ich fürchtete, es sollte die letzte für mich werden; dachte an die Lieben daheim, vor allem an Collins. Um 6 Uhr ging ich unter Deck, ich konnte nicht aufrecht stehen, alles knackte und krachte, ich war sehr seekrank; da lag ich und dachte an den Tod und an die Heimat.

Freitag, den 23. Stand um 1/2 8 Uhr auf und war nun in der Bucht von Smyrna, die See sah grüngelb aus, wie eine Quarantänefahne; Asiens Küsten ähneln denen Siziliens, sind aber viel üppiger. Wir kamen am Fort vorbei, dahinter Olivenwälder, ein rotbraunes Dorf, Olivenwald. Laubbäume und Zypressen. Smyrna liegt am Fuß eines niedrigen grünen Berges, auf dem sich ein zerstörtes Fort befindet; um 9 Uhr kamen wir hier an, ich begab mich mit einem jungen Italiener und einem Franzosen an Land. Enge Straßen wie in Venedig, eine große Volksmenge; Türkinnen, von denen man nur die Augen und die Nasenspitze sah; Juden mit weißen und schwarzen Turbanen, geformt wie die schwarzirdenen Töpfe aus Jütland; durch die Höfe der Seitenhäuser führte ein Durchgang zum Meer. Die Stadt schien sehr groß zu sein. Wir wollten zum Basar, da zeigte mir der Franzose unseren hiesigen dänischen Konsul, Monsieur Jongh, ich klopfte ihm auf die Schulter, die Bekanntschaft war bald gemacht; er stand im Begriff, mit dem türkischen Dampfschiff nach Konstantinopel zu reisen. Er führte mich in einen Laden, wo ich für einen spanischen Piaster asiatischen Damenputz kaufte. – Ich ging nun in ein Café, und als ich dann zurück an Bord wollte, nahm mein griechischer Ruderknecht Kurs auf das türkische Dampfschiff, und ich hatte meine liebe Not, ihn zur »Rhamses« zu dirigieren. Ein ganzes Boot voller Türkinnen steuerte das türkische Dampfschiff an, sie sahen wie eine römische Leichenprozession aus. (Gestern im Sturm folgte eine Möwe unserm Schiff, sie schien das geflügelte Stundenglas des unsichtbaren Todes zu sein.) Wenn man ankommt, liegt oberhalb von Smyrna, zur Rechten, ein kleiner Zypressenwald. Alle Dächer rot und etwas spitz wie im Norden. Am Ufer wehen die Fahnen der Konsuln; viele Zypressen, einige wenige Minarette; die Küste gegenüber flach mit dänischen, lichtgrünen Bäumen. In brennender Sonnenhitze legten wir um 1/2 2 ab, meine Haut im Gesicht aufgesprungen. Der junge Italiener traktierte mit Mastix in Wasser und Likör. Der Wind war heftig und der Seegang auch; die Bucht schien nie ein Ende zu nehmen. Zwischen einigen Hügeln und einem Berg liegt Neu-Phocea. Auf Asiens Küste formten sich 3 Reihen von violetten Bergen hintereinander. Gegen Abend sah ich den Neumond wie eine gläserne Kugel mit goldenem Grund, er schien an der Venus zu hängen (er *ist* ein goldenes Boot, in dem eine Glaskugel liegt). Mytilene. Achills Grabhügel auf der Ebene von Troia. In der griechischen Kirche die beiden Freunde.

[...]

Sonntag, den 25. April. Um 5 Uhr auf; graues Wetter; Konstantinopel in schlechter Beleuchtung, jedoch ungeheuer groß und phantastisch. Es war ein Paris, zusammengesetzt aus Venedig und Phantasie. Eine prächtige Moschee neben der anderen, hohe dunkle Zypressen (zuerst kam das Gefängnis, wo die Verurteilten geköpft werden). Das Serail hell und schwimmend. Über den Gräbern an Asiens Küste brach die Sonne hervor. Wir lagen zwischen Konstantinopel und Galata vor Anker; es gab Geschrei und Gezeter, bis wir vom Schiff konnten. Madame Carton hatte keine Zimmer frei, ein älterer Mann aus Marseille fuhr deshalb zu Blondels »Hôtel de la France« (wo ich jetzt bin). In der Bucht wimmelte es von Booten, zwei Türken trugen unser Gepäck die steile, enge Straße hinauf, nach Pera; wir kamen an dem hohen, runden Turm und an einem türkischen Friedhof vorbei. Die Hauptstraße von Pera ist sehr schmal, zwei- und dreistöckige Häuser, alle mit Erkern, die fast zusammenstoßen. Blondel verlangte 39 Piaster pro Tag für ein besonders gutes Zimmer mit Kost, ich war ökonomisch und nahm ein sehr kleines Zimmer, wofür ich nun 30 Piaster bezahle (24 sind ein Speziestaler, ich bekomme es in Deutschland nicht billiger). Meine Empfehlungsschreiben an Kudraffsky, Brigg imperial »Montecucoli«, und an Kammerherrn Hübsch geschickt, der nur am Donnerstag und Freitag in Pera ist. Ich ging zum österreichischen Gesandten, Internuntius Stürmer, der mich sehr höflich empfing und mich morgen zum Mittagessen und abends zu einer Gesellschaft einlud, dies letztere lehnte ich ab, denn ich war müde. Er schrieb einen Brief an den Herrn über die österreichischen Dampfschiffe, Lafontaine, und ließ mich vom Diener dorthin begleiten, wo ich gute Nachricht über das Dampfschiff nach Wien bekam, das am 5. Mai (Napoleons Todestag) ausläuft. Ging auf der Straße spazieren, las in einem Café »Allgemeine Zeitung«; ging zum hiesigen Friedhof, auf jedem Grab ein Stein mit einem Turban oder Fez oder wie ein Schwert geformt. – Später, als ich durch eine Seitenstraße trabte, gelangte ich zum selben Friedhof, der sich mit seinen vielen und großen Zypressen weit erstreckt. Welch eine Aussicht! Konstantinopel erinnert, von allen Städten, die ich kenne, am meisten an Stockholm. Da lagen Leute im Gras, hier liefen Esel, drei arme Griechenmädchen sangen. (Ich bin heute bei einem türkischen Barbier gewesen, bei dem könnte man sich die Pest zuziehen, falls sie hier wütet.) Am Mittagstisch traf ich einen Preußen.

[...]

Dienstag, den 27. April. Nachdem ich Kaffee getrunken hatte, ging ich zum Turm von Pera. In der verfallenen Mauer, die Galata unten umschließt, wechselt ein runder mit einem viereckigen Turm ab; hier hat man einen Blick auf das riesige Konstantinopel (viele gelbe konstantinopolitanische Hunde). Die Aussicht zur Rechten erinnert an Mosebacken. Ich wanderte in einer anderen Richtung hinunter zum Meer; einzelne

Familien hatten ihre Begräbnisstätten bei den Häusern, mit Grabsteinen, Gras und Zypressen. Ich erblickte zwei prächtige Moscheen, hier war die Straße sehr belebt, als ich allein ins Gedränge geriet, wurde ich ängstlich und sogleich affiziert und hatte große Mühe, wieder hinauf zur Hauptstraße zu kommen. Wie gut, daß die Pest nicht wütet, denn eine Berührung ließe sich unmöglich vermeiden, man gleitet durcheinander wie Aale, die zusammengeknotet sind. – Auf dem Friedhof stehen die Grabsteine so dicht wie die Stoppeln auf einem Acker. Im Inneren von Konstantinopel erhebt sich über den Häusern, in Richtung Sophienkirche, eine große antike Wasserleitung. Man sieht in der Stadt selbst große grüne Plätze. Während ich im deutschen Café saß, war (um 1 Uhr) ein murmelnder Gesang zu hören, man trug ein junges Griechenmädchen zu Grabe, sie lag unbedeckt in einem offenen Sarg, mit ihren gewöhnlichen Kleidern, die Jacke mit zottigem Fell gefüttert; der Sarg war mit Blumen geschmückt, vor ihm gingen drei geputzte Priester. Eine Seitenstraße schien aus Schuppen, oder richtiger: aus einigen Holzkisten zu bestehen, wenn man sie in eine schiefe Lage kippt, eine und zwei übereinander, so daß sie, mit der Öffnung nach außen, eine Straße bilden. Die Sonne ist warm. Visite des Dragomans von Baron Hübsch. Ging zu Romani und trank dort Kaffee auf türkisch, verließ dann Pera in Richtung Skutari und kam in einen Wald von Zypressen, ganz dicht und groß, mit unzähligen Grabstätten; einige Monumente waren reich vergoldet, auf den neuesten ist nicht mehr ein Turban, sondern ein Fez. Unter mir lag der Sund, mit mehreren großen türkischen Kriegsschiffen; zum Schwarzen Meer hin zogen sich schloßähnliche Villen. Skutari wirkte sehr groß, das Marmormeer lag zur Rechten. Türken fuhren auf den schmalen, unebenen Wegen zwischen den Gräbern; die Prachtwagen mit den Damen wirkten wie aus Kartonpapier, kunstvoll ausgeschnitten und vergoldet. Ochsen, über denen krumme rote Stangen mit vielen herabhängenden roten und dunkelblauen Quasten befestigt waren, zogen große Wagen, in denen gewöhnlich 4-5 Frauenzimmer lagen. Auf einem Grab saß ein alter Türke mit einem kleinen Kind, und beide schliefen. Mittagessen bei dem griechischen Gesandten Christides, der Gouverneur auf Syra gewesen ist, hier war der frühere griechische Gesandte Argyropoulos. Wir speisten gut; zum Kaffee kam ... Die Konversation, auf französisch, behandelte Politik und Poesie, die nordischen Reiche und Homer &c. – Heute haben die Derwische in Pera getanzt, und am Freitag tanzen sie wieder; es gibt wie bei den Mönchen mehrere Orden; die, welche tanzen, tragen lange weiße Hüte wie die Priester in der »Zauberflöte«. Einige Derwische sahen aus wie eine Mischung aus Mamelucken und Zigeunern; zu Hause hätte man sie für Kunstreiter gehalten. Die armenischen Priester hatten lange schwarze Flore an ihren Hüten flattern, im übrigen ähneln sie griechischen Priestern. Ja, hier ist jede Straße ein Maskeradensaal, das können Europas andere Städte nicht bieten; dort ist es nur Flitter, hier ist es echt bis in den Kern.

[...]

Donnerstag, 29. Vom Turm in Pera Skutari und Konstantinopel in schönem Sonnenschein gesehen. Hübschs Dragoman erschien und meldete seinen Herrn; mit Hübsch und dessen Sohn gesprochen, die Einladung nach Skutari abgelehnt; mit Jongh aus Smyrna gesprochen. Mit dem Lohndiener nach Skutari hinüber; wir stiegen in eine lange Gondel, so dünn, als wäre sie aus Spänen, man muß sich auf ein paar Polster auf dem Boden legen; der Platz reicht gerade für zwei Personen nebeneinander aus, man wagt sich nicht zu bewegen, um nicht zu kentern, und die Seeleute rufen sich unterwegs gegenseitig an, um nicht anzustoßen. Wegen der nördlichen Strömung mußten wir eine beträchtliche Strecke nordwärts fahren. Wir besuchten ein türkisches Café, wo ein Zwerg, ein reicher Türke, saß, der 12 Frauen haben soll, er hatte einen hübschen kleinen Jungen, einen Sohn, bei sich, der genauso groß war wie der Vater. Wir gingen zum Friedhof, der sich ungeheuer weit erstreckt; die Derwischgräber haben Derwischturbane, wenn der Verstorbene selbst oder einer seiner Vorväter am Grab des Propheten gewesen ist, dann ist dieser Turban grün. Wir gingen so weit, daß wir die Stadt Calchedonia und das Marmormeer erblickten. (In Skutari war das Grab von Ali Pascha, mit so etwas wie einem Vogelbauer aus Eisendraht darüber und mit Fontänen.) Die Grabsteine haben ein großes oder zwei kleine Löcher für Wasser, damit die Hunde ihren Durst löschen können, dann ist er Tote selig. Wir gingen nun zum Kloster der Derwische, wo jeder seine Schuhe oder Stiefel ausziehen mußte. Unglücklicherweise trug ich Beinkleider mit Riemen, die nicht zu lösen waren; die Priester gaben mir ein Paar Pantoffeln, die ich über meine Schuhe ziehen konnte, einem Engländer ging es genauso; doch weil ich mir nicht solcherart helfen lassen wollte, schnitt ich die Riemen mit einem Messer entzwei. »Das ist ein guter Mensch!« sagte der Türke zu meinem Diener. Wir kamen in etwas Ähnliches wie einen viereckigen Saal mit Galerien, wohlvergittert für Frauenzimmer. Hier hingen an einer Nischenwand eine Art gerahmte Schildereien mit türkischen Inschriften und mit einem Gebäude; ringsum an den Seitenwänden Tamburins und Becken. Auf weißen und blauen Fellen lagerten zahlreiche Derwische, die doch alle unterschiedlich gekleidet waren, einige hatten sogar Militärmäntel an, auch Kinder waren dabei. Einzelne sangen ein seltsames Lied, mit wechselnden Rhythmen, in das schließlich alle einfielen. Es hatte Ähnlichkeit mit Tonleitern und Läufen, etwa so, wie ein Wilder mit Gehör, der zum ersten Mal einen italienischen Sänger gehört hatte, diesen auf seine Art nachahmen würde. Sie knieten nieder und senkten den Kopf bis zur Erde, wie in dem Ballett »Der Abgott von Ceylon«. Ein Weihrauchfaß wurde vor den Priester gestellt, sie küßten ihm die Hand und stellten sich in einer Reihe auf; zwei saßen auf dem Boden und sangen, es war jedoch ein dumpfes Geheule, ein Schnarchen oder Todesröcheln. Dann erschien ein Mann mit langen schwarzen Haaren (sie hatten sich statt der Turbane alle weiße Filzhüte aufgesetzt), dessen Oberlippe abgeschnitten war; auf seinen weißen Umhang waren hinten mit rotem Garn zwei Pferde mit Reitern gestickt, schrecklich gemacht; als er ihn ablegte, stand er in einem roten Kittel da, schließlich entblößte er die Arme bis zu den Schultern, die eine Hand war verdorrt, was entsetzlich aussah; der Körper bewegte sich bald nach einer Seite, bald in unzüchtigen Stellungen, schließlich bewegten sich alle Glieder, als würden sie von einer Dampfmaschine angetrieben. Die Leute stöhnten und atmeten tief, von ihren bleichen Gesichtern troff der Schweiß, endlich sanken sie zu Boden; mir war ganz unheimlich zumute. Auf der Heimfahrt kamen wir dicht am Leanderturm vorbei. – Mittag und Abend bei Stürmers, wo ich mit zwei österreichischen Offizieren aus Syrien zusammentraf, die auch nach Wien fahren, einige halten das für ein gefährliches Unternehmen, andere glauben das nicht! – Ein Herr sang »Der Mönch« von Meyerbeer, ein herrlicher Baß; sehr liebenswürdige Damen.

[...]

Samstag, den 1. Mai 1841. Sinnlichkeit ist ein seliges Prikkeln durch die Nerven, während man einen Tropfen von seinem Lebenssaft abläßt. – Ging zu meinem Barbier, einem Armenier, die Stube war von rauchenden Griechen, Türken und Armeniern voll. Wanderte um Pera herum, bis zum Turm; die Berge hinter Konstantinopel lagen schneebedeckt im warmen, hellen Sonnenschein. Man sieht in den Straßen bulgarische Bauern, der eine tanzt, der andere bläst Dudelsack. Hinunter zu den Moscheen am Kai spaziert. Sie sind innen weiß, aus Marmor, ohne Zierate; die Betenden liegen in geraden Linien und verneigen sich zur gleichen Zeit im Takt, und diese bunte Linie macht in der weißen Kirche eine große Wirkung. Zur Skutari-Seite spaziert; die Nachtigallen schlugen, und in den hohen Zypressen gurrten die Turteltauben; das Marmormeer war vollkommen ruhig, die Berge in Asien sahen aus wie ein Duft; dahinter ragte eine Bergreihe mit Schnee in die klare Luft; die Schiffe lagen mit all ihren Segeln da wie ein Schwan und spiegelten sich im Meer, die kleinen Boote glitten wie schwarze Schlangen über den Strom. [...]

Sonntag, den 2. Mai. Besuch von Schuhmacher Lange; als wir dort waren, hatte seine Frau gerade Typhus. Hinunter zur Schiffsbrücke in Galata spaziert; welch ein Gewimmel von

Booten; hier setzte mein Schuhmacher nach Konstantinopel über. Ich ging durch die Straße, in der man Kisten aus Zypressenholz herstellt, das Holz verströmt einen herrlichen Duft. Aufruhr in Rumelien, Thessalien und Makedonien; die Reise auf der Donau wird mir gefährlich gemacht. Besuch von Lafontaine, der trotzdem zuriet. Geneigt, über Syra heimzureisen. Viel spazierengegangen. Unten in Pera; die Häuser stoßen fast zusammen, und zwischen ihnen ist ein Dach aus Weinlaub. Die Türken liegen mit ihren langen Pfeifen im Laden. Bettler aus allen Nationen. Heute wieder eine Leiche gesehen, eine griechische Frau. Eine asiatische Sinnlichkeit plagt mich hier; oh, wie ich brenne vor Sehnsucht!

Montag, 3. Mai. Nachts unruhig geschlafen, Angst vor der Reise auf der Donau; Kampf und Ungewißheit. Heute kam die Nachricht, daß das österreichische Dampfschiff »Stambul« im Schwarzen Meer gegen eine Klippe gestoßen ist, 12 Meilen östlich von Amasra. Die Passagiere sind gerettet. Ging zu Stürmer, der mich in Hinblick auf die vielen schlimmen Gerüchte von den Gefahren der Reise beruhigte. Geneigt, die Donaureise zu machen. Der Kaiser heißt Abd ul-Medschid. Oberstleutnant von Philippovich und Major von Trattner vom Geniekorps werden meine beiden Reisekameraden sein. Der aus Trapezunt gekommene Professor ist Herr Fallmerayer. Bekanntschaft mit dem türkischgekleideten Achille Laurent geschlossen. Einladungen für heute abend zu Stürmer und morgen mittag zu Christides, beide abgelehnt. Der Mont Olymp mit Schnee. Unten in Pera gewesen. Mit Christides einen Brief an Roß in Athen geschickt. Die Perser laufen herum und verkaufen Shawls, sie tragen spitze, zottige Mützen, die runden der Tscherkessen sind mit Wolle umkränzt, wie das Haar eines Wilden. – Morgen ist Mohammeds Geburtstag, deshalb sind heute abend alle Minarette illuminiert; ich ging mit dem Russen Aderhas aus. Die Sonne war verschwunden, die Luft im Westen rot, doch alle Sterne funkelten in der südlichen Luft, der Mond schien hell, und sämtliche kleinen Minarette hatten einen Kranz von Lampen, die großen zwei, die größten drei. – Es leuchtete von Skutari und in Galata; die großen Kriegsschiffe dort hatten alle Kanonenmündungen in drei Reihen illuminiert. An der Ecke des Serails stand ein Flammenschwert aus Lampen, die Minarette der [Hagia] Sophia und der nächsten [Moschee] ragten wie riesige Feuerblumen auf weißen Stengeln auf; man sah den weißen, vom Mond beschienenen Streifen des Minaretts in der durchsichtigen Luft. Herrlich war der Blick auf den Friedhof, die kohlschwarzen Zypressen und dazwischen einzelne Lichter der Häuser, doch über den Zypressenwipfeln das leuchtende Wasser mit den illuminierten Schiffen; in der ganzen Stadt die aufragenden großen und kleinen Minarette mit Lampenkränzen bis zum Horizont, und dann diese Stille. Kaum jemand war unterwegs, um sich das anzusehen. Der Abend war so mild, es war ein Märchen, die ganze Stadt. Wir gingen indessen im Mondschein mit einer Papierlaterne und betrachteten die ganze Illumination. (Den Maler Kretzschmer, der den Sultan gemalt hat, kennen wir zu Hause durch sein Gemälde »Der Krieger mit dem Kind«.) Wir wanderten am stillen Abend unter den Zypressen, um 9 Uhr schoß man auf allen Schiffen und an der Küste Kanonen ab, daß die Fenster bebten. Schuß auf Schuß.

Dienstag, den 4. Mai. Sehr früh aufgewacht, Schuß auf Schuß zu Ehren von Mohammed. Später Musik von den Korps, die nach Konstantinopel zogen. – Um 6 Uhr ging ich mit Romani nach Pera und setzte nach Konstantinopel über, im strahlendsten Sonnenschein; Hübschs Dragoman (ein Türke) ging voran und Romanis Dragoman (ein Armenier) hinterdrein. Wir kamen an den Mauern des Serails vorbei und standen zwischen dem Eingang und der Fontäne, gegenüber der Sophienkirche. Türken lagen in den Cafés ringsum. Die Terrassen der Santa Sophia waren vor allem mit Frauen gefüllt. Gerüste waren aufgestellt, auf denen Frauen und Türken lagen. Soldaten zu Pferde und zu Fuß zogen in das Serail hinein, kehrten zurück und stellten sich in der Straße auf, die vom Serail zur Achmeds-Moschee führt. Die Garde hatte steife

Halsbinden und weiße Kragen mit einem Zipfel unter dem Kinn, und alle trugen weiße Handschuhe; ein Regiment war jämmerlich gekleidet, die Soldaten waren barfüßig in Pantoffeln. – Der preußische Offizier Wendt kam und erzählte mir viele Dinge und wollte mich in die vordersten Höfe des Serails führen. Im Hintergrund lag das Marmormeer mit dem ewig schneebedeckten Olymp. – Hier, wo wir standen, hatte man in früherer Zeit stets die Köpfe der Hingerichteten den Hunden vorgeworfen. Der Zug begann erst um 1/2 12. Während Musik erklang, wurde eine große Zahl schöner Pferde, die prächtige, mit kostbaren Edelsteinen besetzte Schabracken hatten, vorbeigeführt (vorher war ein Korps mit großer Trommel, Bekken & vorbeigeritten). Dann kamen alle Offiziere. Dann Beamte und der Großwesir. Danach wieder ein Zug Pferde mit Federbüschen und kostbaren Schabracken; dann folgte ein Zug einer Art von Pagen, die alle grüne Pfauenschwänze trugen, und in ihrer Mitte (sie waren zu Fuß) ritt der junge, neunzehnjährige Sultan im Mantel, am Fez einen Brillanten und eine Art Paradiesvogelfeder, er sah sehr blaß aus. Die Soldaten riefen ein »Es lebe der Kaiser!«. – Abschiedsbesuch bei Stürmer, der mir einen Brief an seinen Schwager übergab. Herr Huszar, Wirklicher Hofrat in der k.k. Geheimen Haus-, Hof- und Staatskanzlei. (Mein Bankier in Wien heißt Simon G. Sina). Unruhe, daß mein Paß nicht richtig sei, oh, was ich mir einfallen lassen kann, um mich zu quälen! Auf dem Weg nach Pera meinem jungen Amerikaner von der »Leonidas« begegnet. Heute melden Briefe aus Kairo und Konstantinopel, daß täglich 200 Menschen an der Pest sterben. Um 1/2 7 Uhr an Bord der »Ferdinand I.« Prachtvolles Wetter; erste Kajüte sehr schön; viele Türken waren schon an Bord. Über dem Serail stand der Mond rund und groß, jedoch blaß, während Skutari in hellem Sonnenlicht lag; die untergehende Sonne ließ die Fensterscheiben zwischen den schwarzen Zypressen funkeln, am Ende sah es wie tausend Feuer aus, das war täuschend; auf den türkischen Schiffen waren alle Flaggen gehißt. In Pera war ein Lärm, als herrschte dort Aufruhr. Delphine wälzten sich zwischen den Schiffen. Die Sonne ging unter. Pfeilschnell flogen Gondeln mit türkischen Beamten über das Wasser; die nackten, kräftigen Arme der Ruderknechte guckten aus gestrickten, florähnlichen weiten Ärmeln, das sah wie im Märchen aus. Niemand rudert so schön wie die Türken. Angst, daß der Paß nicht genau visiert sein könnte.

Mittwoch, den 5. Um 1/2 5 legten wir ab (heute ist Napoleons Todestag). Ich erwachte durch die Bewegung des Schiffs. Es war sehr diesig, doch der Nebel hatte sich gerade so weit gehoben, daß man die ganze Küste sah, sie wirkte wie eine lange Straße zu beiden Seiten, und dahinter niedrige, bewaldete Berge. Gärten, Städte, Friedhöfe wechselten miteinander ab; Laubbäume, hohe Zypressen und blühende Obstbäume; manchmal brach die Sonne durch, und da erschienen die Kriegsschiffe als Nebelbilder. Therapia von Wald umschlossen. Büjükdereh in einer Bucht, hier soll Medea gewesen sein; man zeigte mir das Haus von Hübsch. Bei kaltem Nebel und Wind erreichten wir das Schwarze Meer; die See war still, und um 12 Uhr war das Wetter herrlich; ein kleiner Vogel kam zu uns und blieb auf dem Deck; unten in unsrer Kajüte hing ein Kanarienvogel und sang. Unser Kapitän ist aus Dalmatien und heißt Florio. Sonnenuntergang. Ich habe eine sonderbare Angst.

Donnerstag, 6. Mai. In der Nacht einmal und dann den ganzen Morgen wegen des Nebels stillgelegen, dies wiederholte sich noch dreimal; ganz oben war der Himmel fast klar, doch rundherum Nebel, feucht und kalt; als er sich hob, waren wir an Küstendje [Constanta] längst vorbei, hätten wir diesen Kurs noch eine halbe Stunde fortgesetzt, dann wäre unser Dampfschiff aufgelaufen und das vierte gewesen, dem das hier passierte. Die »Seri Pervas« war ein österreichisches, die »Neva« ein russisches und die »Stambul« ein österreichisches. Um 10 legten wir in Küstendje an, eine öde, nackte Küste, ein paar Häuser standen am offenen Meer. Das Wirtshaus reinlich und recht gemütlich; wir spazierten durch die Stadt, die 1809 von den Russen zerstört wurde, doch es sieht hier aus, als wäre das gestern geschehen; ein erbärmliches Café, in dem die Türken lagen. Hier sah ich den ersten Storch in diesem Jahr. An einzelnen Stellen werden die Balken, welche das Dach oder den Balkon der Häuser tragen, von einem Marmorkapitell unterstützt; Säulenstümpfe. Man sieht Spuren der Trajansmauer, die sich von hier bis zur Donau erstreckt. – Da es im Umkreis vieler Meilen kein Brennholz gibt, verbrennt man hier Kuhmist. Am Meer lag ein toter Storch, der auf mich einen wehmütigen Eindruck machte, er war gerade über das Meer gelangt und dann tot niedergesunken. Die Wagen ganz und gar aus Holz, auf mehreren solchen, von Ochsen gezogen, wurde um 4 Uhr nachmittags unser Gepäck fortgebracht, walachische Bauern trieben sie an. Ein vorzügliches Mittagessen. Ein feuchter, kalter Nebel, das Meer ganz verborgen; in der Nähe des toten Storches lag ein toter Hund, den habe ich nicht notiert, der Storch hat meine Phantasie angeregt, der arme Hund war vielleicht edel und treu und blieb nun unbemerkt. Auf den Klippen versteinerte Muscheln. Für einen Moment hob sich der Nebel; ein junger Türke, zum ersten Mal auf Reisen, fragte, ob die Deutschen böse zu den Türken seien, er hatte seinen Paß in den Koffer gelegt, der vorausgeschickt war, und sollte ihn nun visieren lassen. Alle drei, der Engländer, ich und Trattner, schliefen wir auf langen Sofas, nachdem wir zuvor Punsch getrunken hatten. Seitdem wir an Land gekommen sind, sehr vergnügt.

[...]

[Am 7.5.1841 geht es von Küstendje nach Czernawoda, dann per Dampfschiff auf der Donau weiter bis Schupanek, wo die Reisenden zehn Tage in Quarantäne verbringen müssen.]

Samstag, 22. [Quarantäne bei Schupanek] Die ganze Nacht Bauchschmerzen in heftigem Grad; so gut wie gar nicht geschlafen; mußte den Doktor rufen. Heute für die Quarantäne bezahlt, insgesamt 18 Gulden und (täglich etwa 1 1/2 Gulden für Kost) 15 Gulden. Das sind für 10 Tage 34 Gulden, etwa 16 Speziestaler. Bevor der Doktor heute vormittag die Quarantäne aufhob, hatte der Revisor schon sein Gepäck besichtigt, Punkt

2 Uhr fuhr er ab, frei; wir mußten bis 3/4 3 warten, ehe die Leute vom Zoll [und] ein Herr Revisor Eckmeyer zu kommen geruhten. Nun gab es ein Laufen und Arrangieren, Schreiben und Gegenzeichnen. 1/2 4 rollten wir nach Orsova, eine herrliche Natur! Ich war gleichsam noch zu schlaff dafür. Wir kehrten im »Kaiser von Österreich« ein; es sind 28 Grad Wärme; ich spazierte zur Donau, besuchte den Agenten. Am Ende unseres Hauses steht eine große Akazie mit weißen Blüten. Wenn jemand kurz vor seiner Hinrichtung auf dem Richtplatz plötzlich begnadigt wird, dann, glaube ich, kann er seine Freiheit nicht sogleich recht empfinden, er braucht dafür Zeit – so geht es mir mit der Freiheit von der Quarantäne. Fast alle sind vom Wasser krank, zwei haben sogar Fieber. Wie schön es hier ist, die blühenden Holunder- und Akazienbäume. Diese Üppigkeit von Grün. Die klare Donau, in der sich alles spiegelt, und Serbiens grüne Berge. Man sollte in einer Quarantäne jene Bequemlichkeiten haben, die man bezahlen kann, aber nein – zu einer bestimmten Zeit alles. Ich muß die Qu loben – wenn doch meinem Buch das Glück widerführe, von einer österreichischen Hofdame gelesen zu werden, dann würde sie diesem und jenem davon erzählen, und ein Hof ist allemal gut, denn alle Fürsten sind Menschen wie wir, und dort würde man vielleicht auf uns aufmerksam werden, und meine Nachfolger könnten es besser haben! – (Ein kleiner Junge, dem das Hemd aus der Hose hing, war glücklich, weil er einen Kreuz-Christoph bekam.) So eine Hofdame hat Gefühl, hat Geschmack; ich werde dann sagen: Mein gnädiges Fräulein, sagen Sie dem Verantwortlichen ein Wort, und durch Sie ist ein ganzes künftiges Geschlecht glücklicher geworden.

[…]

Montag, 24. Zeitig auf; Warten auf den Wagen; als er endlich kam, sollten wir einen Passagier abholen, der spazierenging, ich war ärgerlich und schimpfte. Schönes Wetter, aber sehr warm; alles grün und fruchtbar, die Bäume werden von so vielen weißen Schmetterlingen umschwirrt, daß sie wie blühende Obstbäume aussehen, ja, hier könnte man mit Jean Paul sagen:

»Schmetterlinge sind fliegende Blumen!« Armselige walachische Dörfer. Als Fensterscheiben Papier. Die Bauern standen aufrecht in ihren Wagen und jagten wie die alten Römer davon. Die Gegend höchst romantisch, ganz der Charakter des Rheins; bei Plavisovicza ist der Kazanpaß, wo die Donau zwischen lotrechten Klippen strömt; an zwei Stellen ist die Straße so in den Fels geschlagen, daß dieser ein Dach bildet; sie wurde unter Leitung von Graf Széchenyi und Ingenieur-Direktor Vásárhelyi gebaut. Wir kamen nun zur Veteranishöhle; ein kleiner Pfad zwischen den Büschen führte zu dieser riesigen Höhle hinauf, die aus mehreren Abteilungen besteht; das Licht fiel durch eine Öffnung im Gewölbe. An diesem Weg gibt es mehrere Höhlen, alle auf der rechten Seite, eine führt durch den ganzen Berg, so daß man nach einer Wanderung von 1 1/2 Stunden am anderen Ende herauskommt. Auf serbischer Seite gibt es eine antike Straße, zur Römerzeit in den Fels geschlagen, und die sogenannte Trajanstafel, eine flache Felsenwand mit einer Inschrift zur Erinnerung an Trajans ersten Feldzug in Dakien. In einem armseligen Wirtshaus des Dorfes Tissowicza nahmen wir im Holzschuppen unser kärgliches Frühstück ein, das uns köstlich schmeckte; bevor ich es genoß, fühlte ich mich sehr krank und hatte nur den Wunsch, doch Drenkova zu erreichen. Als wir weiterfuhren, kamen wir an drei Turmruinen vorbei, die man jetzt als Wachhäuser nutzt. Überall am Wegesrand viele Walnußbäume. Die Sonne brannte entsetzlich, die Straße wurde nun so halsbrecherisch, daß wir schließlich alle aussteigen mußten, die Wagenstange war gebrochen. Endlich erreichten wir Drenkova, doch hier näherten sich Serben, gewiß über hundert, die mit wildem Geschrei ein Schiff zogen. Um uns nicht mit ihnen zu vermischen, mußten wir fast eine halbe Stunde stehenbleiben, und als wir uns vorbeiquetschten, hielten wir uns senkrecht am Wagen fest, damit es keine Berührung geben sollte. Drenkova war vor 1836 nur ein Wachhaus, jetzt stehen hier 3-4 hübsche Häuser, für die Dampfschiffahrt errichtet, es ist jedoch keine kleine Stadt, wie es in der »Donaureise« heißt; wir gingen hier an Bord des Dampfschiffs »Galathea«. Ich machte einen Spaziergang und traf Zigeuner, die ganz wie Mulatten aussahen und mich anbettelten; ihre Gesellschaft hatte sich zwischen den Bäumen gelagert und ein Feuer angezündet. Ich begegnete einem walachischen Bauernjungen mit Namen Adam Marko, arm, aber reinlich, mit einem offenen, liebenswürdigen Gesicht. Als ich ihn fragte, ob er Soldat werden wolle, sagte er: »Ja, aber ich kann auch Offizier werden, und deshalb lerne ich etwas!« Sein ganzes Wesen nahm mich für ihn ein, ich gab ihm einen Zwanziger, verlangte dafür jedoch eine Feldblume, ich fand ihn für ein Almosen zu edel, er bekam meine Adresse. Der Mann, auf den wir in Orsova gewartet hatten, ist sehr gebildet, kann mehrere Sprachen und ist wohl ein Ungar. Weiter gesellte sich zu uns noch ein kleiner judenähnlicher Belgier, der unbedeutend war, aber viel redete. Wir nahmen die besten Plätze des Schiffs. – (Heute passierten wir jenen Teil der Donau, der Izlas genannt wird, dort ist die Strömung so stark und reißend, daß die »Stephan« (aus Eisen), die vor einigen Tagen als erstes Dampfschiff nach Orsova gefahren war, hier auf der Rückreise von 14 Pferden gezogen werden mußte, sonst wäre sie nicht dagegen angekommen. Unterhalb am Wege liegt ein Engländer begraben, einer der unglücklichen Passagiere, die hier vor zwei Jahren ertranken, als das Boot des Dampfschiffs kenterte.) Habe »Schiller« getrunken. Prophezeiung in der Höhle.

Dienstag, den 25. Mai. Zwischen den grüngekleideten Bergen hingen die Wolken über der Donau wie eine luftige Brükke; wir kamen an jener Stelle vorbei, wo mitten im Fluß die Klippe Babakaj aufragt, das soll auf serbisch bedeuten »Alte, schweig!«, auf türkisch »Vater der Felsen«, auf slawisch »Alte, bereu es!« Dieses letzte paßt zu der Sage, wonach ein eifersüchtiger Ehemann hier seine Frau ausgesetzt hat. Die Klippe hat die Form eines Rhinozeroshorns; auf serbischer Seite liegt die Bergfestung Golubacz, von der ein Teil aus der Römerzeit stammt; vor 100 Jahren war das ein Räuberschloß. Moldava mit Kupfergruben. Basiasch mit einem kleinen, armseligen Kloster. Vorbei an O-Palanka, ein slawisches Wort, das Verschanzung mit Pfählen bedeutet, vielleicht aus der Römerzeit, denn [Palo] bedeutet auf italienisch »Pfahl«. (Philippovich ärgerlich, weil ich Mehádia nicht besichtigt hatte, das sei das Schönste auf dieser ganzen Reise; hier ist es so mild, daß der Feigenbaum wild wächst; Reste aus der Römerzeit, ein kleiner Wasserfall, die Herkules-Bäder. Ph erzählte mir von dem vor 2 Monaten in Konstantinopel verstorbenen Kriegsminister Hussein Pascha, mit dem er in Quarantäne gelegen hatte; als sie sich über das Wort »Giaur« unterhielten, trat er selbst in die Gesellschaft ein und erklärte, dies sei nur der Name für Christen, wie sie auch einen für Juden hätten; es bedeute ganz und gar nichts Böses. Als das erste Dampfschiff hierherfuhr, war Ph dabei; während die Christen sich bekreuzigten, ruderten die Türken zu ihm hin und fragten: »Welcher Meister hat das gebaut?« Sie sind viel aufgeweckter als die Christen.) Um die Mittagszeit Gewitter; auf ungarischer Seite die Stadt Kubin. – Semendria; die Festung bildet ein Dreieck, hat zahlreiche Türme, viele sind viereckig, einzelne rund; sehr verfallen, einer der größten Türme hat ein so zerlöchertes Dach, daß man hindurchsehen kann; die Stadt selbst ist klein. Es herrscht eine schreckliche Wärme; ich habe Fieber im Blut, ich brenne vor Durst. Drüben in Serbien Wald und immerfort Wald; es geht mir mit der Donau-Gegend wie dem Krämerjungen, der zu viele Rosinen frißt, er bekommt sie satt; diese ewige milde Natur! Ich habe Sehnsucht nach nackten griechischen Bergen oder norwegischen Wasserfällen. Wir kamen an Pancsova vorüber, wo es Brauch sein soll, daß sich Junge und Alte, sogar die Armen schminken. Als wir die Festung Belgrad erreichten, war darüber der Neumond aufgegangen und die Sonne verschwunden, es blitzte über Deutschland; das war wie ein Bild für den Türken und Europa; schwüle Hitze. Wir legten vor Semlin an, das am anderen Ufer des Flusses Sava liegt.

[...]

Donnerstag, den 3. Juni. Diese Nacht hatte ich ein schlechtes Lager. An Bord ist ein Mensch, der wie eine Karikatur von mir aussieht, er ist ein vollkommener Schatten; er ist ein loses

Basrelief; der arme Mensch wurde ausgelacht, man zeichnete ihn ab; ich glaube, ihm fehlen die Unterzähne, er sah vollkommen aus wie ein Schatten. […]

Freitag, den 4. Gestärkt vom Schlaf, stand ich um 4 Uhr auf, aber der Bauch tut mir weh; habe die Gesellschaft und die Natur über. Schüttere Wälder bis ins Unendliche; dicke, heiße Luft; ja, jetzt ist man in Deutschland. Endlich erblickten wir in der schweren, heißen Luft den Stephansturm, er wird gerade repariert. Mehrere Stunden vergingen, bis wir die Anlegestelle im Prater erreichten, der Aufgang führt hier, wie in Pest, durch ein Schiff. Wir wurden leicht visitiert, ich kam in den ersten Wagen, konnte den Kutscher mit Geld und guten Worten dazu bewegen, meinen Koffer auf den Bock zu nehmen, und so rollten wir rückwärts, das Gepäck auf dem Schoß, durch den Prater und die Leopoldstadt zum Judenmarkt. Hier fand ich einen alten Knecht, der mir das Gepäck schleppte, ohne den Weg zu wissen, bis ich merkte, daß es verkehrt war und mich nun erkundigte und ihn zum »König von Ungarn« am Stephans-Platz wies. Ich eilte als erstes zum Postamt, ach, erst um 3 Uhr wurde dort geöffnet; als ich dann wiederkam, lag nur ein Brief von Jette Wulff da, nicht ein Wort von Collins, das betrübte mich tief; alles Unerfreuliche der Heimat erfüllte mich; ich spürte diese deutsch-dänische Luft, wünschte, ich wäre im Orient gestorben. Castenskiold traf ich nicht an; er kam auch nicht, obwohl ich ihm zuvor meine Karte geschickt hatte. Schlechtgelaunt ging ich zu Bett.

[…]

Montag, 7. […] Im Burgtheater gewesen und zwei Akte von »Die Ahnfrau« gesehen, für solche Stücke muß man in der rechten Stimmung sein, ich ging danach etwas Kalbsbraten essen. Traf im Theater den kleinen Helsted, meinen Komponisten. Ging um 8 Uhr nach Hause und kaufte mir eine halbe Flasche Tokaier, um ein gutes Glas Wein zu trinken. Als ich an der Stephanskirche vorbeikam, lag draußen vor den Heiligenbildern ein armes junges Mädchen und betete in dem rauhen Wetter, ihre Figur war schön, das rührte mich, doch kurz darauf dachte ich, daß sie vielleicht deshalb hier liegt, um ihre Figur zu zeigen und sich einen Ritter zu fangen. Ich wurde auf mich selber wütend, weil ich so einen bösen Gedanken hatte. »Meine Abende im Orient« soll meine Reisebeschreibung heißen; diesen Gedanken küßt mir die Tokaier-Muse heute Abend in die Seele.

[...]

Donnerstag, 10. [...] Eine Reise in Griechenland, finde ich, ist für das Gefühl, eine Reise im Orient für die Phantasie. [...]

[...]

Freitag, 18. Noch erkältet. Regenwetter. Wien hat Phantasie in den Namen, so in allen Walzern von Lanner und Strauß, so auf allen Schildern, auf diesen zeigt das Bild jedoch den Namen, während die Töne den Namen des Tanzes nur selten ausdrücken. Für 5 Gulden »Constantinopel und seine Umgebung« mit 30 Kupfern gekauft. Bosporus, Konstantinopel, wenn ich an diese Herrlichkeit zurückdenke und mir vorstelle, daß sie Barbaren gehört! Was könnte doch mit europäischer Kultur daraus werden, was aus Bulgarien entlang der Donau! Da wandern Europas Kinder nach Amerika, und hier, ihnen viel näher, liegt ein wenig bebautes Land. Doch ihre asiatischen Trachten müßten bleiben, sie passen zum Klima; die leichten Turbane, aufgebauscht und fest gegen die Sonne, die ganze bequeme Tracht des warmen Landes. Von innen her sollen die Veränderungen kommen und dann bis zur äußeren Schale dringen. In der Oper »Torquato Tasso« und »Otello« gehört, habe mich sehr gut unterhalten. Im Casino gegessen, wo ich Zeuthens traf, später ins Burgtheater zu »Werner«; sie reisen morgen nach Salzburg. Damenangebot auf dem Heimweg.

[...]

Sonntag, 20. Regenwetter. Bauernfeld besucht, der mir zwei seiner Lustspiele verehrte und mir anbot, sich für meine Bühnenarbeiten in Wien einzusetzen. War sehr natürlich und liebenswürdig. Ging dann zu Baumann, der mir recht in Liebe zutan ist, er las »Nur ein Geiger«. Mittagessen bei Potts

Schwiegereltern; gute Leute, aber langweilig. Ging ins Burgtheater und sah einen Akt von »Fiesco«, hier traf ich Kammerrat Drewsen und Gattin, unsre Begegnung schien ihnen höchst gleichgültig zu sein, das war ein sehr dänischer Kontrast zu jener Liebe, die mir die Deutschen und alle Fremden auf der Reise erwiesen haben; es war, als begegneten wir uns auf der Straße in Kopenhagen. Ich dachte etwas bitter an die Heimat. Ging in die Oper und hörte Mercadantes »Il Bravo«, darin herrliche Harmonien; an einzelnen Stellen schwollen die Stimmen an, wie üppige Blumen in einer ganzen Ton-Gartenlaube. Wie poetisch fühle ich mich doch stets durch Musik. Zuvor war ich im Volksgarten, um dort Musik zu hören. Ich habe nun eigentlich genug von Wien, denn ich finde keine Ruhe, um eine Arbeit zu beginnen. Gestern war ich in der Stadt bei Frau von Weißenthurn. Sie zeigte mir eine hübsche Vase, die ihre Kunstbrüder und -schwestern ihr geschenkt hatten; der Lorbeerkranz um die Leier hatte goldene Blätter, auf denen einzelne jener Stücke standen, in denen sie aufgetreten war, und die grünen Blätter trugen die Namen von allen ihren Werken; das bedeutet vielleicht, daß ihr Lorbeer immer grünt und daß sie den Lorbeer anderer mit Gold versehen hat; vielleicht hat man sich nichts dabei gedacht. Außerdem ein prächtiges Album, in das alle Kunstgenossen geschrieben hatten, ich war der erste Fremde.

Montag, 21. [...] Wenn man jetzt nach Hause kommt, dann muß man sich Frau H in »Emilies Herzklopfen« anhören, sie macht das vortrefflich, aber wenn man ewig diese Belanglosigkeiten hört, das ist doch wirklich, als müßte man immer dieselben Kartenkunststücke sehen – sie mögen noch so vortrefflich vorgeführt werden –, es gehört ein recht spießbürgerliches Kleinstadt-Gemüt dazu, um sich damit zu begnügen, ja glücklich zu sein; ihr guten Bürger und ihr blinden Liebhaber, seid nicht böse, doch denkt daran, man soll im Theater geistig erbaut oder unterhalten werden. »Ja, das tun wir«, sagt ihr, na, dann ist es um euren Geschmack schlecht bestellt.

[...]

[Am 23.6.1841 verläßt Andersen Wien, um über Prag weiter nach Dresden zu reisen.]

Montag, 28. Juni. [Prag] Um 3 auf, Abfahrt um 4 Uhr in einem schlechten Gesellschaftswagen; wir fuhren 3 Stunden durch eine fruchtbare dänische Natur. Als wir die Elbe erreichten, kamen wir auf das Dampfschiff »Bohemia«, das einen englischen Kapitän hat und eine Westentaschenausgabe von einem Dampfschiff ist; wir saßen sogleich für eine halbe Stunde auf Grund. Ein Doktor aus Prag starrte den Namen auf meinem Koffer an und fragte mich, ob ich der »vielberühmte Dichter Andersen« sei; ein anderer kam mir jubelnd entgegen, ein Doktor der Rechte aus Schleswig, Gülich, er ging hinunter in die Kajüte und schrieb für mich und meinen Palmenstock ein deutsches Gedicht. Die Prager erzählen mir von der böhmischen Literatur; Professor Swoboda in Prag hat ein böhmisches Drama geschrieben, das gelobt wird, aber noch nicht gedruckt ist. Eine Zeitung »Bohemia«, die dreimal wöchentlich erscheint, berichtet über die Literatur des Landes. Bei Raudnitz sahen wir »das Volk«, das heißt die Eingeweide der Stadt, in Prahmen und Booten, um uns zu besichtigen. Ich war bald eine Merkwürdigkeit des Schiffs! Der Schreckenstein auf einer steilen Klippe, früher Festung; ringsum in Fenstern und Maueröffnungen standen Leute, eine Fahne war aufgepflanzt, Taschentücher wurden geschwenkt, Kanonen abgeschossen. Eine böhmische Familie! – In Aussig wurde 1728 Raphael Mengs geboren. In der nächsten Stadt wurde für uns geschossen und gespielt. Hier bekam ich das Gedicht von Gülich. Schöne Felsennatur. In Herrnskretschen sehr strenge Visitation; meine neuen Stiefel bescherten mir viel Ärger, mir wurde deshalb siedend heiß; der Architekt Wanstrat, den ich aus Rom kenne, war dabei. Die Sächsische Schweiz; der Ort, an dem vor ein paar Jahren die Arbeiter acht Tage lang lebendig begraben waren und mit ihnen ein toter Kamerad; sie hörten, wie man sich mühte, um sie auszugraben; sie sind noch am Leben. Am chinesischen Pillnitz vorbei. Das Dampfschiff macht eine gute Fahrt und geht nur 15

»Zoll« tief. – Um 7 Uhr in Dresden. Wohne in »Stadt Rom«! Fand 2 Briefe von Collins, die so liebenswürdig waren und mich so glückselig stimmten, daß es der glücklichste Abend meiner Reise wurde, ich las sie gewiß 6 Male, ein trauriger Brief von Jette Hanck.

[...]

[Über Leipzig und Hamburg kehrt Andersen nach Dänemark zurück und trifft am 22.7.1841 in Kopenhagen ein.]

[1842 unternahm Andersen keine Auslandsreise, die wenigen Aufzeichnungen stammen von Aufenthalten auf dänischen Gutshöfen.]

Reise nach Paris 1843

[...]

Mittwoch, 1. [*März 1843*]. [...] Nun bin ich in Köln, »Zum Mainzerhof«, hier ist mir angenehm und gut. Die Fahrt von Hamburg nach Düsseldorf war unangenehm, verdarb die Reiselust, nur Bremen tauchte als Oase auf, das machten die freundlichen Gesichter, die ich dort traf, sie lächelten mir zu wie große Blumen. Jetzt habe ich Beefsteak gegessen, Wein getrunken, sitze in einem warmen Zimmer, denke an meine Lieben!

Donnerstag, 2. Zeitig geweckt, weil man glaubte, ich wollte abreisen. Sinnlicher Trieb. + Ging allein zur Petri-Kirche, wo es ein Gemälde von Rubens, »Die Kreuzigung Petri«, gibt. Fand in der Sternengasse das Haus, in dem einst Maria von Medici starb und Rubens geboren wurde, es ist jetzt privat, das wird uns durch eine Tafel zu jeder Seite des Tors und darüber Rubens' Porträt kundgetan. Ging zum Rathaus und zur Kirche, sie ist jedoch nicht so bedeutend wie die Peterskirche in Rom, innen von gelbgrauer Farbe, die Kapitelle klein und rot und vergoldet. Rote und goldene Verzierungen (prachtvolle Glasmalereien), im Gewölbe Christus. Hinunter zur Brücke gegangen, die nach Deutz führt. – Ging noch einmal aus, die Börse ist nur ein kleiner neuer Kasten mitten auf dem Markt; ging wieder zum Dom, hinter dem Hauptaltar ist das Grab der Heiligen Drei Könige. Ich schlenderte durch die Straßen und stand auf einmal vor dem »Panorama«, das man mir empfohlen hatte; ich ging hinein, es war hübsch und stellte den »Mittel-Rhein« und den Übergang der Franzosen über den Rhein 1797 unter General Hoche dar. – Schöner Sonnenschein. – Mit der Eisenbahn erster Klasse gefahren, mir war doch ein wenig feierlich ums Herz; nun saß ich auf dem Rükken des Feuerdrachens und mußte mich festhalten, denn es ging durch die Erde; der erste Tunnel hat eine Länge von fast drei Viertelstunden Fußweg, wir durchflogen ihn in drei Minuten, es war schwarze Nacht, ich sprach sechsmal mein Vaterunser, bevor wir wieder draußen waren. Die beiden folgenden Tunnel sind kürzer, aber doch länger als der zwischen Dresden und Leipzig. Es wurde dunkler Abend, das Feuer leuchtete auf dem weißen Schnee, bald flogen wir auf leichten Erdwällen, bald durch tiefe Schluchten, vorbei an Fabriken, in denen das Feuer glühte. Um 7 Uhr waren wir in Aachen, und ich kehrte bei ... ein; nun hörte ich, daß ich am selben Abend oder am nächsten Morgen weiterreisen müsse, wollte ich nicht noch eine Nacht in Lüttich bleiben; ich ließ Karl den Großen liegen, nahm Platz. Lustige Franzosen saßen am Tisch und ließen den Champagner knallen. Um 10 Uhr fuhr ich ab; in den Waggon kamen ein paar gemeine Kohlenbrenner, ein widerliches altes Weib, eine alte Dame, die ein Franzose für jung ansah und der er unbedingt alle Siebensachen tragen wollte; aber das ist genierlich. »Je dors!« war seine Antwort.

[...]

Sonntag, 5. [Brüssel] [...] Das Rathaus besichtigt, auf diesem Platz wurde Egmont geköpft; es ist ein prächtiges altes Gebäude mit einem hohen, spitzenähnlichen Turm; ja, schau an, das sind Brüsseler Spitzen. War in der Kirche an der Place Royale. Ging ins Museum, wo es eine reiche Sammlung gab; ein Flußpferd, plump und schwer, interessierte mich; häßliche große Affen, die Ähnlichkeit mit Menschen hatten; seltsame schöne Vögel. Dann ging ich in die Gemäldesammlung, doch sie sprach mich nicht sonderlich an, ich mag Rubens nicht, diese fetten blonden Frauenzimmer mit den simplen Gesichtern und verblichenen Kleidern langweilen mich. Ich sah einen Hagen; eine Familie spricht ihr Abendgebet, und die Mutter hilft dem kleinen Jungen, der sich nicht recht an die Worte erinnern kann. Schiern hat mir gestern erzählt, daß Lange (»Graf Essex«) hier sei; heute begegne ich ihm, er kannte mich nicht, und ich wich ihm aus. Coopmans erzählt, daß er vorhat, hier eine dänische Zeitung herauszugeben, die Brüsseler Polizei wollte ihn ausweisen, aber C hat ihm die Erlaubnis zu bleiben verschafft. Habe Schiern besucht, der gut, jedoch draußen in Faubourg de Namur wohnte; wir gingen spazieren, ich fror entsetzlich, auf der Straße waren viele Masken, es ist der letzte Karnevalstag. Bei Kammerherr Coopmans gegessen, Schiern war da, der junge Semmler aus Itzehoe, der bei Bériot Musik studiert, ein Knopfmacher Lassen mit Sohn; wir speisten sehr gut, und wie ich sah, war ich der Ehrengast. Lassen begleitete mich dann zur Messagerie Royale, wo ich einen Platz für die Diligence nach Paris am Freitag nahm, bis zur Grenze fährt man mit dem Dampfwagen; ich bekam Nr.2. Den ganzen Abend zu Hause und Brüsseler Bier getrunken und Briefe geschrieben.

[...]

Donnerstag, 16. [Paris] Erst gegen 9 auf; graues Wetter, wie immer. Ging müde und angegriffen zu Martin, Cité Vauxhall, er war nicht zu Hause, suchte auch Heine vergebens, er wohnt in Faubourg Poissonnière Nr.46. – Vergebens Alexandre Dumas besucht. Bin mit den alten Hosen, die ich ihm mitgebracht hatte, zu Theodor gegangen, schrieb dort einen kleinen Zettel für Edvards Jette und für Louise; abends in der italienischen Oper mit Theodor und Schiern, wir saßen im 3. Rang, allein in einer Loge, redeten sinnlich, man gab »Otello«, die Grisi ist ungeheuer lebendig; hörte zum ersten Mal Giuseppe Mario, er sang den Otello und ist in Wirklichkeit der Liebhaber der Grisi, eine wunderbare Stimme. Es ist eine Lust, das noble, feine Arrangement zu sehen, alles mit Samt, die Leute geputzt, die Kleider sitzen gut; habe Absinth getrunken, Kuchen gekauft, sitze nun froh und daheim hoch unter dem Dach, mein Gedanke ist der des Bluts! Diesen Gedanken kennen sie alle! Warum habe ich ihn nicht in sehr jungen Jahren abstumpfen können, wie die andern, die jetzt ruhig sind.

[...]

Dienstag, 21. Bei Martin, dem ich auf dem Zollamt in der Rue Samson begegnete, er freute sich sehr, mich zu sehen, und lud mich für ein Mittagessen zu sich ein. Auf dem Plakat las ich, daß Rachel morgen und nicht heute abend spielt, eilte deshalb zu Theodor, bekam einen französischen Brief an Dumas zustande und kann nun also Henriette Nissen in »Norma« hören. Müde bin ich, aber gesund, Gott sei Dank! Lange mit Theodor geredet. – Lehmann schleppte uns in ein Restaurant in der Rue de Richelieu, doch ich war mißvergnügt; abends in der italienischen Oper, wo eine ganze Reihe von Dänen vor mir saß, Schiern sagte sogleich »Bä«, als Jungfer Nissen hereinkam, und wie schön sie auch sang, was das ganze Publikum anerkannte, so schnitt er doch Gesichter und klatschte dann spaßeshalber mit! – Sie ist eine Landsmännin, das ist also genug! In den Dreck mit ihr! So war es auch mit Lucile Grahn, daß sie so große Anerkennung gefunden hatte, sollte verrauchen, dieser kalte, eitle Kerl von Arnesen schrieb an die Kopenhagener Zeitungen, und der Klüngel plapperte ihm nach! Die Dänen sind abscheulich kalte Seelen! – Aber zurück zu »Norma«! Hier war die Grisi groß und hinreißend, ein grandioser Charakter in Gesang und Spiel, sie war die Hauptgestalt des Ganzen! Als sie im zweiten Akt das Duett mit der Nissen gesungen hatte, wurde »da capo« gerufen, was auch geschah; die Grisi wurde herausgerufen und erschien mit der Nissen.

Mittwoch, 22. Zum ersten Mal ohne Mantel ausgegangen, Thalberg besucht, der nicht zu Hause war. Brief an Frau Eisendecher in Oldenburg geschickt, Briefe an Holst, Frau Læssøe und Jette Wulff beendet; Manschetten und Porträts gekauft; in einer äußerst verärgerten Laune Jette gebeten, falls »Agnete« auf die Bühne käme, dann solle sie zu Adler sagen, das gehöre ja zu den Gnadenakten! Rasende Wut auf Kopenhagen; herumgetrabt! – Um 1/2 9 ging ich zu A. Dumas, ich traf ihn hier auf der Straße mit seinem Sohn, der 18 Jahre alt ist, er selbst ist 36. Wir gingen zuerst zum Palais Royal, dort hatte er mit der Déjazet zu reden, danach zum Théâtre Français, ich mußte draußen warten, bis er gesehen hatte, ob Rachel auf der Bühne war oder nicht. Ein Bursche rief mich, ich war geputzt und frisiert; auf jener Seite, die wir zu Hause die »Königsseite« nennen, war hinter den Kulissen mit einem

Schirmbrett ein kleines Zimmer eingerichtet, hier standen drei Hocker; Rachel, als Phädra gekleidet, empfing uns freundlich! Sie ist schön und hat ein höchst interessantes Gesicht, das gibt kein Porträt richtig wieder; ihr Organ ist sehr tief, jedoch schön. Sie bot uns Platz an; ich sagte ihr, daß sie in meinem Vaterland bekannt und geliebt sei und daß man in allen Häusern ihr Porträt besitze; das wollte sie nicht glauben und sagte, wenn sie einmal nach Kopenhagen komme, dann wolle sie mich als einen Bekannten betrachten; ich antwortete ihr, daß sie dort so viele Freunde finden könnte, daß ich überflüssig wäre. Als ich mit Dumas die Treppe hinaufgestiegen war, hatte ich gesagt: »Sie werden lachen, aber ich habe Herzklopfen wie ein Kind, weil ich mit Rachel sprechen werde!« Als er ihr das mitteilte, rief sie aus: »Künstler verstehen einander wohl!« – Dumas unterhielt sich mit ihr äußerst angeregt, sie lachte und sah sehr aufgeweckt aus; reichte dann die Hand zum Abschied und stand als Phädra vor dem jubelnden Publikum. Ich wollte noch bleiben, aber D. sagte: »Jetzt ist gerade die Zeit, wo sie im [Theater Porte] ›Saint Martin‹ die kurzen Röckchen tragen, gehen wir dahin!« Arm in Arm wanderten wir nun die Rue Vivienne und den ganzen Boulevard hinunter, ich redete entsetzlich französisch, Dumas erzählte unter anderem, daß de Leuven, der den »Postillion von Lonjumeau« und mehrere Stücke geschrieben hat, ein unehelicher Sohn des schwedischen Grafen Horn sei. Sagte mir, daß Rachel zum Geliebten einen Sohn von Napoleon habe. – Wir kamen dann ins »Saint Martin«, in den dritten Akt, mitten in China; D verließ mich, um mit dem Direktor zu sprechen, und da stand ich allein, in Geschrei und Gesang, Dekorationswechsel und Getümmel. Die Damen sahen mich an, ich sah sie an. Ein einfacher Maschinenarbeiter nahm eine der Figurantinnen auf seinen Schoß, und sie duldete es, nahm ihren Kranz ab und ordnete ihr langes Haar, sie war nämlich eine der ermordeten Frauen des Sultans. Im Zwischenakt zeigte mir ein junger Mann, wie das Meer und der Sternenhimmel zusammengesetzt waren. – Dann wanderten wir weiter zum Théâtre des Varietés, wo D mich nach gut zwei Stunden Konversation verließ. Im Théâtre Français zeigte er mir Anaïs, wir unterhielten uns mit ihr, sie hatte ein kleines Mädchen dabei, wie er mir sagte, die Tochter von Fanny Elssler. Trank Wein, sinnlich +.

[...]

Freitag, den 24. März. Ging zu Herrn Gathy in die Rue de Paradis possoniere Nr....; ein buckliger Mann, der von meinem Besuch entzückt war; er will den »Improvisator« übersetzen. War bei Baronesse Bornstedt, die in mein Stammbuch schrieb und mir viele von ihren Gedichten vorlas. Ich übersetzte auf der Stelle ihre »Spanierin«. Wir aßen ein großes Souper in einem Restaurant gegenüber der Großen Oper, aus Anlaß von Bornemanns Abreise; wir tranken Champagner und waren sehr lustig, hielten Reden, sagten Anzüglichkeiten! Læssøe sehr still. Ich saß zwischen Bornemann und Lehmann. Als ich nach Hause kam, fand ich eine Visitenkarte von Henri Heine, es war 10 Uhr, und ich ging ins Bett.

Samstag, 25. März. Ging zu Marmier, brachte Bornemann zum Wagen, er fuhr nach Brüssel, um 1 Uhr nach Hause. Rellstab aus Berlin aufgesucht, ohne ihn anzutreffen. Schiern bei mir und Brief geschrieben. Etwas kalt; spazierengegangen. Nachdem ich mich recht hatte frisieren lassen, holte Buntzen mich um 10 Uhr ab, und wir gingen zur Soiree der Gräfin Pfaffins in die Rue de Saint-Antoine. Hier traf ich Balzac, dem ich ein paar Nettigkeiten sagte, er war ein kleiner, breitschultriger Knorz. Ich traf die Dichterin Fanny Reybaud, die »Les Épaves« geschrieben hat, ich erzählte ihr, daß diese Erzählung das Sujet meines »Mulatten« sei und welchen Erfolg das Stück gehabt habe; sie lud mich zu ihren Soireen ein und war sehr nett, ja, sie lobte sogar mein Französisch und sagte, ich sei zu bescheiden; wir sprachen über dänische Literatur &. – Später kam ein junger blasser Franzose, der laut zu reden anhub, ich glaubte, daß er eine Geschichte erzählte, doch es war eine Rede über Gott und Religion, über Offenbarungen, die er hatte, und das im Ernst, er hatte sich in einem Tal an eine Eiche gelehnt und eine Flamme mit einer französischen Inschrift gesehen! Er war äußerst beredt. Der Grieche Koreff mit Frau war hier, er sprach über Brøndsted, Koës und Oehlenschläger, der soll, als er ihn kennenlernte, viel weniger gut deutsch gesprochen haben als ich. Die Frau saß auf dem Sofa, unter sich ein Wärmebecken, ich sah die Flammen und war mir nicht sicher, ob der Teppich Feuer gefangen habe oder ob das ein Wärmetopf sei, ich kämpfte mit mir selbst, ob ich sie warnen sollte, war aber besonnen und dachte, ich will erst mal sehen, ob die Flamme größer wird, das wurde sie nicht; als ich Buntzen davon erzählte, lachte er derart, daß Fräulein Bornstedt unbedingt den Grund wissen wollte; sie ist zu exaltiert! – Ich hatte ihre Gedichte bei ihr vergessen und nicht bemerkt, daß sie sie bei sich hatte, ich mußte irgendwelchen Unsinn sagen. Gräfin Pfaffins sehr nett, lud mich für jeden Samstag ein; ging nachts 1/2 2 heim.

Sonntag, 26. März. Habe Rellstab aus Berlin besucht, einen dicken, sicherlich großspurigen Mann, der mich jedoch, als er hörte, wer ich sei, sehr freundlich empfing; wir unterhielten uns eine Viertelstunde. Ich ging dann zu Heinrich Heine, der mich auf die herzlichste Weise empfing; er sagte, er habe sein Deutsch bald vergesssen, er habe französische Freuden und französische Sorgen, eine französische Frau; er hielt den Norden für das mystische Land, in dem der Schatz der Poesie begraben liege; wäre er nicht so alt, dann wollte er Dänisch lernen. Kobolde und Trolle bei uns interessierten ihn; deshalb hatte er sein letztes Buch »Atta Troll« genannt (Atta bedeutet Vater). Er fand, daß nur die lyrische Dichtung in Deutschland lebte, nannte Eichendorff, Uhland, Grün; ich erzählte ihm von Halms »Der Sohn der Wildnis«, von unserer neuesten Literatur; er habe nur meinen »Improvisator« bekommen, und der sei plastisch. »Sie sind ein wahrer Dichter!« sagte er. Er beklagte, wie sehr er mißverstanden worden, wie schlecht er wegen seines Buches über Börne angesehen sei, er fand es nicht so boshaft geschrieben. Er fragte mich nach Hauch und nach Fredrika Bremer; er habe beim Schreiben seines »Rabbi von Bacharach« an mich gedacht, der sei in meiner Manier; er sagte, Kruse habe meinen »Improvisator« schlecht übersetzt, Kruse sei im größten Elend in einem Pariser Hospital gestorben, ihm sei am Ende alles so verleidet gewesen, fügte er hinzu, daß er nicht einmal mehr Trieb für Männer gehabt habe. Er bat mich, ihn oft zu besuchen, war ganz reizend. Bin hinaus zu Theodor getrabt. – Am Abend in der Opera Comique, wo ich »Les Diamants de la couronne« sah, was mich sehr langweilte, interessanter war Grétrys »Richard Cœur-de-lion«, ich war jedoch so müde, daß ich nur zwei Akte blieb; ich war oben im dritten Stock, das heißt in der 2. Galerie; an der Decke sieht man Paësiello, Paër, Grétry und Boieldieu, im Foyer d'Alayrac, Méhul, Boieldieu und noch einen, bei dem der Name fehlte. Zu Hause wütend, weil der Garçon keinen Kognak gekauft hatte, lief selbst hinaus, um welchen zu kaufen, fand einen Brief von Saabye.

Montag, 27. Nicht wohl, ging hinaus zu Theodor, amüsierte mich bei Krieger (schrieb für Theodor italienische Notizen). Zu Hause fand ich einen Brief von Gathy, der mich zu musikalischen Notabilitäten führen wollte; in der Zeitung gelesen, daß Admiral Wulff gestorben ist; kaltes Wetter; Reiselust; unzufrieden mit der Heimat, keine Briefe von dort; Besuch von Orla Lehmann. Viele Pickel habe ich bekommen, gelb sehe ich aus. Læssøes Einseitigkeit, seine Rede über Poesie, die er unter seinen mathematischen Scheffel stellt! – Wenn der nicht hochmütig ist, wer denn dann! – Und doch habe ich Interesse an ihm. Ging ins Théâtre Français und sah zum ersten Mal Rachel auf der Bühne, es war in »Phaedra«, sie muß jedesmal ein anderes Kostüm tragen, denn als ich mit ihr gesprochen hatte, war sie weißgekleidet gewesen, heute abend war sie himmelblau und mit einem roten Umhang. – Sie schreiten alle in einem bestimmten Rhythmus, man hört die Verse, bei ihr ist das nicht oft der Fall, sie nähert sich mehr der Natur, und gerade an diesen Stellen gewann sie den größten Beifall. Wenn Mademoiselle Mars mit ihrem herrlichen Organ auftrat, hatte man das Gefühl, sie sei eine große, begabte Frau; Rachel ist, ich will nicht sagen: etwas mehr, jedoch etwas anderes; die griechischen Götter und Helden sind für uns tot, doch wenn sie lebendig in unser Leben eintreten sollten, dann so, wie Rachel sie uns darstellt, Rachel hat diesen Nimbus des Entschwundenen, der etwas Überirdisches verleiht; sie ist die tragische Muse selbst, die vor uns erscheint und verkörpert, was sie den Dichter hat singen lassen; sie ist Fleisch von unserm Fleisch, zumindest des Nordländers, doch sie ist da, sie ist Leib und Seele, eiskalt rieselt es uns den Rücken hinunter, als erblickten wir eine Somnambule, die unsre verborgenen, tiefsten Gefühle ausspricht. Ein Herr, der hinter mir saß, übergab sich, so daß ich wegen des Gestanks beinah dasselbe getan hätte; ein Engländer war mein Nachbar, er sagte mir, daß vor ganz kurzer Zeit der Dichter Southey gestorben sei. Auf dem Fußboden des Theaters lag an diesem Abend ein weißer Teppich. Ich war im Orchesterraum und konnte direkt hinunter zu den Lampen sehen. Rachel wurde hervorgerufen, ein Pfiff ertönte, sie dankte, jedoch nicht so, wie ich es auf anderen Bühnen gesehen habe, wo sie glückselig lächeln; Rachel war stolz wie eine Muse und bescheiden wie ein junges Mädchen, ruhig, mit niedergeschlagenen Augen, es gab ein Pfeifen, wie ich es in Neapel gegen die Malibran gehört hatte. Gegen alles Große zischt der Neid. In einzelnen Momenten hatte sie Ähnlichkeit mit Madame Nielsen und Frau Heiberg, denn beide sind groß in ihrer Kunst, ohne doch zu besitzen, was Rachel besitzt, und das war nicht die französische Bühne, um darauf zu spielen, sondern etwas Eigenes. Oft begann sie ihre Repliken, als summte sie still eine Melodie; ihr Gesicht veränderte sich ständig, mir schien, daß sie höchst unterschiedlichen Personen glich, ein paarmal auch deren Porträts. Sinnlich +.

[...]

Dienstag, 4. April. [...] Ging 1/2 9 zum Konzert im Salon de M. Pleyel, wo es äußerst elegant und hell erleuchtet war; das Bewußtsein, keine Absätze unter den Stiefeln und meine schlechteste Hose an zu haben, machte mich verlegen; geputzte Franzosen erschienen, als ich mir einen der Herren genauer ansah, war sein Frack weniger gut als meiner, der Hut desgleichen. Ich fühlte mich hämmorrhoidal, häßlich in mich selbst eingerollt. Ein Herr kam und grüßte mich so ehrerbietig und bekannt, ich habe ihn schon einmal gesehen, wer ist er? Ich ging schon während Nummer 5, meine Gedanken hatten eine andere Richtung eingeschlagen, und ich fühlte mich wohl. Zu Hause in meinem Zimmer wieder krank. Viel Feuer im Blut; hinaus – +

Mittwoch, 5. April. Strömender Regen! Angegriffen von gestern Abend + ; spazierte zum Palays Royal, wo ich Læssøe traf! Willmers besucht, herumgeschlendert. Am »Ahasverus« geschrieben. Mit Krieger, Læssøe und dem Norweger in der Großen Oper, um »Charles VI.« zu sehen, es sangen Duprez und Madmoiselle Stoltz, er sah ganz schneidergesellenhaft aus; schöne Dekorationen, im 3. Akt kam eine ganze Pferdegarde herein; aus gegen 12. +

Donnerstag, 6. April. Immerfort Regen; Heine besucht, habe ihm 3 von meinen Märchen erzählt, er bot sich an, mir einen Brief an Laube mitzugeben; wir sprachen über dänische Literatur. »Sie können erzählen!« sagte er. »Goethe konnte, aber ich kann es nicht!« Er bat mich, ihn oft zu besuchen; aber ich traue seinem Gesicht nicht. – Als ich heute gegen Abend bei Wind und Wetter über den Börsen-Platz heimwärts trabe, hält mich ein französischer Herr an und fragt, ob ich nicht aus Dänemark sei. »Sie kennen mich nicht, aber ich kenne Sie, Andersen.« Es war der Tänzer Dumalattre, ich glaubte im ersten Augenblick, er sei derjenige, für den ich einen Brief von Saabye mithatte; doch er sagte mir, er wohne Boulevard Montmatre 8. Ich zerbrach mir vergeblich den Kopf, woher er mich kennen sollte! – Wein gekauft, zu Hause 1/2 8 +.

[...]

Montag, 10. Ging zu de La Tour, der in den Tuilerien wohnt, dort war es sehr elegant, und königliche Diener führten mich zu ihm; er trug einen Orden, war sehr liebenswürdig! Gemälde hingen an der Wand. Er fragte mich nach dänischen Komponisten aus, ich nannte Weyse, Kuhlau und Hartmann; er bat mich, in sein Album zu schreiben, zeigte mir meine Biographie in Marmiers »Histoire«, lud mich ein &. – Ich ging dann zu V. Hugo, wo ich eine schrecklich lange Zeit warten mußte; endlich erschien er im Schlafrock, bat mich, am Frühstück teilzunehmen; fragte, ob es jetzt nicht sehr kalt in Dänemark sei; ich antwortete, das liege nur vier Tage von hier entfernt. Er bezeichnete seine Rheintour als eine Promenade, sagte, er könne nur Französisch und Spanisch, denn er habe seine Jugend in Spanien verbracht. Verglichen damit, wie ich ihn vor 10 Jahren gesehen hatte, wirkte er sehr gealtert und mitgenommen; er erkundigte sich nach dänischer Literatur, nur durch Marmier kannte er einige Namen. Als ich mit dem Omnibus nach Hause fuhr, gab es einen heftigen Hagelschauer; bei Hallavant erhielt ich einen Brief von Theodor aus Marseille und traf Gotschalk und den Bergenser Nicolaysen, wir gingen zu dritt in die Opéra Comique und sahen »Frère et mari«, Oper in einem Akt, und danach »L'Ambassadrice«, worin Madame Lavoye zum zweiten Mal debütierte; sie bekam Blumen zugeworfen und wurde herausgerufen. Auf dem Heimweg wäre ich beinah überfahren worden.

[...]

Samstag, 15. Der Pickel im Nacken nimmt den Charakter eines Furunkels an, Schmerzen darin. Um 1/2 5 war ich bei Alexandre Dumas, er lag im Bett und dichtete, er bat mich für einen Augenblick um Entschuldigung, er schrieb, sprach einzelne halblaute Worte. »Voilà!« rief er und sprang aus dem Bett, »jetzt ist der dritte Akt fertig.« Er arbeitete an einem Drama in Prosa für das Théâtre Français; dann schrieb er etwas aus seiner Tragödie »Caligula« in mein Stammbuch und nannte mir Saint-Priest als seinen Kommissionär in Dänemark, falls ich ihm etwas zuschicken wolle. – Fuhr im Omnibus zum Cirque Olympique und sah »Les Pilules du diable«, worin die Verwandlungen überraschten, z.B. wie die mit dem Dampfwagen Explodierten wieder zusammengesetzt werden, der Dünne, der dick geblasen wurde; der Mann im Maison de repos, der sich, als alle Instrumente einsetzten, für verrückt hielt; das Haus, das auf den Kopf gestellt wird; der Kopf, der sich auf dem Körper herumdreht. Am meisten überraschten mich jedoch die Körperkräfte der Beduinen. Ging gegen zwölf nach Hause. Sinnliche Natur. + Mein Furunkel im Nakken quält mich.

[…]

Donnerstag, 20. April. Fühlte mich heute morgen so angegriffen, daß ich kaum auszugehen wagte – hatte die Empfindung, meine halbe Seite sei lahm! – Briefe von Frau Læssøe und Vater Collin; ich begann Briefe an Frau Læssøe und Jungfer Hanck, Besuch von Holm und Krarup, beim Kaffee im Palais Royal mit Krieger, Schiern und Buntzen disputiert; ich bin der Meinung, daß unsre Jugend sich zu früh die Interessen des Mannes angeeignet habe, daß es angemessener sei, wenn der junge Mensch aus Liebe und nicht aus politischer Zerknirschung unglücklich wäre! – Daß ihn ein lyrischer Duft und nicht ein hegelsches Lüftchen umwehte. – Schwülwarm, vollkommen Schirokko; abends heftiges Blitzen; saß zu Hause bei Wein und Kuchen.

[…]

Sonntag, 23. […] Sinnlichkeit im Blut! Wäre ich doch früher jung gewesen, jetzt ist das zu verrückt, diese Wildheit, voilà! Ich hasse es und muß doch dorthin, wie siegt das Blut! +

[…]

Samstag [*29. April*]. […] Schiern kam zu mir und erzählte, in »Berlingske Tidende« habe gestanden, »Agnete« sei ausgezischt worden. Als ich nach Hause kam, schrieb ich weiter meinen Brief an Jette Wulff: »Möge mein Auge nie jene Heimat wiedersehen, die nur Augen für meine Fehler, jedoch kein Herz dafür hat, was Gott mir an Großem gegeben. Ich hasse, was mich haßt, ich verfluche, was mich verflucht! – Aus Dänemark kommen stets die kalten Winde, die mich versteinern! Sie bespucken mich, sie trampeln mich in den Schlamm! Ich bin doch eine Dichternatur, wie Gott ihnen nicht viele gab und wie er sie, darum will ich ihn im Augenblick meines Todes bitten, diesem Volk nie [wieder] geben soll! – Oh, welch ein Gift ist doch in diesen Stunden in meinem Blut! Als ich jung war, konnte ich weinen, jetzt kann ich es nicht! Ich kann nur stolz sein, hassen, verabscheuen! Meine Seele bösen Mächten anheim geben, um einen Augenblick Erquickung zu finden! Hier in der großen fremden Stadt bin ich von Europas bekanntesten und edelsten Geistern liebevoll umgeben, sie begegnen mir als einem Verwandten, und in meiner Heimat spucken die Knaben auf die beste Schöpfung meines Herzens! Ja, und sollte ich auch nach meinem Tod wie hier im Leben gerichtet werden, ich sage es: Die Dänen sind böse, kalt, satanisch, ein Volk, das zu den nassen, schimmelgrünen Inseln paßt, wo man Tycho Brahe verjagte, wo Leonora Ulfeldt im Gefängnis saß, Ambrosius Stub der Narr der Gutsherren war und man noch viele schlecht wie jene behandelt, bis der Name des Volkes wie eine Sage klingt. Doch meine Ausdrucksweise ist wohl für einen ausgepfiffenen Dichter charakteristisch, und wenn mein Brief gedruckt werden sollte, dann hätte Kopenhagen eine frohe Minute! Möge ich diesen Ort nie wiedersehen, möge niemals eine Natur wie meine dort das Licht der Welt erblicken, ich hasse, ich verabscheue die Heimat, wie sie mich haßt und bespuckt! – Beten Sie für mich zu Gott, beten Sie, daß ich einen schnellen Tod finden möge, niemals einen Ort wiedersehe, an dem ich nur leide, wo ich fremd bin, fremd wie nirgends im Ausland, doch genug davon, mehr als genug! Ich weiß, Ihr Herz hat schwesterlich für mich empfunden, ich glaube, Sie werden sich in diesem Augenblick in meine Gefühle hineinversetzen! Doch werden Sie nicht betrübt, wenn Sie dieses lesen, sind acht Tage vergangen, ich bin eine elastische Natur, dann ist mein Gemüt ruhiger, dann hasse ich – still meine Heimat, ohne Fieber wie jetzt. – Ich bin krank, meine Heimat hat mir Fieber geschickt aus ihren nassen, kalten Wäldern, welche die Dänen anstarren und zu lieben glauben, ich aber glaube nicht an die Liebe im Norden, sondern an das Böse, Falsche, ich spüre es selbst in meinem Blut, und nur daran kann ich erkennen, daß ich Däne bin!« – Eine Einladung für mich von Lamartine vorgefunden.

[…]

Montag, 1. Mai. Geburtstag des Königs von Frankreich. In der Gesandtschaft meinen Paß visieren lassen; mit Gotschalk und Blom im Keller unter der »Passage de l'Opéra« gespeist, wo es in jeder Laube durchscheinend war. Mit Stoffel zu Lamartine in die Rue de l'Université 22 oder 24 gegangen, wo uns viele livrierte Diener empfingen; durch große Zimmer hindurch gelangten wir in eins, das mit prachtvollen Gemälden geschmückt war, auf dem einen war Lamartine in Lebensgröße. Er kam uns freundlich entgegen; hier waren mehrere Deputierte und Madame Lamartine, die nicht schön ist, jedoch sehr klug aussieht; ich redete einiges. Lamartine wollte gern auf deutsch haben, was ich über Konstantinopel geschrieben hatte, einer seiner Freunde sollte es ihm dann übersetzen. Er sprach von Thorvaldsen, ich erklärte ihm die Lage von Stockholm, und er meinte, er würde einmal dorthin fahren. Unsern König und die Königin kannte er aus Italien und lobte sie sehr, vor allem die Schönheit der Königin, bat mich, ihn in Erinnerung zu bringen; er sprach von unserer Literatur und hoffte, daß bald alles Bedeutende in einer jeden bekannt und verständlich sei und daß die Franzosen schon einige Kenntnis des Deutschen hätten. Ein paar niedliche, leichte Hunde sprangen um uns herum! Auf dem Tisch lagen Bücher und Zeitungen; mit der Madame sprach ich sehr wenig, sie war jedoch höchst liebenswürdig. Lamartine geleitete uns durch alle Zimmer hinaus und drückte mir die Hand, auf daß wir uns wiedersehen! Wir, Stoffel und ich, überquerten nun die Seine und sahen schon den obersten, illuminierten Teil von Notre Dame. Der Neumond war aufgegangen; im Garten der Tuilerien wimmelte es von Menschen, und es gab viele Pyramiden mit Lampen. Heute Vormittag bin ich durch die Champs-Élysées gegangen, es war vollkommen wie ein »Dyrehave«, ein Kunstladen neben dem anderen, wo jeder den Nachbarn zu übertönen suchte; zwei alte Leute, Mann und Frau, aufgetakelt, tanzten Menuett, die Frau war vor Anstrengung ganz rot, sie machten sich lächerlich; Mißbildungen wurden ausgestellt! – Ich wurde ganz wehmütig gestimmt, vor allem durch

Frauen und Kinder, die in verblichenen Kleidern herumsprangen. Ich sah ein widerlich dickes Kind von 3 Jahren, man hatte es im Sonnenschein aufgestellt, in roten Samt gekleidet! Plötzlich hob die Frau die Kleider des Kindes an, es hing alles so schwabbelig, daß ich nicht wußte, was es war, und mich umdrehte – just zu einer Dame, die ich nun fragte: »Ist das ein Mädchen oder ein Junge?« – »Un garçon, Monsieur!« antwortete sie. Nun ging ich zu einigen Kunstreitern, zwei Jungen zeichneten sich besonders aus; ich hatte meinen Geldbeutel in der hinteren Tasche und wunderte mich, daß ich nicht bestohlen wurde. Dann ging ich mir den starken Mann ansehen, dort strömten Leute heraus, und ich geriet in ein großes Gedränge, als ich endlich den Eingang erreichte, war mein Geldbeutel weg; wütend trabte ich gegen Mittag heim. [...] Dort fand ich einen Brief von Edvard, so Jura-kalt, daß ich nur noch an seine Verhaltensweise dachte. Es ist seltsam, daß ich mich an sein Briefeschreiben nicht gewöhnen kann! Dienstfertigkeit hat er mir für Freundschaft gegeben.

[...]

Freitag, 5. Mai. Nelkensamen gekauft, wegen des Passes herumgelaufen, Kupfer gekauft. Heine besucht, der liebevoll und vertraulich war, in der Kammer hingen Roberts Bild »Die Büffel und die Fischer«, die Loreley, ein Improvisator, ein Porträt von ihm und George Sand, ein Ölgemälde seiner Frau, ein rundes, echt deutsches Gesicht; im Nebenzimmer spielten lustige Kinder, guckten zu uns herein, näherten sich und gaben die Hand, ich sprach dänisch, und sie lachten vergnügt. Heine hatte am Vortag ein Gedicht verfaßt und schrieb es mir nun ins Stammbuch; er sagte mir, er habe seiner Frau den »Zinnsoldaten« erzählt, und sie sei glücklich gewesen, er rief sie herbei, und wir wurden bald gute Freunde. Als sie sich mein Stammbuch ansah und den Text, den ich von Goethe habe, fand, wurde die muntere Frau ernst und sagte: »Von dem hat mir mein Mann erzählt.« Bald hockten wir wieder vor den Kindern und scherzten mit ihnen. [...]

[...]

[Am 8.5.1843 verläßt Andersen Paris und fährt, nach kurzen Aufenthalten in Heidelberg, Mannheim und Frankfurt, rheinabwärts weiter nach Bingen.]

Donnerstag, 18. Um 10 Uhr ab Bingen, am Rheinstein vorbei, zur Rechten Lorch, eine reinliche Stadt. Viele Ruinen, aber graues Wetter, Bacharach, Kaub, in der Nähe liegt die Burg Pfalz auf einer Klippe im Rhein. An der Loreley wurde geschossen, und das gab ein Echo; die Klippe nackt und wild; gegenüber zur Linken St. Goar, wir stiegen im Hotel »Zur Lilie« ab. Daneben wohnt Freiligrath, ich ging zu ihm, er empfing mich mit ernstem Gesicht, ich sagte, daß ich nur seinetwegen hierhergekommen sei, und dankte ihm für seine Gedichte. Als ich dann meinen Namen nannte, wurde er ganz rot, brach in lauten Jubel aus, drückte mir die Hand, und bald waren wir Freunde! Ich eilte ins Hotel und holte für ihn einen »Basar«, er hatte mir indessen ein paar Worte vorn in seine »Gedichte« geschrieben. Dann kam seine Frau, die etwas brustkrank zu sein scheint, auch sie war glücklich, der Tisch wurde gedeckt, wir bekamen Schinken und »Maitrank«, mit dem auf mein Wohl getrunken wurde. Der Bürgermeister wurde geholt, auch er war mein Freund, und F. sagte, die halbe Stadt würde mich kennen; er hatte in einem Lesezirkel aus meinem »Improvisator« und aus »O.Z.« vorgelesen. – »Der Geiger war Kuppler zwischen uns«, sagte er von seiner Frau und erzählte, sie habe einmal ein englisches Buch von ihm leihen wollen, und da habe er ihr den »Geiger« geschickt und darauf den ersten Brief von ihr (auf blauem Papier) bekommen, und sie sei hingerissen gewesen; als er sie später als seine Braut holen wollte, sei sie in Tränen aufgelöst gewesen, und das wegen meiner »Kleinen Meerfrau«. Kurz darauf habe er gehört, daß ich in den Orient gegangen sei, da habe er ein Gedicht für mich begonnen, dessen Anfang ich nun in mein Album bekam, er hatte es nicht vollendet. Er sagte, daß ich in Deutschland der berühmteste Dichter sei, [ich] erzählte, wie sehr ich zu Hause angegriffen werde! Er fand, von den deutschen Poeten hätte jeder seine Art zu schreiben, ich hätte alle

Arten! – An der Wand hingen viele Porträts: Oehlenschläger, Thorvaldsen, Tegnér, keins war ähnlich, ich versprach ihm das meine! Er küßte mich zum Abschied innig, wir versprachen einander Briefe zu schreiben, und er bat mich, einen Sommer in St. Goar zu wohnen. Als wir ablegen wollten, goß es in Strömen, ich stand auf dem Brett zum Dampfschiff, dieses bewegte sich, um ein Haar wäre ich in den Fluß gestürzt. Wir fuhren an schönen Ruinen vorbei, Burg Maus, vorbei an Boppard; schön liegt zur Rechten die Burg Braubach. Nein, wie es goß; in Koblenz kehrten wir in »Trois Suisses« ein, bestiegen den Ehrenbreitstein und hatten eine weite Aussicht; Regen und Sonnenschein wechseln, es ist etwas kalt. – B. ging mit dem Kellner zu Frauenzimmern, am späten Abend wollten B. und G. zwei auf dem Zimmer haben, aber sie kamen nicht, ich lag wach, tat jedoch, als ob ich schliefe; welch eine Hitze, welch ein Blut. – (Abends in der Stadt spazierengegangen.)

Freitag, 19. Um 1/2 5 auf, weil ich glaubte, es ginge um 6 Uhr los. Regen. Die Uhr schlug 1/2 8, bevor wir aufbrachen; schlechtes Wetter, naß und kalt, sonst war es hier schön, bei »sieben Berge« am schönsten. Rolandseck und Drachenfels sahen wir in der Ferne. Nach Bonn; hier nahm ich Abschied von Blom und Gotschalk […]. Ich begab mich an Land und stieg im »Zum Stern« ab, nahm mir einen Lohndiener und wanderte an der Universität vorbei stadtauswärts zu dem alten Dichter Arndt, der eine kleine ländliche Wohnung hat. Er wirkte ehrlich und gutmütig, machte bei meinem Anblick Freudensprünge und sagte: »Ja, so sieht ein wahrer Dichter aus, kindlich und gut!« – Wir waren bald alte Freunde! – Mit einem Mal trat ein Fremder ein, ein junger Mann mit einem schönen Gesicht, Arndt sah ihn an und war zu ihm sehr freundlich, zog ihn zu mir aufs Sofa und sagte: »Hier sollen zwei Dichter zusammensitzen.« Es war Geibel aus Lübeck, der unterwegs nach St. Goar war, um dort den Sommer bei Freiligrath zu verbringen. Wir gaben uns die Hand, wurden augenblicklich Freunde! In meinem Album waren gerade zwei Blätter, auf die sie beide schrieben. Arndt sprach mit mir schwedisch, er ist in Schweden und Dänemark gewesen, las uns ein neues Gedicht vor. Ich versprach, jedem etwas von mir auf dänisch zu schicken. Er begleitete mich hinaus bis zur äußersten Tür, liebevoll und jovial! – Drinnen sagte er über mich zu Geibel: »Er hat ein echtes Dichtergesicht! Wie ein Kind, gut und eigen!« Er fragte nach Heiberg, der Lektor in Kiel gewesen war, sprach von Oehlenschläger und Baggesen. Schleiermachers Büste stand hier. Er las über den »deutschen Michel.« [...]

[Auf der weiteren Heimreise hält sich Andersen noch kurz in Oldenburg und Hamburg auf und trifft dann am 15.6. wieder in Kopenhagen ein.]

1844

[Reise nach Deutschland]

[...]

Freitag, 21. [*Juni 1844*] [Hannover] Heute morgen einen Traum geträumt, daß ich jemanden vom Runden Turm stürzen sah; ich versuchte nun, den Zerschmetterten zu erkennen, konnte ihn aber nicht entdecken, sprach dagegen nur mit Menschen, von denen ich in wachem Zustand weiß, daß sie gestorben sind! Die Uhr war nach 6, als ich erwachte, ich dachte an die Eisenbahnfahrt, aber fort will ich; wenn es mich zerschmettern soll, dann mag es heute durchaus auf andre Weise geschehen, gerade indem ich bleibe. Dein Wille geschehe, o Gott; Jonna, die Verlobte meines geliebten Henrik, wird alles von mir erben. Lebt wohl, Edvard, Ingeborg, Louise, Vater, alle! – Nein, diesmal wurde doch nichts daraus! Es ging sehr gut und schnell! Einmal hielten wir mitten auf einer Heide, es gab ein Gelaufe, und auf den hintersten Wagen wurde etwas festgeschlagen; wir riefen aus dem Fenster, ob etwas passiert sei, man sagte nein! An einer anderen Stelle wurde ich durch das Geschrei erschreckt, in das eine Menge Hirten dicht am Waggon ausbrachen, weil ihre Schafherde scheute. Um 1/2 10 Abfahrt und 1/4 1 in Braunschweig, im »Deutschen Haus«; am Mittagstisch saß ein junger Mann mit seiner Frau, ein schönes Paar, das Aufmerksamkeit erregte, sie waren meine Nachbarn, ich fragte den Kellner, wer das sei, und die Antwort war: »Doktor Hartlaub aus Bremen«, also Frau Eisendechers Bruder mit seiner jungen Frau; sie begrüßten mich sehr erfreut, und ich schwatzte dort 1/2 Stunde. Der Haarschneider erzählte, daß vorgestern die Lokomotiven aus Hannover und Harzburg zusammengestoßen, kaputtgegangen seien, und einem Menschen wurden beide Beine zerschmettert. Spaziergang im Schloßgarten. Um 6 Uhr zu Vieweg, der mich herzlich empfing, wir spazierten zu seinem reichen Landhaus, in dem die ganze Familie wohnt, wir gingen im großen Garten spazieren, sahen den Brocken, hörten die Nachtigallen, ein Herr Demcray war da. Ich las aus Gräfin Bernstorffs Übersetzung meiner Märchen vor, man aß mich fast auf mit Komplimenten, wir saßen zu Tisch. Ich wurde nach Hause gefahren, die Uhr war 12, im Hotel alle im Bett. – Sinnlich + .

[…]

Montag, 24. […] Um 1/4 5 erreichten wir Weimar, wo ich im »Erbprinzen« abstieg; das erste Zimmer, das man mir anbot, war schlecht, ich bekam dann ein besseres, trank Kaffee und schlief auf dem Sofa bis 1/210; sehr warm. Ging zu Exzellenz Kanzler Müller, der sich erbot, mich dem Herzog und den ersten Männern der Stadt vorzustellen. Gerade als ich aufbrechen wollte, kam Baron Beaulieu-Marconnay, der mich zu Frau von Groß führte, die Schriftstellerin ist. Sie freute sich sehr bei meinem Besuch und begleitete mich zu Fräulein Pogwisch, die, was Goethes Zimmer betraf, ob man sie besichtigen dürfte, vollkommen Marmor war; doch in den Garten wollte sie mich führen. Indessen drückte die Sonnenhitze so sehr, daß Frau Groß mit mir ins Haus ging, und wir sahen die Treppen und schauten hinaus in den Garten. Baron Beaulieu-Marconnay erschien und lud mich ein, bei ihm zu wohnen und doch eine Woche zu bleiben; ich sah seine elegante Wohnung, er führte mich zu Eckermann, der verwitwet ist; wir tranken bei Tisch Champagner und spazierten dann durch den Schloßgarten, der sehr schön ist, vor allem durch eine große, gewölbte Brücke; brütende Hitze. Heute hat der Herzog Geburtstag, im Theater gab man zum ersten Mal die Oper »König und Pächter«, nach Karl XII. auf Rügen. Der junge Herzog wurde im Theater empfangen; eine Dame in meiner Nähe hatte Ähnlichkeit mit Schiller; auf dem Weg zum Theater war ich in seinem Haus.

[…]

Mittwoch, den 26. Spaziergang im Garten zwischen herrlichen Rosen. Im Museum Zeitungen gelesen; Besuch bei Frau Groß, geborene Seebach, in der Literatur bekannt als Amalie

Winter, wir unterhielten uns von 10 bis 12, ich erzählte ein paar Märchen; sie ist diejenige, die für Nieritz den »Geiger« als Volksbuch arrangiert hat, bis auf den Schluß. Ging danach zu Kanzler Müller; ließ mich dann frisieren; zu Hause hatte ich Besuch von Eckermann und Bielke. – Hinaus nach Ettersburg gefahren, mit Kanzler Müller und Frau Groß, die uns jedem einen schönen Blumenstrauß schenkte; man gab uns ein Umkleidezimmer in einem Seitenflügel, wo der ganze Flur mit Hirschgeweihen geschmückt war! In der Diele erschien der Erbherzog, ein junger Mann von 26 Jahren mit schöner Figur, ich kannte ihn nicht, man sagte mir nicht, wer er sei, aber es ahnte mir. Er sagte mir ein paar freundliche Worte, daß es ihn freue, mich kennenzulernen! In einem Rokoko-Zimmer traf ich auf Fräulein Ziegesar, mit der ich im vorigen Jahr in einer Loge in Frankfurt saß. – Nun kam der Erbherzog, er stellte mich seiner Frau vor, einer Tochter des verstorbenen Königs von Holland; sie sagte mir ein paar freundliche Worte, und als es nun zur Tafel ging, bot mir der Herzog den Platz an ihrer Seite an, sie unterhielten sich vor allem mit mir. Danach gingen wir alle vor das Schloß, wo es ein Volksfest gab; die Leute kletterten eine Stange hinauf und tanzten unter einer blühenden Linde, der Erbherzog und sein Kavalier tanzten, er wollte auch mich dazu überreden, doch ich sagte natürlich *nein*! – Nun führte der junge Herzog mich allein (Eckermann war dabei) zu einem Platz im Garten, wo Goethe im Freien gespielt hatte und wo alle berühmten Männer von Weimar ihre Namen geschrieben haben; eine Seite des Baums war mit Borke bekleidet, die festzuwachsen begann, hier hatte der Blitz eingeschlagen, auch Jupiter hatte seinen Namen schreiben wollen. Danach gingen wir zu einer schönen Buche und rund um den Garten; das Wetter war kalt und herbstlich, wir schauten zum Harz, alles hatte einen schottischen Charakter. Der junge Herzog war höchst liebenswürdig, ich könnte ihn zu meinem Freund erwählen, wenn er nicht Herzog wäre! Er las [mein Gedicht] »Das hat Zombien getan« vor, und wir gingen mehr als eine Stunde vertraulich spazieren und unterhielten uns. Im Schloß las ich Märchen, wurde bewundert; dann gingen wir hinaus zur Linde, an der bunte Laternen hingen, es wurde getanzt. Danach wurde zu Abend gegessen. Ich habe den jungen Herzog recht lieb, er ist der erste von allen Prinzen, der mich recht angesprochen hat, wo ich wünschte, daß er kein Prinz wäre, oder, daß auch ich einer wäre. Um $^{1}/_{2}$ 12 fuhren wir zurück nach Weimar.

[...]

Freitag, 28. [...] Zur Tafel beim Großherzog auf Belvedere; der Großherzog unterhielt sich mit mir über »Hamlet«. Als Tischdame hatte ich die Hofdame Egloffstein, eine große Verehrerin von mir. Fürstin Volkonsky, eine Freundin der Kaiserin von Rußland, unterhielt sich lange mit mir auf französisch, ich schwitzte Tran. Die Großherzogin bekam mein Buch »Nur ein Geiger« in Saffian (es war ein teures Stück). – Die alte Hofdame Fräulein [von Fritsch] meine Märchen. – Die Großherzogin erzählte mir, wie lieb ich ihrem Sohn sei, bat mich, wieder nach Weimar zu kommen, der Großherzog desgleichen. Dann fuhren wir nach Ettersburg; dort haben sie ein Journal, die Beiträge dafür werden hin und wieder vorgelesen; Frau Groß (Amalie Winter) las eine Liebesgeschichte, der Erbherzog eine Novelle, wahrscheinlich von ihm selbst; ich fühlte mich krank und hätte mich fast übergeben, es war eine Qual, und es nahm niemals ein Ende; ich las »Die Prinzessin auf der Erbse«, »Des Kaisers neue Kleider« und »Die Blumen der kleinen Ida«, war aber ganz krank. Der Erbherzog wünschte, daß ich länger in Weimar bleiben sollte; drückte mir lange und fest die Hand, sagte, er sei mein Freund, und er hoffe, dies einmal in der Zukunft zeigen zu können! Auch seine Gemahlin bat mich, wieder nach Weimar zu kommen und sie nicht zu vergessen; desgleichen die junge Gräfin ... Mir war ordentlich weich ums Herz. Bekam einen Zweig von der Linde und rollte nach Hause. – Die [alte] Hofmeisterin Gräfin von Fritsch. Das junge Fräulein von Egloffstein. Fürstin Volkonsky. Kavalier beim Großherzog Graf Beust. – Nicht wohl.

[*Samstag*] *29.* Habe mich schlecht gefühlt. Im Museum. Mit Kanzler Müller zur Fürstengruft gegangen, der Friedhof ist sehr freundlich, mit Blumen und Aussicht auf die Stadt. Die Särge in der Kapelle sind jetzt umgestellt, Goethe und Schiller stehen nebeneinander, ich wollte zu Goethes Sarg, und da war es der von Schiller, über den ich mich beugte. Ich stand zwischen ihnen beiden, sprach mein Vaterunser, bat Gott, mich einen Dichter werden zu lassen, der ihrer würdig sei, und ansonsten solle im Bösen und wie im Guten sein Wille geschehen. Auf den Särgen lagen Lorbeerkränze, ich pflückte Blätter von jedem. Der Sarg des Herzogs sieht sehr prächtig aus, der seiner Gemahlin war mit rotem Samt bedeckt, ich blieb die meiste Zeit bei Goethe und Schiller, ruhte mich recht auf ihren Särgen aus. – Auf dem Friedhof lag Hummel, seine vergoldete Basreliefbüste guckte zwischen Rosen hervor. Wir gingen danach in Goethes Garten und in den Schloßgarten. Das Knie, das ich mir neulich gestoßen habe, tut weh; sonst etwas besser. Heute morgen ein Buch von Frau von Groß, »Memoiren eines bleiernen Soldaten«. – Mittagessen bei Baron von Maltitz mit …, wir fuhren dann zu …, wo Müller uns alle seine Andenken von Herzogin Anna Amalie zeigte; ein brausender Fluß; abends bei Froriep …; wo ich recht Märchen erzählen mußte. Ging in prachtvollem Mondschein nach Hause. Heute war ich auch in der Kirche, wo Herder Prediger war und wo wir sein Grab sahen, man will ihm davor ein Denkmal errichten.

[…]

Mittwoch, 3. Juli. [Altenburg] Um 7 Uhr auf, schwerer Kopf und nervös; nebliges Wetter. Die Altenburger Tracht ist häßlich; die Mädchen sehen aus wie Knospen der Gemüsefrauen von Amager, die noch nicht aufgesprungen sind, die Kleidung umschließt fest den Leib, und dann haben sie hier vom Kopfputz eine Art Flügel hängen und ein Brett vor der Brust; die Männer komische Hütchen. (Die Aussicht von den Schießscharten einer Festung zur selben Seite gleicht den Werken vieler Autoren, immer dasselbe mit kleinen Veränderungen.)

Um 10 Uhr Abfahrt von Altenburg, ich war ganz allein in der zweiten Wagenklasse, es kostete nicht mal 1 Taler (25 Silbergroschen), ich legte mich lang hin, und nach einer Stunde waren wir in Leipzig, wo ich zum Hotel »Stadt Rom« fuhr. In die Stadt spaziert, und als ich in einer Buchhandlung in Mügges »Reise durch Skandinavien« guckte, fand ich zweimal meinen Namen. Das Auge tut mir weh. – Table d'hôte. Um 4 Uhr in der ersten Klasse nach Dresden; gerade als wir die Elbe passierten, wurde ich von meinem Gegenüber gefragt, ob ich Künstler sei; ich nannte meinen Namen, und Freude glitt über alle Gesichter, alle reichten mir die Hand; ich mußte ihnen sogleich ein paar Worte in ihre Bücher schreiben. Augusta von Sonnenberg aus Bernburg, eine geborene Oesterling, Schwester des Malers. Caroline Lücke aus Magdeburg, ihre kleine Tochter hatte eine Puppe mit Zähnen, sie hieß Emilie und war zum vierten Mal auf Reisen. Im »Stadt Rom« fiel die Klappe des Sekretärs herunter und schlug mir ein Loch in die Nase, ich badete sie den ganzen Abend mit Salz und Wasser. Um 9 Uhr ins Bett. Sinnlich. +

[...]

Freitag, den 12. [...] Kam um 1/2 11 in Dresden an; hier haben viele im Hotel nach mir gefragt, z.B. ein dicker deutscher Reisender. Erhielt einen Brief mit Schreiben vom Vater, Edvard und Jonna. Frau von Decken besucht, die mich mit ihrer Tochter sehr liebevoll empfing, sie hatten meinen »Spielmann« [zu lesen] angefangen und waren begeistert. Du lieber Gott, wieviel Freude sendest du mir, ich verdiene es nicht. Danke und sei gesegnet für alles Gute! (Hätte ich doch einen Freund.) [...]

[...]

Dienstag, 16. [Maxen] Nachmittags nach Wesenstein gefahren, einem Schloß, das von niedrigen, bewaldeten Klippen eingeschlossen wird. – Wir sahen Pillnitz, Pirna und Sonnenstein, die Berge so blau. Als wir abends zusammensaßen und lasen, kam eine Familie General ... aus Berlin, die Frau gekleidet wie Beatrice Cenci; der Mann sagte, als ich eine Kirsche nahm: »Ja, es wäre schön, wenn Sie in Dänemark solche Früchte hätten. Ja, die haben wir!« – »Unser Erdboden ist besser als all Ihrer um Berlin.« – »Aber das Klima!« sagte der Berliner. »Das ist etwa dasselbe! Wir haben sämtliche Früchte genausogut wie in Norddeutschland.« – »Ja, in Treibhäusern!« sagte er. Mein Blut wurde hitzig, ich mochte nicht mehr reden; ging zeitig auf mein Zimmer. Major Serre begleitete mich und war sehr liebenswürdig.

[…]

Freitag, 19. [Dresden] Winkler besucht, der mich für Sonntag zu sich aufs Land einlud; ging zu Brunnow, der mir seinen »Troubadour« verehrte, danach in die Bibliothek, um Falkenstein zu suchen, fand ihn zu Hause; meine Brust war angegriffen; er übersetzte mir Fräulein Bremers Brief, der in »Winklers Neujahrsgabe« gedruckt werden soll. Ging zu Frau von der Decken, wo ich auch die zweite Tochter traf. Gräfin Egloffstein besucht. Traf am Mittagstisch Linde, der sich freute über unsre Begegnung und über die Liebe, die ich im Ausland fand; er hatte von einer Dame aus Berlin die Äußerung gehört, sie würde stolz darauf sein, wenn ich ihr Schwiegersohn wäre; aber das Schaf kann sich nicht erinnern, wer diese Dame war. Bürck besucht; zu Baronin Eggers gegangen, die mich heute abend eingeladen hat. Hier gab es echten Kopenhagener Klatsch, sie sagte, daß ihr der »Spielmann« nicht gefalle, daß die Deutschen »O.Z.« für unerträglich hielten, daß sie eine Rezension über dänische Dichter gelesen habe, in der ich schändlich heruntergemacht würde, ich sei eitel und einseitig, sollte mich ans Kleine halten, z.B. Märchen. Ich geriet in eine abscheuliche Stimmung; nicht einmal im Theater beim »Oberon« konnte ich wieder ins Gleichgewicht kommen; hier waren Frau Serre und Frau […], geborene Usedom; Visite in der Loge; poetisch gestimmt.

[…]

Montag, 22. [Leipzig] Ging zu Weber, wo ich Lorck traf; fand Robert Schumann, Clara war sehr liebenswürdig, zwei Kinder; sie begleiteten mich zu Frau Frege, ehemals Sängerin, sie hat bei Mendelssohn für mich gesungen. Ging zu Brockhaus; suchte vergeblich Kühne; Table d'hôte zu Hause. Briefe an Ingeborg und Vieweg. Frau Brockhaus besucht, sie war sehr nett, die kleine Tochter jetzt ein erwachsenes Mädchen; schönes Wetter. Gegen 7 Uhr ging ich zu Schumanns, spazierte mit ihm zum Tor hinaus; bei ihm zu Hause erschien Frau Frege, sie sang prachtvoll »Die Märzveilchen«, »Der Soldat« und vor allem »Der Spielmann«; Clara Schumann spielte, es war schwer zu entscheiden, wer von den 3 das größte Lob verdiente. Wir speisten vorzüglich zu Abend und tranken Rheinwein und Champagner; ging allein den weiten Weg nach Hause. Harald David, Professor David und der junge … waren gekommen, sie reisen morgen früh nach Dresden. Sinnlich.

Dienstag, 23. Etwas angegriffen; schönes Wetter, Geld gewechselt; bei Lorck gewesen, der mein Porträt für die »Illustrierte Zeitung« wünschte; schrieb deshalb an Ramberg in Dresden, ob er es für 3 Tage hierher verleiht. Abschiedsbesuch bei Schumann; Clara sah heute leidend aus; sie liebt ihren Mann innig; ich bin nicht gesund. Mittagessen bei Brockhaus, wo ein französischer Graf war, der Vorträge über französische Literatur hält, Jules de Suzor, seine Frau ist eine Schwester von Madame Bjerring; sie sagte, ihr Mann sei »Page de Roi«. – Fuhr per *Güterzug* nach Halle, hatte die Vorstellung, in der verkehrten Bahn zu sitzen; kam um 7 Uhr in Halle an und stieg im »Kronprinzen« ab, suchte Prutz, fand jedoch nur seine Frau, eine freundliche Frau. Zu Hause um 1/2 10 ins Bett.

Mittwoch, 24. Gut geschlafen. Ging gegen 9 Uhr zu Prutz, der mich freudig empfing, wir unterhielten uns fast den ganzen Vormittag, frühstückte dann und ging in den Botanischen Garten, danach ins Hotel, wo das Museum ist, und las Zeitungen. In »Die Grenzboten«, erschienen in Leipzig, steht das von Boas Geschriebene über dänische Poesie, wo Holst so hoch und ich so tief gestellt werde – dieser hat nicht wie der biblische Boas seinen eigenen Acker, sondern er sammelt Korn auf dem Acker von anderen; niedertrampeln, wo er nicht sollte, das ist für ihn das Natürlichste. (Das ist nicht der biblische Boas, der seinen eigenen reichen Acker hat, aber doch ein hebräischer Boas, der auf dem Acker anderer herumtrampelt!) [...] Mittagessen bei Prutz, wo mehrere Herren eingeladen waren; wir lebten gut, man stieß mit Champagner auf mein Wohl an, ein Neffe, Paul, hatte ein höchst interessantes Gesicht, er war 12 Jahre alt; wir tranken Kaffee im Garten, ich wurde müde, verabschiedete mich um 1/2 7 und ging in mein Hotel. Zuvor besichtigte ich jedoch den Markt mit dem Roten Turm und der Rolandstatue, die aus Bronze und bemalt ist und vor einem Haus steht, so daß er ein Fenster im Nacken hat; die beiden Kirchtürme sind durch eine Brücke verbunden, ein Mädchen ging darüber, sie bleibt nun in meinen Gedanken für immer dort, daran denkt sie nicht! Dieser Gang um 1/2 7 Uhr am 24. Juli ist vielleicht ihr berühmtester Gang! Eitler Narr, sagt Gott, du weißt nichts, und doch notierst du Einzelheiten aus ihrem Leben! Das könnte recht interessant in einer Erzählung werden. (Prutz hat auch eine Laubhütte über seinem Sofa.) Jetzt sitze ich allein zu Hause, es ist herrlich, allein mit sich selbst zu sein! (Wie ein Mephisto guckt dieser Boas in meine Ruhe, mit seiner dänischen Literatur.)

[...]

Freitag, 26. [Berlin] Einen neuen Hut gekauft! Vergeblich Løvenørn gesucht, Briefe abgegeben für Gräfin Wilhelm Schwerin, Frau von Bardeleben (heute hat man auf den König geschossen, er wurde jedoch nicht verletzt). Hinaus zu Humboldt gefahren, der nicht zu Hause war! Ohne Empfehlungsschreiben kam ich zu Grimm, er kannte mich nicht, hatte meinen Namen noch nie gehört, wußte von mir nicht das Geringste. Weiß war darüber sehr erstaunt, sagte, das sei eine Anekdote zum Totlachen. Danneskiold und Bardenfleht getroffen; Glaßbrenner besucht. Hinaus zu Kletke gefahren, der sich über meinen Anblick freute; abends bei Steffens, wo ich Schelling und seine Tochter traf, fand es nicht vernüglich. Die Häuser »Unter den Linden« zu Ehren des Königs illuminiert; sinnlich.

[...]

Mittwoch, 31. Juli. Beim Schneider, der mir seine Gedichte geschickt hat; er war über meinen Besuch gerührt. Ging zu Hendrichs, der versprach, sich um den »Mulatten« zu kümmern; Besuch von ... ; Chamissos Sohn erschien, als wir über den Vater sprachen, hatte er Tränen in den Augen. Ging zu Bettina, die höchst geistreich, keck, politisch, interessant war; sie sagte mir, die Könige würden meine Märchen lesen, und das täte ihnen gut, da würden sie doch die Wahrheit erfahren; sie verehrte mir ihr letztes Buch; ich war begeistert. Brief von Prutz, Brief an Petit mit Empfehlung des »Mulatten« für Weimar, Dresden, Oldenburg geschickt. Brief an Schumann; Buch an den König und Tieck. Visite bei Gräfin Wilhelm Schwerin; Mittagessen bei Froriep, wo ich die Dichter Stern und ... traf; völlig erschöpft! Abends bei Løvenørn, traf dort Bielke und Holck. Auf dem Weg dorthin zwei dänische Handwerker, die erzählten, daß sie und mehrere der Ihren letzten Sonntag in Potsdam auf mein Wohl getrunken hätten, ich war davon ganz bewegt.

[...]

[Am 1.8.1844 verläßt Andersen Berlin und kehrt über Stettin nach Kopenhagen zurück.
Die nächsten Tagebuchaufzeichnungen beziehen sich auf eine Reise zur Insel Föhr, die er als Gast des dänischen Königspaars, Christian VIII. und Caroline Amalie, unternahm.]

[...]

Donnerstag, 5. September. [Föhr] Gott gedankt für diese 25 Jahre! Christiani und Rantzau besucht, erzählt, was dieser Tag für mich bedeutet. Um 1 Uhr der Königin »Thorvaldsens Leben« vorgelesen, von meinem eigenen gesprochen, sie gebeten, in Kopenhagen meinen »Ahasverus« zu lesen. – Sonderbar wehmütig-froh; ein Gedicht für Christiani geschrieben. – An der Tafel tranken Rantzau und Fräulein Rosen auf mein Wohl; Besuch von Westengaard, der mich beglückwünschte; ein Gedicht von Christiani. Gab ihm einen Brief an Frau von Eisendecher mit. Abends beim König, es war der 5. September – der König kam zu mir und gratulierte mir zu allem, was ich überstanden und gewonnen hatte, kam später noch einmal und fragte nach meinem ersten Auftreten, sprach von meiner Anerkennung in Deutschland; ich erzählte ein paar charakteristische Einzelheiten! Er lachte, fragte, ob ich denn eine bestimmte Summe zum Leben hätte; ich sagte, Frederik VI. habe mir 200 Speziestaler gegeben und Seine Majestät lasse mich diese behalten, wofür ich dankte. »Das ist nur wenig!« sagte er. »Aber ich brauche nicht so viel!« sagte ich. Er erkundigte sich nach meinen Schriften, was diese einbrächten, ich sagte: »12 Reichstaler pro Bogen, das ist nicht viel.« Wir sprachen über das Leben; ich spürte, daß hier die Gelegenheit war, um eine Zulage zu bitten, aber das widerstrebte meinem Gefühl. Dann sagte er: »Wenn ich Ihnen irgendwann nützen und Ihre literarische Tätigkeit fördern kann, dann kommen Sie zu mir!« Ich bedankte mich und sagte, daß ich im Augenblick um nichts zu bitten hätte. Als ich Rantzau heimbegleitete, sagte dieser, der König habe es mir ja [geradezu] in den Mund gelegt, etwas zu verlangen; doch ansonsten lobte er mein Gefühl, versprach, bei passender Gelegenheit ein Wort für mich einzulegen. Ich war ein wenig unzufrieden mit mir selbst, vertraute aber auf Gott.

[...]

Samstag, den 7. Fuhr bei Gewitter mit Dr. Nagel und Graf Holck zum Baden; fuhr mit demselben Boot zum Dampfschiff wie der König. Zahrtmann erschien und sagte, der König habe gefragt, warum ich nicht früher mit Blücher gefahren sei, und er habe darauf geantwortet, daß die Dichter stets in der Nähe der Sonne sein wollten, was mich verstimmte. Einsam saß ich auf einer Tonne und schaute aufs Wasser; es war Ebbe, zwei Wagen fuhren über den Sand von Amrum nach Föhr, einer in entgegengesetzter Richtung, das sah aus, als führen sie auf dem Wasser, und sehr groß sahen sie aus. – Ich wurde an Land getragen, der König ging auf Kaninchenjagd; der Statthalter, Bille, Haxthausen, der junge Rist, ... und ich wanderten über die Dünen; sie sahen wie ein großartiger Friedhof aus, die grünen Strandhaferbüschel waren der Grabschmuck. Wir gingen auf eine Sandbank zu, die sich wie eine

Pyramide erhob, das war wie eine Wanderung in Afrika; die Wellen hatten ihren Abdruck im Sand hinterlassen, was aussah, als wäre er mit großen, abgerundeten Buchstaben beschrieben. Wir stiegen den hohen Sandkegel hinauf, und vor uns lag das offene Meer; es war Ebbe, der Sand erstreckte sich fast eine Meile weit und wurde hier und da von Wasserarmen umschlossen; die kleinen Schiffe lagen auf dem Trocknen; wir sahen in der Ferne die beiden Blockhäuser mit Brot und Wasser. – Die Möwen weinen wie Kinder; wir stiegen hinunter, das war wie der Abstieg durch die Asche des Vesuvs; wir kamen über eine von Sand eingeschlossene Fläche, auf der eine Art von rotgrünen Weiden wuchs, das sah wie eine große Rosenplantage aus; zwischen den Dünen gab es große Täler, da lag eine Jacke, ein Wrack. – Wir saßen etwa 3 Viertelstunden im Schutz einer Düne, und die Sonne brannte wie Feuer; die Landschaft selbst, mit einer kalten Luft darüber, war ganz grönländisch, so trauernd, das Gras schwarzgrün, die Häuser so dunkel. – In einem dunklen, halb überschwemmten Tal weidete das Vieh. – (Bei unsrer Herfahrt lagen die Dünen von Sylt im Sonnenschein, sahen ganz wie Gletscher aus.) Als wir aufbrechen wollten, waren die Wagen mit meinem Mantel noch nicht gekommen, nur ein Boot wartete auf mich, ich mußte hinein und war verstimmt, denn der Almanach mit meinen sämtlichen Aufzeichnungen steckte im Mantel. Auf See begegnete ich Hansen, der mir anbot, hinüber in die Jolle des Königs zu kommen; der Statthalter rief von Donners Schiff, die Matrosen wußten nicht, was sie tun sollten, ich wechselte zu Hansen hinüber, ging dann mit ihm in die Dünen. Nun kam der König, sprach mich freundlich an und betrachtete meine Blumen. Unterwegs sahen wir viele Tümmler; der König unterhielt sich lange mit mir, und als wir uns Föhr näherten, sagte er: »Ach, daß die schönen Tage schon vorbei sind!« – »Ja, das muß ich auch sagen, Ihre Majestät, es steht in der Bibel, wenn man das himmlische Brot genossen hat, will das irdische nicht mehr munden!« – Wir gingen um 8 Uhr zur Tafel, um 1/2 10 ging ich nach Hause und ins Bett.

[…]

Dienstag, 10. […] Am dunklen Abend erreichten wir Graasten, das ganz gewiß herrlich liegt, das Schloß war hell erleuchtet; wir kamen dann an den Sund von Sønderborg und setzten mit einer Seilfähre über. Das Wasser leuchtete, ich sah es zuerst auf dem nassen Tau, es war, als fielen Glühwürmchen nieder; ich nahm ein Ruder und plantschte im Wasser, das wie eine strahlende, weiße Fahne war; ein Schwimmer muß leuchten wie das Jesuskind in Corregios »Heiliger Nacht«; wenn eine Kindesmörderin dieses Bild sieht, könnte sie an ihr Kind denken, wie es im Wasser geleuchtet hat. – (Gestern nacht saß ich auf der Heide und dachte, wie ein Höfling: Wie viele Höfe es doch auf unserm Erdball gibt, große und kleine – schaut man nun zu den unzähligen Sternen auf und weiß, daß diese bewohnt sind, also Höfe wie wir haben, eine Menge Höfe auf jedem, und dann dieses unzählige Sternengewimmel, was für eine Menge von Höfen, ja, da schwindelt einem vor Gottes Allmacht.) (Soll im Roman als Hof-Gedanke verwendet werden.) Wir stiegen in »Stadt Hamburg« ab, tranken Punsch und Wein.

[…]

[Nach einem Besuch auf Schloß Augustenburg fährt Andersen Ende September nach Kopenhagen zurück.]

1845

Reise von Kopenhagen nach Italien & 1845

Den 31. Oktober; letzter Tag dieser Reise in Kopenhagen; war bei der Königin und beim König; den ganzen Tag mit Visiten verbracht; um 1 Uhr von Collins verabschiedet; ich konnte meinen geliebten Vater Collin nicht küssen, o ich habe eine Angst, daß ich ihn niemals wiedersehe! – Gott, wenn ich heute abend zur Stadt hinausrolle, wie viele Leichenwagen fahren da vielleicht für das kommende Jahr vorüber, und von den Särgen leuchten die liebsten Namen. Wenn ich früher in die Ferne fuhr, dann betete ich: Gott, was willst du auf dieser Reise für mich geschehen lassen? Jetzt sage ich: Gott, was geschieht in dieser langen Zeit mit meinen Freunden? – Ich hatte im Omnibus einen Rückwärtsplatz (Nr. 15), Steinmann, Hauptmann im Stab, tauschte mit mir; Hofman-Bang war mein Nachbar. Professor Michaelis aus Kiel fuhr mit. Jonna, Henrik, Gottlieb, Viggo und Borgaard kamen zum Abschied aufs Postamt. Gegen Mitternacht erreichte ich Roskilde.

[...]

Den 3. November. [Glorup] Briefe geschickt an Vater Collin, an H.C. Ørsted, an Mary Howitt, van der Vliet, den Erbgroßherzog von Weimar und einen kleinen Zettel an Borgaard. Heute nacht hat es gefroren; im Garten spazierengegangen. Im Laufe des Tages Sonnenschein.

An einem schönen Herbsttag, wenn das Laub von den Bäumen ist, die Sonne aber das grüne Gras bescheint und die Vögel zwitschern, kann man sich recht einbilden, es sei ein Frühlingstag; so hat der ältere Mann seine Augenblicke im Herbst, wo sein Herz noch Frühling träumt.

Abends »Agnete« vorgelesen.

Den 4. November. Schmerzen im Penis. Klares Frostwetter. Spazierengegangen. Es geht ein wunderliches Murmeln durch den Wald, er ist alt geworden, doch Quellen und Bäche sind jung, sie schwellen und schwatzen; bei jedem Windstoß hört man ein Knistern, die welken Blätter fallen herab. Walter Scotts Roman »Sankt Ronans Brunnen« angefangen.

Den 5. November. Die Exzellenz ist heute nach Odense gefahren, ich einsam auf meinem Zimmer bis 1/2 7, da erst setzten wir uns zu Tisch. Am Vormittag bei Winther Kaffee getrunken, dazu kamen Frau Lindegaard und die Fräulein Ramshardt, die am Dienstag nach Kopenhagen wollen. – Sie blieben bis Mittag hier auf Glorup. Meine Biographie von Petit durchgelesen und korrigiert und einen Brief an Zeise geschrieben, das hat den ganzen Tag gedauert.

Den 6. Nachts strenger Frost, schon seit mehreren Tagen Eis auf dem Wasser; ständig Schmerzen im P. – Eine Stunde spazierengegangen. Gestern abend bekam ich den ersten Brief von Vater Collin. – Wie ein Tag vergeht: Stehe um 8 Uhr auf und trinke Kaffee, krame und schreibe bis 10 Uhr, gehe dann durch die lange Allee, zur Pforte hinaus, den Feldweg nach Hollufgaard, schaue auf den Belt und wandere zurück, lese, mache Ordnung, nähe, und um 12 Uhr zweites Frühstück mit einem Glas Portwein, ruhe dann ein wenig, gehe danach wieder eine Stunde, denselben Weg, der zur anderen Seite verlängert wird; schreibe und lese bis gegen 4, kleide mich an, und von 4 bis 5 wird zu Mittag gegessen, dann kommt die langweiligste Zeit bis um 8; ich sitze in meiner Kammer, mag nichts tun, nicht schlafen; einer der Diener übt ein Stück auf der Flöte, er spielt schlecht, ich denke an den Flötenspieler in der Quarantäne und habe dasselbe Gefühl. Draußen heult der Wind, das Feuer im Kachelofen rumort, der Mond scheint herein. – Ich will nicht an jene zu Hause denken, dann habe ich Sehnsucht! – Unten besorge ich die ganze Konversation von 8 bis 10; Fräulein L. hat Grummeln im Bauch; der Diener ruft die Exzellenz hinaus, weil jetzt der Verwalter mit ihm reden will, das ist die einzige Ruhepause; ich schaue nach der Uhr, sie scheint gar nicht zu gehen, und wenn sie endlich schlägt, dann fallen die Schläge wie zum Trauermarsch. – Um 10 Uhr nach oben und eine halbe Stunde später ins Bett.

[...]

Donnerstag, 13. [Graasten] Lorenzen zeigte mir in der Bibel, Richter 9, die einzige Parabel oder was meinen Märchen gleicht, das griechische Ainos. – Ich bin etwas erkältet; mit dem P. ist es ein wenig besser. Es ist kurios, immer wenn ich ins Auslands reise, werde ich unpäßlich. [...]

[...]

Montag, 24. [Hamburg] Nachts aufgewacht, war einer Ohnmacht nahe, stand auf, trank Wasser, glaubte, das Zimmer sei mit Gasluft erfüllt; träumte einiges davon, mich für eine Spende an Bedürftige einzutragen, meinte aber, nicht mehr bis zum nächsten Jahr zu leben. Ging zu Holcks, danach zu Speckter, der mir eine Menge vorzüglicher Zeichnungen zu meinen Märchen zeigte, ich sagte, ich wolle ihm eine Sammlung widmen! – Zum »Tannenbaum«, ganz vorzüglich; er lieh mir Frau Bacherachts neuestes Buch »Weltglück« aus, morgen sitzt sie für ihn. Fuhr nach Altona hinaus und besichtigte die »Gewerbeausstellung«, die meisten Sachen waren aus Altona; schönes Wollgarn. Freund kümmert sich um mein Geld. War bei Zeise, der mich freudig und hübsch empfing, er lud mich für übermorgen ein; ich bekam seine Ausgabe meiner Märchen. Als ich heute im Alsterpavillon saß, sah ich als erste Zeitung die »Literarischen Blätter der Börsenhalle«, darin stand ein schönes Gedicht für mich von Zeise; ich freute mich. – Zu Mittag gegessen bei Graf Holck mit Kammerjunker Wedel-Heinen. Ging ins Thaliatheater und sah »Der ewige Jude«, ein dummes Stück ohne Poesie und ohne jeden Wert. Zu Hause mit Wedel-Heinen einen Brief an Jette Collin geschrieben und 6 von Speckters Bildern zu den Märchen abgeschickt. Abends auf der Straße herumgetrabt.

[...]

Mittwoch, 26. Briefe an Næboes und Jette Hanck geschrieben. – Hinaus nach Altona gefahren; Freund hat mein Geld arrangiert, habe seinem ältesten Sohn ein Exemplar meiner Märchen geschenkt. Mittagessen bei Zeises 1/2 3; bürgerlich und nett, Dreves und Wulff waren da; der Herausgeber des

»Telegraphen« kam und sprach von Boas; habe Zeise »Agnete« und »Das Maurenmädchen« geschenkt. Mit Dreves im Omnibus nach Hause gefahren, eine ältere Dame setzte sich neben mich, sie kannte mich, es war eine Tante von Orla Lehmann. Ging zu Speckter, kam zu früh, ging ärgerlich fort und zu jener Straße – mein Blut brannte, heiße Lüste, Schwäche – ich kehrte wieder um, wie immer – ärgerlich darüber, daß ich nie etwas tu; nach Hause und Brief an Edvard geschrieben, Märchen eingepackt und zu Speckter gegangen, wo ich der »Rehrücken« für die geladene Gesellschaft war; las mehrere Märchen, um 10 Uhr weg, mochte nicht zu Holcks gehen, wo ich erwartet wurde. Trank Punsch im Pavillon; zu Hause wieder heißes Blut, wilde Lüste. Draußen strömt der Regen; meine Füße waren triefend naß.

[...]

Samstag, 6. [Dezember]. [Oldenburg] Brief an Jenny Lind; Besuch des Dichters Mosen, der am Donnerstag für mich »Nathan der Weise« aufführen läßt; ich las ihm den »Tannenbaum« vor, ging mit ihm im Schloßgarten spazieren, und er rezitierte drei sehr schöne eigene Gedichte. Wir sprachen über Poesie und Theaterwesen; er hat etwas Ähnlichkeit mit Alexandre Dumas, sieht aus wie ein Afrikaner; braune, funkelnde Augen! – Heute abend wieder zum Erbgroßherzog bestellt; der junge Mann war zivil und sah gut aus, er ist sehr groß für sein Alter, etwa 18 Jahre; ich las den »Tannenbaum«, »Das Liebespärchen«, »Die Nachtigall«, »Die Schneekönigin«, und der Großherzog, der sonst beim Vorlesen immer Patience legt, hörte still zu und lachte tüchtig. Der Erbgroßherzog und seine ältere Schwester (25 Jahre) amüsierten sich, sprachen sehr vertraulich, wir verstanden uns gut! – Sie bekamen noch den »Schweinehirten« und den »Standhaften Zinnsoldaten«. Es wurde halb eins, bevor wir aufbrachen; ich war sehr müde vom Lesen; der junge Herzog dankte mir herzlich. – Morgen sind wir an 5 Stellen zum Mittag eingeladen.

[...]

Dienstag, 9. Professor Pott besucht; spazierengegangen, Brief an Kammerherrn Carl Beaulieu-Marconnay in Weimar geschickt; nach Tisch mit Eisendecher zum Kaffee bei Dichter Mosen eingeladen; dort war die Frau von Stahr, die mir Grüße an ihren Mann in Rom auftrug. Ich las ein paar Märchen; »Das häßliche Entlein« machte auf Mosen einen tiefen Eindruck. Zuvor hatte er gesagt: »Schreiben Sie echte dänische Romane wie den ›Spielmann‹! « Jetzt sagte er: »Für Märchen haben Sie ein merkwürdiges Genie; das ist neu und für unsere Zeit.« Ging mit ihm und seiner Frau in die Direktionsloge und sah Albinis Lustspiel »Die gefährliche Tante«, es wurde gut gespielt; ich amüsierte mich. Hagel. Zu Hause zwei Damen vorgelesen.

[...]

Freitag, 19. [Magdeburg] Um ½ 6 auf. Ein Trägerknecht nahm mein Gepäck, ohne es mir zu sagen, ich wurde sehr heftig, es war jedoch alles in Ordnung; der Mond schien, Glatteis. Ich saß die ersten Stationen ganz allein; ziemlich an die Eisenbahn gewöhnt [...]. In Köthen mußten wir sofort weiter, so daß ich weder essen noch trinken konnte; keiner in der Gesellschaft nahm von mir Notiz, mit keinem kam ich ins Gespräch; ein sächsischer Offizier und einer mit Griechenmütze und Adler stiegen zu uns ein, sie nannten Jenny Lind die Göttliche. – Eisregen und ungemütlich, es ging flott; bei Großbeeren hat 1813 eine Schlacht stattgefunden. Kam ¼ 2 in Berlin an, stieg im »Britischen Hotel« ab und schickte sogleich einen Lohndiener zu Jenny Lind, um meine Ankunft zu vermelden und [anzufragen,] ob sie mir ein Billett besorgen würde; sie ließ ausrichten, wenn es welche gäbe, sollte ich eins bekommen, aber niemand kommt. Einsam an der Table d'hôte; ich habe ein gutes Zimmer hinaus zu Unter den Linden. – Als die Uhr sechs schlug, ging ich aus, es regnete und war häßlich, ich fand zum Opernhaus, es gab Billetts für Parterre und Galerie, ich setzte mich ins Parterre, wo eine gemeine Gesellschaft war, Soldaten, ein betrunkener Franzose; ich stand an der Tür, hörte Jenny, wollte ihr eigentlich böse sein, doch sie ließ mich schmelzen. Sie singt deutsch, wie ich wohl meine Märchen lese, das Heimatliche schimmert hindurch, aber, wie sie von mir sagen, gerade das schafft etwas Interessantes. Das Theater ist überaus prächtig; ich habe es jedoch nicht gesehen, ich war nur wegen Jenny da, habe sie wie in einem Traum gehört. Ich spüre wohl, daß ich sie nicht liebe, wie man muß. – Ich bin nicht recht froh, und doch ist es hier in diesem Zimmer gemütlich, ich fühle mich heute so allein in Berlin.

[...]

Sonntag, 21. Wurde in der Morgenstunde von Holger Stampe überrascht, der in meine Stube trat, er war wegen mir und Jenny Lind aus Jena hierhergekommen. – Ging zu Rauch, der mich in seine Arme drückte, mich küßte und sagte, meine Märchen seien unsterblich. Ging zu Olfers, den ich Freitagabend besuchen soll. – Fuhr zu Jenny. »Sie empfängt niemanden«, sagte die Pförtnerin. »Aber mich doch! Überreichen Sie meine Karte!« Und dann hatte ich keine! »Nennen Sie meinen Namen!« – Da kam sie mir selbst entgegen, sie war noch blühender als in Kopenhagen; wir saßen auf dem Sofa und sprachen über Collins. Ich traf Graf Wachtmeister, der jetzt nach Brüssel versetzt ist. – Graf Reventlow besucht, der mir anbot, meine Briefe nach Hause zu besorgen; war bei Fräulein Fromman, wo ich Edmonds Freund ... traf. In der Oper von der Empore Lachners Oper »Catarina Cornaro« gesehen; der zweite Akt recht spannend. Die Dekorationen prächtig. Vom ersten Rang nickte mir eine junge Dame zu und lachte, es war Gisela Arnim, die mich erkannt hatte; habe meinen Frack zerrissen.

Montag, 22. Bei Frau Zimmermann, wo ich meinen Brief an den Herzog von Oldenburg übersetzen ließ. Zu Hause Besuch von Polytechniker Jørgensen und Baron Løvenørn. Zu Alexander Humboldt gefahren, der sagte, daß ich keine Empfehlungsschreiben brauchte, ich sei durch meine Schriften empfohlen, daß der König mich sehen wolle; wir sprachen über Jenny Lind und verschiedene Länder, über Oehlenschläger, über Ørsted, der ihm sein Buch über das Schöne geschickt hatte. – Ging hinaus zu Hosemann, ein kleiner dicker, fetter Kerl, bei dem eine geniale Unordnung war. Visite bei Minister Savigny, sie kamen mir beide sehr freundlich entgegen, luden mich zu Samstagabend ein, später kam Gräfin Bismarck-Bohlen und lud mich zu Donnerstag ein. Bettina sei verreist, sagten sie, und plötzlich öffnete sich die Tür, und sie watschelte herein, schmutzig, komisch! – »Sie sehen in diesem Jahr besser aus als im vorigen!« sagte sie. »Zieh dich zurück«, sagte sie zu ihrer Tochter, »du bist nicht schöner geworden, er ist es!« – Ich sagte etwas, Gott weiß was. »Er ist naiv!« sagte sie, reichte mir einen Finger und bat mich, ihr Verschwinden zu übersehen. – Speiste mit Stampe im Café Royal. Gestern stand in der »Frankfurter Zeitung und Korrespondenz«, ich sei zwei Wochen in Oldenburg gewesen und hätte durch meine köstlichen Märchen bei Hofe und im privaten Kreis Freude bereitet. – Mit Holger Stampe im Café Royal gespeist; abends bei Fräulein Frommann, dort waren der junge Ulrich, der Dichter Ungern-Sternberg & – ich las viele Märchen vor. +

Dienstag, 23. Etwas angegriffen; Dr. Froriep besucht, hinaus zu Stampe getrabt – Brief an den Großherzog von Oldenburg geschickt. Besuch bei Dr. Häring, d.h. Willibald Alexis, der mich seiner Frau, einer Engländerin, vorstellte; ich mußte ihm einen Brief von Fräulein Bremer übersetzen; Geibel ist hier. Nicht recht in Stimmung, fühle mich doch etwas allein! – Jenny hat noch kein Billett geschickt; eins bekam ich schon gestern abend durch Fräulein Frommann, von der Prinzessin von Preußen. – Ich hatte Stampe geschrieben, wenn Jenny mir ein Billett schickte, könne er es haben, er war mehrmals hier, es ist keins gekommen; ich wurde ärgerlich. Setzte mich auf einen numerierten Platz und fand neben mir Fräulein Frommann, davor die Witwe Frau Schinkel und eine Bildhauerin aus Tirol; dahinter saß ein Ehepaar, die junge Frau begann ein Gespräch und fragte mich, ob ich ein Landsmann von Jenny Lind sei, ich sagte, ich sei Däne. »Kennen Sie dann Ihren berühmten Landsmann Andersen?« – »Ja, etwas!« antwortete ich. Fräulein Frommann lachte leise. »Ich liebe sein ›Nur ein

Geiger‹ und ›Bilderbuch‹.« – »Ja, Sie kennen wohl sein Porträt?« – »Nein!« – Ich spürte, daß ich blutrot wurde. »Gott«, sagte sie, »das sind Sie doch nicht etwa selbst!« Ich bestätigte es, und sie pries ihr Glück usw., es war eine Tochter der Dichterin Hohenhausen in Kassel, sie war hier mit ihrem Mann, Ober-Regierungsrat Rüdiger aus Minden in Westfalen. Jenny sang so schön, daß ich ihr nicht böse war. – Nein, nein, sie kann mich nicht vergessen haben! Brief von Humboldt. Brief von Schneider Worch.

Mittwoch, 24. Visite von Dr. Meyn und Stampe, habe mich beim Hofmarschall gemeldet; Brief an Roß in Halle geschickt. Zu Jenny gegangen, niemand zu Hause, Brief abgeliefert; heute morgen schrieb ich für Frau Zimmermann ein Gedicht an sie, mit dem Kupfer »Die heilige Katharina, von Engeln auf den Berg Sinai getragen«. [...] Geibel besucht. »Ich habe ein Gedicht gegen die Dänen geschrieben!« sagte er. »Ja, zwei!« sagte ich. Er ergriff meine Hand und sagte: »Wir bleiben doch Freunde!« Er war sehr herzlich. Jacob Grimm besucht, der sich mit mir über Märchen unterhielt. Cornelius ist in Italien. Bei Fräulein Frommann gewesen und für sie einen Vers in meine Märchen für Ulrich geschrieben. Brief an Frau Eisendecher geschickt. Nichts von Jenny gehört; ich fühle mich gekränkt und wehmütig! – In Berlin ist sie nicht wie eine Schwester zu mir; hätte ich ihr hier fremd sein sollen, dann hätte sie mir das sagen können, und ich hätte mich so verhalten! – Sie hat meine Brust erfüllt – ich liebe sie nicht mehr! In Berlin hat sie das kranke Fleisch mit einem kalten Messer herausgeschnitten! – Was für Gedanken mögen sie wohl bewegen, daß sie so wenig Notiz von mir nimmt, dabei bin ich doch vor allem ihretwegen nach Berlin gekommen, dabei hätte ich doch einen viel vergnügteren Weihnachtsabend verbringen können. – Ich habe in Kopenhagen für sie gelebt – was nützt es mir, daß ich so vieles gab, und zwar einer, welche die Welt die Edelste und Beste nennt! – Jetzt ist Weihnachtsabend! Wie glücklich in einem Heim, wo der Mann einen Herd hat! Jetzt ist der Weihnachtsbaum angezündet; die Frau steht mit dem kleinsten Kind im Arm davor, es streckt die Händchen nach den vielen Lichtern aus und hüpft vor Freude auf dem Arm der Mutter, die andern Kinder jubeln und schauen nach ihren Geschenken, und da sitzt ein Kreis von Freunden. – Der Fremde in der Ferne, sein Weihnachtsbaum ist der Sternenhimmel, die Bilder [sind] neue Städte, neue Gesichter! – Er fliegt davon! – Unter Gottes Weihnachtsbaum hebe ich den Kopf und sage: Vater, was gibst du mir? – Und vielleicht bekomme ich einen Sarg. Halb krank ging ich um 8 Uhr zu Frau Zimmermann, da gab es viele Störungen à la Mad. Trumfmeyer; ich traf hier eine Hofdame der Prinzessin von Preußen, einen Komponisten, einen Maler; zwei Engel standen mit Fahnen neben den Weihnachtsbäumen, ich bekam ein schön eingebundenes Buch zum Schreiben und einen Lampenschirm; die Damen sangen, ich las ein paar Märchen vor, kam um 11 nach Hause, im Hotel schliefen alle, ich ging still ins Bett.

Donnerstag, 25. Weihnachtstag. Ein Schleier liegt über meinen Gedanken, doch ihr Flug geht zu Jenny! – Was habe ich ihr getan? – Ist es aus Sorge um ihren Ruf, daß sie so wenig Notiz von mir nimmt? »Ich hasse Sie nicht, denn ich habe Sie niemals geliebt«, hat sie einmal gesagt, ich verstand es nicht, jetzt verstehe ich es. Besuch vom jungen Ulrich; zu Reuscher in die Fliederstraße 8 gefahren und dort Kaffee getrunken; zu Hause war Professor Rauch gewesen, etwas angegriffen vom Gehen in der rauhen Luft. Brief von Jenny, sie ist sehr liebenswürdig. Mittag bei Professor Weiß, wo ich sehr gefeiert wurde, Frau Weiß streichelte mir fortwährend die Hand; hier waren Horkel und Dr. Meyn &. – Abends bei Graf Bismarck-Bohlen, wo ich zwei Märchen vorlas, Wilhelm Grimm war dabei, seine Persönlichkeit gefiel mir, er war sehr für den »Tannenbaum«; ich traf hier den schwedischen Gesandten Graf d'Ohsson.

Freitag, 26. Brief von Roß; bei Jenny, die einen Weihnachtsbaum hatte, sie schenkte mir Seife in Form eines Käsestücks und Eau de Cologne; war sehr freundlich, streichelte mich, nannte mich ein Kind. Wir fuhren zusammen zu Madame

Birch-Pfeiffer, die ihr, so sagte sie, wie eine Mutter sei; im Wagen erzählte sie, daß sie nicht wieder nach Schweden gehe, ihre Verhältnisse dort seien so schrecklich, wahrscheinlich werde sie sich nach Hamburg begeben und dort bei Arnemanns bleiben, sie fühle sich in Deutschland so heimisch. Madame Birch-Pfeiffer kannte von meinen Schriften nicht das Geringste, mit der Zeit wurde sie netter, Jenny sagte, ich sei so ein guter Mensch und ihr Bruder. Als ich heimkehrte, fand ich eine Einladung vom König zum Diner im Schloß, ich mußte Rauch, bei dem ich essen sollte, eine Absage schicken; um 3 Uhr fuhr ich mit Diener zum Schloß, wo mich Kammerherr Hofmarschall von Meyerinck empfing! – Der König war sehr gnädig, sprach viel vom »Spielmann«, sagte, er habe in Kopenhagen sogleich nach mir gefragt, meine Märchen kannte er nicht, die Königin bedauerte die Krankheit unserer Kronprinzessin, sprach herzlich von den Majestäten &c. – An der Tafel saß ich zwischen Humboldt und dem Hofmarschall; der König fragte mich nach Bissen. Nach der Tafel sprachen er und die Königin wieder lange mit mir, und der König lud mich zu sich ein, wenn ich wieder nach Berlin käme. – Ein [Herr] von Norden und mehrere Herren begrüßten mich! – Fuhr abends zu Fräulein Fromman, wo es mir zu Ehren eine große Gesellschaft gab, der Weihnachtsbaum brannte, ich las Märchen vor, um 9 Uhr fuhr ich zu Olfers, der ebenfalls einen Weihnachtsbaum hatte und wo ich Varnhagen von Ense, Rauch und den Bildhauer Tieck antraf.

Samstag, 27. Brief an Gräfin Moltke und Märchen für den König von Preußen, entsetzlicher Matsch und strömender Regen. – In der »Preußischen Zeitung« steht, daß ich hier bin und mehr zu Deutschland als zu meinem Vaterland gehöre. Mittagessen zu Hause. Brief vom Vater und von Jonna; selbst mehrere Briefe geschrieben; abends bei Savigny, wo die beiden Brüder Grimm anwesend waren, ich las »Die Schneekönigin« und den »Schweinehirten«; mehrere Gäste waren da; der junge Savigny, der in Spanien gewesen ist, versprach mir Empfehlungsschreiben dorthin. Brief von Vater Collin und Jonna.

Sonntag, 28. Dezember. Regen und Wind, das ist ein häßliches Wetter. Um 11 zur Prinzessin von Preußen bestellt; im Vorzimmer oder Warteraum war ein Garten mit Schlingpflanzen, einer Statue, frischem Wasser; in einem pompejanisch bemalten Zimmer gab es Statuen und Bücher, die Fußböden so glatt wie Eis. Sie empfing mich äußerst gnädig, ähnelt ihrem Bruder, wir sprachen über Thorvaldsen, sie kannte, was ich über ihn geschrieben hatte, auch mein »Bilderbuch«. Ich las den »Tannenbaum« und »Das häßliche Entlein«, sie schien davon hingerissen; der Sohn, der einmal König wird, drückte mir zweimal die Hand, brachte ein Buch und bat mich, meinen Namen hineinzuschreiben. Ich schrieb: »Gott segne die edlen Herzen!« – Die Prinzessin sagte: »Ja, wir müssen uns noch einmal sehen, bevor Sie abreisen.« Ein Spielkamerad des Prinzen sowie eine kleine Prinzessin waren dabei, ein Offizier und der Lehrer Curtius aus Lübeck. Meinen Schirm vertauscht, ich lief herum und fand ihn endlich bei Zimmermanns. Weiß besucht. Brief an Jenny. Mittagessen zu Hause. Besuch bei Fräulein Fromman, wo ich den Franzosen Sougey Avisard kennenlernte, einen Freund von Bindesbøll. Abends bei Professor Weiß, wo ich Chamissos zwei Söhne und zwei Töchter traf, es wurde ordentlich Wesen um mich gemacht.

[...]

Dienstag, 30. [...] Mittagessen bei Savigny, Frau Voß, Olfers, Frau ... sowie der Minister für das Auswärtige, eine merkwürdig trockene Physiognomie, ich las »Die Nachtigall«, er sah mich sonderbar an, niemand lachte, ich hatte das unheimliche Gefühl, daß sie es nicht verstanden; ich plauderte etwas und geriet in die schlechteste Stimmung, mit der ich dann in die Oper ging, wo ich hinter Madame Birch-Pfeiffer saß. – Jenny war im zweiten Akt plastisch ergreifend, ihre Stimme rührte mich bei dieser Musik nicht recht an, sie wurde hervorgerufen, die Oper ausgepfiffen; Chamisso wollte mich anschließend mitnehmen, doch ich war nicht in Stimmung und schlenderte heim.

Mittwoch, 31. Dezember. Heute morgen kaum aus dem Bett, da kam Reuscher, er würde eine Gesamt-Ausgabe meiner Schriften besorgen. Simion will mir zwei Louisdor pro Bogen für meine Biographie bezahlen, wenn ich sie liefere und desgleichen den neuen Roman. Kurz darauf kam Leutnant Chamisso, dann der Dichter ... Ich konnte mich nicht ankleiden; um 1/2 1 ging ich zu Olfers, er zeigte mir allein das Museum, vorzügliche bemalte Tonbüsten, u.a. Machiavelli. Altartafeln. Venus ... Ein Apollo Musagetes. Ich sah das Münzkabinett und die Vasensammlung. Fräulein Frommann besucht. Brief an Humboldt. Mittagessen zu Hause. Ging um 6 Uhr zu Jenny, die für mich einen Weihnachtsbaum angezündet hatte; Jenny sang ein paar Lieder, wir plauderten gemütlich, sie fragte mich nach »Die neue Wochenstube« aus und sagte, sie glaube und glaube nicht, daß ich das Stück geschrieben hätte, denn ich sei ein Kind, und dieses sei boshaft. – Gerade als wir Eis aßen, erklang ein Ton, wie auf dem Klavier angeschlagen, jedoch kräftiger. »Was war das?« sagten wir alle beide. – Doch im Klavier war keine Vibration, von daher konnte es nicht kommen. »Was war das für ein Ton?« fragte ich. »Das war C!« – »Gott, Collin!« rief ich aus, und mich durchfuhr eine Angst, die mir Tränen in die Augen preßte, ich sagte Jenny den Namen, und daß ich stets Gesichter befürchtet und deshalb gewünscht hätte, vom Tod meiner Lieben in Tönen zu hören! – Auch Jenny erschrak; ich war verstimmt. – Jenny sollte einen Ball des englischen Gesandten, Graf Westmoreland (die Geschichte darüber unwahr), besuchen, ich wählte mit ihr Bänder aus. Bekam ein Billett für die Empore am Freitag, sie versprach mir ihr Porträt, sie schrieb mir ein paar Worte von Rückert für Alexander Beaulieu ab. Ging zu Fräulein Frommann, war matt; hier war große Gesellschaft und Tableau! Ich bekam eine schöne Zeichnung vorn in meine Märchen; um 1/2 1 war ich zu Hause! Danke, o lieber Gott, für das alte Jahr, möge ein neues glückliches anbrechen! Dein Wille geschehe!

Donnerstag, den 1. [*Januar*]. Das neue Jahr bricht an, das »Reisemärchen« meines Lebens! Gott, du schreibst es auf, dein Wille ist der beste. Das Wetter ist naß und grau, ich ging zu Theodor Mügge, er begleitete mich zu der Schauspielerin Fräulein Hagn; ein dänischer pseudonymer Übersetzer von »König Renés Tochter« hatte ihr geschrieben, ob sie sich für das Stück interessieren würde. Ich sagte, Hertz habe es selbst übersetzt, und wollte ihm schreiben. Sie erzählte, daß Nielsen in München in »Kabale und Liebe« aufgetreten und durch die deutsche Sprache so verwirrt gewesen sei, daß er, anstatt »Du bist blaß, Luise?« gesagt hat: »Du bist naß, Luise?« Das ganze Haus brach in Gelächter aus, sie wußte kaum, was sie tun sollte. – Sie wußte, daß Frau Heiberg eine berühmte, vorzügliche Künstlerin war. – Wir fuhren zu Mundt, er war nach Stettin gereist. Zu Hause wurde ich durch einen Besuch der Gattin von Minister Savigny überrascht, der Diener meldete sie, die vornehme Equipage hielt vor dem Haus, sie saß eine Viertelstunde bei mir auf dem Sofa, sagte, sie und ihr Mann, »wir alten Leute haben uns recht gefreut, daß Sie wieder zu uns gekommen sind!« Sie war sehr munter und gut. Mittagessen bei dem alten Professor Horkel, dort traf ich beide Brüder Grimm, Wilhelm neckt mich immer; Weiß und seine Frau. – Als ich am Abend heimkehrte, fand ich einen Brief von Humboldt vor: Der König habe ihm befohlen, mir zu schreiben, wenn es mir mit Rücksicht auf meine Reise bequem sei, nach Potsdam zu kommen, dann wolle er mich einladen. Ich freute mich darüber. Den Abend bei Professor Bekker, der ja in 7 Sprachen schweigt. Hier traf ich eine Gräfin Ahlefeldt, die kein Dänisch konnte, Curtius war da.

[...]

Samstag, 3. Kopfschmerzen. Chamissos Kinder besucht, der ältere heißt Ernst, der zweite Max. Ging zu Tieck, der mich im »Hotel de Brandenburg« vergeblich gesucht hatte und mich zum Mittagessen einlud; er wollte mir »Die Weihnachtsstube« vorlesen. Auch Frau Steffens hatte mich eingeladen. Ging zu Frau Savigny, um mich um eine Einladung bei Fürst Radziwill zu drücken, weil ich so gern Shakespeares »Sommernachtstraum« sehen wollte; der Fürst hatte Geburtstag, ich traf die Prinzessin von Preußen, die mich für morgen einlud. Zu Hause fand ich Bescheid vom König, er wolle mich in Potsdam sehen; aß zu Mittag bei Simion, wo Geibel war, fuhr um 7 Uhr mit der Eisenbahn nach Potsdam, konnte nicht ins Schloß finden, Gespräch mit der Schildwache; der König und die Königin sehr gnädig, sie saßen auf dem Sofa, Humboldt und ich am selben Tisch, 2 Hofdamen und 3 Kavaliere an einem zweiten, tranken Tee, [ich] las »Der Tannenbaum«, »Das häßliche Entlein«, »Das Liebespärchen« und »Der Schweinehirt«; ich saß dort, wo Oehlenschläger gesessen hatte, der König sprach über Dänemark und die Natur, war begeistert; vor allem Humboldt [war es] von meinen Märchen. Nach 11 Uhr brach ich auf, begab mich zum »Einsiedler« und bekam dort ein Zimmer.

[...]

Dienstag, 6. Erschöpft. Wurde zu Prinzessin Carl gerufen, die bedauerte, nichts von meinem Aufenthalt gewußt zu haben, ich sollte ihrem Bruder sagen, es hätte sie gefreut, einen seiner Freunde zu sehen, bat mich, wenn ich nach Berlin *käme*, sie zu besuchen, dann wolle sie mich ihrem Gemahl vorstellen. Wie wir so dasaßen, kam ein Lakai der Prinzessin von Preußen und richtete aus, Ihre Königliche Hoheit dürfe mich nicht zu lange aufhalten, denn ich sollte um 12 Uhr zur Prinzessin. »Ich soll nicht unbescheiden sein!« sagte sie halb verärgert. Fräulein Bloch, Hofdame. Bei der Prinzessin von Preußen war Pückler-Muskau, der Prinz erschien, [ich] las 3 Märchen vor. Die Prinzessin höchst liebenswürdig, verehrte mir ein schönes Album, darin das Schloß. »Das möge Sie an jenes Eckzimmer erinnern, in dem Sie mir so viel Freude geschenkt haben!« Sie bat mich, wenn ich nach Berlin oder in die Nähe dieser Stadt käme, sie zu besuchen. Ging zu Olfers, der mich der Gnade des Königs versicherte. Briefe geschickt an den Vater, Jette, Borgaard, Hartmann, Frau Bournonville. Mittagessen bei Frau Zimmermann. Der König hat mich zum Ritter des roten Adlers dritter Klasse ernannt, und das ist an Collins Geburtstag geschehen; große Freude. Noch einen Brief an den Vater geschickt. – Abschied von Savignys. Abends bei Frau Zimmermann, wo ein Trinkspruch auf mich, »der Mährchen König«, ausgebracht und ein Gedicht von Sturm aufgesagt wurde.

[...]

Donnerstag, 8. [...] Um 1 Uhr Abfahrt mit der Diligence. Ein Jude aus Altona stieg in den Wagen, der ständig von seinen »Liebschaften« erzählte, von einer jungen Frau, die er geküßt hätte; alle neuen Passagiere mußten sich dieselben schlüpfrigen Geschichten anhören (von einem jungen Bräutigam, der sich nicht überanstrengen dürfe). Auf der letzten Station stiegen zwei unangenehme Leute ein, deren Pelze stanken und die selbst nach Käse rochen. Am Postamt [von Weimar] wartete Beaulieus Diener; Beaulieu umarmte mich, bat mich, zum Ball bei General Beulwitz mitzukommen, wo ich dann viele Bekannte und die ganze herzogliche Familie traf. Der Erbgroßherzog flog mir entgegen, drückte meine Hände und sagte: »Ich kann Sie hier nicht so empfangen, wie ich es zu Hause würde, o mein Freund, ich habe mich gesehnt nach Ihnen!« Auch seine Gemahlin kam mir gnädig entgegen, ich traf Frau Groß &. – Die Großherzogin ließ mich rufen, mir war so matt in den Beinen, so schwindlig, daß ich beinah umgefallen wäre; sie fragte, was mir denn fehle, und ich sagte, es sei in der Brust, ich konnte ja nicht erzählen, daß meine Stiefel drückten. Sie rief Kammerherrn Beaulieu, er sollte sogleich einen Arzt holen; ich sagte ihm, was es war, daß es am besten sei, wenn wir einen Schuster holen ließen. Der Großherzog sehr gnädig, ich saß an seinem Tisch. – Fuhr um halb 12 nach Hause.

Freitag, 9. Meine Stimme ganz rauh, erkältet und angegriffen. Um 10 Uhr ging ich zum Erbgroßherzog, hinauf in die prächtigen Zimmer. Er kam mir entgegen, drückte mich an seine Brust, küßte mich mehrere Male, dankte mir für meine Liebe zu ihm, Arm in Arm gingen wir auf sein Zimmer, saßen solange zusammen und unterhielten uns, bis man ihn in den Staatsrat rief, da ging er Arm in Arm mit mir bis an die äußerste Tür! – Besuchte Exzellenz Müller, der mich küßte. – Jetzt bin ich zu Hause, müde und froh. Habe mit Beaulieu im »Erbprinzen« gespeist, ging von dort zu Frau von Groß, wo wir Kaffee tranken; abends zu Professor Froriep, wo Auerbach, der Verfasser der »Dorfgeschichten«, erschien, ein dickes, rotwangiges Persönchen, ein Naturmensch! Er freute sich sehr über den »Tannenbaum«; er sang uns ein Naturlied vor.

Samstag, 10. Visiten; nach Tisch mit Beaulieu nach Ober-Weimar spaziert und Kaffee getrunken; ging dann zum Erbgroßherzog, ich saß auf dem Sofa, »auf meinem Platz«, wie er es nannte; er sagte, wir müßten immer Freunde bleiben, ich solle einmal kommen und für immer bei ihm in Weimar bleiben. Ich sagte, daß ich mein Vaterland liebe. »Aber wir Deutschen schätzen Sie mehr als die Dänen! – Nun, dann wohnen Sie abwechselnd bei uns und dort, geben Sie mir Ihre Hand!« Er hielt sie so fest in der seinen! Sagte, er liebe mich, und drückte seine Wange an die meine! Mit seiner Gemahlin sprach ich ganz kurz, sie war sehr mild und freundlich. Er hatte mir ein Billett für den Rang geschenkt; hier gab es zum ersten Mal »Die lustigen Weiber von Windsor«. Ging nach dem Theater zu Kanzler Müller und verbrachte den Rest des Abends mit Auerbach, Schöll und Beaulieu.

[...]

Montag, 12. Visiten; zur Tafel beim Großherzog, saß an seiner linken Seite; als ich nach Tisch auf dem glatten Fußboden direkt vor der Großherzogin stand, wurde mir wieder schwindlig, und ich war darüber verzweifelt; sie bat mich, ich solle mich auf einen Stuhl stützen. Der Herzog fragte nach meinem Befinden, ich war ganz verzweifelt, dann kamen die Höflinge und fragten; jetzt werden die Stiefel geweitet, das hilft wohl kaum gegen Schwindel. – Abends 1/2 8 zum Erbgroßherzog, wo die Großherzogin war und später der Großherzog erschien; ich las »Der Tannenbaum« und »Die Schneekönigin«. Als wir zu Tisch gingen, war mein Platz rechts neben dem Erbgroßherzog, der unter dem Tisch meine Hand drückte; er erzählte, damals, als seine Gemahlin in Geburtswehen lag, da habe sie gesagt, sie wolle der standhafte Zinnsoldat sein. Die Großherzogin äußerte sich zu mir sehr gnädig und freundlich; bevor ich aufbrach, führte mich der Erbgroßherzog in sein kleines Treibhaus, war so liebevoll und gut. Zum Essen trug ich Dreispitz und Degen.

[…]

Freitag, 16. […] Ich bin nicht recht froh, eine Angst, ein sonderbares Gefühl bedrückt mich. Alles erscheint mir leer! – Abends großer Ball bei dem Dichter Baron Maltitz; hier traf ich den russischen Priester, der mehrere Jahre in Kopenhagen verbracht hat, Frau und Tochter sprachen dänisch. Der Erbgroßherzog kam spät von der Jagd; wir sprachen viel miteinander.

[…]

Donnerstag, 22. Heute nacht kam Jenny Lind. Habe sie besucht, sie freute sich, mich zu sehen, und brachte mir ihr Porträt. Tafel beim Großherzog, wurde in einer Portechaise dorthin getragen, es war das erste Mal in meinem Leben, daß ich getragen wurde. Danach zu Hause Besuch von Schwendler, ging mit Beaulieu zu Frorieps, wo man den Erbgroßherzog erwartete und mich deshalb behalten wollte, aber ich hatte versprochen, Maltitz zu besuchen (der in Goethes Haus wohnt), dort war ich heute zum Essen eingeladen. Hier las ich »Die kleine Meerfrau« und noch 3 Märchen, man war begeistert.

[…]

Dienstag, 27. Fuhr mit Kanzler Müller und Jenny zur Fürstengruft, wir standen an den Särgen von Schiller und Goethe; letztens waren wir auch zusammen an einem Grab: an dem von Thorvaldsen. Wie wir hier standen, kam der junge österreichische Dichter Rollett aus Jena, der nach mir suchte. Draußen lag Schnee, und [ich sah] viele hundert Krähen; wir fuhren zum »Römischen Haus«, wo Carl August gewohnt hat und alles noch so schlicht wie in jener Zeit erhalten ist. Mittagessen bei Baron Maltitz mit Beaulieu und Jenny; Maltitz hatte aus diesem Anlaß ein schönes Gedicht geschrieben. Jenny bekam ein Tablett mit einem Bild von Goethes Haus, sie war sehr gerührt. Abends große Gesellschaft bei Kammerherrn Plötz, all die fürstlichen Herrschaften; ich las 3 Abende aus »Bilderbuch ohne Bilder«, Jenny weinte über den Pulcinella. Sie mußte singen, ich war in einer ärgerlichen Laune, teilte es mit, mir war unbehaglich; gegen 12 fuhren wir nach Hause. Ich war krank; Beaulieu sagte zu mir, daß ich im Begriff sei, mich in Jenny zu verlieben! Ich entgegnete, das werde nicht geschehen. Er vertraute mir seine Herzensgeschichte an, ich dachte an meine eigene und weinte. – Brief von und an Reuscher.

[...]

Sonntag, 1. [Februar]. Brief von Borgaard. Zum »Römischen Haus« spaziert; die Sonne beschien das Tal in Richtung Ober-Weimar. Ging zu Frau Schwendler, die mir einen Brief von Jean Paul verehrte; er hat sie geliebt, sie aber hatte gespürt, daß sie nicht zu ihm paßte, hatte ihn jedoch lieb wie einen Bruder und wurde seine Freundin; sie erzählte, er habe einen schlechten Bruder gehabt, einen Tischler (?), mit dem er viel Ärger gehabt habe; er sei so arm gewesen, daß er die Kulmbacher Zeitung abschreiben und verkaufen mußte, um Geld für Papier zu verdienen, als er seine »Unsichtbare Loge« schrieb, er bekam für sein erstes Werk kaum 2 Taler pro Bogen. Sie sagte, ich hätte in Stirn und Auge eine merkwürdige Ähnlichkeit mit Jean Paul, das habe sie neulich beim Erbgroßherzog frappiert, als ich so blaß war und so angegriffen aussah. – Sie erzählte von einer Dame in Frankfurt, die J. Paul geliebt und seine Bekanntschaft gesucht hatte, erst durch sie, dann durch seine Frau, als er dahinterkam, schrieb er der Dame einen ernsten Brief; sie stürzte sich in den Main und starb. Jean Paul hat niemals das Meer gesehen, er machte unendlich viele Exzerpte, und nur einmal hatte Frau Schwendler aufräumen dürfen. Sie lobte den Erbgroßherzog sehr, sprach davon, wie unbedeutend Schober sei, über Schölls geistige Bedeutung waren wir uns einig. – Mit Beaulieu spazierengegangen. Nach Tisch zum Erbgroßherzog gerufen, der glaubte, ich würde am Mittwochmorgen abreisen, und deshalb ein wenig mit mir reden wollte, weil in den nächsten zwei Tagen nicht viel Zeit dafür bleibe. Abends bei Frau von Pogwisch, wo große Gesellschaft war und wo ich vorlas. Schober holte mich ab und brachte mich heim. Brief von Frau Balling.

[...]

Freitag, 6. Der Großherzog sagte gestern: »Sie reisen allein?« – »Ja, ganz allein!« – »Also nur mit Ihrem Kammerdiener.« [...]

Samstag, 7. Ging morgens um 8 Uhr zum Erbgroßherzog, er empfing mich im bloßen Hemd und hatte nur einen Mantel umgeworfen: »Das kann ich doch, wir kennen uns.« Er drückte mich an seine Brust, wir küßten einander. »Denken Sie an diese Stunde«, sagte er, »wie gestern, wir sind fürs ganze Leben Freunde.« – Wir weinten beide. – Fuhr mit Beaulieu und Marshall nach Jena, wo ich bei Buchhändler Frommann wohne. Mittagessen, hier war Michelsen; wir spazierten bei Sturm durch die Stadt und hinaus zur alten Frau von Wolzogen, der Schwester von Schillers Frau; sie war recht lebhaft, die alte Dame, und von meinem »Bilderbuch« erfüllt. Abends bei Wolff, hier traf ich Hase, der mir erzählte, er habe bei der Präsentation vor 1 1/2 Jahren nicht gewußt, wer ich sei, jetzt wisse er es. Ich wurde vom Tabakrauch krank. Wolff verlas sein neuestes Gedicht über Bacchus und schwitzte häßlich; die Aufwärterin sah aus wie eine schlampige Harfenspielerin, zu Hause; Abschied von Beaulieu. Er küßte mich ganz innig, bat mich, ihn immer ein wenig lieb zu haben, ihm ein treuer Freund zu bleiben, er weinte, ich brach in heftige Tränen aus. Oh, nun ist er fort, ich fühle mich so allein, so allein auf der Welt.

[...]

[*Mittwoch*] *11.* Sturm und Schnee. Weil die Pferde den Wagen nicht schleppen konnten, mußten wir im Mondschein zu

Fuß über einen Berg; um 4 Uhr erreichten wir Naumburg, warteten hier bis um 6 und fuhren dann mit der Diligence nach Weißenfels, wo wir bis gegen 11 blieben, dann ging es in vollem Wagen weiter; darin ein schöner, witziger Mann, der von harten Zwiebäcken in einem Wirtshaus erzählte, er hatte 1820 darauf geschrieben und gesagt: »Das sind ja interessante Zwiebäcke – auf einem lese ich, daß sie aus dem Jahr 1820 stammen.« Die Frau versicherte, der sei erst 14 Tage alt. – Kam um 3 Uhr nach Leipzig und stieg im »Hotel Bavière« ab, unzufrieden mit den Zimmern, keine freundlichen Menschen. Mendelssohn gesucht, traf ihn nicht an; ärgerlich. Fand ihn dann im Gewandhaus, er schickte sämtliche Schüler weg, wir unterhielten uns. Auerbach kam ins Hotel, bat mich, du zu ihm zu sagen; kurz darauf Besuch von Mendelssohn. Ich trank Porter und ging zeitig ins Bett.

12. Lorck besucht, der meine Schriften verlegen wollte und auch nicht verlegen wollte; zu Gade gegangen, der hübsch wohnt und mich freundlich empfing; er möchte gern die Musik zum »Nöck« komponieren, ich schreibe den Text jetzt entsprechend. Briefe an Jenny Lind und Mlle. Johansson geschickt. Billett von Mendelssohn zum Konzert im Gewandhaus, hier traf ich den Bruder von Philipsen, Swane, den gescheiterten Sänger Meyer und meinen guten Fromman, dem ich Lebewohl sagte, er fährt morgen nach Hause. Die Ouvertüre zum »Tannhäuser« stieß auf Opposition, ich klatschte, denn darin lag ein ganzes Gemälde. Mendelssohn spielte genial eine Komposition von Beethoven. Ich hatte Kopfschmerzen und nahm die Einladung zu einem Herrn ... nicht an, der Gade, David, Mendelssohn und mich eingeladen hatte; Gade begleitete mich heim. Ich speiste und trank Bier, das mir sogleich zu Kopfe stieg, was mich ärgerte, weil just Auerbach erschien und mit mir plaudern wollte; ich wollte lieber allein sein und zog mich von ihm zurück. Am Nachmittag war ich mit ihm bei einer Frau Harkort, ich glaube, das ist die Schwiegermutter von Kühne, dem Schriftsteller.

13. Kopfschmerzen. Brief von Moltke auf Glorup. Brockhaus besucht und meine Angelegenheiten dort so ziemlich arrangiert. 300 Reichstaler für die Durchsicht der älteren Dinge und 3 Louisdor pro Bogen; Mittagessen bei Brockhaus (Heinrich). Abend bei ... mit Auerbach, dort waren Freges und Mendelssohn, er war von meinen Märchen und der Art, wie ich sie vorlas, begeistert, es wurde viel Wesen um mich gemacht. +

[...]

Dienstag, 17. Brief von Baronesse Bornstedt, die hier bei einer Tante wohnt, ich mußte zu ihr, sie jubelte und war mir nicht angenehm; sie will mir ihre neuen Gedichte widmen. Dr. Härtel besucht und ihm gesagt, ich sei mit Lorck einig geworden; Regen und Matsch, gar nicht vergnügt! Geträumt, es hätte mich auf der Eisenbahn zerschmettert. Ich glaube, ich habe eine Leberkrankheit. – Mittagessen bei Brockhaus, der sagte, ich sei frei, könne handeln, wie ich wolle; Bekanntschaft mit Frau Preußer. Abends bei Hofrat Keil, der einen Trinkspruch auf mich improvisierte; Mendelssohn sehr liebenswürdig.

Mittwoch, den 18. Vereinbarung mit Lorck getroffen, er wird mein Verleger; gute Laune; Mittagessen bei Heinrich Brockhaus, wo man mir herzlich Lebewohl sagte. Ging mit Auerbach ins Museum und schloß dort Bekanntschaft mit zwei Redakteuren. Abends bei Mendelssohn, er spielte eins von seinen Trios; ich war in hohem Grade matt und angegriffen; Hofrat Keil fuhr mich nach Hause.

[...]

Freitag, 20. Brief an Reuscher; mit Lorck über die Ausgabe gesprochen. Abschiedsbesuch von Gade. – Fuhr um 2 Uhr mit dem Eisenbahnzug ab und kam 1/4 6 in Dresden an; fand im Hotel zwei Briefe von Collin, einen von Beaulieu, einen vom Erbgroßherzog, einen von Ørsted und einen von Reuscher. Collin konnte nicht begreifen, wie ich dieses leere Leben auf die Dauer aushielte, er meinte, ich dürfe meinen Orden erst tragen, wenn es der König zu Hause erlaube; ich wurde ärgerlich verstimmt. Besuchte Frau Decken; sie erzählte, die Königin von Sachsen habe ihr gesagt, daß ihr die Königin von Preußen in einem Brief von meinem Aufenthalt in Berlin berichtet habe. +

Samstag [*21.*]. Besuche bei Dahl, Falkenstein, den dänischen Prinzessinnen & . Mein Patent als Ritter des roten Adlers erhalten. – Schlechte Laune; einen langen, leidenden Brief an Edvard geschrieben. – Ins Theater gegangen und Glucks »Alkeste« gehört. Die alten Götter sind tot; sie sind nicht mehr Fleisch von unserm Fleisch. Madame Schröder-Devrient ist eine Ruine, Haltung und Spiel gut, jedoch nicht das Gefühl wie bei Jenny Lind, die Stimme vollkommen weg; Tichatschek sah aus wie ein Chinese. – Abends Gesellschaft bei Baronin Decken, wo ich vorlas; ein russischer Literat, der Vorlesungen hält, schien hingerissen und will über meinen Humor schreiben. Schlechte Laune – +.

Sonntag, 22. Visiten. Es ist mit Schwächen, die wir nicht haben, wie mit der trocknen Mauer, über die man die chemischen Schwefelhölzchen streicht, sie brennt nicht an; doch selbst bei unsern Freunden können Stimmungen aufkommen, wo sie ihren bittren Gedanken über das Gesagte streichen lassen und es uns wie der Mauer ergeht; wenn man sie danach mit der Hand berührt, gibt es da doch noch eine Spur von den Schwefelhölzchen. Brief von Fräulein Bornstedt, die beleidigt war, weil ich sie vor meiner Abreise nicht besucht hatte, ich sollte wohl wissen, was ich einer Dame schuldig sei; ging zu Dahl und schrieb dem Freifräulein dort einen Brief. Abends bei Frau von Decken, wo ich vorlas und bewundert wurde; war ganz heiser.

[…]

[Andersen fährt am 2.3. weiter über Prag in Richtung Wien.]

Freitag, 6. [*März*] In Olmütz neue Wagen; auf der Nebenstraße sahen wir mehrere Kavallerieregimenter passieren; in Lundenburg, wo ich eine Kleinigkeit frühstücken wollte, rief mich jemand an, es war Walther Goethe aus Weimar, wir saßen im selben Wagen. (Heute nacht hatte ich neben mir eine Dame, sie war so warm, daß ich ein Buch zwischen uns steckte.) –

Gegen 1 Uhr waren wir schon in Wien; ein Soldat, der visitierte, vermutete in der Adresse an meiner Hutschachtel einen Brief und öffnete sie. – Stieg im »Hotel Stadt Frankfurt« ab; bezahle für ein Zimmer im 3. Stock 4 Zwanziger, Geldangst! Briefe von Edvard, Jette, P.L. Møller und Ingeborg, letzterer brachte mich gut zum Lachen; Edvard schrieb nur über schlechte Geldaussichten. Hauchs Bemerkungen über mich als Dichter gelesen; das ist einseitig und nicht gut ausgearbeitet; aufgefaßt, wie sie mich zu Hause auffassen; er hat sich bemüht, mich so zu drehen und zu wenden, daß ich zu seinem Romanhelden passe, ohne ihm doch zu gleichen. An Edvard geschrieben. Besuch von Carstensen, der mit Frau hier ist. (Castenskiolds Besuch)

Samstag. 7. Bei Castenskiold Kaffee getrunken; mit ihm ausgegangen; Empfehlungsbriefe abgegeben. Liszt besucht, der mich freundlich empfing, bei ihm gab es eine Visite nach der anderen; er war apart gekleidet, lud mich zu seinem morgigen Konzert ein. Thyberg ist in Baden. Briefe an Edvard und Jette geschickt. Ein Lotterielos für 1 1/2 Zwanziger genommen, 7.40.90. (Hauch hat nur das von mir berührt, was sich in Verbindung zu seinem Buch und zum Urteil der Leute setzen läßt, ist aber ungerecht gegen mich gewesen, weil er nicht in gleicher Weise auf das übrige Eigentümliche eingegangen ist.) Mittagessen bei unserem Gesandten, General Löwenstern, dessen Frau eine geborene Schimmelmann ist; dort war der Dichter Baron Maltitz, ich las »Das häßliche Entlein« und »Das Gänseblümchen« vor. Im Hotel fand ich eine Einladung in die »Concordia«, um dort mit den Poeten zusammenzutreffen, ich war aber müde und blieb zu Hause; sinnliche Gedanken, ein wenig herumgeschlendert, um mich abzukühlen.

[...]

Dienstag, 17. [...] Besuch von Walther Goethe, der mir ein Reiseschreibzeug schenkte. Der Dichter Vogl war hier und brachte mir seine Schriften. In Saphirs Blatt steht, daß mein Äußeres nicht meinen reizenden Märchen entspreche, es sei aber etwas herzlich Kindliches an mir, das sogleich gewinne, ich sei ein langer schlanker, »weibisch eleganter Mann«. [...]

[...]

[Am 18.3. geht es weiter nach Italien.]

Freitag, 27. Durch Tolentino, Frühstück in Valcimarra, ein schmutziges Haus, heute ein kurzes Stück gefahren und in Monze in den Bergen übernachtet, wo es jetzt regnet. Gestern war es schön, die Sonne warm; es war, als hätte der Frühling alle Obstbäume geküßt, sie standen in Blüte, auf den Kornfeldern war jeder Halm voller Sonnenschein, sie sahen aus wie der prächtigste Samt. Wegen der Räuber führt unser Ungar geladene Pistolen mit, doppelt geladen mit zwei Kugeln. »Wo sind sie?« fragte ich. »Unter Ihnen in meinem Nachtsack!« – Ich wurde heftig, und er mußte sie wegräumen. – Graf Paar erzählte lebhaft von seinen Reisen in Schweden, Norwegen, auf Föhr & . – Dachte an ein Märchen über den Frühling, der durch das Land reist – dachte an ein Märchen über den Storch, der mit Familie nach Ägypten reist. [...]

Samstag, 28. Abfahrt um 1/2 6, über den höchsten Punkt der Appeninen, wo es nicht wild, aber kalt war; die Fahrt bergab sehr schön, alles grün; ich litt an Gicht in Zähnen und Backenknochen; in Foligno beim Barbier, unsre Pässe zur Polizei mitgenommen. – Disput zwischen dem Ungarn und Graf Paar, letzterer sehr moderat und für die Regierung, der andere liberal und unbillig. Idee zu einem Märchen über Freiheit und Verfassung in einem Hühnerhof. Foligno sieht sehr schmutzig aus, die Stadt gefällt mir nicht; von hier nach Spoleto; im Wirtshaus viel Ärger mit den Betten, ich war derjenige, für den keins da war; schließlich arrangierte es sich, und ich kam in ein vollkommen dunkles [Zimmer] mit einem Fenster zu dem der anderen.

[...]

Montag, 30. Um 5 Uhr auf, viel Abwechslung, Schnee auf den Bergen; Räuber und Frauen mit Wagen transportiert. Idee: Tanz des Olivenwalds; die Ulmen Karyatiden mit Obstkörben, Bacchantinnen. Kam um 11 Uhr in Civitta Castellana an, hier barbiert und Frühstück; das Hotel sehr herausgeputzt. Über Nepi nach Baccano, ein einsames Wirtshaus, das gewiß ein Kloster gewesen ist. Die polnische Prinzessin nahm die letzten zwei Zimmer, da standen wir nun; als ich ihr sagte, daß wir keine hätten, teilte sie widerwillig und gab uns drei Reisenden das eine ab; ärgerlich, weil wir ewig auf sie warten müssen, endlich ging es dann zu Tisch, ein ungemütlicher und schmutziger Ort, aber morgen sind wir in Rom!

Dienstag, 31. Um 4 Uhr auf; durch die Campagna gefahren, die Berge wie in die Luft gemalt, ich war hingerissen; der Ungar fand das gar nicht schön, redete ewig von seiner Heimat, ich wurde ärgerlich und sagte, das wüßten wir nun! – Um 10 Uhr erreichten wir Rom und bezahlten etwa 2 Skudi, um nicht in die Dogana zu müssen; wir fuhren zu Spillmann und zu Franz, in beiden Hotels verlangten sie 15 Skudi für 14 Tage; ich ging ins Caffè Greco, traf hier Bravo, wir liefen herum, endlich fanden wir in der Borgognona Nr. 58 3 Zimmer für 35 Skudi in 3 Monaten; ich bekam das kleinste, also 9 1/2 Piaster. – Aurelio jubelte, als er mich sah, traf Gurlitt, Brock, Allen, Clausen. Ging mit meinen beiden Reisenden zur Peterskirche und zum Garten der Französischen Akademie, hier lag Beppo auf der Treppe, trank Mezzo caldo (im »Rospoli«). (Pantheon gesehen.) Hatte Briefe von Weis, Lind und Louise, Zettel von Edvard und Brief vom Herzog in Weimar, alle so segensreich, ich fühlte mich so glücklich. Der Graf ging zu Frauenzimmern, ich heim in stillem Glück. Gott, *ich* könnte dich segnen!

1. [April], Mittwoch. Zu Valentini gegangen und 150 Mark Banko abgehoben, das sind 50 Skudi, meine beiden [Reisekameraden] zum Kolosseum, Forum Romanum, Kapitol, Santi Apostoli geführt. Besuche bei Jerichau und Læssøe, Frau Goethe, die in jenem Haus wohnt, wo ich meinen Improvisator zur Welt kommen ließ; mit den beiden zu [den Kirchen] Maria degli Angeli und Maria Maggiore spaziert; ohne Mantel herumgelaufen, es ist herrlich warm; ich bin in Rom wie zu Hause, doch mich frappiert nichts mehr; ich bin aber still vergnügt, genieße das Leben in vollen Zügen. Danke, o guter Gott!

[...]

Samstag, 18. Ging heute morgen zu Dr. Uldall und ließ ihn mein Hinterteil ansehen; er meinte, es sei ein Karbunkel; habe für Kolberg gesessen; ich leide heute ziemlich! Am Nachmittag bei Frau Goethe »Die Schneekönigin« vorgelesen, leide sehr! – Der Gedanke, in Rom zu sterben! – Lebensfrische ist im Gedanken; nein, viele Rosen sollen sich noch für mich öffnen, jede mit einem Märchen; ich soll noch die milden Sonnenstrahlen in den dänischen Buchenwäldern sehen, die kalten Winde sollen mich umbrausen. [...]

[...]

Donnerstag, 30. [...] Dies also sollte der letzter Abend in Rom sein! Gott sei gedankt und gepriesen für alles Gute! Rom ist mir wohl doch nicht recht gut! – Laß mich davonfliegen, ich komme kaum wieder in diese herrliche Stadt!

Freitag, den 1.[Mai] Um 6 Uhr sollten wir abfahren, jede Kleinigkeit, die wir im Haus bekommen hatten, wurde in Rechnung gestellt. Der Vetturin bat uns, wir sollten uns ins Cafè Nuovo begeben, er wolle sogleich mit dem Wagen und den Damen kommen. Wir gingen dorthin, warteten 1 Stunde, 2 Stunden, ich wurde fuchsteufelswild, das wirkte auf meine Nerven, ich fühlte mich so matt, daß ich mich kaum auf den Beinen halten konnte, ich dachte an die Möglichkeit, krank zu werden und doch nicht von Rom fortzukommen; das bedrückte mich, ängstigte mich, es war, als sollte ich hier sterben. Alle drei Male hat Rom mir Unheil gebracht. (Von Küchler und Kolberg verabschiedet.) Kolberg kehrte zurück und wartete mit uns; ich bat ihn, sich in die Nähe des Wagens zu stellen, damit die Damen hören könnten, wie wütend ich sei; endlich erschienen sie, und ich fuhr rasend auf den Vetturin los, der gab den Damen die Schuld. Es wurde halb 9 Uhr, bevor wir Rom verließen; die Campagna ist wie eine Walstatt, auf der die Schlacht der Welt geschlagen ist; bei Albano sahen wir das Meer; alles blühte. [...]

[...]

Mittwoch, 6. [Neapel] [...] Welch ein Lichteffekt, das schimmernde blaue Wasser im Mondschein; im Norden bestreut der Mond das Wasser mit Silber, hier ist es Gold; ich zähle 11 Feuer von Fischern, die ihren obeliskartigen Glanz auf die Wasserfläche werfen. Der Leuchtturm mit der drehenden Laterne, wo das Licht bald mit seinem Glanz blendet, bald ganz verschwindet; die tausend Lichter auf der Straße von Fisch- und Orangenverkäufern; jetzt nähert sich eine Reihe von Kindern mit Lichtern in einer Prozession; das ist wie ein Spiel, sie schreien und tummeln sich, kullern durcheinander; dieses Geschrei, als wäre es eine festliche Ankunft, die alles in Bewegung setzte; wie schwarze Schatten über dem Wasser, und darunter liegen die Boote mit den ausgespannten Segeln. Nur wenige Sterne sind zu sehen, es ist, als wäre der Himmel höher gehoben und die Sterne vor ihm zurückgewichen. Prächtig sieht es aus, wenn die Fackel des Fischerboots auf der anderen Seite versteckt ist, dann liegt das Boot schwarz auf dem Wasser, unter ihm ist es hell; es ist klar bis zum Grund, und man glaubt dort unten die Bewegungen der Fische und Pflanzen zu erkennen. Kutschen mit Laternen kreuzen einander, man sieht nur die Laternen, die rollenden Feuerkugeln gleichen.

[...]

Montag, 8. [*Juni*] Die Wärme wälzt sich herab, wage mich kaum aus dem Haus. Der Bauch nicht recht in Ordnung, vor allem morgens Schmerzen. Im Meer gebadet und mich wohl gefühlt, bin heute nachmittag ungewöhnlich viel durch die Straßen gelaufen, zweimal hinunter zum Molo, beim letzten Mal spürte ich Mattigkeit, erreichte ein Café und trank Limonade, fühlte mich jedoch immer schlechter, die Hitze sprang mir aus allen Poren, ich hatte ein Bedürfnis, mich auf die Erde zu werfen, und eine Angst, ich ließ Botega einen Wagen holen, der hatte zwei Pferde, doch es waren kaum mehr als 300 Schritte Weges, ich bot ihm einen [Carlino?] an, er wollte nicht, ich wurde wütend und ging zu Fuß, kam aber nur bis zu Fleischers Tor, hier mußte ich beim Pförtner einkehren und mich ausruhen, das war sehr beängstigend.

Dienstag, 9. […] Am Abend die Geschichte von meinem Schatten geschrieben.

[…]

Freitag, 19. Gebadet; Biographie an Lorck geschickt, fühlte mich vom Schreiben angegriffen; die Wärme dieselbe. – Ich habe eine brennende Empfindung im Hinterteil, das beunruhigt mich wegen der Abreise; ich habe über 50 Reichstaler für das Dampfschiff bezahlt, wenn ich jetzt nicht fortkäme. […] Abends geht hier jemand mit einer baumelnden Laterne durch die Straße und sammelt alles in seinen Korb. Die Nächte sehr dunkel, die Sterne matt; heute halbwegs dazu entschlossen, Spanien aufzugeben, oder richtiger, mich an den Gedanken gewöhnt, es sein zu lassen und mich in die Schweiz zu begeben. Als ich heute abend am Castel dell'Ovo vorbeifuhr, erblickte ich auf dem Wasser acht Feuer, das sah aus wie ein Spiel von Feen. Die meisten Maler stellen Italiens Luft als ein Stück blaues Tuch dar, sie vergessen die feinen Übergänge, die Variation vom Horizont bis zu dem stark Bläulichen darüber. Claude Lorrain hat Italien gesehen und dargestellt. Mir gegenüber wohnt eine Familie, die Frau hat einen Buckel am Rükken und einen am Bauch, da sitzt sie, dünn bekleidet, einen breiten nackten Schilling im Haar, ihr Taschentuch liegt zusammengefaltet auf dem Stuhl davor; da steht ernst der Mann, unten wie ein Mannsbild, oben auch wie ein Mannsbild, jedoch ohne Kleider, er ist sehr ernst; auf dem dritten Balkon sitzt das Mädchen und näht; der Mann verschafft sich Bewegung, geht von der Frau zum nächsten Balkon und wieder zurück, doch jedesmal, wenn er das Mädchen erreicht, sagt er: »Kis!« und sticht sie mit dem Finger, dann redet er wieder ernst mit seiner alten buckelbäuchigen Frau; er denkt nicht, daß er direkt gegenüber einen Beobachter hat.

Samstag, 20. Habe mich nach dem Bad recht wohl gefühlt! Bis 2 Uhr zu Hause geblieben und gekramt, aufgeräumt und geputzt, selbst ein Paar Socken gewaschen, mich auf dem Sofa ausgestreckt, als ich mich etwas angegriffen fühlte. Wenn ich doch heute abend bloß nicht zu Baron Brockhausen zu gehe brauchte; um mich zu quälen, suche ich vergeblich etwas zu finden, was ich für die Abreise möglicherweise vergessen hätte – wenn ich nur nicht krank werde! Lauria, den ich von Vogt her kenne, ließ mir als Geschenk die Gedichte seines Verwandten Tarantini schicken. Meine Zimmerdecke ist mit Amorinen bemalt. – »Warum sind die Flügel bei den Kleinen klein und bunt und bei den Größeren lang und weiß?« – »Ja, siehst du, die großen Jungen, die müssen eben ein bißchen ordentlich aussehen, die kommen viel herum; die Kleinen, guck, Mutters Kleid hat fast dieselbe Farbe wie ihre Flügel, sie hat ihnen die Flügel aus den Resten davon gemacht. – ›Damit können die Kleinen sehr gut gehen‹, hat sie gesagt, ›und das tun sie auch gern, weil es bunter ist.‹ Doch die großen Amorjungen lächelten und schielten nach ihren Flügeln, die waren aus Federn! ›Herrgott, was bist du prächtig geworden!‹ sagten sie zu den kleinen Brüdern.« [...]

[...]

Dienstag, 23. Gestern abend kam mir die Idee, das Schiff könnte um 4 Uhr morgens auslaufen, das quälte mich so sehr, daß ich die ganze Nacht nicht geschlafen habe. Diese Phantasie ist auch sehr lästig. [...]

[...]

[Am 23.6. fährt Andersen per Schiff nach Marseille und nach kurzem Aufenthalt weiter nach Nîmes.]

Mittwoch, 1. Juli. [Nîmes] Zum Bäcker Reboul gegangen; als ich die Bäckerei betrat, stand da ein Mann und arbeitete mit dem Brot, sagte, daß er Reboul sei. Über sein aufgewecktes Gesicht glitten freundliche Züge, als ich meinen Namen nannte, daß ich derjenige sei, den Marmier in »Chants populaires du Nord« übersetzt habe; ich sagte, ich mache in Nîmes Aufenthalt, um ihn zu besuchen, und er lud mich heute um 2 Uhr zu sich ein. Ging zum Amphitheater, das sich in der Stadt befindet und von sehr großem Umfang ist, dagegen hat es längst nicht die Höhe des Kolosseums. Im Inneren war eine Schaubude mit Leinwandkulissen & aufgebaut. – Ein Soldat und seine Frau wohnen im Amphitheater und zeigen es vor.

Ging zur Kathedrale, an deren Vorderseite ein altes Basrelief ist; innen nichts Besonderes. Suchte den Dianatempel, doch allmählich wurde mir ängstlich zumute, und ich kehrte um. Um 3 Uhr ging ich zu Reboul, er war in seinem Zimmer über der Bäckerei, er war noch nicht angekleidet. Im Zimmer stand ein großer Bücherschrank mit Literatur, ich sah eine französische Übersetzung von Sophokles; an der Wand hingen zwei Bilder von seinem Gedicht »Das sterbende Kind«, der Engel ernst, die Mutter wie vom schmerzvollen Wachen in Schlaf gefallen; das zweite war ein Ölgemälde, auf dem der Engel mit dem Kind davonschwebte, während die Mutter über der Wiege lag. – An der Wand hing sein eigenes Porträt, ein Basrelief von David. Er sagte, er habe meinen Namen in der »Revue des Deux Mondes« gelesen; fragte, was ich hier in der Stadt gesehen hätte; sagte, er habe große Lust, den Norden zu besuchen. Er schrieb ein paar Worte für mein Album, drückte mir ein paarmal fest die Hand. – Mir kam dieses ganze Bäckerei-Gewerbe wie eine Maskerade vor. – Ich ging nun zum Maison carrée, das ganz wie ein griechischer Tempel aussieht, es steht direkt vor dem Theater, das groß ist und dessen Fassade an die Pariser Börse erinnert; ging zum Dianatempel, der sich in einem Garten mit einer Fontäne befindet; vor dem Tempel war eine Art Erfrischungshaus. – Die Ruine, wie alle hier in Nîmes, gut erhalten; die Sonne brennt, der Wind ist kalt. – Ich bin in der Provence, dem Land der Troubadoure, und fühle mich hier ganz verlassen; daß es draußen sehr stürmisch ist, scheint mir eine Art Trost zu sein, ohne doch darüber hinwegzutrösten, daß ich nicht auf dem Seeweg nach Barcelona gereist bin, just heute morgen ist das Schiff in Marseille ausgelaufen. Nach Tisch in Ingeborgs Brief (einem alten) gelesen und so gelacht, daß es in mir gluckste! Die süße Ingeborg! Hier in Nîmes gibt es ja sehr interessante Dinge, römische Ruinen, doch »unter uns«, Ruinen und Antiquitäten sind ja ganz gut, man braucht aber auch ein bißchen Munterkeit, und eigentlich ist es gar nicht munter, an so einer alten Mauer emporzuschauen, mutterseelenallein in der weiten Welt, wo man sterben und unter die Erde kommen kann, während jene, die man gern hat, der Meinung sind, man reise lustig herum. [...]

[...]

Dienstag, 7. Nachts abgefahren in Richtung Berge, es wurde sehr kalt; um 4 Uhr morgens erreichten wir Prades, wo ein Gendarm erschien und nach dem Paß fragte; ich mußte lange warten, bis ich einen Wagen (10 Franc) bekam und nun in die Berge fuhr, eine alte Festung lag italienisch am Hang, hatte aber rote Dächer. Kam nach Vernet und kehrte im Etablissement des Kommandanten Coudère ein; er und seine dicke Madam nahmen mich in Empfang, sagten, es sei schon ein Däne hier, ich bekam ein Zimmer neben ihm; es war ein Schleswiger ... ; wir speisten um 10 Uhr an der Table d'hôte. Ein Soldat barbierte mich; ewig saust und braust draußen das Wasser, darin ist eine Musik, ein Leben! Die Luft höchst erfrischend; ging mit ... ein wenig spazieren und schrieb Briefe. Ein Bad genommen, »Amélie« (das schwächste), legte mich eine halbe Stunde aufs Sofa und fror, ging danach aus. Hier um Vernet ist ein ganz eigenes Terrain, die Stadt selbst hat einen ganz bulgarischen Charakter, nur die Minarette fehlen; sie ist sehr klein, terrassenförmig angelegt und schmutzig braun, die Dächer dunkelrot, und an Stelle von Fenstern gibt es überall offene Holzluken, ich sah nur zwei ordentliche Fenster in der ganzen Stadt, ansonsten blickt man in die dunkle offne Luke; auf dem höchsten Punkt eine jämmerliche Kirche mit zwei kleinen länglichen Löchern als Fenster und gleich daneben ein halb eingestürzter Turm. Die Stadt erhebt sich über einer Schicht von Weinlaub und Kastanien; hier gibt es alle hundert Schritte eine merkbare Veränderung, es ist, als wären die unterschiedlichsten Naturen durcheinandergeworfen; von dem einen Punkt erblickt man Weinberge, Kornfelder auf den Bergen und über diesen wieder grüne Wiesen, von einem anderen Punkt sieht man nur die nackten metallischen Berge, mit wunderlichen, vorspringenden Steinblöcken, einige schmal und lang wie zerbrochene Säulen oder Statuen, an anderen Stellen sieht man kleine Wiesen mit Pappeln und wilder Krauseminze, so echt dänisch, daß man glaubten sollte, es sei aus Seelands Flanken herausgeschnitten; man geht ein paar Schritte über eine Klippe, und zwischen dem Weinlaub ragen Zypressen und Feigen auf. – Überall schwatzt das Wasser, überall erblickt man die Flußnymphe, die tausend Dinge zu erzählen hat. – Nach dem Mittagstisch mit mehreren Badegästen durch das Städtchen spaziert. Der berühmte französische Maler ... war dabei. Müde ging ich um 9 Uhr ins Bett.

[...]

Sonntag, 12. Zum Castel spaziert; ein Gerstenkorn am Augenlid bekommen; dem Doktor ins Album geschrieben; warmer Sonnenschein; Kampf mit mir selbst, ob ich nach Barcelona reise. Clausen-Schütz rät ab und sagt, das hieße, von Spanien genausoviel sehen, als würde ich nach Nice reisen, um dort Italien kennenzulernen. Kampf mit mir selbst. – Eine spanische Familie hier eingetroffen. In Barcelona große Wärme.

[...]

Dienstag, 14. [Perpignan] Eine schlaflose Nacht, das Bett schlecht, gräßlich zerstochen von Mücken und Fliegen. Gestern den ganzen Abend Musik auf der Promenade. – Zur Polizei gegangen und meinen Paß in Ordnung gebracht; holte mir danach 1180 Franc an barem Geld; sehr angegriffen von der Hitze, schlechte Laune, weil ich Spanien aufgebe, ärgerlich. Brief an Geheim-Etatsrat Adler geschrieben. Auf der Promenade spazierengegangen. Hier gibt es in der Kirche zwei Altäre, die ganz spanisch aussehen; die Madonna mit dem Kind in Gold, das Gesicht jedoch rot und weiß; der ganze Altar Gold und Silber. Auf einem Bild, das die Taufe darstellte, war ein Storch, der vom Wasser trank. Nach Tisch wurde mein Gepäck abgeholt, und um 10 Uhr rollten wir davon, ich saß hinten auf einem ekelhaften Platz mit zwei schmutzigen Kerlen und einem Weib, als wir aus der Stadt waren, placierte der Kondukteur sie oben auf den Wagen, und ein junger, halbbetrunkener Matrose stieg ein; es war eine höchst gemeine Gesellschaft, sie zogen die Stiefel aus und saßen mit nackten

Beinen da, trugen schmutzige, stinkende Hemden, der Staub drang in den Wagen, es war eine Qual; in den kleinen Ortschaften wurde nach dem Paß gefragt.

[...]

Donnerstag, 30. [Vevey] 1/2 5 Uhr auf, große Rechnung. Der Kellner bat mich, seinen Paß zum Visieren mitzunehmen. – Herrliche Bergstraße, die sich hinaufwand; unter uns der Genfersee; Wechsel von grünen, fruchtbaren Tälern und Bergen. – In Bulle war Markt, viele Menschen versammelt. In Fribourg, wo wir 1 1/2 Stunden blieben, die Kirche besucht, sie ist stolz und luftig. Schöner Blick auf die Sarine, über die sich eine kühne Hängebrücke spannt, durch keinerlei Pfeiler gestützt, sie wird von Eisenbändern, die auf der einen Seite in den Häusern der Stadt und auf der anderen in den Klippen befestigt sind, in ungeheurer Höhe gehalten. Die Damen wagten es nicht, mit der Diligence hinüberzufahren, sondern gingen voraus, während ich darin sitzen blieb. Ein Stückchen weiter ist eine kleinere Brücke über den Fluß gespannt. – An der letzten Station bekamen wir einen Postillion, der zu mir sagte: »Würden Sie wohl aussteigen und zu Fuß gehen!« – »Das ist mir zu heiß!« – »Aber den Pferden ist es auch zu heiß!« – »Warum bin ich der einzige, zu dem Sie das sagen, ich bezahle nicht fürs Gehen; ich steige nur aus, wenn die andern es auch tun!« Ich war wütend und berichtete die Sache dem Kondukteur, der den Burschen dann ausschimpfte. Kurz nachdem der Kondukteur gegangen war, näherte sich der Kerl mit bösem Gesicht und fragte mich: »Warum haben Sie ihm das gesagt?« – Ich blickte ihn an und entgegnete: »Ich gehöre nicht zu den Leuten, die man solcherart ansprechen darf!« – »So!« sagte er. – Bern ist eine ansehnliche Stadt mit Arkaden. Die steinernen Bären haben echt humoristische Physiognomien. Hungrig und durstig, trank deshalb zum Schinken eine ganze Flasche Wein. Sinnlich gestimmt. +

Freitag, 31. Mit Kopfschmerzen aufgewacht, nicht wohl! Nervös, zweimal den preußischen Konsul aufgesucht, er visierte ohne Bezahlung. [...] Ich ging in die Kirche, wurde jedoch von einem Soldaten hinausgewiesen. Im Landtag war Abstimmung, der Antrag passierte, und deshalb wird nun den ganzen Nachmittag und Abend geschossen. Starke Sonnenhitze, spazierengegangen, um mir die lebendigen Bären anzusehen. – Vom Platz vor dem Münster sieht man tief unten die Aare und in der Ferne die schneebedeckten Alpen, die sich heute abend besonders gut ausnehmen, wie ein steigendes Wolkenland. – Entdeckte in einer Buchhandlung Bilder für Gubitz' »Deutschen Volks-Kalender« mit meinem kranken Kind und dem Engel, da fühlte ich mich gleichsam mehr zu Hause. – Holzschnitzereien für die Lieben in der Heimat gekauft, an der Biographie geschrieben. Am Mittagstisch ein Wiener, der vor kurzem mit einem dänischen Doktor gereist war, der nach Wien wollte. Ewige Schießerei.

Samstag, den 1. [*August*] Sehr warm; nicht recht wohl, an der Biographie geschrieben. 1/2 11 Uhr Abfahrt mit der Diligence nach Thun; vor uns die Jungfrau, fruchtbar und reich; es ist die Eigenart der Schweiz, daß die freundlichste und fruchtbarste Natur an die großartigste und wildeste grenzt; und dieses Land hat eigentlich keine Dichter, keine Komponisten! Seine Kinder werden nicht inspiriert. – Diese Natur, Fülle und Größe läßt sich mit Goethe vergleichen. – In Thun das Dampfschiff nach ... bestiegen. Dort nahm ich einen jungen Droschkenkutscher, der einen guten Eindruck machte, doch später entdeckte ich, daß er einen über den Durst getrunken hatte. Für 6 Franc und 1 1/2 Franc Trinkgeld fuhr er mich über Interlaken nach Lauterbrunnen. Eine großartige Natur, die braunen Schweizerhäuser auf den samtigen grünen Wiesen, die sich den Berghang hinaufzogen, der Mond (Halbmond) stand über der Jungfrau, direkt am Silberhorn. Auch der Mönch schneebedeckt, wir fuhren direkt auf ihn zu, während der Fluß brausend vorbeistürmte. Mein Kutscher sagte mir, daß in Lauterbrunnen kein Wagen zu bekommen sei, ich müsse also entweder in einer Stunde mit ihm zurückfahren oder 18 Franc bezahlen, also 6 dafür, daß er mit dem Pferd übernachten könne. Ich hatte mich schon fast für die erste Möglichkeit entschieden; doch als ich mich dann im Hotel erkundigte, stellte sich alles als Lüge heraus. Staubbach gleich beim Wirtshaus, traf dort den Hamburger mit seiner Frau, dem ich auf dem Thunersee begegnet war. Eigentlich schickt es sich nicht, daß der Staubbach dergestalt vor den Augen der Jungfrau pinkelt, denn etwas anderes tut er doch nicht. Hier war eine Plage von unverschämten Bettelgören. Die Schweiz ist ja genauso schlimm wie Italien, wenn nicht noch schlimmer. Wohne im »Steinbock«, am Fuß der Jungfrau, in der Nähe des Staubbachs. Das Tal lang und schmal. Die Mädchen betteln, indem sie jodeln. – Am Abend erfuhr ich, daß ich mit dem englischen Konsul ... aus Cuxhaven und seiner Frau zusammen war.

Sonntag, 2. Vom Konsul zu einer Fahrt nach Grindelwald eingeladen, nahm sein Angebot an. Zum Gebirge hin herrliche grüne Täler mit Schweizerhäusern; entsetzliche Plage von Bettlern, siechen Menschen. Wir kamen nach Grindelwald. Der untere Gletscher hatte eine große Eishöhle, aus der das Wasser strömte und große Steine bewegte, er selbst war jedoch schmutzig. In warmen Sommern geht er zurück, im Winter schiebt er sich vor. Der obere Gletscher nicht so schmutzig. Von hier sah ich Wetterhorn, Eiger & – und fuhr nun für 9 Franc mit einem Einspänner zurück nach Interlaken, das eine echte »Schweizer Stadt« ist. Fuhr dann mit einem Dampfschiff, das nach einem pyramidenförmigen Berg, an dem man vorbeikommt, »Niesen« genannt war. In Regen und Gewitter mit der Diligence von Thun nach Bern, 9 Uhr abends.

[...]

[Am 3.8. fährt Andersen von Bern nach Basel, von dort über Straßburg nach Mainz und weiter in Richtung Frankfurt am Main.]

Montag, 10. [...] Nach einer Stunde waren wir in Frankfurt, wo es eine Stunde dauerte, bis wir unser Gepäck bekamen und mit dem Omnibus zum Hotel gelangten, ich stieg im »Russischen Hof«, dem ersten, ab. – Freiligrath ist nach London gegangen, in ein Kaufmannskontor, um Frau und Kind zu ernähren.

Dienstag, 11. Den jungen Mumm, Gutzkow und Frau Homberg besucht, mit ihr und dem Mann in der Gegenüberstadt und bei einer Witwe gespeist, die meine Schriften liebte; affiziert; ins Casino eingeführt, an der Biographie geschrieben, bis ich kaputt war.

Mittwoch, 12. Besuch von Rollett, Mittagessen bei Pechlin. Verstimmt und unwohl durch die bittren Äußerungen in den Zeitungen, jene Stimmung, wie sie hier gegen Dänemark herrscht; Frau Pechlin fuhr mich zum Theater, hörte »Titus«, sehr heiß dort. Heißes Blut +. Geld bei Rothschild abgehoben.

Donnerstag, 13. Für den Maler Schramm gesessen; nicht recht wohl; kühle Luft. Abends mit [der Post] hinaus zu Brentano gefahren, wo ich noch einen Bruder und Neffen antraf. Dort war es sehr nett und herzlich! Brentano hat im Garten ein Haus, wo er allein schläft, schweizerartig in der Form, mit Weinlaub, eingerichtet wie in einem Märchen! Hinter einer Glaswand war ein Schwarm Bienen bei der Arbeit, so daß man ihre ganze Tätigkeit sah. Vom Balkon Aussicht auf eine Brükke über den Fluß; Kühe wurden getränkt: »Das ist meine Komödie!« sagte er; war ganz erfüllt von den Märchen; ich las ein paar vor, und an einem kalten, sternklaren Abend wurde ich nach Frankfurt gefahren.

[...]

Sonntag, 16. Kam mittags um 12 Uhr in Eisenach an, wo ich im »Halbmond« wohne. Versucht, zur Wartburg hinaufzugehen, war aber so müde, daß ich umkehrte. Den Friedhof besichtigt; wenn ich in einer Stadt keinen von den Lebendigen kenne, dann gehe ich auf den Friedhof, vielleicht kenne ich von den Toten ein paar, die leben. Der rote Lehmboden der bewaldeten Hügel schimmert wie blühendes Heidekraut. Um 9 Uhr ins Bett.

Montag, 17. Regen; halb zur Wartburg hinaufgegangen, was mich jedoch so erschöpfte, daß ich umkehren mußte. Nahm einen Wagen und fuhr hinauf; schöne Natur; unten im Tal ist ein großes M, der Name der Großherzogin, in den Felsen gehauen; dort oben waren mehrere Fremde. Der Kastellan zeigte mir die Ausgrabungen, Aussicht vom Turm. Luthers Stube mit dem Tintenklecks, die Rüstkammer, der Saal der Minnesänger, dessen Säulenreihen zugemauert sind, jetzt aber wieder sichtbar werden. Die neuen Zimmer es Erbgroßherzogs. Wo der Großfürst und Olga ihre Namen auf die Mauer geschrieben haben, hat der Kommandant Glas darüber angebracht. Auch von den anderen auf der Wand gibt es wohl Namen, die Glas verdienten. – Hinunter einen Umweg gefahren (den Mönch und die Nonne gesehen, die Nonne ist wohl die mit der Haube). Hopffgartens besucht – nur der Sohn war zu Hause, die andern in Karlsbad. – Gegen 3 Uhr Abfahrt von Eisenach. – [Im Wagen] waren eine Familie aus Weimar und eine Tante von einer der Hofdamen sowie ein französisierter Deutscher, der voller Begeisterung von Frankreich und französischen Damen sprach, auf deutsche Kosten, ich ergriff die deutsche Partei, er war gewiß ein Handelsreisender. Als wir an einem Wirtshaus vorbeikamen, hieß es, die Wirtin sei eine bekannte Schönheit; ich fand das nicht, sah rotes und weißes Fleisch ohne Seele. – Erreichte 1/2 10 Uhr Erfurt, und obgleich ich meinen Platz bis Weimar bezahlt hatte, beschloß ich zu bleiben und kehrte »Zum Kaiser« ein.

Dienstag, 18. Zur Kirche gegangen, die sich großartig ausnimmt, sie war geschlossen. Meine Biographie beendet, den Schlußpunkt in Vernet gesetzt; wieder die Kirche und mehrere alte Häuser besichtigt, eins mit Wappen daran sah recht eigentümlich aus. – Bei mehreren Kirchen und Häusern stand ein Madonnenbild aus Stein, an einer Kirche sah ich eins hinter ein paar Büschen in einem Winkel; die Verlassenheit dieser Muttergottes erfüllte mich mit einer poetischen Wehmut; wie viele Kränze wurden ihr früher hingelegt, frische Blumen davorgestellt, die Lampe angezündet, jetzt stand sie verlassen, vergessen da; still lege ich dir meinen unsichtbaren Kranz zu Füßen! – Was muß der Katholik empfinden, wenn er gen Norden reist. – Gewitter und schrecklicher Regenguß. +

Mittwoch, 19. Affiziert, schlecht geschlafen. Am 20. Juli sind Ørsteds und Forchhammers in diesem Hotel gewesen, die beiden Damen bewohnten das Zimmer, das ich jetzt bewohne, Nr. 14. Das letzte Blatt der Biographie ins Reine geschrieben. – Um 1/2 2 von Erfurt nach Weimar gefahren, eine weimarische Dame saß im Wagen, die gar ihre Freude darüber aussprach, daß der Erbgroßherzog mir gut sei. Stieg im »Erbprinzen« ab. Baron Maltitz besucht, er sah mich vom Fenster, eilte die Treppe hinunter und fiel mir um den Hals. Auf der Straße grüßen mich Leute, die ich nicht kenne! Das verleiht Weimar etwas Anheimelndes.

Donnerstag, 20. Briefe an Collin und Frau Hanck geschickt. Schöll und Eckermann besucht; der Erbgroßherzog hat heute schon nachfragen lassen, ob ich in der Stadt sei! Mit Maltitz nach Ettersburg gefahren, hier steht mir ein Saal und ein schönes Zimmer, mit Rokokomöbeln, zur Verfügung; der Erbgroßherzog kehrte von einem Ausritt heim, fiel Maltitz und danach mir um den Hals; ich glaube freilich, daß er diesen deshalb umarmte, um es auch mit mir tun zu können. Zur Tafel. – Die Gartenanlage schön! – Am Abend begleitete mich der Erbgroßherzog Arm im Arm über den Schloßhof zu meinem Zimmer, küßte mich liebevoll, bat mich, ihn immer lieb zu haben, obgleich er nur ein gewöhnlicher Mensch sei, bat mich, diesen Winter bei ihm zu bleiben! – Ich Unglücklicher habe bei alledem das Gefühl, daß diese große Liebe nicht von Dauer sein kann. Schlief mit wehmütig-frohen Gefühlen ein, daß ich Gast im Schloß des fremden Fürsten bin, von ihm geliebt; die Lakaien nennen mich: »Gnädiger Herr!« Das ist ein Märchen.

[...]

Sonntag, 23. Sonnenschein, spazierengegangen, um die Harzberge zu sehen. Besuch von Herrn Pilati, wir sprachen über Religion; unsere Reden wanden sich geschmeidig umeinander. Er und sein Prinz abgereist. – Jetzt bekomme ich wieder ein Geschwür an derselben Stelle wie in Rom. – Ging mit dem Erbgroßherzog in den Wald, auf einer Bank unterhielten wir uns viel und lange; er las mir zwei Gedichte vor, die er geschrieben hatte; bat mich, das Meine dafür zu tun, daß Weimar ehrenvoll genannt werde; bat mich, ihn immer ein wenig lieb zu haben; als wir auf Politik zu sprechen kamen, war er sehr schicklich; lobte Auerbach, weil der sich so frei vor ihm äußere; beklagte, daß ihm fast alle nach dem Mund redeten. Arm in Arm gingen wir zum Schloß.

Montag, 24. Mit dem Erbgroßherzog im Wagen hinunter nach Weimar gefahren, alle grüßten und machten Front; ich stieg im »Erbprinzen« ab, er ließ seinen Wagen dort stehen, weil ich noch nach Belvedere sollte; gegen 3 überbrachte ein Husar die Einladung, und ich fuhr davon in Pracht und Herrlichkeit, und doch nicht froh. Die Großherzogin empfing mich sehr gnädig. »Willkommen bei uns!« sagte sie. Ich sah Beaulieu wieder; er fuhr mit mir zu sich nach Hause; herzlich, sehr freundlich, und doch hatte ich das Gefühl, er hätte es lieber gesehen, wenn ich nach Spanien gereist und später im Jahr gekommen wäre; ging mit ihm zu Frau Groß, wo ich mich dann im Garten erkältete. Fuhr allein im Wagen des Herzogs nach Ettersburg; die Leiste schlimm und geschwollen; das junge herzogliche Paar erschien, und wir waren zusammen, er begleitete mich wie gewöhnlich auf mein Zimmer, und wir schwatzten. Brief von Edvard, der meine Biographie ins Reine schreibt, ich empfand dabei ordentlich Scham. – Von Lorck Bücher zur Durchsicht.

[…]

Freitag, 28. Trübe Stimmung. Briefe von Wolff und Heuberger. Lust, abzureisen. Wie gut man hier auch ist, so habe ich doch das Gefühl: Kehre nie so bald dorthin zurück, wo es dir prächtig erging. Mittagessen im »Erbprinzen«. Der Schuhmacher hat meine Stiefel gebracht und sich meine Handschrift für die Handschriftensammlung seiner Frau erbeten.

[…]

[Auf der Rückreise macht Andersen Station in Jena, Leipzig, Braunschweig und Oldenburg und trifft am 14.10. in Kopenhagen ein.]

Reise nach England 1847

[...]

Sonntag, 23. [*Mai 1847*] [Glorup] Pfingsten. Gestern abend läuteten vor Sonnenuntergang die Glocken. Ging kurz nach zehn ins Bett, ich schlief unruhig! Draußen tobte der Wind, ich träumte, daß jemand in meiner Schlafkammer stand, fuhr hoch und glaubte zwei Gestalten zu sehen, die immer durchsichtiger wurden, während ich starrte, und da war nichts als die Wand zu erkennen (– ich weiß, es war eine Einbildung). Ich war jedoch unruhig, dachte an Überfälle, stand schließlich auf, machte Licht, zog den Schlüssel ab, als ich auf die Uhr sah, zeigte sie gerade 12. Heute ist es mir sonderbar eingefallen, daß sich Theodor und Christian Wulff auf See befanden. – Heute bekam ich einen Brief von ihnen beiden, in einem Brief von Vater Collin. Im grünen Wald habe ich meine Pfingstandacht gehalten; Kuckucksblume, weiße Anemonen, Waldmeister standen ringsum. Der Wald ist so jungfräulein rein grün.

[...]

Mittwoch, 26. Die Exzellenz und Fräulein Charlotte Raben nach Lundsgaard zu Gräfing Ahlefeldt gereist, ich bat darum, zu Hause zu bleiben. Das war kein guter Tag! Als erstes stieg mir ein Glas Portwein sofort zu Kopf, im gleichen Moment kam der Doktor mit seinem Bruder, ich sollte Konversation machen und war sonderbar schwerfällig. Ärgerlich! Portwein trinken, wenn man ihn nicht vertragen kann, das ist eine schöne Kur. Speiste allein. Als ich bei Jungfer Ipsen Kaffee trank, erschien eine Madame aus Nyborg, die mit mir unter vier Augen reden wollte, ich ließ sie auf mein Zimmer kommen; es ging um die Zeichnung von Aktien in ihrer Gärberei, ich sagte, sie solle den Antrag in einen Umschlag stecken und darauf schreiben: »An die Exzellenz, Ritter des Elefantenordens, des Großkreuzes des Dannebrogordens &.« Schon das erste zu schreiben fiel ihr schwer. »Ich bin nur ein Frauenzimmer!«

sagte sie, doch als sie zum »Et cetera« kam, hielt sie inne – seufzte und schrieb: »Extra!« – Es klopfte an die Tür, ein gräßlicher Bursche hatte den Weg herauf gefunden, ich gab ihm 24 Schillinge. »Sind Sie nicht in der Umgebung von Odense geboren?« fragte er mich; ich konnte ihn loswerden, befürchtete aber, er würde sich verstecken und in der Nacht kommen und stehlen. Abends bekam ich zwei Briefe, einen von Edvard mit Kreditiv für London, und einen von Lohmeyer, der mich von einem Gespräch zwischen Mary Howitt und Bentley unterrichtete, mit Lügen und Unsinn, so daß ich alle Lust verlor, nach England zu reisen. – Schrieb gleich heute abend an Lohmeyer. Fiel erst nach 12 Uhr in Schlaf.

[...]

Dienstag, 8. [*Juni*] [Bremen] [...] Heute nacht geträumt, man habe mich aus meinem Heim vertrieben, Jenny Lind sollte einen französischen Kapitän heiraten. – Der Traum ging sogar noch weiter, nachdem ich einmal aufgewacht war. [...]

[...]

Mittwoch, den 16. [Leiden] [...] Table d'hôte in Leiden recht gut, ich kann das Holländische ziemlich verstehen; der junge Borries, der für kurze Zeit hier war, soll es recht gut gelernt haben. – Fuhr um 1/2 6 Uhr mit dem Omnibus zum Bahnhof, hier war ein Aushang von »De Tijd« mit meinem Namen und Bild, die Leute sahen mich an, als würden sie mich erkennen; das ist ein seltsames Gefühl! – Zum ersten Mal in einer Eisenbahn recht in Stimmung, ich hätte singen können; es dauerte keine halbe Stunde, und wir waren in Haag, im Hotel »De Doelen«. Als ich nach dem Herzog von Weimar, unserem Gesandten und dem russischen fragte, bot man mir sogleich ein Zimmer mit Konversationssalon an, doch ich antwortete, ich wolle erst sehen, ob ich Visiten bekäme. – Ich habe ein Zimmer zu einem großen Platz mit Bäumen; ich glaube bestimmt, Verhulst ging vorbei, er schaute zu mir herauf, ob er wohl dachte: »Der da hat Ähnlichkeit mit Andersen«? Die Holländer stellen den Übergang von Dänen zu Deutschen dar. Dänisch, Holländisch, Deutsch, Schwedisch und Norwegisch sind eng verwandt, dann kommen wohl die Engländer. – Die Holländer und die Friesen laufen zu den Engländern über. Ich fühle mich in diesem Hotel äußerst zufrieden, und doch keine Briefe! Wenn nur nicht jemand gestorben ist (o Gott, ich will nicht daran denken)! – Zwischen den Bäumen dampft die Erde, ich denke an das Elfenmoor, an die Elfenmädchen, daß das Liebliche vielleicht nur ihre Zauberei sei. Es ist ein Zauber! – +

[...]

Montag, 21. [Haag] Schlecht geschlafen [...] Kneppelhout nahm einen Wagen, und wir fuhren zum Bahnhof, alles bezahlt dieser Mann, lud mich ein, bei ihm zu wohnen, wenn ich wieder nach Holland käme. Traf auf dem Bahnhof den guten van der Vliet, er brachte mir die Haager Zeitung, die meinen Aufenthalt vermeldet. Der Abschied fiel mir etwas schwer. Wie seltsam, daß man in kurzer Zeit Leute lieb gewinnt und sich sogleich von ihnen trennt. Van der Vliet ist gewiß ein vortrefflicher Mensch. – Über Delft und Schiedam nach Rotterdam gefahren, das großartig aussieht. Mit dem Lohndiener ging ich Herrn Rochussen suchen und fand ihn im Athenäum, er lud mich ein zu seiner Frau außerhalb der Stadt, doch ich dankte, denn ich war müde. Als ich den Lohndiener auf dem Heimweg fragte, ob es hier ein Theater gebe, sagte er, daß Rotterdam einem Fremden nichts weiter biete, als die Jungfern tanzen zu sehen. Ich fragte, was das für Jungfern seien, und er sagte: »Öffentliche.« Und als ich »Aha« sagte, erzählte er sogleich, er kenne eine, die gehöre zu den ersten Klassen, sie werde von einem jungen Herrn unterhalten, doch der sei nicht da, und wenn ich wolle, könne ich für 10 Gulden den Abend bei ihr verbringen, das sei ein selten glücklicher Zufall, sagte er. – »Ja, auf dergleichen bin ich nicht eingerichtet«, entgegnete ich, »wie Sie sehen, bin ich ermattet.« – »Aber das stärkt!« sagte er. – Ich entließ den Kerl (vielleicht, um nicht in Versuchung zu geraten). [...] Nun sitze ich hier und faulenze nach den anstrengenden Tagen in Haag. Ich wohne im Hotel »Pays-Bas«, nicht weit von der Maas, gegenüber sind Felder und Alleen, viele Schiffe und zwar sehr große. – Alles scheint Handel zu sein. Die Geschichte von dem Fremden in Holland, der zweimal läuten sollte, dann würde das Mädchen mit dem Topf kommen, Kneppelhout hat sie mir erzählt. – Man machte mich darauf aufmerksam, und es ist lustig, daß das Wappen von Haag ein Storch ist.

[...]

Mittwoch, 23. Um 7 Uhr war ich an Deck und sah die östlichste Küste von England – unser Schiff fuhr langsam (erst um 5 Uhr erreichten wir London) – die Themse erweckt den Eindruck, daß England der Beherrscher des Meeres ist, hier fliegen seine Diener aus, ganze Scharen von Schiffen, alle Minute kommt ein Läufer (Dampfschiff), die anderen haben Blumen am Hut, dieser seinen langen Rauch-Flor, aus dem manchmal die rote Feuerblume guckt. – Er zieht ein langes weißes Kielwasser hinter sich her. – Die Küste gewiß 3-4 Meilen breit. Die Schiffe näherten sich mit vollen Segeln, sich brüstend wie Schwäne. Tausende von Fischerbooten, wie ein Markt, wie Küken, wie zerrissene Papierschnipsel – Dampfschiff auf Dampfschiff, wie Raketen in einem großen Feuerwerk. – Bei Gravesend glaubte man einen großen Moorbrand zu sehen, und das war der Rauch von Dampfschiffen. – Lustjachten für junge reiche Gentlemen. Ein brillantes Gewitter, im Norden schlug der Blitz mehrmals ein, und ein Eisenbahnzug jagte davon, sein blauer Rauch zeichnete sich auf der schwarzen Wolke ab, das sprach mich mehr an als die großartigen, verräucherten Gebäude jenseits der Themse. – »Man weiß, daß Sie hier sind, und heißt Sie willkommen!« sagte ein Engländer zu mir. Ja, dachte ich, der liebe Gott weiß es! Er ist es, der donnert. (Als Dänemarks König der von England war, in der Zeit unsrer Macht, aber das ist auch gut, die Sprachen sind doch die Grenzen der Länder.) – Am Custom House wurde ich von einem Mann gegrüßt, den ich für Beckwith hielt, und er war es, doch ich grüßte nicht zurück, die Engländer an Bord hatten mich gewarnt, ich solle keinem trauen, wenn ich an Land ginge, mich mit keinem einlassen. Ich war der erste von allen, der englischen Boden betrat. Beckwith zeigte mir seinen Brief von mir; im Custom House war ich der letzte, weil man vergessen hatte, mich auf die Passagierliste zu setzen. – Fuhr zum Hotel »Sablonière«, bekam ein Zimmer zum Hof, die Fenster so verräuchert, daß meine Ärmel schwarz wurden. Die Sonne scheint auf mein Bett, um zu zeigen, daß es hier Sonne gibt. – Beckwith hatte seit 8 Uhr morgens auf mich gewartet, ich war deswegen sehr verlegen. Porter getrunken und zu Bett gegangen.

Donnerstag, 24. Sonnenschein, Wolken. Hinaus zu Reventlow gefahren, der mich überaus freundlich empfing und mir eine lange Erklärung von England und den Engländern gab. Man macht keine Komplimente, man meint es ehrlich. Erzählte von Koss, der Depeschen mit Hofgeschichten nach Hause geschickt hatte, Dinge ohne den geringsten Wert; sagte, daß alles Etikette sei, es sei nicht wie in Deutschland, wo Künstler und Könige miteinander verkehrten. – Gab mir einen Brief von Lorck. – Fuhr mit dem Omnibus nach Hause. Fuhr zum Marlborough House, wurde in ein königliches Zimmer eingelassen; der Erbgroßherzog erschien, fiel mir um den Hals, küßte mich, wir saßen zusammen. Er sagte mir, er fühle sich hier bedrückt; es sei ihm nicht möglich, mit Dichtern zusammenzutreffen; daß man Lady Blessington sehen wolle, dürfe man nicht einmal erwähnen. Alles gehöre Parteien an, Dickens habe im »Punch« geschrieben, und deshalb könne man nicht mit ihm reden. – Man sterbe vor Etikette, sagte er, sogar die Königin sei daran gebunden, zweimal Frühstück, abends um 8 Uhr Dinner. – Sie hätten herrliche Parks besucht, aber die Königin mußte um 8 Uhr zu Hause sein. – Sie konnte vor lauter Etikette nicht genießen, wie man in Deutschland genießt. – »Aber sie ist Königin«, sagte ich, »sie kann sagen: Ich will!« – »Ja, das habe ich auch gesagt: ›Sie müssen doch sehen können, wen Sie wollen!‹ – ›Das geht nicht an; man wird sich in ganz England darüber aufhalten‹, hat sie gesagt. Das ist das Land der Freiheit, wo man vor Etikette stirbt, oh, da lobe ich mir mein kleines Ettersburg!« – Wie schwierig ist es doch, über ein Land zu urteilen, wenn man sich als Fremder eine kurze Zeit dort aufhält; das sieht man am besten, wenn man die Schilderungen und Auffassungen anderer von der eigenen Heimat liest! – Es wird niedergeschrieben, was einzelne Individuen erzählen, von ihrem Standpunkt aus, es wird durch die eigene »zitternde Brille des Reiselebens« gesehen, wie man es nennen kann. Man zeichnet Landschaften wie im Flug auf der Eisenbahn und nicht einmal so getreu. – Er bat mich, so oft ich könne, ihn zwischen 12 und 2 zu besuchen; gab mir die Hand und [...] mit einem Gruß an Jenny Lind. Kein [Brief] von ihr; man war der Meinung, mein gestriger Brief sei verkehrt gegangen, weil die Nummer fehlte. Ging zur italienischen Oper, lief viel herum, konnte dort schließlich eine Karte und später einen neuen Brief abgeben; zu Hause fand ich einen Brief von ihr mit dem herzlichsten Willkommensgruß. Durch die Straßen getrabt und mich in meiner nächsten Umgebung einigermaßen orientiert; ein paarmal matt und angegriffen; war auf dem Trafalgar-Platz, wo Nelsons Statue auf einer Säule steht und zwei Fontänen sprudeln. Das erste, was ich heute bei meinem Ausgang sah, war in einem Fenster mein eigenes Porträt in »Howitt's Journal«; ich habe es später gekauft. – Auf der Straße Musik, und ein kleines Mädchen tanzte. Polichinelle-Theater. – Hier ist Neapels Leben, doch nicht sein Getümmel, es ähnelt mehr Paris in höherer Potenz. (»Kümmern Sie sich nicht um Ihr Kreditiv«, sagte Reventlow heute, »ich schieße Ihnen alles vor.«)

[...]

Samstag, 26. Fuhr zu G. Thomsen, ohne ihn anzutreffen, danach zu Hambro, der sagte, ich könne soviel Geld bekommen, wie ich wolle, lud mich für morgen zu sich aufs Land ein, aber ich kann nicht; dänische Zeitungen gelesen; er erzählte von Baggesen, daß er in Paris im Schuldgefängnis gesessen habe. Man fährt hier zwischen den Wagen auf Leben und Tod. – War in der Bank, wo die Statue von Victoria steht. Heute morgen Brief vom Erbgroßherzog, ich solle doch ein wenig bei ihm sein, während er sich malen lasse; die Erbgroßherzogin erschien, mit ihr und mit der Ziegesar gesprochen. Hinaus zu Reventlow gefahren, mit ihm vergeblich Lady Morgan gesucht. Fühlte mich angegriffen und verängstigt von der großen Welt, in die ich nun hinein soll. Mit Reventlow und seiner ältesten Tochter zu Lord Palmerston gefahren; hier war der höchste Adel, Frau Palmerston hat etwas Ähnlichkeit mit Mme. Hanck und Frau von Holten; mit der Ziegesar gesprochen, man führte mich von einer Dame zur anderen, jede kannte fast alle meine Schriften; die Erbgroßherzogin stellte mich der Herzogin von Suffolk vor, sie war begeistert vom »Improvisator«, dem *ersten* Buch über Italien. Der Erbgroßherzog drückte meine Hand, hier war eine Hitze, daß ich mich kaum auf den Beinen halten konnte und hinaus und Luft haben mußte. Man sagt, daß die englische Aristokratie alle Künstler von ihrem Kreis ausschließe, das kann ich nicht bestätigen, ich fand die freundlichsten Menschen, die herzlichste Aufnahme; man sagt, daß Dickens, D'Israeli von diesen Kreisen ausgeschlossen seien – man kannte mich, man empfing mich, ob das der Bedeutung unseres dänischen Gesandten, der mich einführte, zu verdanken war, weiß ich nicht. – Wurde der Herzogin von Sutherland vorgestellt, sie soll die reichste Dame von England sein. Der Sohn von Herzog Bernhard aus Weimar war hier. Bunsen und seine Frau empfingen mich auf das freundlichste. Englische Ladies umringten mich, begeistert von »Das häßliche Entlein«, »Das Liebespärchen«, »Der Improvisator«. – Die Toiletten reich und geschmackvoll. Eine Dame trug roten Atlas mit schwarzen Spitzen, ganz wie für eine Cachucha gekleidet! – Diamanten glitzerten, und in den Händen prangten riesige Blumensträuße. Wir standen dicht gedrängt, doch man zog mich durch die engsten Kreise hindurch. Der Herzog von Cambridge fragte nach dem König von Dänemark.

[...]

Freitag, den 2. Juli. Habe den ganzen Vormittag für Møller gesessen; an Mary Howitt geschrieben. Mit dem Omnibus hinaus nach Old Brompton gefahren und zu Jenny Lind gefunden; sie wollte Hambros Einladung nicht annehmen. Auf dem Tisch lag eine Karikatur von ihr, der Direktor streute Gold auf den Schwanz der Nachtigall. Sie lud mich für morgen zum Mittagessen ein. Zur Wilton-Terrasse gefahren, traf Grímur Thomsen, nahm einen Wagen, wir fuhren zur Westminster Abbey, besuchten den Dichterwinkel. Die Kirche hat etwas Großartiges, wie schade, daß im Inneren eine kleine Kirche eingerichtet ist, aber das bietet den Engländern Komfort. Sie sind eine große Nation und vielleicht, in unserer Zeit, die einzige echt religiöse; es gibt eine Achtung vor den Sitten, es gibt Moral; wir reden nicht von Auswüchsen und Ausflüssen, wie sie in jeder großen Stadt vorkommen; es gibt eine Höflichkeit bei allen. Die Polizei weist einen auf der Straße auf die aufmerksamste Art zurecht; wenn man etwas fragt, bekommt man in jedem Geschäft die freundlichste Antwort. – Es gibt bei diesem Volk Ehrlichkeit, man fühlt sich wohl. – Und was dieses Gerede von der ewig grauen Luft, dem Steinkohlendampf betrifft – ja, letzterer ist freilich in einzelnen Quartieren sehr verbreitet, doch der größte Teil ist davon nicht mehr betroffen als Paris, ich habe mehrere helle Sonnenscheintage und sternklare Abende erlebt. – Von Westminster zu der Brücke gegangen, die sich geworfen hat, dieses Leben von Dampfschiffen betrachtet, nahm in einer kleinen Garküche mein Frühstück ein. Zur St. Paul's Kirche gefahren, sie wirkt außen bedeutender als innen; ich hatte das Gefühl, daß man Kirchen in Italien betrachten soll, gegen die Peterskirche ist sie klein, hat nicht das Feierliche von Maria Maggiore und degli Angeli; sie beeindruckte mich als ein herrliches Pantheon, ein Denkmal für Nelson: eine junge Figur lehnt daran, den Arm über Kopenhagen ausgestreckt, sich dort abstützend, und mir als Dänen kam es so vor, als ob er diesen Namen von der Ehreninschrift auslöschen wollte: Kopenhagen, Nil, Trafalgar. (?) (Den Redakteur der »Times« besucht.) Alle Statuen in der Kirche waren mit einem Schleier von Staub, oder richtiger: von Kohlenrauch bedeckt, was ihnen einen eigentümlichen, seidenähnlichen Überzug gab. – Zu einem Kaffeehaus geschlendert, wo ich Marshall aus Weimar traf, begleitete ihn heim und trank mit ihm Tee, war nervös und unwohl, meine Zunge ganz weiß, mein Kopf angegriffen. Ein wenig ausgegangen und mir die hellerleuchteten Geschäfte angesehen; wie viele Gasflammen sind angezündet, ja, frag, wie viele Sterne am Himmel stehen. Leute fahren herum mit riesigen Kästen, die nur aus aufgespannten Plakaten bestehen, wer liest diese, man begreift es nicht, alles braust geschäftig vorbei; da stehen Straßenfeger (Dickens hat einen solchen geschildert), ich sah einen Araber, den Sohn der Wüste, Straßenfeger in London. Omnibus folgt auf Omnibus, Droschke auf Droschke, Equipagen, mit einem Tempo, als gäbe es in diesem oder jenem Teil der Stadt ein wichtiges Ereignis, und alle müßten dorthin. Spielleute, ein ganzes Musikkorps, stehen auf dem Trottoir und spielen, wer hört das, alle brausen vorüber. Ein kleiner Schottenjunge mit Plaid spielt seinen Dudelsack. Sah auf einem der Grabdenkmäler in Westminster mein eigenes Gesicht; eine englische Familie musterte mich eingehend.) – London ist die Stadt der Städte, von Rom abgesehen; diese beiden Städte haben mich am meisten erfüllt, London ist der geschäftige Tag, Rom die stille, große Nacht. Die Menschen so freundlich, selbst die Polizei auf der Straße ist eine merkwürdig gebildete, liebenswürdige Polizei! – Thorvaldsen hat zwei unsterbliche Basreliefs geschaffen: »Die Nacht« und »Der Tag«, das erste hat mich durch seine Ruhe, seine Größe wunderbar ergriffen; dagegen habe ich den »Tag« nur als schön bezeichnen können, er ist mir nicht charakteristisch, ja, wie sollte er dann dargestellt werden, wird man fragen; ja – das weiß ich nicht, das muß die Inspiration sagen, der Tag ist die geschäftige Tätigkeit, das ist die fliegende Weberspule; zwei Städte bilden für mich das Basrelief der Welt für die Nacht und für den Tag: Rom und London. Rom mit seiner Größe. Sein Leben, das sind nur Träume; der Karneval ist ein lustiger, phantastischer Traum, selbst Pius IX. ist nur ein großer Gedanke, der geträumt wird.

[...]

Freitag, 9. Frühstück bei Bentley; mit ihm, Morgan und Taylor zu seinem Landsitz gefahren, der über 4 dänische Meilen entfernt liegt; schöne Natur, herrlich gruppieren sich die Bäume auf dem Rasen. – Zum ersten Mal war ich auf eigne Faust mit 3 zusammen, die nur Englisch konnten; Bentleys älteste Tochter, seine Frau, Söhne und Neffen, der eine von diesen sehr schön, empfingen mich überaus freundlich. Mistress Bentley führte die ganze Zeit Selbstgespräche, sogar am Frühstückstisch, es waren wohl ihre Gedanken, die sie laut aussprach. Wir gingen in den Garten, daran grenzte ein Park, der nur durch eine dünne Eisenstange vom Park eines Grafen abgetrennt war; ein blauer Ton lag über der Gegend. Der Landsitz liegt in der Stadt ... ; großes Dinner um meinetwillen, als die Damen fort waren, brachte Taylor einen Trinkspruch auf mich aus, ständig von großem Beifall begleitet, sprach von dem kindlichen Geist, dem religiösen Element, meiner Innerlichkeit & . Ich sagte bewegt: »I can not speake Englisch, bat I hope I scal in a neuw Worck give the Sentimens of my Heart! I thank you!« Hier war es so wunderbar altmodisch. Im Eßzimmer alles Rokoko, die Kamineinfassung aus Holz, die blankpolierten Holzwände, die alten Schränke, die Porzellankrüge. An der Wand hingen Porträts von Ritter Ruprecht, als Jüngling und als junger Mann. [...]

[...]

Montag, 12. [...] Zu einem Buchhändler in Covent Garden gefahren, der sich aus Kopenhagen alle meine dänischen Schriften hat kommen lassen, sie standen gestern auf dänisch in »The Athenæum«, ich bin wohl der erste dänische Dichter, der das sah; er sagte, sie gingen gut, mehrere Engländer verlegten sich darauf, Dänisch zu lernen. Meine Biographie an Miss Lockhart geschickt. (Sie hatte in ihrem Lunch-Zimmer ein Schirmbrett, auf dem ich zwischen den zahlreichen Bildern die Porträts von drei Landsleuten fand: Ingemann, Oehlenschläger und Thorvaldsen.) Briefe an den König und den Studenten Zahrtmann geschickt, Reventlow bot mir an, mich zu Anthony Rothschild mitzunehmen. Hier war alles von fürstlicher Pracht, Marmortreppen, Blumen und Springbrunnen im Zimmer, im Eßzimmer ein prächtiger Kamin, geschnitzte Holzverzierungen an der Wand, Rokoko-Silberzeug aufgestellt, ein ganz erlesenes Dinner; der junge Rothschild: ein echtes simples Judengesicht, rund und fett; die Baronin recht schön, die Mutter ein interessantes Gesicht, ihre Schwester, Madame Montefiore, ähnelt dem Bruder in Neapel, ich versprach ihm ein »Bilderbuch ohne Bilder« mit dem [Abschnitt] über ihre Mutter in Frankfurt. Der Kammerherr des Papstes machte Thorvaldsens Denkmal in der Peterskirche schlecht, was mich verletzte, obwohl ich seiner Meinung war. – Zum Heumarkt gefahren, nach Hause gegangen. (Habe, als ich mich an die Vornehmheit daheim erinnerte, an ein Märchen gedacht, das heißen kann: Groß soll es sein.)

Dienstag, 13. Für Møller gesessen. Besuch von Norton Shaw, der gut Dänisch spricht, er sagte, ich sei nicht nur in den höheren Kreisen bekannt, sondern auch im englischen Volk; ich gab ihm, was eine der holländischen Zeitungen über mich geschrieben hatte, und er versprach, mich dem Herausgeber des »Punch« vorzustellen. Dann erschien Charles Boner, [ich] bekam von Frau Taylor ihre Übersetzungen von Auerbach und meinem »Bilderbuch«. Drückende Hitze, wie in einer von Venedigs Bleikammern, ging deshalb ins »Panorama« und sah Kairo, die Luft paßte dazu, den Nil, die Pyramiden, einen Pilgerzug nach Mekka; rundum alles ausgebrannt, Grünes nur in den Gärten in der Nähe der Stadt. – Als neulich der Ballon mit allen Menschen abgestürzt ist, kam niemand zu Schaden. (Unsterblichkeit muß sein! Wenn ein wahrer Künstler, ein Meister, selbst ein fehlerhaftes Bild erschafft und dann zerreißt, dann liest man die Stückchen auf und bewahrt sie. Gottes Bilder von sich selbst – sollte er sie zerreißen und wegwerfen, nein! – Ein Shakespeare, ein Napoleon, ein Sokrates in die Ecke geworfen, nein, sie müssen leben, ewig leben, und nun der weniger Begabte, warum wurde ihm so wenig von den Gaben zuteil, Gerechtigkeit und Liebe muß es bei dem Vollkommensten geben, der wenig Begabte kann nicht wie eine fehlerhafte Zahl ausgelöscht werden, es muß eine Ewigkeit geben, denn es gibt einen ewigen Gott –) – Mittagessen bei Bushby. Seine Gattin hat mehrere von meinen Gedichten übersetzt, gerade die, welche ich verworfen habe; Etatsrat Francke war hier; man machte viel Wesen um mich; die jungen Ladies befächelten mich; durfte den Tisch mit den Damen verlassen; man hielt mich fest, quälte mich, ich wurde angestarrt wie ein fremdes Tier. Brief von Lockhart mit Empfehlungen für Schottland und Walter Scotts Handschrift.

[...]

Sonntag, 25. Nun habe ich London satt! – Bekam gestern eine Einladung, in den »Athenæum Club« einzutreten, als »berühmter Reisender« – war gestern bei Grímur Thomsen, außerdem ... besucht, der mit mir spazierenging und mir den Garten zeigte, wo »die rote Rose« gepflückt war. Heute zu Reventlow und zu Bang gefahren, nicht gewußt, wohin ich schlendern sollte; an der Hängebrücke gewesen; alle Geschäfte geschlossen. – Gestern stand da ein reinlich gekleideter Mann mit seinen Kindern, fünf Stück, eins kleiner als das andere, alle in Trauer, und jeder hielt ein Bund Schwefelhölzchen – war das ein raffiniertes Arrangement, um Aufmerksamkeit zu erwecken, ich glaube es nicht, die Leute warfen einen Blick darauf und gingen weiter. Die Männer, die mit einem Besen quer über die Straße fegen und auf einen Penny warten. Besuch von Barck. Briefe geschrieben. Träge. Ausgegangen und in den Straßen viel zu sehen gefunden, als Einzelnes betrachtet; die Häuser haben zum Bürgersteig Eisengitter, unter diesen sind die Keller. Einfache Leute standen in Scharen auf der Straße und schwatzten. Man sieht die hungernde Armut. – Kam nach Hause, hatte in meinem Blut ein Gefühl, als müßte ich verrückt werden.

[...]

Sonntag, 1. August. [...] Bei meiner Heimkehr fand ich überraschend sämtliche Werke von Dickens vor, prachtvoll eingebunden und mit der Inschrift versehen: »Für H.C.A. von seinem Freund und Bewunderer C.D.« Ich war selig! Fuhr zu

Hoskier, um mich zu verabschieden, er lud mich ein, bei ihm zu wohnen, wenn ich nach Algier käme; ließ mir einen Brief an Dickens übersetzen. Schrieb in Frau Hoskiers Album. – Ging zu Sigismund Thalberg, der erzählte, wie es ihn einmal frappiert hätte – bei Fürst Dietrichstein – von Prokesch-Osten die Äußerung zu hören, man werde Robespierre einst zum Märtyrer erheben; seine Idee sei groß gewesen; zur gleichen Überzeugung sei Thalberg bei der Lektüre der »Girondisten« von Lamartine gelangt (das schöne Mädchen, das ich neulich abends im Theater sah, war die Tochter von Lablache). Er trug mir Grüße an Tuteins und Liliencron auf. (Gestern sah ich bei Clapton einen Friedhof, die Sonnenblumen auf den Gräbern wandten sich zur Sonne, es waren Blumen aus dem Staub der Toten, sie deuteten auf Licht und Leben, gleichsam wie auf ihren davongegangenen besseren Teil.) Diese Mattigkeit, dieses Surren im Rückgrat macht mich ängstlich, gewiß bekomme ich Rückenmarkschwindsucht, oder ich werde verrückt! Jenny Lind ist krank, sicherlich ist sie bei Lumley gewesen und hat getanzt und sich erkältet. – Clausen-Schütz aus Manchester gekommen, um mich zu begrüßen. – Dieses sonderbare Starren der Armen. Sie wagen nicht zu betteln, doch der Hunger steht ihnen im Gesicht, sie stellen sich vor eine Konditorei und starren den Fremden an mit einem Blick – einem Blick, oft tragen sie ein beschriebenes Blatt auf der Brust: »Habe seit zwei Tagen nichts gegessen.« – In meinem Viertel sieht man wenige, und in dem reichen überhaupt keine. – Der arme Paria ist dort verbannt. – Es muß unglaublich viel Polizei geben, doch welch ein einförmiges Leben, tagaus tagein nur *diese Strecke* zum Bewegen zu haben. – Wie ein Uhrenperpendikel hin und her. [...]

[...]

Sonntag, 8. [...] Der Sonntag ist furchtbar langweilig in London. Zu Frau Willich gegangen (25 Suffolk Street, Pall Mall), wo man für mich schwärmte, wie Clausen-Schütz sagte; fand eine elegante Dame mittleren Alters in Samt und mit Goldkette, sie und die verheiratete Tochter schwärmten förmlich für mich und Jenny Lind. Die Mutter blickte mich ganz hingebungsvoll an, und plötzlich ergriff sie meine Hand und wollte sie küssen. Ich erschrak und küßte die ihre. »Diese kostbare Hand muß ich küssen!« sagte sie. Ich schenkte ihr Møllers Porträt von mir, sie fand es entsetzlich, ohne Seele und Geist, wollte es nur haben, weil ich es ihr gab. Beim Abschied wollte sie mir wieder die Hand küssen, betrachtete mich mit schwärmerischem Blick. Kein Abschiedsbesuch bei Jenny Lind, obgleich ich könnte, wie bin ich mir selbst ein Rätsel, habe ihr zum Abschied geschrieben; Barck, der nach Wight reist, nicht empfangen. Gewitter. Ich saß am offnen Fenster zum Hof, zwei junge Damen starrten mich vom benachbarten Hinterhaus unentwegt an, und als ich das Bein auf einen Stuhl setzte, nickten sie; die eine kleidete sich vor dem Fenster an, breitete ihren Schal aus, damit ich ihn erkennen sollte, setzte ihren Hut auf und ging – ja, sie kann lange suchen.

Montag, 9. Zu Bielke gefahren und von dort mit dem Omnibus zu Hambro; 20 Pfund bekommen. Die Abreise für morgen Vormittag festgelegt, Briefe an den Vater, Jette, Ingeborg und Lohmeyer geschickt. Fühlte mich besser als sonst. Frau Willich erzählte, Jenny Lind habe viele Gegner, darunter den Schriftsteller Planché (Autor von »Oberon«) und so manche junge Lady, deren Gesang verblaßte, wenn man Jenny Lind lobte, sie singe nicht, sie schreie. – Ewig wogt dieser Seegang durch die Straßen, wenn ich tot bin; immer diese Wellen, Omnibus, Cab, Carriss! Wandernde Männer mit Schildern vorn und hinten, Schilder auf Stangen, kolossale fahrende Kästen mit Plakaten für den Luftballon, der nachts und am Tage aufsteigt, die Buschmänner, Tanz in einem Park, Vauxhall, das Wachskabinett mit Jenny Lind. – Bettler, die beschriftete Bänder über der Brust tragen: »Lady and Gentleman &« – Als ich heute durch die Henriette Street ging, kam aus der deutschen Buchhandlung ein Mann gestürzt, es war der deutsche Pfarrer in London ..., er hatte mich nach meinem Porträt erkannt und mußte mit mir reden; er lud mich zu sich ein. An mehreren

Orten hing mein Porträt neben dem von Jenny Lind, Scharen von Leuten starrten sie an. Morgen auf der Eisenbahn, vielleicht ein Unglück, dein Wille geschehe, Gott! Und vergib mir später mein Klagen!

Dienstag, 10. Hatte einen betrunkenen Kutscher, der in einem fort »hui« rief! – Hambro bekam Podagra und sah schlecht aus, wir fuhren, ich hatte während der Fahrt den kleinen Hoskier auf dem Schoß. – 1/2 Stunde auf die Eisenbahn gewartet, mit »express train« gefahren. Früher sagte man »durch die Täler, über Berge«, jetzt geht es »durch die Berge, über Täler« – wir fuhren wie das wilde Heer, ein Tunnel nach dem anderen, lange und dunkle; der eine hatte drei Gucklöcher; – Idee zu einem Eisenbahn-Märchen: »Eisenbahn-Puck«. Jenen Menschen, die nicht hatten wahrnehmen wollen, daß sich die Menschen näherkamen und verstanden, wurde die Seele in eine Flasche gesteckt, und sie selbst werden vor den Eisenbahnzug gespannt. Wieviel Ähnlichkeit England mit Dänemark hat, vor allem mit Fünen; hinter ... sah es gebirgig aus. – Ziegeleien, wo das Feuer aus dem Schornstein loderte; weil ich nicht hinaus und mein Wasser abschlagen konnte, war ich auf halbem Wege halbtot. – Als wir um 5 Uhr York erreichten, sprach mich ein Mann an, das war der älteste Sohn von Wellington, ich erkannte ihn nicht sogleich, lief von ihm weg, kehrte jedoch zurück und entschuldigte mich, wurde zwei Ladies vorgestellt. Zum »Black Swan« in York gefahren, nach dem Mittagstisch zum Dom, der prächtig ist, wie geschnitzt, im gleichen Geschmack wie der Kölner, wenn er fertig wird. – Mehrere geistliche Gebäude, Porträt von Jenny Lind. – Verregneter Tag; wir begegneten unendlich vielen Zügen, sie sausten wie Raketen vorbei, einer kam uns in einem Tunnel entgegen, hier sitzt das Bergmädchen, die Störche fliegen mit und die Schwalben. Ein paar Ruinen.

[...]

Samstag, 14. [Edinburgh] Mit der Eisenbahn in die Stadt gefahren, eine Handschriftensammlung besichtigt, darunter die von Maria Stuart, Knox &, und bei jeder waren sämtliche

Porträts und Bilder ausgelegt, die zu selbiger Person gehörten. War in der Galerie, eine Judith, am interessantesten das Mädchen, das mit einem Blick von Bewunderung und Ehrfurcht zu Judith aufschaut. Die Statuen allesamt Gipsabgüsse. Heute morgen zuerst nach Leith, dem Hafen von Edinburgh, gefahren, ich fühlte mich sehr nervös. Besichtigte die alte Stadt; von der Hauptstraße, die sich auf einem Berg befindet, gehen schmale schwarze Gassen aus, mit sechsstöckigen Häusern, schmutzig und dunkel, aus schweren Steinen, wie in den elendesten Städten Italiens, Jammer und Armut blickten aus den Fenstern, Lumpen hingen herab, Fenster ohne Scheiben; lateinische Inschriften. In einer dieser Gassen sahen wir das erste Hotel von Edinburgh, wo König … eingekehrt ist, wo Samuel Johnson wohnte; es glich einem erbärmlichen Stall, dunkel und wie ein Gefängnis. Das baufällige Haus von Knox lag an der Hauptstraße, er selbst stand als kleine Figur, auf einer Kanzel predigend, in der Ecke. In der schönsten Straße der neuen Stadt ein Denkmal für Walter Scott, sein Hund … liegt an seiner Seite; im Turm über ihm sind Figuren aus seinen Schriften angebracht: Meg Merillies, the last Minstrel & – Unten im Tal braust der Eisenbahnzug zwischen dem neuen und dem alten Edinburgh; meine Märchen und »The True Story« gekauft; abends ließen wir im Garten einen Ballon aufsteigen. Sehr müde.

[…]

Samstag, 21. Um 6 Uhr auf, um 7 in die Berge gefahren; sie wurden immer höher, Heidekraut tauchte auf, einsame Steinhäuser; an einem Fluß entlang kamen wir in den Wald, der aus jungen Eichen bestand, ein kleiner See, jetzt erhoben sich die Berge, wir befürchteten, das Dampfschiff auf dem Loch Katrine zu spät zu erreichen. Dieses war sehr klein und ganz voll von kleinen weißen Mücken, die sofort stachen; wir begaben uns in den schmalen See hinaus, tief dunkles Wasser, braungrüne Berge; dies erscheint, wollte man die jütländischen Heiden mit Windstille gleichsetzen, wie die Heide im Sturm, riesige Bergwellen, doch alle grün, mit Wäldern und

Gras; wir hatten zur Rechten eine kleine bewaldete Insel, das war Ellens Insel, Lady of the Lake. Am Ende des Sees fanden wir ein kleines armseliges Inn, mit einem Bett neben dem anderen, vor dem eine Menge Holzwagen hielten. Früher führte nur ein Bergpfad zum Loch Lomond, jetzt gab es einen geschlagenen Fahrweg, jedoch von jener Art, wie die Wege vor ein paar hundert Jahren waren; der Kutscher ging neben dem Pferd her, und wenn ein Hügel kam, flogen wir in schwankender, wilder Fahrt bergab, der Wagen holperte. – Nicht ein Haus zu sehen, nicht ein Mensch, stille dunkle Berge mit Nebel; auf halbem Wege erblickten wir ein Haus für Jäger und einmal einen Schafhirten, in sein Plaid gehüllt, der Ben Lomond schaute auf uns herab. In der Nähe des Sees mußten wir aus dem Wagen und einen Weg hinuntersteigen, der fast lotrecht in die Tiefe führte, hier lag ein recht freundliches Inn; bald kam das Dampfschiff, das war größer; ich vergaß meinen Palmenstock, Charles hatte ihn zuvor geliehen, damit die neapolitanische Palme den Loch Lomond sehen sollte. »Look!« rief er und hob den Stock empor, nun blieb er dort, ich muß ein Märchen schreiben, über den Palmenstock. Auf dem Schiff war ein Vers von Walter Scott geschrieben:

»Land of brown heath and shaggy wood,
Land of the mountain and the flood.«

Hier war es schrecklich eng, ich traf den jungen Puggaard, der in die Berge und nach Inverness wollte; es fing an zu regnen, wir fuhren ganz bis an das Ende des Sees, gleichsam in einen Fluß, und setzten Leute nach Fort William ab. Fuhrleute warteten, wir mußten ein paar Stunden bleiben, bis Omnibusse von allen Seiten kamen, es goß in Strömen, wir wurden in die schmale, lange Kajüte verstaut, ein dicker Schotte setzte sich beinah auf meinen Schoß und versperrte die Tür, damit nicht noch mehr hereinkommen sollten, so viele wie möglich wurden in »Lady's Room« geschickt. – Ringsum die Berge in Wolken und Nebel, wir fuhren zurück, Puggaard wurde an jenem Inn abgesetzt, von dem wir kamen; passierten Rob

Roy's Cave, Felsenstücke herabgestürzt. Eine Familie kam an Bord, ein junger Mann erschien und sagte, da sei eine Lady, die habe mich nach meinem Porträt erkannt, ob ich nicht Hans Christian Andersen sei. [...]

[...]

Dienstag, 24. [Glasgow] Um halb 7 auf, ging eine Stunde später zum Postamt, aber da war kein Brief von Meyer, ganz verzweifelt und in kränklicher Stimmung gab ich die Reise zum Loch Laggan auf, schrieb Meyer eine Entschuldigung, bekam aus Inversnaid meinen nachgeschickten Stock, der junge Puggaard hat ihn prächtig besorgt. Eine Karte von Frau Cowan mit Einladung, doch ich setzte mich in die Eisenbahn (12 Schillinge erste Klasse) und fuhr nach Edinburgh, zwei lange dunkle Tunnel, stieg im »North-British Hotel« ab. An der Table d'hôte fragte ein Mann, ob er mich oder mein Bild nicht schon einmal gesehen habe, sie tranken alle mit mir. Briefe an den jungen Hambro, an Bielke und an Richardson geschickt, die Reise nach Abbotsford aufgegeben, ich will morgen nach London. – Eine merkwürdige Unruhe an mir; ich habe Geld genug, doch keine Lust, weiter zu reisen, ich sehne mich nach der Heimat und nach der Arbeit. Es gibt Augenblicke der Entscheidung, wo man sich wie in einem magischen Zirkel fühlt, man hat das Bewußtsein: Ich kann, ich soll das tun – wird jedoch von unsichtbaren Banden festgehalten, man führt einen Kampf, es ist die Grenze unsrer Freiheit, an der wir stehen, die Begrenzung von Gott. – Die Aussicht aus meinem Fenster heute abend ist groß. Die Häuser in der alten Stadt haben 8-12 Stockwerke, die Lichter schimmern aus den Fenstern, eins über dem anderen, die Gaslaternen in der Straße, und tief unter mir, wo die Dampfbahn geht, schimmern die Lichter durch die Glasdächer, der Dampf weht darüber, die Laternenreihen scheinen Girlanden zu sein, unter den Fenstern tanzt und singt und deklamiert ein kleiner Junge zum Tamburin, Schotten mit Rock schreiten gravitätisch auf und ab, Polizisten, die Dampfpfeife ertönt.

[...]

Donnerstag, 26. Die gleiche schlechte Stimmung, fiebriger Morgen, sinnliche kranke Gedanken, unglücklich; ganz verzweifelt. – Abfahrt 10 Minuten vor 10, im Wagen ein Herr und eine Dame, mit denen ich gestern gereist war, sie erkannten mich, erzählten, die schottischen Zeitungen seien voll von mir und meinem Besuch bei der Königin, das ließ mich schwitzen und leiden, bei Sheffield trennten wir uns, und der Herr schrieb seinen Namen auf, es war der Dichter Hogg, der mich zu sich einlud; ich hatte [die Zeitschrift] »Punch« gekauft, die Dame zeigte mir, daß ich darin stand, anläßlich der Einladung nach Schottland; ich war so verzweifelt, daß von mir aus ein Unglück auf der Eisenbahn hätte geschehen können, wie abscheulich egoistisch. So hängt unser Schicksal an feinen Fäden, nur selten verlaufen die Adern, wie das Gold im Gebirge, ein Stück auf der äußeren Kruste, daß das Auge sie sieht; wir treten aus unserer Haustür und sind uns einen Augenblick unsicher, ob wir nach rechts oder nach links gehen sollen, und was man dann unwillkürlich wählt, das führt Einzelne dann zum Tod, zu großen Ereignissen des Lebens. Nie zuvor bin ich so gleichgültig mit der Eisenbahn gefahren. Um 1/2 8 Uhr kam ich in London an, im Hotel Sablonière wurde ich nahezu festlich empfangen und genötigt, ein Zimmer mit Salon für 5 Schillinge pro Tag zu nehmen.

[...]

[Nach kurzen Besuchen bei seinem englischen Verleger Richard Bentley in Seven Oaks und Charles Dickens in Brodstairs verläßt Andersen England am 31.8, herzlich verabschiedet von Dickens, in Richtung Deutschland, wo er, jeweils für einige Tage, in Frankfurt, Weimar, Leipzig und Hamburg Station macht. Am 23.9. trifft er wieder in Kopenhagen ein.]

[Die nicht sehr umfangreichen Aufzeichnungen des Jahres 1848 betreffen vor allem eine Sommerreise, die Andersen unter dem Eindruck des 1. Schleswigschen Krieges, den Dänemark gegen die aufständischen Schleswig-Holsteiner führte, zur Insel Fünen unternahm.]

Nach Fünen 1848

[...]

Samstag, 13. [*Mai*] [Glorup] Brief an Edvard Collin geschrieben; den Doktor besucht, bei dem ein Leutnant Bentzen wohnt. Hörte einiges über die Schlacht; die in Brust und Kopf geschossen waren, lagen da, als ob sie schliefen; jene, die es im Unterleib getroffen hatte, waren fast unkenntlich, so krampfhaft war das Gesicht verzogen, einer hatte mit den Zähnen buchstäblich »ins Gras gebissen«, die Hände preßten sich in den Rasen. Der junge Dons hatte von Kolbenschlägen eine Geschwulst im Rücken und wurde ohnmächtig, als er die anderen erreichte und ein Offizier ihm sein Pferd zu halten gab. Manöver auf dem Fronacker; Mittagessen heute um 3 Uhr, General Hedemann hier; das ist ein schöner Mann mit einem klugen und milden Gesicht; sein Hauptquartier ist im Augenblick Odense, wo er im Schloß liegt; er lud mich zu einem Besuch ein, wenn ich nach Odense käme. (Das habe ich vergessen: Als ich vorgestern hierher nach Glorup kam, traf ich zusammen mit Doktor Winther und Schwager unseren Doktor Kayser aus Odense, der die Exzellenz besuchen wollte, er lud mich freundlich ein, bei ihm zu wohnen, wenn ich nach Odense käme.) Der Freiwillige Testman, verheiratet mit Hohlenbergs Schwester, Norweger von Geburt, ist ein gebildeter, angenehmer Mensch; er wäre beinah erschossen worden, ebenso Lundbye, als das Gewehr umfiel; der Schuß streifte sein Auge, er fiel in Ohnmacht, und als er erwachte, hörte er die anderen lachen, denn er hatte gerufen: »Das wäre doch ein schäbiger Tod! Ich bin der Freiwillige Testman vom dritten Bataillon!« – Lundbye, so erzählten mir die Offiziere, hatte sich melancholisch an das Gewehr gelehnt, als ein paar Bauern vorbeigingen und aus Versehen die anderen, unmittelbar vor ihm aufgestellten Gewehre umstießen; man hörte den Knall und sah Lundbye zu Boden stürzen, der Schuß hatte von unten den Kiefer getroffen, den Mund zerrissen und ein Stück Fleisch mit Bart abgerissen, er stieß ein paar schwache Seufzer aus; wurde in einen Danebrog gehüllt und in die Erde gelegt. Leutnant Høst, der sich hier aufhält, weinte. – Leutnant Dreyer von den Jägern erzählte mir das. – Die Verwundeten in den Lazaretten verbreiten einen häßlicheb Gestank, denen mit Unterleibschüssen gehen die Exkremente an der Seite ab. – Abends eine ganze Weile mit Major Blom geredet, der sehr *frei* sprach. Zwei Märchen vorgelesen.

Sonntag, 14. Prachtvolles Wetter, der Wald friedlich schön; ich fühle mich so wunderbar frei vom Kopenhagener Druck, fühle mich selbst besser und die Menschen um mich herum auch, eine größere Begeisterung stellt sich bei mir natürlich ein. »Wann kommt der Schwede?« ist hier die ständige Frage aller. – Die Exzellenz schenkte mir die ersten Erdbeeren. General Hedemann erzählte gestern, die preußischen Offiziere drüben auf Snoghøj hätten mit einem Parlamentär den Fräulein Riegels Blumen aus ihrem Garten geschickt, damit sie doch ein paar von ihren schönen Blumen hätten, ein Gedicht war dabei. – Visite bei Major Blom und den Freiwilligen. Zum Mittagessen kam ein Freiwilliger Hansen, ein Neffe von Konferenzrat Koch; er hatte mit Fieber im Lazarett auf Augustenburg gelegen, [und zwar] im Bett der Herzogin (der Herzoginwitwe), man setzte ihnen dort sowohl Spargel als auch Kapaune vor. – Am Abend Märchen vorgelesen.

[...]

Montag, 22. Briefe von Edvard Collin und Richard Bentley, Brief an Jette Wulff geschickt. – In der Allee ein paar einfache Soldaten [getroffen und ihnen] einige gedruckte Lieder geschenkt. – Das Wetter ist prachtvoll, während sie auf dem Weg exerzierten, sproß wunderbar ein ganzes Stück Roman hervor, ein paar Stunde später hatte ich dafür den Titel: »Die zwei Baronessen«, heute ein richtiger Tag zum Romanekriegen.

Dienstag, 23. Fleißig am Roman geschrieben; weniger wohl; einen Regenwurm befreit, den ein Käfer gefangen hatte. – Heute kam Marschbefehl, alle unsre Offiziere und Soldaten müssen morgen aufbrechen und 2 1/2 Meilen von hier in Richtung Faaborg Quartier beziehen; in diesem Aufbruch lag ein wenig Wehmut, wo sie nun über 14 Tage hier gewesen sind; der Freiwillige Petersen war besonders still und ernst; Gott weiß, wen man von ihnen wiedertrifft. Gestern ging Leutnant Olsen nach Korsør, um Truppen zu exerzieren. Ein herrlicher Sommertag. [...]

[...]

Freitag, 26. Alle abgezogen; die ganze Nacht große Unruhe. Besuch von Frau Lindegaard, die sagte, daß in Fredericia und auf Snoghøj die dänische Fahne wehte. Edvard ein Paket mit Briefen an ihn, Lohmeyer und Grímur Thomsen geschickt. Brief an Ingemann. Kaltes Wetter.

Samstag, 27. Den größten Teil der Nacht goß es in Strömen. Es ist sehr kalt. Nachricht, daß sich die Preußen aus Jütland zurückgezogen haben; die dänische Fahne weht in Fredericia. – Mit der Exzellenz nach Ørbæklunde gefahren und kondoliert. Brief von Christian Wulff, der mir anbot, in seinen Zimmern zu wohnen, wenn ich nach Kopenhagen komme. Brief von Jette Wulff.

Sonntag, 28. Mein Blut schrecklich sinnlich +. Es ist halber Wahnsinn, ich kann es nicht aushalten! – Briefe an Jette und Christian Wulff. Mittagessen bei Sehestedt Juul; er war anfangs etwas vornehm, nahm nicht sonderlich von mir Notiz; mit ihm spazierengegangen und seinen Wald und Garten besichtigt. Kalt, als wir nach Hause fuhren.

[...]

[Von] Kopenhagen nach Schweden 1849

Donnerstag, den 17. [*Mai*] Himmelfahrtstag; nachts nur wenig geschlafen; gegen 7 Uhr kam Otto Møller und half mir beim Einpacken; weil kein Platz mehr im Koffer war, von Hartmanns einen Nachtsack geliehen. Dann kam Gottlieb Collin und blieb, bis ich aufbrach, Hartmann kam ebenfalls. – Ging an Bord der »Øresund«. Nun erschien Vater Collin, um mir Lebewohl zu sagen; es wehte heftig. Graf Piper berichtete mir von Mimi Zahrtmanns Verlobung mit Graf Holstein. Nun kamen Edvard und Jette. An Bord Carstensen mit seiner Frau und ein Kaufmann Levison, dieser wollte nach Göteborg. – Am Zollamt, am äußersten Punkt, stand wieder der alte Collin, *er* war der letzte, den ich in Kopenhagen erblicken sollte. Als wir Rungsted passierten, tauchten Damen am Ufer auf, und als ich den Hut schwenkte, grüßten sie mit ihrem Tuch, sie müssen mich gekannt haben. Heftiger Wind; wir erreichten Helsingør, hier lag ein Dampfschiff aus Wismar, das auch eine weiße Fahne gehißt hatte; alle Passagiere grüßten uns; man sollte glauben, sie brächten Friedensnachrichten. – Starker Seegang, unser Dampfschiff konnte nicht in den Hafen einlaufen; vom Quarantäneschiff kam ein Boot und tanzte in der Luft wie in der Tiefe; ich mußte mit Levison hinein, es war ein weites Stück zu rudern; wir schienen nicht von der Stelle zu kommen, manchmal hob uns die Welle so hoch, daß ich erschauderte und ein »Jesus!« von mir gab. – Es kitzelte in meinen Fingerspitzen. – Auf der Anlegebrücke stand Sturzen-Becker und nahm mich freundlich in Empfang, schimpfte, weil ich mich nicht an ihn gewandt hatte, um die Reise zu arrangieren. Stieg in »Munthes Hotel« ab; Sturzen-Becker den ganzen Nachmittag bei mir; draußen gießt es in Strömen, hier ist es trist und still; wünschte innig, allein zu sein. Ging mit S. hinunter zur Brücke, Herr Levison kam dazu und erzählte ihm und ein paar Schweden, wie ängstlich ich im Boot gewesen sei, das verstimmte mich; S. heimbegleitet, er wohnt hübsch. – War verstimmt, besuchte L., der Mann gefiel mir, sagte ihm, das sei nervös, meine Angst. – Ging gutgelaunt auf mein Zimmer, nachdem ich ihm »Die zwei Baronessen« geliehen hatte. Jetzt geht leuchtend die Sonne unter; im Erdgeschoß singen sie schöne Lieder. – Svea, was bringst du mir! – Ich habe noch keine Ruhe im Gedanken, um an die Reise zu denken.

[...]

Dienstag, 22. [Göteborg] Um 6 Uhr legte das Schiff ab, um 7 Uhr war ich auf, Sonnenschein, aber kalt; die Quellen und die Nässe auf den Klippen schimmerten wie schmelzender Schnee. In den kleinen Tälern schien die Sonne zwischen die Bäume. Am Frühstückstisch saßen drei Leute, die deutsch sprachen und sich mir gegenüber zurückzuhalten schienen, es waren jedoch Schweden, der eine von Geburt Deutscher, an Bord sind wenige Passagiere. Ein Engländer hat ein Werk über Schweden geschrieben und gerade die »Polhem« gelobt (vor allem die Restauration). Dürre Klippen, als wären es Wälder, in große Spinnweben eingehüllt. Gelb blühende Wiesen. Die Blumen sagen: »Unser Geschlecht hatte vor 1000 Jahren dieselben Farben, denselben Duft; wir waren so entwickelt, wie wir konnten, im Gegensatz zu den Menschen. – Der Vollmond ist das große Punktum, das unser Herrgott zwölfmal setzt, und das nennt man dann ein Jahr.« – Der Engländer Ellan, der hier ein Grundstück kaufen will; ein norwegischer Seekapitän ...; sie fahren nach Venersborg. An der Trollhätta sind neue Schleusen entstanden, acht, die breiter als die älteren sind und nicht so großartig wirken; hier stiegen wir aus, begleitet von einer Schar Jungen, von denen jeder eine andere Erklärung hatte, alle schrien durcheinander: Wie hoch der Wasserstand sei, wie niedrig &. Die Gelehrten waren sich nicht einig. Wir waren am Höllenfall (?), sahen von hier bis zum höchsten Punkt, gingen den Waldweg am Fluß entlang; sie erzählten von einem Fischer, der dieser Tage dort ertrunken war. (Die Geschichte aus Dalarna von dem Mann, der auf eine Insel gelangte, die sonst für keinen erreichbar war, und dort von Sonntag bis Mittwoch blieb, sein Bruder, der ihm das Leben retten wollte, ließ sich ein Tau um den Leib und eins am Boot festbinden, schaffte es hinüber und brachte ihn in Sicherheit, wo er jedoch zwei Tage später starb.) Man muß sich Trollhättan in einzelnen Partien ansehen – in den letzten Jahren sind so viele Gebäude, Betriebe & entstanden, daß das Malerische verschwindet; schön war der blaue Rauch. War unten an der Insel, wo die Eisenbrücke ist, hatte jedoch kein Kleingeld. – Um 1/2 6 von hier nach Venersborg, eine Meile vor der Stadt erschien von dort eine Herrengesellschaft; bei meinem Anblick lächelten sie, sie haben sich gewiß über mich lustig gemacht; als sie später vom Kapitän erfuhren, wer ich sei, kamen sie zu mir, waren meine Freunde, meine Bewunderer. [...] Der Venersee war etwas bewegt, ich legte mich kurz nach 9 ins Bett, war sehr ängstlich, tausend Unglücksfälle gingen mir durch den Kopf. – (Durch den Kopf geht die große Landstraße des Gedankens, auf meiner ziehen wunderliche Karawanen, aus den Werken der Dichter, aus der Heimat der Erinnerung und neue, die der Augenblick hervorbringt, da kommen fromme Kinderprozessionen mit wehenden Fahnen und fröhlichen Hymnen, da kommen tanzende Bacchanten, die wilden Bacchanten des Bluts mit Liedern, die ich mich scheue aufzuschreiben.) Es wurde gar nicht dunkel.

Mittwoch, 23. Wir fuhren die ganze Nacht, ich schlief spät ein und dann nur wenig. Dieses schreibe ich noch auf dem Venersee, wie kalt es hier ist! In der Nacht hielten wir kurz bei Stora Eken, der Venersee liegt ausgedehnt vor uns. Im Laufe des Tages kam Wind auf. In Törneros gelesen. (Blutlos, d.h. Uhren) (Vergiß nicht das weiße Pferd, das wie ein verzauberter König an der Trollhätta auf dem Felsenstück stand und herabschaute, umgeben von Tannen.) Wir fuhren an der Hochebene entlang und erreichten dann Viken. Betteljungen, ein Lumpen bedeckte den anderen; hörte von einem Bettler, der sechs Anzüge trug, den einen über den anderen, daß er ein altes Kartenspiel essen könnte, zwischen zwei Scheiben Knäkkebrot mit Butter gelegt. – Gegen Abend sahen wir in einem Birkenwald das Denkmal, das den höchsten Punkt am Kanal bezeichnet, alles spiegelte sich im Wasser. In Viken war es etwas windig, hier gab es Inseln und bewaldete Holme, was ein wenig an den südlichen Teil des Loch Lomond erinnerte. Der Abend wurde schön. – Ich ging zu Bett, ohne Karlsborg an der Ausfahrt in den Vettersee zu sehen.

[...]

Freitag, 1. [*Juni*] [Stockholm] Besuch von Carlén. Ging um 10 Uhr zum König, wurde um 12 Uhr eingelassen, langweilte mich unendlich, war in hohem Grade nervös! – Der Innenminister war so lange bei ihm, sie liefen mit Landkarten herum. »Jetzt teilen sie wohl Schleswig« [dachte ich]. Endlich durfte ich hinein, der König war höchst liebenswürdig, wirkte in seinem Wesen fast etwas verlegen, war aber so herzlich, als hätten wir uns schon oft gesehen. Ich dankte ihm für den Nordstern, sprach davon, daß Stockholm Ähnlichkeit mit Konstantinopel, der See Roxen mit dem südlichen Teil des Loch Lomond habe, von der Disziplin und Gottesfurcht der schwedischen Soldaten, und der König sagte, er habe gelesen, was ich über den Aufenthalt der Schweden auf Fünen geschrieben hätte; brachte sein besonderes »Gefühl« für das dänische Volk zum Ausdruck, seine Freundschaft mit dem König, bedauerte, daß der Krieg von dänischer Seite schließlich erklärt worden sei, denn er hatte gehofft, einen guten Frieden zu erreichen. – »Es gibt in Dänemark eine kriegerisch gesinnte Partei«, sagte er, »die das will, und ich erkenne wohl, daß dem ein schönes Gefühl zugrundeliegt.« Ich sagte, es liege im Charakter der Nation, auf ihrem Recht zu beharren, wo sie sich im Recht fühle, und ihre Kleinheit zu vergessen. Das erkannte er voll an und sagte, er wolle sehr gern tun, was er könne, als nordischer König, er habe jedoch zwei Reiche und müsse auch an deren Wohl denken. Ich sagte ihm, was er dem dänischen Volk an Gutem tue, das werde ihm die Dankbarkeit dieses ganzes Volkes einbringen. Wir sprachen über den Erbgroßherzog von

Weimar, den er sehr schätzte. Er fragte mich, ob ich nach meiner Rückkehr aus Uppsala zu ihm zu einem Essen kommen würde, er wolle mich so gern bei einem solchen sehen, und »die Königin, meine Gattin«, sagte er, »kennt Ihre Schriften und möchte Sie gern persönlich kennenlernen.« [...]

Samstag, 2. Leo besucht. (Hinauf zur Klara-Kirche spaziert und das Grab von Stagnelius gesucht, doch es befindet sich auf einem anderen Kirchhof.) Mädchen aus Dalarna ruderten mich hinüber nach Djurgården, wo ich Minister Due besuchen wollte. Kam in ein »Weberboot«; die Mädchen trugen grobes weißes Leinen, Strümpfe und Hose in einem Stück, ganz oben rot, zu den Knöcheln hin weiß, mit grünen Fersen, die Schuhe mit dicken Sohlen, das Oberleder reichte bis zum Schienbein hinauf, alle haben sie im Heck des Bootes ein paar frische grüne Zweige, man sieht sie auch auf der Straße mit einem grünen Zweig, so als wollten sie doch ein wenig von ihrem Heimatland bei sich haben. Die Mädchen aus Dalarna stehen am Kai und läuten mit ihrer Glocke, zumeist setzt sich einer der Passagiere ans Ruder, sonst muß es eine von ihnen tun; sie haben das Haar chinesisch zurückgestrichen, einzelne tragen darüber eine hohe braune Haube, unter der doch ein schmaler weißer Streifen sichtbar ist. – Ich sah ein weibliches Wettrennen zwischen zwei Booten, worüber sich unsere Mädchen amüsierten. – Freundlicher Empfang bei Due, der mir für mein Kommen dankte; er hielt es auch nicht für sehr taktvoll, daß die Einladung zu meinem Fest in der Zeitung stand. – (Das Mädchen aus Dalarna gab mir einen Schilling zu viel, weil sie kein Kleingeld hatte.) – Bille speist heute auswärts; ich ging zum Essen ins Athenäum, aber dort wurde ich so angesehen, man ließ sich vorstellen, verbeugte sich so tief, daß ich keine irdische Nahrung zu mir zu nehmen wagte; also bekam ich kein Mittagessen, und im Hotel gab es nur Butterbrot, damit mußte ich mich begnügen, und dann mit der Ehre, Madame! – Ach, solche Scherze kann ich in Briefen nach Hause nicht machen, ich weiß, unter was für einem blutigen Druck man dort steht. Ging hinauf nach Södermalm, gleich an der

Zugbrücke war ein kleiner Hof mit Eisenwaren, aber ein Apfelbaum und eine wilde Kastanie blühten dort so reich, wieviel Poesie! – Nach Södermalm führen ganze Straßen aus Holztreppen, ein Junge machte sich den Spaß, unter diesen hinaufzukriechen, und die Kameraden folgten seiner Kletterei Schritt für Schritt. – Brief vom jungen Wrede, der mich einlud, mit ihm und Graf Blixen das Casino in Djurgården zu besuchen, ich blieb jedoch zu Hause; schwerer Kopf, unwohl. – Die junge Komtesse, die ich gestern sah, klein, dick, einäugig und mit tief heruntergezogenem Lid, wirkte von der äugigen Seite so mild und gut! – Sie war abschreckend häßlich, aber wie schön kann doch ihr Inneres sein! In dem neuen Roman will ich einen solchen häßlichen Menschen schildern, mit den edelsten, besten Eigenschaften.

[...]

Dienstag, 19. Um 1/2 9 Uhr fuhr ich in Uppsala ab, Schröder begleitete mich bis zum Tor, kaufte mir dort eine Peitsche und beschaffte mir das kleinste Kleingeld, das ich je gesehen habe. – (Fahlcrantz kam mit einigen Briefen, als ich im Wagen saß.) Uppsala zeigte die Kirche, das Schloß und die Carolina. Ein Gattertor nach dem anderen, man muß wirklich einen großen Beutel Kleingeld haben. Fuhr durch einen Tannen- und Birkenwald, ringsum lagen graue Felsenstücke. – In Kölva bekam ich ein neues Fuhrwerk, der Bauer [der kutschierte] war sehr vergnügt, dann fuhren wir weiter; in den Sümpfen des Waldes blühte eine Art Calla, kleine weiße [Blüten]. – Die nächste Station war Östa. – Kam durch hellgrüne Tannenwälder, man spürt, daß hier die Tanne zu Hause, sie selber ist, so frei und üppig stand sie da; dann kam Härvsta, wo der Wirt freundlich und mehr als ein Bauer war, hier gab es Frühstück: 1 Ei, Schinken und eine halbe Flasche Porter, 24 Schillinge Banko. – Kühe mit Glocken liefen durch den Wald. – Wir kamen in ein schönes Tal. – Das Wirtshaus in Sörby, die Frau war gerade beim Backen und schickte mich in einen Raum, der mit Bildern versehen war: Der glückliche Bauer, das Kolosseum, und zwei affektierte deutsche Bilder: Herodias und Johannes taufen

Christus. – Eine schöne grüne Wiese mit Holzhaus, von Wald umgeben und von der Sonne beschienen, aber kalt, das ist der Norden. – Gestern morgen litt ich an der Angst, daß ich nicht genug Geld bei mir hätte, wo ich jetzt mit zwei Pferden fahre, ja, ich konnte nicht schlafen, jetzt hat sie sich verloren, dagegen quält mich die Geschichte von Josephson, solcherart weiß ich mich immer zu quälen. Erreichte 1/2 7 Sala, eine totenstille Stadt, aus allen Läden hielt man nach mir Ausschau. Nachdem ich mich im Wirtshaus einquartiert hatte, ging ich zum Kirchhof, denn die Gruben sind 1/4 Meile entfernt; auf dem Kirchhof hohes Gras, unbekannte Namen; die meisten Grabsteine verwittert, auf einzelnen jedoch die Jahreszahl. Sitze nun zu Hause; Totenstille in den Straßen, ein paar Kühe kehren muhend heim (auf der Landstraße wimmelte es heute überall von Schweinen). Das Mädchen hier ist aus Hedemora und immer nur dort und in Sala gewesen. – Niemand weiß, daß ich hier bin, obwohl sich ein Freund oder eine Freundin meiner Schriften vielleicht doch freuen würde, mich hier zu wissen und mir die Hand zu reichen; ich bin so herrlich allein mit Gott und mir selbst.

Mittwoch, 20. Um 1/2 6 auf, Abfahrt um 1/2 7; heute morgen geträumt, ich hätte mich in Paris verirrt, wäre unter Soldaten geraten und fragte einen davon nach dem Weg; er war ein Deutscher [...] und antwortete wütend: »Ich weiß es nicht, ich bin gestern nach dem Friedensschluß von Roskilde gekommen.« Ich legte eine gute Bedeutung hinein. [...]

[...]

Montag, 9. Juli. [Stockholm] Schlechtes Hotel; immer drekkig, obwohl man täglich den Fußboden wischt, aber das Haus ist so alt, die Treppen so morsch, die Mauern so grau, die Dekke so rissig, als wäre eine Landkarte darauf gezeichnet; »aufs Klo« geht man auf dem Boden, da liegt aller Kram und Plunder, von der Decke hängen staubige Spinnweben, so als wäre das Dach aus schwarzgrauem Tropfstein, und Tannenzweige sind ausgestreut. – Das Mädchen, das gerade beim Waschen ist, läuft halbnackt mit einem nassen Lumpen um den Leib herum; und was für ein Lärm! Da kommt der Nachbar spät nach Hause, wirft seine Stiefel gegen die Tür, redet laut und pfeift; wenn man dann ein wenig geschlafen hat, wird es lustig auf der Straße, weil Saufkumpane spät heimwärts ziehen. – Gegen 3 Uhr wird unten mit Stiefeln und Steinen an eine Tür gedonnert, wo es »Nahrung« gibt, einer will hinein! Er läßt nicht locker, die Nachbarn wachen auf und rufen hinunter, daß dieser Lärm schändlich sei. Um 5 Uhr wird man wieder geweckt, das Haus scheint einzustürzen, gegenüber wird Brennholz gebracht, die ganze Ladung auf die Straße gekippt und das Holz Stück für Stück hinuntergeworfen, dann kommt eine neue Ladung und wieder eine neue. – Dann beginnt unten der Böttcher auf seine Tonnen loszuhämmern, dann gibt es Geschrei und so weiter. – Ins Theater gegangen und mit Herrn Wåhlberg jenes Porträt besichtigt, das Södermark von Jenny Lind als Norma gemalt hat, es ist gut. – Zwischen der 1. und 2. Kulisse des Theaters wurde Gustaf III. ermordet. – Qvarnström besucht. – Schönes Wetter. Briefe an Graf Saltza und Nygren. (Die Decke hier oben hat eine rußbraune Farbe, als wäre der Rauch hindurchgezogen, der Fußboden ist mit Mauersteinen gepflastert, die zerbröckeln; eine Katze in der Sonne, ein langer Strahl wie ein Staub-Bogen fällt herein.) – Um 2 Uhr mit Frau Beskow und ihrer Schwester zur Riddarholms-Kirche gegangen (hat 2 Reichstaler gekostet); hier gab es Rüstungen von Birger Jarl, Magnus Ladulås und Karl IX., sie saßen zu Pferde und waren von Benvenuto Cellini nach Modellen angefertigt, die zuvor Männer getragen hatten; Tausende von zerfetzten Fahnen, dahinter lagen zahlreiche Schäfte, deren Fahnen zerfallen waren. In der Kapelle von Gustaf II. Adolf viele Trommeln, unter ihm Karl XIV. Johan, gegenüber Karl XII., mit Stiefeln, Degen, blutiger Kleidung, und im Keller lag der Herzog von Augustenburg, ich klopfte auf den Sarg: »Weißt du, daß dein Geschlecht jetzt Heere gegen Dänemark sendet!« Auch die Rüstung von Christian II. gesehen. – Mir wurde schwindlig, und beinahe wäre ich von Karl XII. hinunter zu dem Augustenburger gefallen. Bekam kein Mittagessen, fraß ein bißchen gebratenen Schinken und trank Sodawasser. Fuhr mit Beskows zuerst nach Karlberg, das schön an einer Bucht des Mälarsees liegt; wir gerieten in eine Waldeinsamkeit mit den höchsten Erlen, Linden und Eschen, fuhren dann nach Solna, eine hübsche kleine Dorfkirche, in der Wallin seine Berühmtheit erlangt hatte, auf dem kleinen Kirchhof liegen Berzelius, Choræus, Ingelman und Crusell begraben. Auf dem großen neuen Friedhof hat Wallin sein Grab, und im Wald nahe Solna finden Duelle statt. – Wir nahmen den Weg nach Haga, ein prächtiger laubreicher Garten mit großen Seen, Schwänen & – Die Sonne ging prachtvoll unter, aber der Sommerabend war doch ein grüner Winter.

[...]

Freitag, 13. Sehr unruhige Nacht, so gut wie gar nicht geschlafen. Eiserne Spaten wurden in den Schiffsraum geworfen, ständig kamen neue Reisende, und ab 3 Uhr liefen die Nachbar-Dampfschiffe aus. Um 5 Uhr fuhren wir endlich, und eine Stunde später war ich oben auf Deck und konnte Stockholm gerade noch sehen. Schönes Wetter und still; Wälder hinunter bis zum Wasser. Holme, die einst die Bühne für kriegerischen Holmgänge waren. Der Mälarsee erinnert hier an jene Bucht, die sich bis Uppsala hinzieht, jedoch in größerem Stil. Hier lag eine Wassermühle, ganz in der Nähe ein Herrensitz; mehrere Segelboote waren zu sehen. Die Sonne heizte gewaltig; Laub- und Tannenwald und viele kleine Inseln lagen in hellem Licht; dann erreichten wir die Stadt Södertälje, von der ich diesmal nichts sah, ich saß in der Kajüte beim Frühstück. – Es ging rasch hinaus in die Salzsee, auf den runden Steinklippen lagerten Kühe. – Kleine Steinholme tauchten auf, mit drei, vier Bäumen, d.h. Tannen; zerbröckelnde weißgraue Klippen, aus den Felsen wachsen kümmerliche Bäumchen, man begreift nicht, wie ihre Wurzeln Nahrung finden. – Schwarze Steininseln, wie die Rücken von Ungeheuern, eine sah aus wie eine Schildkröte, eine andere wie ein Teil von einem Elefanten, hatte ganz die Farbe seiner rauhen Haut. – Ein Stückchen vom offnen Meer wurde sichtbar, dann kamen Inseln mit Fischerhäusern, Lotsen. Das Dampfschiff »Hermoder«, auf dem Weg nach Nyköping, fuhr an uns vorbei. Nun fuhren wir gleichsam in einem Fluß, zwischen belaubten Büschen und Fischerhäusern. Neuer Lotse. Diese Sammlung von Schären nennt man Schärengürtel, es ist ein Schärenzaun für das Land selbst. Prof. ... aus Uppsala erzählte, daß Schweden mehr und mehr steige, während Schonen und Dänemark sinken. – Große offene Meeresbucht, draußen ein einzelnes Schiff zu sehen, als [See-]Zeichen hat man dort ein Holzhaus errichtet; nackte Klippen lagen wie umhergeworfen, einige sahen ganz so aus, als hätte die See sie überspült und geglättet. – An anderen Schären brach sich die Brandung; unzählige Steininseln. – Dann näherten wir uns wieder der Küste, die wie ein Garten, ein ganzes Stück Tirol erschien. [...] Inseln mit Eichen, Kiefern und Tannen, prachtvolle schwimmende Holme mit Bäumen, malerische Klippeninseln, die wie eine große englische Gartenanlage aussahen, doch hier hat man statt des Rasens die reglose See. Das Dampfschiff »Värmeland«, mit dem ich hätte fahren sollen, war voraus, doch wir holten es ein. – In kleinen Tälern zwischen den nackten Felsen frisches Gras, ein vereinzeltes rotes Holzhaus, melancholische schwarze Wälder, in weiter Ferne der Rauch eines Meilers (ist es ein Dampfschiff oder ein Meiler, nein, ein Meiler, denn der Rauch steigt immer vom selben Punkt auf); ein Kupferbergwerk am Strand, hier schlägt man die Steine heraus, die Kupfer enthalten; ein großes Grundstück in der Nähe. Vor uns auf einer Insel, durch eine Brücke mit dem Festland zur Linken verbunden, lagen die Ruinen von Stegeborg, dicke Mauern mit runden Steinen und einem einzigen Turm. Rechts fast senkrechte Klippen, links eine Wiese mit Laubbäumen. In Mem kamen eine Menge Mütterchen und Madames an Bord, sie waren von Söderköping hierherspaziert. – [...] Freundlicher, lauer Abend; ging nach 10 Uhr ins Bett.

[...]

Samstag, 21. [Berg] Die ganze Nacht nicht geschlafen, Feuer war in meinem Blut; nachts fuhr (Richtung Stockholm) ein

Dampfschiff vorüber; um 5 Uhr wurde mir zugerufen, daß sich jetzt zwei Schiffe näherten, ich stand auf, und zusammen mit Graf Sparre nahm ich auf dem Dampfschiff »Thomas Telford« Platz, das ein Kapitän Krüger führte, ein angenehmer junger Mann, der in englischem Dienst in Konstantinopel gewesen war. Las in den Zeitungen vom dänischen Friedensschluß, und nun ging die Reise durch jene Gegend, die ich den Garten des Göta-Kanals nennen möchte. Wir sahen noch einmal unter uns Roxen, und dann begann die Gartenpromenade, das ist wie eine Mischung aus Schweden und Dänemark, und hier schrieb ich für einen Propst aus Blekinge [ein Gedicht] über die Verwandtschaft dieser Länder: »Tegnér und Oehlenschläger«. Zur Rechten Ljung, das Fersen gehörte; die Bäume neigten sich über das Wasser, an einer Brücke ein schöner Platz mit Blumen; unten strömte zur Rechten die Motala mit einem kleinen Wasserfall und Bäumen dicht am Ufer, rotgedeckte Häuser im Wald; nun kam der klare See Boren, mit bewohnter, waldreicher Umgebung; Ulfåsa lag großartig in einem Laubwald, der sich wie eine Wolke bis zum Wasser erstreckte; am Ende des Sees kamen vier Schleusen, hier stieg ich aus und wurde von Herrn C.D. Nygren empfangen, der die ganze Woche bei jedem Dampfschiff auf mich gewartet hatte. Drei Jungen trugen mein Gepäck; wir gingen zum Wirtshaus der Werkstatt, wo alles besetzt war und Nygren mir sein eigenes Zimmer überließ, er wohnte deshalb seit einer Woche bei einem Freund; das brachte mich ein wenig in Verlegenheit. Aussicht auf den Boren. – Als Nachbarn habe ich Staatsrat Grubbe aus Uppsala. – Vor meinem zweiten Fenster fließt die Motala, der ganze Hang ist mit Büschen und Laubbäumen bedeckt, und über den Wipfeln wird eine grüne Ebene mit kleinen Tannen und Kornfeldern sichtbar, von Tannenwald begrenzt. Geht man zum Ufer hinunter, dann sieht man ein glasgrünes, rasch eilendes Wasser, in dem sich die grünen Büsche und Bäume spiegeln, jeder Stein in der Tiefe, jeder Fisch ist zu sehen. Etwas weiter, in der Nähe der Werkstatt, liegt malerisch eine Mühle, hier gibt es unter der Brücke einige

Fälle, wo das Wasser ganz blaugrün erscheint, es fliegt davon, wie aus einer Kanone geschossen. Aus Stockholm wurden mir zwei Briefe nachgesandt, einer von Charles Dickens und einer vom Herzog von Weimar, der sich darüber verwunderte, daß ich nicht von mir hören lasse, ob er denn auch an mir zweifeln solle – mein Gott, ich konnte ihm doch nicht schreiben, wenn er mit Feinden gen Dänemark zog; sonst gar kein Brief von zu Hause, geriet in schlechte Stimmung.

Sonntag, 22. Juli. Vom Schlaf gestärkt; Herr Nygren wünschte, daß ich mit dem neuen Dampfboot nach Ulfåsa fahren sollte, ich hatte jedoch keine Lust und entschuldigte mich mit Heiserkeit und Husten; in dieser parkähnlichen Gegend spazierengegangen; Fräulein Bremers »Rheinreise« beendet. – Eine Gesellschaft näherte sich in einem Boot, das von einem Pferd gezogen wurde, auf dem ein Reiter saß. – Habe Lust, abzureisen, auf den Kinnekulle zu verzichten und nach Trollhätta und heimwärts zu eilen. Briefe geschrieben, spazierengegangen und Belanis Roman »Der Bandit« gelesen. – Bekam schöne Rosen: die Sonne schickt ihren Kuß, das ist der goldene Schlüssel, der sie öffnet, die Winde versuchten es vergeblich, der Sturm brach sie ab. »Wir sollten sie doch wohl aufbekommen«, sagen die Winde, und der Sturm sagt: »Ich will«; er kann die Rose brechen, nicht aber öffnen, und da kommt die Sonne und küßt sie auf, sie dehnt sich aus, ein duftender Tempel, hinter feinen Gardinen liegen die wundersamen Klüfte, ein Mysterium, ein morgenländischer Palast.

Montag, 23. Habe mit Nygren die Werkstatt Motala besucht und zum ersten Mal einen Propeller gesehen, das Schraubenrad für ein Dampfschraubenschiff; es befindet sich ganz unter Wasser, und deshalb können die kleinen Schaufeln mehr bewirken als die einzelnen an der Seite. – Sah, wie man die glühenden Eisenstücke zu langen Stangen preßte, da war ein Hämmern, ein Lärmen, Maschinen liefen, es war, als stünde ich vor einem seelenlosen, mächtigen lebendigen Ungeheuer. Ich sah, wie Maschinen dicke Eisenplatten zerschnitten, so geräuschlos und weich, als wäre es Papier; eine andere Maschine brach Eisenstangen, als wäre es nur eine Stange Lack, das hatte etwas Entsetzliches an sich. Ging an Bord des neuen kleinen Dampfschiffs (auch mit Propeller), das auf der Newa fahren soll, es hatte zwei prächtige Kajüten, der ganze Raum gut genutzt. Ging spazieren, sah das Dampfschiff »Värmeland«. [...]

[...]

Sonntag, 29. [Mariestad] [...] – War bei dem Regierungspräsidenten General ..., der meinte, ich müsse unbedingt die Zellengefängnisse sehen. Diese sind eine wohlgebaute Maschine, ein geistiger Alptraum, der bedrückt. Wir kamen in das Umkleidezimmer, das Badezimmer, einen großen Saal mit langen Galerien die Zellen entlang, darauf predigt der Pfarrer vor einer unsichtbaren Gemeinde, die Türen werden so geöffnet, daß sie ihn nicht sehen und er sie nicht sieht. – In jeder Tür war ein kleines Glas, groß wie ein Auge; wenn ich die Klappe berührte, begegnete das Auge des Insassen dem meinen, so hellhörig sind sie darin. Wir besichtigten mehrere Zellen, in einer war ein schönes Mädchen, das in seiner Hängematte lag und sie dann eilig zusammenrollte. – Die Kindesmörderin – die beiden Geschwister. – Es gab zwei dunkle Zellen für solche, die nicht gehorchen wollten; ein armes Dienstmädchen saß hier, das ohne Obdach und Stellung war, das ist doch abscheulich! – Diese Gefängnisse sind gewiß von Nutzen, doch sie sind, wie ein Gift, mit größter Vorsicht anzuwenden. Das Mädchen, das mit dem Kopf im Schoß dasaß. Der vierzehnjährige Junge. [...]

[...]

[Andersen besucht noch einmal die Wasserfälle von Trollhättan und kehrt über Göteborg nach Kopenhagen zurück. Dort erlebt er am 9.9. den gefeierten Einzug der dänischen Soldaten, ohne doch über dieses Fest schreiben zu können.]

Reise nach Jütland, Fünen &

[...]

Montag, 27. Mai. An der Gudenaa, 14 Meilen von Randers, wo der Fluß einen kleinen See, den Langsø, durchströmt, liegt Silkeborg; hier hat es einmal ein altes Mönchskloster gegeben, im Garten am See sind noch rote Mauersteine und ein großes behauenes Stück Feldstein aus dieser Zeit zu finden. Bin durch den neuen Ort gegangen. Das ist, als als ob wir ein Kind sehen, dessen Physiognomie uns interessiert, und dann an seine Zukunft denken, so ungewiß; vielleicht ist auch dieser Ort in 50 Jahren eine Stadt. 1844 ließen die Brüder Drewsen hier die Papierfabrik errichten. Valdemar führte mich herum, ich sah, wie die Lumpen erst gewaschen und nach und nach verwandelt wurden, bis sie als weißes Papier aus der Maschine kamen. – Durch ein Birkenwäldchen auf die Anhöhe spaziert und auf den Ringkøbingvej geschaut.

Dienstag, 28. Mai. Gestern und heute geangelt; fing einen großen Güster. In Carl Bernhards Novelle »Chroniken aus der Zeit König Eriks von Pommerns« gelesen, das schmeckt nach unsern Tagen, und man rennt sich alle Augenblicke ein Sprichwort in den Leib. – Regenwetter. – Spazierengegangen.

Mittwoch, 29. Mai. Briefe an Ingeborg Drewsen, Theodor und Jette Wulff. Schönes warmes Wetter. Wurde von Valdemar rasiert. Den jungen Herrn Bindesbøll besucht, der in dem sogenannten Schloß wohnt, das aus den Steinen des alten Klosters errichtet ist, das Kloster wurde von den Schweden zerstört. Mit Drewsen (mit zwei Vollblütern) zum Tindebjerg gefahren. – Es ging durch den Buchenwald, hügelauf und hügelab, dicht an tiefliegenden Seen. Die Gudenaa, die bei Vejle beginnt und an Skanderborg und unterhalb des Himmelbjergs vorbeifließt, ist der größte Fluß Dänemarks, sie durchströmt viele Seen und ist über 30 Meilen lang. – Die Birken im Wald dufteten so erfrischend. Vom Tindebjerg sah man auf einen stillen See mit mehreren Inseln, ein Boot wurde dort unten gerudert (der Wald ist gen Westen wie von unten abgeschnitten). Über dem Wald ragte ein einzelner Bauernhof auf und schien auf den Wipfeln der Bäume zu liegen; links von dem breiten Fluß erhoben sich wellenförmige Hügel mit Heidekraut, die ganze Landschaft hat etwas Großartiges. Hier war eine unendliche Stille. Wir sahen den Gipfel des Himmelbjergs, mit dunklem, braunem Heidekraut bewachsen. Hier gibt es Adler und schwarze Störche, letztere sind kleiner als die weißen.

Donnerstag, den 30. Habe direkt unter dem Rad vier Barsche geangelt, die den Haken verschluckt hatten. – Sehr warm. Auf der Anhöhe über Silkeborg spazierengegangen; jenseits des Sees sieht man in der Nähe Wald und große dunkle Heidehügel; eine Mühle. Mit Drewsen zum Höhenzug gefahren. – Die Buche ist so frisch, wir kamen über hochgelegene Felder; an einem Abhang waren viele Löcher, in denen die Schwalben nisteten. Fuhren durch ein kleines Dorf, das ganz einsam im Tal lag; breite Sandwege führten zwischen den Heidehügeln bergauf, von den Fahrenden selbst gebahnt; die Räder sanken tief ein. – Der Höhenzug verläuft eine lange Strecke hoch oben durch den Wald, ist nicht viel breiter, als daß ein Wagen darauf fahren kann, und fällt zu beiden Seiten steil ab, als wäre ein Wall aufgeworfen. Ich suchte mir einen Platz auf dem äußersten Punkt, hier sieht es ganz schottisch aus, mit Blick auf die Gudenaa, hinauf zum Himmelbjerg und hinunter nach Silkeborg; ich sollte den Ort nach mir benennen und bat darum, man möge diese Anhöhe, auf der eine Bank stand, »Andersens Hochland« nennen. – Wir fuhren auf steilen Waldwegen ins Tal. Auf dem Hinweg hatte ich zwei schwarze Störche im Moor entdeckt, als ich klatschte, flog der eine in einen kahlen Baum und zupfte sich unter dem Flügel. – Es hat etwas Zauberisches, eine Schar dieser schwarzen Tiere durch die stillen Moore stolzieren zu sehen. – Wir schauten auf Wälder und Seen, der ganze Fluß schien eine Kette von Seen zwischen den Wäldern zu sein. Am Horizont stieg dicker Rauch empor, das war ein Heidebrand. – Bei Sonnenuntergang blutrote Luft, die Wälder wurden dadurch dunkler, die Heiden schwärzer; es wimmelte von Maikäfern.

Freitag, 31. Mai. (Gestern sah ich auf der Heide einzelne Büsche, die vom Wind vollkommen abgerundet waren, ganz wie in französische Fasson gestutzt.) Geangelt; auf die Anhöhe hinter dem Hof spaziert, das Korn wuchs spärlich im weißen Sand, viele Feuersteine lagen herum, Aussicht auf ein Forsthaus. Hier gibt es in der Gudenaa eine Insel, auf der einst ein König wohnte; seine Tochter wurde von einem anderen König entführt, dieser wurde verfolgt, mußte sie freilassen, jagte selbst mit seinem Pferd in den Fluß und ertrank, die Stelle heißt »Königstiefe«. – Immortellen wachsen wild. Das Angel-Vergnügen hat etwas Abscheuliches: der arme, sich krümmende Wurm wird an den Haken gesteckt und blutet; der Fisch verschluckt ihn mitsamt dem Haken, und dieser läßt sich nur mit Mühe entfernen, denn häufig geht er von innen ins Auge, das dann ausgerissen werden muß. – Bald zog er vom Grund einen viele Ellen langen Riemen herauf, bald ein Stück Holz, dann verfing sich die Schnur in den Zweigen der Bäume; der Barsch mit seiner getigerten Haut, der Güster, der wie der Dorsch in diesen Monaten Würmer enthält. – Möwen flogen herum. Stellte mich wegen des Regens in einem Birkengebüsch unter; hier gibt es eine ganze Menge Birken, doch nicht so stolze wie in Schweden. Ein Herr Dræbye, der im »Hotel du Nord« neben mir wohnte, ist hier Leiter der Zollverwaltung. – Am Abend sang Johanne Drewsen, sie hat eine schöne Stimme, jung und frisch. – Ins Bett gegen 12; las Steen Steensen Blichers Novellen.

[...]

Dienstag, 4. [Juni] Starke Sonnenhitze, den ganzen Morgen geangelt, ohne etwas zu fangen; Schmerz in dem einen T –. Gestern war die Heide unter den Regenwolken meilenweit so blau wie Indigo. – Mit Doktor Ryge nach Them gefahren, wo er zu Hause ist, um von dort den Himmelbjerg zu sehen und bei ihm zu übernachten. – Er wohnt schön, doch der Ort ist langweilig; vor den Fenstern sieht es kahl aus, Kornfelder. – Wie es schien, fuhren wir mehr und mehr bergab, Wald zu beiden Seiten, kamen durch einen Bauernhof und dann erst auf eine Anhöhe und sahen auf den Wald hinunter, und dann ging es einen Hang hinauf, das war der Himmelbjerg; vom Umfang ist er nicht sehr groß, er hat zwei Höhen, etwa wie die Hügel bei Uppsala; darunter lagen im Westen, wie gerundete Wellen, ein paar kleinere Hügel mit einer dünnen Heideschicht, die wie Moos aussieht; zwischen den Wäldern in Richtung Silkeborg schimmerten die Seen, durch die Gudenaa verbunden. Die Sonne war noch ein Stück am Himmel; im Osten erblickte ich für einen Augenblick das Meer; dort stand eine Wassergalle, die zu einem ganzen Regenbogen wurde, der den einen Fuß in Skanderborg, den anderen in Horsens hatte; ich nahm ihn als ein gutes Zeichen für Dänemark und für mich; pflückte etwas Heidekraut und blühenden Ginster. – Von hier oben sahen die Inseln in den Seen ganz winzig aus, es nieselte, als wir weiterfuhren. In der Nähe von Them sahen wir einen Heidebrand, leuchtend mit heller Flamme. Der Kutscher erzählte von einem großen Hecht, den man in Silkeborg gefangen hatte und auf dessen Rücken das Skelett eines Adlers saß; der Adler hatte einst seine Klauen in den Fisch geschlagen und in seinem Fleisch festgebohrt; zuerst hatte er sich herauszufressen versucht, doch der Fisch war stärker gewesen, und als er untertauchte, mußte der Vogel mit. Der Förster hört manchmal das häßliche Geschrei eines Adlers, der solcherart entführt wird.

[...]

Samstag, den 8. [Fredericia] Ging zum Kommandanten, Major Vahl, stellte mich selber vor, er kannte mich, gab mir eine Karte, damit ich in der Festung herumlaufen konnte, wie ich wollte. Zuerst ging ich zum dänischen Friedhof; die Gefallenen liegen in einer langen Reihe, ich las sämtliche Namen, fand den von Fugl und zupfte ein wenig Gras von seinem Grab, legte alle heruntergefallenen Kränze auf ihre Gräber zurück. – Ich las mehrere Namen, die mir bekannt vorkamen, so Eichmüller (war er nicht Chorist – damals wurde er von Gardeoffizieren im Parkett, die keine Helden waren, wie er es wurde, ausgelacht). – Ging zum Ausfallstor und bis hinter die äußersten Befestigungen, das ist wahrhaft großartig. – Stieg dann auf den Wall und sah später die Soldaten von der Übung hereinkommen, ein junger Offizier grüßte mich. – Hier in Fredericia fasse ich Mut zum Krieg; ich, der ich fern von Fredericia Angst davor empfand, was wieder geschehen könnte, halte es nun für eine Lust, dabeizusein, es ist mir verständlich, daß jegliche Furcht verschwunden sein kann. – Man präsentierte vor meinem Orden, ich fand mich zu unbedeutend, um von den Tapferen geehrt zu werden. [...] Fredericia hat mir ernste Gedanken und Freude gebracht. Fuhr auf einem schönen Weg nach Snoghøj, wo ich gegen 9 anlangte; traf Mörner und mehrere Offiziere, die jeden Samstag hier zusammenkommen. Ich ging hinüber zu Kammerherrn Riegels, der gerade zu Hause war, sein Neffe verschaffte mir im Wirtshaus eine bessere Kammer, ging mit ihm durch den Garten und sah den Ort, wo sich der Brückenkopf befunden hatte, jetzt war alles wieder eingeebnet, einer Tanne war durch eine Bombe der Wipfel abgeschlagen; schaute hinüber zu den Batterien auf Fünen. Um halb elf ins Bett; kurz nach 12 erwachte ich durch einen häßlichen Traum, ich glaubte, ich würde überfallen, und als ich dann auffuhr, war alles totenstill und dämmrig, mir war in dem einsamen Flügel des Hauses unheimlich zumute. Als ich aus dem Fenster zum Strand hinunterblickte, standen da zwei Dinge, wie Menschen oder Bäume, sie bewegten sich, jedoch langsam, kamen immer näher, schienen sich zum Haus zu schleichen, da verschwanden sie, gleich darauf kehrte der eine zurück und ging auf der anderen Seite herum, er schaute mehrmals hinauf zu meinen Fenstern, als gewahrte er dort etwas. Lange ging ich auf und ab, es wurde ein Uhr, da legte ich mich ins Bett und schlief bis halb drei, stand dann auf, rief halb vier das Mädchen, bekam Kaffee, und als ich dann den Koldingvej hinaufspazierte, kam die Post ohne Passagiere, ich war der einzige.

Sonntag [*9.*] Ließ mich allein von einem Knecht in einem kleinen Boot übersetzen, die Strömung war stark, Segel und ein Ruder. In Middelfart erschienen zwei Passagiere, der eine, ein junger Pfarrer, hätte beinah verschlafen; ich bat sie, weil sie Tabak rauchten, im mittleren Teil des Wagens Platz zu nehmen, und saß dann allein im Coupé. Während der Fahrt begegneten wir mehreren Abteilungen dänischer Truppen, ich litt, weil ich nicht hinaus und Wasser lassen konnte, mußte aushalten bis Gribsvad, ich war richtig leidend, und die Blase drohte zu platzen. Als wir weiterfuhren, schlief ich ein wenig. – Gegen zehn Uhr langte ich in meiner alten Heimatstadt an und dankte Gott dafür, daß er mich in der Welt vorangebracht hatte, ohne ihn müßte ich hier als armer Handwerker sitzen, zum Gespött der Kameraden; es ist jetzt 31 Jahre her, daß ich von Odense fortzog, *er,* der mich in dieser Zeit führte, wird mich auch in der kommenden Zeit nicht verlassen. [...]

[...]

Donnerstag, 20. [Glorup] Heute draußen große Heerschau; traf Leutnant Knudsen, Popp &c. Frühstück, wobei du Plat nicht mit mir sprach. Merk dir das! – Schönes Wetter, aber morgens kalt. Der Baron von Hvidkilde hat in Nyborg Gerüchte verbreitet, daß es in Kopenhagen höchst unangenehme Nachrichten gebe! Dieser Quatschkopf, wenn er nichts ordentlich weiß, dann sollte er den Mund halten. – Es ist entsetzlich, die Leere der vornehmen Welt zu hören, wie sie sicher und keck über alles redet, unwissend, dumm! Farne gehören zu den Urpflanzen. »Was meinen Sie mit Ihrer Uhr?« – Die ersten Gewächse, welche die Natur hervorbrachte. – »Nein, mein Guter, die sind nicht so alt, jetzt geht die Phantasie mit Ihnen durch, die Welt besteht doch seit vielen hundert Jahren!« – O hochnäsige Torheit, mit Wappenzeichen! – »Wenn Sie nur richtig dänisch sind!« sagt Jungfer Ipsen. »Sie haben ja ein Tuch aus Schleswig-Holstein!« sagt Gräfin Sophie Scheel. – Ihro Gnaden, das sind der Dannebrogorden und der Nordstern. – »Sie schreiben doch wohl nicht an den Herzog von Weimar!« – So geht es unentwegt! – Nie habe ich mich dänischer gefühlt als während des Kriegs, und so sprechen sie mit *mir*, während viele, die *undänisch* sind, dänische Herren spielen! Mich irritiert dieser ganze Unsinn! – An der Volkskomödie geschrieben.

[...]

Montag, 24. Nach Tisch zum Quellen-Markt von Frørup gefahren, der direkt auf der Landstraße stattfindet; eine Bude neben der anderen, voller Menschen, wir kamen kaum voran, unsre Pferde hätten diese oder jene Bude fast auf den Kopf genommen. Da wurde Kaffee gekocht, der Rauch von den Torfstücken und der Geruch von schlechtem Tabak drohten einen zu ersticken. In all diesem Staub standen Tische mit gebratenem Aal. – Wir gingen zur Quelle, in den Bäumen ringsum hingen magere, spärliche Lichter und ein Fetzen von einem blauen Seidentuch, das Wasser wurde in einer großen Brauhaus-Schöpfkelle gereicht. Frauen wuschen sich dreimal im Wasser. »Das ist gut gegen viele Dinge!« sagte eine. An der Quelle stand ein häßlicher Vagabundus, ich hatte die Empfindung, daß er vielleicht meinen Namen wüßte und mir etwas Unangenehmes sagen könnte – als wäre ich ein Paria, der in eine höhere Kaste aufgestiegen war. – Das Gedränge machte mich nervös, und wir passierten einen Zaun, gingen über einen gehäufelten Kartoffelacker und einen verrotteten Brunnen zur Mühle, wo die Leute in Gruppen auf dem Misthaufen standen. Zum Mittagessen waren hier der Bürgermeister aus Svendborg und der Pfarrer Chievitz. – Brief von Kapitän Christian Wulff.

Dienstag, 25. Großes Mittagessen, 24 Personen, vorzügliche Bewirtung. Nach Tisch gingen wir durch den Garten in den Wald. Herr Lindegaard riß faule Witze auf meine Kosten, sprach von meinem Mut vor Stieren und dergleichen, zu Hause machte er sich dann über die Stoffblumen im Kronleuchter lustig, die von mir stammten, da stieß ich ihm Bescheid, wurde aber dadurch nervös. Als wir Hausbewohner dann unter uns waren, kam Gräfin Scheel mit irgendwelchem Unsinn, den ich gesagt haben soll – daß ich nicht mutig im Kriege sei, wohl aber als Troubadour mitziehen wolle! Ich wurde fuchsteufelswild, weil man mir solchen Quatsch anhängte, und opponierte gegen ein so »unnatürliches Gerede«. – »Sie sind nicht so ganz friedfertig!« sagte Kapitän Höhling, als wir hinaufgingen. – Ich war irritiert, saß in Hemdsärmeln am offnen Fenster, hätte fast Lust gehabt, sogleich abzufahren; mein Blut in großer Bewegung. Feldwebel Ruben wurde heute Leutnant.

[...]

Montag, 1. [Juli] Schauerwetter. Zahnschmerzen und Zahngeschwür; Diarrhö; ich nahm Rhabarber; blieb den ganzen Tag auf meinem Zimmer; bekam ein wenig Kapaun und Erdbeeren. Heftige Diarrhö, daß mir angst und bange wurde; lag den ganzen Tag auf dem Sofa. Bentzen hat sich von mir verabschiedet. Mußte ins Bett und Haferschleim essen, geriet in heftige Transpiration. Erhielt heute die Fortsetzung von Oehlenschlägers Lebenslauf. Wehmütig; mein Vorwärtsschreiten als Dichter ist zu Ende.

[...]

Freitag, 5. Heute morgen hat sich Stockfleth verabschiedet! Ging mit den Brüdern Scheel nach Svindinge, wo das Regiment aufgestellt stand, das versetzt werden sollte; sprach mit Stockfleth, Boesen, Engelbrecht; ein Unteroffizier Cramer, der Student ist und so aufgeweckt aussieht; mir war ganz wehmütig, als sie abschwenkten und hinter den Hecken verschwanden; wer weiß, dachte ich, ob nicht die meisten in den Tod ziehen, wir sehen uns niemals wieder. – Morgen ist der 6. Juli; fühlte mich sanft bewegt, und leidend, woran Bøghs Buch schuld ist – wie lange noch soll gerade ich, wo man sich jetzt so viele Leute mit ganz anderer Berechtigung vornehmen könnte, dazu ausersehen sein, verhöhnt und ausgelacht zu werden. – Am Frühstückstisch zeigte uns Höhling eine militärische Mitteilung über die Ankunft der russischen Flotte an der Küste von Schleswig. Ich ging den Weg hinauf, finstere und schlechte Laune, als ich zurückschlenderte, eilte der Diener herbei, sagte, ich würde von allen gesucht, erfreuliche Nachrichten seien gekommen, wir hätten Frieden. Meine Augen füllten sich mit Tränen, ich lief zur Exzellenz, sah die Mitteilung auf dem Flugblatt, das Kaufmann Suhr aus Nyborg geschickt hatte; sie ist nicht offiziell, ich wage es nicht, mich der Freude hinzugeben; doch mein Gedanke war beim Herzog von Weimar, war bei jenen, die für uns vor Fredericia fielen; morgen ist der 6. Juli, soll dieser Tag uns die sichren Nachrichten bringen, o mein Gott, es leuchtet Freude durch mein Herz! – Schrieb abends Verse auf angegebene Reime; zeichnete Bilder für die kleine Maria, um sie über die Abreise von Hauptmann Høst zu trösten. – Die Zeitungen kamen, bestätigten das Flugblatt, der König hat auf der Schießbahn gesagt, der Friede sei geschlossen – +.

Samstag, 6. Der Tag von Fredericia, meine Gedanken sind davon voll; ging nach Rygaard, sang in Sonnenschein und Wind, dachte an deutsche Freunde, all mein Denken und Singen war auf deutsch, Freude über Dänemark; Lust, zu verreisen, Geldberechnungen! – Brachte die Fahne in den Garten; heute hätte ich gern nach Weimar geschrieben, doch ich hatte keine Ruhe. – Mit Graf Carl gesprochen, der ist ein Original-Diplomatiker! »Unser Dichter, unser Skalde«, sagt er immer; redet so merkwürdig viel und sagt doch gar nichts.

[...]

Mittwoch, 10. Heute nacht geträumt, daß meine Zähne ausfielen; Vorgefühl eines bösen Tages. Der Graf sagte mir am Morgen, daß er in acht Tagen nach Lekkende reise, um dort Pate zu stehen; ich muß also fort, das hatte ich nicht berechnet; wurde etwas ärgerlich; später kam Brief und Paket von Delbanco; der »Nordische Telegraph« geht wegen mangelnder Unterstützung ein. Ich erhielt Bøghs Parodie auf meinen »Ole Lukøie«, war verstimmt und febril; habe alle literarische Tätigkeit satt.

[...]

[Reise mit Viggo Drewsen nach Deutschland]

[...]

Samstag, 19. [*Juli 1851*]. 1/2 9 Uhr mit der Diligence von Flensburg abgefahren, saß mit Viggo und einem Mann aus Odense zusammen; Spuren vom Krieg nur in Øvre Stolk und Isted, Häuser im Bau; an mehreren Stellen war die Grassode abgeschält. – Kam in Schleswig an, Goldschmidt war hier und hatte Zimmer uns gegenüber. Unten in der Stube sah ich einen Militär, den ich für Helgesen hielt, ich fragte ihn, und er war es, ich nannte ihm meinen Namen, und nun stellte er mich einem Leutnant Hansen vor, der mich zum Danewerk führen soll, die Zeit wurde für heute 4 Uhr festgelegt. – Madame Esselbach war herzlich und freundlich, sprach dänisch und deutsch, freute sich sehr, mich hier zu haben. – Schrieb für Goldschmidt Brief an Dickens. Ging mit Viggo zum Schloß, wir trafen einen Leutnant Ingversen, der uns hineinführte; es ist ganz großartig, mit einer prachtvollen Aussicht; wir sahen einen langen Gang mit Gemälden. – An der Table d'hôte bekam ich neben mich eine Dame; ich erzählte ihr von dem Konzert, und da war es die Geigerin Jungfer Hansen persönlich. Goldschmidt redete lebhaft auf eine Frau Dumreicher aus Flensburg ein; mehrere Offiziere kannte ich vom Aussehen; Madame Esselbach zu mir herzlich und freundlich. Nach Tisch nahm ich einen Wagen, Hauptmann Hansen begleitete mich und Viggo, wir fuhren zu den Ortschaften Kleines und Großes Dannewerk; kamen an den Weg, wo Würtzen die beiden Kanonen nahm. Wie große Erdwälle, an mehreren Stellen durchbrochen, erhebt sich »Thyras Wall«; wir waren in einer Redoute, mitten darin war der Niedergang zur Pulverkammer, Korbschanzen ringsum und außenvor Wolfsgruben, mit Pfeilern und Löchern. – Da waren ganze Baracken-Städte, jedes lange Haus hatte eine Diele, einen langen Gang in der Mitte, und zu diesem hin waren die Füße der Schlafenden gewandt, die hier Seite an Seite lagen. In einer der Offiziersbaracken, die Fenster und Kachelöfen hatten, war im Augenblick Wache; hier schenkte ich einem Soldaten ein Liederbuch von Boisen. – Wir gingen einen beschützten Weg zwischen zwei Anhöhen und sahen schließlich den höchsten, steilsten Teil beiderseits der Straße nach Rendsburg; fuhren durch Friedrichsberg und besuchten den Friedhof, auf dem Dänen und Deutsche friedlich nebeneinander liegen; hier gibt es eine Inschrift für die gefallenen Deutschen, die sich ziemlich stark gegen uns Dänen richtet, das Grab sehr geschmückt. – Fuhr zu Helgesen, der recht hübsch wohnt, hier stand eine Schiller-Statue, er war überaus freundlich und verbindlich, schlicht und geradezu, erinnerte mich in seinem Wesen an Thorvaldsen. In Flensburg hatte ich mich fremd gefühlt, niemand hatte sich um mich gekümmert, hier ist Freundlichkeit, und ich bin in Schleswig wie zu Hause. – Als ich heimkehrte, war ich so müde, daß ich nicht nach Stampfesmühle fuhr, wie Madame Esselbach wünschte; gegen 10 wurde ich jedoch in den großen Saal geholt, wo Jungfer Hansen Klavier und Violine spielte, bekam Erdbeeren und Wein. Kurz nach 11 war ich auf meinem Zimmer, mußte aber bis gegen 1 Uhr auf Viggo warten, war darüber etwas ärgerlich.

Sonntag, 20. Ging zu Helgesen, um mich zu verabschieden. »Der standhafte Zinnsoldat«, erzählte er mir, sei ihm ein liebes Märchen. – Fuhr mit Frau Dumreicher zum Dom; die Gemeinde sang, wir traten an einen Altar, den Brüggemann geschnitzt hat, ganz vortrefflich in Proportion, Verhältnissen und Zeichnung. – Fuhr zu einer Buchhandlung, um mir meine Märchen zu besorgen, sie waren jedoch ausverkauft; von Goldschmidt verabschiedet. Viggo, Frau Dumreicher und ich saßen im Wagen zusammen; als sie ihn ein bißchen neckte, sagte er: »Sie hat eine böse Seele.« Bei Rendsburg nickte ich unseren dänischen Soldaten freundlich zu, sie nickten zurück, in der Stadt war mir unheimlich zumute; wir fuhren zur Eisenbahn, der junge Dumreicher kam in den Wagen, recht »ein guter Junge«; Viggo machte Späße mit »Schwarz-rot-golden«, just in diesem Moment wehte eine solche Fahne. Ein Landsmann stieg mit seiner stocktauben Tante zu uns ein, das Gespräch war zum Kaputtlachen, ansonsten war er zu ihr lieb und gut. – Auf allen Bahnhöfen waren viele Leute; in Pinneberg verließ Frau Dumreicher uns. Hier war ein Rendsburger, der nicht wußte, daß ich Däne war, und der erzählte, wie schlecht alles unter der Herrschaft des Dänen sei. Um 7 Uhr trafen wir in Altona ein, nahmen eine Droschke und stiegen im Hotel »Victoria« ab, wo wir hübsch im Parterre zur Straße wohnen, sah mir die Alster an, Illumination, Volksmenge und Punschtrinken.

[…]

[Von Hamburg fährt Andersen weiter nach Dresden, mit Abstecher nach Prag, hält sich zehn Tage auf dem Gut Maxen auf und kehrt dann, nur mit kurzen Aufenthalten in Leipzig und Hamburg, nach Dänemark zurück.]

Reise von Kopenhagen nach Milano. 1852

[...]

Donnerstag, 20. [Mai 1852] [Weimar] Um acht Uhr auf und zum Kaffeetisch. Mein Nachbar Beaulieu ist im Krieg gegen uns Dänen Offizier gewesen, scheint aber ein edler Mann zu sein; er hat einen Band Gedichte herausgegeben, ein Gedicht über einen dänischen und einen deutschen Soldaten, das er vorlas, war von versöhnlichem Geist. – Um halb zwölf ging ich zum Erbgroßherzog, er war bei seiner Mutter, ich wurde in sein Zimmer geführt, wo der Kamin brannte, fühlte mich nervös; er kam, umarmte und küßte mich liebevoll; wir sprachen über die Kriegsjahre, und ich stellte die gute Sache der Dänen dar. – Morgen fährt er zur Silberhochzeit seiner ältesten Schwester nach Berlin. – Besuche bei Baron Maltitz und Schöll; sehr müde und hungrig; als die anderen nach Tisch nach Belvedere fuhren, blieb ich zu Hause, ruhte mich aus und begann mit »Master Humphreys Uhr«. – Abends aus »In Schweden« vorgelesen und aus »Geschichten« übersetzt. – Fühle mich nicht recht heimisch.

[...]

Donnerstag, 27. Gräßlich warm. Brief an Frau Serre. Dem jungen Mädchen bei Madame Kirms die Musik zu »Ole Lukøie« geschenkt. – Visite bei Graf Beust und Sauppe. – Mittagessen bei Liszt. Die Fürstin Wittgenstein ähnelt ihm etwas, ist nicht jung, sehr munter, empfing mich überaus lebhaft; zum Essen war ein Engländer mit Frau da. Die Fürstin führte mich zu Tisch. Ich las danach »Die Nachtigall« und »Das häßliche Entlein« vor, sie applaudierte und schenkte jedem munteren Einfall große Beachtung. Beim Kaffee rauchte sie eine Zigarre und fragte mich, ob ich es nicht sonderbar fände, dergleichen bei einer Dame zu sehen. Die Tochter, Prinzessin (Marie?), schien eine freundliche kleine Mignon zu sein. – Sie baten mich beide (Liszt und die Fürstin), ihr Haus als das meine zu betrachten, luden mich für morgen zum Essen ein, ich wollte lieber am Samstag kommen. – Heftiger Regen und danach klar. Kehrte nach 6 Uhr heim, ruhte eine gute halbe Stunde und mußte dann um 8 Uhr zur Großherzogin; dort waren ein Prinz von Hohenzollern in russischen Diensten, Baron Maltitz mit Gattin, Vitzthum mit Gattin, Schöll, letzterer begleitete mich bis zu meiner Tür, als wir 1/2 11 aufbrachen. – Beaulieu ärgerlich, weil ich wieder zu Liszt wollte; er ist nicht angenehm, dieser B, ich fühle mich bei ihm nicht wohl. – Sehr müde; konnte nicht einschlafen.

[...]

Samstag, 29. [...] Vormittags bei Frau von Groß, große Gesellschaft meinetwegen, der Erbgroßherzog und seine Gemahlin waren zugegen, ich las aus »In Schweden«, »Geschichten« und zwei Szenen aus »Fliedermutter« vor. Um 3 Uhr Mittagessen bei Fürstin Wittgenstein (Liszt hatte mich heute morgen besucht). Dort waren der französische Gesandte Talleyrand, ein Verwandter des berühmten, dann Frau Schwendler mit Tochter, sie erzählte von ihrer ersten Ankunft in Weimar, dem Abend bei Hofe mit Wieland, Herder und Musäus. – Die Fürstin hatte in Holland ein schönes Bild von Scheffer gekauft, »Die Heiligen Drei Könige«, der eine davon war von Porträt von Liszt. Sie sagte, ich hätte im »Basar« Liszt und Thalberg verglichen, und erklärte mir, letzterer hätte sich alles angelernt, was auch etwas Bedeutendes sei, er sei in dem, was sich aneignen ließe, vollkommen, Liszt dagegen sei die Genialität. – Ich mußte wieder vorlesen, sie wollte »Die Nachtigall« hören, ich las jedoch den »Schweinehirten« und hatte den Eindruck, daß ihr diese Wahl weniger gefiel. Ich war in Eile, denn ich wollte im Theater »Tannhäuser« sehen, Talleyrand erbot sich, mich und Frau Schwendler zu fahren, ich wollte vorher heim, man hielt mich zurück, da unmittelbar ein schweres Unwetter drohte. Ich lief, der Regen strömte, ein Blitz nach dem anderen, triefend naß kam ich zu Hause an. – Der »Tannhäuser« hatte volles Haus, der Text war gut, die ganze Aufführung über Erwartung, die Musik tüchtig, durch den Gedanken, die

Melodie aber fehlt. Was hätten Carl Maria von Weber oder Mozart daraus machen können.

[...]

Montag, 31. [...] Besuch von Liszt. – Er und die Fürstin kommen mir vor wie Feuergeister, sie lodern und flammen, sie können einen augenblicklich erwärmen, doch nähern darf man sich ihnen nicht, da verbrennt man. – Es ist ein ganzes Bild, wenn man diese zwei Feuerwesen betrachtet und ihre Geschichte kennt, und zwischen ihnen diese stille Mignon, als die sie erscheint, und die ältere englische Lehrerin, die gewiß aushält, um der jungen Prinzessin eine gute Leiterin zu sein. [...]

[...]

Freitag, 4. [*Juni*] Weniger gut geschlafen. Um halb zwei kam eine Einladung nach Ettersburg zum Mittagessen, Beaulieu lehnte sie ab, weil ich nicht zu Hause war; so ging ich dann um 4 Uhr zu Frau von Schwendler, wo eine Menge Leute waren, die mir zuhören wollten. Liszt bekam den »Schatten« zu hören. – Die Fürstin Wittgenstein flammte regelrecht vor Begeisterung. [...]

[...]

Dienstag, 8. [...] Fuhr um halb 4 mit Schober (der morgen nach Livland reist) nach Ettersburg; Beaulieu, die Frau und die Braut fuhren mit; dort war Prinz Georg von Preußen mit zwei jungen Grafen; nach der Tafel saßen wir im Garten, ich fröstelte und benötigte Mantel und Hut. – Ging zu dem Baum, auf den Goethe, Herder und Jupiter ihre Namen geschrieben haben. – Auf dem Rückweg traf ich den jungen Prinzen und die Prinzessin, sie aßen gerade zu Abend. Er bat mich um eine Geschichte, und als ich den »Schweinehirten« erzählt hatte, bat er mich, von der Schlacht bei Leipzig und vom Alten Fritz zu erzählen – wenn der gegen Napoleon gekämpft hätte, dann wäre dieser geschlagen, sagte er! Es steckte viel kriegerischer Geist in dem Bürschchen. Dann kam der Erbgroßherzog, wir gingen zusammen spazieren. Die Harzberge waren deutlich zu sehen. Abends fühlte ich mich unwohl, doch während der

Lesung wurde es besser. Ich las den »Schatten«, der nicht zu gefallen schien, im Gegensatz zur »Stopfnadel«, die ich nach Aufforderung der Prinzessin vorlas. – Das verdarb mir die Laune. – Es war nach 11, als ich mit Beaulieu nach Weimar fuhr, wo ich um 12 Uhr eintraf.

[...]

Samstag, 19. [München] Regenwetter. Es war nach halb eins, als Herr Geheimer Legationsrat Dönniges mit dem Hofwagen kam. Bis Starnberg, wo sich der König aufhielt, waren es über 4 Meilen, doch wir wechselten dreimal die Pferde, und es ging in fliegender Fahrt; Punkt 3 Uhr erreichten wir das kleine Schloß am See, die hohen Berge standen im Regen. – Wir wurden ins Eßzimmer geführt und trafen dort einen alten Herrn, den Kammerherrn Baron Karwinsky, der viel in Südamerika gereist ist und sich dort um meinen Landsmann Liebmann gekümmert hat, dazu den aufwartenden Flügeladjutanten, Freiherrn von Leonrod, einen freundlichen Mann, der etwas Ähnlichkeit mit Eisendecher oder einem Schweden hatte, dessen Namen mir nicht einfällt. Ich wurde zum König gerufen, der ein äußerst freundlicher junger Mann war und mir sagte, meine Schriften, namentlich »Der Improvisator«, »Die kleine Meerfrau« und »Der Paradiesgarten«, hätten einen tiefen Eindruck auf ihn gemacht. Erzählte, daß er schon im vorigen Jahr Lust gehabt hätte, Seebäder in der Nähe von Kopenhagen zu gebrauchen, doch er befürchte, dorthin zu reisen sei für einen Deutschen noch zu früh. – Als er dann an der Tafel dasselbe sagte, und daß er von der Tann nicht mitnehmen wolle, berichtete Dönniges vieles von der Gastlichkeit und Freundlichkeit der Dänen; er hatte sich in Kopenhagen aufgehalten, als der »Offene Brief« gekommen war; kannte das Nordische Museum und vieles andere. – Nach der Tafel lud mich der König zu einer Bootsfahrt ein; wir gingen hinunter zum See, Ruderknechte in weißen Hemdsärmeln standen im Boot, auf dem sich ein kleines Haus befand, und wir stiegen ein, ich saß dem König gegenüber; wir nahmen Kurs auf eine Insel, wo er eine Villa mit Türmen bauen und überall Rosen pflanzen ließ; auf dem See las ich »Das häßliche Entlein« vor. Ging mit dem König herum. – Man hatte dort ein Hünengrab gefunden, wir sahen die ausgegrabenen Gebeine und ein Messer aus Feuerstein; neben den Ruinen einer alten Wallfahrtskirche stand ein blühender Fliederbusch, der König brach einen Zweig ab und schenkte ihn mir zur Erinnerung. (An der Tafel stieß er mit Champagner auf das Wohl meiner Muse an.) – Wir wünschten uns einen Sonnenstrahl auf die Insel, und als dieser kam, wurden die Berge beleuchtet. Ich saß mit dem König allein auf einer Bank. Er sprach davon, was Gott mir alles geschenkt habe, vom Los der Menschen, und ich sagte, daß ich nicht König sein wolle, da habe man eine so große Verantwortung, dieser Aufgabe sei ich nicht gewachsen; er sagte, Gott möge die Kraft dafür geben, und man tue durch ihn, was man könne. Herzlich und vertraulich war unser Gespräch, und als wir dann heimwärts fuhren, las ich »Die Geschichte einer Mutter«, »Der Flachs« und »Die Stopfnadel« vor. – Auf dem See wehte kein Lüftchen, die Berge blau mit Schnee und Sonnenschein, es war wie ein Märchen; als wir an Land stiegen, sprudelte der Springbrunnen, und der König verabschiedete sich gnädig. – Ich sah die beiden jungen Prinzen und küßte sie. Gegen 8 Uhr fuhren wir ab und waren halb elf in München.

[...]

[Am 28.6. verläßt Andersen München in Richtung Süden und reist ohne größere Aufenthalte bis Mailand, bleibt auch hier nicht lange und begibt sich wieder gen Norden, mit kurzem Besuch in Frankfurt.]

Samstag, 10. [*Juli*] [Zürich] Prachtvolles Wetter; die schneebedeckten Alpen am Ende des Sees erheben sich wunderschön. Große Rechnung. Waren fast eine Stunde zu früh auf der Post, fuhren $^1/_4$ vor 9 ab. Eine fruchtbare Landschaft, doch es war Deutschland und nicht die Schweiz. [...] Wir kamen durch das Nassauische, bevor wir Schaffhausen erreichten, und mußten unsern Paß zeigen, den der Soldat nicht verstand. – Kurz vor der Stadt passierten wir den Rheinfall und »Webers

Hotel«, der Kondukteur bat uns, auszusteigen und unser Gepäck expedieren zu lassen; das wollten wir nicht und mußten dann in Schaffhausen fast eine Stunde auf einen Wagen warten und 4 Franc dafür bezahlen. – Unhöfliche Leute in dieser Stadt. »Webers Hotel« groß; wir bekamen ein Zimmer direkt zum Rheinfall, dieser erscheint mir kleiner als auf sämtlichen Bildern. Table d'hôte gut. Ging in der Sonnenhitze zum Fall hinunter, zuerst auf die linke Seite, wo es so etwas wie Eisenfabriken gibt. Von hier oben gesehen, war der Fall nicht frappierend. Mitten darin hatte man eine Eisenstange mit der Jahreszahl 1848 aufgestellt, damals war der Wasserstand so niedrig gewesen, daß dies möglich war. – Ging hinunter zum Café. – Die Umgebung ist nicht bedeutend! Am schönsten ist auf den mit Bäumen bestandenen Klippen zur Rechten das Schloß mit seinen Giebeln; doch zur Linken und dahinter sieht man flache Weingärten und lehmgelbe Hänge mit Gebüsch. Das alles vergißt man jedoch beim Anblick des Rheinfalls, von dem wiederum die große Wassermasse zu Rechten unsre gesamte Sehkraft beansprucht; es ist, als wälzte sich eine einzige lange Welle voran, um sich in wirbelnde schneeweiße, klare Wolkenmassen zu verwandeln. – Das ist die Erschaffung der Wolken! – In den weißen, dampfenden Wolken ist ein durchsichtiges Blaugrün, wie eine Spiegelung der Gletscher; der brausende Fall selbst ist einem Gletscher ähnlich, der sich in leuchtenden Dampf aufgelöst, in sonnendurchflutete Wolken verwandelt hat, und davor spannt sich ein Regenbogen, der hier ebenfalls in Bewegung geraten ist, so als wäre er halb vom Boden abgelöst und flatterte im Wind. – Ich ließ Viggo, der hinüber wollte, allein mit dem Boot fahren; während er zum Schloß hinauf und bis dicht unter den stürzenden Fall ging, stand ich in Sorge um ihn und unwohl auf der andren Seite. – Von meinem Fenster betrachte ich nun den Fall, die ganze Landschaft bis zu den hohen Bergen in der sinkenden Sonne. [...]

[...]

Dienstag, 13. [Heidelberg] Schlecht geschlafen. Um 8 Uhr gingen wir hinauf zur Schloßruine; von dem großen steinernen

Altan herrliche Aussicht auf die Stadt, unten in den Zimmern und Sälen wuchsen ganze Kirschbäume und Holunderbüsche. – Ging durch das Tor in den Garten hinaus und sah den großen Turm, bewachsen mit Bäumen und Sträuchern, die Hälfte davon in einem Klumpen herabgestürzt. Vor dem Restaurant wurde ich von einem Herrn erkannt und angesprochen, es war »Lottes Sohn«, der hannoversche Minister Kestner aus Rom. – Trank Bier dort oben und wanderte in den Ruinen herum. – Einige der Steinfiguren halb abgestürzt; für andere sind die Nischen reich mit Immergrün drapiert. – Ging in die Stadt hinunter, zur Neckarbrücke und dann nach Hause, um einzupacken. – Um 11 Uhr fuhren wir in mörderischer Sonnenhitze ab, an Darmstadt vorbei nach Frankfurt, wo wir im »Schwan« einkehrten und ein sehr gutes Zimmer bekamen. Nachdem wir gegessen hatten, ging Viggo zum Postamt und brachte mir einen Brief von Mathilde Ørsted. – (Wie seltsam, daß ich vergessen konnte, die ergreifende Szene von gestern aufzuschreiben, ein Stück weit von Freiburg. Wir kamen mit der Lokomotive »Amerika«, und auf einer Station standen viele Frauen und Kinder, weinten und rangen die Hände. Es waren Auswanderer, sie bestiegen den Zug, und ihre Verwandten und Freunde heulten fast, eine alte Frau klammerte sich an den Waggon, so daß man sie losreißen mußte, es war ein Jammern und eine Not, die mich erschütterte. Die Maschine pfiff, und nun fuhren sie ab. Für die Abreisenden gab es stets Abwechslung, doch die Zurückbleibenden standen da mit ihrem Verlust und ihrer Trauer und allen Dingen, die sie an die Entschwundenen erinnerten. Ich stellte mir vor, wie einer der Wegfahrenden, jede Blume sagte: Erinnere dich! Noch nie war das Land so schön, der Eisenbahnzug glich einem zornig hinfliegenden Drachen, in dessen Bauch ich war und dessen Beute ich wurde und dem ich folgen mußte.)

Mittwoch, 14. Nahm einen Wagen und fuhr hinaus zu Bülows, der Kutscher verirrte sich (es war gerade vor Eisendechers Tür). Bülow empfing mich freundlich, lud mich zum Mittagessen ein; fuhr zu Eisendechers, die gut wohnen. Als ich Eisendecher auf die Stirn küßte, hätte ich mir beinah einen Zahn abgebrochen. »Ja, Sie müssen mit uns nach Homburg«, sagte er. – »Was da?« fragte ich. »Die Herzogin von Augustenburg und die Prinzessinnen haben uns gebeten, mit Ihnen dorthin zu fahren, wenn Sie hier sind.« – »Das ist Ihr Spaß!« – »Mein Ernst, Sie müssen, Sie werden sicher erwartet.« – »Das kann ich nicht, das ist unmöglich! Ich kann die augustenburgsche Familie nicht besuchen.« – »Wagen Sie es nicht wegen Ihrer Landsleute?« – »Darüber habe ich nicht nachgedacht. Ich kann nur sagen, das ist gegen mein Gefühl! Es ist mir unmöglich; selbst eine Begegnung mit ihnen wäre mir peinlich! Einst waren sie zu mir freundlich und gut, doch dazwischen liegt eine unglückliche Zeit, sie haben Unglück über mein Vaterland gebracht, ich verurteile sie nicht, doch mit ihnen zusammenzutreffen ist mir unerträglich. – Ich tu es nicht.« – »Was soll ich nun antworten?« fragte Frau Eisendecher. »Daß ich abgereist bin, oder sogar, daß ich nicht konnte, unmöglich konnte!« [...]

[...]

[Aus dem Jahr 1853 ist kein Tagebuch erhalten.]

[Von Mai bis Juli reist Andersen mit Einar Drewsen nach Deutschland, Österreich, Italien (kurzer Aufenthalt in Venedig) und wieder nach Deutschland, ohne wesentlich neue Eindrücke zu sammeln.]

[...]

Samstag, 13. [Mai 1854] [Dresden] In den Zwinger gegangen. Frühstück bei Frau Serre, mit ihr über die Elbebrücke gefahren, hinaus zum »Elysium«, wo man eine herrliche Aussicht über die Elbe nach Dresden hat; diese Stätte wollte Jenny Lind einmal kaufen, sie hat jedoch davon abgelassen. Zum Großen Garten gefahren, wo das Schloß steht; Besuch bei Fräulein Constance Jacobi, sie war gestern abend auch bei Serres. Mittagessen bei Serres mit Geheimrat Mittermaier (?), der Reisebücher herausgegeben hat; lebt in Turin, ist jetzt auf Reisen nach Breslau und Paris. Er scheint sich brennend für alles zu interessieren, was da Aristokratie genannt wird, und als er meinen »Schweinehirten« hörte, war er über diese schreckliche Satire, wie er sich ausdrückte, erstaunt, und ich war über all das, was er in sie hineinlegte, erstaunt und verärgert. [...]

[...]

Montag, 15. Auf dem Postamt. Um 11 Uhr mit Frau Serre und Einar hinaus nach Maxen gefahren, ich erkämpfte mir einen rückwärtsgewandten Platz, damit er es besser hätte. Das Wetter schön, der Wald grün. Minna empfing uns freudig; gleich nach dem Mittagstisch setzte ein anhaltender Platzregen ein, so daß wir nicht hinaus konnten; der junge Musiker Heinrich Riccius war hier. Wir holten uns einen Schlüssel und wollten ihn antworten hören, noch nie hatte ich dergleichen probiert. Wie sich herausstellte, besaß ich eine große magnetische Kraft, das war gewiß kein Selbstbetrug, ich konnte ihn kaum halten; er sagte meinen Namen, und auf die Frage nach dem Geist in meinen Schriften antwortete er: »Edelmut«. Ich fühlte mich davon affiziert; später kam Einar herunter, doch mit ihm wollte sich der Schlüssel nicht einlassen, und als nach dem Grund gefragt wurde, antwortete er: »Unglaube«. Dem jungen Riccius erging es schlimmer, auch gegen ihn hatte der Schlüssel etwas, und auf die Frage »warum«, antwortete er: »*Dumm!*« Ich wurde verlegen, wegen des Schlüssels und des jungen Mannes. – Als wir nach dem ersten Buchstaben des Vornamens von Einars Mutter fragten, antwortete der Schlüssel nicht ihm, sondern mir: »I«. Das Ganze ist mir vollkommen unbegreiflich, ich bin jedoch davon überzeugt, daß kein Betrug dabei war.

[...]

Auslandsreise 1855

[Andersen bereist etwa 3 Monate lang Deutschland und die Schweiz, zeitweise begleitet von Edgar Collin.]

[...]

[*Samstag*,] *21.* [*Juli*] [Dresden] Der Bauch schlecht; ängstlich; in Teplitz heftige Cholera. Bei Carus wurde mein Kopf gemessen. »Dieser gehört zu den kleineren«, sagte er, »das Gehirn ist auch keins von den großen, jedoch viel entwickelte Phantasie und Gefühl«, in einem solchen Grad, daß ich wahnsinnig werden könnte, hätte Gott mir nicht einen überwiegenden Willen und Energie gegeben; dies sei bei mir das Interessante. [...]

[...]

Donnerstag, 30. [*August*] Von Heidelberg nach Frankfurt, wo Messe war; wir stiegen im »Weidenbusch« ab, bekamen ein schlechtes Zimmer unter dem Dach, zogen später in den ersten Stock, wo wir Samtmöbel hatten. Besuchte den Gesandten von Bülow, der gerade im Begriff stand, aufs Land zu fahren. Fuhr zu Frau von Eisendecher und machte mit ihr einen Ausflug rund um die Stadt; es war kalt geworden; besichtigte die Eisenbahnbrücke und die große Brücke; sie fuhr uns zu Johan Bülow, wo Fräulein Riegels mit Mutter war.

Freitag, 31. Bekam gestern Brief und 300 Reichstaler von Vater Collin, Briefe von Gusta Collin und Christian Voigt. Heute ging ich hinauf zum »Kaisersaal«, wo zwei Dänen waren, ein Mann aus Middelfart und Buchhändler Iversen aus Kopenhagen, dieser kam auf mich zu und dankte mir für »Das Märchen meines Lebens«, das er in Norwegen gelesen hatte. Ich glaubte, sagte ich, daß dieses Buch mir nur Freude einbringen werde, das vermeldeten mir alle Briefe aus der Heimat. »Es erwartet Sie ein bissiger Angriff!« sagte er. »Levin war bei mir und hat gesagt, daß man ihn zu einem solchen aufgefordert hätte, und er habe schon drei Bogen fertig!« – Ich wurde überrascht und affiziert; sagte, sofern ich Unrecht leiden sollte, wäre es ein Makel für die Heimat, so hart gegen mich vorzugehen! Er meinte, das sei ich doch gewöhnt. – Meine ganze Freude war nun dahin, affiziert ging ich nach Hause. – Es war mir eine Qual, zu Frau Eisendecher zu fahren, wo ich mich halb krank fühlte; in leidenschaftlicher Stimmung hatte ich heim an Vater Collin und Mathilde Ørsted geschrieben. Besuch von Oberst Bülow. – Abends sah ich mit Edgar und Frau Eisendecher den Taschenspieler Robin in dem Hotel, wo wir wohnten.

Samstag, 1. [*September*] Von Frankfurt nach Kassel gefahren, eine seltsame Stadt ohne Saft und Kraft, groß und doch klein, hat Menschen und ist doch leer; ich litt an juckenden Händen und Beinen, meine Stimmung ganz kaputt. Stieg im »König von Preußen« ab, an der Table d'hôte traf ich Emil Devrient, der hier 3 Gastrollen gab. Ging ins Theater, das alt und häßlich ist, sah »Sullivan« und »Der Prozeß«. – Spohr besucht.

Sonntag, den 2. September. Um 1/2 12 nahm ich Abschied von Edgar, der mit der Diligence nach Göttingen und von dort mit der Eisenbahn fahren wollte. Ich war körperlich und geistig krank; ich hatte Schmerzen beim Schlucken! – Ich litt an Jucken, und meine Stimmung schwer! Unter Tränen sagte ich dem lieben Edgar Lebewohl, auch er war sehr ernst gestimmt. – Mit der Eisenbahn nach Eisenach, wo ich im »Halbmond« abstieg und an Beaulieu in Wilhelmsthal schrieb, daß ich hier bin. – Schmerzen in der Brust.

[...]

Donnerstag, 6. September [Weimar] (Also heute vor 37 Jahren kam ich zum ersten Mal nach Kopenhagen.) Erhielt liebevolle, herzliche Briefe von Vater Collin, von Ingeborg Drewsen, Louise Lind und Edvard, sie brachten mich in Stimmung. Schrieb gleich wieder einen Brief an Vater Collin. – Zu Hause geblieben. Später kam Liszt, wir sprachen über den »Raben«, ich zeigte ihm mehrere der schönsten Stellen, er blätterte darin und sagte, das sei brav, und die Aufführung wurde beschlossen; dann sprachen wir über das Singspiel »Klein Kirsten«, als er hineinschaute, fand er es frischer und zog es nun vor; weil eine Übersetzung fehlte, erbot ich mich, mit Hilfe von Beaulieu eine zu liefern, wir fingen schon am selben Abend damit an. Ich kam in gute Laune, ging hinaus in den Garten und die Landstraße entlang, fröhlich und Gott dankbar. Abends waren Herr und Frau Groß hier.

Freitag, 7. Etwas besorgt um meinen Bauch, die Cholera wütet in Erfurt und jetzt auch in Halle; Briefe an Thora Hartmann und Frau Balling geschickt. Sehr kalt; Auerbachs neueste »Dorfgeschichten« gelesen. – Habe mich zu Hause gelangweilt; den Friedhof besucht und gefroren.

Samstag, 8. Brief von Mathilde Ørsted. Schönes kaltes Wetter; gefroren; Maltitz besucht, der unter den Bewegungen der Zeit leidet. Mit Beaulieu den größten Teil von »Klein Kirsten« übersetzt, die nun »Klein Karin« heißt. – Besuch von Schöll. Abends bei Frau von Groß, wo ich vorlas; herrlich sternklar, als wir nach Hause gingen.

Sonntag, 9. Brief von Thorald Læssøe aus Brunnen. Mit Beaulieu die Übersetzung von »Klein Kirsten« beendet. Liszt besucht, der auf das wärmste versprach, sich um die Musik und die Aufführung des Stücks zu kümmern; die wird heute im Weimarer »Sonntagsblatt« erwähnt. Brief an Frau Serre. Schober besucht.

[...]

[…]

Donnerstag, 1. Mai [Basnæs] Geträumt, daß ich geschrieben hätte, und die Buchstaben hätten das Papier in Brand gesteckt. – Rheumatische Schmerzen in Brust und Bauch. Brief an Vater Collin. Spaziergang im Garten, wo Schnee liegt und Veilchen blühen. Graues Wetter. In weiter Ferne mehrere Dampfschiffe gesehen. Einiges in Auerbachs »Schatzkästlein des Gevattersmanns« gelesen. […]

[…]

Montag, 5. Das Auge schlecht. Hier auf Basnæs träume ich jede Nacht viel und ganz vollständig und recht angenehm. Heute nacht glaubte ich mich in Konstantinopel, sah und erkannte vieles wieder, das wie aus dem Gedächtnis gelöscht gewesen war, mit einem Mal war ich in Japan, wunderliche Blumen, ein stiller maurischer Bogengang, ich wußte, dort zu gehen würde das Leben kosten, fühlte mich jedoch ganz sicher, denn gleichzeitig wußte ich, wenn sie kommen, um mich totzuschlagen, dann erwache ich auf Basnæs, das Ganze ist nur ein Traum. […]

[…]

Mittwoch, 14. Heute nacht träumte ich, ich äße ein Stück von einer Karte, die bitter schmeckte, und auf einmal war mein Mund mit Kartenstücken vollgestopft, und ich riß sie heraus; ich erwachte und hatte genau denselben Geschmack im Mund, meine Lippen brannten, ich fühlte mich krank, glaubte, ich hätte Gift bekommen; stand auf und spülte den Mund. – Heute morgen war mir noch etwas unwohl; in der Nacht hat es gewittert, es regnet, doch alles ist so frisch aufgesprungen, der Wald grün, der Schlehdorn in Blüte; eine Nachtigall saß auf einem trocknen Zweig und sang. – Bei Fräulein Schumacher Brief nach Weimar an den Großherzog übersetzt, der soll in diesen Tagen fort. – Fühlte mich im Laufe des Tages besser. […]

[...]

Montag, 19. [Holsteinborg] In der Nacht höre ich ein gedämpftes Geräusch, wie von einer Turmuhr! Ich fragte den Diener, der sagte, das sei Spuk; eine Jungfer hier, die es auch gehört hatte, sagte, es habe sich angehört, als humpelte jemand auf dem Gang. [...]

[...]

Donnerstag, 22. »Briefe gegen den Materialismus« von F. Fabri beendet; sie haben bei mir vieles erhellt, jedoch nicht eindeutig jede materialistische Behauptung ausgelöscht; ich stehe, mit mehr Erfahrung, gleich klug zwischen Geist und Materie, doch das Unsichtbare in mir will das Unsichtbare. [...]

[...]

[Am 6.6. bricht Andersen nach Deutschland auf, zu kürzeren Besuchen in Dresden, Maxen, Weimar und Leipzig.]

Montag, 16. [*Juni*] [Maxen] [...] Mit Gutzkow spazierengegangen, der mir erzählte, wie er den zweiten Teil des »Faust« für die Bühne eingerichtet habe.

Dienstag, 17. Warmer Sonnenschein! Zum Mittagessen kam die Witwe Frau Zöllner. Ich fühle mich in Gutzkows Gesellschaft nicht recht frei und munter. Heute gab es in der Kirche eine Trauung; es waren Bauersleute, jedoch gekleidet wie ein Fräulein und ein Professor; die Kirche mit Menschen überfüllt. An der Spitze [des Zugs] fuhr ein großer Wagen mit Musikanten, dann folgte das Brautpaar, dessen Wagen mit Kränzen und Gedichten, geschriebenen und gedruckten, behängt war; die Pferde vor den andern Wagen hatten rote Bänder am Schwanz. – G. ist kalt, vorsichtig, bestimmend, nicht ganz liebenswürdig. »Sie, die Sie mit Deutschland halb verwachsen sind, kennen die Literatur dieses Landes so wenig!« sagte er, als ich ehrlich zugab, daß ich von den über 40 Schriftstellerinnen in Dresden nur 3-4 kannte. Er war so taktlos zu fragen, ob ich denn nie geliebt hätte, das sei in meinen Büchern nicht zu finden, da komme die Liebe so von oben herab wie eine Fee, ich sei selber eine Art Halbmann!

Mittwoch, 18. Heute nacht Gewitter; schlecht geschlafen! Mein Kopfkissen zu weich; ärgerlich über G.; heute morgen war der Hund wieder unten und stürzte gleich aus dem Korb hinter mir her; fühle mich hier nicht wohl, Lust, wegzufahren! – Briefe von Drewsen und Wanscher aus Neapel, geschrieben am 12. Am Abendbrottisch fiel G. wieder über mich her, es ging gegen »Unter dem Weidenbaum«, das sei Sentimentalität, unnatürlich, Christian sei »blöde«, ich verstünde mich nicht auf Kinder! Ich verteidigte mich, sagte, er habe die Dichtung nicht verstanden und tief genug gelesen. Serre, Frau Serre und Frau Zöllner ergriffen heftig gegen ihn meine Partei; ich versuchte ruhig zu wirken und steckte es dem Anschein nach gut weg, konnte aber nicht gleich einschlafen; es goß in Strömen; heute »Der Vogel im Birnbaum« vom Blatt übersetzt.

Donnerstag, 19. Frau Serre weinte, sagte, sie könnte G. verprügeln, weil er nun ihre liebsten Freunde vertreibe; Serre kam und redete mir versöhnend zu, bat mich, ihnen auf keinen Fall böse zu sein; G. stattete mir eine Visite ab, alles war hübsch und gut. Die Pfarrersfrau war hier mit Tochter und der jungen Schwester des Faktors, ich las vor. Alles lag im Sonnenschein.

[...]

Montag, 23. [Weimar] Schöll besucht, der an einer Übesetzung von Sophokles arbeitet, er war sehr liebenswürdig; Maltitz war freundlich und nett, aber ich fühlte mich dort nicht recht [wohl]. Von Beaulieus zum Mittagessen eingeladen, gab es jedoch auf, weil ich nach Belvedere zur Großherzogin-Witwe sollte; ich mußte allein einen Wagen bestellen. – Dort draußen war große Ministergesellschaft; Ihre Kaiserliche Hoheit unterhielt sich mit mir vor und nach der Tafel, ich saß neben Baronin Maltitz und einem Offizier Kiesewetter. – Als ich heimgekehrt war und mich umgezogen hatte, kam die Aufforderung, um 7 Uhr in Ettersburg zu sein, ich mußte sogleich in die Kleider und einen Wagen mieten, das wird eine teure Geschichte, was mich zu sehr erfüllte! Als ich dort eintraf, sah ich zuerst die kleinen Prinzessinnen. »Ich kenne Sie auch!« sagte die kleinste und knickste. Die Großherzogin kam mir sehr freundlich entgegen und hieß mich willkommen. Die Großherzogin-Witwe war da und sah zu, wie der Großherzog mich in seine Arme drückte und auf beide Wangen küßte. Tränen traten mir in die Augen; ich dachte daran, daß ich, der Sohn des armen Schuhmachers und der Waschfrau, vom Neffen des Kaisers von Rußland geküßt wurde; wie sich die Endpunkte berühren. [...]

[...]

Montag, 30. [Dresden] Brief an Frau Serre, daß ich angekommen sei. Ging dann zu Auerbach, der Struvische Gasse 8 wohnt. Er war kerngesund, herzlich und mitteilsam, er vertraute mir seinen neuen Roman, »Barfüßele«, an, ein Aschenbrödel ohne Zauberei; eine Einzelheit darin, das Instrument, das die Luft anhalten konnte, war verwandt mit der Geschichte von der Harmonika in meinem Roman. – Er tadelte Gutzkows Kälte. – Thyberg besucht, der auf meinen Vorschlag hin Jonas für die Ferien eingeladen hat. – Im Theater »Robert und Bertram«, eine ziemlich wilde Posse von Räder. – Als ich nach Hause kam, ging das Geschwür auf, und das versetzte mich in eine dankbare, freudige Stimmung. Ich fand, daß alle meine Reiseplagen kleine Koboldneckereien waren, angefangen damit, daß ich gebissen wurde, bis jetzt.

[...]

Donnerstag, 3. [*Juli*] Habe in der Nacht weniger febril geschlafen, bin aber nicht gesund. [...] Sprach mit Fräulein Bölte über die 48 Schriftstellerinnen hier in Dresden, ich sagte, das könnte ein Märchen werden: Walpurgisnacht, wie sie, so wie die Hexen im »Faust«, auf ihren Feder-Besenstielen zum Blocksberg ritten und ihren Geist absonderten. [...]

[...]

Reise 1857
[nach England, Frankreich, Deutschland]

[...]

Montag, 8. [Juni 1857] [Köln] Sehr unruhig geschlafen; träumte mich wieder in Meislings Haus; auf der Treppe sprach mich ein Däne an, Herr Nørgaard, der aus einem Bad kam und auf dem Weg nach London war. Wir fuhren zusammen nach Aachen, wo ich in »Nuellens Hotel« abstieg. – Am Nachmittag zum Münster, wo ich jenen Marmorstuhl sah, auf dem Karl der Große als Toter gesessen hatte. Ging in den Kurhaussaal, wo es Musik gab; durch die Stadt spaziert, die modern aussieht, das Theater geschlossen. Fühlte mich in weniger guter Stimmung.

Dienstag, 9. Gut geschlafen, kleine Fatalitäten, mein neuer Mantel am Revers zerrissen, die Wäsche weniger gut. Warmes Wetter, leichterer Sinn. Es ist, als finge das Reiseleben erst jetzt richtig an, die Rechnung hier sehr groß, etwa 8 dänische Reichstaler für nicht ganz 24 Stunden. Kam am Nachmittag in Brüssel an, stieg im »Hotel de Suedois« ab, die Leute nicht sehr freundlich, ist nicht zu empfehlen. – Speiste gut an der Table d'hôte, schlief unruhig, mußte mich selber wecken.

[...]

Donnerstag, 11. [Calais] Als ich um drei Uhr an Bord ging, bekam ich sogleich Diarrhö, das ließ mich erschrecken; das Wetter war schön, mir brach der Schweiß aus, ich mußte unter Deck bleiben, wurde seekrank; ein Däne aus Manchester grüßte mich. Als wir im Hafen waren, ging ich an Deck und wagte es nicht, mit dem ersten Train zu fahren, bevor ich wußte, wie es mit meinem Bauch stand; doch man trug mein Gepäck ohne weiteres zum Zug, und ich mußte mit, es ging gut, ich erreichte London, fragte nach »North Kent Railroad«, und das war in der Nähe. Ich fürchtete nun, Dickens könnte meinen Brief nicht bekommen haben, doch in Higham (das sind nur ein paar Häuser) fragte der Bahnwärter, ob *ich* zu Dickens wolle, das sei von hier anderthalb Meilen; er lud sich meinen Koffer und mein ganzes Gepäck auf den Nacken, und so trabten wir bei kaltem Wetter landeinwärts und erreichten kurz nach 10 Uhr Dickens' hübsches Landhaus. Er empfing mich liebevoll, dann nahm ich mit ihm und Mistress Dickens ein Breakfast ein und ging danach mit ihm in den Garten, wo wir uns unterhielten; er hat von Bentley [meinen Roman] »To be or not to be« bekommen, der ihm gewidmet ist. – Das Landhaus liegt am Fahrweg nach London, eben diesen Ort hat Shakespeare für Fallstaff ausgewählt. Jene Dame, die ich während meines letzten Besuchs bei Dickens gesehen hatte, ist noch im Haus und soll eine der reichsten und wohltätigsten Damen von England sein. Ich erzählte D. von den [dänischen] Namen der Finger, und »Guldbrand«, der Ringfinger, interessierte ihn am meisten. Unser Mittagsmahl war ganz vorzüglich, gegen Abend kehrten die beiden ältesten Söhne heim, der älteste hat sich eine Zeit in Leipzig aufgehalten und spricht gut deutsch; hier ist eine Dame, die ebenfalls diese Sprache spricht. Von Dickens' Töchtern ähnelt Mary der Mutter, Kate ganz dem Porträt ihres Vaters in frühen Ausgaben; der älteste Sohn heißt Charles. – Ich ging halb 10 ins Bett, fand es etwas kalt.

[...]

Montagmorgen, 15. Früh nach Strood und mit der Eisenbahn nach London, begleitet von Dickens und Charles. Wir gingen in Dickens' Haus, Tavistock House, das schön eingerichtet ist; im Flur über der Tür Thorvaldsens »Nacht« und »Tag«; mein Porträt, das ich in einen Brief gelegt hatte, stand auf dem Kamin, von meinem Zimmer Aussicht auf kleine Gärten. Weil keine Zeit zum Barbieren war, lief ich den ganzen Tag mit einem großen Bart herum. Wir fuhren sogleich zum Kristallpalast, dem neuen, der im Sydenham-Park errichtet ist; es fand gerade das Händelfest statt, eigentlich eine Art Probe für sein kommendes Jahrhundertfest, man gab den »Messias«, zweitausend Sänger mit Musik, über 10 000 Zuhörer, Clara Novello sang Solo und begann mit »God save the Queen«. Einer der Direktoren, in dessen Haus wir abgestiegen waren, brachte uns zu einem guten Platz auf der Galerie, direkt gegenüber von der Loge der Königin. Der Glaspalast sieht aus wie eine Feenstadt, mit Straßen, schwebend und ausgedehnt; es gab ein großes Marmorbassin mit roten und blauen Lotosblumen, Schlingpflanzen wanden sich an den Säulen empor, Statuen und blühende Bäume ringsum; Gestalten von Wilden unter ihren natürlichen Bäumen, auch den Stamm eines Riesenbaums sah ich; da waren pompejanische Zimmer, französische Galerien, alles phantastisch durcheinander, arabeskenhaft, und die Sonne schien auf das Glasdach, unter dem gegen die Strahlen ein Segel ausgespannt war, draußen rauschte der Wind, und als nun Gesang und Musik erbrausten, drehte sich alles in meinem Kopf, ich wäre beinah in Tränen ausgebrochen. Draußen sprangen dann die Fontänen, es war, als gingen wir durch Undines Garten; Regenbogen leuchteten, es waren gewiß mehr als hundert Fontänen, nur die Blaue Grotte hat eine solche Zaubermacht gezeigt. Der Eintritt zum Konzert 2 Guineen, also etwa 20 Reichstaler. – Wir speisten bei Direktor ..., eine lebhafte Gouvernante aus Württemberg gab sich viel mit mir ab, sie und die Familie sprachen deutsch, hier waren mehrere, die mich kannten, und der Mann gab mir den Namen »Vater aller Kinder«. – Erst gegen halb neun kamen wir in die Stadt, die Vorstellung im Lyceum-Theater hatte schon angefangen, »Camma«, eine Tragödie von Montanelli, schlecht in der Manier von Racine-Corneille, eine Art Norma-Medea. Madame Ristori gab die Camma, hat ein gutes Theatergesicht, ihre Mimik fast zu stark, die Übergänge so schnell, daß ich an [den Satz] dachte: »Wollen die Kindlein nicht in den Garten gehen und sich ein paar Äpfel, Birnen und Kirschen holen!« Am besten war die letzte Szene, als sie Gift genommen hat und die Harfen der Priester erklingen und sie Vater, Mutter und Mann zu sehen glaubt, das war so rührend-ergreifend; das Haus war nicht voll, im Parkett saß die Schwester von Kemble, eine Enkeltochter von Mistress Siddons, mit üppigem kohlenschwarzen Haar. Ich war so unendlich müde, daß ich mir kein Urteil über die Ristori erlauben darf. Wir trafen heute den Astronomen Adams, der erzählte, der Komet sei nicht gekommen, jedoch ein neuer Planet entdeckt.

[...]

Montag, 22. Heute morgen wollten Charles und die beiden fremden Freunde in die Stadt, Miss Hogarth sagte, es sei reichlich Platz für mich, da sie zwei Wagen hätten, man würde den größten nehmen, ich fuhr also mit. Doch wie mir wohl aufging, war das nicht nach dem Wunsch von Charles, er war nicht eben sehr liebenswürdig, und ich kehrte in einer sehr schlechten Stimmung zurück, was ich nicht verbergen konnte; das war der erste schlechtgelaunte Tag in England. In einem der Häuser hier hat Jenny Lind einen Sommer lang gewohnt; da steht ein leeres »to be let«, denke ich mir; die Nachtigall ist nicht im Bauer, der Freund, der kleine Spatz, piepst vor der Tür, erinnert den Gesang, erinnert sie – es ist ein trauriger Morgen; der Nebel liegt auf den Feldern, Büsche und Bäume triefen von Wasser, auf allen Blättern ringsum sind Tränen, so auch in meinem Auge. – Dickens' Familie so höchst liebenswürdig und er selbst wie immer; wir gingen um 7 Uhr auf den Hügel zum Denkmal, Dickens hatte ihn noch nie besucht und war begeistert; ein Hirte schor hier oben sein Schaf; die Sonne ging unter und spiegelte sich in der Themse, ein Schiff glitt wie ein Schattenbild über den goldenen Grund. Der Abend still, die Heuschrecken zirpten. Charles war bei der Rückkehr sehr nett; er hat wohl Launen.

[...]

Samstag, 27. Heute nacht habe ich so gut wie gar nicht geschlafen; fuhr in die Stadt mit einem der Söhne, der verlobt war; er brachte mich zur Eisenbahn, es war eine Stunde zu früh, der Zug fuhr erst um 2 Uhr; er blieb bis zum letzten Augenblick bei mir, bewirtete mich. Ich kaufte »The Athenæum« und las darin ein strenges Urteil über mein neues Buch, es wurde »ein gefährliches Buch« genannt, was mich affizierte. Der junge Bentley tröstete mich, sagte, das sei eine Lüge, und mein Buch sei im Augenblick eins der meistgekauften und -gelesenen, denn die Leute wollten sich selbst überzeugen. Die Hitze war mörderisch, eingesperrt im Wagen, wäre mir beinah schlecht geworden, der Schweiß brach mir aus allen Poren; als wir in Fahrt kamen, wurde es besser. In Gravesend sah ich Walter Dickens; in Higham kam er mit dem kleinen Evans, keiner von ihnen zeigte Interesse oder rechte Aufmerksamkeit, um mir zu helfen und etwas von meinem Gepäck abzunehmen, sie gingen voraus; endlich besorgte ich mir einen Knecht zum Tragen und kam triefnaß von Schweiß in Gad's Hill Place an. Nach dem Mittagstisch müde, im »Athenæum« gelesen, affiziert, eingeschlafen und um 8 Uhr zum Tee gerufen; mein Kopf war schwer, ich war müde, kaputt, spürte, daß man keinerlei Anteil an mir nahm, da sagte ich zu Frau Dickens und Fräulein Hogarth, daß ich sehr müde sei, und ging um 9 Uhr ins Bett.

Sonntag, 28. Unruhig geschlafen, träumend; die »Athenæum«-Rezension lag mir wie ein Vampir auf dem Herzen; jetzt am Morgen ist mein Gemüt noch bedrückt. – Brief von Frau Scavenius. Heute auch im »Examiner« keine sehr gute Rezension von »To be«, man scheint das Buch nicht verstanden zu haben. Ich bin nicht zufrieden, kann es nicht sein und fühle mich fremd unter Fremden; wenn doch Dickens hier wäre! – Soll ich leben, ohne mich aussprechen zu können, soll ich den Gedanken stets auf denselben dunklen Punkt heften, ohne diesen auslöschen zu können, Herr mein Gott, das soll ich nach deinem Willen erproben! – Laß mich daran denken, daß ich freundlich und mild zu dem Fremden, dem Verlassenen bin; mir ist von Gott aufgegeben, ihn bei unsrer Begegnung möglichst vergessen zu machen, daß er auf einem ihm fremden Boden ist, eine mir fremde Sprache spricht. Herr, lehre mich sein wie du: liebevoll. Nach dem Lunch erzählte ich Frau Dickens von meiner Stimmung, sie las die beiden Zeitungen, sagte, das sei »stupid«, und ihr Mann würde die Zeitungen über sich niemals lesen. (»Without his knowledge or consent, M. Andersen may deceive some young intelligence, some susceptible heart. In one word, the book is dangerous.«) – Als Dickens nach Hause kam, hatte er von seiner Frau davon gehört und sagte bei Tisch: »Sie sollen in den Zeitungen niemals etwas anderes lesen als das, was Sie selber schreiben, ich habe seit 24 Jahren keine Kritiken über mich gelesen.« – Er brachte einen Herrn Shirley Brooks mit, einen der ersten Mitarbeiter des »Punch«, jenen, der diesen Artikel über mich geliefert hatte. Später nahm mich Dickens in die Arme und sagte: »Lassen Sie sich nie von den Zeitungen affizieren, diese sind in acht Tagen vergessen, und Ihr Buch bleibt stehen und lebt. Gott hat Ihnen so unendlich viel gegeben, folgen Sie allein dem und geben Sie nur das, was Sie in sich haben, gehen Sie Ihren Weg, Sie stehen über all dem Kleinen!« – Und während wir den Weg entlanggingen, schrieb er mit seinem Fuß etwas in den Sand. »Das ist die Kritik«, sagte er und löschte es aus, »und so ist sie weg. – Ein Werk, das gut ist, lebt durch sich selbst, Sie haben es schon zuvor erlebt, gesehen, was das Urteil ist!« Den ganzen Abend lagen wir oben am Denkmal; vom Meer stieg Nebel auf, die Sonne beleuchtete die Fenster von Rochester; wir tranken gemischten Wein; später blitzte es. – Der Fremde gab mir zwei Nummern der »Times« aus uralter Zeit. Als ich zu Bett ging, sagte Dickens, er hoffe, nun sei alles vergessen und ich würde gut schlafen. Als ich beim Mittagessen gefragt wurde, wie lange ich in England bliebe, antwortete ich. »Lange für Mister Dickens, kurz für mich!«

Montag, 29. Heute mit dem Train um elf Uhr von Higham nach London; unterwegs lasen wir in der »Times«, daß gestern abend um 10 auf eben dieser Bahnstrecke ein großes Unglück geschehen sei; der Train aus Strood fuhr auf einen haltenden Zug; *14* Menschen getötet, 40 verletzt; wir passierten die Stelle, zwei Stationen vor London. An der London Bridge geriet ich mit der Familie auseinander und nahm dann einen Cab. Als der Kutscher mich nun in eins der armseligen Viertel fuhr, glaubte ich, er wolle mir Übles tun, gelangte jedoch richtig nach Hause. Miss Hogarth ist gar nicht aufmerksam, die Söhne auch nicht, überhaupt besteht ein großer Unterschied zwischen der ganzen übrigen Familie und Dickens und seiner Frau; nicht in Stimmung. Besuchte um 4 Uhr Bentleys, hier sind die Söhne äußerst aufmerksam. Großes Mittagessen, ein Freund von Kean ... war hier, eine Romanautorin ..., die Konstantinopel beschrieben hat; ein junger Herr Bentley mit Frau, sehr aufmerksam. Es war nach 12 Uhr, als ich ins Bett kam.

Dienstag, 30. Mein Bauch schlecht; Lust, England zu verlassen; richtig glücklich macht mich dieser Besuch doch nicht. – Ich blieb bis gegen halb drei auf dem Lande, aß Lunch, schrieb einen Brief an Einar, betreffend eine Reise nach Paris, was ich danach auf sich beruhen ließ, als ich mein Geld zählte. – Die guten Menschen bei Bentleys taten alles, um mich zu erfreuen; fuhr mit dem Jüngsten in die Stadt, sah eine Gazette, die den Wunsch äußerte, ich solle Märchen und nicht »To be« schreiben; kehrte zu Dickens zurück, wo alle zu Tisch waren. Die Tante ganz ordentlich, Dickens wie immer unvergleichlich; er soll heute abend sein »Christmas Carol« vorlesen, und deshalb wurde so früh gegessen; er fragte, ob ich es hören wolle, doch ich zog es vor, ihn spielen zu sehen. Machte einen langen Spaziergang bis Picadilly; heute Besuch von Lyells Gattin. – Abends 3/4 11 kehrten die Damen heim. Dickens hatte Furore gemacht, Frau Dickens müde, die Töchter ohne einen Gedanken für mich, die Tante noch weniger, ging in schlechter Stimmung zu Bett.

Mittwoch, 1. Juli. Wenig Zucker im Tee. Frau Dickens herzlich und nett. Um 1/2 12 Uhr kam der junge Evans und holte mich ab, es gab ein Gewitter und Regen; wir fuhren zur Drukkerei der »Times«. In einer von Londons engen, schmutzigen Straßen zur Themse hinunter lag jener Ort, von dem die Regina (Nymphaea?) der Zeitungen in die Welt hinaus geht, mehr als 50 000 Exemplare. Eine Königinblume mit mehr als 50 000 Blättern, die in allen Ländern der Welt, von Stockholm bis Hindustan, duften und schimmern; eine solche Blume in einer Minute entspringen, sich entfalten und entstehen zu sehen und zu hören, das ist überraschend. Als die großen Maschinen in Gang gesetzt wurden, fühlte ich mich wie mitten in einem brausenden Wasserfall; die Galerie, auf der ich stand, erbebte, ich wurde nervös, schwindlig; die großen weißen Blätter bewegten sich blitzschnell, nahmen den Druck der Wörter auf und fielen von Hand zu Hand. – Alles ist mit einer vollkommen militärischen Disziplin eingerichtet, jedes Teil, jeder Artikel hat seinen Raum, jedes einzelne Stadium vom weißen Papier bis zur fertig gedruckten Nummer seinen Saal, das ist wie ein großer Körper. Herr Blutlos ist hier ein entsetzliches, mächtiges Ungeheuer. Herr MacDonald persönlich führte uns herum. – Fuhr mit Evans nach Hause, trank Sodawasser, sah die große Druckerei seines Vaters, das Gravieren von Banknoten für Brasilien, sah, wie der »Punch« gedruckt wurde, ich bekam eins der 40 000 Exemplare mit; »Household Words« hat ebenso viele, auch davon bekam ich eins, während ich zusah, wie es lebendig wurde. – [...] Abends im Princess-Theater und Shakespeares »The Tempest« gesehen; Charles Kean, Sohn des berühmten Kean, hatte das Stück mit Shakespeares Phantasie inszeniert. Caliban war vortrefflich, Ariel eine liebliche Gestalt, Miranda sentimental-blutlos und doch einnehmend; die übrigen nur Kartenfiguren; als der König und der ganze neapolitanische Hof von dem gestrandeten Schiff kamen, erschienen sie in Gold und Hermelin, mit Krone auf dem Kopf, die Soffitten hingen nicht gut, und es gab kleine Fehler. [...] Das Ganze ist überraschend großartig, doch Shakespeare selbst verschwindet in der Szenerie, die Vorstellung dauerte von 7 bis 1, die Zwischenakte waren ermüdend lang, die Galerie lärmte, pfiff und schrie Witze, um 1 Uhr war es vorbei, um 2 Uhr kam ich ins Bett. Mein Blut heiß!

[...]

Montag, 13. Sehr warm. Um 2 Uhr von London abgefahren; mein kleiner Freund (das Musikgenie) empfing mich gleichgültig und unfreundlich! Beim Herumschlendern kam mir die Idee für eine Novelle, »Ohne Liebe«, das heißt: jemand hat das Herz voll davon und findet sie weder bei seiner Mutter noch bei dem Mädchen, das er liebt. Als Dickens spät heimkehrte, war alles gemütlich. Es war eine sternklare Nacht; das rote Haus mit den vier Erkerfenstern, der vorspringende Eingang auf Steinsäulen, das große Fenster darüber; die goldene Wetterfahne auf dem kleinen Turm. Die Zedern jenseits des Wegs. Der Rabe in der leeren Hundehütte. Die Hunde Dandy und Tyrk. Im Flur Bilder von Hogarth; ein reich beklebtes Schirmbrett. – Im Eßzimmer Cromwells Porträt. Der Wagen, auf dem der Jockey verstohlen ins Buch (»Bleak House«) schaut, das die Lady liest. Theaterloge. – Vögel im Bauer. – Die Zigeuner hatten heute abend ein Feuer dicht am Weg.

[...]

Mittwoch, 15. Zahnschmerzen. Um 6 Uhr auf, Abfahrt halb neun. Der Maler ... fuhr mit, bis 2 1/2 Meilen jenseits von Strood, wo er die Eisenbahn besteigen wollte. Die Gegend malerisch, als wären wir in einem Ballon und schauten hinab auf die Wälder. Dickens selbst fuhr mich nach Maidstone, mein Herz war so voll, ich sprach nicht viel, und beim Abschied sagte ich fast gar nichts, meine Stimme war von Tränen erstickt. Ich fuhr in drückender Hitze bis Patricks Wood, wurde in einen anderen Wagen gesteckt und erreichte Folkestone, wo ich über zwei Stunden wartete, bevor das Schiff auslief. Das Meer vollkommen ruhig, bis wir uns der französischen Küste näherten, um 5 Uhr abends; dort wurden Paß, Visa und Gepäck kontrolliert, eine nette Frau trug es zum »Hôtel de Bains«, ich bekam erst ein Zimmer zum Hof, danach zur Straße; gab meine Sachen in die Wäsche und beschloß, bis gegen Mittag zu bleiben. Die Stimmung wie mein armer Schneider, ich bin fixen Ideen nahe. Aussicht aufs Meer.

[...]

[Andersen fährt weiter zu einem kurzen Aufenthalt nach Paris und dann nach Dresden (Maxen) und Weimar.]

Montag, 17. [August] [Maxen] *Brief vom Großherzog aus Weimar*, der böse war, weil ich so lange nicht geschrieben hatte und ihn jetzt auch nicht besuchte; es lag indessen so viel Innigkeit darin, daß ich beschloß, nach Weimar zu fahren; wenn ich nur wüßte, was ich mit Harald tun soll, plagte mich sehr damit herum, beschloß, ihn mitzunehmen. Brief von Jette

Wulff. Pastor Fränzl besucht, er war nachmittags und abends mit Frau und vier jungen Mädchen hier. Es kamen auch, was hier ungewöhnlich ist, zwei Störche, setzten sich auf das hohe, alte Dach des Hauses und übernachteten bei strömendem Regen. Frau Berge und Frau Falkenstein kamen heute abend auch. – Politischer Streit mit Serre über Dänisch und Deutsch.

[...]

Dienstag, 1. [September] [Weimar] Nicht wohl; Angst, mit dem »Schnellzug« zu fahren, wagte es doch und kam um 1 Uhr in Weimar an, gerade in dem Augenblick, als Beaulieu nach Wildbad im Schwarzwald aufbrach. Sah auf dem Theaterplatz das Schiller-Goethe-Denkmal aufgestellt, beide waren in dichte Draperien eingehüllt, Form und Füße konnte man jedoch sehen. Die ganze Stadt in Betriebsamkeit. Goethe hat für mich Zimmer im »Elephanten« bestellt, was 1 1/2 Taler täglich kostet, Aussicht auf den Markt. Goethes Haus wird geschmückt, auch das von Schiller, habe mit seinem Besitzer gesprochen, der mich für den jungen Wieland hielt. Schöll besucht, der mir ein Billett für die Hoftribüne gab. War bei Graf Beust, Frau Goethe, Walther Goethe und Frau Groß. Auf dem Rathaus wehen Fahnen, Leute laufen geschäftig mit Fahnen und Girlanden herum. Nach Hause und um 9 Uhr ins Bett.

Mittwoch, 2. Der Tribünenplatz ist nur für Hofpersonen, man holte die Billetts ab und schickte neue, auch für das Theater. Um 12 Uhr war ich im Schloß, um den Großherzog zu treffen, der von Belvedere kam und eine Prinzessin empfing; ich wurde, ohne gemeldet zu sein, von seiner kaiserlichen Mutter für 1/2 4 zur Tafel bestellt. Bekam vom Herzog Billett für heute abend. Er ließ mich von einem Husaren 1/2 3 aufs Schloß rufen. Der Großherzog drückte mich in seine Arme, küßte mich auf jede Wange, ich tat dasselbe mit ihm, wir hielten uns lange umarmt, er sprach viel von meinem neuen Roman, bat mich, ihm in diesem Jahr fleißig zu schreiben. Bei der kaiserlichen Mutter, mit der ich mich unterhielt, hatte ich ein Gespräch mit der Prinzessin von Preußen und einer Prinzessin aus Weimar. – Während der Herzog meinte, daß ein

Fürst der Gegenwart edel auf der Bühne dargestellt werden könnte, war sein Erzieher der Meinung, dann müsse die Umgebung komisch sein. Bekam an meine Seite Graf Beust und Exzellenz ... Schöll hat heute Geburtstag, schenkte ihm »Sein oder nicht sein«, war dort zum Mittagessen eingeladen, traf Auerbach. Besuchte Graf Henckel, als wir aufbrachen, traf ich Emil Devrient und unterhielt mich mit ihm. Im Theater wurde Goethes »Iphigenie auf Tauris« aufgeführt, von hier ging ich zu Schöll, wo ich Rietschel und mehrere andere traf. Die ganze Stadt eifrig damit beschäftigt, die Häuser auszuschmükken.

Donnerstag, 3. Gegen 5 Uhr durch Glockenläuten geweckt, der Markt war schon voller Menschen, weißgekleidete Mädchen kamen aus dem Rathaus. Ich ging wieder ins Bett, da polterte es an der Tür, der Hausknecht rief: »Jetzt fängt das Fest an.« – Die Häuser sind mit Girlanden und Kränzen geschmückt, all die deutschen Fahnen, ringsum die fünf Büsten: Carl August, Schiller, Goethe – Herder, Wieland. Vom Rathaus, im gotischen Stil, wehen Wimpel und Fahnen, als wäre es ein festlich geschmücktes Schiff. Auerbach wohnt bei Dr. Ulmann, dieser lud mich heute ein, mir das Schiller-Goethe-Denkmal von seinem Fenster aus anzusehen. Die verschiedenen Gruppen zogen an meinem Fenster vorbei; ich ging zur Tribüne Nr. 1, wo mein Platz war, um mir die Grundsteinlegung für das Carl-August-Denkmal auf dem Fürstenplatz anzusehen. Es regnete etwas, die Schirme störten, die Rede war so lang, nach einer Stunde ging ich heim, schön waren die verschiedenen Zünfte und vor allem die Studenten, die wehende weiße Straußenfedern an ihren Mützen trugen. Große Tafel beim Großherzog. Sprach mit Prinzessin Carl über Königin Caroline Amalie, saß am Tisch zwischen Intendant Dingelstedt und ... Ritgen von der Wartburg, dem ich versprach, in einem folgenden Jahr ein paar Tage auf der Wartburg bei ihm zu wohnen. Mein Bauch heute nicht gut. Im Theater Festvorstellung, ein Vorspiel von Dingelstedt: »Der Erntekranz«, danach »Paläophrin und Neoterpe« von Goethe und der dritte

Akt von »Don Carlos« (dieser war E. Devrient), Dawison gab den Philipp II. – (An der Tafel Unterhaltung mit Schillers Enkelkindern, dem Offizier von Schiller und dem jungen von Gleichen, der seinem Großvater ähnlich sieht.) Das Vorspiel sehr schön und patriotisch, der Erbgroßherzog wurde hervorgehoben, und der kleine Freund grüßte zum Dank, Dingelstedt herausgerufen. Sehr warm. – Mit Fräulein Seebach und dem Intendanten des hannoverschen Theaters von Platen gesprochen. Den größten Teil des Tages Regen.

Freitag, 4. Verregneter Morgen, Besuch von einem Herrn Glogau. Mein Bauch jeden Tag schlecht. Ging zum Wielandplatz, die Statue stand unter seiner Linde (?), die Sonne schien, ein Herr Treu aus Halle bat mich, meinen Namen auf ein Blatt zu schreiben, ich schrieb: »Das Leben ist das schönste Mährchen.« Ein anderer Herr, Buchhändler aus Frankfurt am Main, geleitete mich zu Buchhändler Voigt, damit ich von seinem Fenster die Pracht sehen konnte, man kochte mir Pfefferminztee, war äußerst aufmerksam, ich traf hier Fräulein Seebach; ging danach zum Theaterplatz, ein junger Offizier führte mich durch die Menge zum Haus von Dr. Ulmann, wo ich Liszt mit Fürstin Wittgenstein und Prinzessin Marie traf. Es war ein großer Moment, als von der Dichtergruppe Schiller und Goethe der Schleier fiel, Schiller hat Ähnlichkeit mit mir. Auf der Tribüne des Großherzogs waren Frau Goethe mit den Söhnen, der junge Gleichen und Schiller; als ich dann die Straße hinunterging, umschwirrte ein weißer Schmetterling die Häupter der Dichter, er schien in Zweifel zu sein, auf wen er sich setzen sollte. – Dächer, Fenster und Straße voller Leute. An der Tafel saß ich neben Auerbach; der Großherzog nimmt mich stets an der Hand. – Abends im Theater großes Fest-Potpourri aus Stücken von Goethe und Schiller, Fräulein Seebach, Devrient und Dawison spielten; ich hatte einen schlechten Platz, litt unter Wärme und Hitze, sprach mit von Platen, Intendant in Hannover, Schwager von Sehestedt-Juul.

Samstag, 5. War zum Frühstück bei Fürstin Wittgenstein eingeladen, die Konzertprobe dauerte jedoch so lange, daß ich weggehen mußte, um an der Tafel Ihrer Kaiserlichen Hoheit zu erscheinen; saß hier neben Dingelstedt; der Dompropst von Altenburg wurde mir vorgestellt. (Gestern unterhielt ich mich viel mit Prinzessin Carl.) Brief an Frau Serre, bekam selbst Brief von Jette Wulff und morgens Brief und ein Gedicht von Herrn Treu. Im Theater konzertierte Liszt, fast alles seine Kompositionen, es war wild, melodiös und unklar, ein paarmal wurde mit Becken geschlagen, als ich das zum ersten Mal hörte, glaubte ich, ein Teller fiele zu Boden, müde ging ich nach Hause; es war eine Satansmusik.

Sonntag, den 6. Besuch eines jungen Bewunderers, schrieb ins Album. Bauch schlecht. Ging zum Großherzog, der bat und verlangte, ich solle ihm jeden Monat schreiben, lud mich ein, mit ihm heute zur Wartburg zu fahren, was ich jedoch ablehnte. Der Lakai überbrachte mir die Festmedaille in Silber und Kupfer. Briefe an Bille und Herrn Treu geschickt. – Um ein Uhr fuhr ich mit der Eisenbahn von Weimar ab; das Billett für »Tannhäuser« heute abend wurde nicht benutzt. Im Waggon freundliche Menschen, man sprach von Dänemarks großen Männern, ich nannte die toten. »Aber Andersen lebt noch!« sagte ein Militär-Preuße. – In Kassel stieg ich im »Römischen Kaiser« ab, schlecht einquartiert, unzufrieden und stark erkältet.

[…]

1858

Harald Drewsens und H.C. Andersens Reise 1858 [Deutschland und Schweiz]

[...]

Montag, 28. [*Juni*] [Brunnen in der Schweiz] Träumte einen häßlichen Traum vom Zuchthausleben. In der Morgenstunde mit Harald hoch auf den Berg gestiegen. Die Kühe hatten Glocken, die Jungen jodelten, der See lag olivgrün unter uns. [...]

[...]

Mittwoch, 30. Zeitig auf, mit dem Dampfschiff nach Flüelen, an der Tellskapelle vorüber. Die Klippen fielen lotrecht ins Wasser. Bekamen einen guten Wagen mit zwei Pferden nach Hospental, wo es frische Pferde bis zum Hospiz geben sollte; hin und zurück für 40 Franc, dazu Trinkgeld; mit der Diligence hätten wir jeder für 7 Franc fahren können. Das Wetter war so warm und schön, wie ich es kühn prophezeit hatte, nicht eine Wolke. Wir flogen herrschaftlich unter den schattigen Kastanien dahin, durch Altdorf, wo Wilhelm Tell mit seinem Sohn auf einer Säule am Springrunnen steht. Bis Amsteg war die Straße eben; hier machten wir halt, aßen Forellen und tranken Wein. Die Berge ragten auf, sie hatten ihre Prachtteppiche herausgehängt, samtgrüne Felder, bestickt mit Tannenwäldern, die Häuser waren wie Blumen, wie Alpenrosen im Grün verstreut, silberglänzende Wasserfälle hingen wie Bänder herab. Der Kutscher knallte mit der Peitsche; wir begegneten italienischen Vetturinen, deren Pferde Glöckchen trugen; dann kam die Diligence mit einem schlafenden Kutscher, und nun stieg die Straße, immer an der brausenden Reuß, in kühnen Schwingungen empor; Wasserfall um Wasserfall, wolkenhohe Berge, deren schräge Wände Tapeten mit Waldmuster bedeckten. Wo der Weg am gefährlichsten war, fehlte das Geländer. – Passierten die enge Straße eines Schweizer Bergdorfs; die schwarzbraunen Balkons ragten wie Schubladen einer geschnitzten Truhe heraus, einige geschmückt mit Blumentöpfen oder lebendigen, molligen, nicht hübschen Schweizer Mädchen. – Bald sah es an den Straßenrändern aus, als hätten sämtliche Berge ihre Steinchen herabregnen lassen, d.h. jedes von der Größe eines Hauses, der Teufelsstein glich einem vierstöckigen Gebäude. Nun traten die Klippen hervor, und durch Galerien, zum Schutz vor herabstürzenden Lawinen, von denen wir unten am Fluß schon ein paar gesehen hatten, gelangten wir zur Teufelsbrücke, der neuen, die Menschen in irdischer Zeit gebaut haben. Weiter unten hing die alte Brücke wie ein grüner Steg über dem brausenden Wasser. Lotrechte Klippen ragten auf, die Arbeiter hatten an Tauen hängend ihr Werk vollbracht. Bald erreichten wir Andermatt, einen kleinen Ort auf der Hochebene, die sich, mit spärlichem Gras bewachsen, bis zu dem letzten Gipfel des Sankt Gotthard erstreckt, wo man den Ort Hospental passiert und wo wir später übernachten sollten. Wir aßen zu Mittag und fuhren dann mit frischen Pferden den gewundenen Weg zum Hospiz hinauf. Eins unserer Pferde hatte einen kleinen Koller, aber es ging noch. Zwei Tage zuvor, wurde erzählt, war hier die Diligence aus Milano umgekippt und abgestürzt, die Reisenden waren jedoch mit ein paar Prellungen davongekommen. Hier wuchsen Alpenrosen in reicher Fülle, doch bald war der Boden nur noch mit moosähnlichem Gras, einzelne Partien mit Schnee und magerem Moos bedeckt, das dem nackten Felsen ein erzähnliches Aussehen verlieh. Es war sehr kalt; die beiden tiefverschneiten Seen dort oben machten einen winterlichen Eindruck. Vor dem einsamen Hospiz stiegen wir aus, gingen auf italienischer Seite hinunter bis zur ersten Telegrafenstange und gedachten des Physikers Ørsted. Als ich meine Hand in den Schnee tauchte, strömte mir Todeskälte den ganzen Arm hinauf. Dann setzten wir uns in den Wagen und fuhren verfroren zurück nach Hospental, wo wir, um uns aufzuwärmen, um die Kirche und auf der Straße spazierengingen.

[…]

Montag, 5. [Juli] [Ragaz] Ganze anderthalb Stunden hat er [Harald] heute früh kein Wort gesagt, nicht einmal guten Morgen; er ist sehr ungesellig und schwerfällig – lieber Gott, laß es mich leicht nehmen! – Schon gestern abend waren wir ein Stück in Richtung der heißen Quelle gegangen, heute nahmen wir für den Weg, der ganz in der Nähe des Hotels beginnt, einen kleinen Wagen. Es ist eine riesige Felsenspalte, in deren Tiefe die ... [Tamina] braust. Links erhebt sich eine lotrechte Klippe mit überhängendem Wald; will man zum Himmel hinaufschauen, dann fällt man fast hintenüber, so nah ist man der Klippe jenseits des Flusses. Zuerst ist da ein Wasserfall, mit einem an Balken hängenden Steg. Dann geht es in Windungen weiter, stets mit dem schäumenden Fluß in der Tiefe zur Linken; bald ist der schmale Weg in oder durch die Felsen gesprengt, die wie eine Art schwarzen Marmors mit weißen Adern erscheinen. Die Vegetation ist üppig, Walnußbäume, Buchen, Blumen in Fülle und dazu die steile Felsenwand, über deren oberen Rand die Waldbäume wie Fransen hängen. Endlich bleibt man vor einem großen alten Gebäude in der Felsenkluft stehen, das ist Bad Pfäfers. Man betritt einen langen, überwölbten Klostergang und löst ein Billett für die Quelle. Wir sahen Kranke, zumeist arme Leute, wie es fast schien. Die Luft war schwer und stickig und vermischte sich im folgenden Gang, oder war es eine Galerie, mit Essengeruch. Endlich, nach einer langen Wanderung durch das ausgedehnte Gebäude, war man in einer geräumigen Halle, wo in drei Becken das warme Wasser für die Kranken sprudelte. Nun öffnete sich eine Tür, und wir traten hinaus in die freie Natur, die nur ein kleiner grüner Fleck zwischen steilen Klippen war. Eine gezimmerte Brücke führte über den brausenden Fluß, und jetzt noch einige wenige Schritte, und die nackten, himmelhohen Felsen stießen zusammen, oder richtiger: schienen zusammengestürzt, nur hier und da war hoch oben ein Streifen Himmel zu erblicken. Der ganze lange Weg war ein schwebendes, nasses Gebälk, auf das von allen Seiten Wasser strömte, darunter der brausende Wasserlauf, den man zwangsläufig anschauen mußte, denn nur ein einfacher Baumstamm, als Geländer festgeschlagen, stellte die Trennwand dar. Es wurde immer dunkler, die Felsen stießen in schwindelnder Höhe zusammen, und dort oben, ein paar Türme hoch, war ein gewundener Pfad für Wanderer zu erkennen. – Dieses Halbdunkel, diese zusammenpressenden schwarzen Felsenmassen, der brausende Fluß in der Tiefe – all das überwältigte mich in einem Maße, daß mir die Füße zitterten und das Wasser aus den Poren sprang; ich wurde vom Schwindel ergriffen und mußte mich an den Führer klammern. Als ich mich überwinden wollte, um bis zur Quelle vorzudringen, von der ich gewiß noch anderthalbhundert Schritte entfernt war, da schien sich alles zu heben und zu bewegen; es war, als rückten die Felsen näher, als risse der Fluß die Balken unter meinen Füßen weg, als stiegen die Wasserdämpfe auf wie Elfenmädchen und wollten mich tragen – ich mußte den Kopf an die kalte Felsenwand drücken, mich festhalten, sammeln und dann umkehren. Die Quelle selbst ist von einer Grotte aus rohen Mauersteinen umgeben, wo aus einer brunnenähnlichen Öffnung dicke Wasserdämpfe quellen und wo man Wasser schöpfen kann. Als sich vor ein paar Jahren eine Gesellschaft hier aufhielt, stürzte ein Felsenstück ab und erschlug ein junges Mädchen. – Ging hinauf zur Burgruine in der Nähe von Dorf Pfäfers, herrliche frische, junge Buchen. Der Weg wurde dann steiler und schließlich so schmal und schwindelerregend, daß ich nicht weiter konnte und umkehren mußte. – Gute Table d'hôte, im Garten ein Theater, wo man am Abend unsrer Ankunft eine Vorstellung gab. Zur zweiten Ruine spaziert, durch schmale Durchgänge zwischen den Gärten; rote Schweine, Zugochsen, bellende Hunde; am Fluß Sägemühlen und Wasserfälle, die Häuser mehr italienisch als schweizerisch, die Leute desgleichen. Unten im Tal der Rhein mit zahlreichen Sandbänken. Die Berge gezackt, an einer Stelle sogar wie eine Säge. Bin zum Friedhof gegangen, wo Schelling ruht und wo ihm der König von Bayern ein Denkmal errichtet hat; die Büste darauf ist ihm ähnlich. Die Luft war klar und durchsichtig. Später gingen wir halb im Dunkeln ein Stück des Felsenwegs zur Quelle, ich war jedoch außerstande, über die Brücke am Wasserfall zu gehen. Am Nachmittag stand im Tal hinter dem Rhein ein prachtvoller Regenbogen, der den gesamten Berghang mit Wäldern und Häusern zum Hintergrund hatte; ein großer Raubvogel segelte mit ausgebreiteten Flügeln durch die blaue Luft. Auf dem Gipfel lag Schnee; wo der Hang erst mit Laub-, dann mit Nadelbäumen bestanden war, ragte ein Kreuz über dem Felsenweg auf, und dahinter und noch höher war wieder eine Alm mit einem großen, einsamen Gebäude. In der Abendstunde saßen die Leute auf Bänken vor ihren Häusern, unter den gedeckten Brücken herrschte vollkommene Nacht. Die Straße war von niedrigen weißen Mauern begrenzt, dahinter Weingärten, alte Holzhäuser mit breiten Fenstern und vorschwebenden Balkons. Blühende Holunderbüsche hingen über dem Fluß, die Singvögel zwitscherten im Buchengehölz. Etwas höher entdeckten wir einen Pavillon, wo eine Gesellschaft saß und sich gerade, als wir sie erreichten, laut über »Das Märchen meines Lebens« und »Contes pour les Enfants« unterhielt; wir grüßten, ich glaube, sie ahnten kaum, daß der Verfasser so nahe war.

[...]

Freitag, 9. [...] Um drei Uhr fuhren wir nach Basel, dessen alte Gebäude sich gut ausnehmen, die alten, malerischen Häuser erheben sich senkrecht aus dem Rhein, mit vorspringenden Dächern und Blumentöpfen in den breiten Fenstern, aus denen sich weit hinaus Leute lehnen. Ein Märchen könnte man schreiben über den Rheingott und einen kleinen Jungen. [...]

Samstag, 10. [Konstanz] H. kann nie aus dem Bett kommen, er wollte frühmorgens im Freien zeichnen, war aber nicht hochzujagen; ging stumm zur Kirche. Wir fuhren kurz nach 10 Uhr mit dem Schiff von hier ab. Der Engländer mit der großen Familie ist aus Kalifornien, schwärmte für mein Märchen »Der Engel«, fuhr nach Romanshorn. Wir überquerten den See, der heftig wogte. Leuchtturm und der bayrische Löwe aus weißem Marmor am Hafen; unser Gepäck wurde nicht kontrolliert, keiner fragte nach einem Paß. An der Anlegestelle steht das bronzene Standbild von König Maximilian und begrüßt die Kommenden, man sieht sogleich, daß man in ein Land der Kunst eintritt. Mit der Eisenbahn nach Augsburg, die Strecke war so gewunden, daß wir die Berge bald sahen, bald nicht sahen. (Der Maulwurf hält seinen Hügel in der Nähe für höher als die fernen Berge, obwohl er nicht sehen kann; doch die Feldmaus bewundert ihn und sagt, er wisse nicht, was für ein großes Werk er geschaffen habe – gegenseitige Bewunderung, er sagt, ihr Auge sei unvergleichlich; das Kleinliche, alles in der Heimat zu bewundern. Wenn man nur ein kleines Stück auf die andere Seite kommt, kann man den Maulwurfshügel nicht mehr sehen, »das sind ja Esel, wir kennen doch ihre Berge«.) – War um 8 Uhr in Augsburg, speiste gut, bekam einen herrlich großen, luftigen Saal zum Schlafen, traf am Abendbrottisch Dänen, einen Eisengießer Giessing mit Frau, die in die Schweiz wollten, und einen Ingenieur Owesen aus Flensburg. – Angenehme Stimmung.

[…]

Montag, 19. [Plauen] Um 6 Uhr auf, hatte etwas Diarrhö! Fuhr bei großer Hitze von Plauen ab. Heute nacht häßlicher Traum von einem Kind von Davidson, das ich an meiner Brust barg, und wie es eine tote, nässende Wunde wurde. H. sagte laut im Wagen: »Sie haben wohl ein paar Kinder totgeschlagen!« – Ich ärgerte mich über diesen Spaß, er meinte, man könne verstehen, daß es nur Spaß sei. […]

[…]

1859 – Reise zur Nordsee und nach Skagen

[…]

Montag, 4. Juli [Silkeborg] Ganz übel; Brief, den gewiß ein Irrer geschrieben hatte, ein irrer Pockenpatient, bildete ich mir ein und wusch mir die Hände. – Um 12 Uhr mit Extrapost nach Herning gefahren (6 Reichstaler 4 Mark insgesamt); am schönsten und wildesten in der Nähe von Silkeborg. – Die Höhen mit Heide und Buketts von Eichengebüsch, Hügel wie aus schwarzem Torfmull, der weiße Sand schimmerte hindurch. – In weiter Ferne erhoben sich Häuser und Hügel wie aus einem ganz stillen See. Die Gegend wurde immer besser. Gut aussehende Bauernhäuser, die sogar Gutshäusern ähnelten, lagen Herd an Herd über das Land verstreut, wie auf Seeland, jedoch mit besseren Höfen. Felder, auf denen das Korn gut stand, die ganze Luft bebte von Lerchengesang, und nun erreichte ich das offene Herning, nahebei liegt der Herrenhof Herningsholm (Wolff). Der Postmeister hatte ein Zimmer für mich bestellt, es war das beste im Haus, neu und zu einem kleinen Garten und einer Kegelbahn gelegen. Der Postmeister wohnt gegenüber vom Wirtshaus, weiße Rosen ranken sich an der Mauer empor und um den Namen des Königs. Ein gutes Beefsteak gegessen und einen sehr guten Rotwein getrunken. Ich unterhielt mich mit Postmeister Hansens kleinen Kindern; ich fragte die kleine Anna, ob sie Bücher habe, und sie antwortete: »Andersens Märchen.« Als ich später zum Vater ging und die Kleine nun wußte, wer ich war, brachte sie mir einen Blumenstrauß, und ich schenkte ihr dafür meine letzten Märchen. Der Vater sagte, hier sei heute Volksversammlung gewesen, die Bauern seien betrunken, es könne vielleicht Spektakel im Wirtshaus geben; das war mir höchst unangenehm, ich heftete meine Gardinen zusammen und hängte Handtücher davor, ich schlafe zum Garten hinaus, orientierte mich, wie ich bei einem Überfall ins Freie käme, denn man hatte mir gesagt, hier herrsche großer Geldmangel. Zeitig ging ich ins Bett, schlief aber fast gar nicht, lag febril da und wartete auf Überfälle.

Dienstag, 5. […] Um 1/2 11 Abgefahren mit einem braven Jüten, der jedoch nicht ganz zu verstehen war. Das Land war besser bebaut und besiedelt, als ich geglaubt hatte. Hier und da stieg vom Heidekraut, das verbrannt wurde, Rauch auf. Um 3 Uhr erreichten wir die Stadt Holstebro, wo an der Einfahrt ein Mann stand und uns bat, bei »Knudsens« vorzufahren; dort war Staatsrat Tang, der mich jubelnd und herzlich empfing, sein geschlossener Wagen mit Uhr und Laterne und Lesepult stand bereit; wir aßen zu Mittag gebratenen Aal und fuhren dann los. Auf der Straße grüßte ein Mann, der 100 000 Reichstaler besaß, jedoch von Onanie verrückt geworden war. Während der Fahrt auf einem kahlen Weg wurden wir ständig mit Berichten über seine Sippe unterhalten, das war Stoff für eine ganze Novelle. – Der Großvater war ein reicher Bauernsohn, er wurde nach Lemvig geschickt, wo er Schreiber wurde, und später zu einem Kaufmann in Ringkøbing; in dem Kontrakt stand, jeder Schilling, den man in der Tasche des Jungen finde, sei als gestohlen aus der Schublade des Prinzipals anzusehen; er mußte als Kommissionär mit Schiffen nach Norwegen und vor allem Holland fahren und von dort Waren in die Heimat bringen; der Kaufmann hatte ein Weinlager. Der Stadtrichter pflegte seinen Gästen, wenn sie gegen seinen Willen aufbrechen wollten, den Hut aus der Hand zu schlagen und sich daraufzustellen; einmal nahm Tang seinen eigenen neuen Kastorhut, und dann ging es über den her. Die Wölfe waren hier im Land. Eine alte Frau hatte erzählt, wie ein Pferd einen Wolf geschlagen und sich auf ihn gestellt hatte, obwohl seine Beine zerbissen und zerrissen waren. Die Geschichte vom Aal: »Aalmutter sagte zu ihren Töchtern: ›Geht nicht zu weit, denn sonst kommt der garstige Aalstecher und faßt euch.‹ Aber sie zogen trotzdem aus, und von acht Töchtern kehrten nur vier zur Aalmutter zurück, und sie jammerten: ›Wir sind nur ein bißchen vor die Tür gegangen, da ist der garstige Aalstecher gekommen und hat unsere vier Geschwister gestochen.‹ – ›Die kommen schon wieder‹, sagte Aalmutter. ›Nein‹, sagten die Töchter, ›denn er hat sie zerrissen!‹ – ›Die kommen schon wieder‹, sagte Aalmutter. ›Nein, er hat sie in Stücke geschnitten, gebraten und gefressen.‹ – ›Die kommen schon wieder‹, sagte Aalmutter. ›Nein, denn er hat ein großes Glas Branntwein darauf getrunken!‹ – ›Hat er Branntwein dazu getrunken!‹ sagte Aalmutter. ›O weh, o weh, dann kommen sie niemals wieder. Denn Branntwein macht einem den Garaus!‹ Und deshalb soll man zum Aal Branntweinschnaps trinken!« sagte der Mann. – Als wir nach Nørre Vosborg kamen, wehte der Danebrog, die ganze Familie stand auf dem Balkon und dann unten in der Tür, ein Pfarrer …, der mit mir Abitur gemacht hatte, war zu Besuch, Pfarrer Tang, der hier wohnt. Stieg auf den Wall und bekam zum Abend einen Tee mit viel Rum. In der Kapelle, wo ich schlafe, spukt die weiße Dame.

[…]

Freitag, 8. In der Nacht erwachte ich durch einen seltsamen Schrei und wurde unruhig. Heftiger Schnupfen. Um halb elf fuhren wir an die Nordsee. Wir hatten etwa eine Meile die gute Landstraße, danach ging es in einen tiefen Sandweg, hin- und hergeworfen, Lehm und Heidekraut, wir mußten südlich um den Nissum Fjord, am Seminarium vorbei. Der Wind war so scharf, daß die Haut auf meiner Nase zerriß; zwei Meilen durch Sand und auf schlechtem Weg, doch rundherum gut bebaut und besiedelt. Schöne Kirchen, Gärten an den Pfarrhäusern. Die Dünenkette erhob sich wie ein Gebirge, gezackt und sägeförmig mit ganz verschiedenartigen Spitzen. – Wir fuhren in die Dünen, die von Strandhafer, Sandrohr und … zusammengehalten wurden, und nun lag das offene Meer vor uns, ohne ein Schiff, die Brandung war nicht sehr stark, dennoch hörte man die tiefe Stimme des Meeres; im Sand gab es gleichsam einen Mosaikfußboden aus abgerundeten Steinen. Die Möwen schossen herunter und flogen in einer Reihe, am Horizont sahen wir ein Schiff. Fischköpfe lagen auf den Sand geworfen, oben in den Dünen war unser Zelt mit dem Danebrog errichtet, zwei kleinere standen auf anderen Dünenhügeln, hier aßen und tranken wir, ich schrieb in den Dünen ein Lied und las es vor! [...]

Gegen zwölf erreichten wir Nørre Vosborg. Ich hatte mir wegen des Windes cin Tuch vor Nase und Mund gebunden. Wir verzehrten ein warmes Mitternachtsmahl, tranken wieder Tee. Viele Geschichten habe ich heute gehört, eine von dem begrabenen Meermann. Unten an der Kirche von Husby war einmal ein heftiges Sandtreiben, das sich nicht aufhalten ließ, und als man deshalb einen Weisen aufsuchte, fragte der, ob sie nicht eine Leiche vom Strand hier begraben hätten. Doch. »Grabt sie aus, das ist ein Meermann, er hat am Ufer geschlafen, und jetzt wollen ihn die Meerleute zurück!« Und sie gruben, und wie der Weise gesagt hatte, lag da der Meermann und lutschte an seinem Daumen; nun legten sie ihn auf eine Karre, spandten zwei Färsen davor, und diese eilten zum Strand und hinaus ins Meer, denn der Meermann trieb sie davon, und das Sandtreiben hörte auf.

[...]

Dienstag, 19. Gut geschlafen. Hier ist ein Bauernjunge aus Holmsland am Ringkøbing Fjord zu Besuch, Christian Madsen oder Christian Christiansen, ich riet ihm, er solle sich bei dem letzten Namen rufen lassen, er will Polytechniker werden; ich zeigte ihm den Garten. – Frühstück unten bei Pastor Tang, hübsch gedeckt, herzlich und schön Trinksprüche ausgebracht. Habe Märchen und Geschichten vorgelesen. »Wiesenkönigin« nennt man [auf dänisch] das Mädesüß in den Mooren. Am Abend kam Pastor Ingerslev, es wurde über Astronomie gesprochen, und er äußerte zu meiner Verblüffung die Ansicht, daß unsre Erde der einzige bewohnte Himmelskörper sei und daß die Sterne nur eine zu unserem Vergnügen geschaffene Schönheit seien, daß Gott auf unsre Erde herabgestiegen sei – weiß er denn, ob Gott nicht auch auf die andern Himmelskörpern gestiegen ist? Ich wurde affiziert, nervös und konnte nicht einschlafen.

[...]

Dienstag, 9. [*August*] Heftiger Sturm; die See wälzt schaumweiße Wellen, die ganze Küste erscheint in weißem Schaum; es ist, als ob sich große weiße Schlösser auf dem dunkelblauen Grund erhöben. Frau Brandt kam zum Frühstück, lieh uns ihren geschlossenen Wagen, und dann fuhr ich mit Ottilie Rottbøll, Fräulein Sødring und Frau Uldall nach Løkken. Der Wind brauste, als würde ein riesiges Laken darin entfaltet; es waren großartige Flügelschläge, wie das Aufschlagen eines Zelts über der ganzen Gegend. In Løkken war die ganze Straße in ein Sandgestöber eingehüllt, kleine scharfe Steine peitschten uns ins Gesicht; als wir durch die Gasse gingen, versanken die Füße so tief im feinen, weichen Sand, daß die Spur verschwand, die Sonne wurde vom Sand reflektiert und erhitzte die Luft, man verspürte eine Stimmung wie in Afrikas Wüste; jeder Windstoß war stark genug, um mit uns zu kämpfen, man konnte die Augen nicht offen halten; der Wind wirbelte den feinen Sand empor, daß die Dünen rauchten, als wäre Feuer darin. Näher am Meer, wo man auf dem nackten Sandboden ging, war es besser. Das ganze Meer glich einem großen Wasserfall, der sich gegen die Küste stürzte, lange Wellen, schaumweiß, überspülten einander bis zum Horizont, weit draußen erreichten sie die Höhe der größten Gebäude. Der Wind heulte, die See rollte, der Sand stiebte, und jede Sekunde umspülten die Wellen die auf den Sand gezogenen großen Boote und strömten dann in selbstgegrabenen Betten wieder zurück. Die jungen Leute liefen mit nackten Beinen in die Brandung, die Damen arbeiteten sich zu den Dünen hinauf, ich stand in Mantel und Umhang am offnen Strand. Großes Essen, Pächter Meyer und Frau, Magenschmerzen, ziemlich viel Wein genoß ich, ärgerlich darüber.

[...]

Reise ins Ausland
[Deutschland, Schweiz]

[…]

Donnerstag, 7. [Juni] [Rendsburg] Schlecht geschlafen aus Angst vor der Lesung, warm und nervös; Frau Lønborg servierte uns ein leichtes Mittagessen, und doch genoß ich nichts, endlich brachen wir dann um 6 Uhr abends zur »Tonhalle« auf. Das ganze Lokal war, ich glaube von Leutnant Lassen, hübsch dekoriert mit Danebrog-Fahnen und der Büste des Königs, darüber hing eine große Fahne, und darunter war für mich eine Tribüne errichtet, mit Vorhängen dekoriert. Offiziere mit ihren Gattinnen, Unteroffiziere und Korporäle mit ihren Frauen hatten Plätze im Saal, die Gemeinen standen dahinter und auf der ganzen Galerie. Bei meinem Eintritt wurde ich begrüßt als »Dänemarks großer Dichter!« und bekam ein dreifaches Hurra; dann wurde »Dänenflur« gespielt (und als ich auftrat, warfen mir die Damen einen Regen von Blumensträußen zu, ein paar kleine Mädchen kletterten herauf und halfen beim Aufsammeln; ich küßte sie), dann las ich »Das kleine Mädchen mit den Schwefelhölzchen«, »Die glückliche Familie« und »Das Liebespärchen«. – Das Orchester spielte danach »Dänemark, mein Vaterland«, darauf las ich »Das ist ganz gewiß!« und »Zwei Jungfern«. – Als ich endete, bekam ich wieder ein dreifaches schallendes Hurra, und wie ich höre, hatte ein Gemeiner den Offizier darum gebeten, es ausbringen zu dürfen! – Sehr bewegt und froh ging ich von dannen; die ganze Allee wimmelte von Menschen, Soldaten und Offizieren, ich wurde von allen Seiten gegrüßt. Auch ein paar Deutsche hatten meine Lesung gehört, so der Rektor der Schule und ein Doktor Arentz. – Abends las ich zu Hause noch ein Märchen, »Anne Lisbeth«.

Freitag, 8. Heute nacht, wohl 1/2 2, hörte ich plötzlich, davon erwachend, draußen Gesang, auf deutsch: »Gute Nacht!«

sang ein hoher Tenor mit Chor, ich wurde unruhig, es waren die Einheimischen, die draußen standen, ich befürchtete eine Demonstration und erwartete, daß nun Katzenmusik folgte, doch der Gesang erstarb ganz still, »Gute Nacht!« Ich überlegte, ob der Tenor vielleicht zu den dänischen Offizieren gehörte und mit einer Gesellschaft vorbeigekommen wäre. Lønborg hatte es auch gehört und zuerst für eine Demonstration gehalten, was es aber nicht war. Wenn das deutsche »Ständchen« mir gegolten hat, wird es mich als Ausdruck einer freundlichen Gesinnung bei den Bewohnern der Stadt unendlich freuen. – Als ich am Morgen zum Tee hinunterkam, ertönte draußen Musik; Oberstleutnant Harbou hatte das Musikkorps geschickt, das zum Abschied einige Stücke unter meinen Fenstern spielte; ich ging hinunter und gab jedem Mann zum Dank die Hand. Nun fuhren wir zur Eisenbahn, ich war affiziert und hatte dazu Diarrhö! Die Arztfamilie war erschienen, der ganze Bahnhof mit Danebrog-Fahnen geschmückt, mit Blumen bestreut, viele Offiziere und eine große Menge Soldaten, um mir Lebewohl zu sagen! Der erste Herr des Bahnhofs wies mir einen Platz in der ersten Klasse zu, ungeachtet ich einen in der zweiten hatte, die Soldaten sangen »Wehe stolz auf der Ostsee Woge« und noch ein paar dänische Lieder, ein Gemeiner trat vor und dankte mir im Namen der Gemeinen für die gestrige Lesung; ich war den Tränen nahe, bekam jedoch dreimal Hurra und fuhr davon nach Altona. [...]

[...]

Donnerstag, 26. [*Juli*] [Brunnen] Heute nacht wieder geträumt, ich sei bei Meisling in der Schule von Slagelse; sollte für das Staatsexamen lernen, wollte aber nicht, konnte nicht, wußte nichts, fühlte mich schrecklich abhängig vom alten Collin, desgleichen von Edvard, dem ich mich anzuvertrauen suchte. [...]

[...]

Mittwoch, 15. [*August*]. [Ouchy] Gestern abend zeitig ins Bett; es gab ein heftiges Gewitter. In den ersten Nachtstunden träumte ich, ich hätte einen raschen Sprung aus der Schweiz nach Hause, nach Kopenhagen getan. Danach träumte ich etwas ähnliches, doch diesmal glaubte ich schon ein paar Tage dort zu sein, ohne den alten Collin zu besuchen. Als ich zu ihm wollte, sah ich vor dem Haus Faaborg und Hansen, die sagten, ich sei seit Samstag in der Stadt. Ich traf den alten Collin in seinem alten blauen Mantel auf der Treppe. Als ich sagte, daß ich gekommen sei, um ihn noch einmal zu sehen, brach er in Tränen aus und umarmte mich mit einem lauten Schrei, so daß ich erwachte und es mich eiskalt durchrieselte: »In diesem Augenblick ist er gestorben.« Übrigens war mir sehr warm, weshalb ich nicht aufstehen und nach der Uhrzeit sehen wollte. – Mit dem Omnibus nach Lausanne gefahren, ließ mich barbieren und kaufte meine Märchen auf französisch. Es ist sommerlich warm, ich trage meine Sommerhosen. – Am Mittagstisch ist es hier sehr trist, nur der Engländer, seine Frau und ich; heute eine Dame mit zwei kleinen Burschen. Spaziergang am See, unter schönen Bäumen (eine Trauerweide); an der Landebrücke baut man ein neues Hotel, es soll im März 1861 eröffnet werden. Gegen Abend traten die Berge hervor, so nah und so klar mit allen Konturen, als wäre es in Italien. Es war ein stiller Abend; vom andern Ufer schimmerten die Lichter der kleinen Stadt herüber, die Sterne kamen hervor. 1/2 10 ins Bett.

[...]

Samstag, den 1. [*September*] [Genf] Lust, nach Hause zu reisen. In dieser Stimmung an Edvard geschrieben und seinen Rat verlangt. Später kam ein Herr Kertbeny, der mir seine Petöfi-Übersetzung geschickt hatte, und stattete mir eine Visite ab. Er war sehr unterhaltsam, sprach zumeist über ungarische Literatur. Nachmittags um 2 brach ein heftiger Regen mit Gewitter los und dauerte bis abends um 8. Den Abend verbrachte ich in einer Gesellschaft bei Blanvalet, und alle Gäste sprachen deutsch; darunter war auch ein Schleswiger, Pastor Andersen, mit dem ich dänisch sprach. Ich las ihnen »Etwas«, »Feder und Tintenfaß«, »Schön!« und »Das ist ganz gewiß!«

vor. Kehrte nach zehn heim; mein Blut merkwürdig fieberwild.

Sonntag, 2. […] Meine Stimmung ist bedrückt. Lust und doch keine Lust, nach Hause zu fahren. […] Der Ungar hat mir sein Porträt nach Kaulbach und ein Stammbuchblatt zum Eintragen geschickt; scheint ein begabter Mensch zu sein, der mich bewundert. Aber ich kenne seine Verhältnisse nicht; es ist mir unangenehm, mit Menschen in Berührung zu kommen, deren Persönlichkeit und Verhältnisse ich nicht kenne. Ich habe eine krankhafte Empfindung, eine seltsame Angst, wahnsinnig zu werden. Abends las ich dem deutschen Amerikaner und seinen Töchtern ein paar Geschichten vor.

Montag, 3. Es ist, als drückte ein Alp auf meine Stimmung, woher, warum, mir ist auf seltsame Weise alles verleidet! Doch ich darf dich, Gott, nicht um Hilfe bitten, ich verdiene sie nicht, weshalb soll es mir immer gut ergehen. Niemand weiß von Stunde zu Stunde sein Schicksal. Ging an der reißenden Rhône, dämonische Lust, mich hineinzuwerfen, ich eilte davon. […] Mein Gemüt ist krank! Mein Gott, erbarme dich meiner! – Um fünf Uhr kam Professor Humbert und holte mich ab in sein Landhaus. Dort war es sehr elegant, seine nächste Familie war versammelt. Die Bilder, die ich für zwei nette kleine Jungen, Emile und Ernest, ausschnitt, erregten Bewunderung. Man war sehr aufmerksam zu mir, und um 9 Uhr wurde ich nach Hause gefahren. – Könnte ich doch diesen Alp bezwingen, an dem ich geistig leide, er erinnert mich an einen Traum, den ich einmal von einer Fledermaus hatte, ich sollte gegen sie kämpfen, und sie erstickte mich fast.

Dienstag, 4. Gegen Morgen heiß, nervös, geistiges Alpdrükken; der Wunsch, plötzlich zu sterben, taucht so oft auf. […] Um $^1/_2$ 2 zwei kam der junge Advokat Binet mit seinem Vater und fuhr mich, in strömendem Regen, zum Dichter Petit-Senn. Ich verehrte ihm mein »Bilderbuch« auf französisch, und er las ein paar »Abende« daraus vor. Elegantes Diner, viele Sorten Wein, Champagner. Petit-Senn brachte einen Trinkspruch auf mich aus, dann wurden mehrere Lieder gesungen;

der alte Mann war unglaublich jugendlich und lebhaft, er sang und erzählte. Schließlich mußte auch ich ein paar dänische Lieder singen. Ein paar ältere, sehr liebenswürdige Herren waren zu Gast, die gesamte Unterhaltung wurde auf französisch geführt. Ich sah mir Petit-Senns Album an, mit Briefen von Lamartine, Eugène Sue, Emile Souvestre; meine Eintragung kam aufgrund des Namens an den Anfang. Er verehrte mir sein Buch »Bluettes et Boutades«. Um 1/2 7 war ich zu Hause.

Mittwoch, 5. Heute morgen kam Professor Barrelet mit einem schönen großen Blumenstrauß; er hatte gelesen, daß heute der Jahrestag meiner Ankunft in Kopenhagen sei. Dann teilte er mit mir jene Handschriften von Toepffer, die sein Eigentum waren, und verehrte mir ein kleines Buch, das ihm einer seiner Schüler gewidmet hatte. Daß der arme Mann so viel von all seinem Reichtum abgab, bewegte mich; *er* hatte heute an den Jahrestag meiner Ankunft in Kopenhagen gedacht, und nicht ich. Gott, der mich 41 Jahre lang geleitet und mir geholfen hat, sollte er mich denn verlassen? Er läßt mich nicht, wenn ich ihn nur nicht lasse. Ein paar Stunden später fand ich ein ebenso schönes Bouquet von Fräulein Achard, die mir dazu schrieb, sie habe gelesen, daß der 5. September für mich ein Festtag sei, und deshalb schicke sie mir diesen Gruß. [...] Das Wetter ist kalt, der See brandet gegen den Hafendamm. – Mein Gemüt will nicht leichter werden. Gott, mach mich froh! [...] Abends war ich zum Tee bei Pastor Briquet; sein Sohn, in Bex verheiratet und wohnhaft, war mit seiner Frau zu Besuch; er spielte ein paar Stücke auf der Violine, begleitet auf dem Piano von der Schwester und auf der Orgel von der Mutter. Sie waren alle höchst aufmerksam zu mir, es war ein hübsches Souper, doch ich war nervös, kränklich gestimmt, fühlte mich immer schlechter, halb 10 brach ich auf, und Herr Briquet begleitete mich nach Hause, in prachtvollem Mondschein. Meine Füße schwankten, ich fühlte mich schlecht, ging zeitig ins Bett.

Donnerstag, 6. Kaltes Wetter! Verzweifelt, weil ich heute abend wieder zum Tee soll. [...] Bedrückte Stimmung. Inbrünstiges Gebet zu Gott. Der See ist ganz glasgrün und schlägt gegen den Damm, daß es mehr als mannshoch spritzt; kein Schiff ist draußen, die in der Nähe des Ufers schaukeln heftig. Die Küste indigoblau, dahinter die grünen Berge im Sonnenglanz, doch wie von einem weißen Flor verhüllt, die hintersten Berge verdämmern. Ging halb sieben zu Cherbuliez, der mich in seiner Buchhandlung erwartete, er wohnt weit außerhalb der Stadt in einem kleinen ländlichen Ort. Nur seine Familie war da, die Frau machte auf mich einen angenehmen Eindruck. Seine Schwester, die Schriftstellerin ist, fuhr mich dann in einem winzigen Wagen nach Hause; ich schnitt für die Enkelkinder Bilder aus. Cherbuliez' Bruder sprach etwas Deutsch, ich wurde höchst liebenswürdig behandelt und fand es recht gemütlich.

Freitag, 7. Ich mußte nun dem höflichen Petöfi-Übersetzer eine Visite abstatten, war in schlechter Stimmung. Ich ging zu ihm, sah mir sein reiches Album an, viele Münchner Freunde darin; er war sehr gütig und freundlich. Blätterte in ein paar älteren Büchern, in denen mein Name genannt ist, betrachtete interessante Bilder, und meine schwere Stimmung besserte sich ganz erheblich. Es ist, als habe Gott mein gestriges Gebet erhört und sei mir gut gewesen. Zu Hause fand ich ein paar Bücher, verehrt von Cherbuliez und seiner Schwester, in einem davon war ich lobend erwähnt. Ich las auf französisch vor, und der englische Baron Feisthamel brach in Tränen aus. Eine englische Dame übersetzte für die anderen die Märchen »Feder und Tintenfaß« und »Das Kind im Grabe« aus dem Englischen. Im Grunde geht es mir doch unglaublich gut, nur ich selbst verderbe den Genuß. Den Rest des Tages zu Hause geblieben.

[...]

Freitag, 26. [*Oktober*] [Dresden] [...] Die ganze Nacht, als ob ein Stein in meiner linken Seite läge, mir ist, als hätte ich einen bösen Traum geträumt, doch es ist Wirklichkeit.

Samstag, 27. Als ich im Laufe des Tages noch immer nichts von Lorck hörte, schrieb ich ihm ein zweites Mal und schickte den Brief an Wiedemann, um zu erfahren, ob er verreist sei. Der Diener meldete einen Herrn Wagner aus Wien, ich kannte ihn nicht, er wollte mir guten Tag sagen, und es endete damit, daß er Geldunterstützung haben wollte, er habe nichts zu essen, sah gutgekleidet aus, ich gab ihm zwei Reichstaler. »Was müssen Sie von mir denken!« sagte er und sah ganz demütig, elend bedrückt aus. – Äußerst verstimmt. Bekam einen Brief aus Leipzig, doch er war nicht von Lorck, sondern von Fräulein Jacobi, die ihre Verlobung mit Dawison meldete. Ich bin heute häßlich niedergedrückt, lebensmüde, habe Gedanken an den Tod, wie ich sie nicht haben dürfte, bin in einer Stimmung wie in Genf an der Rhône, schlenderte am kalten Abend durch die Stadt, stürzte dann ins Theater. »Einer von unsere Leut'«, eine Posse, recht interessant. Im Theater war der Dichter Munch aus Norwegen. Ich treibe wie ein Vogel im Sturm, ein Vogel, der nicht fliegen und doch nicht ganz fallen kann. Herr, mein Gott, erbarme dich.

Sonntag, 28. Ich bin ein Sünder, ein schwacher, eitler Mensch. – Allzuviel Gutes habe ich empfangen, nun soll ich auch Mißgeschick erproben, und ich jammre wie ein verwöhntes Kind, wer hört mich – keiner! Keiner! Krägen hatte heute vormittag seine Schüler bei sich, sie spielten, und ich hörte zu, zum Dank las ich ihnen zwei Märchen vor. Mittags war ich mit Frau Serre bei Carus eingeladen, obwohl dort keine anderen Gäste waren, gab es doch ein großes, erlesenes Essen. Nach Tisch las ich »Eine Geschichte aus den Dünen« vor, die Hofdame Fräulein Zedlitz mußte während der Lesung fort; Lüttichau war da. Als ich das Theater betrat, erklang gerade die Ouvertüre, man gab »Die Zauberflöte« von Mozart. In einer Loge saß Frau Clara Schumann, ich ging zu ihr, und sie stellte mir Joachim vor. Das Wetter ist immer noch klar und schön, etwas kalt.

Montag, 29. Noch kein Brief von Lorck oder Wiedemann, ich bin in einer ständigen Spannung und »gottlos«. Weh mir!

Zu Frau Schumann gegangen, die bei Professor Hübner wohnt, sie stellte mir ihre älteste Tochter vor, die ihrem Vater ähnelt; Clara S. sah zutiefst melancholisch aus, meinte, Gade wolle sie nicht gern in Kopenhagen haben. Hinaus zu Dawison gefahren und ihm »Herz und Welt« gebracht; er war in der Probe. Zu Raasløffs gefahren, die schön wohnen, die Tochter war erwachsen, ich sah einen kleinen Sohn. Wir sprachen über Jette Wulff. Zum preußischen Gesandten Savigny gefahren, aber dort war man noch nicht angekleidet. Minna ist meinetwegen heute von Maxen hergekommen. Sie fragte sogleich nach Harald Drewsen. Ich bin leidend. Brief von Wiedemann mit dem Bescheid von Lorck, er habe nach Genf geschrieben, die Sache beruhe auf einem Mißverständnis, das sich ganz und gar aufklären werde. Fühlte mich freier, jedoch wütend auf Lorck wegen der unerklärlichen Unhöflichkeit, daß er mir nicht selbst schriftlich antwortet. Im Konzert und Clara Schumann und Joachim gehört, ich war eingeladen, Joachim spielte mit Kraft und Anmut, äußerst ansprechend. Weil mein Platz tief im Saal war, blieb ich an der Tür, wo es zog, so daß ich wegging, bevor das Konzert zu Ende war. Heute hat Pabst ein Exemplar von »Fliedermütterchen« bekommen.

[...]

Mittwoch, 31. Sehr kalt, ging zu Munch, um mich von ihm zu verabschieden, wurde auf dem Heimweg nervös und nahm einen Wagen. Joachim besucht, der sehr liebenswürdig war, traf Frau Schumann auf der Probe und wurde zum Konzert morgen eingeladen, und um nicht im Zug zu sitzen, soll ich mich in ihrem Zimmer gleich neben dem Konzertsaal aufhalten. Im Theater »Die Schule des Lebens« von Raupach, interessant, die Auflösung jedoch unglaublich schlecht. Es war wie ein Kranz aus Blumen, dem der Draht fehlte, so daß sie bei einer Berührung ganz und gar auseinanderfielen, ohne menschliche Vernunft; ich wurde indigniert, als man sagte: »Aber das ist doch ein Märchen« – als ob das Märchen ohne Verstand zu sein hätte. Hörte von einer Dame, die gesagt hatte: »Die englische Sprache ist eine seltsame Sprache, man schreibt etwas und spricht es ganz anderes aus, so den englischen Dichter Dickens, sein Name wird Boz ausgesprochen! Das ist ungeheuer schwer zu wissen.« – Besuch von Munch, der mich um Rat fragte, ob er bleiben oder abreisen sollte.

[...]

Freitag, 2. [*November*] Bekam durch Lorck einen Brief von Delbanco. Lorck schrieb, das Ganze sei ein Mißverständnis, er habe nach Genf geschrieben, und ich sei ohne Schuld; das besserte meine Laune; dann lese ich beim Barbier eine Rezension des Stücks »Die Schule des Lebens«, das ich getadelt habe, und nun wird mir darin die Ungezogenheit gesagt, das Stück habe Ähnlichkeit mit den fadesten Sachen eines gewissen Hans Christian Andersen. Wurde ärgerlich. Das soll von jenem Deutschen hier in Dresden stammen, der mir dänische Briefe geschrieben und mich um Korrespondentenberichte für seine Zeitung gebeten hatte und den ich ohne Antwort ließ, er ist also wütend. [...]

[...]

Montag, 12. [Basnæs] Sehr kalter Wind, die See wälzt große weiße Wellen; in Oettingers Buch über die Höfe gelesen – wie boshaft hat er mich dargestellt. Ging ein wenig in den Garten; ich bin verstimmt, möchte sterben und doch leben, habe keine Lust, mich hier in der Heimat aufzuhalten, und weiß doch, daß ich mich im Ausland nicht glücklich fühle. Was erwartet mich wohl! Warum bin ich umgekehrt; ich habe mich auf dieser Reise gleichsam in die See geworfen und von den Wellen treiben lassen, sie treiben mich zurück an den eigenen Strand, warum? Um dort Hohn zu ernten oder mir den Kopf an einem Stein zu zerschmettern. Man soll auf der Erde gehen, als wäre sie glühend. Mein Gott, was erwartet mich in der Heimat? Warum bin ich hergekommen? Was steht auf dem morgigen Blatt, ja, was wird auf dem heutigen Blatt als letzte Zeile stehen? Nichts wissen wir; nachmittags lese ich in »Berlingske Tidende«, daß Karup heute abend einen populären Vortrag über mein Leben hält, da werde ich nun boshaft behandelt und besudelt; bitter gestimmt; das also ist die Heimkehr! Galle und Ekel in meinem Herzen.

[...]

Mittwoch, 14. Jeden Morgen erwache ich verstimmt, mein Gemüt ist wie das graue Wetter draußen, nicht ein Sonnenstrahl. Den Brief an Gräfin Mimi Holstein auf Holsteinborg immer wieder umgeschrieben, weil ich ständig kleckste. Brief an Ingeborg Drewsen geschickt, Brief an Ingemann in Sorø.

Beten nützt nichts, Gott ändert nicht den Gang der Dinge. Im Glück hänge ich an ihm, während ich mich in den schweren Tagen nicht auf seinen unveränderlichen Willen stütze; ich weiß wohl, ich soll wie ein Kind um Vergebung bitten, weil ich gezüchtigt werde, so vergib mir, doch ich bitte nicht um das Unmögliche! Ich weiß, daß ich im Gang der Dinge untergehen soll; besser, ganz ergeben man selber sein, als sich in den Flammen zu sehnen und auf ein Wohlsein zu hoffen, das uns nicht zuteil werden soll! Schwarz! Schwarz! Jetzt bin ich daheim und verloren. [...]

[...]

[Etwa Mitte des Jahres 1860 ist Andersen dazu übergegangen, sein Tagebuch nicht mehr nur auf Reisen und bei besonderen Anlässen, sondern fortlaufend zu führen und darin, neben der Fülle von alltäglichen Beobachtungen, mehr und mehr seine Gemütsbewegungen und Reflexionen festzuhalten bzw. anzudeuten.]

Montag, 17. [*Dezember*] [Kopenhagen] »Das Gute, das ich tun will, tu ich nicht! Und das Böse, das ich nicht will, tu ich«; ich freue mich auf keine Zukunft. [...]

[...]

Dienstag, 25. [Basnæs] Schrieb das Märchen »Zwölf mit der Post«, zu dem mir gestern abend die Idee einfiel. Besuch von Pächter Wiehe; ging ein wenig im Schnee. Die Weihnachtsfreude wie in alter Zeit ist verschwunden. Abends wird »Tauschen« gespielt; man fand Gefallen daran, dabei zu mogeln, und als das nicht erlaubt wurde, geriet man in Zorn; ich las »Der Wind erzählt« und las es gut, es verwehte ohne Eindruck.

Leutnant Jürgensen las eine englische Übersetzung, »Wie man einen Sonnenstrahl fängt«; ging verstimmt und schläfrig zu Bett.

Mittwoch, 26. Häßlich von einer Katze geträumt, die mich kratzte. Brief an Frau Serre geschrieben. Schleppe den Tag hin, ohne Weihnachtsstimmung, ohne frischen Mut. Das Wetter ist grau, verschlafen; ich habe Halsschmerzen. Übersetze immer noch an »Dinorah«. Briefe von Edvard und Jette.

Donnerstag, 27. Habe übersetzt; ein Lied zu Vater Collins Geburtstag am 6. Januar geschrieben. »Joseph Rushbrook« von Marryat gelesen. Abends wurden Zettel geschrieben, schrecklich langweilige; ich war wie gerädert, dumm und platt, ging verärgert ins Bett.

Freitag, 28. Unheimlicher Traum von Gefängnis und Lokus. […] Herrlicher Rauhreif; die Bäume wie weiße Korallen; die Birkenzweige bewegten sich im Wind; den ersten Akt der Übersetzung von »Dinorah« beendet. Abends waren wir alle bei Fabricius, wo ich 3 Märchen und den ersten Akt von »Dinorah« vorlas; es war recht munter dort, Frau Fabricius trank auf mein Wohl. Der Abend klar und schön. Die Bäume standen rauhreifbedeckt in der blauen Luft. Um 11 Uhr zu Hause.

[…]

Sonntag, 30. Bekam einen freundlichen Brief von Mathilde Ørsted, der mich nachdenklich machte, was meine schlechte Stimmung und mein mangelndes Vertrauen zu Gott betraf. Ich schrieb ein Märchen »Der Mistkäfer«; als ich es las, schien es seltsamerweise auf vieles zu passen, woran ich während der Niederschrift nicht gedacht hatte. […]

Montag, 31. Schrieb den ganzen Tag Briefe, die doch nicht auf den Weg kamen, an den Großherzog in Weimar, Frau von Eisendecher und Jules Jürgensen in Le Locle. Das Wetter kalt und klar; vermißte in meiner losen Brieftasche 5 Reichstaler, was mich verstimmte, aber ich will über diese Sache nicht reden. Kribbelnder Frost unter der Fußsohle. Lucie recht munter, sie hatte eine Lotterie gemacht, ich gewann ein kleines blaues Glas. Wir bekamen schon um 10 Uhr Punsch, um auf das Jahr anzustoßen, und bekamen um 12 Uhr also nichts – das war ein etwas flauer Übergang ins neue Jahr, ich war verstimmt. Heute schrieb ich ein Märchen »Der Schneemann«.

[...]

Mittwoch, 23. [*Januar*] [Kopenhagen] Erhielt von Reitzel 200 Reichstaler für die neue Auflage der Märchen und vereinbarte mit ihm die Lieferung einer neuen Sammlung, die Anfang März erscheint, in sehr hoher Auflage. Mittagessen bei Frau Ørsted; ich werde von süßer Suppe stets nervös, die gab es hier; das Wetter war naß, und ich langte vollkommen aufgelöst bei Jette Collin an, bekam dort einen Teller Butterbrote mit Schweinefleisch, aß gewaltig und fühlte mich wohl.

[...]

Sonntag, 27. Mittagessen bei Vater Collin. Um 8 Uhr beim König und die neuen Märchen vorgelesen. Der König stellte mir persönlich Zucker und Wasser hin, gab mir dreimal seine Hand, und ich küßte sie; er war sehr vertraulich und herzlich. »Aber wie erfinden Sie nur das alles?« sagte er, »wie kommt das? Haben Sie denn alles das in diesem Kopf?« – Ich habe nichts, wenn ich im Ausland bin, doch wenn ich den Boden der Heimat erreiche, dann strömt es hervor. Ich erzählte von Oberammergau. Der König versprach, wenn er auf eine interessante Ausgrabung stoße, sollte auch ich eingeladen werden. Die Gräfin bezeigte mir kein so großes Interesse an diesen meinen letzten Märchen, sie schien insgesamt verstimmt.

[...]

Samstag, 9. [*Februar*] Mittagessen bei Frau Neergaard, las nach Tisch vor, und Rasmus Nielsen machte eine Bemerkung über »Die Muse der Poesie«; als ich es erklärte, sagte er: »Ja, Sie selbst haben die Poesie, die geben Sie jetzt, doch die Reflexionen bekamen wir im Geschriebenen.« Ich fügte die Äußerung später in das Manuskript ein.

[...]

Sonntag, 3. [*März*] [...] Ging zu Frau Læssøe und las ihr »Die Muse des neuen Jahrhunderts« vor, sie war beeindruckt und meinte, noch nie etwas Vergleichbares und so Gedankenreiches gehört zu haben; es machte mich verlegen, als sie meine Reinheit und Enthaltsamkeit lobte, und daß hiervon meine langanhaltende Jungendfrische rühre. [...]

[...]

Samstag, 9. Heute abend soll ich im Arbeiterverein lesen, ging deshalb nicht zu Frau Neergaard essen, sondern ins Restaurant. – Es war ungeheuer voll; man bereitete mir diesmal keinen Empfang, sondern applaudierte heftig nach jedem Stück, und am Ende wurde ich stürmisch hervorgerufen und las dann »Das Schwanennest«. Auf der Straße kamen ein kleiner Junge und ein junges Mädchen und dankten mir.

[...]

Donnerstag, 21. Es ist seltsam mit dem alten Collin, wie barsch und bissig er zu mir sein kann; er zeigte mir ein Bild vom Observatorium. »Haben Sie das besucht und besichtigt?« Ich antwortete nein. »Und dann reisen Sie außer Landes, ohne zu sehen, was wir zu Hause haben, das ist nach dem in Petersburg das zweite in Europa.« – »Meinen Sie das Gebäude«, fragte ich, »oder die tüchtigen Leute, die wir haben?« – »Ich lasse mich nicht auf Erklärungen ein!« entgegnete er, und als ich meine Frage wiederholte, bekam ich dieselbe Antwort. – Es ist sonderbar, wie wenig liebenswürdig! Mittagessen bei Hartmanns, »Dinorah« gelesen, abends zu Hause.

Freitag, 22. Mittagessen bei Fengers, wo unter mehreren anderen Alfred Hage war. Fenger brachte einen Trinkspruch auf meine Reise aus. Hages Frage, an welchen deutschen Höfen ich auftreten wolle, war in dieser Zeit eine Ungezogenheit, ich überhörte sie; dann sprach er davon, daß ich ein paar Worte mit Peter Oldenburg reden solle; schließlich wurde er mir zu unverschämt, und ich machte ihn darauf aufmerksam, daß ich die Fürsten im Ausland nicht suchte, sondern mich freute, wenn sie mich mit ihrer Aufmerksamkeit beehrten, während er sich eine Hoftracht angeschafft habe, um in den »reading room« von Königin Victoria zu gelangen, und damit habe er lediglich erreicht, daß er durch den Saal gehen und die Königin grüßen durfte, die doch nicht mit ihm sprach, und daß sein

Name in die Zeitung kam. Marstrand und Fenger hatten ihren Spaß daran, daß ich so antwortete, ich wurde aber doch ärgerlich.

[...]

Dienstag, 26. [...] Abends bei der Königinwitwe und die neuen »Märchen« vorgelesen, dort war Wanda Zahrtmann mit Holsteins. Als ich den »Mistkäfer« gelesen hatte, erschien Graf Tramp und meinte, es sei ungünstig gewesen, daß ich das gelesen hätte, denn es deute so ganz auf Wanda und Léons Verlobung und die Aufhebung derselben hin. Es half nichts, daß ich das nicht finden konnte, er hörte nicht auf, davon zu reden, ja, Rasmus Nielsen fragte mich schließlich, ob das zutreffend sei. Es ist gräßlich, mit solchen Menschen zu tun zu haben, ich ärgerte mich. Als ich zur Königin ging, kam ein gemeiner Kerl, betrunken oder verrückt, und sagte zu mir: »Du solltest mal durchmachen, was ich durchmachen muß!«

[...]

Reise nach Italien mit Jonas Collin 1861

[Am 5.4. begibt sich Andersen mit Jonas Collin, dem Sohn seines Freundes Edvard Collin, auf eine Reise gen Süden, die von persönlichen Spannungen nicht frei bleibt.]

[...]

Sonntag, 5. [*Mai*] [Rom] Ging mit Jonas zur Kapuzinerkirche und besichtigte den Kirchhof, wo Kapellen aus Knochen errichtet sind; da saßen verstorbene Mönche in ihren Kutten, einer aus dem Jahr 1848 hatte noch seinen Bart. Ging zu Isabella Knight in die Via Vasello, Palazzo Braschi, mit dem Brief von Fräulein Kestner. Auf einmal war Jonas ganz still, ich fragte ihn, was ihm fehle, er wurde über und über rot, als gerate er in Affekt, sagte, es fehle ihm nichts. Ich fragte, ob ich etwas getan hätte, was ihm mißfalle, er verneinte, wollte nach Hause und schreiben; das verstimmte mich. Ich lebe für ihn, tu alles für ihn, und ich habe nur »meinen Egoismus«, wie er neulich meinte; ich bin betrübt, nur seinetwegen bleibe ich in

Rom, komme vielleicht nie von hier fort, mir ist unheimlich, unwohl. Saß in Tränen auf meinem Bett. Er sagte, zu Hause sei er oft in dieser Stimmung! Das hänge nicht mit der Reise zusammen. – Ich glaube ihm nicht, er hat kein Vertrauen zu Menschen; hat mich verkehrt aufgefaßt, ich bin nur »Egoismus«. Ich lebe doch nur für ihn. – Im Laufe des Tages wurde seine Stimmung ausgeglichener und verdunstete, die ihre Ursache, wie er sagte, nur bei ihm hatte. Fuhr hinaus zur Kirche San Pietro in Vincoli, die geschlossen war, ging zu Maria Maggiore und kam am Quirinal und an der [Fontana] di Trevi vorbei, sehr müde nach Hause. Um 1/2 5 Uhr ins Theater Aliberti, um 5 Uhr begann die Vorstellung, die Übersetzung eines französischen Dramas von Paul Duport: »Die Hochzeit eines Colonels«, es wurde gut gespielt. Den ersten Akt sahen wir bei Tageslicht, dann wurden die Lampen und zum Ballett der Kronleuchter angezündet; das Theater hat 6 Etagen und gehört Torlonia. Das Ballett grauenhaft, weit unter Casortis Pantomimen, der Tanz erbärmlich. Um 8 Uhr brachen wir bei strömendem Regen auf und aßen zu Abend; zu Hause sprachen Jonas und ich über Christus als Gott und Menschen, die Uhr ging auf 11, bevor ich ins Bett kam. (Im Theater dichtete ich die Geschichte von der Psyche.)

[...]

Dienstag, 14. [...] Nach eins mit Jonas und Bjørnson hinaus zur Villa Albani gefahren; herrliche Callas wuchsen im Kanal, an den alten Statuen rankten sich Rosen empor, eine große Zypresse, hohe Buxbaumhecken. Reiche Säle mit Statuen, Büsten und Gemälden. Zeichnungen von Domenichino, eine Marmorbüste des buckligen Aesop. Auf dem Heimweg erzählte ich Bjørnstjerne von meinem Märchen »Die Lumpen«; er erzählte mir die Handlung seiner Trilogie »Sigurd Slembe«. Wir speisten zusammen, er und Jonas disputierten über Poesie bei den Künstlern, namentlich bei dem jungen Bissen. »Er hat davon nicht soviel wie das Schwarze unter dem Fingernagel!« sagte Bjørnstjerne. Jonas respektierte das verschlossene Wesen. – Zu Hause Gespräch mit Jonas, der Viggo über Bjørnstjerne und Clemens Petersen stellte – er arbeite an seiner Entwicklung und habe nicht mit anderen Menschen zu tun. Das gab mir Veranlassung, die Geschichte von der Schnecke und den Rosen zu schreiben. – Die Uhr geht heute abend auf zwölf, ich bin auf, Jonas ist noch nicht zu Hause; meine Stimmung, meine Gedanken will ich nicht niederschreiben. – Jetzt ist es halb eins, und er ist noch nicht da. Alle ringsum schlafen, ich bin nervös, meine Beine schwanken, mein Kopf brennt; ich denke nicht mehr!

Mittwoch, 15. Erst nach halb eins kehrte er heim, er war im Verein und später mit den andern im Café gewesen, offenbar tat es ihm leid, daß ich noch auf war; ich verließ ihn mit weniger liebevollem Sinn als sonst und ging zu Bett; war stark nervös und affiziert. Heute stehen wir um 9 Uhr auf, er später als ich. Meine Stimmung nicht angenehm. Wie wird er sich jetzt verhalten, was wird der Tag bringen, diesmal bin ich es, der sicherlich unangenehm werden kann. Am Frühstückstisch verzieh ich ihm, er hat gewiß keine Vorstellung davon, wie böse ich auf ihn war. […]

[…]

Freitag, 24. Sehr warm; bekam Brief von Jonna. Wollte zu Story gehen, doch die Hitze setzte mir zu, ich kehrte um. Nach Dampfschiffen gefragt, sie fahren nur mittwochs, ich muß dann wohl abreisen, ohne Corpus Domini zu erleben. Der Arzt sagte, ich müsse mich vor starker Gemütsbewegung hüten, Gesellschaften meiden, wo ich allzu sehr animiert würde. Gab mir ein Rezept für einige Pulver. […] Als wir heimkehrten, ging ich allein die Spanische Treppe hinauf, und auf halbem Weg sah ich weiter oben Beppo liegen, mit einer neuen weißen Sommerjacke. Während Jonas fort war, um sich Gesellschaft für einen Besuch des Kolosseums zu suchen, schrieb ich »Die Schnecke und der Rosenbusch« ins Reine; als ich ihm den Text vorlas, fand er darin eine große Bosheit gegen Viggo, der, obgleich er der Welt niemals irgendein Resultat vorweise, obgleich er als Lazzaroni nackt auf der Straße liege, doch ein *ausgezeichneter* Mensch werde. Er blieb hartnäckig bei dieser

Behauptung, ich wurde nervös, und das Ergebnis war, daß ich nach 22 Uhr, als ich ins Bett kam, nicht schlafen konnte und an Unruhe litt.

[...]

Freitag, 31. [...] [Pisa] Um zwei Uhr fuhren wir vom Hotel ab; der Bahnhof war geschlossen, wir mußten in der brennenden Sonne stehen, erst 45 Minuten später ging es los, mit einem entsetzlich langsamen Zug, der an jeder Station erst vorwärts, dann rückwärts, dann wieder vorwärts fuhr. Wir hatten im Waggon einen jungen Engländer, der Ähnlichkeit mit Minna in Maxen hatte, jedoch etwas unwissend war; er fragte, ob die Berge die Alpen wären, ob es von Livorno eine Eisenbahn nach Genua gebe, und »The Vicar of Wakefield« kannte er nicht. Die ganze Strecke wie ein Garten, die Weinranken bildeten Girlanden, im Norden erhoben sich die Berge, hier und da ein wenig Schnee. Um 1/2 7 erreichten wir Florenz und stiegen im Hotel »York« in der Nähe des Doms ab, zu diesem gingen wir, jedoch nur außen herum, es war drükkend warm, wir setzten uns in eine Osteria. Hier ist ein Leben in den Straßen, man spürt, daß man sich in der neuen Zeit befindet; keine Geistlichkeit ist zu sehen. Leben und Treiben. Wir haben ein gutes, geräumiges Zimmer, jedoch zum viereckigen Hof hinaus; wir wohnen im ersten Stock. Mein Bett ist so groß, daß ich auf jedem beliebigen Glied liegen kann. (Während der Fahrt von Pisa nach Florenz kam mir die Idee zu der Geschichte vom »Schilling«, angeregt durch die unbekannte Silbermünze, die mir der Schwarze an Bord aufgedrängt hatte und die dann keiner annehmen wollte, ich gab sie dem Eisenbahn-Portier in Livorno.)

[...]

Dienstag, 4. Juni. [...] Um drei Uhr erreichten wir Lucca; die beiden ersten Hotels, nach denen wir fragten, waren eingegangen, wir mußten dann zu dem dritten und einzigen fahren, das im Buche stand, »Croce di Malta«, wo wir recht gut einquartiert wurden; fuhren dann zum Amphitheater, wo man Reste von zwei Etagen sieht, in die jedoch Häuser hineingebaut waren, in der Nähe stand eine schöne Kirche. Wir stiegen auf den Wall, von dem man eine schöne Aussicht auf die fruchtbare Ebene bis zu den Bergen hat; hier gab es hohe, dikke Platanen, schön und einsam, ich dachte an die Wälle von Rendsburg. Die Stadt Lucca ist ebenso still. War in der Kirche St Romano. (Im Eisenbahnwagen war eine Dame, die einen Platz für ihren Hund bezahlt hatte, mehrere Leute mußten aufstehen, weil es so überfüllt war; sie gab dem Hund Milch, die sie aus einem Fläschchen in ihre Hand goß. Mir fiel die Geschichte von dem Hund ein, die Fräulein Heinke in Breslau erzählt hatte, und nun dachte ich eine Erzählung zusammen: Es war ein Welpe von selbigem; die Dame hatte ihn wegen der Verdienste des Vaters zu sich genommen und verzärtelte ihn derart, daß er zum Aristokraten wurde, stolz und verwöhnt, und dabei verdankte er alles dem Vater, seine Einführung in die Welt, seinen Adelsbrief, und war selbst nur ein gewöhnlicher Welpe.) – Später am Abend bestieg ich den Wall noch einmal, Akazien, Platanen und andere große Laubbäume, hinter dem Wall dann ein herrliches Grün, das Heu war gemäht, die Leute kamen heraus, die Berge schön beleuchtet, hier war ein Friede und eine Ruhe. Lucca gleicht einer Schüssel mit trocknen Nüssen, umgeben von einem frischen grünen Kranz. Zu Hause war Jonas dann gereizt; er kratzte mit einer Stahlfeder gedankenlos auf einer Blechdose, ich sagte in scherzendem Ton: »Bringen Sie mich nicht um!« Da war er sogleich beleidigt. »Ja, man bemerkt es wohl selbst nicht, wenn man es macht!« sagte ich. »Keiner außer Ihnen bemerkt es!« entgegnete er. Ganz liebenswürdig ist der Bursche nicht, eigensinnig und weniger umgänglich als in den ersten Tagen, ich richte mich zu sehr nach ihm. Wir gingen kurz nach neun Uhr ins Bett.

[…]

Montag, den 1. [*Juli*] […] Um halb zwei erreichten wir Bern und stiegen im »Zähringerhof« ab, wo man uns zuerst zwei öde, triste Zimmer anbot, die wir gegen ein sehr gutes vertauschten. Am Mittagstisch trafen wir die ganze tabakrauchende Gesellschaft wieder, die mich im Omnibus von Fribourg gestört hatte; sie lärmten, daß ich rasend wurde, aber was half das. Ging mit Jonas zum Münster, um den Blick von der Terrasse zu genießen, doch die Berge waren verhüllt. Er ging zu den Bären, ich zu Pfarrer Baggesen, der jedoch nach Basel gefahren war. Vom Wall schöne Aussicht. Unterhalb des Münsters bildet der Fluß einen Wasserfall, der sehr breit ist. [...] Die Berner Frauenzimmer tragen eine Art von schwarzen Hauben, die ihnen sehr gut stehen. Die Stadt recht lebhaft. Der neue Bahnhof vor unseren Fenstern ist noch nicht ganz vollendet, wird aber benutzt. Aussicht vom Wall, riesige alte Bäume. – (Unterwegs Idee zu einer Geschichte von einer Ratte, welche die Menschen kritisiert.)

Dienstag, 2. Sonnenschein, der Horizont jedoch diesig. Die Bauernfrauenzimmer haben sich mit ihren Sonntagskleidern herausgeputzt und bieten Waren feil. Auf einem der Stadttore steht eine kolossale hölzerne Mannsfigur mit einer Mauerkrone; die Tauben, die darin nisteten, flogen ein und aus. Stereoskopbilder von der Stadt waren nicht zu bekommen, alle ausverkauft, ich blätterte eine Menge durch. – 3/4 11 verließen wir Bern, in unserm Coupé saßen ein Herr, der wie ein Offizier aussah, und eine Dame, die etwas Frau Heiberg und sehr Madame Fossum ähnelte. Sie schien sich über mich aufzuhalten und zu belustigen. Auf dem Boden lag ein Blumenstrauß, von dem ich glaubte, die Dame hätte ihn verloren, doch als ich ihn aufhob und ihr überreichte, antwortete sie: »Non, Monsieur!« Als ich dann in Thun das Dampfschiff bestieg, kamen die Dame und der Herr an Bord und sprachen mich auf dänisch an, sie waren Dänen und hießen Guldborg. »Das ist ja *unser* Andersen!« hatte die Dame in Bern bei meinem Anblick gesagt, erzählte der Herr, als sei das ein Kompliment. – Das Essen an Bord teuer, die Umgebung schön. Ansonsten war es sehr bewölkt, plötzlich zeigte sich über dem Wolkendunst die Jungfrau; in der Nähe des Sees ein recht hübscher kleiner Wasserfall. Von Neuhaus fuhren wir mit dem Omnibus nach Interlaken und waren um zwei Uhr im »Victoria Hotel«. Gingen durch die Stadt, in der es mehr Holzhäuser gibt als in Dalarna; habe sofort die Straße erkannt, von der ich eine Fotografie besitze. Interlaken ist eine seltsame Stadt; hier werden aus Holzspänen geschnitzte und mit Glas und Farben verzierte kleine Schweizerhäuser feilgeboten, wie es sie so verziert, so spielzeugartig in der Schweiz eigentlich gar nicht gibt, und doch – in Interlaken gibt es sie. Hier steht ein Hotel neben dem anderen, mit Holzschnitzereien an den Fenstern, Balkons, vorspringenden Dächern, geschmückt, zierlich, und dies auf der ganzen einen Seite einer prächtigen makadamisierten Straße, denn Häuser auf der andern Seite würden die Aussicht versperren; das ist wie ein Pariser Boulevard mitten in den Schweizer Bergen. Riesige alte Walnußbäume spenden Schatten, und die ganze gegenüberliegende Seite, mit der Jungfrau als Fluchtpunkt, ist die prächtigste samtgrüne Wiese, wo die Kühe Glocken tragen, ganz wie auf den Hochebenen. Das eigentliche Interlaken besteht zumeist aus alten Holzhäusern, die sich zum Thunersee hinunterziehen, doch an dem langen Boulevard reiht sich Hotel an Hotel, ein hübsches Geschäft an das andere, bis hin zum Brienzersee. Wenn gegen Abend die Schilder der Ladenbesitzer illuminiert, die Gaslaternen angezündet werden – Gasbeleuchtung direkt gegenüber der Jungfrau – und die elegante Welt mit Krinolinen promeniert, dann ist Interlaken eine ganz sonderbare Stadt, ein seltsames, traumhaftes Schweben zwischen Paris und der Alpennatur. (Trauerweiden, Walnußbäume, sogar Zimmerlinden wachsen hier.)

Mittwoch, den 3. Graues Wetter; weil wir aber nicht wußten, ob es morgen nicht noch schlimmer kommt, mieteten wir einen Einspänner für 16 Franc und fuhren zuerst nach Lauterbrunnen. Gleich hinter der Stadt begann es zu regnen; der Wald duftete, wir fuhren am brausenden Fluß entlang, doch über uns hingen die nassen Wolken. Im Wald ließen Holzfäller Baumstämme talwärts rutschen; einer, groß wie ein Schiffsmast, rollte bis auf den Weg, direkt vor Pferd und Wagen, und hätte das Tier und uns verletzen können. Als wir am

Wirtshaus von Lauterbrunnen hielten, hörte der Regen auf. Wir gingen zum Staubbach, der viel Wasser führte und wie Dampf in die Tiefe stürzte; die Jungfrau war nicht zu sehen. Ein Bauer blies für uns Alphorn, wir hörten das Echo von den Bergen. Der Staubbach bildete noch zwei kleinere Wasserfälle. Auf dem Rückweg begegneten wir Berner vom Theaterbüro, er kam aus Paris und wollte übers Gebirge nach Grindelwald. Dorthin fuhren wir nun. Nach einer Weggabelung ging es ständig bergauf. Wieder strömte der Regen und dauerte an, bis wir Grindelwald erreichten und im Hotel »Bären« einkehrten, direkt am Fuß des unteren Gletschers. Da brach die Sonne hervor, und das Wetter wurde gut. Jonas nahm sich einen Führer, ich begleitete ihn ein Stück, und da lag der Gletscher schmutzig von Staub, jedoch mit riesigen glasgrünen Spalten. Man hat in ihn einen Gang geschlagen und mit einem Dutzend Lichtern illuminiert. Das Ganze sah aus wie blaugrünes Glas. Indessen hoben sich die Wolken, man erblickte Wetterhorn, Schreckhorn, Eiger und hinter dem Gletscher das Finsteraarhorn, noch höher einen reineren Gletscher, der wie ein plötzlich erstarrter Wasserfall aussah, dessen Eisstücke ineinandergeschraubt waren. Als 1821 ein Pfarrer im unteren Gletscher verschwunden war, hatte unser Führer mitgeholfen, ihn wieder heraufzuziehen. Um 3 Uhr fuhren wir bei schönem Wetter heimwärts, die Sonne schien auf die grasgrünen, mit Almhütten übersäten Hänge. Unterwegs wurden wir von Kindern und Alten geplagt, die uns für einen Franc geschnitzte Häuschen verkaufen wollten. (Am Staubbach kaufte ich einen Stock.) Prachtvolle, großartige Alpennatur. Hoch oben formten sich die Felsenspitzen. Als wir nach Interlaken kamen, war es nach der kalten Fahrt unter den riesigen Kastanienbäumen warm. Am Abend klarte der Himmel auf, die Jungfrau erhob sich rein mit blendend weißem Schnee, man konnte die Schlagschatten sehen, und bei Sonnenuntergang war sie glühend, von ähnlicher Farbe wie der aufgehende Mond. Alles ringsum war dunkel, da glühte die Jungfrau noch immer, und als später die Sterne hervorkamen, leuchtete sie wie im Mondschein. Direkt hinter unserm Hotel stand der neue Komet, mit langem, jedoch undeutlichem Schweif.

[...]

Sonntag, 7. [Brunnen] [...] Gewitter; ganz plötzlich war der See aufgewühlt. Jetzt ist herrlicher Sonnenschein, doch drohende Wolken hängen am Himmel. Bin auf den Steindamm und auf die Anhöhe im Westen gegangen, im Tal zwischen den Klippen ein Regenbogen, wie ein ausgespannter Schleier. Abends schrieb ich ein wenig an meiner »Eisjungfrau«. [...]

[...]

[Während der Rückreise macht Andersen kürzere Aufenthalte in München, Maxen und Dresden und trifft am 22.8. wieder in Dänemark ein.]

Dienstag, 27. [*August*] [Sorø] [...] Den Ingemanns »Die Eisjungfrau« vorgelesen und den Schluß umgedichtet oder richtiger, meinen Gedanken, was Babettes Tod betrifft, klarer hervortreten lassen. [...]

Mittwoch, 28. Briefe an Frau Scavenius und Frau Ortwed. Später im Juniheft der »Monatsschrift« gelesen, wo man das letzte Heft meiner Märchen zu den schwächsten stellt, dies verstimmte mich ziemlich; der erste Ärger nach meiner Heimkehr, es wird mehr davon kommen! [...]

Donnerstag, 29. Brief von Edvard: Der alte Collin ist gestern mittag gestorben. Schrieb Edvard sogleich einen Brief; eigene Stimmung. Gegen Abend war ich körperlich angegriffen, und als ich Harders etwas vorlesen mußte, ermattete ich und ging vor 10 Uhr ins Bett. Brief von Frau Ortwed.

Freitag, 30. Als ich in der Zeitung las, daß Collin am Montag begraben wird, gab ich den Besuch in Roskilde auf, schrieb einen Absagebrief an Frau Ortwed sowie einen Brief an Frau Anholm, daß ich Sonntagvormittag komme. – Bleibe also bis Sonntagmorgen bei Ingemanns. »Die Eisjungfrau« ins Reine geschrieben. – Es ist ganz herbstliches Wetter, kalt und stürmisch, mit wechselnden Regenschauern. Ging auf den Kirchhof und besuchte die Gräber, in denen Molbech, Wendelboe, Wilster, Bredsdorff und Holck ruhen. Nachmittags und abends las Ingemann aus seiner Lebensgeschichte vor, sehr interessant, was da über den Dichter Bredahl mitgeteilt wurde, der ebenso wie Rosenkilde in Slagelse zur Schule ging. Brief von Edvard Collin, die Beerdigung am Montag um 10 Uhr.

Samstag, 31. Die ganze Nacht in den Bäumen ein schreckliches Rauschen, so windig ist es. Neben mir schläft ein kleiner Neffe der Magd, ein Wächtersohn aus Kopenhagen, der bei Verwandten gewesen ist und jetzt nach Hause fahren soll – man hat jetzt den hübschen Brauch, daß man Kinder aus den Armenschulen die Ferien auf dem Lande verbringen läßt –, er hat neue Kleider und Geld bekommen. Morgen fahre ich nach Kopenhagen. Dort ist dann Trauer und Collins Begräbnis, was erwartet mich in diesem Winter? Was im neuen Jahr.

Was bricht nun an?
Wie wird es weitergehen?
Die Hoffnung oft zerrann!
Das Beste wird geschehen!

Sonntag, 1. [September] Als ich auf den Bahnhof kam und ins Coupé erster Klasse stieg, war darin ein Herr, der Tabak rauchte und es nicht lassen wollte, und ich bekam nun einen Platz im nächsten Wagen und und traf dort Pepita, die nach Kopenhagen reiste. Sie erkannte mich und erzählte von ihrer Seekrankheit und von der Artigkeit des Kapitäns; er sollte auch eine Erinnerung an sie haben, sagte ich. Ich war nicht in Stimmung, und als wir Ringsted erreichten, verließ ich den Wagen und sagte, ich hätte einen Freund getroffen; ich kehrte lieber zu dem Tabak rauchenden Mann zurück, der das aber nun unterließ. Erst halb zwölf erreichten wir den Bahnhof, wo mich Jonas und Viggo empfingen, und wir fuhren in die alte Stadt. Heute und morgen wird Kaffee in der Amaliegade getrunken. Die Stimmung erträglich. Frau Drewsen war im Begriff, zu Jonna zu reisen, deren Niederkunft bevorsteht, sie ist die ganze Nacht unterwegs. Habe die Leiche des alten Collin betrachtet, er sah ruhig schlafend aus. Der Bart war sehr rot.

Montag, den 2. Habe Angst davor, während der Beerdigung in der Kirche zu sitzen; veranlaßte den Küster, das Gestühl und die Tür hinaus zum Kirchhof zu öffnen. Die Rede von Bischof Bindesbøll war nicht befriedigend, er sprach zu viel über Frederik VI. und das politische Leben; Blædel gab am Grab in Frederiksberg ein schönes Supplement, ich fuhr dorthin mit Hornemann und Minister Fenger. Am Nachmittag speiste ich im Restaurant und fühlte mich sehr allein.

[...]

Freitag, 25. [*Oktober*] Zur Tafel beim König aus Anlaß seines Geburtstags, es waren anderthalb hundert Menschen da, die Musik lärmte; wir speisten im Rittersaal. Sprach mit mehreren, saß zwischen Kammerherrn Jessen aus Randers und Oberst Wørishøffer, nicht in Stimmung, als ich nach Hause kam, wie leer das Ganze!

Samstag, 26. Gern hätte ich gestern ein Danebrog-Fähnchen vom Kuchen oder etwas Bonbon mit nach Hause genommen, aber das kam nicht bis zu mir hin; auf dem Gelee, von dem ich nichts genoß, lag das äußerste Stück einer roten Levkoje, das nahm ich mir, um doch eine Erinnerung zu haben, und heute überfällt mich nun der Wahnsinn, daß ich diese Blüte nicht hätte nehmen sollen, auch nicht Fähnchen oder Bonbons, die Levkojenblüte quälte mich bis zum Wahnsinn. – Mittagessen bei Eckardt und Scharff, ich las »Die Eisjungfrau« vor.

Sonntag, 27. Anhaltender Levkojen-Wahnsinn. Fühlte mich krank; besuchte Ørsteds, traf Fräulein Kauffmann aus Store Hedinge, sie bekam meine Fotografiekarte. Las bei Kochs »Die Psyche« und ein paar Märchen vor, war kurz im »Casino« und anschließend im Königlichen Theater und sah 3 Akte von dem Ballett »Die Walküre«.

Montag, 28. Kränkelnd, die Levkojen-Tollheit verstärkt sich. Mittagessen bei Edvard Collin mit Emil Hornemann, Frau und Schwestern; sitze nun zu Hause, krank, geisteskrank, wenn dies schlimmer wird – niemand kennt seine Zukunft!

Dienstag, 29. Mittagessen bei Drewsens; ich habe eine Empfindung, als hätte ich ein Unglück angerichtet und sollte im Jammer enden, in den Schlamm gezogen, verhöhnt und verachtet werden! Ich kann mich aus diesem Wahnsinn nicht erheben, außer in kurzen Momenten, um dann wieder darin zu versinken. War bei Forchhammer zur Sitzung mit den drei Herren wegen des Denkmals für Ørsted, es wurde mir übertragen, die Einladung zu schreiben. Wir sprachen über das neueste Buch von Paludan-Müller, darüber, daß der Dichter in der Schilderung der Natur wahrhaftig sein müsse; da sagte ich, daß ich in den letzten Jahren nicht gegen die Natur gesündigt hätte. »Sie nicht!« sagte Tillisch und lachte, »Sie, der Sie Tiere reden lassen!« – »Ja, Ihre Exzellenz«, antwortete ich, »das ist vollkommen richtig, aber dann verstehen Ihre Exzellenz die Sprache der Tiere nicht, wenn sie redeten, müssen sie reden, wie ich sie reden lasse.« (Und eine solche Bemerkung macht ein Mann der Intelligenz, der Theaterchef!) – Abends las ich bei Exzellenz Tillisch das Märchen »Die Eisjungfrau« vor einer ziemlich großen Versammlung!

Mittwoch, 30. Im Laufe des Tages wieder schönes sonniges Wetter; meine Stimmung ist zum Aus-der-Welt-springen, glaube keinem, nicht einmal mir selbst. – Ich werde bestimmt verrückt! – Mittagessen bei Ørsteds.

Donnerstag, 31. Ging abends Frau Neergaard besuchen, die wieder zu Hause ist, und las dort »Die Eisjungfrau« vor. Die Stimmung schlecht, Theodors Rat, Einars Anspornung.

[...]

Donnerstag, den 19. Dezember. Frau Hartmanns Geburtstag, zum Mittag dort zusammen mit Gades gewesen; ich brachte mehrere Trinksprüche aus. Spätabends besuchte mich Emil und brachte junge Leute mit, sie hatten Punsch und wollten auf mich und Frau Heiberg anstoßen, denn in der »Aarhus Avis« habe gestanden, wir hätten uns verlobt; ich weigerte mich, diesen Trinkspruch anzunehmen. War von dem Gedanken erfüllt, nach Spanien zu reisen und Jonas Collin mitzunehmen.

Freitag, 20. Schlecht geschlafen, beschäftigt mit dem Reiseplan. Brachte Theodor das Honorar (25 Reichstaler) für dieses

Jahr. Las die »Aarhus Avis«, in der so ungefähr stand: »Einer unserer gefeiertsten Dichter, bekannt bei Kindern wie bei Älteren, soll sich einer zuverlässigen Nachricht zufolge, wie die ›Aalborg Avis‹ berichtet, mit der gefeiertsten Künstlerin des Königlichen Theaters verlobt haben.« [...]

Samstag, 21. [Sorø] Häppchenweise geschlafen; viel geträumt. Graues, nasses Wetter; machte einen ganz kleinen Spaziergang, war ansonsten den ganzen Tag zu Hause; Ingemann las mir zwei Gedichte über das zukünftige Leben vor, das eine war ein Traum, den er wirklich gehabt hat. Las in »Reise in Spanien« vom jungen Molbech. [...]

Sonntag, 22. Heute morgen konnte ich die Tür nicht aufbekommen, als das Mädchen kam, um den Kachelofen anzuheizen. Ich lief nun auf nackten Füßen zum Fenster und warf den Schlüssel in den Garten, doch dabei wurde mir eisig kalt, ich konnte nicht wieder warm werden und war danach etwas ängstlich. [...] Abends war Frau Wilster mit Tochter hier, desgleichen Frau Bang, Schwester und Tochter, sowie Kammerherr Hoppe und Gattin und die jungen Wilsters. Ingemann und ich disputierten über Gesichte und Offenbarungen, ich bestritt sie nicht, sagte aber, daß ich nicht an sie glaubte; Frau Hoppe war meiner Meinung. Ingemann brachte einen schönen Trinkspruch auf mich aus: Ich sei ein Vogel, der erscheine, wenn der Storch verschwinde, und abreiste, wenn der Storch komme, der wie ein Pelikan schlinge und Schillinge, Zinnsoldaten & in den Beutel legte, wo sie in Diamanten und die wunderbarsten Schätze verwandelt würden, die ich der Welt schenkte, und dann glaubte ich doch nicht an Gesichte und Offenbarungen. Nachts dachte ich über meinen sogenannten Unglauben nach – wenn sich nun ein Gespenst zeigte und mich mit Schrecken strafte –, aber dann dachte ich, das sind Wesen von einem höheren Stadium als wir, sie können nicht Grabeskälte und Schauder bringen, sie müssen Freude und Licht verbreiten, und da fühlte ich mich wieder sicher.

[...]

[...]

Montag, 6. [*Januar*] [Kopenhagen] Habe mich den ganzen Vormittag schlecht gefühlt. Jonas heimgekehrt. Er freute sich, als er von der Reise nach Spanien und Frankreich hörte. Habe mir selbst Versprechen gegeben. Starker [Frost]. Besuch von Rottbøll und Gattin.

Dienstag, 7. Umschlag in Tauwetter. Rigmor nach Hause gefahren. Mittag bei Drewsen. Besuch von Scharff, der sehr vertraulich und freundlich war. An meiner Miniaturbüste wurde gearbeitet.

Mittwoch, 8. Grau und schmutzig.

Donnerstag, 9. Mittag bei Hartmanns. Versprechen werden nicht gehalten.

[...]

Samstag, 11. »Die Eisjungfrau« bei Frau Neergaard vorgelesen. Rasmus Nielsen begeistert, er meinte, ich hätte selbst keine Vorstellung von der ungeheuren Symbolik, die in dieser Arbeit sei.

[...]

Freitag, 24. Nicht wohl! Wer nicht gegen ankämpft, der fällt! Denk daran, du erbärmlicher Kerl! Besuch von Scharff, der vertraulich und mir von Herzen zugetan ist. Mittag bei Collins.

[...]

Montag, 17. [*Februar*]. Theodor versetzte mich in sehr schlechte Laune, indem er hervorhob, wie deutlich ich meine Liebe zu S zeigte – man würde es bemerken und lächerlich finden. Später war ich bei Linds zum Mittagessen sehr verstimmt, als ich ihn heimbegleitete, munterte er mich durch seine vertrauliche Rede wieder auf. (Gestern erhielt ich eine Einladung von der Königin zu Donnerstag, und auf der Straße traf ich Prinz Christian, unsern künftigen König, er drückte mir die Hand, gratulierte mir zum Geschenk des Königs und dankte mir für »Das Märchen meines Lebens«, das er erst jetzt ausgelesen habe; fragte dann, ob ich Lust hätte, am Mittwochabend in seinem Haus ein Tänzchen zu sehen, ich könne ja gehen, wann ich wolle.) Um 8 Uhr las ich vor den Künstlern und war gut aufgelegt und nicht ängstlich; ich schloß mit »Valdemar Daae«. Unter den Zuhörern waren Paetz und Kolling. Schrieb den Brief an den König drei- bis viermal um.

[...]

Mittwoch, 19. War beim König, der mich gnädig empfing, ich klopfte ihm auf die Schulter und war bewegt. Ging hinauf zur Gräfin, die mir einen Platz anbot; ich erzählte ihr von dem vierblättrigen Kleeblatt, das ich von dem Studenten bekommen hatte, und sie wurde gerührt und fand es sehr hübsch, daß man solche Züge bei der Jugend noch finden könne, die sich ansonsten nur mit Politik abgebe; sie sprach davon, wie selten die Zeitungen die Gesinnung des Königs für Land und Volk anerkannten; sagte, ich würde gewiß bald wieder darum ersucht, ihm vorzulesen, und bat mich, mein Album mitzunehmen. Mittagessen bei Ørsteds mit der alten Frau Rothe. Abends Ball bei Prinz Christian, ich trug als einziger schwarze Handschuhe, das genierte mich gräßlich.

[...]

Freitag, 21. [*März*] War völlig verkatert, weil ich lange auf gewesen war und zu meinem späten Essen bayrisches Bier getrunken hatte, habe eine bessere Diät gelobt. In einem Berliner Schulbuch werde ich Grimm vorgezogen, das schmeichelte mir. [...]

[...]

Samstag, 29. Meine Stimmung schwer, ich suche nach einer Ursache, um zu leiden, und heute finde ich sie darin, daß Karup ein *nettes* Märchen von H.C.A. lesen will. Gestern Brief aus Amerika von einem Bewunderer in New York.

[...]

Dienstag, den 1. [*April*]. [...] Bekam heute aus Amerika »The National Quarterly Review« mit einer höchst glänzenden Rezension meiner Märchen, ich fühlte mich davon überwältigt und klein. Dann erschien Christian Winther, der wohl zeigen wollte, daß wir nicht verfeindet waren, obgleich wir bei der Verteilung des Anckerschen Stipendiums unterschiedliche Anschauungen hatten; er mußte sich jedoch wieder gegen Arentzen äußern. Danach bekam ich Besuch von Scharff, dann von Frau Koch, die mich zum morgigen Tag beglückwünschen wollte; ich war in guter Laune, dann kam der arme Verseschreiber Holst und plagte mich, bat um Stiefel, Geld, ich mußte ihm sagen, daß sein Stück unbrauchbar sei, meine gute Laune verschwand. Bei Graf Lerches brachte der Graf einen Trinkspruch auf meinen morgigen Geburtstag am zweiten April aus, während ich dann einen auf den dritten April, seinen Geburtstag, ausbrachte. Nebliges Wetter.

Mittwoch, 2. April. Träumte heute morgen, in einem kurzen Schlaf, ich ginge zu Frau Balling, Gusta Næboe küßte mich und sagte: »Lene ist am 20. gestorben«, und ich erwachte und zitterte vor Kälte, mir wurde dabei ganz sonderbar; hat das etwas zu bedeuten? Ich habe noch etwas Schüttelfrost. Als ich hinaufkam, standen da mehrere Arten von prächtigen Blumen in Töpfen von Frau Anholm. Von den mir unbekannten beiden Fräulein Hjerrild, die mir jedes Jahre Sachen zu meinem Geburtstag geschickt haben, bekam ich schöne Blumen, eine Statue von Schiller und ein Porträt von Dickens; ich schickte dafür jeder meine Fotografie und gab dem Knecht Trinkgeld. Briefe von Frau Læssøe und Anna Bjerring. Besuch von der kleinen Anna Lind, die mir Karten von ihrer Mutter und den Schwestern brachte. Brief und Karte von Etatsrat Thiele, Porträt von Christian VIII. von ... – Reitzel, Drewsen & besuchten mich, Telegrafendepesche von Herrn und Frau Serre in Dresden. Blumen von Frau Henriques und von Christian Winthers Gattin. Vers und Fotografiebilder von Frau Jerichau. Weil ich von ihm nichts Kostbares haben wollte, hatte ich Scharff um eine Zahnbürste gebeten, und er brachte sie mir, eingefaßt in Silber mit Namen und Datum. 3 Glasbilder von Eckardt. Eau de Cologne vom alten Hartmann. Gräfin Holstein kam persönlich mit Kamelien, Rosen &, 4 Töpfe. – Ging zur Ausstellung, Besuch von Jonas. Mittagessen bei seinen Eltern. Hörte im »Casino« Fräulein Lehmann sehr schön aus »Rienzi« singen; ein kleiner Gang ins Theater. Froh über all die Freude dieses Tages. Ein bißchen Sonnenschein.

[...]

Samstag, den 12. [*Juli*] [Lerchenborg] [...] Zum Mittagessen war hier ein Pfarrer Knudsen mit Frau, er ist Missionar in Trankebar gewesen; sehr beredt, recht belesen und vom ersten Augenblick an disputierend. Zuerst behauptete er, es gebe Gespenster, opponierte gegen meinen Zweifel und erzählte erlebte Beispiele. Dann kam er auf die Religion zu sprechen und warf mit Bibelstellen um sich, als das Unfehlbare. Verdammte Judas zu *ewiger* Qual, obgleich dieser bereut und verzweifelt hatte. Er benutzte die Wissenschaft, wo sie die Worte der Bibel unterstützte, benutzte die neueren Entdeckungen, wo sie auf die Aussagen frommer Männer des Altertums hindeuteten, verwarf sie jedoch, wo sie der Bibel widersprachen. Er schleuderte eine Masse Bibelsprüche, die zu Dornbüschen zwischen mir und Gottes Liebe wurden; ich sagte, daß ich mich in Gottes Natur mehr erbaut fühlen könne als durch eine schlechte Predigt. »Aber die Natur predigt kein Christentum!« antwortete er. Ich wurde nervös, dieser überhebliche Mann stimmte mich weder froh noch wohl! – »Ja, der Professor verträgt keinen Widerspruch«, sagte Helsted, der sich in allem dem Pfarrer anschloß, im Gegensatz zum Grafen. [...]

Mittwoch, 16. [Roskilde] Febril geschlafen; häßliche Träume, starke Kopfschmerzen. Der Maler Kornerup holte mich zum Besuch des Doms ab, wo Kammerrat Friis mich herumführte. Die roten Mauersteine der Säulen treten jetzt hervor, und diese erheben sich nun schlanker; die alten katholischen Bilder sind von der Kalkschicht befreit, die sie durch die Reformation erhielten. (Es ließe sich aus dieser Zeit eine Szene dichten: Ein fanatischer Mann, zornig auf die Geistlichen jener Zeit, denkt nur an ihre Schwächen, überkalkt und zerstört sie, und eine fromme Natur sieht die Vernichtung des Heiligen.)

[...]

Reise nach Spanien

Mittwoch, den 23. [*Juli*] (Korsør) Heute morgen stand ich um 5 Uhr auf und verließ Kopenhagen, wo ich 6 Tage im »Hotel d'Angleterre« gewohnt hatte, und fuhr mit dem Morgenzug nach Sorø. Ich hatte Kopenhagen über, alles war zur Abreise geordnet, ich hatte jenen Lebewohl gesagt, von denen ich mich verabschieden wollte; es war mir nun zumute, als gehörte ich nicht länger zu diesem Ort und diesen Menschen; so muß sich ein Verstorbener fühlen, wenn er umgehen könnte; man glaubt, er sei fort, und so auch mit mir. »Sind Sie noch hier!« wurde gesagt. Als ich schon im Wagen saß, erschien auf dem Bahnhof Frau Koch und sagte herzlich Lebewohl. Ich hatte ein Abteil erster Klasse verlassen, weil mir die Gesellschaft darin nicht recht behagte und ich am liebsten allein sein wollte; Anlaß, um mich zu entfernen, fand ich, als der Herr mit einem schweren Kasten leicht mein Schienbein berührte und ich also äußern konnte, man habe mich gestoßen. In dem neuen Abteil hatte ich zur Gesellschaft einen Militär (ich glaube einen Hauptmann Muus), der Mitglied des Festkommitees in Flensburg war und von Lüttichau wußte, daß ich zum Fest anreiste; wir unterhielten uns lebhaft und trennten uns in Sorø. Hier ließ ich mein Gepäck auf dem Bahnhof zurück und fuhr mit dem Omnibus zu Frau Ingemann. [...]

[...]

Freitag, 1. [*August*] [Brunnen] Träumte häßlich von einem kleinen Kind, das ich trug, es schrumpfte zu einer trocknen Haut auf meiner Schulter. [...]

[...]

Samstag, 6. [*September*] [Perpignan] Mehrmals auf und nach der Uhr gesehen, zog mich um 1 Uhr an und ging um 2 zum Halteplatz der Diligence; es war finstre Nacht und still, Punkt drei Uhr fuhren wir ab, Jonas oben und ich im Coupé mit zwei spanischen Damen, gewiß Mutter und Tochter. Die Laterne auf dem Pferd brannte, so daß der nächste Teil des Wegs erhellt war, Pinien und Platanen bildeten eine Allee. In der Dämmerung erstrahlte ein Stern so tief am Horizont, daß ich nicht weiß, ob es ein Stern oder ein Leuchtturm war; nun wurde das schneebedeckte Gebirge von der Sonne beleuchtet, es war ein herrlicher Anblick, der Schnee glühte, und als er erblaute, wurden die Berge darunter violett-rot. Nun ging es zwischen ziemlich ausgebrannten Klippen bergauf, doch ehe ich noch davon wußte, hatten wir die Pyrenäen überquert; in der französischen Grenzstadt war ich der einzige, von dem man den Paß verlangte. In der ersten spanischen Stadt, La Junquera, mußten wir jeder 2 Franc für den Eintritt bezahlen; auf dem in den Paß gelegten Zettel hieß ich nur Hans Christian; als ich erklärte, daß mein eigentlicher Name vergessen sei, wurde ich nicht verstanden, und es blieb, wie es war, der Kondukteur sagte, das mache nichts. Die Visitation war leicht. Der Wagen sehr eng und hart, wir rollten davon; der Weg nicht schlecht, es war, als fehlten alle Brücken, wir fuhren durch Tränken und Ströme, an einer Stelle war ein breiter, tiefer Fluß. Ein paar Bauern, man sagte, es seien Basken, hatten nur die Jacke an und das Hemd darunter nach oben geschoben, so daß man sie vorn nackt und hinten im Wasser sah; einer zeigte mit der Hand den Weg, zwei lenkten die Pferde, das Wasser drang in den Wagen ein; wie ich höre, ist hier vor ein paar Tagen eine Diligence umgekippt, und drei Menschen ertranken – ich ahnte nichts von der Gefahr. In Figueras servierte man uns ein vorzügliches Frühstück, nur kamen die Gerichte so durcheinander, als wären sie wahllos aus dem Schornstein genommen, Braten, Kuchen, Fisch, Obst, Fleischspeise usw. Ein junger Spanier, der in Aachen gewesen war und deutsch gelernt hatte, half uns ein wenig; doch als ich von der Wirtin, die von uns 7 und von den anderen 6 verlangte, Geld zurück haben wollte, sagte sie auf die komischste Weise: »Nix!«, so daß ich lachen mußte und sie auch und alles vergnüglich abging. In der Nähe von Gerona wurde der Weg sehr belebt; eine unendlich lange Brücke, die so schmal war, daß die entgegenkommenden Wagen auf Halteplätzen, die man an einzelnen Stellen der Brücke angelegt hatte, warten mußten, bis wir vorbei waren. In Gerona wurden wir dann von der Diligence erlöst und setzten uns in die erste Klasse der Eisenbahn – das war ein Himmelreich, Platz für die Beine, weiche Sitze; ein paar Geistliche kamen in den Wagen und rauchten Zigarre. Das Land war sehr flach mit schönen Pinienwäldern; wir erreichten nun das Meer, und die Bahnlinie verlief bis Barcelona mehrere Stunden dicht am Strand, wo die Brandung auf den Sand spritzte. Der Mond kam bald zu Kräften und schien auf das grüne Wasser, ich mußte ganz dringend hinaus, und es war eine Qual, bis ich es konnte, eine Station nach der anderen, der Wagen sehr voll. Um halb zehn erreichten wir den Bahnhof, wo wir sogleich Schierbeck und Buchheister erblickten; das war ein Glück, denn jetzt begann die Verwirrung erst recht. Der Gütersaal war voller Menschen, das Gepäck durcheinandergeworfen, jeder sollte das Seine nehmen, und dann mußte wieder alles geöffnet und untersucht werden. Buchheister war zur »Fonda del Oriente« gegangen, um Zimmer zu bestellen, Jonas saß im Omnibus, wohin das Gepäck gebracht wurde, doch ein Träger lief mit seinem Koffer zur genau entgegengesetzten Seite ins Gewimmel, ich hinterher, hielt ihn fest, protestierte, das sei die falsche Richtung, trotzdem stellte er den Koffer auf seinen eigenen Omnibus; da erwischte ich Schierbeck, sie wollten den Koffer nicht zurückgeben, endlich ergriff er ihn selbst und trug ihn unter Schreien und Rufen davon. Indessen hatte sich der Omnibus, in dem Jonas saß, mit Menschen gefüllt; er hatte protestiert, daß einer der Plätze besetzt sei, das half nichts, jetzt gab es Streit, und die Leute im Omnibus ergriffen Partei, endlich wurde ich hineingezwängt, und wir rollten davon zur »Fonda del Oriente«, wo wir sehr gut einquartiert wurden, jedoch teurer, als ich erwartetet hatte. Wir bekamen das Essen aufs Zimmer, der Wein schmeckte so fade und schal, daß wir eine Flasche Malaga verlangen mußten, um uns zu stärken. Wir kamen jedoch immer noch nicht zur Ruhe, der Omnibuskutscher und der Träger erschienen bei uns im Zimmer, nachdem wir eine Stunde gewartet hatten, und verlangten mehr Geld, Schierbeck hätte ihnen nicht genug gegeben; nach langem Hinundhergerede baten wir sie, morgen um 1 Uhr wiederzukommen, wenn wir mit Schierbeck gesprochen hätten; das war der erste Tag in Spanien. Jonas dachte als erster daran, »Vielliebchen« zu sagen.

[…]

Sonntag, 14. Mit Schierbeck im Dom, der eine sehr schöne Halle, einen Bogengang um einen kleinen viereckigen Garten hat, in dem Zitronen, Palmen & standen; ein Springbrunnen mit einem Reiter, der Wasserstrahl steigt aus dem Hinterteil des Pferdes auf; ein paar lebendige Gänse waren hier eingesperrt, ein seltsamer Gegensatz zu den vielen Altären im gotischen Außengang. Die Kirche ist schwarz, groß und prachtvoll; alle knieten, auch ich mußte es tun, eilte dann aber verlegen davon. Fand zur Kirche Santa Maria del Mar, die eine schöne Fassade hat und einen Innenraum, der sich auf schlanken Säulen erhebt. Zuvor gingen wir durch die Straße der Goldschmiede, in der ein glänzendes Geschäft das andere ablöst; ich geriet von den anderen weg und landete vor dem Palais der Königin, mit dem neuen schönen Springbrunnen. Gern hätte ich mich aufs Bett gelegt, da bekam ich Besuch von Scheller und seiner Frau, sie waren sehr aufmerksam und herzlich; ich schenkte Frau Scheller meine Fotografie. (Gestern saß neben mir am Tisch ein Deutscher, Engelhardt aus Sachsen, als er hörte, daß ich Däne war, erzählte er, er habe das Glück genossen, Thorvaldsen zu begegnen, mit dem langen weißen Haar. »Sie haben ja auch Andersen!« sagte er und erzählte, wie geliebt und gelesen derselbe in seiner kleinen Stadt und in seinem Hause sei. Als ich ihm sagte, ich sei Andersen, freute er sich, drückte mir die Hand und sagte, das wolle er seiner Frau schreiben, das gehöre zum Interessantesten, was ihm auf der Reise begegnet sei.) Um 1/2 4 fuhren Jonas und ich mit Schierbeck hinaus zur Arena, die bald fast ganz gefüllt war, etwa 16 000 Menschen. Musik erklang, wir saßen auf den Steinbänken des Amphitheaters, man führte eine komische Szene zwischen Mauren und Spaniern auf. Nun kam ein Stier herein, mit umwickelten Hörnern, damit er keinen Schaden anrichten konnte, es gab eine Flucht und komische Szenen; doch zuvor hatte das Publikum Szenen geliefert, hatte sich mit Mehl überworfen, man warf zu meiner Verblüffung mit Mehl gefüllte Kondome, welche die Damen streiften. Dann kam ein Stier, und der Kampf begann, doch durch das wilde Geschrei ringsum wurde das Tier sogleich ängstlich, man rief »Ferro«, er wurde mit glühenden Pfeilen gestochen. Schierbeck sagte, so ein Kampf sei gefährlicher als mit mutigen Stieren, es sei nicht möglich, diesem unruhigen Tier den Todesstoß zu versetzen. Der erste Stoß des Toreadors war vorzüglich, jedoch nicht tief genug, um tödlich zu sein, das Tier lief mit dem Degen im Hals herum; nach langem Hetzen und Kämpfen erhielt es den Todesstoß und sank sofort zu Boden; geschmückte Pferde schleppten es weg. Der nächste Stier fing mutiger an, bekam dann aber auch Angst, die Leute verlangten für ihn Feuer, und Brandpfeile mit knallenden Raketen wurden in seinen Hals gestochen. Der Kampf dauerte lange und war mehrere Male gefährlich. Dann folgte eine maurische Szene, in der ein kranker Maure von Mauren bewacht wurde, und nun ließ man einen Stier herein, dessen Hörner umwickelt waren, zahme Stieren brachten ihn aus der Arena, sie wußten Bescheid, sowie sie hereinkamen, liefen sie zu ihm und führten ihn augenblicklich hinaus. Nun sprangen Leute aus dem Publikum, zumeist Knaben und junge Leute, in die Arena hinunter, und man ließ einen Stier mit unschädlichgemachten Hörnern herein; er überwand mehrmals die Schranke vor der ersten Reihe und versuchte auch, zum Publikum hinaufzugelangen, doch er hatte nicht genug Platz, um richtig zu springen, und die Barriere war für ihn zu hoch, er reckte seinen Kopf jedoch bis in die vorderste Reihe. In dieser Arena waren 1833 die Bewegungen ausgebrochen, Leute hatten geschossen, und Soldaten hatten zurückgeschossen, und dann waren Feuer und Zerstörung durchs Land gegangen. – Abends durch die Cafés gebummelt, Bier getrunken, das schmeckte wie dünnes Bier zu Hause, mit Wasser versetzt. [...]

[...]

[Von Barcelona fahren Andersen und Jonas Collin per Schiff weiter nach Valencia.]

Mittwoch, den 17. Ich schlief in halben Nachtwachen, die See war eigentlich ruhig, um 6 Uhr stand ich auf und betrachtete Spaniens Küste. (Gestern sah ich den Monserrat wie einen Fisch mit gezackter Rückenflosse.) Die Ufer waren nackt, sie wurden von der aufgehenden Sonne bestrahlt; in Richtung der Bucht von Lyon hingen dicke Regenwolken über dem Meer. Um ¹/₂ 9 Uhr kamen wir und dann unser Gepäck an Land, gingen zur Dogana, wo es Scherereien gab, weil Jonas Gift für seine Tiere bei sich führte, dieses und diese mußten zurückbleiben, bis ein Chemiker sie untersuchen könnte. Ein Spanier, dessen Bekanntschaft ich an Bord gemacht hatte, nahm sich unserer an, zusammen mit ihm und dem Deutschen kamen wir in eine Tartane, das Gepäck in eine zweite, und fuhren etwa ³/₄ Stunde bis nach Valencia. Am Weg standen reinliche Häuser, mit Stroh gedeckt wie unsere Bauernhäuser, jedoch höher, stärker geweißt und mit einem Vorhang statt einer Tür. Am Tor wollte man uns wieder visitieren, doch unser Spanier sorgte für uns, und wir erreichten die »Fonda del Cid«, wo wir zwei Zimmer und ein gutes Frühstück bekamen, der Wein stark, Trauben und Melonen ganz unvergleichlich. Jonas ging nun hinaus in die Vorstadt und kehrte mit seinen halbwegs konfiszierten Sachen zurück. Ich hatte inzwischen einen kleinen Spaziergang durch die Stadt gemacht und mich barbieren lassen. (Heute morgen sahen wir von See das alte Sagunt und die zerstörten Festungsmauern.) Sehr gutes Mittagessen, die Melonen süß, die Trauben fest im Fleisch. Als ich heute im Spaß zu Jonas sagte, Vilhelmine W könnte gut zu mir als Ehefrau passen, erklärte er, das sei ekelhaft und er wolle im Namen der Menschheit Einspruch erheben; und als ich meinte, sie und ich verstünden uns gut, entgegnete er, wir hätten in den wichtigsten höheren Dingen unterschiedliche Ansichten; er sagt mir mehr Unannehmlichkeiten als Freundlichkeiten, das letztere wäre Empfindsamkeit, Grobheit dagegen ist männlich. Ich war gereizt, schwieg jedoch um des häuslichen

Friedens willen; es ist merkwürdig, wie wenig Rücksicht er auf mich nimmt; könnte ich doch Ruhe bewahren; es ist schwer, denn ich habe das Bedürfnis, ihn wie einen Bruder zu lieben.

[...]

Sonntag, 21. [Alicante] Wir wohnen zur Promenade hinaus, gingen in den Garten hinunter; hier ist ein anderes Leben als in Valencia, die Häuser flach, ein Kastell überragt die Stadt. Auf dem Fischmarkt sahen wir Tintenfische und seltsame Fische, einige waren wie flachbäuchige große Nattern. Es ist sehr warm; mein Stuhlgang ein bißchen dünn. In diesem Hotel muß man für das Stiefelputzen apart bezahlen. Jonas kochte Schnecken, die Tiere, die er aus den Schneckenhäusern zog, fraß der Aufwärter. [...] Der Platz Isabellas II. ist mit Springbrunnen, Blumen und Palmen geschmückt. Kreuz und quer spazierengegangen, die Frauen saßen mit ihren Kindern da und lausten sie; ging zum Meer, das lange Wellen zur Küste wälzte; die Festung liegt auf einer gelben Klippe, die ganze Küste wie ausgebrannt, nicht ein Busch, nicht ein Baum. Abends halb neun war auf der Alameda Musik, zumeist Damen, sie saßen in langen Reihen und fächelten sich, kleine Mädchen, geputzt und hübsch, tanzten miteinander. Gaslaternen brannten unter den Bäumen, in diesem ganzen südlichen Leben-larum stiegen Vorstellungen von Buchenwäldern, dem Öresund, der ganzen dänischen Heimat auf. Fern und daheim, wie ich damals, als ich den »Basar« schrieb, mein Buch nennen wollte. [...]

[...]

Sonntag, 5. [*Oktober*] [Málaga] Sehr warm; heute nacht febril geschlafen. Besuch von Herrn Delius; er ist in seiner Aufmerksamkeit unermüdlich, gegen Abend brachte er wieder persönlich einen Brief nach Granada. Wir gingen mit unserm Konsul zum Stierkampf. Von außen war die Arena unansehnlich, innen auch erheblich kleiner als die von Barcelona und nur halb voll; doch der Stierkampf war so roh und abscheulich, wie er wahrscheinlich nur noch wenige Jahre in Spanien stattfinden wird, die gebildete Klasse mag ihn nicht sehen, die Damen bleiben davon fern. Es hat einen Aufschwung gegeben, eine Entwicklung im Charakter der Spanier, welche dieses intelligente Volk zu einem der ehrlichsten in Europa machen wird. Die Stiere zerfetzten den Pferden Brust und Bauch, vier lagen tot in der Arena, die Därme hingen den armen Tieren aus dem Leib, das Blut floß in Strömen aus ihrer Brust und spritzte über das Geländer, die unglücklichen Stiere brüllten vor Schmerz, ein Espada bekam einen Stoß ins Bein, daß es anschwoll und er humpelte, doch das Publikum pfiff ihn aus und warf ihm eine Krücke zu. Ich sah vier Stiere, Jonas blieb länger und sah noch vier weitere, ein Stier hatte die Eingeweide um seine Hörner gewickelt. Ich sah die toten Pferde, vier Stück lagen im Staub, und dann und wann jagte der Stier seine Hörner in sie hinein; der Picador stürzte mit dem Pferd und mußte unter den gefallenen Tieren hervorgezogen werden, ein einzelnes Pferd wurde hinausgeführt, doch ein Blustrahl sprang aus seiner Brust, und es sank vor dem Ausgang zu Boden. Ein paarmal setzten die Stiere, triefend von Blut, über die Barriere, ein Stier erhielt einen Degenstoß, daß ihm das Blut aus dem Maul strömte und er aufbrüllte. Der geehrte Espada Bocanegra schnitt jedem Stier, den er erlegte, ein Ohr ab und warf es in die Zuschauermenge, diese warfen ihm bei jeder kecken Wendung ihre Hüte, Fächer, Zigarrenfutterale & zu. – Ein Stier zerfetzte ein Pferd, das mit seinem Reiter stürzte, dann kehrte er zurück, Bocanegra ergriff ihn beim Schwanz, und das Tier blieb verblüfft stehen, sah ihn an und ging dann seiner Wege. […]

[…]

Dienstag, 7. [Granada] Wollte früh zur Alhambra hinauf, um Don Antonio Cánovas del Castillo zu finden, der in der Fonda dort oben wohnt und an den ich empfohlen bin. Jonas wollte zuerst zum Postamt und zum Bankier wegen Briefen, ich sagte ihm, das sei noch zu zeitig, er war still, verärgert und begleitete mich. Ich mußte lange auf Herrn Cánovas warten, endlich kam er und versprach zuzusehen, was er für uns tun könne, doch das Resultat wird wohl gleich Null sein. Als ich die Fonda verließ, wollte Jonas sogleich hinunter, ich bat ihn, wo wir nur ein paar Schritte von der Alhambra entfernt waren, mit hineinzugehen, und er folgte träge; er hat ein großes Interesse für sich selbst und was ihn betrifft, das ging im letzten Jahr so weit, daß er meine Sachen außen um die [Wäsche-]Rolle wickelte, während er seine ganz innen hatte; er hat für mich kaum einen oder keinen großen Gedanken, doch wenn ich ihm das sagte, würde ich mir die Tage nur unangenehm machen. – Der Weg zur Alhambra hinauf verlief unter hohen, schattigen Bäumen, ringsum wurde eifrig gearbeitet, für die Ankunft der Königin; Papierlaternen in den Alleen. Wir konnten nicht in die Alhambra hinein, 8 Reales öffneten jedoch Zimmer und Höfe. Ein rotgelber fensterloser Hof, mit großen, offenen Fensterrahmen, das ist der erste Eindruck des Gebäudes. Der Löwenhof erschien mir kleiner, als ich erwartet hatte. Drinnen war alles restauriert, es wirkte unpoliert, das Portal mit arabischen Inschriften, die Wände getäfelt, schwebend auf schlanken Säulen und von den Fenstern eine großartige Aussicht auf die Stadt bis zu den Bergen, die vergoldeten eckigen Kronleuchter bildeten zu der alten Herrlichkeit einen theatralischen Gegensatz, und in diesem tropischen Land hatte man in einem der Höfe eine kleine Palme aus Leinen und Papier aufgestellt; das Ganze war, im Sonnenlicht und inmitten der alten Größe, so kindisch dekoriert, als hätte man eine antike Statue mit Fastnachtsruten geschmückt. [...] Nach dem Mittagstisch große Szene mit Jonas, der mich, Gott weiß warum, daran erinnerte, daß sein Großvater mir Wohltaten erwiesen habe und daß ich nicht vergessen könne, wie hart ich von diesem vor allem in der späteren Zeit behandelt worden sei; er war heute gekränkt und sprach seine wahren Ansichten aus, und wie verschieden wir seien, indessen beruhigte er sich. [...] Später wurde er wieder brav, mein Herz schlug wieder warm für ihn, und nun ist es bis auf weiteres gut. – Abends kam Oberst Larramendi, ging mit uns durch die Straßen, zeigte uns sogar eine der suspekten Straßen, führte uns zu einem Laden, wo es eine schöne Tochter gab, traktierte uns mit Zuckerwasser und Kuchen, war höchst liebenswürdig. Zu Hause war mein Blut in starker Bewegung, ich schrieb bei dem herrlichen Mondschein ein paar Gedichte und ging nicht vor 12 Uhr ins Bett. Jonas bekam gegen Abend einen weiteren Brief von seinen Eltern, ich ein paar Worte *von seiner Mutter*. – +

[...]

Samstag, den 11. Nie zuvor habe ich in solchem Grade Blut verloren wie hier in Spanien, täglich kommen halbe Tassen. Heute ist das Gemüt leichter. Ging Herrn Visby besuchen, der in einem alten maurischen Haus am Darro wohnt; heute war er draußen an der Papiermühle. Ich ging weiter am Darro entlang, der kaum Wasser führt, jedoch ein tiefes Flußbett hat, worüber sich hohe, schmale, schwere Brücken wölbten, die Alhambra lag in steiler Höhe. Besuchte Larramendi, der mit seiner Familie am Frühstückstisch saß; auf dem Heimweg sah ich einen Krüppel mit nur einem Arm, vom zweiten gab es nur ganz oben das Gelenk, doch aus der Knochenhöhle schien ein Stück Fleisch zu ragen, das einem Finger glich, mit einem Glied, das sich beugte. Ging in die Kirche, zur Kapelle Isabellas der Katholischen. Die Königin besucht heute einen Lorbeerbaum, unter dem sich Isabella I. im Kampf gegen die Mauren verbarg, als ihr die Gefangenschaft drohte; Isabella II. hat den Baum und das kleine dazugehörige Grundstück gekauft. – Durch die Straßen gelaufen, um das Eigentümliche zu sehen, wie es hier üblich ist, wurde wegen meiner langen, mageren Gestalt ausgelacht! – In den meisten Häusern sind die Flure hübsch mit kleinen Steinen ausgelegt, mosaikartig, zumeist eine Vase mit einer großen Blume, einen Doppeladler oder Figuren in allen wechselnden Formen des Kaleidoskops darstellend. In den Gärten hat man die jungen Zypressen zusammengeschnürt, damit sie architektonische Säulen bilden. Ich begab mich auf die Alameda, jenen Weg, den die Königin heute gefahren ist, wie ich glaube, und gleich oberhalb der Brücke fließt der Xenil in den Darro, der erste war wie ein Rinnstein zu überschreiten, der Darro ein flacher Bach; sie tragen große

Namen in der Welt der Geschichte und Dichtung, in der Wirklichkeit sind sie von ganz verschwindender Größe, doch nach einem Regenguß wie in Barcelona können sie ihre Namen vielleicht behaupten. Gegen Abend wurde die Illumination wiederholt, Zigeuner tanzten vorüber, fastnachtartig verkleidet, einer der Männer hatte ein Saitenspiel, die Frauen schlugen mit Kastagnetten. Die Königin fuhr dreimal hier vorüber und kam erst gegen elf Uhr zum Theater. [...]

[...]

Montag, 13. Ging vergeblich zu Visby; las zu Hause Kierkegaards »Der Begriff Angst«, wo er über die geheimen Wege des Genies, die Gegenwart des Schicksals redet, und daß Gott im Himmel (in einem gewissen Sinn) das Genie nicht versteht! Ich hielt das für unchristlich, und Jonas sagte, daß »*Gott und Christentum zwei verschiedene Dinge sind!*« – Ich sagte, daß Gott bestimme, daß er der einzige sei. »Das ist nicht Christentum, die Juden glauben auch an einen Gott, nicht aber an Christus!« [sagte Jonas] – Hier bekam ich in klaren Worten, daß Gott für den neuen Gott Christus vom Christentum vertrieben wird. – Jonas ging zum Stierkampf und bezahlte dafür von seinem eignen Geld 30 Reales, das war mir, wo hier alles so teuer ist, zu teuer. Ich ging hinauf zur Alhambra, wo man seidenbezogene Stühle hinunterschleppte, große Mengen von Inschriften und Transparenten waren aufgehäuft, die prangende Festlichkeit lag als Staub im Staub. Ich guckte in den vordersten Hof der Alhambra hinein, der Eingang war doch nicht so jämmerlich, wie die meisten Schriftsteller ihn machen, der von der Kaiserburg in Rom ist ganz anders armselig. Nachdem ich einen Blick auf die Berge geworfen hatte, probierte ich verschiedene Wege aus, die zwischen Mauern und Gehegen ins Innere führten, endlich fand ich einen Abstieg zum Darro, ganz wild romantisch, öde, zwischen engen Mauern. Ich geriet an einen Turm, der hoch oben ein maurisches Fenster hatte, der Weg glich einer tiefen, durch ein Erdbeben entstandenen Spalte, kleine Hügel aus Lehmklumpen türmten sich auf, große Kakteen ließen ihre gelbbraunen Feigen in ungeheurer Menge herabhängen. Ich erreichte den Darro, ging abermals vergeblich zu Visby, mitten in dem viereckigen Hof ist ein Garten mit Zitronenbäumen. Ging dann eine Straße hinauf, die mich in eine solche Höhe führte, daß ich den Dom in seiner Größe und ringsum die Stadt erblickte. Zu Hause trank ich ein Glas Jerez. [...] Jonas kehrte spät vom Stierkampf zurück, 28 Stiere waren dabei aufgeschlitzt. Am Abend sah ich vom Balkon des Hauses die Raketen aufsteigen, traf dort oben den Maler José Martin, der mir und Jonas seine Fotografiekarte brachte, er bekam dafür die meine. Müde von Lärm und Illumination ging ich zeitig ins Bett.

Dienstag, den 14. [...] Ich ging durch die Stadt und sah nun auf einem Platz, daß der Obelisk aus Leinen bestanden hatte, vor halb abgerissenen Häusern waren Kulissen aufgestellt. Durchstreifte das Maurenviertel, in dem es noch drei vollständige Straßen gibt, zwei senkrecht zur dritten, sie werden noch als Geschäfte benutzt; der hufeisenförmige Bogen mit einem kleinen Fenster und unter diesem die Tür, das ist der ganze Laden. Auch hinter der Kirche steht ein altes maurisches Haus, das jedoch sicher aus einer späteren Periode stammt, mit schweren Rokoko-Verzierungen. An der Alameda gibt es noch ein eigentümliches Haus, eine Kaserne, mit Statuen von Soldaten, die Uniformen aus der Perückenzeit und eine Art von Bischofsmützen tragen. Das Portal ruht auf zylinderförmigen Säulen, alles ist klobig und schwer. Am Ende der Alameda drei große Springbrunnen, die Wasserschale des ersten wird von vier gespenstischen Wassergeschöpfen getragen, die in dem Ballett »Eine Volkssage«, in der Hochzeitsszene, auftreten könnten. Die Bauern haben kunstvoll genähte Gamaschen, die offenstehen, so daß man die weißen Leinenstrümpfe sieht, dazu Samthosen mit Quasten und rote Scherpe, Jacke und eine Art Garibaldi-Hut. – Als ich während meiner Schulzeit als junger Mensch bei einer Familie in Kost war, kamen einmal, wie ich mich erinnere, Fremde zu Besuch, und die Kleider der Kinder hatten Löcher, die nicht ausgebessert, sondern nur mit einem dahintergehefteten Lumpen versehen waren. Da geschah es nun freilich, daß eins der Kleinen mitten in die Gesellschaft platzte und das Geheimnis verriet und laut sagte: »Mutter, der Lappen geht ab.« Das, glaube ich, würde in Spanien beim Besuch der Königin zwar nicht geschehen, doch hier hatte man wirklich einen Lappen vor die Lumpen gehängt. – Meine »Reise in Spanien« soll so beginnen: Ich sagte, wenn ich in der Lotterie gewinne, dann mache ich eine Reise nach Spanien; ich habe nicht in der Lotterie gewonnen, der liebe Gott wollte nicht, daß ich auf diese Weise Geld gewönne, doch eines Tages ließ er das Haus Reitzel sagen: »Ihre illustrierten Märchen sind ausverkauft, wir machen eine neue vollständige Ausgabe.« Und die ergab ein Honorar, das wie vom Himmel fiel, das war das Reisestipendium für Spanien. Zwar beanspruchte die Einkommensteuer in dem bekannten grünen Buch ihr Teil davon, denn es war ja das große Einkommen des Jahres, doch man versagte sich selbst dies und jenes, und der Gewinn reichte trotzdem für eine Reise, wie ich hoffen will, für Dänemark und die Dänen. – Aber es wurde doch auch eine Reise, will ich hoffen, die sich bezahlt macht als Einkommensteuer für Dänemark, die Dänen und mich selbst. Dieses Summen des Menschengewimmels unter meinen Fenstern, dieses eintönige Plätschern des Springbrunnens dort unten wird noch in den beschriebenen Blättern rauschen, wenn längst Jahre vergangen sind.

[...]

Donnerstag, 16. Ging nach dem Frühstück hinauf zur Alhambra; dort war der berühmte englische Fotograf, der ein Bild für die Königin aufnehmen sollte, deshalb mußten wir warten. Eine ganze Zigeunerfamilie kam auf das Bild, sie waren sehr aufgedonnert, sogar ein kleines Kind, kaum ein Jahr alt, dessen Haar kurz wie bei den schwarzen Schweinen war, hatte eine Dahlie hinter dem Ohr; ein schwarzbrauner alter Zigeuner mit einem bösen Gesicht spielte ein Saitenspiel; einer kokettierte in meine Richtung und machte mit beiden Händen eine seltsame Bewegung am Hals, als ginge ein Ring auseinander. Zuvor hatte uns der Kustos durch die vordersten und untersten Säle geführt. Paneel aus blau- und grüngemalten Porzellanfliesen, die Wände sehen aus, als ob über rotem, grünem und vergoldetem Grund kunstvoll gewebte Spitzen hingeworfen wären, das hufeisenförmige Fenster mit seiner schlanken Marmorsäule als Pfosten ist etwas über Menschenhöhe, dann folgen in dieser Spitze aus Stein zwei offene kleine Fenster, durch die das Licht hereinströmen kann, so daß es im oberen Teil des hohen Saals nicht dunkel wird. Die Decken sind entweder flach, kunstvoll geschnitzt, oder sie wölben sich wie im »Saal der beiden Schwestern«, daß man in den Becher einer kolossalen Blüte hineinzuschauen glaubt. Im »Saal der Abencerragen« ist das große Marmorbecken noch vorhanden, die Schale des Springbrunnens, in die Boabdil das Blut der Abencerragen fließen ließ, ein Teil ihres Bodens ist von einer rotbraunen Farbe durchtränkt, wie man annimmt, noch vom Blut. Wir sahen das Boudoir von Isabella der Katholischen, es hat Fresken, auf die jedoch Fremde ihre unbedeutenden Namen geritzt und gemalt haben, jetzt ist damit Schluß, denn sie werden bewacht. Hier hat man vom Turm eine hinreißende Aussicht über die Baumwipfel auf den in der Tiefe strömenden Darro. Durch eine Galerie mit schlanken Marmorsäulen gelangt man herein. Wir waren in den prächtigen Badekammern, am Eingang standen zwei Nymphen aus Marmor und Leda mit dem Schwan als Basrelief, zu jeder Seite grinsten zwei alte Satyre. In die größte Badekammer fällt das Licht durch sternförmige Öffnungen in der Kuppel. Hier gibt es große Bassins zum Baden, und man sieht noch die Röhren für warmes und kaltes Wasser. – Die Löwen im Löwenhof sind äußerst schlecht ausgeführt, sie sehen aus, als hätte man aus alten Eisenstücken ein paar vierbeinige Tiergestalten aufgestellt. Die Bogengänge leicht und luftig, die Alhambra gleicht einem alten Legendenbuch, mit einer phantastisch verschlungenen Bilderschrift über Farben und Gold! Jede Kammer ist ein neues Blatt, dieselbe Geschichte, dieselbe Sprache, und doch ein neues Kapitel im Buch. Wir trafen dort oben die russischen Damen, auch einen englischen Maler, der meinen

Namen kannte. Nach zweistündiger Wanderung kehrten wir müde heim. Im tiefen Staub vor meinem Balkon tanzten zwei junge Zigeuner spanische Tänze, der junge Mann sah gut aus und hätte mit seiner Kleidung sogleich als spanischer Tänzer im Theater auftreten können; das junge Mädchen, halb noch ein Kind, war wie ein Dienstmädchen gekleidet, hatte nur eine Dahlie im schwarzen Haar. – Ging früh ins Bett und schlief unruhig. +

[...]

Montag, 20. [...] Ich hatte mir Spanien wie einen von der übrigen Welt abgeschlossenes Schlupfwinkel vorgestellt, die Luft voller Kirchenweihrauch, Prozessionen und kirchlicher Herrschaft – kaum eine Spur davon! – Ich hatte mir alle Straßen unsicher vorgestellt, mißtrauische Augen, die den Protestanten verfolgen – kein Gedanke daran. Wie ungerecht sind doch die reisenden Schriftsteller gewesen! Sogar das Essen – würde ein Fremder unsre Kaldaunen- oder Aalsuppe beschreiben! – Fühlte mich unten im Sonnenschein so wohl, hier oben friere ich mit zwei Mänteln, der Aufwärter ist nur mit Hemd und dünner Hose bekleidet, sein Blut hat die Wärme vieler spanischer Sommer.

[...]

[Nach einem weiteren Aufenthalt in Málaga und kurzem Besuch der Festung Gibraltar setzt Andersen am 2.11. zur afrikanischen Küste über.]

Donnerstag, 6. [*November*] [Tanger] [...] Nach dem Frühstück gingen wir mit dem Diener des Sekretärs in die Stadt, zu mehreren maurisch gebauten Karawansereien, wo Getreide und Hühner verkauft wurden und rundherum Esel und niedere Araber standen; die Frauen verhüllt, nur ein blitzendes Auge war sichtbar. Auf der Straße herrschte großes Gedränge, die Leute sahen wie Wilde aus, gleich vor dem Tor lagen sie in Mengen und schienen nur in grobe Säcke gehüllt, ein paar junge Frauen hatten schöne Augen, hier gingen mehrere orientalisch gekleidete Juden; uns ausgenommen, sah ich nur zwei fränkisch gekleidete Männer. Da waren einzelne Neger und ein paar negerschwarze Männer, jedoch mit maurischen Gesichtszügen. Drei Kamele aus Tetuan lagen im Sand, wir sahen sie davonziehen. Hier wurde gebrutzelt und gebratener Fisch verkauft, ein Lager, wie es zerlumpter und schmutziger kaum sein kann. Wir gingen nun um die Mauern der Stadt; in dem ausgetrockneten Graben waren Fleischstände, wo das blutige Fleisch hing; wir gingen außen herum bis zum Judenfriedhof, mit flach liegenden Steinen und hebräischen Inschriften; schöne Aussicht aufs Meer, am Ufer entlang zogen Kamele und Maultiere landeinwärts. Durch einen tiefen Hohlweg gelangten wir zum Strand, wo Kakteen und Feigenbäume eine Wildnis bildeten, kamen an einer Gerberei vorbei und kehrten in die Stadt zurück. Hier besuchten wir einen Juden, der verschiedene Dinge verkaufte; sein Haus war reinlich und gut eingerichtet, mit Fliesenfußboden aus Tetuan, ganz wie unten die Wände in der Alhambra. Die Tochter des Juden führte uns nach oben, ich kaufte Pantoffeln, Hemdenknöpfe und Rosenöl. Wir sahen prächtige, wild erscheinende Männer auf Pferden und Maultieren reiten, einzelne hatten gewaltige, lange Gewehre. – Nach dem Mittagstisch begaben wir uns zur früheren Villa der Familie, die sich in der Nähe der Stadt befindet, ihr großer, reicher Garten wirkte vor allem zu dieser Jahreszeit verwildert, hatte aber herrliche Rosen- und Geranienbüsche, die Villa erweckte fast den Eindruck einer Festung. Anschließend gingen wir zwischen Kakteen, die ellendick und wie Bäume waren, zum Marktplatz außerhalb der Stadt, wo an die 30 Kamele standen. Am Abend waren wir daheim, Jonas baute mit den jungen Mädchen Kartenhäuser, ich erzählte Geschichten; trank ein großes Glas Portwein. Schrieb ein Gedicht »In Afrika« und ging gegen elf ins Bett.

Freitag, den 7. Im Bauch rumort es fortwährend, bin deshalb und wegen meines Mangels an Vorsicht verstimmt und verzweifelt. »Beten ist besser als schlafen! Gott ist groß!« singt der türkische Muezzin vom Turm der Moschee. In »Western Berbery, its wild tribes and savage animals by John H. Drummon Hay. Esq – 1844 London« gelesen. Nach dem

Frühstück ging ich zum ersten Mal allein aus, auf der Straße näherte sich ein Jude und wollte mir unbedingt sein Haus zeigen. Dort waren mehrere alte maurische Bedienstete; auf dem Fußboden des Wohnzimmers saß eine junge Frau mit einem kleinen Kind, er bat mich herein und bot mir ein Kissen zum Sitzen an, zeigte auf die Frau und sagte »Jude«, und da er wohl glaubte, ich verstünde ihn nicht, hob er das Hemdchen des Kleinen an und zeigte, daß dieser beschnitten war, danach bat er um einen Schilling für ihn, den er auch bekam. – Ich ging nun durch die Stadt, wo großes Gedränge herrschte, zum Tor hinaus, wo der Markt stattfand, und wieder zurück. – Briefe an Frau Drewsen in Silkeborg und an Augusta Collin geschickt. Jeder Freitag ist für die Mauren ein heiliger Tag, und während des Gebets in den Moscheen sind die Tore der Stadt geschlossen, und Jonas, der gerade zu dieser Zeit von seiner Exkursion zurückkehrte, konnte nicht hinein; auf dem Judenfriedhof saßen Jüdinnen, die Lichter auf den Gräbern angezündet hatten, ein Jude zeigte ihm einen weiten Umweg, der ihn durch das Kastell in die Stadt hineinführte. Nach Tisch begleiteten uns Sir Hay und zwei seiner Töchter ins Kastell zum Pascha, dessen Vorfahre vor hundert Jahren ein schwarzer Vater war. Wir waren angemeldet, und man hatte alle Frauen des Paschas beiseite geschafft. Als wir erschienen, stellte sich draußen die Leibwache auf, die Offiziere gaben uns die Hand, und im Tor des Kastells empfing uns der Pascha, der nur gelbe Pantoffeln an den nackten Beinen trug und ansonsten gut gekleidet war; er drückte uns sehr herzlich die Hand und führte uns in einen prächtig gefliesten Hof, wie in der Alhambra, doch hatten die Säulen, welche die maurischen Bögen trugen, griechische Kapitelle. Zwei der Vornehmsten reichten uns die Hand, wir bekamen Stühle zum Sitzen und zwei Tassen Tee, der wie Fliedertee schmeckte, wir sollten drei davon trinken, durften es aber bei diesen zweien belassen, dazu gab es gutes Zuckerbrot. Der Pascha führte uns persönlich durch ein paar dunkle Gänge, an kleinen Gelassen vorbei, eins war eine Badekammer, Fußboden und Wände gefliest. Als wir einen kleinen eingeschlossenen Garten erblickten, bat ich einen der ersten [Männer] um ein wenig Grün, und er brach einen Orangenzweig ab und schenkte ihn mir. (Der Pascha scheint in den Fünfzigern zu sein.) (Wir waren angemeldet, seine Gattinnen alle beiseite geschafft, wir sahen nur Mannsleute.) Als wir zum äußersten Tor gelangten, reichte er uns zum Abschied die Hand. Wir gingen nun zwischen hohen Aloen zum Strand, von dort zur Villa des englischen Konsuls, wo man eine weite Aussicht auf die Atlas-Berge hat. Als wir heimkehrten, war es fast dunkel, in der Karawanserei am Tor sahen wir mehrere Kamele. – Heute sagte Jonas bei Tisch »Karacho«, was einen unanständigen [Körper-]Teil bedeutet, Hay erklärte ihm später, dergleichen könne man nicht zu Damen sagen.

[…]

Montag, 10. [Cadiz] […] Habe noch etwas Schmerzen in der Brust, finde es kalt, das Gesicht der Stadt ist mir bisher weder das eine noch das andere; ich bin nun die sauberen, schmalen Straßen auf und ab gewandert, Geschäfte, wie man sie in Barcelona nicht beachtet, ein einzelner Neger und ein maurisch gekleideter (?) Kaufmann, das ist das bißchen Fremde, was man hier sieht; zwar scheint die Sonne, doch die Luft ist kalt, die Leute glotzen einen entsetzlich an. Die Häuser der Stadt weiß, grüne Balkons (flache Dächer), das gibt ihr ein aufgeputztes Aussehen; von der Alameda hat man einen schönen Blick auf die Bucht und das Meer, sonst ist nur wenig dafür getan, vier Palmen, ein paar Abgüsse von Statuen und eingegitterte Blumenhecken, das ist alles. […]

[…]

Donnerstag, den 13. […] Um 1/2 4 Uhr fuhren wir in einem guten Wagen zweiter Klasse von Cadiz nach Sevilla. Zuerst ging es am Meer entlang, das große Wellen wälzte, die Gegend flach, ringsum erhoben sich große Salzpyramiden. Nach Sonnenuntergang erreichten wir Jeres, das unendlich nackt dalag. Nun schien uns der Weg durch die jütländische Heide zu führen (vor Jeres bemerkten wir einen großen, ausgedehnten Pinienwald, den größten, den wir gesehen). Die Gegend wirkte öde, an mehreren Stellen brannten Feuer, Leute saßen daran. Um $^{1}/_{4}$ 9 Uhr erreichten wir Sevilla, wo wie üblich das Gepäck kontrolliert wurde und unsre vielen Stöcke Mißtrauen erweckten. Stiegen in der »Fonda de Londres« ab. Jonas bekam das beste Zimmer, ich war ärgerlich, denn meins war bei weitem nicht so gut. Am Abendbrottisch ein Deutscher, der über Spanien und alles Spanische herzog, Essen und Trinken, Menschen, sämtliche Einrichtungen.

Freitag, 14. Schönes, aber kaltes Wetter. Der Bauch hat ständig Diarrhö! Ging mit Jonas zum Alcázar. Im Garten war es sommerlich warm, die Orangen hingen dick und dicht im dunklen Laub, die Rosen blühten; hohe beschnittene Hecken, prachtvolle Blumen. Wir gingen hinunter zu den maurischen Bädern; in einem Marmorkanal, breit wie ein Weg, lang wie ein Tanzsaal, war das Wasser geströmt, hatten sich die Damen gebadet. Draußen in den terrassenähnlichen Gärten gab es Springbrunnen, und sämtliche Gänge waren so eingerichtet, daß durch ein Pumpenwerk überall plötzlich Wasserstrahlen in die Höhe springen und sie in Länge und Breite beplätschern konnten. Wir haben dieses Bild gesehen: wie durch einen Zauber leuchtete ein ganzes Wassernetz auf; die größeren Brunnen aus der Maurenzeit waren zumeist wie Felsenblöcke und Höhlen geformt, in denen Wasserstrahlen spielerisch ihre Künste zeigten. Dann kamen wir zum Alcázar, dem eigentlichen Gebäude. Anders als die Alhambra hat es noch seine Farbenfrische, man kann glauben, die Mauren seien erst gestern hier abgezogen. – Die Alhambra wirkt wie ein Traumgesicht aus der Maurenzeit im Mondschein, der Alcázar ist die Wirklichkeit im Tageslicht; man wird von dem Reichtum an Farben und Vergoldung überwältigt, man sieht hier die gleichen wunderlich spitzenartigen Verzierungen wie in der Alhambra, die Türen sind ein buntes Mosaik, das ist wie ein Gebäude der Phantasie, dem Kaleidoskopbilder und Brüssler Spitzen auf goldenem Grund als Wände dienen, und alles das von luftigleichten Marmorsäulen getragen. In diesem Chaos von Arabesken, scheinbar gleich und doch so verschieden, verirrt sich das Auge, und doch ruht es auf diesen labyrinthischen Verschlingungen mit Wohlgefallen. Auf einem der Fußböden sah man noch das Blut eines Kindes, das hier getötet wurde; in der Mitte des offnen Hofs, wo der Thron in der maurischen Nische gestanden hatte, gab es Springbrunnen. Der Alcázar gehört in »Tausendundeine Nacht«; indessen wird man von dem einen wunderbar Schönen, alles im selben Stil und doch verschieden, so überwältigt, daß es einen nicht überraschte, würde man hier auf einmal Harun al Raschid und Prinzessin Scheherazade erblicken. – Die Plaza Nueva, an der wir wohnen, hat drei Reihen von Orangenbäumen, die solcherart zwei Alleen bilden, die Frucht hängt glühend im dunkelgrünen Laub, die Sonne scheint vom blauen, wolkenlosen Himmel, aber es ist doch kalt. [...]

[...]

Donnerstag, 20. Jetzt habe ich von Sevilla genug! Heute morgen erzählte der Maler etwas von Cholera, das ließ mich erschrecken. Nachts ist es unheimlich, eine riesige Glocke schlagen zu hören, nur einen Schlag mit langen Zwischenräumen, das dröhnt so sehr, als wäre es die Stimme eines Opfers der Inquisition, als würde bei jedem Schlag einer dem Tod verfallen; das ist, als würde von einem Sklavenschiff nach einer bestimmten Zeit eine Leiche ins Meer geworfen, es hat etwas höchst Unheimliches. Durch die Stadt gebummelt. In der Lonja gibt es eine Fontäne mit einer Columbus-Figur darin, die jedoch viel zu klein für dieses Gebäude ist. – War bei dem englischen Maler, der ein Modell da hatte, ein echtes spanisches Gesicht, ein junges Mädchen von etwa 12 Jahren. Ging zum Alcázar, davor traf ich Leutnant Hohlenberg, der mich in das maurische Schloß begleitete, wo wir die prächtigen Säle besichtigten, danach hinaus in die Gärten, wo die Springbrunnen für uns sprangen, und dann in das Bad der María Padilla; es sah viereckig und wie ein langes gotisches Gewölbe aus, und das ganze Becken wurde jetzt auch als Gang benutzt, um von einem Flügel des Gebäudes in einen anderen zu gelangen. [...]

[...]

Sonntag, 23. [Córdoba] Nachts gefroren, friere am Morgen. Diarrhö! – Ein Engländer am Frühstückstisch, ließ mich von seinem Jungen zu Herrn Schau führen, der in der Nähe der Kathedrale wohnte; diese ist ein ungeheuer großes Viereck, niedrig und durch ihre Ausdehnung noch niedriger. Man kam zuerst in einen großen Orangenhof aus der Maurenzeit, der Turm stand zur Rechten, der Kirche entgegengesetzt. Sie hatte einen ganzen Wald von Säulen, bis ins Unendliche, Altar neben Altar, und mitten darin erhob sich eigentlich die höhere christliche Kirche, die jedoch schwerfällig war; herrlich war dort ein maurischer Bogen mit einer Inschrift für Gott und den Propheten. In einer kleinen Seitenkapelle lag ein Kranker. – Das eigentümlich Schöne war durch die christlichen Elemente teilweise zerstört. – Wir gingen nun zu einem großen Denkmal im Freien und überquerten auf einer langen alten Brücke den Fluß; nicht weit davon hatte es in älterer Zeit auch eine Brücke gegeben, im Wasser standen noch wie Türme drei große Mauerreste, die vielleicht die Bögen getragen hatten. Die Campagne sah fruchtbar und doch unwegsam aus, hier tauchten hinter der Stadt wieder die Berge auf. Jonas ging weiter, ich nach Hause, ich hatte Mühe, den Weg zu finden, und wurde von einem jungen Mann freundlich begleitet; ich traute ihm nicht recht, und doch nahm er den kürzesten, richtigen Weg. Ließ mich barbieren und ging danach mit Jonas zur Alameda, an der Grenze der Stadt am Fluß entlang. Hier gab es hoch über dem Fluß einen steinernen Sitz, für den ein Eisengitter als Rückenlehne diente, mit Aussicht auf die Campagne, die sich zu kleineren Bergen erhebt, ein Turm bildet den Augenpunkt. Eine kleine Insel unweit der Alameda ist ganz und gar mit den Ruinen eines alten Bauwerks bedeckt; dort saßen viele Leute und fischten, beobachteten geduldig das Netz im gelben, reglosen Fluß, der doch zwei Wasserfälle hat. Die alte römische Brücke, die Kirche und die Stadt bieten hier einen malerischen Anblick. Die Straßen sind eng, ziemlich leer, ärmlich wirkende Häuser, wenige Läden. Ging quer durch die Stadt, sah ein paar Höfe mit Blumentöpfen und Grün, den

Höfen in Sevilla ähnlich, kam am Fleischmarkt vorüber, ganz maurisch mit Porzellanwänden für die Verkaufsbuden. Ging zum Tor hinaus, die Berge nicht hoch, aber malerisch, mit Pflanzenwuchs und mehreren Gebäuden; die Straßen gehen etwas auf und ab, anders als in Sevilla, Cadiz, Málaga und Granada. Gelbe Zitronen und Apfelsinen hängen über den Mauern, auf den Balkons sind Früchte, die aussehen wie rote und gelbe Tulpen, eine Art von spanischem Pfeffer. Ging wieder zur Kirche, wo es schon dämmrig war; als ich heimkehrte, war Jonas zurück; es war sehr einsam draußen am Fluß gewesen, er hatte sich von einer Fähre übersetzen lassen. – Wir frieren, haben den Wintermantel an, das Reisetuch um den Hals und den Hut auf dem Kopf, und doch spüren wir die feine kalte Luft, die Hände sind ganz eiskalt. Hier kann die Sonne so gut wie gar nicht hereindringen, die Fenster klein, die Straße schmal, Steinfußboden, durch die Türen zieht es. – Zu Hause, sagen wir, ist es kalt! Doch wir sagen auch, daß uns in Spanien kalt war! Wenn wir zu Hause sind, können wir uns an einen guten warmen Kachelofen verkriechen – das ist immerhin ein Gewinn von einer Reise! – In etwa zehn Jahren werden die spanischen Hotels besser für die Reisenden eingerichtet sein. Man soll in der warmen Zeit verreisen, in der kalten entbehrt man hier vieles, sie ist kein Ausdruck des Südens. Wenn man Hackländers Reisebeschreibung liest, der drei Jahre vor mir hier war, dann fällt auf, welch ein Fortschritt an Bequemlichkeit in dieser kurzen Zeit erreicht wurde, doch Spanien fliegt mit den Dampfbahnen voran, die man in diesem Land baut. Wären wir von Norden nach Cadiz gekommen, dann hätte die Stadt gewiß einen anderen sonntagsgekleideten Eindruck gemacht, am offenen Meer, obgleich sie nichts Interessantes hat, dann wäre sie eine sonntäglich gekleidete Jungfer ohne Tiefe, ohne Beredsamkeit für den Fremden gewesen, jedoch sauber und hübsch und meerbegeistert. Die Tabakfabrik von Sevilla haben wir nicht gesehen, sie wurde für ihre Größe, ihren Betrieb gelobt. Jonas hat zwei Schildkröten aus Afrika; die alte kriecht in ihr Gehäuse und ist scheu, die junge läßt sich am

Kopf jucken, beide frieren, fressen nicht und schlafen, sie könnten Entsetzliches vom *kalten* Spanien erzählen, verglichen mit ihrer warmen Heimat! – Ging gegen 9 ins Bett.

[...]

Samstag, 29. [Madrid] [...] Ging durch die Stadt, die keine weiteren Geschäfte wie Barcelona, keine hervorragenden Gebäude, nichts hat, was einen beschäftigt; ich fand den Prado, wo es ein paar Prachtgebäude gab, eine Promenade, die sich sehr lang und breit erstreckt, doch der Wind wehte kalt, der Boden war schlammig und aufgelöst, mit Hülsen von den Bäumen bestreut. Kam über einen kleinen Platz, auf dem eine Statue von Cervantes stand. Ging zur Plaza Mayor, einem Viereck mit Bogengängen und noch wie in der Zeit Philipps II., von jenem alten Gebäude dort sah er den Stierkämpfen oder Autodafés zu, auf diesem Platz wurden die Ketzer verbrannt. In den Bogengängen gab es Geschäfte, diese setzten sich in einer Seitenstraße unterhalb fort und schienen mir der eigentümlichste Teil von Madrid zu sein, den ich bisher gesehen hatte. In einer Ecke des Platzes stand ein Tausendkünstler und führte Künste vor. Das Mittagessen ist hier vortrefflich, das Beste, was Madrid von Spanien gegeben hat; ging nach Tisch mit Jonas ins Café, auch hier alles teurer; schlenderte durch die Straßen, Mondschein und kalt; ein paar arme Jungen hatten ein Feuer angezündet und sich darum gelagert; wandernde Musikanten spielten. War auf der Plaza Mayor, betrachtete die Statue [von Philipp III.], wie er da mit seiner steifen Halskrause reitet, sogar in der Nacht sitzt er dort, und nicht sein Pferd, sondern ihn selbst trifft der Stoß des Stiers, und die Flammenhölle der Autodafés brennt sich in seine Seiten, er wird vom geläuterten Gedanken und der Erkenntnis von Idiotismus und Fanatismus, seiner eigenen und seiner Zeit, gebrannt und durchbohrt. Abends mit Jonas herumgebummelt und schließlich in ein Café gegangen, das voller Herren war.

[...]

Donnerstag, 4. [*Dezember*] [Toledo] Prachtvolles Sonnenscheinwetter. [...] Wir gingen nun zur San-Martin-Brücke und hinunter zum Tajo, gelangten in ein merkwürdig ödes Viertel der Stadt, lange, schmale Straßen ohne Tür oder Fenster und doch mit Häusern, deren Eingang woanders sein mußte; enge Gassen mit einzelnen Steinbaracken, das ganze Viertel ein Stein- und Schutthaufen, kaum ein Mensch war zu sehen. Als wir das Flußufer erreicht hatten, stiegen wir, wieder über Kieshaufen, zur Kirche San Juan mit ihren Eisenketten hinauf und kamen durch ein sonderbar dunkles Tor mit vier kleinen Türmen. Der Weg um die Mauern führt hier zur Brükke San Martin, die sich mit zwei spitzen und zwei runden Bögen über dem Fluß erhob. Zur einen Seite war die Gegend flacher, Inseln mit Bäumen im Strom und eine große Fabrik, die wie alle Fabriken aussah, viereckig und mit Fenstern besetzt; zur andern Seite steile graugrüne Klippen, die Landstraßen gleichsam für die Schritte von Eseln und Fußgängern angelegt, und jenseits des Flusses von Kieshaufen umgebene Klippen und erbärmliche Steingebäude, die ganz verlassen wirkten. Alles ein Bild der Vergänglichkeit, der Einsamkeit und Öde. Ruinen von Brücken, Türmen und Gebäuden ragten aus dem Fluß und seiner Umgebung auf. In der Tiefe eine Wassermühle, das Rauschen des Wassers war das einzige Geräusch. Durch enge, verwinkelte, auf und ab führende Straßen fand ich nach Hause. Nach kurzer Ruhe zog ich wieder hinaus und in eine neue Richtung; ähnliche Straßen mit großen, eisenbeschlagenen Türen, Steinsäulen als Torkarnies, die Fenster hoch oben wohlverschlossen, nackte Wände, Mauersteine und Quadersteine ragten hervor. Nun kam ich in eine entlegene Gegend am Tajo, und wieder derselbe Anblick, ich stand auf einem riesigen Schutthaufen aus Mauerbrocken und Fayencestücken; verlassen und öde; unter mir der Fluß mit seinem kaffeegelben Wasser, vor mir die steinige Wildnis; im Wasser Ruinen und Trümmer von Bauwerken; als ich durch die toten, engen Straßen zurückging, war das einzig Lebendige, was ich auf ein paar Schutthaufen sah, ein paar scharrende Hühner.

Der Himmel war unendlich blau. Alle Tore und Türen verschlossen, nur ein vereinzelter Bauer, in seinen Umhang bis über den Mund gehüllt und einen breiten Hut auf dem Kopf, kam mir entgegen. Ging zu dem einzigen Platz dieser Stadt, auf dem ein paar Bäume und Steinbänke stehen und der eine Art Alameda ist; die Häuser ringsum haben Balkons und sehen besser aus als die in den Straßen, Bogengänge zu beiden Seiten. Von dem einem führt eine breite Steintreppe hinab und durch ein großes maurisches, hufeisenförmig gewölbtes Tor, in eine Straße zwischen Kasernen, über Schutt und Mauerbrocken, zu der schroffen, zerbrochenen Mauer, wo man die Alcántara-Brücke, die Wassermühle und eine Ruine mit Türmen gegenüber sieht. Unterhalb davon windet sich die Straße nach Madrid, dahinter liegt der Bahnhof. Die Soldaten tragen rote Hosen, braune Mäntel mit einem großen Schlag, weiße Tschakos.

Freitag, 5. Es ist seltsam, daß ich hier in Toledo jede Nacht und zumeist von Edvard träume. Brief an Amberger in Basel geschickt. Über die Brücke San Martin gegangen, die Sonne schien, es war ganz frühlingshaft, doch über Madrid hingen Regenwolken; jenseits der Brücke sprengte man Steine, der Weg war nur für Maultiere und Fußgänger. Die Stadt nahm sich malerisch aus, zuoberst die Ruine des Alcázar, daran grenzend die als Kasernen eingerichteten Gebäude, von denen eins eine Kirche hat, unter der Brücke das pfeilschnell strömende Wasser, das Tor und der jenseitige Stadtteil mit Kirche, das alles ergab ein schönes Bild; weiter unten Ruinen bis in den Fluß, gleich am Wasserfall die Wassermühle, terrassenförmige Hofräume, die Gebäude durcheinander geworfen und das runde, gemauerte Dach graugrün vom Alter. Oben an der Ruine Ochsen – ein ganzes Potter-Gemälde; die Felsenblöcke waren mit Leinen bedeckt, welches die Waschfrauen hier trockneten. Als ich nach Hause ging, sah ich auf den Höhen jenseits des Tajo so viele Leinenstücke zum Trocknen oder Bleichen ausgelegt, daß es den Eindruck machte, als hätte es vor kurzem geschneit. In einem Flußtal zum Tajo wälzte sich eine große Herde schwarzer Schweine, um zu trinken, alle drängten sich zum Fluß. Am innersten Stadttor steht ein dikker Rebstock, der mit seiner Girlande den Bogen umwindet. [...] Vom Postamt zur Akademie, die Säulen und Statuen im Frontispiz hat, recht ordentliche Häuser, auch um die Kirche. Ich ging über die Martin-Brücke, vor ihrem äußersten Tor, in maurischer Hufeisenform, steht eine Statue von Alfonso VII.; hier sind die Wege nur für Maultiere, etwas weiter oben erhebt sich ein großes Kreuz aus Stein, geht man weiter, kommt man zum Bergstrom, alles ist ein Chaos aus Felsenstücken. Die Sonne schien warm, müde kehrte ich heim. [...]

[...]

Donnerstag, 11. [Madrid] [...] Madrid – wo sind die bunten Mantas, Umhänge sehe ich nur; wo sind die schwarzseidenen Mantillen und die Fächer, ich sehe nur deine Rokoko-Krinoline; wo ist der Klang der Kastagnetten, [ich höre] nur Droschken und Kutschen; wo sind deine Denkmäler, Cervantes, klein wie die Statue vor einem Schokoladengeschäft. Die Königin fährt im offnen Wagen mit der Garde voran, der Infant, ein sechsjähriges Kind, fährt vorüber, die Garde voran, der Kleine grüßt, der Fremde grüßt, sie lächeln leutselig und betrachten ihn so, wie wir im Vorbeijagen den Zaunpfahl betrachten, man sieht ihn und sieht ihn nicht, vergißt ihn und weiß nichts von ihm, einmal sind wir alle Zaunpfähle, von denen man nichts weiß.

[...]

Donnerstag, 30. [...] [Bayonne] Um 1/2 11 Uhr fuhren wir ab und waren 1/4 4 in Bordeaux, fuhren eine Stunde herum, bis alle Passagiere abgesetzt waren, und erreichten dann das »Hotel Richelieu«, bekamen zwei Zimmer mit Kamin, speisten, und Jonas holte Briefe [...]; befinde mich nun warm und gut. In Spanien gleicht man dem armen Poeten in der Dachkammer, der friert, jedoch das Feuer der Poesie besitzt, hier ist sie im Wohlsein verschwunden.

[...]

[Nach der Reise durch Spanien bleibt Andersen mit Jonas Collin noch mehrere Wochen in Paris, bevor er nach Dänemark zurückkehrt. In diesem Jahr unternimmt er keine weiteren Auslandsreisen.]

[...]

Freitag, 30. [*Januar*] [Paris] Fühlte mich äußerst wohl; bekam gestern Brief von Edvard und Jette, schrieb heute Brief an Edvard und brachte ihn zur Post, ging dann mit Jonas in den Louvre und besichtigte das indische Kabinett sowie mehrere Gemälde und Handzeichnungen. Schönes Wetter. Herumgebummelt. Dickens ist hier, liest heute abend und morgen aus seinen Schriften vor, bin mir nicht sicher, ob ich ihn besuchen soll, denn er hat mich beleidigt, indem er Bille, den ich an ihn empfohlen hatte, nicht empfing. – Noch keine Antwort [auf meine Anfrage] wegen eines Freiplatzes in den Theatern. Herumgebummelt; abends zu Hause. Als ich nach Tisch heimkehrte, war Bjørnstjerne hier, er saß mit Jonas zusammen und trank Bier, er redete und erzählte, von Kaulbach, der nicht ganz nett über mich gesprochen hatte, von einem deutschen Militär, der Poet war und bei Serres gesagt hatte, ich sei häßlich, und er schätze meine Schriften nicht; seine Rede war eine Mischung aus Angenehmem und Unangenehmem; übrigens gab er eine gute Schilderung von Frau Serres Unruhe und war voller Lob auf Fräulein Heinke! – Es wurde elf, bevor er ging, Jonas begleitete ihn.

Samstag, 31. Fühlte mich krank; heute ärgert mich dieser Dreck, mit dem mich Bjørnstjerne in seiner Rede beworfen hat, ich war verstimmt; Jonas sagte auf seine liebenswürdige Art: »Du kannst doch nicht immer erwarten, daß du Annehmlichkeiten hörst.« [...]

Sonntag, den ersten [*Februar*]. Schönes Wetter. J denkt niemals ans Haushalten; er tut auch nichts für meine Bequemlichkeit, bittre Stimmung, die den Vers über Hiob hervorrief.

Abends wollten wir in die italienische Oper, doch alle Billetts waren ausverkauft, schlenderte herum, war unendlich müde.

[...]

Mittwoch, 18. Nicht recht munter, langweile mich, bummle und habe von diesem Aufenthalt gar keinen Gewinn, sondern nur Ausgaben. [...]

[...]

Samstag, 21. Heftige Halsschmerzen; ging in das Café am Palais Royal und las in »Dagbladet«, was in einer russischen Zeitung aus Petersburg über die Skandinavier gestanden hatte, über die bewußte und nicht bewußte Einwirkung der Dichter, ich wurde darin hervorgehoben, und daß eine Reihe von meinen Schriften folgen würde. Das versetzte mich wieder in muntere Stimmung. [...]

[...]

Mittwoch, 11. [März] Kaputt, faulenzend, tue nichts. – Abends um 8 holte mich einer der schwedischen Herren mit dem Wagen ab und fuhr mich zu einem Restaurant im Palais Royal. Dort waren etwa 60 Skandinavier, der Tisch war mit Blumen und Tee gedeckt. Am Ende des Saals war ein großes Bild von mir: ich saß da und las, und rundherum waren, merkwürdig zusammengedrängt, mehrere von meinen Märchen dargestellt: über mir schwebte »Der Engel« mit dem Kind, eine kleine Putte flüsterte mir etwas ins Ohr, »Der Reisekamerad« verfolgte die Prinzessin, da stand Schweinemutter mit dem kleinen Ferkel, das die Locke am Schwanz hatte, »Die wilden Schwäne«. »Der Schmetterling«. »Das häßliche Entlein«. Die Mäuse und der Mausekönig, der seinen Schwanz in den Topf steckte, »Die Schnecke und der Rosenbusch« und ganz vorn »Der standhafte Zinnsoldat«. Bjørnstjerne hielt auf norwegisch eine warmherzige Rede, stellte mich, was volkstümlichen Witz und Satire betraf, über Baggesen, Wessel und Heiberg. Ich entgegnete darauf, daß es mir vorkomme, als wäre ich tot und läge in meinem Sarg, und man sagte von mir das Schönste und Beste, was sich sagen ließe, und stellte alles ins hellste Licht – aber ich sei nicht tot, ich hoffte, noch eine

Zukunft vor mir zu haben, und wünschte, daß es mir in dieser gegeben sei, mich dem Gesagten einigermaßen würdig zu erweisen. Danach wurde für mich ein schwedisches Lied gesungen. Ich las ihnen »Der Wind erzählt von Valdemar Daa«, »Das ist ganz gewiß!« und später »Kinderschnack« vor. Ein Herr las auf französisch ein Gedicht für mich von P.L. Møller. – Der Ton war sehr fidel. Um halb 12 ging ich nach Hause.

[...]

Freitag, 8. [*Mai*] [Dänemark] [...] Um 1 Uhr fuhr ich nach Basnæs, der Wald grün; Kammerherr Scavenius mit Frau und Tochter sind hier, ich wurde herzlich empfangen. Sah mir in der Bibliothek »Die Geschichte des dänischen Hofes« an und fand mich schäbig erwähnt. Die See blank und still, die Küste von Lolland, Himmel und Meer tief und flach, Wehmut und Reisesehnsucht, hätte ich doch Vermögen und könnte fliegen, wann ich wollte! Verstimmt. [...]

Samstag, 9. Herrlich warmer Sonnenschein; [...] ich ging in den Garten; die wilden Hyazinthen, milchweiße Blumen wachsen massenhaft im Gras, als wären es Begräbnisblumen auf dem Grab des Winters, als wären sie aus den letzten drei Schaufeln Schnee entsprungen, die auf das Grab geworfen wurden. Meine Stimmung unten, auf Holsteinborg war sie oben; immer, wenn ich sonst im Frühling nach Basnæs kam, habe ich eine Reise ins Ausland begonnen, in diesem Jahr drückt mich eine schwere Stimmung, für dies Jahr ist meine Reise zu Ende, ich soll den warmen Sommer, den langen Winter zu Hause sitzen, noch ein Jahr älter werden, bis ich wieder und vielleicht nie wieder aufbreche. Der Himmel ist heute wolkenlos und blau, bildet jedoch am Horizont einen spitzen Winkel zum Meer, dies und die Luft sind wie zwei grau-weiße Schmetterlingsflügel, die sich begegnen. [...]

[...]

Dienstag, 2. [*Juni*] [Kopenhagen] Warmes Wetter. Scharff ist auf dem Lande; Jonas verdrossen, ich selber auch so gestimmt. Lust zum Reisen, vielleicht nach Stockholm. Ich bin nervös und habe Gichtschmerzen.

Mittwoch, 3. Mittagessen bei Scharlings, wo einer der Neffen mit seiner jungen Verlobten, Nicolai mit der seinen und das verheiratete Paar Ørsted waren. Wie Mathilde erzählte, hatte eine Zeitung aus Kalifornien berichtet, daß ich, obwohl ich in einem Palais wohnen könnte, in einem Schifferhaus in einem Viertel nur für die geringere Klasse wohnte; meine Treppe sei dunkel und schlecht, in meiner Stube lägen Bücher auf dem Boden verstreut, und ein schlimmer Nußknacker nach dem anderen streckte den Kopf herein, das sei meine Umgebung, ich selbst sei darin die Freundlichkeit; ich hätte von meinem letzten Märchen (»Der Mistkäfer«) erzählt, jedoch nicht den Namen auf englisch gewußt, der Mann aus Kalifornien habe sämtliche Tiernamen, die er kannte, aufgezählt, doch ich hätte mit dem Kopf geschüttelt, dann schließlich ein Stück Papier genommen und das Tier, »the bille«, aufgezeichnet; ja, das sei es; meine Zeichnung war in der Zeitung wiedergegeben. Abends trank ich Bier, bekam einen schweren Kopf, Scharff erschien und war liebenswürdig.

[...]

Freitag, 17. [*Juli*] [Frijsenborg] Abscheulich geträumt, daß mir alle Zähne aus dem Mund fielen; *abergläubisch.* [...]

[...]

Mittwoch, 29. [Basnæs] Recht schönes Wetter. Heute traf Michael Rosing aus Sorø ein. Mein Gemüt ist bedrückt, der Schluß jener Dichtung, an der ich in der Stille arbeite, will sich nicht entfalten. Mir fehlt die Idee, wie er sein soll und sein muß – möge er mir gegeben werden, sonst fällt das Ganze. [...]

[...]

Donnerstag, 27. [*August*] [Kopenhagen] Mittagessen bei Eckardt. Mit Scharffs Schwärmerei für mich ist es nun vorbei, »jetzt fesselt andrer Gegenstand des Helden Blick«. Übrigens bin deshalb nicht verstimmt, wie früher bei ähnlichen Enttäuschungen.

[...]

Sonntag, 13. [*September*] War zum Mittagessen bei Collins. Essen und Trinken notiere ich als dasjenige, was zusammenhält, was bindet, mit Jugendsinn und Jugendfrische ist es vorbei.

Montag, 14. Ins Reine schreiben, umschreiben, einkleben und Blätter des Geschriebenen herausreißen, damit vergehen die Tage.

Dienstag, 15. War wieder zum Mittagessen bei Edvards; er und Louise kamen gestern aus Christinelund.

Mittwoch, 16. Ich bin mit mir selbst nicht zufrieden. Ich halte meine Einsamkeit nicht aus, des Lebens müde und überdrüssig.

[...]

Samstag, 19. Keine Lust, abends auszugehen, aber ich mußte und unterhielt mich doch gut. Es war der dritte Jahrestag des Arbeitervereins. Ich bekam den Ehrenplatz neben Ploug, auf der anderen Seite Faber, unter den Eingeladenen waren Kapitän Tuxen, Hornemann und Recke. Rimestad geleitete mich an meinen Platz. Der Saal mit Fahnen dekoriert. Musik und Lieder. Leutnant Hartvigsen sprach über den Verein und hob als diejenigen, die durch ihre Vorträge für den guten Klang sorgten, Wiehe und H.C. Andersen hervor. Michael Wiehe, der in »Axel und Valborg« gespielt hatte, erschien später und wurde mit Beifallsklatschen begrüßt. Gegen elf wolte ich gehen. Rimestad teilte dies vom Rednerstuhl mit und forderte zu Hurrarufen auf, sie dröhnten neunmal, als ich mit ihm unter dem Arm zum Ausgang schritt; ich gab so vielen die Hand, wie ich konnte, fühlte mich jedoch sehr verlegen, dachte an alle meine menschlichen Schwächen, und das Ganze wollte mir fast wie eine Komödie erscheinen. Als ich heimkehrte, hatte ich Hunger und trank bayrisches Bier. Besuch von ... aus Kalifornien.

[...]

Sonntag, 4. [*Oktober*] Habe bei Henriques aus »In Spanien« vorgelesen, ich bin nicht recht zufrieden mit meinem Buch.

Montag, 5. Fühlte mich alt, auf dem absteigenden Ast, verstimmt; das letzte Manuskript von »In Spanien« zum Buchdrucker geschickt. Im Restaurant gegessen; wie bin ich doch einsam und allein!

[...]

Freitag, 13. [November] Fühlte mich kaputt; auf der Straße war es glitschig, ich konnte keinen rechten Halt finden, hatte das Gefühl, wie ein Betrunkener herumzulaufen, war in schlechter Stimmung. Mittagessen bei Kochs, wurde ärgerlich und verstört, weil sich Professor Friis, wie mir schien, auf mich stürzte. Im »Casino« Konzert, Albrecht sang »Gurre«. Noch hat sich keine Stimme über »In Spanien« erhoben, die Schreibenden glotzen mich an und sagen kein Wort; war in bittrer Stimmung. Nach der Vorstellung kam das kleine Fräulein Rasmussen und dankte mir für »Spanien«, desgleichen Carl Price. Trau keinem. Scharff hat mich seit 8 Tagen nicht besucht; mit ihm ist es vorbei.

[...]

Sonntag, 15. Rauhes, graues Wetter. Beunruhigende Nachrichten vom Befinden des Königs. Habe Monrad mein Buch »In Spanien« gebracht, Frau Monrad äußerst liebenswürdig zu mir. Monrad sichtlich bedrückt wegen des Königs. Als ich dort aufbrach, halb eins, erschien mir in der nebligen, feuchten, rauhen Luft alles wie ein Trauerhaus; an der Börse hatte ich das Gefühl, *jetzt* sei der König gestorben. Zu Mittag war ich bei Henriques, auch dort war die Stimmung gedrückt; ich ging anschließend zu Linds, Frau Lind war so bewegt, daß sie sich nicht bereitfinden konnte, die Lieder aus »Rigoletto« zu spielen, die ich heute von Jastrau erhalten und mitgebracht hatte. Als ich ging, traf ich auf der Treppe den Direktor des elektromagnetischen Telegrafen, Faber, der Fenger ein Telegramm bringen wollte, er versprach, mir den Inhalt anschließend mitzuteilen, man rechne mit dem Schlimmsten. Als er zurückkehrte, sagte er, wir müßten das Schlimmste erwarten, ich könne mit Fenger sprechen. Ich ging zu ihm, er sagte mir, *daß der König tot sei*, ich brach in Tränen aus; Fenger war sehr erschüttert, sagte, das geschehe in einem entsetzlichen Augenblick, eine Exekution stehe vor der Tür! Ich bat, das Telegramm lesen zu dürfen, und las nun, daß der König gegen 3 Uhr gestorben war. Es war von Løvenskiold. Ich sagte: »Linds werden mir jetzt Fragen stellen, darf ich den Tod des Königs berichten?« Fenger sagte ja, doch als ich hinunterkam, scheute ich mich doch, davon zu erzählen, und bat sie, bis auf weiteres darüber zu schweigen. Ich ging auf die Straße, wo eine Schar von Leuten stand, darunter Bildhauer ..., er teilte mir den Tod des Königs mit, der junge Emil Hartmann trat vor, erzählte dasselbe, er hatte das Telegramm bei Lehmanns gelesen und fügte hinzu, daß der Prinz von Dänemark heute eine Konferenz abgehalten und lange mit Bluhme geredet habe, sicher werde das Ministerium morgen zurücktreten. Ich, der ich die Nachricht vom Tod des Königs nicht hatte verbreiten und mich nach Hause begeben wollen, ging nun zu Edvard Collin, der Bescheid wußte. Wie ich hier erfuhr, hatte im Königlichen Theater »Abenteuer auf der Fußreise« auf dem Spielplan gestanden, und gerade als das Orchester beginnen wollte, waren mehrere Studenten ins Parterre gekommen, und einer von diesen hatte gesagt: Der König liege auf den Tod, deshalb sei es nicht passend, Komödie zu spielen, und er forderte das Publikum zu gehen auf. Tillisch war nicht da; nach einer Viertelstunde trat Phister vor und sagte, es sei ganz natürlich, daß die Leute unter diesen Umständen keine Lust hätten, eine Komödie zu sehen, und die Schauspieler seien auch nicht in der Stimmung dazu, und deshalb finde die Vorstellung nicht statt. Im »Casino«, wo »Ein Spatz im Kranichtanz« gegeben wurde, erschien nach dem 3. Akt H.P. Holst in der Loge der Direktion, vermeldete den Tod des Königs und meinte, das Publikum wolle der Vorstellung wohl kaum länger beiwohnen, da ging ein Seufzen durchs Haus, und die Leute verschwanden.

Montag, 16. In der Morgenstunde sah es aus, als wollten sich die Nebelschleier heben, ein paar Sonnenstrahlen brachen durch, doch bald wurde der Himmel wieder grau. Um elf Uhr war ich auf dem Schloßplatz, der voller Menschen mit Regenschirmen war, ich traf Etatsrat Drewsen, Lind und Viggo; Hall erschien auf dem Balkon und verkündete den Tod des

Königs und gab den neuen König bekannt, dieser trat unter Hurrarufen vor, sah gut aus, und als der Jubel anhielt, zeigte er sich mehrere Male. Ich war sehr betrübt und bedrückt. Bei Hornemanns hatten sich einige Damen versammelt, denen ich vorlesen sollte, doch als ich dort ankam, sagte ich, ich fände es weder passend noch meiner Stimmung entsprechend und wolle nicht vorlesen. Mittagessen bei Edvards, Grünkohl, genau das gleiche Gericht, das ich gestern bei Henriques gegessen hatte. Den ganzen Tag habe ich gebummelt, nicht das Geringste getan; habe mich krank gefühlt, kaputt, bald ausgelöscht, die Stimmung in der Stadt ist nicht gut; schrieb ein Gedicht auf König Frederik VII.

Dienstag, 17. Las meinen Vers Hartmanns vor, sie waren gerührt; Edvard Collin fand ihn hübsch, jedoch nur mittelmäßig. Ich überließ Bille die Entscheidung, ob er es wert sei, gedruckt zu werden, er war unbedingt dafür. Das Wetter rauh und naß; ich selbst war irr und wirr in Kopf und Gliedern; las H.P. Holst den ersten Akt von »Auf Langebro« vor, er war sehr zufrieden. Edvard, Jette und Jonas-Louise waren dabei. Etatsrat [Drewsen] sagte scherzend zu Jette, sie werde Jonas wohl nicht öfter mit mir auf Reisen schicken, wo ich in Spanien so sehr hinter den Schönen her gewesen sei, wie mein Buch zeigte. Ich mußte über das Verständnis der Welt innerlich lachen. *Jonas* – und ich! – Wie gut man doch Bescheid weiß! – Ich lachte innerlich, die Söhne auch. – Als ich am späteren Abend von Linds aufbrach, war die Amaliegade voller Leute. – Die Stimmung in der Stadt ist nicht gut. Es ist eine unheimliche, angsterfüllte Zeit.

[...]

Montag, 23. Fühlte mich matt in den Füßen, wie ausgelaugt; mit großer Mühe hielt ich mich in Bewegung, ging sogar hinaus nach Rosenvænget und wieder zurück. »In Spanien« an König Georg von Griechenland geschickt. Nachdem ich das Buch Rittmeister Kiær übergeben hatte, der heute abend abreist (und seinen Sohn mitnimmt), mußte ich überlegen, ob ich nicht vielleicht *Otto* anstatt *Georg* geschrieben hätte, das wurde eine fixe Idee; Jette Collin, die mein Geschriebenes gelesen hatte, lachte mich aus, ich quälte mich, und das gab sich erst, als ich »Fædrelandet« und andere Zeitungen las und dabei die ganze gefährliche Lage und Not des Landes sah – dagegen war mein ganzer eigener Quatsch überhaupt nichts.

Dienstag, 24. War in der Garnisonskirche zur Beerdigung von Camillo Buntzen. Ging danach zu Kochs. Das Wetter recht schön, die Stimmung schwer. Da die Mächte Polen nicht geholfen haben, hoffe ich auch nicht auf sie. Sie lassen uns im Stich! Gott, halte fest! Mittagessen bei Meldahl, wo ich ein wenig aus [dem Kapitel] »Ein Besuch in Afrika« vorlas.

Mittwoch, 25. Als ich bei Ørsteds war, sagte Frau Ørsted am Mittagstisch, mein Buch »In Spanien« sei schrecklich feurig, bislang konnte man meine Bücher jedem geben, doch jetzt nicht mehr. Nun hörten die alte Frau Bech und ihre Tochter [die Kapitel] »Sevilla« und »Málaga«; sie fanden sie prachtvoll und freuten sich an der Glut, die in diesem Buch war. Jeden Tag gehe ich in den Studentenverein; ich lebe vom Zeitunglesen und kann ansonsten nichts tun.

[…]

Samstag, 5. [*Dezember*] Heute war ich körperlich ein völliger Stümper, was sich jedoch im Laufe des Tages gab. Ich brachte Bille mein Gedicht, das am Montag in »Dagbladet« erscheint. Gestern abend stand in »Berlingske Tidende« eine warmherzige Rezension meines Buches »In Spanien«. Im Restaurant gespeist, als ich nach Hause kam, erschien ein junger Soldat und begann so: »Ich rieche nach Branntwein, das merken Herr Professor wohl, aber das ist kaum zu vermeiden, wenn man mit Kameraden zusammen ist und los muß!« – »Das ist ganz natürlich!« entgegnete ich, und als ich fragte, ob er mir bekannt sei, sagte er nein, doch er kenne meine Märchen, seine Schwester sei Schauspielerin (Sørensen?) gewesen. Dann bat er mich um eine Tasse Kaffee, und als ich ihm zwei Mark gab, sagte er: »Geben Sie mir noch eine Mark, dann kann ich mir eine schwarze Halsbinde kaufen!« Er zeigte mir, daß er keine besaß. Ich gab ihm noch eine Mark, und nun klapperte er mit seinen Taschen. »Hier sind mehr Schillinge!« sagte er. »Ich bin ein guter Schauspieler!« – Da sah ich zu, daß ich ihn los wurde, denn ich ärgerte mich, daß er mich übers Ohr gehauen hatte. Als er fort war, kamen sogleich zwei weitere Soldaten und wollten hinauf, das Mädchen verleugnete mich. Da sagten sie, sie könnten Licht in meinem Zimmer sehen, aber ich entging ihnen doch.

[...]

Freitag, 11. Wie sich Jonas zu mir verhält, das affiziert mich; daß alles so finster aussieht, Krieg oder innere Unruhen, das überwältigt mich. Fühle mich ganz matt in den Beinen und gehe schwankend durch die Straßen. Brief an Ortwed geschrieben, daß ich nicht nach Roskilde komme. Brief von Konsul Scholtz in Málaga. Mittagessen bei Kochs, wo Hauchs und Frau Hall waren. Ich fühlte mich weder zum Reden noch zum Bleiben fähig, brach zeitig auf; die Pechkränze brannten noch vor dem Schloß, wo die Leute das Castrum doloris besichtigt hatten. Mir hat der Hofmarschall kein Billett geschickt.

Samstag, 12. Gestern abend ging ich zeitig ins Bett, schlief unruhig, mit bösen Träumen. Einmal in der Nacht wünschte ich mir einen Traum über das Bevorstehende, und ich träumte, ich würde zur Richtstatt geschleppt, ein Degen schwebte über meinem Hals, doch ein Gefühl sagte mir: sollte er zuschlagen, würde ich aufwachen, und indem ich das dachte, erwachte ich, bevor das Schwert traf. Heute stand ich erst gegen 9 auf, fühlte mich besser als an den anderen Tagen; schlenderte in den Verein und dann hinaus zu Kochs; es sieht unendlich finster aus. Es ist, als würde für Dänemark bald das letzte Stündlein schlagen, meine Gedanken sind nur bei Krieg oder Aufruhr, mein Gemüt ist bedrückt; nur leere *politische* Reden sind zu hören. Ich sehe mein bißchen Zusammengespartes dahin, sehe mich auf meine alten Tage als Bettler. Mittagessen bei Collins mit Ludvig Müller, Puggaards & – Die Begegnung mit Jonas, der höchst unaufmerksam war und ständig widersprach, rief alles in meiner Erinnerung wach, was ich auf Reisen unter seiner

Laune habe leiden müssen, auch wie er neuerlich über mich hergefallen und auf allem herumgeritten war, von dem er weiß, daß es mich affiziert; meine bittre Stimmung sank auf den Tiefpunkt, ich ertrug es nicht mehr. Es wird niemals anders. Mit Dänemark ist es vorbei, auch mit der Lebenszeit meines Glücks – jetzt kommt die Nacht des Todes. – Ich ging in großer Verstörung davon. Jetzt sitze ich stumpfsinnig zu Hause.

Sonntag, 13. Habe das Billett, das ich vom Senioriat des Studentenvereins für heute zum Castrum doloris bekommen hatte, zurückgebracht, denn ich fühlte mich nicht kräftig genug, um die Wendeltreppe hinaufzusteigen und langsamen Schrittes in der Volksmenge zu gehen; Rode bat mich, es zu behalten und bis heute nachmittag abzuwarten. Meine Stimmung durch die Ereignisse ganz niedergeschlagen, mein Gemüt irritiert und verbittert durch *Jonas Collin.* Den ganzen Tag saß ich zu Hause, wie einer, der seinen Tod erwartet, schlaff und gottlos, undankbar gegen den lieben Gott, bitter, selbst gegen ihn. Um vier Uhr ging ich in den Verein und fand dort jemanden, dem ich mein Billett zum Castrum doloris geben konnte, es war der Hauslehrer von Holstein-Holsteinborg. Bei Henriques war eine größere Gesellschaft, als ich fort wollte, wurde ich zurückgehalten, ich strömte über von Bitterkeit gegen all das Leere, was da gesagt wurde, doch dieses Ausströmen brachte mich zur Ruhe; besser und ruhiger gestimmt kam ich zu Hartmanns, und Frau Hartmann war freundlich und gut; redete mich mit Hartmann in Stimmung, mir ist, als sei ein schweres Wetter abgezogen, jetzt, wo ich in meiner Stube sitze. Heute abend hat es geschneit. Ich habe wieder die Ahnung von einer Zukunft.

Montag, 14. Ich konnte nicht zu Collins gehen, denn ich wollte nicht mit einem Menschen zusammentreffen, der mich in jugendlichem Übermut gekränkt hat; als ich heimkehrte, lag da ein Brief von Jonas Collin, in einer Weise geschrieben, daß ich es mich überwältigte! Er trat als Mentor auf, hatte jeden Satz mit ausgesuchten Worten auf die Spitze getrieben, um mich zu verletzen; ich wußte nicht, ob er oder ob ich verrückt war. Er sprach, als sei er die Wahrheit und ich die Lüge, und alles stellte sich mir ganz verdreht und umgekehrt dar! Ich war wie gelähmt, und das einzig Lebendige in dieser Lähmung war der Zorn auf ihn. Als ich diesen Brief Hartmann zeigte, bekundete er mir seine Teilnahme. Ich war erschüttert, und aus meiner Sympathie für Jonas wurde *Haß*. Ich spürte, wie sich alles Böse in mir regte.

[...]

Mittwoch, den 16. Graues, rauhes Wetter. Brief an Frau Ingemann mit Kaulbachs Bild »Der Engel«, als Karten-Fotografie. Brief an Frau Scavenius. Gräfin Holstein-Holsteinborg besucht. Sie erzählte, daß man ausprobiert habe, die Leiche des Königs die Treppen hinunterzutragen, das habe eine ganze Stunde gedauert, die Stufen hätten dabei geknarrt. Übrigens heißt es, daß die Leiche des Königs so stark verwest und stinkend sei, daß sie unten im Keller steht und der Sarg auf dem Castrum doloris leer ist. Hofmarschall Løvenskiold hat weder Hartmann noch mir ein Billett geschickt; wir gehen nicht hin. – Indem ich dies schreibe, klopft es an meine Tür (1/2 10 am Abend), ein Bote vom Marschallamt bringt – kein Billett, sondern das Zeremoniell mit einem Schreiben des Hofmarschalls, [man solle] die Leiche Seiner Majestät in der Prozession begleiten. Ich hatte zuvor mit Giødvad gesprochen, der hatte ganz fest versichert, daß Schwedens König *persönlich* mit 20 000 Mann erscheine, und als ich meine Zweifel daran äußerte, ließ er die Worte fallen: »Aber wenn es doch von ihm selber war.« Meine Stimmung besserte sich dadurch, nun kam etwas Ritterliches, Romantisches in die Sache, und das gab meinen Gedanken soviel Schwung, als gäbe es selbst für mich noch eine Zukunft im Jetzt.

[...]

Freitag, 18. [...] Der Zug begann sehr pünktlich halb zwei; als die ersten gewöhnlichen Wagen vorbeigefahren waren, gab es eine Stockung, die, wie ich später hörte, der Sarg verursacht hatte; fünf Viertelstunden vergingen. Man hatte nur kurze

Zeit gebraucht, um den Sarg die Treppen hinunter zu schaffen, doch fast eine ganze Stunde, um ihn auf dem Leichenwagen festzunageln; dieser schwankte, weil er so wenig elastisch war. Als er sich näherte, gingen Hartmann und ich auf die Straße, nicht weit davon war wohl der Arbeiterverein aufgereiht, und wir konnten gut sehen. Die Leute standen alle schon seit elf Uhr und froren erbärmlich; aber es herrschte Ordnung, sogar ein paar lahme Menschen, Frau Gotschalk zum Beispiel, fuhren in ihren Wägelchen an den Reihen entlang und sahen zu. [...] Es dauerte lange, bis ich über die Straße und zu Kochs gehen konnte, wo meine verfrorenen Füße mit Hilfe von ein paar frischen Wollsocken wiederbelebt wurden. Henni Koch, der neben dem Wagen des [neuen] Königs gegangen war, erzählte, dieser habe an mehreren Stellen, wo sie anhielten, die Leute, die ihre Häupter entblößten, darum gebeten, doch bei der Kälte die Hüte aufzusetzen. Ein paar alte Weiber hätten fürchterlich geweint und geschrien: »Leb wohl, du guter alter König!«

[...]

Sonntag, 20. Geschlafen, habe mich gestärkt und frischer gefühlt. Um zwölf Uhr war die Trauerfeier im Studentenverein, zu der ich eingeladen war. Wir Geladenen versammelten uns im Musikzimmer, dort waren Hofmarschall Løvenskiold, Kultusminister Monrad, der Adjutant des Königs, Cetti, sechs schwedische Studenten, Worsaae, Hartmann & &. Man wies uns Sitzplätze in unmittelbarer Nähe jenes Ortes an, wo Ploug die Rede hielt. Der Saal war äußerst geschmackvoll dekoriert, die Worte der Kantate und die Musik unterstrichen die Stimmung, Plougs Rede war von Wirkung, und doch wurde Frederik VII. zu sehr mit einer Glorie versehen. Er ist eine Seite des dänischen Volkes, treu und echt, daraus geschnitten, und kein Abdruck, wie der Redner sagte. Er wurde vom Augenblick getragen, zu einer anderen Zeit wäre er ein *sehr* gewöhnlicher, schwacher Mensch geworden, gutmütig und maliziös. [...] Es ist seltsam, wie sehr Jonas noch in meinem Herzensgrund brennt, so wie es noch weiter im Boden brennt, wenn ein großes Grundstück Raub der Flammen wurde. Ich empfinde Bitterkeit im Verstand, nicht im Gefühl, er hat mich unglaublich enttäuscht und [meine Freundschaft] niederträchtig vergolten.

[…]

[Der Preußisch-österreichische Krieg gegen Dänemark, der 1864 mit dem Wiener Frieden und dem Verzicht Dänemarks auf Schleswig-Holstein und Lauenburg endete, führte Andersen in eine tiefe Krise, auch was seine Beziehungen zu Deutschland betraf.]

Freitag, den 1. Januar [Basnæs] Klarer, schimmernder Frosttag, in der Morgenstunde zehn Grad Kälte. Unsre armen Soldaten liegen drüben in Baracken; der Frost baut dem Feind Brücken über die Wasser; ein ganzer Völkerstrom wälzt sich auf uns zu, was wird nur geschehen! Briefe an Richard Bentley und Mistress Bushby in London, an Anna Bjerring in Aalborg, Frau Jette Collin und an Herrn Rimestad geschrieben, daß ich nächsten Freitag oder Samstag im Arbeiterverein lesen will. Brief von Henriques, Brief von Frau Ingemann mit einer Fotografie von ihrem und Ingemanns Haus. Heute habe ich die erste Niederschrift von »Auf Langebro« beendet und unten die restlichen zwei letzten Akte vorgelesen, die sie noch nicht gehört hatten. Am Abend bekamen wir Krapfen und Bischof, ich brachte einen Trinkspruch auf den König aus; er reist heute abend zum Heer nach Schleswig.

Samstag, 2. Sonnenschein und Frost. Heute nacht von Serres geträumt, sie waren mir weniger freundlich gesonnen; mir war, als sollte ich im kommenden Herbst nach Ägypten reisen, und ich freute mich darauf. Briefe an Eckardt und Scharff geschickt. Um 1/4 2 Uhr fuhr Rosing mit seiner Frau nach Sorø. – Über dem Eingang von Basnæs liest man auf einem Stein: »Gottes Friede über das Haus und jeden, der unter seinem Dache ruht.« Brief von Edvard und Bilanz, ich besitze etwa 10 000 Reichstaler. [...]

[...]

Montag, 1. [Februar] [Kopenhagen] Das Telegramm meldet heute vormittag um 1/2 12 Uhr, daß die Deutschen über die Eider gegangen sind, die Feindlichkeiten begonnen haben. [...]

[...]

Mittwoch, 3. Mittagessen bei Frau Ørsted, zusammen mit Scharlings. Am Abend las ich im Arbeiterverein, nur vor Damen, von denen mehrere hundert da waren; eine alte Dame fiel in Ohnmacht. Ich las »Die Geschichte einer Mutter«, »Der letzte Traum der alten Eiche«, »Der Halskragen«, »Das ist ganz gewiß!«, »Das hat Zombien getan« und »Der Schneemann«. Heute bekamen wir die erste Kriegsnachricht von der gestrigen Schlacht, Sieg für uns.

Donnerstag, 4. Die Sonne etwas warm. Heute war ich voller Spannung, ob dies ein großer Kampftag werde, aber das war kaum der Fall. Keine Lust, etwas zu tun, herumgelaufen wie nach einem Rausch.

Freitag, 5. Gestern fuhr Konferenzrat Bang von einem zum anderen und erzählte, die Danewerk-Linie sei gebrochen, Schleswig genommen & – das hatte er aus einem Telegramm an die Königin, in dem es hieß, die Telegrafenlinie, d.h. der Draht, sei kaputt; das erfüllte die Leute mit großem Schrekken. Heute bekommt er ordentlich den Kopf gewaschen. War bei Bramsen wegen neuer Zähne, besuchte die kranke Frau Koch, machte mehrere Besuche. Die »Dania« bringt Verwundete und die Leiche von Hauptmann Schow.

Samstag, 6. Heute morgen hörte ich bei Minet böse Gerüchte, man hätte das Danewerk aufgegeben, ich schimpfte, daß man dergleichen verbreite; auf der Straße traf ich Wanscher, der dasselbe gehört hatte und nun ins Kriegsministerium wollte. Ich trieb mich den ganzen Vormittag herum, ein Gerücht überkreuzte sich mit dem anderen; im Kriegsministerium erhielt man keine Auskunft; ich sprach mit mehreren Offizieren, alle sagten sie, das Danewerk sei aufgegeben, einige: nach sechsstündigem Kampf, andere: man habe es kampflos verlassen. Auf den Straßen sammelten sich die Leute in Gruppen, Weinhändler Mønster erschien und hielt alles für eine Lüge. Nun kam das Gerücht auf, Napoleon und England hätten die Deutschen in einer Depesche zum Rückzug aufgefordert und die Dänen ebenfalls. Am späten Nachmittag erhielt ich dann Auskunft im Kontor von »Dagbladet«; General Meza und und seine Umgebung hatten das Danewerk ohne einen Schwertstreich verlassen. Mir ist, als ob ich das träumte. Was ich niemals gedacht hätte, das ist geschehen. Finstere, bedrückte Stimmung. Zu Mittag speiste ich bei Kammerherrin Neergaard in der Amaliegade; als wir uns vom Tisch erhoben, ertönten auf der Straße Hurrarufe und Pfiffe; eine große Menschenmenge hatte sich versammelt; ich ging und wurde vom Diener begleitet. Bei Linds war man sehr verstimmt – bei Edvard nüchtern und verschlossen. Ich hatte keine Ruhe; der Volkshaufe sang und schrie auf der Straße. Bei Thieles Verzagtheit, bei Zinns eine furchtbare Bitterkeit. Ich schlenderte weiter. Ins Theater, wo man »Lucia de Lammermoor« mit »Mein Glücksstern« und »Klein Kirsten« ausgetauscht hatte, konnte ich nicht gehen, zudem war auf dem Markt ein Geheule. Jetzt höre ich draußen Husaren und Gardisten. Der König wird heute abend um 11 Uhr erwartet.

Sonntag, 7. Der König erschien nicht; gestern abend wurden mehrere Personen verletzt, darunter 14 Polizeibeamte, 6 hat man zu Barbier Staahl gebracht, einer kam ins Hospital. Heute war ich um 3 Uhr im Studentenverein, dort hatte Monrad auf einem Anschlag das Seniorat dazu eingeladen, seine Erklärung der Sache anzuhören. Ploug brachte die Nachricht, daß Monrad und der König nichts von der Aufgabe der Danewerk-Stellung gewußt und die Nachricht davon erst zur selben Zeit wie wir erhalten hätten. Ich ging zu Ørsteds, die sich freuten, daß ich in dieser Zeit der Sorge zu ihnen kam. Ging zu Kochs, wo man vollkommen mit Schweden sympathisiert; sie wollten nicht glauben, daß der König so gänzlich unwissend gewesen sei. Zum Mittagessen war ich bei Henriques, zusammen mit Hartmanns, Thyra Hammerich und Fräulein Bournonville; Henriques kam aus dem Reichsrat und glaubte Monrads Erklärung. Ich war bedrückt und verstimmt; durch die Straße zogen bewaffnete Bürger, ich verlegte meinen Heimweg durch die Viingaardstræde, in den Straßen schien alles ruhig zu sein. Es heißt, man habe den kleinen Prinzessinnen heute in den Wagen gespuckt, der Kronprinz war in der Kirche totenbleich. – Die Oberhofmeisterin Frau Bille ging zu Fuß nach Hause, wagte nicht zu fahren.

[...]

Donnerstag, 11. Als gestern abend der König kam, wurde er auf dem Bahnhof mit Hurrarufen begrüßt. Viggo ist in der Landkadettenakademie, um Reserveoffizier zu werden. Als wir heute in Rosenvænget zu Tisch saßen, war er mir etwas zu sehr militärisch befehlend, es ging über den armen Diener her, der ja nicht antworten darf, sondern gehorchen und dulden muß. Brief von Frau Spring aus Eaglewood in Amerika. Wegen des Hetzartikels gegen die Generäle und den König haben bei »Dagbladet« etwa 50 Abonnenten gekündigt; heute abend steht in »Berlingske Tidende« ein Artikel gegen Ploug. Wenn dies eine muntere Zeit wäre, dann würde ich einen Artikel »Die Großmächte oder die Zeitungskönige« schreiben.

[...]

Freitag, 19. Wieder beim Zahnarzt. Nachricht, daß der Feind gestern die Königsau überschritten hat. Henriques besucht und den Kindern zwei kämpfende Puppen geschenkt, derlei bekam ich in der Schweiz von Frau Roth. Christian Winther besucht und dort den 1. Akt von »Auf Langebro« vorgelesen. Mittagessen bei Kochs, zusammen mit dem Engländer Hamilton. Ging nicht ins Theater, auf Kongens Nytorv kam ein Leichengefolge mit Sarg, es war wohl Wilhelm Moltke, den sie für die Beisetzung in die Kirche trugen.

[...]

Sonntag, 21. Mittagessen bei Henriques mit Juliette Price. In die Theater zu gehen habe ich keine Lust, nur bei Musik kann ich dort sitzen und mich wohl fühlen. Die Gedanken sind immer beim Heer. Hier viel Mißstimmung und viel [Gerangel] mit Parteien, vor allem die Frauenzimmer sind fanatisch.

Montag, 22. Jeden Tag bei Bramsen, um das Gebiß anzuprobieren. Habe Scharlings besucht, deren Sohn aus Berlin heimgekehrt ist, von der dortigen Stimmung gehört. Im »Casino« so wenig Zuschauer, höre ich, daß man morgen keine Vorstellung geben will, dafür war unter anderem »Fliedermutter« angezeigt.

Dienstag, 23. Zum ersten Mal hatte ich die Zahn-Reihen im Mund, ich habe Mühe beim Sprechen und kann nicht »S« sagen. Mittagessen bei Drewsens, Viggo kehrte in Uniform heim. Ich sitze heute abend wie gestern allein zu Hause.

[...]

Montag, 29. Trug von halb zehn bis halb drei die falschen Zähne, sie quälen mich! – Besser sterben und unter die Erde – so verfällt man Stück für Stück, das heißt das Futteral, im Inneren bin ich noch 16 Jahre, darf es aber nach Meinung der anderen nicht sein. Mittagessen im Restaurant. Es ist charakteristisch, daß diese Mittagsmahlzeiten einen großen Teil der Tagebuchaufzeichnungen ausmachen. In dieser Zeit sind mir Sprech-Stücke im Theater unerträglich, ich muß Musik haben; bin deshalb ins »Casino« zu »Jens« gegangen, doch als ich kam, war das Stück gerade vorbei.

[...]

Mittwoch, 2. [*März*] [...] Mein Gemüt bedrückt, keine Zukunft, und das Gefühl, in die Reihen der Alten eingeschrieben und doch im Inneren jung zu sein.

Donnerstag, 3. Ich brauche Aufmunterung, oder ich sinke kläglich zu Boden. Heute bekam ich von Bramsen meine neuen Zähne in einer Schachtel nach Hause. Eine neue Einschreibung in die Rolle der alten Männer und einer lächerlichen Persönlichkeit aufgrund der jugendlichen Gefühle, die ich habe. Mittagessen bei Edvard; Jonas scheint mir böse und fremd zu sein. Abends bei Hartmanns vorgelesen: »Er ist nicht geboren«. Heute zur Probe von »Auf Langebro« im »Casino«. Rosa Price war da und fragte naiv oder satirisch: »Ist das ein Stück mit Soldaten oder nur mit Poesie?« Abends alt in den Gliedern, wie es Chamisso empfand, ging nicht ins Theater, sondern zu Hartmann, der ist mein wahrer Freund, mit ebenso stolzem Personengefühl, ist nicht Edvard, die Büro-Figur, der in letzter Zeit doch anhänglicher wird; abends habe ich Kognak getrunken.

[...]

Freitag, 18. Unsre Kanonenboote ließen zu, daß die Preußen auf Fehmarn 600 Mann an Land gesetzt und die Insel eingenommen haben, ohne einen Schuß, das ist empörend. Eine unsrer Pulverkammern ist explodiert, und viele wurden getötet; es geht uns schlecht! – Gerüchte werden verbreitet, daß der Prätendent getötet, Victoria abgedankt sei, alles Lüge. Mittagessen bei Kochs, wo Herr Peter Koch erst um halb 6 nach Hause kam, und weil er die Schlüssel für den Weinkeller bei sich hatte, mußten wir Wasser trinken. Das war ein sehr verspätetes Essen. Im »Casino« »Auf Langebro«, sehr gutes Haus; Fräulein Schwartz war zum zweiten Mal da und dankte mir für den Genuß, Helga und Elna waren da, aber sonst kannte ich so gut wie keinen.

Samstag, 19. Schönes Wetter; Nachricht vom Kampf der »Sjælland« mit preußischen Schiffen, das Gerücht schilderte ihn als glorreich, der Rapport war viel dürftiger und trocken. Es wird erzählt, daß zwei junge Matrosen im Tauwerk saßen, als sie die Preußen fliehen sahen, umarmten sie sich vor Freude, im selben Moment kam eine feindliche Kanonenkugel und tötete sie. Ein beneidenswerter Tod. Man erzählt, daß der junge Bille in Middelfart gerade beim Billardspielen war, als an der Küste der Kampf stattfand, die Bürger baten ihn, mit seinem Kanonenboot auszulaufen und daran teilzunehmen, doch weil er keinen Befehl dazu hatte, spielte er weiter Billard. Mittagessen bei Frau Neergaard. Ich bin fieberkrank und erkältet, zeitig ins Bett. Bekam aus England ein schön illustriertes Buch mit isländischen Märchen.

Sonntag, 20. Geburtstag von Etatsrat Drewsen, ging zu ihm, durch das Kastell, wo ich an den offnen Fenstern ein paar Kriegsgefangene sah. Endlich Besuch von Jonas Collin, ich war nicht zu Hause. Das Wetter schön; heftige Kopfschmerzen. Mittagessen bei Großhändler Zinn, wo eine junge Kostgängerin gerade Konfirmation hatte. Im »Casino« »Auf Langebro«, volles Haus; Carl Price, Frau Hagen und Frau Smidth wurden nach dem Stück herausgerufen. Ich litt den ganzen Abend an heftigen Kopfschmerzen, kann mir nichts vornehmen; überwältigt und erschüttert vom Zeitaugenblick.

[...]

Freitag, den ersten April. Habe Bille mein Gedicht »Zuversicht« gebracht, es sollte morgen in »Dagbladet« stehen; als ich heimkehrte, war Nachricht von H.P. Holst gekommen, daß er zum Geburtstag des Königs ein Gedicht von mir wünsche und im Theater vortragen wolle, ein Gedicht für den König und Dänemark; das veranlaßte mich, erneut zu Bille zu gehen und mir den Vers zurückgeben zu lassen, er war schon gesetzt und erscheint jetzt erst nach dem Geburtstag des Königs. Brief von Frau Serre, diese deutschen Briefe machen mich nicht froh, ich antworte nicht. Im »Casino« »Auf Langebro«, recht gutes Haus, das ist der Abschied von meinem 58. Lebensjahr; in dem neuen, das kommt, geht mein Leben hienieden gewiß zu Ende. Dieses letzte Jahr brachte viel Prüfung und Ernst, zuerst erwies sich Jonas Collin gegen mich schäbig, er ist mir jetzt aus dem Herzen, der König starb, der Krieg droht Dänemark zu vernichten. Alt bin ich geworden, künstliche Zähne habe ich bekommen, die mich quälen. Ich bin nicht gesund, die Richtung ist Weggang und Grab. In diesem Lebensjahr schrieb ich »In Spanien«, »Er ist nicht geboren« und »Auf Langebro«, das erstgenannte und das letzte haben Publikum und große Anerkennung gefunden. Von Dezember an habe ich gefaulenzt und gebummelt und in drei Monaten nicht einmal einen Brief geschrieben, nur zwei Kleingedichte. Gott, hab Dank für all das Gute, das von dir war, die Schwäche war nur ich.

[...]

Freitag, 8. Königs Geburtstag. Bei der gestrigen Ziehung der Lotterie habe ich auch nicht gewonnen. Heute habe ich meinen Namen zum ersten Mal unter eine politische Stellungnahme gesetzt; Bille schickte mir am Morgen eine gedruckte Aufforderung: Leute von unterschiedlicher politischer Meinung, selbst keine Politiker, deren Namen jedoch Klang im Ausland hatten, sollten eine Adresse an das Schweizer Volk unterschreiben. Ich hatte das Gefühl, daß es hier galt, offen seine volle dänische Gesinnung zu beweisen, ging zu Bille und ließ ihn meinen Namen zeichnen, machte ein paar Einwände gegen die Form, die er billigte. Als mein Name geschrieben war, fragte ich nach den anderen, welche diese Aufforderung erhalten hatten; es waren die besten Namen, doch bisher hatten nur sehr wenige geantwortet, und der alte Thomsen hatte sich entschuldigt, was, wie mir schien, kein Däne tun konnte; doch jetzt kam mir gleichsam die fixe Idee, daß ich vielleicht zu schnell und willig gehandelt hätte, dieses Gefühl wurde stärker und quälte mich. Ich tat, wie üblich, gar nichts. Es war herrliches Sonnenscheinwetter, der Geburtstag König Christians IX. Da hatte Holst im »Casino« »Auf Langebro«, ein eigenes Gedicht für den König und danach mein Gedicht »Dänemark« geben wollen und es deshalb bekommen, und nun hatte er selbst nichts zustande gebracht, sondern einen Wechselgesang »Peer und Maren« genommen, den er zusammen mit meinem Gedicht und davor »Der Kalif auf Abenteuer« aufführte, das war geschmacklos. Jonas Collin hatte Geburtstag, ich gab ihm die beiden Billetts, die ich von Holst bekommen hatte, und versprach ihm danach als Geschenk ein Billett für »Er ist nicht geboren«. Mein Gedicht hatte großen Erfolg, und Smidth wurde herausgerufen.

Samstag, 9. Heute nacht quälte mich die Form der Adresse und der Gedanke daran, daß ich ziemlich allein dastünde und vielleicht der einzige im Ausland bekannte Name bliebe, die Phantasie ging mit mir durch, ich lag auf einer geistigen Folterbank, kaputt, erschüttert ging ich zu Edvard, den ich erst bei meinem zweiten Besuch antraf, er gab mir vollkommen darin recht, daß ich unterschrieben hatte, ja, er sagte, ich hätte mit den Leuten hierzulande gebrochen, wenn ich es nicht getan hätte; da war alle Qual weggeblasen und ich wieder im Lot. [...] Heute abend lese ich in »Berlingske Tidende«, daß der Feind auf Düppel unseren linken Laufgraben eingenommen hat und nur noch 800 Ellen von unsern Soldaten steht. Sehr erschüttert.

Sonntag, 10. Graues Wetter; bedrückt; auf der Straße kamen mehrere höhere Offiziere auf mich zu und dankten mir für mein Gedicht »Dänemark«, das gestern in »Dagbladet« abgedruckt war. Ich bin jedoch vom Unglück erschüttert und überwältigt; meine neuen Zähne stören mich, der Husten hört nicht auf, die Zahnschmerzen enervieren; bedrückt und gealtert bin ich heute herumgelaufen, der Tod wäre für mich am besten. Im Königlichen Theater sah ich 3 Akte von »Dina«, breit und in vielem verfehlt; im »Casino« gab es die gleiche Vorstellung wie am Freitag, mein Gedicht fand viel Beifall.

[...]

Samstag, 16. Keine Ruhe, keine Arbeit, zu Frau Drewsen gefahren; Sonnenschein und warm, der Wind jedoch eisig. Bei Goldschmied Michelsen hatte ich den Orden »Ritter vom Dannebrog« bestellt und ein Stück von meiner goldenen Uhrkette abschneiden und so einrichten lassen, um ihn daran tragen zu können. Frau Michelsen sagte, sie wisse nicht, was das koste, dann kam ihr Mann und sagte, damit habe er nichts zu tun, das sei Sache seiner Frau, und nun brachte sie des weiteren ein silbernes Thermometer mit Goethes Büste, um es mir zu schenken, sie schätze mein letztes Gedicht »Dänemark« so sehr; ich konnte das alles nicht annehmen, nur den Dannebrogorden nahm ich an und wollte ihr dafür bei Gelegenheit eine Erinnerung bringen. Sie zeigte mir nun das Manuskript eines Briefs, den sie als dänische Frau geschrieben hatte und an Napoleon schicken wollte, und fragte mich nach meiner Meinung. Ich sagte, das könne nicht schaden, hätte wohl aber keine Wirkung. Letzteres, sagte sie, habe der König auch gemeint, als sie vor kurzem bei ihm gewesen sei. – Heute habe ich recht unter dem politischen Druck gelitten, von welchem ich mitgerissen werde; ich spüre jede Gefälligkeit, die mir in Deutschland erwiesen wurde, erkenne Freunde dort und habe als Däne das Gefühl, daß ich jetzt ganz und gar mit ihnen allen brechen muß; sie sind aus meinem Herzen herausgerissen, niemals können wir uns wieder treffen, die schöne Vergangenheit wird sich nicht erneuern. Ich bin zu Tode betrübt. Was die

Adresse betrifft, so stimme ich im wesentlichen vollkommen zu, daß wir blutiges Unrecht leiden, daß der Krieg über die Grenze der Humanität hinaus geführt wird, doch es gibt Ausdrücke von Bitterkeit darin, die ich nicht schreiben könnte und die uns nichts nützen, die mich quälen. Ich werde nun abrechnen mit dem Leben, ich habe keine Zukunft mehr, aber Gott hat mir doch in der vergangenen Zeit unendlich viel Glück und Segen vergönnt. Gestern war Christian Voigt bei mir, er bat mich so unglaublich bescheiden und verlegen, als ob er mit meiner Ablehnung rechnete, bei seinem ersten Sohn Gevatter zu stehen. Riborgs Bruder hat seine alte Gesinnung für mich nicht vergessen.

Sonntag, 17. In der Zeitung der Insel Fünen stand ein Artikel über unsre Adresse an die Schweiz, der nicht wohlwollend war; Worsaae soll Bedenken gehabt und sie nicht unterschrieben haben. Meine Stimmung ist febril; ich billige die Form des Geschriebenen nicht und glaube, sie kann Folgen haben; ich vermute, daß ich als der Bekannteste von deutscher Seite angegriffen und an jene Freundlichkeit erinnert werde, die ich erfahren habe; meine Phantasie geht mit mir durch, und doch habe ich das Gefühl, meine Pflicht getan zu haben, wie sie jetzt jeder Däne tun *soll* und tun muß. Herr mein Gott, gib mir Kraft und Unerschrockenheit, laß mich ertragen, was mir bestimmt ist; unendlich viel Gutes und Segensreiches wurde mir zuteil, vielleicht kommen jetzt die schwersten Tage. Laß mich des Dänentums und Dänemarks wert sein. Herr mein Gott, verlaß mich nicht!

Montag, 18. Welch eine Nacht habe ich hingebracht, mit Selbstquälerei, fixen Ideen, halb im Wahnsinn, ich sah mich auf dem Boden eines Schiffs, in ein finstres Gefängnis geworfen, gefoltert und mißhandelt – ich mache mich lächerlich, wenn ich meine fixe Idee hier aufzeichne; ich war in Schweiß gebadet, schlaflos seit dem frühen Morgen. Als Jette Collin sah, wie mitgenommen ich war, vertraute ich mich ihr an, und sie scherzte und nannte mich »verrückt«. Ein paar Stunden später kam die Nachricht, der Sturm auf die Düppeler Schanzen habe begonnen; nach zwei weiteren Stunden hieß es, sie seien erobert und viele unsrer Offiziere gefallen. Ich war geistig und körperlich erschüttert; wankte zum Studentenverein und zum Kriegsministerium. Bei Scharlings aß ich, Christian Scharling soll morgen nach Alsen, um Baracken zu bauen; wir tranken auf sein Wohl. Ging von dort zum Kriegsministerium; das Heer ist auf Alsen eingetroffen, die Brücken sind gesprengt, doch wir haben viele Offiziere verloren. Als ich kurz darauf Zinns aufsuchte, kam Fräulein Regitze und sagte, das 2. Regiment, das 22. sowie das 9. und 20. seien getötet, verwundet und vom Feind gefangen. Ich erschrak, als ich »2. Regiment« hörte, weil eben dort Viggo ist, sie hatte es von Frau Falkenskiold dort im Haus, deren Mann war Chef des 22. Regiments; bei einem zweiten Besuch hörte sie, zwar nicht von der gnädigen Frau, so doch von der Jungfer dieselbe Nachricht, ich ging überwältigt davon, begab mich dann aber wieder zu Hartmann, und er ging nun zu Frau Falkenskiold, die sagte, die genannten Regimenter hätten am meisten gelitten, einige verletzt, andere gefangen, doch die übrigen (der Rest) wohlbehalten auf Alsen; das brachte mir Erleichterung, ich klammerte mich an die Möglichkeit von Trost.

Dienstag, 19. Drewsens haben die Einladung zum Essen abgesagt; als ich dorthin fuhr, fand ich Frau Drewsen jedoch ruhiger vor, als ich erwartet hatte. – Ich habe weder Rast noch Ruh, es treibt mich aus dem Haus, Besuch bei Edvards und Linds, Fieber ist in meinem Blut; ich lud mich bei Hartmanns selber ein; war abends kurz im Studentenverein, zur Probe des Kirchenkonzerts. Richardts Worte ... sind vortrefflich, Hansens Musik dazu fehlt es an Kraft und Schwung. Gegen Abend überkam mich eine wunderbare Ruhe, was mein wahnwitziges Phantasieren bezüglich meiner Beteiligung an der Adresse betraf, ohne daß die Ausdrücke »Tyrannen« verändert wurden. Ich kehrte zu Gott und zu mir selbst zurück. 500 Verwundete trafen am Abend ein.

Mittwoch, 20. Meine Füße vermochten mich nicht recht zu tragen, ich fand Edvard bedrückt, ohne Teilnahme für mich,

Jette traf ich nicht an, obwohl ich mehrmals dort war, ich glaube, sie haben meine Verstimmung satt; Linds, die gut und freundlich sind, werden von mir überlaufen. Gestern abend kam ein Dampfschiff mit zwei Booten; sie brachten 500 Verwundete von der Düppel-Schlacht; viele Omnibusse und Droschken fuhren vor. Die Schwerverletzten wurden getragen, einer war vollkommen zugedeckt und wirkte so schwer, daß er gewiß schon tot war (heute höre ich, daß es Hauptmann Schack, der Maler, gewesen ist, der auf dem Weg ins Lazarett starb). Die Leute brachten den Verwundeten Apfelsinen und Äpfel. – Heute traf ich auf der Straße Hultmann, der von meinem neuen Stück und den Proben sprach – wie konnte mich das interessieren, ich entfernte mich schnell. Ich treibe mich herum, meine Beine können mich nicht tragen. Am Abend debütierte Fräulein Hebbe als Alice in »Robert«. Obgleich sie keine besonders große Stimme hat, sang sie schön, spielte vortrefflich, sah jedoch unglücklich aus, vor allem im 1. Akt. Zuvor war ich im Studentenverein gewesen, hier begann mein Raptus von neuem: ausgeliefert, gequält und gefoltert zu werden; ich litt im Theater entsetzliche Qualen, und nachdem der Paroxysmus überstanden war, kehrte wieder Ruhe ein, so daß ich bis zum 3. Akt blieb. Auf der Straße gab man mir einen Brief, auf dem »Feldpost« stand, ich wurde dadurch richtig munter und hoffte, Neues zu erfahren; als erstes las ich, daß sich Viggo Drewsen wohl befinde, doch der Brief war am 17. geschrieben, gerade bevor sie auf Vorposten mußten; das hatte Gjørup geschrieben, der mir erzählte, wie er am 2. April mit vier anderen Offizieren in den Schanzen auf mein Wohl getrunken habe.

[...]

Dienstag, 10. [*Mai*] [...] Ich saß mit Gade an einem kleinen Tisch, und nachdem wir uns so ziemlich darüber einig geworden waren, daß die Hebbe eine ausgebildete Sängerin sei, jedoch als Aktrice im »Figaro« nicht befriedigen könne und auf der Bühne sträflich häßlich aussehe, kamen wir auf die materielle Hilfe für uns zu sprechen, das Geld, das Schweden und

Norwegen spendeten; als ich Lausanne hervorhob, fühlte sich Gade dazu veranlaßt, seine Meinung zu unsrer Adresse an die Einwohner dieser Stadt zu äußern. Er meinte, daß wir beide sie nicht hätten unterschreiben sollen, das würde uns Unannehmlichkeiten bringen, und später könnten wir dann nicht nach Deutschland fahren &, man habe uns überrumpelt, um unsre Namen zu bekommen. Ich antwortete, daß wir als *dänische* Männer unsre Namen geben mußten & –

Mittwoch, den 11. Die ganze Nacht nicht geschlafen, Gades Rede brachte meine Phantasie in Bewegung, ich sah mich als politischen Gefangenen & – ich war in febrilem Zustand. Ein paar Stunden später konnte ich mit Edvard Collin sprechen, dem ich meinen Fieberzustand anvertraute, er hielt diesen für vollkommen unbegründet, ich hätte getan, was ich sollte und mußte, mir könne nichts geschehen. Das richtete mich wieder auf. Schnitt Bilder für die Basare; eins wurde neulich von Hofbäcker Bruun mit 1 Speziestaler bezahlt; später hörte ich, daß er es sich in meine gesammelten Märchen einheften läßt. Brief von Gjørup, der Kriegsgefangener in Glogau ist. Erhielt die Nachricht, daß unsre Schiffe »Niels Juul«, »Heimdal« und »Jylland« unter Helgoland die österreichischen Schiffe besiegt haben, eins von diesen war in Brand geschossen und mußte sich mit den anderen feindlichen Schiffen auf neutrales Gebiet zurückziehen. Wir haben 68 Tote und Verwundete, der Feind 175. Dieser Sieg kam wie ein Sonnenstrahl in der Finsternis, wir lebten auf; Leute, die einander kaum kannten, unterhielten sich darüber auf der Straße. – Kein Offizier wurde verwundet, doch Kadetten-Unteroffizier Tramp verlor das rechte Bein.

[...]

Samstag, 14. [...] Hartmanns Geburtstag, ich hatte es vollkommen vergessen; dort traf ich Gade, der sich wieder politisch äußerte und von anderer Stimmung war als Hartmann und ich; zu den Artikeln in »Flyveposten« sagte er, man solle auch diese hören, tüchtige Männer hätten sie geschrieben. Ich sagte, jetzt sei nicht die Zeit, um sich zu streiten, man müsse zusammenhalten; er meinte, die nationale Partei stürze uns ins Verderben; ich sagte, würden wir die Nationalität aufgeben, dann wären wir keine Nation mehr. Verstimmt kehrte ich heim.

[...]

Dienstag, 17. Brief an Gjørup geschickt, der Kriegsgefangener in Glogau ist, ebenso Brief an Fräulein Heinke, als dieser abgeschickt war, quälte es mich, daß ich darin nicht meine Bitterkeit gegen die Deutschen angedeutet hatte, ich hielt ihn für zu zahm geschrieben; weil ich sie schonen wollte, könnte ich weniger leidenschaftlich dänisch erscheinen, wenn der Brief gedruckt würde. Den ganzen Tag matt in den Beinen, schwindlig und wirr im Kopf. Mittagessen in Rosenvænget bei Drewsens, von Frau Ingeborg kam ein Brief, daß es nicht so gut um Viggo stehe. Drewsen war febril, leidend, wie ich es sein kann. Jonas war nach seiner Krankheit wieder auf; es ist jetzt so weit, daß er aus meinem Herzen verschwunden ist, er ist auf einer Linie mit so vielen, und seine größte Bedeutung besteht in dem bittren Gefühl, das er bei mir erweckt.

[...]

Sonntag, 22. Sehr kalt; gottlos, bitter auf die Menschen und ohne Vertrauen zu Gott; fuhr hinaus zu Drewsens; Mittagessen bei Linds. Nervös und matt, wie ich war, strengte mich der Weg zum »Casino« an, man gab das schwedische Stück »Treibhauspflanzen«, verwandt mit »Die Aprilnarren«, ging vor dem Ende. Zu Hause kam gleichsam ein Lüftchen, eine humoristische Betrachtung der Menschen in ihrer Verlogenheit und Verliebtheit in sich selbst, der Gedanke an eine Lustspieldichtung, der wieder verflog, doch indem sich die Seele erhob, fand sie wieder zu Gott, gegen den ich heute in Gedanken gesündigt hatte. Ist er zu mir jetzt der *eifrige* Gott oder *der Vater*?

[...]

Freitag, 27. Es ist fast traurig, wie ich bummle und faulenze; nichts wird getan. Das Wetter ist sehr kalt, die meisten haben den Kachelofen geheizt. Ich sehe den Tag vergehen, wünsche, es wäre Abend und ich legte mich schlafen; es gibt nichts, worauf ich mich freue, nichts, was mich erfüllt, wohin soll das führen. Mittagessen bei Frau Koch, sie ist so ganz Großmutter, verwöhnt den kleinen Jøn, d.h. Jørgen. Heute ist ein Gefühl der Abgestumpfheit über mich gekommen, was den Krieg betrifft, für den Augenblick, ich hielt es nicht mehr aus, jetzt bin ich in einem Übergang, woraus entweder Untergang oder ein neues, kräftiges Leben erwächst. Brief von Gjørup, der Kriegsgefangener in Glogau ist. – Sah das Ballett »Fern von Dänemark«.

[...]

Freitag, 24. [*Juni*] [Basnæs] Sturm und Regen. Brief an Jonna, darin der »Psalm«. Gestern habe ich gesagt: »Morgen wird das Wetter wie unser Schicksal«, weshalb es mich freute, als gegen Mittag die Sonne hervorbrach, mehrere Male hat sie doch über Regen und Finsternis gesiegt. Der Kuckuck rief, ich fragte: »Wie viele Jahre soll Dänemark leben, 1000?« Und der Kuckuck rief gerade noch zehnmal. Habe einen Teil des ersten Aktes von »König Saul« durchgearbeitet. Abends um acht las ich im Eßzimmer vor den 6 Soldaten und den Leuten, insgesamt 18 Personen: »Das kleine Mädchen mit den Schwefelhölzchen«, »Die glückliche Familie«, »Des Kaisers neue Kleider«, »Der Schneemann«, »Holger Danske« und »Das ist ganz gewiß!«. Das Wetter ist stürmisch, regnerisch.

Samstag, 25. Regenwetter. Brief an Hartmann geschickt, der jetzt in Roskilde liegt, mit dem Brief folgte der erste Akt der Oper »Saul«. Hilfe ist wohl nur von England wahrscheinlich und möglicherweise von Schweden. Heute geht die Waffenruhe zu Ende, und die Konferenz hat nichts bewirkt; ich bin erschüttert. [...]

[...]

Mittwoch, 29. Angriff auf Alsen, der Feind ist hinübergekommen, ein beunruhigendes Telegramm nach dem anderen, wir haben eine große Niederlage erlitten, jedoch großen Widerstand bewiesen. Nachrichten aus England: sie und Frankreich bleiben neutral. Keine Hilfe. Heute erwartet man vor Helgoland eine Schlacht zwischen österreichisch-preußischen und dänischen Schiffen; dieser Tag macht mich schrecklich febril, ich bin nervös-benommen. Brief an Frau Neergaard und Brief an Frau Scavenius. Alsen verloren. Unter den Getöteten sind Oberst Faaborg und der junge Falbe genannt. Unendlich niedergedrückt.

Donnerstag, 30. […] Der Feind will jetzt Fünen erobern, die Einwohner flüchten aus Middelfart. Es endet damit, daß wir unter Deutschlands Herrschaft kommen. Ich habe die Empfindung, daß mein Stern untergegangen ist, daß mich Unglück oder Tod erwarten. Gottlos und dadurch unglücklich. Brief von Frau Neergaard. Schrecklicher Regen und Wind.

Freitag, den ersten [*Juli*], und bevor ich den letzten schreibe, sofern ich ihn schreibe, was da. – Gott hat uns fallen lassen, wir erreichen ihn nicht; ich laufe herum und warte wie der Gefangene auf das Todesurteil. Die Sonne scheint; ich habe mein sauberes Stübchen, wie lange? Leben, genießen, die kurze Minute – vorbei – vorbei! – Gott hat mich und uns fallen lassen! – Wie verlassen bin ich, keine Freunde, einsam mit mir selbst, und die Tage, die kommen, werden noch schlimmer, bis es endet – endet im Grab!

[…]

Sonntag, 3. [Søllerød] Unruhig geschlafen, weil Ahlefeldts kleiner Hund, der im Nebenzimmer eingeschlossen war, die ganze Nacht heulte; als ich schimpfte, bellte er. Ich war gottlos und verlassen. In dieser Zeit von Kopenhagen aufs Land zu fahren, das heißt, sich gleichsam zu den Kindern in die Sandkiste zu verkriechen, um nicht den Blitz zu sehen oder den Krach zu hören. In sehr niedergedrückter Stimmung an Edvard Collin geschrieben, als das geschehen war, wurde mein Gemüt ruhiger. Sonnenschein und Wind, ein sehr kalter Abend, Ahlenfeldts kamen, und Viggo Neergaard zog ein. Früh las ich die beiden Akte von »Saul«.

Montag, 4. Gefaulenzt, böse und gottlos im Herzen; im Laufe des Tages stellten sich Zahnschmerzen ein. Am Abend soll ich mit Frau und Fräulein Neergaard zur Königinwitwe;

ich fürchte mich davor, fuhr aber nach dem Essen nach Lyngby und ließ mich barbieren, doch als ich in die Zimmer von Fräulein Rosen kam, wurden meine Zahnschmerzen so schlimm, daß ich dort blieb, um auf den Wagen zu warten und zurückzufahren. Kurz darauf erschien Fräulein Rosen und meinte, die Schmerzen würden sich im Laufe des Abends wohl geben, bat mich, zumindest zur Königin mitzukommen; ich trat so auf ihr Kleid, daß es Ritschratsch! sagte. Die Königin erschien und kam mir entgegen, Rasmus Nielsen las meinen »Psalm« und ich »Trost im Glauben«, dann trug Nielsen mein Gedicht »Dänemark« vor, er war davon ergriffen, und der Königin standen die Tränen in den Augen. Meine Zahnschmerzen wurden schlimmer, die Königin gab mir ihr Eau de Cologne, doch ich bat darum, heimfahren zu dürfen, noch bevor Nielsen las. Die Königin reichte mir zweimal die Hand und drückte die meine herzlich. Ich fuhr nach Hause; der Arzt war noch hier, er steckte mich ins Bett, legte Sauerteig unter meine Füße, und ich bekam ein Glas starken Grog zum Schlafen.

[...]

Mittwoch, 6. [...] Heute habe ich heftige Kopfschmerzen; die Zeitungen brachten mich mit den unbedeutendsten Dinge zum Weinen. Brief an Edvard Collin über mein Befinden, als ich ihn abschickte, kam ein Brief von ihm, sehr scharf und gut für meine fixe Idee, die er Galimathias nennt. Besuch von Pastor Wedel. Gegen Abend begann das Geschwür sich zu öffnen, Doktor Lund half mit zwei Schnitten nach, was spürbare Erleichterung brachte, ich wurde ein ganz [anderer] Mensch, wieder gut im Sinn und dankbar im Gedanken.

[...]

Freitag, 8. Heute nacht häßliche Träume, einer vom Gefängnis, einer von einem russischen Gefängnis in Kopenhagen, das erinnerte an »Fidelio«. Regenwetter. [...] Während des Essens kam die Nachricht, daß das Ministerium Monrad zurückgetreten sei; große Mißstimmung und hier am Tisch lebhafter Disput. [...]

[...]

Sonntag, den 10. [Søllerød] Sehr warm; ging durch den Wald, verstimmt und betrübt. Was wird nur geschehen! Angst und Sorge führen mich hinaus in die tiefen Wasser, werde ich mich daraus erheben oder darin versinken? Die Religion ist mein Licht, meine Rettung, der Glauben. Wenn ich glaube, daß Gott und Jesus eins sind, wie es die Gläubigen wollen, dann ist die Jungfrau Maria die Auserwählteste unter den Menschen, denn in unsrer Demütigung vor Gott liegt es so nahe, sie um Vermittlung für uns zu bitten. Welche Gedanken für mich. *Herr mein Gott!* Leuchte in mich hinein, sei mir gnädig und Gott, ich bin dabei, dich, an den ich mich mit dem Glauben der Kinderzeit habe halten können, zu verlassen. Kurz vor der Essenszeit nach Lyngby und dort zum Barbier; abends den hiesigen Leuten und den Invaliden 7 Märchen und Geschichten vorgelesen.

Montag, 11. [...] Nach Tisch kam Etatsrat Trap, um mir über das neue Ministerium zu berichten, und daß sich nun eine Lösung der Angelegenheiten andeute; der König sei zum ersten Mal seit langer Zeit froh gewesen. Dr. Lund äußerte zu Frau Neergaard: Wir hätten uns zuvor außerhalb der Freiheit bewegt, das Recht sei nicht so ganz auf unsrer Seite. Ich bekam wieder meine fixe Idee: Wenn der Friede kommt, soll ich *danke* sagen können! [...]

Dienstag, 12. Es gibt in meiner Seele eine kranke Saite, Jahre werden vergehen, bevor sie heilt, und vielleicht nie, ja, vielleicht ist sie eine Wahrheitssaite, meine fixe Idee die Fähigkeit, vorauszusehen; ich bin in die Maschine hineingerissen, und es soll mich zerfetzen. Um 1/2 10 mit Frau Neergaard zum Strand von Vedbæk gefahren (heute nacht träumte ich, im Badehaus kämen fortwährend Ströme von Blut, das war von den Verwundeten in der Nähe). [...]

[...]

Samstag, 16. Den dritten Akt von »Saul« beendet; dieser eine Akt, gestern und heute geschrieben, ist die ganze Ausbeute meines Aufenthalts in Søllerød. – Die andern waren am

Strand, ich ging zu Pastor Wedel und las ihnen die drei Akte von »Saul« vor. – Doktor Lund verabschiedete sich von mir in einer Weise, als sollten wir uns nicht wiedersehen. Heute nacht hatte ich einen häßlichen Traum, mir fielen alle meine Zähne aus dem Mund. Mein Gemüt ist bedrückt; ich habe eine dämonische Stimmung, um recht Sauls bösen Dämon auszudrücken, mehrere Strophen aufgeschrieben. [...]

[...]

Dienstag, 9. [*August*] [Christinelund] Brief von Bushby, ohne weitere Bedeutung, nichts von »In Spain«, Zeichen dafür, daß es nicht angesprochen hat; Manuskripte von berühmten Männern haben keine Aussicht auf Absatz. Die Zeitungen trist; ich bin nicht in Stimmung und recht nervös, Unlust zu jeglicher Arbeit. Bat Jonna, mir heute nichts von Politik zu erzählen, sagte, ich sei so reizbar, könnte dadurch leicht aussprechen, was ich nicht sagen wollte. – Am Frühstückstisch kamen sie und Henrik plötzlich auf Politik, ich wurde hineingerissen; mit ihm war ich vollkommen einig, Jonna überströmend dänisch, »aushalten bis zum letzten Mann«, »sehen, was *der Herr* uns bescheren wird! den Glauben haben!«, und alle diese Reden. Ich wurde, wenn schon nicht undänisch genannt, so doch zu den Reaktionären, den Königlichen gezählt, während sie den König für vollkommen deutsch erklärte. Ich wurde leidenschaftlich, lag danach wie ein schlaffer Lappen da; stürzte hinaus aufs Feld, redete laut und mit wilder Leidenschaft. Nach Tisch rief Jonna mich ins Wohnzimmer und sagte herzlich und unter Tränen: »Ich habe Unrecht, das habe ich erst recht verstanden, als Sie mir sagten, was Sie aufgeopfert und hingegeben haben!« – erwähnte und erkannte meine frühere Beziehung zu Deutschland an, mit welchem ich gebrochen hatte! Nach dieser Äußerung, die von Herzen kam, küßte ich sie auf die Stirn und war später in guter Laune.

[...]

Freitag, 19. Heute nacht schlecht geschlafen. Um halb zwölf fuhr ich ab und erreichte kurz nach eins den Bahnhof von Sorø; wir mußten über eine Stunde warten, weil sich der Zug in Slagelse verspätet hatte, genauso langsam ging es nach Roskilde, wo wir um ½ 5 ankamen, also auch hier eine Stunde nach der üblichen Zeit. Propst Ortwed war mit seinem Wagen persönlich am Bahnhof; in seinem Haus war das vorderste Zimmer für mich eingerichtet; General Wilster hatte meine alte Wohnung, er und Hartmann mit Frau waren zum Essen hier, und ich las nach Tisch »Er ist nicht geboren« vor. Wilster war zu mir sehr herzlich und sagte sehr bewegt und unter Tränen: »Ich habe getan, was ich konnte, mehr stand nicht in meinen Kräften, aber es kommt wohl eine bessere Zeit.« Als ich ihm erzählte, wie bitter es für mich gewesen sei, nicht an Fräulein Heinke zu schreiben, umarmte er mich, nannte mich einen rechten dänischen Mann. Der Abend verlief gemütlich, doch im Bett konnte ich nicht gleich schlafen. Bekam heute abend eine schöne Rose von Fräulein Staahl.

Samstag, 20. Graues Wetter, suchte Kornerup vergeblich. Am Frühstückstisch waren Wilster und ich für die Emanzipation der Schwarzen, der Dompropst und seine Gattin nannten sie eine geringere Rasse als wir & – [...] Heute regnet es den ganzen Tag. Gegen fünf Uhr fuhren wir, auch der General, zu Hartmanns, wo wir dann speisten, ich las »Saul« und zwei Märchen, Hartmann spielte aus der »Walküre«. Als wir danach mit Wilster im Tabakzimmer saßen und Zigarre rauchten, erzählte er so warmherzig, so empfindsam vom Feldzug, daß ich eine außerordentliche Zuneigung für diesen vortrefflichen Mann faßte, ein Gespräch wie dieses, und er gewinnt mein Herz. Wir sprachen über das Danewerk: »Ja«, sagte er, bewegt, »ich richte nicht, die andern haben gewiß richtig gehandelt, aber mir wäre es nicht möglich gewesen, die Stellung zu verlassen!« Und als er aus dem Zimmer ging, sagte er, wobei ihm die Tränen über die Wangen liefen: »Ich bin zu weich«, kehrte dann aber um und sagte: »Nein, man darf es nicht Weichheit nennen, sondern ›Schwäche‹.« Er meinte, ich sei gewiß kein Feigling, ich hätte eine starke Phantasie, ich sei sehr nervös, doch seelisch sei ich mutig und würde im Augenblick der Gefahr meine Pflicht tun; er nannte Beispiele von anerkannt kriegstüchtigen Leuten, die augenblicklich erschüttert sein könnten. Es wurde elf Uhr, bevor wir in die Propstwohnung zurückkehrten.

[...]

Donnerstag, 25. [Kopenhagen] Der Wind ist nicht sehr stark, doch der Regen hält an. Ich habe Kopfschmerzen, und mein Blut ist verrückt. [...] Mittagessen bei Collins; Theodor hatte endlich die Entdeckung gemacht, daß wir Dänen neidisch sind, daß wir unsre bedeutendsten Männer heruntermachen; aber das sei erst in der allerletzten Zeit so, meinte er. Ich sagte, das hätte ich viele, viele Jahren gesagt und empfunden. Auf dem Heimweg besuchte ich Eckardt, ich konnte allzu deutlich merken, wie schlecht der arme Kerl verheiratet ist, es gab so viele bittre Andeutungen. Mein Bauch ist sehr gespannt und dick, das kommt gewiß daher, daß ich Bier am Abend trinke, das sollte wohl aufhören; auf dem Lande bekomme ich meine schöne Milch. +

[...]

Donnerstag, 15. [September] [...] Mittagessen bei Edvard Collin mit David, der jetzt Finanzminister ist, er war zu mir sehr liebenswürdig. Theodor erzählte, daß Eckardt nicht gut von mir rede, und ich dachte an einen Traum heute nacht: Christian Schmidt hatte einen schwarzen Hund, der biß mich in [...].

[...]

Sonntag, 18. Bis halb neun geschlafen, fühlte mich sehr wohl und gestärkt. Es gießt in Strömen. Ging in den Studentenverein, wo ich in der letzten Nummer der *norwegischen* »Illustrierten Zeitung« mein Porträt fand; der Text dazu war sehr wohlwollend und endete mit einem Vers jenes Liedes, das ich von Bjørnstjerne Bjørnson in Rom bekam, ich muß fast annehmen, das Ganze stamme von ihm. Er sagt darin, daß man erst dann ein wahres und umfassendes Bild von mir geben könnte, wenn der Literaturabschnitt *unserer Zeit* zu Ende sei; vor allem hebt er meinen *Glauben* an die Vorsehung hervor, der mir insonderheit Popularität verliehen habe. Ich las das mit Freuden, spürte jedoch gleichzeitig in mir meine ganze

Sünde – das frevelhafte Verzweifeln, die Gottlosigkeit, die verteufelte Kinder-Wut, als ich von den letzten Prüfungen überwältigt war, ich schämte mich, erkannte und erkenne, daß ich der unvergleichlichen Gnade, die der Herrgott mir erweist, unwürdig bin. [...]

[...]

Samstag, 24. Regenwetter; nicht wohl, stand in Jerichaus Atelier Modell für Stramboe; heute traten die Formen kenntlicher hervor. Sah ein wenig von »Elverhøj«, ging dann in den Arbeiterverein, wo ich anläßlich des Stiftungstags einer der Ehrengäste war, unter diesen war auch Leutnant Anker. Die Dekoration war hübsch, doch man hatte die Büste von Frederik VII. und nicht von Christian IX. aufgestellt, vielleicht weil der Verein unter Frederik VII. gestiftet worden war. Für diesen wurden vier Verse gesungen, für König Christian nur einer; ich fühlte mich davon berührt. Rimestad sprach in seinem Trinkspruch auf »die Zukunft« über den Verein, wie Männer der Wissenschaft und die von Gott begnadeten Dichter zu ihm gekommen seien, und daß sie für ihre Bildung und »Zukunft« wirkten und daß der Verein nur alles Gutes erstrebe. Von jenen, die sich für ihn betätigten, sei nun ein Mann hier, der von Königen, Prinzen und Prinzessinnen empfangen werde, der jedoch genauso bereitwillig und mit Wärme seine Märchen und Geschichten hier vortrage, er (Rimestad) habe in den Augen dieses Mannes Tränen gesehen, als er vor ihrer Versammlung stand, und das könne er bezeugen und versichern! Und nun riefen sie neunmal für mich Hurra. Als ich mich dafür bedanken wollte, trat im selben Moment ein Herr Olivarius auf und dankte mir im Namen der Kinder, sagte, ich hätte auch sie alle zu Kindern gemacht, er wünsche sich, daß sie »gute Kinder« seien. Diese große Huldigung machte mich verlegen. »Das folgt mit dem Purpurmantel!« sagte Emil Hornemann, der mir gegenüber saß. Ich trat ans Rednerpult, und da noch ein wenig geplaudert wurde, rief Rimestad: »Jetzt spricht Professor Hans Christian Andersen!«, und es wurde still. Ich dankte für die mir erwiesene Ehre und fügte hinzu, ich könne die Sinnesart darin erkennen, wie früher schon, wenn ich ihnen meine Märchen und Geschichten vorgetragen habe, und immer verspürte ich Furcht und Zittern, wenn ich vor einer großen Versammlung auftreten sollte, doch die Freundlichkeit und Sinnesart, mit der sie mir zuhörten, machten es mir am Ende immer gleichsam zu einem Festtag! – Als ich wieder unten neben Leutnant Hartvigsen saß, sagte dieser, er könne meine Angst hier nicht verstehen, wo ich die Masse doch beherrschen könnte und alle mich liebten. Er brachte einen Trinkspruch auf das Land- und See-Heer aus, hob darin den anwesenden Anker hervor und zeigte auf ihn. Als ich um halb zwölf aufbrach und mich von Rimestad verabschiedete, wollte dieser mich hinausbegleiten (er hatte mehrere Trinksprüche ausgebracht), war der Meinung, ich müsse nach Hause *fahren*, und ließ mich im Zimmer neben der Küche warten, zu den Leuten, die dort aßen und tranken, sagte er: »Das ist Professor Hans Christian Andersen, ruft dreimal für ihn Hurra«, was sie auch taten und mit Händedrücken begleiteten. Nun entdeckte ich, daß meine kleinen Orden verlorengegangen waren; ich hatte sie im Saal noch gehabt und bat Herrn Malm, hinaufzugehen und sie zu suchen; ich bekam sie auch. Herr R sprach davon, wie sehr alle mich liebten und wie beliebt ich in seiner Familie sei, lud mich zu einem Weihnachtsabend ein, ich sollte wie bei Prinzen behandelt werden. Dann verlangte er für uns Wein, und als ich mich entschuldigte, bot er mir Sodawasser an, doch gleich darauf verlangte er Champagner, er war ein wenig berauscht, und ich fühlte mich geniert, endlich kam eine Droschke, die ich selber bezahlte. Zu Hause dachte ich über den Eindruck dieses Abends nach; wie arm, wie vergänglich, wie voller Parteien ist alles auf dieser Welt.

[...]

Mittwoch, 28. Das Bedürfnis, etwas zu tun, nimmt zu, ich habe aber keine Ideen. [...]

Donnerstag, 29. Gestern hat sich die junge Prinzessin Dagmar mit dem Großfürsten von Rußland verlobt. Ich habe mich heute sehr wohl gefühlt und eine Geschichte von einer Hopfenstange angefangen, doch als ich mir die Geschichte über Pastor Hans Madsen holte und las, daß seine Hilfe *gegen* die Feinde Christians II. gerichtet war, gab ich es auf. Bei Collins mußten wir mit dem Essen lange auf Frau Sommer und ihre Töchter warten, ich war hungrig und deshalb verdrossen; die beiden jungen Fräulein Rørdam erweckten bei mir keine Sympathie, weshalb ich es ablehnte, Märchen vorzulesen, wie mich Jette Collin gebeten hatte; ich ärgerte mich noch mehr über mich selbst und saß dann griesgrämig im Theater, kehrte mit bitteren Gefühlen und mit der Erinnerung an so viel Falsches und Schlechtes heim, da kam ein Brief, der erste von Frau Heiberg, die mich morgen abend zur Musik bei sich einlud, das brachte ein wenig Sonnenschein in meine Stimmung; ich bin doch ein seltsames Wetterglas!

[...]

Freitag, 14. [*Oktober*]. Gegen Morgen häßlich geträumt; ich ging auf der Straße durch einen reißenden Strom, und als er versickerte, sah ich, wie ein geschlossener Wagen in den Kanal stürzte und darin verschwand, ich selbst lief nun ohne Kleider, nur mit meinem schottischen Plaid herum, befürchtete, ich könnte von der Polizei angehalten oder von den Jungen verfolgt werden, nun wollte ich in einem Boot nach Nyhavn, und hier kam der alte Collin und brachte mich zur Raison, ich befand mich in der schrecklichsten Abhängigkeit und fragte, ob er denn nicht gestorben sei, aber das war er nicht. [...]

[...]

Montag, 24. Schönes Sonnenscheinwetter. Verstimmt und bedrückt von jener Stimmung, wie sie bei den Leuten und Zeitungen herrscht; Ørsteds besucht. Mittagessen bei Etatsrat Collin anstatt nächsten Donnerstag. Die Tage vergehen, nichts richte ich aus, ich fühle mich wie auf See in der Dünung. Die Zeitungen sind wild freiheitsfordernd und reaktionär, sie ergießen sich über das Persönliche. Es ist unangenehm, zu den öffentlichen Persönlichkeiten zu gehören. Abends zu Hause, aber faul, wohin wird das führen!

[...]

Montag, 31. Ausnehmend schönes Wetter, die Sonne scheint, und es ist ganz windstill. Heute Vormittag dreiviertel elf starb Michael Wiehe, sein Schwager wird um elf Uhr begraben, er folgt ihm also eigentlich nach. Das Tüchtige geht, eins nach dem andern, das Land zerfällt, ich fühlte mich bitter und gottlos. Heute nacht hatte ich wieder meinen üblichen häßlichen Traum von einem lebendigen Kind, das ich an meine warme Brust lege, diesmal war es jedoch nur in meinem Ärmel, und es verschied und verwandelte sich in eine nasse Haut. Setzte mich in den Omnibus und fuhr hinaus zu Drewsens, ich bin mißmutig und verstimmt, zornig auf so viele. Es wartet nur Unglück, Not, Kränkung, Vergessen und Tod.

[…]

Sonntag, 20. [*November*] […] Die Stimmung schwer, ich glaube, der Knoten an der Hand verlangt nach einer Operation, und daran sterbe ich; es ist ja an der Zeit, bald muß ich sterben, und während ich daran denke, will es mir scheinen, daß ich das Leben gar nicht genossen, die Frucht nicht ergriffen habe, die Gott mir vergönnt hat. Mit meinem Glück ist es nun vorbei; der Krieg hat mich von vielen Freunden getrennt, denen ich jetzt nie mehr begegnen kann, und in der Heimat habe ich nur darauf zu warten, daß man mich unter die Erde bringt.

[…]

Montag, 26. [*Dezember*] [Basnæs] […] Als ich zu Bett kam, wollte ich träumen, was mir geschehen könnte.

Dienstag, 27. Hatte heute nacht zwei unheimliche Träume, im letzten wurde ich gefesselt und erschossen; daß ich unschuldig war, half nichts. […]

[…]

Henrik Wergeland

Sujets

Hg. von Heinrich Detering

176 S., 1 Abb., geb., mit Schutzumschlag
ISBN 3-89244-202-9

Henrik Wergeland (1808-1845) ist ein unbekannter Klassiker der modernen Poesie. Immer wieder lösten seine ›freien Verse‹ politische und literarische Skandale aus. Und sie wurden prägend für die neue skandinavische Literatur. Ohne Wergelands Werk wäre ihr weltliterarischer Siegeszug von Bjørnson bis zu Ibsen kaum denkbar gewesen. Ein Avantgardist im buchstäblichen Sinne blieb er lebenslang. Während Edgar Allan Poe seine letzten Erzählungen schrieb und der junge Baudelaire in Paris seine ersten Gedichte entwarf, experimentierte Wergeland mit modernistischen *poèmes en prose* und immer neuen Formen politischer, phantastischer, erotischer Dichtung. Radikal und provozierend, frech und melancholisch – diese Poesie ist bis heute lebendig geblieben.

Wergeland ist erst zu entdecken. Das lohnt sich, und das ermöglicht diese Ausgabe in mustergültiger Weise.
(Friedmar Apel, Frankfurter Allgemeine Zeitung)

Man wird gewahr, wie Wergeland die lyrische Moderne um Jahrzehnte vorausnimmt. In seinen besten Gedichten erweist sich Wergeland als ein älterer Bruder von Baudelaire. Zu Recht hat Heinrich Detering in seiner Auswahl und präzis schönen Übersetzungen den Akzent auf Wergelands Modernität gesetzt: auf etwas, das nicht altern kann und das einem in manchen Bildern dieser Gedichte ganz unverbraucht und neu gegenübertritt. Wergeland ist ein Neuerer, der sein Leben noch vor sich hat.
(Thomas Sparr, Neue Zürcher Zeitung)

WALLSTEIN

Hans Christian Andersen

Mein edler, theurer Großherzog!

Briefwechsel zwischen Hans Christian Andersen und Großherzog Carl Alexander von Sachsen-Weimar-Eisenach

Hg. von Ivy York Möller-Christensen und Ernst Möller-Christensen

384 S., 14 Abb., geb., mit Schutzumschlag

ISBN 3-89244-271-1

»Ach, wenn Sie doch kein Fürst wären!« schrieb der Märchendichter Hans Christian Andersen an den deutschen Erbgroßherzog Carl Alexander von Sachsen-Weimar-Eisenach. Die beiden sahen sich zum ersten Mal 1844 im nachklassischen Weimar. Andersen hatte zu diesem Zeitpunkt bereits mit seinen ersten Werken großen Ruhm erworben.

Die innere Nähe der beiden Männer, die von großer Zuneigung und geistiger Übereinstimmung geprägt war sowie von dem Wunsch Carl Alexanders, bedeutende Künstler an Weimar zu binden, dauerte bis zum Tode Andersens im Jahre 1875.

Der Briefwechsel gibt ein treffendes Bild des traditionsbewußten und zugleich aufgeschlossenen Fürsten, der das klassische Weimar als Kulturstätte Deutschlands zu erhalten und zu fördern suchte. Hans Christian Andersen erscheint als feinnerviger und nach Anerkennung suchender Dichter und Mensch.

Erstmals liegt die Korrespondenz jetzt vollständig vor: 93 Briefe von Andersen und 80 von Carl Alexander. Anders als in früheren Teilveröffentlichungen sind Rechtschreibung und Zeichensetzung der Handschrift getreu wiedergegeben, und das macht die Ausgabe bei Wallstein zu einem höchst aufschlußreichen, auch amüsanten Dokument.

(Hanns Grössel, Süddeutsche Zeitung)

WALLSTEIN